ANTONIO CABANAS

Der Grabräuber

Buch

Das alte Ägypten zur Zeit von Ramses III.: Korruption und Unglauben rütteln an den Festen der althergebrachten Ordnung. In dieser bewegten Zeit können Schepsenure und sein Sohn Nemenhat nur überleben, indem sie sich am Heiligsten vergehen und die Grabbeigaben verstorbener Herrscher rauben. Eine gefährliche Profession, denn auf die Plünderung der Königsgräber steht der Tod. Doch eines Tages ist ihnen das Glück hold: Sie entdecken ein Grab, an dessen unermessliche Schätze niemand vor ihnen Hand gelegt hat. Diese Reichtümer ermöglichen Vater und Sohn den Beginn eines neuen Lebens in der brodelnden Hafenstadt Memphis. Doch Gier und Missgunst sind nicht weit – und Schepsenure wird die fein gesponnene Intrige eines Neiders zum Verhängnis. Das Schicksal des Vaters droht auch den Untergang des Sohnes zu besiegeln, doch Nemenhat kämpft um seine Zukunft – und um das Herz der ebenso schönen wie klugen Nubet …

Autor

Die große Leidenschaft des in Las Palmas geborenen Antonio Cabanas ist das Fliegen, eine Passion, die der heutige Flugkapitän der Air Iberia zur Profession machen konnte. Daneben galt Cabanas' Interesse schon früh dem alten Ägypten. Eine Faszination, der er durch zahlreiche Reisen sowie durch sein Studium der Ägyptologie Rechnung getragen und der er mit seinem ersten Roman »Der Grabräuber« ein wunderbares Denkmal gesetzt hat.

Antonio Cabanas

Der Grabräuber

Roman

Aus dem Spanischen
von Roberto de Hollanda

GOLDMANN

Die Originalausgabe erschien 2004
unter dem Titel »El ladrón de tumbas«
bei Ediciones B, S. A., Barcelona.

1. Auflage
Deutsche Erstausgabe April 2006

Umschlaggestaltung: Design Team München
Umschlagmotiv: corbis/GianniDagliOrti
Redaktion: Christian Sönnichsen
An · Herstellung: Str.
Satz: deutsch-türkischer fotosatz, Berlin
Druck und Bindung: GGP Media GmbH, Pößneck
Printed in Germany
ISBN-10: 3-442-46097-2
ISBN-13: 978-3-442-46097-7

www.goldmann-verlag.de

Für meine Frau Inma,
meine beste Gefährtin

Dank

Die Realisierung des vorliegenden Werkes erforderte wegen der umfassenden Recherche beträchtliche Zeit und Anstrengung. Es war ein langwieriges Unternehmen, bei dem mich meine Frau Inma nach Kräften unterstützte. Ihr gilt mein größter Dank.

Bedanken möchte ich mich auch bei Manuela für ihre freundliche Hilfe und ihre Ratschläge bei der schriftlichen Erfassung des Manuskripts und bei Cristina, die den Traum, dieses Buch zu veröffentlichen, ermöglichte.

Zu guter Letzt möchte ich meinen Eltern einige Zeilen widmen. Meiner Mutter danke ich für ihre lebenslange Fürsorge, insbesondere aber meinem Vater, diesem ungewöhnlich hellsichtigen Mann, der mir von klein auf seine Liebe zur Literatur nahe brachte. Die Erinnerung an ihn wird unter denen, die ihn kannten, immer lebendig bleiben.

Die Hitze war unerträglich. Obwohl es noch nicht Sommer und die Sonne bereits seit Stunden untergegangen war, drückte sie dem Land ihren Stempel auf wie eine schwere, erstickende Last, der man nicht entkommen konnte. Hier drinnen waren die Qualen noch unerbittlicher und lähmender, als wäre die Hitze an diesem Ort gefangen, der so dunkel und still war, dass er sogar Seth* missfallen hätte.

Das schien den drei Menschen jedoch nicht allzu viel auszumachen. Der Jüngste war noch ein Kind und blickte nervös zu dem schmalen Gang, der zum Ausgang führte. Die beiden anderen, gestandene Männer, bewegten sich mit äußerster Vorsicht durch das drückende Dunkel der Grabkammer.

Da sie wussten, dass sie sich nicht lange hier aufhalten konnten, waren ihre Bewegungen rasch und sparsam. Nach langjähriger, harter Erfahrung waren sie es gewohnt, ihren finsteren Machenschaften im Schutz der Dunkelheit nachzugehen.

Der Junge blieb stehen und starrte gedankenverloren auf die jahrhundertealten Wandmalereien. Stets übten die Bilder eine unerklärliche Anziehung auf ihn aus. Er vergaß alles, was um ihn herum war, und verfiel in seltsame, gelegentlich verstörende Tagträume. Die Hieroglyphen mit den vielen Litaneien, in denen die üblichen magischen Riten beschrieben wurden, die für die ewige Ruhe des Verstorbenen notwendig waren, Szenen aus dessen all-

* Seth, Gottheit im antiken Ägypten, Sohn von Geb und Nut, Bruder von Osiris, Isis und Nephthys und obendrein mit Letzterer vermählt. Unter anderem galt er als der Gott der Wüste.

täglichem Leben, Götter, die ihn entlang der Wände begleiteten, die große Apophisschlange,* die Paviane ... Vor allem Letztere schüchterten ihn derart ein, dass er plötzlich vor Ehrfurcht erschauerte und sich schämte, hier zu sein. Dabei hatte er nicht die geringste Ahnung, was all die Bilder bedeuteten, er wusste weder, wer Apophis war, noch was die Paviane darstellten, und noch viel weniger konnte er die seltsamen Zeichen entziffern.

»Ich würde gern wissen, was all diese Symbole bedeuten«, murmelte er leise vor sich hin, während er den schwachen Schein seiner kleinen Öllampe auf die Wand richtete.

»Nemenhat, hör auf zu träumen, und komm her mit dem Licht! Bei allen Geistern des Amenti**, was glaubst du, wozu du hier bist!«, fluchte einer der Männer.

Als der Junge aufsprang und sich hastig umdrehte, stieß er gegen einige Gegenstände, die auf dem Boden standen. Eine Kanopenvase, in der die Eingeweide des Verstorbenen aufbewahrt wurden, fiel geräuschvoll um und ging zu Bruch. Es war, als hätte sich das Himmelsdach über ihren Köpfen geöffnet und alle Götter zeigten anklagend mit dem Finger auf sie. Qebechsenuef,*** einer der Wächter der »Vier Himmelsrichtungen« und Beschützer der Eingeweide des Verstorbenen, lag nun in Stücken auf dem Boden.

»Möge Isis**** uns beschützen! Der Lärm muss bis ins Haus des Oberaufsehers der Nekropole zu hören gewesen sein! Was ist heute bloß mit dir los?«

* Die große Apophisschlange symbolisierte die Mächte des Bösen, die die Sonnenbarke auf ihrem Weg zum neuen Tag bedrohten.

** Amenti war einer der vielen Begriffe, die die alten Ägypter für die Welt der Toten benutzten.

*** Qebechsenuef, eines der »Vier Kinder des Horus«, die über die Eingeweide des Verstorbenen wachten. Konkret hütete er sie in einem Kanopengefäß, auf dem er mit dem Kopf eines Falken dargestellt wurde.

**** Isis, Gemahlin von Osiris und Mutter von Horus. Eine der wichtigsten Gottheiten des alten Ägypten. Sie stellte die Magie, die vorbildliche Ehefrau und die Große Mutter dar.

»Tut mir Leid, Großvater, aber die Bilder haben mich abgelenkt.«

»Bilder, Bilder ... Jetzt hast du genug gefaulenzt, komm her, und hilf uns!«

»Das ist ein böses Omen, Vater«, sagte der dritte Mann.

»Keine Sorge, Schepsenure, es wäre nicht das erste Mal, dass eine Urne zu Bruch geht. Wir werden den vier Schutzgöttinnen* ein Opfer bringen. Und was dich angeht, Nemenhat, du wirst noch lernen, keine Gegenstände umzuwerfen, und wenn ich dir den Hosenboden versohlen muss. Los, machen wir, dass wir endlich fertig werden.«

Der Junge gehorchte und kroch fast auf allen vieren zu ihnen in den verborgensten Winkel der Grabkammer.

Dort war das erstickende Gefühl der Enge überwältigend. Es gab kaum Luft, und der wenige Sauerstoff wurde von der kleinen Öllampe aufgebraucht, deren schwaches Licht die schweißgebadeten Körper genauso finster wirken ließ wie der Ort, an dem sie sich befanden.

Der älteste Mann ließ seinen erfahrenen Blick durch die Dunkelheit schweifen. Offenbar gab es nicht viel, was sie mitnehmen konnten. Möglich, dass sich in den Särgen etwas Wertvolles befand, doch alles wies darauf hin, dass der Verstorbene zur Zeit seines Todes nicht viel besessen haben konnte.

Der Großvater, Sekemut, hatte das Grab entdeckt. Monatelang war er durchs Tal der Adligen gestreift, bis er schließlich auf ein Hypogäum** gestoßen war, dessen Versiegelung noch intakt war. Daher hatte er sich berechtigte Hoffnungen gemacht, dass die Entdeckung ihnen dieses Mal etwas einbringen könnte. Das Grab eines Vornehmen versprach stets reiche Ausbeute. Doch als

* Bezeichnung für die vier Göttinnen Isis, Nephthys, Neith und Selkis, denen der Schutz der Kanopen oblag.

** Das Hypogäum war ein Grab, das in einen Felsen eingehauen wurde, wie es seit dem Neuen Reich üblich war.

er sich jetzt im Innern der Kammer umsah, überkam ihn das vertraute frustrierende Gefühl, dass wieder einmal alles umsonst gewesen war.

Seit vierzig Jahren raubte Sekemut Gräber aus. Es war sein Beruf, so wie der seines Vaters und seines Sohnes und höchstwahrscheinlich auch der seines Enkels. Er war wirklich ein Meister in seinem Metier, und in letzter Zeit bereiteten ihm die vielen Dilettanten, die sich einer Tätigkeit widmeten, die er als Kunst betrachtete, große Sorgen. Mit Recht behauptete er, dass es keine Ordnung mehr in Ägypten gab. Alle Gräber waren bereits ausgeplündert worden, die Diebe hatten nichts als Verwüstung hinterlassen, und das zog unweigerlich den Zorn der Götter nach sich. Sekemut war in dieser Hinsicht sehr respektvoll und gab sich alle Mühe, in den Grabkammern keinen Schaden anzurichten. Kam es aber trotzdem einmal vor, brachte er den Göttern anschließend Opfergaben dar, um sie zu besänftigen. Nie plünderte er die Gräber vollkommen aus, sondern beließ dem Verstorbenen jene Gegenstände, die er für ein Leben im Jenseits unbedingt benötigte.

Sekemuts Vater war anderer Meinung gewesen, und die Götter hatten ihn hart dafür bestraft. Er war während der Herrschaft des Pharaos Merenptah beim Ausrauben eines Grabes erwischt und dazu verurteilt worden, zerstückelt zu werden, wie die Maat* es verlangte.

Sekemuts Sohn, Schepsenure, war ein fleißiger Schüler gewesen, der von klein auf seinen Vater auf dessen Beutezügen begleitet und eifrig darauf geachtet hatte, sich alles anzueignen, was ihm dieser beibringen konnte.

»Den Beruf muss man von Kind auf lernen«, hatte er seinen Großvater stets sagen hören.

* Göttin, die die Gerechtigkeit und die Wahrheit darstellte. Auf dem Haupt trug sie eine Feder, und das Herz eines Menschen durfte vor dem göttlichen Gericht nicht schwerer sein als diese Feder. Sie symbolisierte darüber hinaus die kosmische Ordnung.

Der Alte hatte Recht gehabt, denn Schepsenure war in jeder Hinsicht ein würdiger Spross seiner Vorfahren. In weiser Voraussicht hatte sein Vater aber auch entschieden, ihn einen geachteten Beruf erlernen zu lassen. Er schickte Schepsenure in die Werkstatt eines Tischlers namens Hapu, bei dem Schepsenure während seiner Freizeit das Schreinerhandwerk lernte.

Schepsenures Sohn Nemenhat unternahm an der Seite des Großvaters und des Vaters seine ersten Schritte als Grabräuber, später sollte er in die Fußstapfen seiner Vorfahren treten und die unheimliche Tradition fortsetzen. Noch war es für den Kleinen lediglich ein makabres Spiel, vollkommen anders als die, die er mit seinen Freunden spielte, aber dafür auch viel spannender. Seltsame Gefühle überwältigten ihn, und immer wieder konnte man beobachten, wie er mit offenem Mund und großen Augen fasziniert die Welt der Toten im Innern der Gräber bewunderte.

Die beiden Männer traten zu dem Holzsarg und untersuchten ihn schweigend.

»Dieser Mann muss fast genauso arm gewesen sein wie wir, Vater!«, flüsterte Schepsenure schließlich.

Sekemut nickte schweigend.

»Es lohnt nicht einmal, den Sarg aufzubrechen«, antwortete er dann mit einem Seufzer. »Lassen wir ihm das wenige, was er besaß.«

»Was meinst du, wie lange er schon hier liegt?«

»Etwas über hundert Jahre«, antwortete Sekemut, während er sich umsah.

»Offensichtlich war er ein verarmter Adliger«, murmelte Schepsenure.

Sekemut achtete nicht darauf, sein Blick war auf einige Kisten in der unmittelbaren Nähe gefallen.

»Nemenhat, leuchte mal hierher«, befahl er und beugte sich über die Truhen.

Der Junge gehorchte und hockte sich neben seinen Großvater,

der ihm die Öllampe abnahm und sie auf die Kisten richtete. Die teilweise mit Einlegearbeiten aus Elfenbein verzierten Holztruhen besaßen eine gewisse Eleganz, schienen aber nichts Besonderes zu sein.

Sie brachen die erste auf, und die Enttäuschung stand ihnen ins Gesicht geschrieben. Nur einige Becher aus Alabaster und persönliche Gegenstände für die Körperpflege. In der zweiten Truhe fanden sie nichts, was der Rede wert gewesen wäre, abgesehen von einem Senet-Spiel* und anderen Gegenständen, die der Unterhaltung dienten. Erst als sie die dritte öffneten, erhellten sich ihre Gesichter.

Etwas Goldenes schimmerte ihnen entgegen. Sekemut ließ die Öllampe langsam über die kleine Truhe gleiten und lächelte. Sie war bis zum Rand mit Hals- und Armbändern aus Gold, Lapislazuli und Glasfluss gefüllt.

Sekemut wog einige der Schmuckstücke vorsichtig in der Hand.

»Na, wenigstens gehen wir nicht mit leeren Händen nach Hause. Bring den Sack, mein Sohn, wir wollen uns beeilen.«

Die drei räumten den gesamten Schmuck aus der Kiste, bis sie vollkommen leer war. Anschließend traten sie zur letzten Truhe und brachen auch diese auf. Darin befanden sich nur einige Figuren, die wie Mumien aussahen. Es waren die *uschebtis***. Wenn der Verstorbene im Jenseits Arbeiten verrichten musste, etwa die Felder bestellen oder Wasser in die Kanäle leiten, meldeten sie sich zur Stelle: »Ich will es tun, hier bin ich.« Sie hatten kleine Werkzeuge bei sich – manchmal waren diese auf der Figur selbst

* Ein sehr beliebtes Brettspiel im alten Ägypten.

** Die *uschebtis* waren kleine Figuren, die in den Gräbern die Arbeiten verrichten mussten, die dem Verstorbenen im Totenreich aufgetragen wurden. Sie waren wie Sklaven, die dem Toten jegliche Arbeit abnahmen. Die Reichen und Adligen ließen sich mit einer großen Anzahl von ihnen begraben, während die Armen nur wenige mit ins Grab bekamen.

aufgemalt –, die sie brauchten, um ihre Aufgaben zu erfüllen. Es gab mehr als zwanzig, und sie waren allesamt aus feinster Keramik gefertigt.

»Sie sind heilig, wir dürfen sie nicht anrühren«, sagte Sekemut und rief mit einer knappen Handbewegung zum Aufbruch.

Sie schlossen die Truhe wieder und glitten wie Schlangen durch den schmalen Schacht, der aus der Totenkammer hinausführte. Dann eilten sie durch den kurzen Gang und verließen das Grab.

Sie taten es äußerst vorsichtig, fast zaghaft, doch draußen war die Luft rein. Die Stille war überwältigend, wie als Zeichen des tiefen Respekts vor dem Ort, an dem sie sich befanden. Der Mond hatte zu ihrem Glück beschlossen, das Land von Ägypten sich selbst zu überlassen. Die Nacht war pechschwarz, man sah nur Isis' Tränen, die als Sterne am Himmel funkelten.

Als die Männer draußen waren, spürten sie eine prickelnde Frische, die ihnen wie das Leben selbst vorkam. Noch halb gebückt füllten sie immer wieder ihre Lungen, als versuchten sie, die ganze Luft, die das Tal ihnen bot, in sich aufzunehmen. Dann stiegen sie, Schatten aus dem Amenti gleich, den abschüssigen Hang hinunter und verloren sich in der Dunkelheit.

Von einem Hügel heulte ein Schakal, vielleicht war es Upuaut*, der für gewöhnlich die Totenstadt durchstreifte und sie nun mit seinem traurigen Ruf verabschiedete, einziger Zeuge des Verbrechens, das dort geschehen war.

Schepsenure war in Koptos zur Welt gekommen, hatte aber nur kurze Zeit dort gelebt. Eigentlich hatte er gar keine Erinnerung an jene vergangenen Jahre in der Stadt. Wenn er zurückblickte, so erinnerte er sich lediglich daran, dass er sein Leben lang mit seinem Vater Sekemut durch Ägypten gezogen war.

Nach der Verurteilung und Hinrichtung des Großvaters waren

* Upuaut war ein göttliches Wesen in der Gestalt eines Schakals, das oft mit Anubis verwechselt wird. Er war als der »Wegeöffner« bekannt, der die Toten von der Nekropole ins Jenseits geleitete.

sie mehr als zwanzig Jahre auf der Flucht vor dem Zorn des Pharaos durch das Land geirrt. Sie besaßen nichts als das wenige, das sie bei ihren Raubzügen erbeuteten, und waren nach vielen Jahren genauso arm wie am Anfang.

Unterwegs hatte Sekemut das Einzige verloren, was für ihn wertvoll gewesen war, seine Familie. Mutter, Brüder, Onkel, sie alle wurden für das schändliche Leben bestraft, zu dem die zornigen Götter sie selbst gezwungen hatten. Unter solchen Umständen war Schepsenure aufgewachsen und zum Mann geworden. Er hatte weder Wurzeln schlagen können, noch empfand er irgendeine Liebe für seine Heimat. Sein Herz war erfüllt von Verachtung für die Götter und die Ordnung, die sie seit Beginn der Zivilisation diesem Land aufgezwungen hatten.

Eines Tages lernte er Heriamon kennen, eine hübsche junge Frau aus einer bescheidenen Familie, die aus der heiligen Stadt Abydos stammte, und erlag ihrem Zauber in dem Augenblick, da er sie zum ersten Mal erblickte. Damals hatten Schepsenure und sein Vater mehrere Monate in der Stadt und ihrer Umgebung verbracht, auf der Suche nach Gräbern, die Beute versprachen. Nicht ohne Erfolg, denn die alten Pharaonen der Thiniten hatten sich diese Gegend ausgesucht, um ihre ewigen Ruhestätten zu bauen, und bekanntlich waren dort, wo Pharaonen begraben lagen, auch ihre Adligen bestattet worden. Doch wie fast immer hatten sich ihre Hoffnungen auf eine reiche Ausbeute zerschlagen, und Schepsenure musste sich als Zimmermann verdingen, um ihren Lebensunterhalt zu verdienen.

Dieses Mal jedoch schien ihm das Glück hold zu sein, Heriamon verliebte sich unsterblich in ihn, und wenig später nahm er sie zur Frau. Es war eine unvergessliche Zeit, niemals zuvor war er so glücklich gewesen. Er arbeitete so fleißig, wie er konnte, und liebte die schöne Heriamon von Tag zu Tag mehr. Bald wurde sie schwanger und gebar ihm einen prächtigen Knaben, den sie Nemenhat nannten.

Für Schepsenure war der Junge das Kostbarste, was er besaß. Nicht einmal die Ausbeute von tausend Gräbern könnte ihn aufwiegen, dachte er bewegt. Sein Sohn würde ihm die Kraft schenken, die er brauchte, um vorwärts zu kommen und seiner Familie eine bessere Zukunft zu ermöglichen.

Doch seine Hoffnungen erfüllten sich nicht. Die Arbeit als Tischler brachte nicht genug zum Leben ein, und in den Gräbern der Stadt von Osiris* ließ sich keine Beute mehr machen, sodass sie gezwungen waren, ihr Glück erneut woanders zu versuchen. Jetzt waren es bereits vier Mäuler, die gestopft werden mussten, sodass der Großvater Sekemut in einer weisen Entscheidung beschloss, in das 4. *sepat*** von Oberägypten zu ziehen, den Zeptergau, wo sie in der Hauptstadt Theben bessere Möglichkeiten hätten.

Dort verbrachten sie fünf wechselhafte Jahre. Sekemut kannte die Gegend und hatte einige ergiebige Gräber gefunden, deren Ausbeute ihnen ein erträgliches Leben ermöglichte. Sein Sohn baute eine Schreinerei auf und führte kleine Aufträge aus. Heriamon war eine selbstlose Frau; obwohl sie wusste, wie die Dinge lagen, hatte sie nie ein Wort des Tadels für ihren Mann. Sie wusste zur Genüge, wie schwer das Leben für Leute sein konnte, die wie sie aus den untersten Schichten der Gesellschaft stammten.

Nemenhat entpuppte sich als ein aufgeweckter, wenn auch etwas schüchterner Junge, der sich lieber mit seinem Großvater und Vater in der Totenstadt herumtrieb, als mit den anderen Kindern des Viertels zu spielen. Er bewunderte seinen Vater, und nichts war ihm wichtiger, als ihn auf seinen unheimlichen Abenteuern zu begleiten. Aufmerksam beobachtete er alles, was im Innern der Felsgräber geschah, und schon damals überstieg seine Faszination jedes vernünftige Maß. Bereits als Junge glaubte Ne-

* Die Stadt Abydos wurde so genannt, weil man annahm, dass sich dort das Grab des Gottes Osiris befand.

** Mit *sepat* wurden die Gaue im alten Ägypten bezeichnet.

menhat zu wissen, was er als Erwachsener tun würde: Gräber ausrauben wie seine Vorfahren.

Im Laufe der Zeit hatte sich ihre Lage wieder verschlechtert. Ägypten machte schwierige Zeiten durch, und die Grabräuberei nahm überhand. Die Menschen taten sich zu organisierten Banden zusammen, die rücksichtslos jedes Hypogäum ausraubten, das sie fanden, und alles, was sich darin befand, zerstörten. Theben war kein sicherer Ort mehr für Schepsenure und die seinen. In den Hügeln im Westen* auf der anderen Seite des Flusses waren sie ihres Lebens nicht mehr sicher. Die Behörden der Totenstadt hatten die Wachen verstärkt, und sie wussten aus Erfahrung, dass es in diesem Fall klüger war, die Gegend zu verlassen, um einem Risiko aus dem Weg zu gehen, das sie sehr gut kannten.

Als wären sie nicht schon genug gestraft, wurde nun auch noch der Großvater krank. Was als ein harmloses Husten begonnen hatte, entwickelte sich bald zu endlosen Fieberanfällen mit blutigem Auswurf, die Sekemut schließlich das Leben kosteten. Schepsenure beweinte den Tod seines Vaters, jenes Mannes, den er in vielen Jahren des Elends begleitet hatte und der das letzte Glied verkörperte, das ihn mit seiner Vergangenheit verband. Eine Verbindung, die nun für immer zerrissen war. Da er ihm eine so ehrenvolle Bestattung wie nur möglich bereiten wollte, sah er sich gezwungen, das wenige Hab und Gut, das er besaß, zu verkaufen. Schließlich war der alte Sekemut immer gottesfürchtig gewesen, wenn auch auf seine eigene Art.

Jetzt hielt Schepsenure nichts mehr in Theben zurück. Eines Morgens verließ er in aller Frühe mit Frau und Kind die Stadt in Richtung Norden, nach Unterägypten.

Heriamon war wieder schwanger, trotzdem widersprach sie

* Im alten Ägypten lagen die Nekropolen stets im Westen der Städte, wo die Sonne unterging und das Totenreich von Osiris begann, dem Gott des Jenseits.

nicht. Sie würde ihrem Mann folgen, wohin er auch ging, das Herz voller Dankbarkeit und Freude, weil sie bei ihm sein durfte.

Mit dem wenigen, das sie noch hatten, brachen sie auf, einem Kleiderbündel und einem Kasten, in dem Schepsenure seine Werkzeuge aufbewahrte. Mehr brauchten sie nicht, denn er war fest davon überzeugt, dass er die Familie mit kleinen Gelegenheitsarbeiten über Wasser halten konnte, bis sie sich eines Tages an einem geeigneten Ort niederlassen würden. So durchquerten sie den Falkengau, den Krokodilsgau und den Gau der weiblichen Seele,* wo sie keine allzu großen Schwierigkeiten hatten, genug zum Leben zu verdienen.

Nachdem sie monatelang unterwegs gewesen waren, setzten eines Morgens die Wehen ein. Schepsenure blieb nichts anderes übrig, als einen Ort zu suchen, wo man seiner Frau bei der Geburt beistehen konnte. Sie marschierten den ganzen Tag. Nicht ein Wort der Klage kam aus Heriamons Mund, während sie sich von ihrem Mann gestützt vorwärts schleppte. Ihr Sohn Nemenhat lief fröhlich umher, ohne zu ahnen, was um ihn herum geschah.

Schließlich gelangten sie am späten Nachmittag zu einer damals noch bedeutenden Siedlung namens Thinis, wo sie Unterschlupf fanden und eine Hebamme Heriamon half, ein Mädchen zur Welt zu bringen.

Einen Monat blieben sie in dem Dorf. Während dieser Zeit verdiente sich Schepsenure sein Brot, indem er den *schaduf*** der Bauern reparierte und darauf wartete, dass seine Frau sich von der Geburt erholte. Doch Heriamon kränkelte. Nach einigen Wochen bekam sie hohes Fieber, und wenige Tage danach er-

* Gaue von Oberägypten.

** Der *schaduf* war eine Kelle aus Holz, mit der man das Wasser aus dem Fluss schöpfte und die in den ländlichen Gegenden Ägyptens noch heute benutzt wird.

krankte auch das kleine Mädchen. Nemenhat betrachtete seine Mutter, die auf einem Strohsack lag und seine kleine Schwester an ihre Brust drückte, während ihre Kräfte von Tag zu Tag schwanden. Er trat näher heran und berührte ihre Haut; sie brannte wie Feuer. Verzweifelt beschwor sein Vater Heket* und Thoëris, die großbrüstige Nilpferdgöttin, die über Mutterschaft und Geburt wachte. Es nutzte nichts. Nur einen Monat später waren beide tot.

Der Junge konnte das Ausmaß der Katastrophe nicht begreifen. Er sah, wie sein Vater sich schluchzend an seine Mutter klammerte, während die armen Dorfbewohner vergeblich versuchten, ihn zu trösten. Es war ein Bild, das ihn bis ans Ende seiner Tage verfolgen sollte.

Da Schepsenure mittellos war, musste er eine Zeit lang in Thinis arbeiten, um so viel Geld zusammenzubringen, dass er einen Sarg für seine Frau und seine Tochter zimmern konnte. Er beauftragte einen Dorfbewohner, der sich mit dem Einbalsamieren auskannte, ihnen wenigstens eine ölige Flüssigkeit, die aus dem Zedernbaum** gewonnen wurde, in den Darm zu injizieren und die Körper in einem Natronbad zu trocknen.

Sie trugen die Särge zu einer ehemaligen Grabanlage, in der nun die Dorfbewohner bestattet wurden. Sie war schon fast voll. Es wurden weder Opfergaben dargebracht, noch fand ein Leichenschmaus statt. Die Menschen nahmen mit gesenkten Köpfen an der traurigen Zeremonie teil. Schepsenure legte die Papyrussandalen, die Heriamon selbst geflochten hatte, in ihren Sarg. Der Sarg der Kleinen empfing nur seine Tränen, doch wenigstens hatten beide die würdige Bestattung bekommen, die sie verdienten.

* Heket war eine Göttin mit dem Kopf eines Frosches, sie stand den Gebärenden und Neugeborenen bei.

** Durch dieses Harz wurden die inneren Organe verflüssigt und anschließend ausgeschieden.

Schepsenure und sein Sohn zogen weiter in Richtung Norden, bis sie Zauty* erreichten, die Hauptstadt des »Vorderen Sykomorengaus«, wie der 13. Gau Oberägyptens genannt wurde. Von hier brachen die Karawanen auf, die weiter in den Süden zur Oase Ain-Amar** zogen. Dort hatte die Wüste das fruchtbare Land umschlossen und belagerte es unerbittlich, trotzdem war es eine viel versprechende Gegend, ein guter Ort zum Verweilen, bis sein Sohn etwas größer war. Nachdem er mehrere Tage die Stadt durchstreift hatte, fand Schepsenure Arbeit in einer Werkstatt, wo Möbel hergestellt wurden, und konnte bald das Vertrauen des Meisters gewinnen.

Dieser fand Gefallen an seiner Arbeit und übertrug ihm die Bestellungen der bedeutendsten Familien der Stadt, die offensichtlich mit dem Ergebnis zufrieden waren. Im Lauf der Zeit machte sich Schepsenure einen gewissen Namen, und die Aufträge nahmen zu. Seine Lage besserte sich, so dass er sich sogar einen Esel leisten konnte. All das half ihm, sein Leid für eine Weile zu vergessen.

Vier Jahre lang führte er in Zauty ein anständiges Leben, sogar in den Augen der Götter. Er nutzte die Zeit, um seinem Sohn, so wie sein Vater es mit ihm getan hatte, das Handwerk eines Tischlers beizubringen. Zum ersten Mal führten Vater und Sohn ein geregeltes Leben, und Schepsenure glaubte, dass die tiefen Wunden der Vergangenheit ein für alle Male vernarbt seien.

Doch der Aufenthalt in Zauty sollte nur ein kleines Intermezzo auf ihrer endlosen Wanderschaft darstellen. Als eines Tages die Arbeit nicht mehr genug zum Leben einbrachte, spürte er das wachsende Verlangen, sich wieder seinen dunklen Machenschaften zu widmen, ein Gefühl, das er längst für überwunden gehalten hatte. Er konnte nirgendwo Wurzeln schlagen. Er musste ins

* Das heutige Assiut.
** Heute bekannt als Charga.

Innere von Kemet* vorstoßen, dorthin, wo die alten Götter** vor langer Zeit geherrscht und ihre ewigen Ruhestätten errichtet hatten. Er würde sie ausrauben.

Eines Morgens luden sie ihre wenigen Habseligkeiten auf den Esel und machten sich auf den Weg nach Iti-taui**, der einstigen Hauptstadt des Mittleren Reiches, wo die Pharaonen der 11. und 12. Dynastie geherrscht hatten. Es war eine lange und gefährliche Reise. Schepsenure beschloss, aus Gründen der Sicherheit die Hauptstraße zu meiden und die kleinen Wege und Pfade zu nehmen, die durch Äcker und Felder führten.

So ließen sie Zauty hinter sich und überquerten den großen Flussarm, der vom Nil abging und schließlich im Süden in den Moeris-See mündete. Es war eine weite, äußerst fruchtbare Ebene mit üppiger Vegetation, in der es von Krokodilen wimmelte und über die, neben anderen Göttern, auch Sobek**** herrschte.

Sie durchquerten die Gaue Oberägyptens und machten nur Halt, um sich auszuruhen und genügend Kräfte zu sammeln, um ihren Weg fortsetzen zu können. Wie in früheren Zeiten musste Schepsenure hin und wieder einen längeren Aufenthalt einlegen, um mit Gelegenheitsarbeiten über die Runden zu kommen, doch dann ging es immer weiter in den ersehnten Norden.

Fünf Gaue ließen sie ohne nennenswerte Zwischenfälle hinter sich, bis sie eines Tages kurz vor Per-Medjed, der Hauptstadt des »Doppelzeptergaus«, waren. Mit einem Mal überkam Schepse-

* Die alten Ägypter nannten das Niltal Kemet, »das Schwarze Land«, wegen der dunklen Farbe des Schlamms, den die alljährliche Nilflut mit sich brachte.

** Die Ägypter bezeichneten ihre Könige als Götter, da sie sie für die Wiedergeburt des Gottes Horus hielten. Die Bezeichnung Pharao geht auf eine griechische Terminologie während der Neuen Zeit zurück.

*** Das heutige Lischt.

**** Krokodilgott mit vielen Eigenschaften, der in Ägypten von Beginn der ersten Dynastien an verehrt wurde.

nure ein eigenartiges Gefühl, wie eine böse Vorahnung, und er blieb mitten auf dem Weg stehen.

»Schnell, versteck dich im Schilf, mein Sohn! Und komm nicht heraus, egal, was du siehst oder hörst. Hast du verstanden?«

»Ja, Vater, aber ...«

»Frag nicht, tu, was ich dir sage!«

Er reichte ihm sein Werkzeug und ein Bündel mit ein paar Zwiebeln und Weizenbrot, und dann verschwand der Junge.

Kurz darauf waren Stimmen zu hören, die immer näher kamen, bis plötzlich einige finster dreinblickende Männer aus dem Rohrdickicht traten.

»Bei Seths Hoden! Wer bist du?«, rief der Dickste von ihnen mit Grabesstimme.

Schepsenure blieb furchtlos stehen und musterte die Männer ohne ein Wort.

»Hast du keine Zunge? Was hast du hier zu suchen?«

»Ich bin Bauer, auf dem Weg nach Iti-taui, um meine Familie zu besuchen.«

Der stämmige Mann, offenbar der Anführer der Gruppe, musterte ihn herablassend.

»Hast du eine Erlaubnis, um dieses Land zu durchqueren?«, fragte er schließlich.

»Erlaubnis? Ich weiß nicht, was du meinst«, erwiderte Schepsenure.

»Na, dann wirst du eben zahlen müssen«, erklärte einer der Männer.

»Zahlen? Ich besitze doch nichts!«

Die Männer brachen in schallendes Gelächter aus.

»Nichts? Ich glaube schon, dass du etwas besitzt«, erwiderte der fettleibige Schurke und kam mit einem riesigen Knüppel auf ihn zu. »Was nimmst du dir heraus? Weißt du nicht, wer ich bin?«, fragte er und hob den Knüppel, als wollte er zuschlagen.

»Verzeih mir«, antwortete Schepsenure hastig und hob schützend die Arme vor den Kopf. »Ich bin fremd hier, aber bestimmt bist du eine wichtige Persönlichkeit.«

Die Männer lachten.

»Eine wichtige Persönlichkeit? Und ob, ich bin Gurma, und das hier ist mein Gefolge«, erklärte er und deutete auf die anderen Männer, worauf diese erneut anfingen zu lachen.

»Es ist mir eine Ehre«, antwortete Schepsenure und verbeugte sich tief. »Ich werde es bestimmt nicht mehr vergessen.«

»Darauf kannst du Gift nehmen!«, rief Gurma und schlug ihn ohne weitere Vorwarnung zu Boden. »Du bist ein elender Hund und ein Lügner. Deine Hände sind nicht die eines Bauern. Ich werde dir eine Lektion erteilen, die du nicht so schnell vergisst.«

Dann drosch er hemmungslos auf ihn ein, während Schepsenure unter dem Gelächter der anderen vor Schmerz stöhnte.

»Nehmt ihm den Esel ab und alles, was er sonst noch bei sich trägt«, schrie der Mann, rasend vor Wut, während er ihn verprügelte. »Auch die Kleider!«

Unter lautem Geschrei rissen sie ihm die Kleider vom Leib, sogar den Schurz, bis er vollkommen nackt war.

»Du willst also nach Iti-taui«, sagte Gurma und wischte sich keuchend den Schweiß von der Stirn. »Bei dem Abschaum dort wirst du so kaum auffallen.«

Dann griff er in seinen Schurz, nahm sein Glied heraus und pinkelte auf den am Boden liegenden Schepsenure.

»Wenn man dich fragt, woher du das Parfüm hast, erinnere dich daran, dass Gurma es dir zu einem guten Preis überlassen hat«, lachte er.

Anschließend drehte er sich um und verschwand mit den anderen, woher sie gekommen waren. Den Esel zogen sie am Zügel hinter sich her.

Da lag nun Schepsenure auf dem staubigen Boden, übel zugerichtet und splitternackt. Wieder einmal hatten die Götter ihn im Stich gelassen.

Nur mühsam konnte sein Sohn Nemenhat ihn stützen. Schließlich kamen zufällig einige Bauern vorbei und erbarmten sich ihrer. Sie nahmen sie bei sich zu Hause auf, bis Schepsenure sich erholt hatte. Zum Glück waren die Menschen, die diese fruchtbare Ebene bewohnten, für ihre sprichwörtliche Gastfreundschaft bekannt. Es war undenkbar für sie, sich im Unglück nicht gegenseitig beizustehen. Schepsenure revanchierte sich, indem er ihre kaputten Ackergeräte reparierte und sich an den Feldarbeiten beteiligte, wann immer es nötig war.

Eines Tages, nachdem er wieder Lebensmut geschöpft hatte und zu neuen Kräften gekommen war, setzten er und sein Sohn ihre endlose Reise in den Norden fort, dieses Mal ohne unheilvolle Zwischenfälle oder sonstige Widrigkeiten, die sie hätten aufhalten können. Nachdem sie zwei weitere Gaue hinter sich gelassen hatten, gelangten sie zum 21. Gau von Oberägypten, dem »Hinteren Baumgau«, wo sich Iti-taui befand.

Als Nemenhat zum ersten Mal im Leben eine Pyramide sah, war er überwältigt. Ehrfürchtig und ängstlich starrte er sie an, als stünde er vor einem riesigen Ungeheuer. Auch Schepsenure hatte noch nie zuvor eine Pyramide gesehen, doch er wusste von ihrer Existenz und auch, dass in ihrem Innern die allmächtigen Pharaonen, die vor langer Zeit über Ägypten geherrscht hatten, mit ihrem ganzen Reichtum und Besitz bestattet worden waren.

Vor ihnen erhob sich nun wie ein Turm die unverwechselbare Kulisse von Meidum.

Die prächtige Pyramide, die von Snofru oder vielleicht von seinem Vater Huni* in alter Zeit errichtet worden war, glich einer Ruine, deren Mauern zerklüftet waren.

* Wer die Pyramide tatsächlich baute, ist nicht mit Sicherheit zu sagen. Man geht davon aus, dass Snofru, der erste Pharao der 4. Dynastie, sie in Auftrag gab, andere meinen jedoch, dass es sein Vater Huni war, der letzte König der vorangegangenen Dynastie.

»Was ist das, Vater?«

»Die Macht, die das Land beherrscht, mein Sohn, die Herausforderung der Götter. Aber lass dich nicht täuschen, auch sie sind verletzlich wie du und ich.«

Nemenhat antwortete damals nicht, aber er sollte diese Pyramide und den überwältigenden Eindruck, den sie bei ihm hinterlassen hatte, nie wieder vergessen.

Eines Nachmittags kamen sie in Iti-taui an. Die einstige stolze Hauptstadt war mittlerweile zu einer unbedeutenden Siedlung verkommen. Die glorreiche Vergangenheit lebte nur noch in den monumentalen Bauwerken weiter, die während des Mittleren Reiches errichtet worden waren. Nach dem Einfall der Hyksos, die die Hauptstadt nach Auaris verlegt hatten, war die Stadt in Vergessenheit geraten und hatte ihren alten Glanz vollständig eingebüßt. Nun war sie zur Bedeutungslosigkeit herabgesunken.

Von frischem Mut erfüllt machte sich Schepsenure daran, in der Stadt nach Arbeit zu suchen, überzeugt, dass sich ihnen ein neuer Horizont eröffnen würde. Doch wie üblich blieb es lediglich bei ein paar Gelegenheitsarbeiten. Einmal mehr sah er sich und seinen Sohn von einer Armut bedroht, die ihnen nur allzu gut bekannt war. Jetzt kam Schepsenure endgültig zu dem Schluss, dass die Götter es nicht gut mit ihm meinten.

Sie haben mich seit dem Tag meiner Geburt verlassen, also schulde ich ihnen keinen Respekt, dachte er auf dem Rückweg von der Schenke, in der er jeden Nachmittag seinen Kummer ertränkte.

Zumindest hatten sie nun ein Dach über dem Kopf, auch wenn es nur ein einfacher Stall war, und den festen Willen, ihr Schicksal selbst in die Hand zu nehmen, mit oder ohne Hilfe der Götter.

Doch die Rolle, die ihm in diesem Schauspiel des Lebens zugedacht worden war, sah vor, dass er noch viele Stufen tiefer sinken sollte, bis er endlich den Boden jenes Abgrunds erreicht hatte, in dem sich seine Existenz abspielen sollte. Eines Nachts, als er betrunken durch die kleinen Gassen nach Hause schlenderte, wurde er Opfer einer der gefürchteten Razzien, mit denen die Obrigkeit Arbeitskräfte aushob, um ihre öffentlichen Projekte umzusetzen. Als Schepsenure wieder nüchtern war, erfuhr er, dass der Schreiber ihn für den Bau von Kanälen eingeteilt hatte.

Es war eine Katastrophe, und so sehr er auch auf seine Rechte als Tischler pochte, die Beamten lachten ihn nur aus.

Er war Handwerker und als solcher von allen Frondiensten befreit! Doch es war vergebens, sie brachten ihn zu den nahe gelegenen Feldern, wo er die Bewässerungskanäle ausbessern, die Felder bestellen und fruchtbare Erde von Osten nach Westen schleppen musste, um sie zu düngen.

Ein ganzes Jahr schuftete er von morgens bis abends im tiefen Schlamm, bis er dank einiger Möbel, die er für das Haus eines hohen Beamten fertigte, von dem Frondienst befreit wurde und wieder als Tischler arbeiten durfte. Er wurde einer Gruppe von Bildhauern, Steinmetzen und Zeichnern zugeteilt, die an öffentlichen Bauten der Stadt beschäftigt waren. Als Lohn erhielt er vier *char** Weizen und ein *char* Gerste täglich. Nun konnte er nicht nur Brot und Bier herstellen, sondern den Rest gegen andere Waren eintauschen und sich eine anständige Bleibe für sich und seinen Sohn leisten.

Jeden Tag, wenn er zur Arbeit ging, sah er sie vor sich. Stolz und gleichgültig gegenüber den Sterblichen ragten sie, eine wie die andere, mitten in der Wüste am westlichen Horizont in den Himmel.

Sie waren zwar kleiner als die Pyramide, die er in Meidum gesehen hatte, aber ihre ursprüngliche Form war besser erhalten geblieben. Schepsenure kam zu dem Schluss, dass die Zeit gekom-

* *Char* war eine Gewichtseinheit von etwa 180 Gramm.

men war, ihnen einen Besuch abzustatten. Eines Nachmittags machte er sich in Begleitung seines Sohnes auf den Weg.

Er wählte jene aus, die im Süden lag. Sie war etwas größer als die anderen und vor mehr als achthundert Jahren von Cheperkare*, dem zweiten Pharao der 12. Dynastie, gebaut worden. Sie wurde »Senusret überblickt die beiden Länder« genannt, doch all dies wusste Schepsenure natürlich nicht.

Die Grabanlage war einst von einer Ziegelmauer umgeben gewesen, die so gut wie nicht mehr existierte. Innerhalb der Ummauerung hatte sich nicht nur die königliche Pyramide befunden, sondern noch weitere zehn Nebenpyramiden, in denen Familienangehörige des Pharaos und andere Adlige bestattet worden waren. Von ihnen waren lediglich Ruinen übrig. Der ganze Ort war seit langer Zeit verlassen und diente mittlerweile nur noch Skorpionen und Schlangen als Unterschlupf.

»Es muss eine wunderschöne Anlage gewesen sein«, erklärte Schepsenure, als sie durch einen Aufweg gingen, der einst zu einem riesigen Säulengang geführt hatte.

Am Ende des langen Ganges war noch ein kleiner innerer Tempel erhalten geblieben, der von dem früheren Glanz der Anlage zeugte.

Er ging darauf zu und trat durch den einst verbotenen Eingang. Im Innern saß der in Kalkstein verewigte Pharao auf seinem Thron. Schepsenure sah ihn neugierig an. Er strahlte Gleichmut, Ernst, Distanz und Vollkommenheit aus. Es war, als ginge die ganze Weltordnung von ihm aus. Er stellte die absolute Macht dar, das Gesetz für die Lebenden, und trotzdem war sein Blick irgendwie gütig und voll von Barmherzigkeit.

Barmherzigkeit?, fragte Schepsenure bei sich. Was ist das?

In seinem ganzen Leben hatte er Barmherzigkeit nur unter de-

* Cheperkare (Res Seele wird geboren) war der Name, unter dem Senusret I. (Sesostris I.) gekrönt wurde.

nen erlebt, die leiden mussten und sie bitter nötig gehabt hatten, aber trotzdem fröhlich die Felder bestellten oder das karge Mahl einer einfachen Zwiebel gern mit anderen teilten. Ägypten strotzte vor dieser Barmherzigkeit, die andere, die der Götter, der Könige, der Wesire und Vornehmen, hatte er niemals kennen gelernt. Das war sein Leben gewesen. Jetzt hatte er nichts mehr, woran er glauben konnte, außer seinen Sohn. Er war genauso frustriert wie viele andere, und trotzdem war er ein fröhlicher Mensch wie die Mehrzahl der Bauern auch. Jedes Mal, wenn Re* morgens am Horizont erschien, spürte er ihn in seinem Inneren, und dann war es, als steckte der Gott ihn mit Optimismus an.

Heute wird sich mir ein neuer Weg auftun, machte er sich Mut.

Doch ein Tag verlief wie der andere, und am Abend trieb es ihn unweigerlich in die Schenke, den einzigen Ort, wo er für kurze Zeit Vergessen fand. Doch am nächsten Morgen wachte er wie immer mit einem bitteren Geschmack im Mund auf.

Nemenhat war schnell gewachsen. Er half nicht nur seinem Vater bei der alltäglichen Arbeit, sondern hielt auch seine schützende Hand über ihn. Für einen erst zehnjährigen Jungen war dies ein ungewöhnliches Verhalten, dessen Wurzeln in den Erlebnissen seiner Kindheit gründeten. Nachdem er gesehen hatte, welch schweres Schicksal sein Vater hatte ertragen müssen, war sein Herz von Mitleid erfüllt. So fühlte Nemenhat, und sein Vater wusste es.

Schepsenure verscheuchte seine Gedanken und konzentrierte sich auf den Saal, in dem sie sich befanden. Überall lagen die Scherben von zerbrochenen Tongefäßen und Unmengen von Schutt herum. Vor ihnen mussten unzählige andere bereits da gewesen sein, trotzdem war er auf die Grabkammer gespannt. Wer weiß, vielleicht konnten sie trotz allem doch noch etwas finden.

* Der Sonnengott im ägyptischen Pantheon, er galt als Vater aller Götter. Wenn die Sonne am Horizont aufging, glaubten die Ägypter, dass es der Gott war, der von seiner nächtlichen Reise zurückkehrte.

Sie traten in die Vorkammer, einen kleinen Raum, der vollkommen leer war. Von dort ging es nicht weiter. Kein einziger Gang, der irgendwohin führte. Schepsenure wusste, dass es einen geben musste, der sie in die Mitte der Pyramide bringen würde. Während er sich aufmerksam umsah, fiel sein Blick auf das Scheintor aus Granit; es stellte die Verbindung zur Grabkammer dar, durch die nur der *ka** des Pharaos treten konnte. Er lächelte, als er sich daran erinnerte, was ihm sein Vater einst beigebracht hatte.

»Es gibt immer einen zweiten Weg, so bauen sie die Pyramiden; es ist ganz leicht, du musst ihn dir bloß vorstellen.«

Er sah seinen Sohn an, der ihn sichtbar aufgewühlt beobachtete, und deutete ihm mit einer Geste an, dass sie den Raum verlassen sollten. Zusammen gingen sie um die Pyramide herum auf der Suche nach irgendeinem Hinweis, wie sie in ihr Inneres gelangen könnten.

Schließlich fanden sie das ersehnte Zeichen. In der Nordwand, unter dem Fundament dessen, was einst ein kleiner Tempel für Opferbeigaben gewesen war, stießen sie auf eine Öffnung, die in einen dunklen Schacht führte. Er war nicht mehr als zwei Ellen** breit und schien in die Tiefe zu führen.

Schepsenure nahm seine Öllampe und kletterte durch das winzige Loch. Nemenhat folgte ihm eilig.

Wie Schlangen glitten sie durch den schmalen Schacht. Es war ein schreckliches Gefühl, sie spürten die ganze Last der Pyramide über sich, als könnte sie jeden Augenblick einstürzen und sie unter sich begraben. Die Hitze wurde mit jedem Meter, den sie vorwärts krochen, unerträglicher und drohte, sie zu ersticken. Der Schacht führte offenbar geradewegs in den Amenti, und Nemenhat schluchzte vor Angst.

Mit einem leisen Pfiff ermahnte sein Vater ihn zur Ruhe.

* *Ka* ist ein komplexes Konzept, das man als Lebenskraft des Individuums definieren könnte.

** Die ägyptische Elle betrug ungefähr 53 Zentimeter.

»Hab keine Angst, und atme ganz ruhig. Wir sind gleich da.«

Der Junge biss die Zähne zusammen und gehorchte, bis sie schließlich schweißgebadet und keuchend das Ende des Schachtes erreichten und in einen Raum gelangten. Sie waren in der Grabkammer. Sie streckten sich, dann legte Schepsenure seinem Sohn den Arm um die Schultern, um ihn zu beruhigen. Eine Zeit lang, die ihnen wie eine Ewigkeit vorkam, verharrten sie so, bis ein Kribbeln, das ihren ganzen Körper erfasste, sie in die Gegenwart zurückholte. Es war ein seltsames, aber zugleich lebendiges Gefühl, das sie beflügelte. Sie konzentrierten sich wieder auf ihre Umgebung.

Schepsenure hob die Öllampe und sah sich um. Die kleine Kammer war leer, nur in der Mitte stand ein alter Sarkophag.

Ganz langsam, fast ehrfürchtig, trat er zu dem Sarg. Mit jedem Schritt spürte er, wie sich ihm das Haar sträubte, als sei er auf allen Seiten von einer unheimlichen Macht umgeben. Ein derartiges Gefühl hatte er noch nie erlebt. Es kam ihm vor, als hätte der Gott, der hier seine letzte Ruhe gefunden hatte, ein unsichtbares Spinnennetz gesponnen, in dem er nun gefangen war. Angst überwältigte ihn.

Er nahm sich zusammen und beugte sich über den Sarkophag aus Quarzstein, er war leer. Und als er ihn berührte, hatte er plötzlich ein abergläubisches Gefühl. Sie mussten so schnell wie möglich von hier verschwinden.

Er leuchtete mit der Lampe wieder auf den Eingang, der in den kleinen Schacht führte. Wahrscheinlich war er dazu benutzt worden, den kleineren Sarg mit der Mumie des Pharaos in die Kammer zu schaffen. Das war sicherlich der Grund, warum er so schmal war. In der Wand daneben entdeckte er einen weiteren Schacht. Dieser führte wahrscheinlich zu der Vorkammer mit dem Scheintor, wo sich die Statue des Pharaos befand.

Als er den Jungen am Arm fasste, um mit ihm die Kammer zu verlassen, spürte er eine unsichtbare Bewegung im Dunkeln, bei der er auf der Stelle stehen blieb. In der kleinen Kammer befand sich ein weiteres Wesen, das er übersehen hatte. Er drehte sich vorsichtig um und hörte das Zischen.

Noch ehe er die Öllampe in die Richtung des Geräusches hielt, wusste er, was es war. Er hob das Licht etwas an, und dann sah er sie. Vor ihnen erhob sich Uadjet*, die Göttin von Unterägypten, jene, die die Pharaonen auf der Stirn trugen, so alt wie die Erde und Herrscherin über die Wüste, mächtig und tödlich. Die Kobra starrte Schepsenure mit ihren scharfen, durchdringenden Augen an und richtete sich bedrohlich zu voller Größe auf. Sie war riesig, doch Schepsenure schreckte nicht zurück, er ging vor ihr auf die Knie und erwiderte ihren Blick. Einen Augenblick lang, der wie eine Ewigkeit war, rührte er sich nicht von der Stelle, nicht einmal mit der Wimper zuckte er, während er sich daran erinnerte, wie sein Vater sich der Schlange in ähnlichen Situationen genähert und sie sogar berührt hatte, ohne dass etwas geschehen war.

»Ich bin nicht gekommen, um dich zu suchen, Gebieterin von Ägypten. Lass uns weiterziehen, wir wollen dich nicht stören«, murmelte er vor sich hin, ohne die Augen von ihr zu nehmen.

So standen sie sich Auge in Auge gegenüber und kommunizierten in einer uralten Sprache, die nur noch wenige Menschen im Land von Kemet kannten. Die Schlange schien ihn zu verstehen, sie wand sich träge hin und her und zischte unablässig mit der gespaltenen Zunge. Dann sank sie langsam wieder auf den Boden und kroch in eine dunkle Ecke, wo sie wahrscheinlich ihr Nest hatte.

»Lass uns hier verschwinden, mein Sohn. Nimm du die Lampe und geh vor.«

Nemenhat gehorchte, kroch in die Öffnung und schlich, dicht gefolgt von seinem Vater, langsam auf das Licht am Ende des Schachtes zu. Das Erlebnis hatte ihn derart erschreckt, dass er

* Uadjet (Uräus), Kobragöttin und Beschützerin von Unterägypten.

nicht mehr recht wusste, ob er auf den Ausgang zukroch oder geradewegs in die unbekannte Welt des Jenseits, die sich tief im Innern der Pyramide befand. Der Gedanke an die todbringende Kobra, die sich ihnen in den Weg gestellt hatte, ließ ihm keine Ruhe. Jedes Mal, wenn er daran dachte, dass er unterwegs noch einer Schlange begegnen könnte, lief es ihm kalt über den Rücken, und ein Gefühl der Ohnmacht überwältigte ihn. Jetzt wurde die Hitze wieder unerträglich, und er spürte, wie seine Muskeln erlahmten. Seine Lungen fingen Feuer, er drohte zu ersticken und hob den Kopf, um besser atmen zu können. Doch oben war die Luft genauso dünn. Als er wieder auf die Öllampe sah, merkte er, wie das Licht vor seinen Augen allmählich verschwamm.

Als Schepsenure es bemerkte, drückte er den Kopf seines Sohnes nach unten und redete beruhigend auf ihn ein.

»Atme gleichmäßig, mein Sohn, wir sind gleich am Ziel.«

Nemenhat überwand seine Ohnmacht und kroch auf allen vieren durch den höllischen Schacht. Als sie schließlich vollkommen erschöpft den Ausgang erreichten, fielen sie sich, vom grellen Licht der Sonne geblendet, erleichtert in die Arme und versuchten, so tief wie möglich durchzuatmen. Dann sahen sie sich minutenlang nur schweigend an, während die Brise, die von Osten kam, ihnen den bevorstehenden Sonnenuntergang ankündigte.

Es vergingen mehrere Wochen, bis sie zu der Stelle zurückkehrten. Die Pyramiden waren bestimmt schon vor langer Zeit ausgeraubt worden, doch um sie herum war eine riesige Totenstadt entstanden, in der die Überreste der königlichen Familie, von hohen Würdenträgern und Priestern zur letzten Ruhe gebettet worden waren. Schepsenure war fest davon überzeugt, dass sich sein Glück irgendwann wenden und er früher oder später auf ein Grab stoßen würde, das noch nicht geplündert worden war.

Jeden Tag ging er nach der Arbeit in die Totenstadt und suchte nach irgendeinem Hinweis. Um Senusrets Pyramide hatten zehn kleinere Nebenpyramiden gestanden, in denen mit Sicherheit die

Familienmitglieder des Pharaos bestattet worden waren. Doch auch sie waren ausnahmslos von Grabräubern heimgesucht worden. Die andere große Königspyramide befand sich in einer Entfernung von etwa zwei Kilometern, dort lag Senusrets Vater, Amenemhet I., begraben. Auch sie hatten die Grabräuber nicht verschont. Die Aussichten waren alles andere als ermutigend, doch Schepsenure gab nicht auf, und eines Nachmittags, als er wie jeden Tag niedergeschlagen den Heimweg antrat, stolperte er zufällig darüber.

Es war ein herrlicher Spätnachmittag, und Schepsenure setzte sich auf einen Stein, um auf den Sonnenuntergang zu warten. In der Ferne floss der majestätische Nil unaufhaltsam dahin und entlockte dem Nachmittag sein weichstes Licht, das sich als vielfarbiges Funkeln auf seinem Wasser spiegelte und ein Tal, das zeitlos wirkte, mit Leben erfüllte.

Während sich Schepsenure, von so viel Schönheit berauscht, umsah, fiel sein Blick auf einen Haufen aufgeschichteter Steine neben einer Mauer, die nicht höher vom Boden aufragte als eine Elle. Neugierig trat er näher und begann, die Steine vorsichtig abzutragen, bis er auf einen kleinen Brunnen stieß. Sein Herz überschlug sich.

Obwohl die Dunkelheit bald über das Land hereinbrechen würde, wusste er, dass er nicht nach Hause gehen konnte, bevor er sich vergewissert hatte, wohin der Brunnen führte, der unerwartet unter dem Steinhaufen zum Vorschein gekommen war. Er befestigte sein Seil aus geflochtenen Palmwedeln an einem nahe gelegenen Quader und seilte sich ab. Meter um Meter kämpfte er sich in die Tiefe vor, während das Licht seiner Lampe nach dem ersehnten Grund tastete. Der Brunnen schien sehr tief zu sein, und als er schon befürchtete, das Seil wäre nicht lang genug, tauchte plötzlich im schwachen Schein der Öllampe der Grund auf. Er hielt inne und suchte jeden Zentimeter des Bodens vorsichtig ab. Er hatte keine Lust auf eine weitere unliebsame Überraschung. Am Seil hängend achtete er auf die kleinste Bewegung, die er auf dem dunklen Boden ausmachen konnte. Doch dort unten rührte sich nichts.

Er kletterte die letzten Meter hinunter, bis er endlich festen Boden unter den Füßen spürte. Jetzt hob er seine Lampe hoch und sah sich um. Seine von endlosem Leid verhärteten Augen erblickten sofort eine kleine Öffnung in der Wand des Brunnens. Langsam trat er darauf zu, überwältigt von einer merkwürdigen Ahnung. Kein Zweifel, es war eine Tür, und soweit er sehen konnte, war sie noch versiegelt. Sichtlich nervös untersuchte er jede Spalte der Tür und jeden Zentimeter der Wand. Nach einigen Augenblicken gespannter Ungewissheit trat er einige Schritte zurück und lächelte erleichtert. Kein Zweifel, die Tür war noch versiegelt! Hinter dem Eingang lag eine Grabkammer, er war auf eine alte *mastaba** gestoßen. Im Überschwang der Gefühle hätte er am liebsten laut gejubelt, denn diese Tür verhieß ihm ein neues Leben. Er konnte die Bedeutung der Hieroglyphen zwar nicht entziffern, aber er war sicher, dass es das Grab eines Vornehmen oder hohen Würdenträgers sein musste. Und es war noch nicht entweiht worden. Einmal mehr erfüllte ihn das aufregende, erwartungsvolle Gefühl, das er so oft im Leben gespürt hatte, wenn berechtigte Hoffnung bestand, der Erste zu sein, der ein Grab betrat. Als er sich endlich wieder beruhigt hatte, wusste er bereits, was er als Nächstes tun musste. Er würde hinaufklettern und den Brunnen zuschütten. Und in der kommenden Nacht würde er zurückkehren.

Draußen erwartete ihn bereits die Nacht. Die Göttin Nut**

* Rechteckige Gräber aus Kiesel, Lehm oder Stein der hohen Würdenträger im Alten und Mittleren Reich.

** Himmelsgöttin und Mutter von Osiris, Seth, Nephthys und Isis. Sie stellt das Himmelsgewölbe dar, meistens wird sie mit nach Osten zeigenden Armen und nach Westen zeigenden Füßen dargestellt, ihr Körper ist mit Sternen geschmückt.

breitete ihre unermesslichen, allumfassenden Fittiche über das sternenfunkelnde Firmament. Der Himmel war unvergleichlich, und in dieser Nacht erschien er Schepsenure schöner als je zuvor.

Die ganze Nacht tat er kein Auge zu. Immer wieder dachte er über den Fund nach, den er gemacht hatte, grübelte, spekulierte. Alles schien darauf hinzudeuten, dass sein endloser Leidensweg zu Ende ging. Aber was, wenn die Grabkammer leer war? Manchmal kam es vor, dass man ein Grab ausraubte und den Eingang wieder versiegelte. Er verwarf diesen Gedanken, doch er kehrte immer wieder zurück, hartnäckig, unerbittlich, und ließ ihm keine Ruhe. Als der Morgen graute, war er erleichtert. Er weckte seinen Sohn, und beide begannen mit der täglichen Arbeit.

Erst am späten Vormittag erzählte Schepsenure Nemenhat von der Entdeckung. Der machte einen Freudensprung, versprach das Ganze doch ein großartiges Abenteuer. Dann aber erinnerte er sich an seinen letzten Besuch in einer Pyramide, und sein Blick verdüsterte sich. Er hatte Angst.

»Dieses Mal wird es anders sein, Nemenhat«, beruhigte ihn sein Vater, als könnte er seine Gedanken lesen. »Es ist nicht das Grab eines alten Gottes.«

»Müssen wir auch nicht wieder durch einen engen Schacht kriechen, Vater?«

»Nein, mein Sohn, und Schlangen werden wir auch nicht begegnen.«

»Und wenn wir einen Schatz finden, wo wollen wir ihn verstecken?«, fragte der Junge aufgeregt.

»Darüber brauchen wir uns jetzt nicht den Kopf zu zerbrechen. Es ist gut möglich, dass wir gar nichts finden, aber wenn doch, dann wird ihn uns niemand streitig machen, darauf kannst du dich verlassen.«

»Wann gehen wir hin, Vater?«

»Heute Nacht, mein Sohn, heute Nacht.«

Noch ehe sich die Nacht ganz über das Land herabgesenkt hatte, huschten Vater und Sohn auf dem Weg zur Grabkammer wie Schatten durch die Totenstadt.

Es war bereits dunkel, als sie dort ankamen. Schepsenure hielt inne und horchte in alle Richtungen. Kein Ton war zu hören, nur das leise Rauschen des Windes. Sie waren ganz allein. Vorsichtig trug Schepsenure die Steine wieder ab und legte die Öffnung des Brunnens frei. Dann befestigte er das Seil an einem der vielen Steinquader, die überall herumlagen. Als er zum Abstieg bereit war, gab er seinem Sohn das Zeichen.

»Reich mir die Lampe. Ich steige zuerst hinab, dann nimmst du den leeren Sack und folgst mir.«

Anschließend steckte er sich einen Hammer und einen Meißel in den Schurz und seilte sich durch das dunkle Loch in die Tiefe hinab.

Auf dem Grund war alles, wie er es zurückgelassen hatte. Vater und Sohn hielten reglos inne, überwältigt von der Stille, die in dieser Welt herrschte. Kein Geräusch war zu hören. Schepsenure beleuchtete die Tür mit der Lampe und strich prüfend über den Stein. Er brauchte nur an einer Seite mit dem Daumen dagegen zu pressen, und der alte Mörtel bröckelte ab. Dann nahm er sein Werkzeug und legte den Meißel an die Stelle an, die er gerade freigelegt hatte. Instinktiv sah er sich um und erblickte seinen Sohn, der ihn angespannt und mit großen Augen anstarrte. Er konzentrierte sich auf seine Aufgabe und spürte, wie der kalte Schweiß ihm am ganzen Körper herunterlief. Gleichzeitig war sein Mund so trocken wie die Wüste. Schließlich nahm er den Hammer und schlug mit voller Kraft zu.

Die Kammer erbebte unter dem heftigen Schlag, und Schepsenure lief es kalt über den Rücken. Es kam ihm vor, als hätte ganz Ägypten den donnernden Schlag gehört, als hätte er an das Tor der Götter geklopft und es mit einem Schlag geöffnet. Er schlug erneut auf den Meißel, dieses Mal mit noch mehr

Wucht, und auch der zweite Schlag war gewaltig. Es folgten ein dritter und ein vierter, und dann hämmerte sich Schepsenure wie von Sinnen seine ganze verfluchte Vergangenheit von der Seele, als wollte er die widerhallende Wand, die ihn von einem sorgenfreien und glücklichen Leben trennte, zum Einsturz bringen.

Schließlich hatte das Eisen ein kleines Loch in das Gestein geschlagen. Schepsenure ließ in seiner Raserei nach und atmete erleichtert auf. Ruhiger begann er, die winzige Öffnung zu verbreitern, bis sie groß genug war, um einen Blick ins Innere des Raumes zu wagen.

»Gib mir die Lampe, Nemenhat.«

Der Junge gehorchte, ohne mit der Wimper zu zucken, überwältigt von einer unkontrollierbaren Anspannung, die mit Neugier und Angst vermischt war.

Schepsenure hielt die Öllampe in die Öffnung und warf einen Blick hinein. Einen endlosen Augenblick lang blieb er wie versteinert stehen. Inmitten der drückenden Stille wartete Nemenhat nervös und neugierig.

»Was siehst du, Vater? Was siehst du?«

»Ich sehe wunderbare Dinge, mein Sohn«, antwortete sein Vater überwältigt.

Schepsenure vergrößerte die Öffnung, bis sie so breit war, dass sie durch das Loch schlüpfen konnten. Als der lang ersehnte Augenblick gekommen war, holte Schepsenure tief Luft und kletterte, gefolgt von seinem Sohn, in die Grabkammer. Im Innern blieben sie reglos stehen, die Sinne bis aufs Äußerste gespannt, um die kleinste Bewegung wahrzunehmen. Doch das Einzige, was sie registrierten, war die ranzige Luft im Innern der Kammer.

Schepsenure hielt die Lampe hoch und leuchtete den Raum aus. Alles schien in chaotischer Ordnung erstarrt. Er warf einen Blick nach rechts auf den ursprünglichen Eingang der Grabkammer. Dort hockte der Gott Anubis* und wachte über das Grab.

Vorsichtig traten sie näher, während Nemenhat entgeistert die Schönheit des Ortes bewunderte. Er war sprachlos. Es war das erste Mal, dass er sich in einer jungfräulichen Grabkammer befand, und die Lebendigkeit der Wandmalereien verschlug ihm die Sprache.

Es sah aus, als wäre die Kammer erst vor kurzem fertig gestellt worden, obwohl in Wahrheit eine Menge Zeit vergangen sein musste. Wie üblich waren die Wände mit Symbolen und merkwürdigen Zeichen bedeckt und die Figuren derart groß, dass sie ihn in Angst und Schrecken versetzten. Die allgegenwärtigen Wandmalereien stellten Szenen aus dem täglichen Leben des Verstorbenen dar. Man sah ihn mit seiner Gemahlin gemächlich auf einer Barke auf dem Nil fahren, während Sklaven sie bedienten, oder wie eine Dienerin bei einem Festessen sein Haupt mit duftendem Öl beträufelte.

Mit jedem Schritt entdeckte Nemenhat eine Welt, die er niemals für möglich gehalten hätte. Sie zog ihn gänzlich in ihren Bann.

Auf beiden Seiten der Kammer befanden sich Nischen mit kleinen Statuen, die den Verstorbenen mit seiner Frau darstellten, etwas abseits davon stand eine weitere Statue aus grauem Granitstein: ein Schreiber, der mit seinen Schreibutensilien auf dem Boden hockte. Einige Wandmalereien zeigten die Sonnenbarke, die mit dem Verstorbenen, mit Isis, Thot** und

* Ägyptische Gottheit in Hundegestalt mit vielerlei Assimilationen. Unter anderem galt er als Beschützer der Nekropole von Memphis und als Schutzgott der Einbalsamierer. Zusammen mit Horus sorgte er dafür, dass die Waage, auf die das Herz des Verstorbenen gelegt wurde, richtig geeicht war.

** Thot war der Gott, der die Schrift und alle Wissenschaften erfand, die dem Menschen bekannt waren. Sein Wissen war derart gewaltig, dass man ihn für einen Magier hielt. Er war der Schutzgott der Schreiber und wurde als Mensch mit dem Kopf eines Ibises dargestellt.

Chepri* durch himmlische Gewässer fuhr. Auf anderen Reliefs sah man, wie der Verstorbene von Thot, dem Erfinder der Schrift und »Herrscher über die Zeit«, der den Toten Beistand leistete, wenn sie vor Osiris' Totengericht traten, in der Sonnenbarke gefahren wurde. Am linken Arm trug er den Djed-Pfeiler, das Symbol für Stabilität. In der linken Hand hielt er eine Schreibfeder und eine Palette, in der rechten das Anch, das ägyptische Kreuz, mit dem das ewige Leben dargestellt wurde.

Die Augen des Jungen wanderten von einer Wand zur anderen, während er versuchte, soweit es seine Unwissenheit erlaubte, die Bilder zu verstehen. Die Wandmalereien hinter dem Sarkophag überwältigten ihn dann vollends. Dort waren wieder die Eheleute dargestellt, wie sie die Götter des Jenseits anbeteten, und oben, direkt über dem Halbkreis, den das Gewölbe formte, sah man zwei Figuren von Anubis, der die Tore bewachte, die ins Jenseits führten. Darüber zwei riesige Augen, bei deren Anblick er vor Schreck zusammenfuhr. Dies war das *udjet*, das »Horusauge«,** Symbol der scharfsichtigen obersten Gottheit, die nun mit anklagendem Blick das schreckliche Sakrileg beobachtete, das sie begingen. So zumindest befürchtete es der Junge. Die letzte Statue stellte Osiris dar. Sein Körper war in ein Leinentuch gehüllt, Hände und Gesicht leuchteten in grüner Farbe als Zeichen der Erneuerung. In den Händen hielt er den Stab und die Peitsche als Symbole der königlichen Herrschaft. Auf dem Haupt trug er das Atef, eine Krone aus geflochtenen Binsen, die eine auf beiden Seiten mit Federn geschmückte Sonnenscheibe trug. Der Gott stand zwischen zwei in Tierhäute gewickelten Zeptern, die Anubis darstellten, und über allem wachten jene Augen, die sie unerbittlich verfolgten.

Instinktiv trat er einen Schritt zurück und stieß dabei gegen ei-

* Gottheit, die als Mensch mit dem Kopf eines Skarabäus dargestellt wurde und die Wiedergeburt symbolisierte.

** Horus war der Sohn von Osiris und Isis. Als Beschützer des Königtums wurde er in Gestalt des Pharaos wiedergeboren.

nige Gegenstände auf dem Boden, die mit großem Lärm umfielen. Sein Vater fluchte laut.

»Verdammt noch mal, Nemenhat! Was machst du? Hat uns jetzt jeder gehört, oder willst du noch mehr Krach schlagen?«

»Tut mir Leid, Vater. Diese Augen haben mir so einen Schrecken eingejagt«, entschuldigte er sich und zeigte auf die Wand.

»Lass den Unsinn, und hilf mir lieber. Hier gibt es eine Menge zu tun.«

Er hatte Recht. Die Grabkammer platzte vor kostbaren Gegenständen aus allen Nähten: Schalen, Becher, herrliche Teller, Hals- und Armbänder aus Gold, Türkise, Lapislazuli, Karneole und fein gearbeitete Ringe in allen Formen schimmerten im schwachen Schein der Öllampe. Kästchen mit Utensilien für die Körperpflege aus feinem Alabaster, kleine, reich verzierte Möbel ...

Was für eine Pracht!, dachte Schepsenure, während er versuchte, den Wert der Gegenstände zu schätzen. Und alles gehört jetzt uns!

Es war genug, um ein sorgenfreies Leben führen zu können. Schepsenure zwang sich, die Augen zu schließen, und schlug sie dann wieder auf. Er konnte es nicht fassen, es konnte nicht wahr sein. Von einem Augenblick zum anderen hatte sich sein Leben von Grund auf verändert.

Düster zeichneten sich im schwachen Licht der Lampe ihre Schatten an den Wänden der Sargkammer ab, als sie sich vorsichtig umsahen. Schepsenures Blick blieb an der Granitstatue haften, die einen auf einer kleinen Truhe hockenden Schreiber darstellte. Neben ihm lagen eine Schreibtafel aus Schiefer mit einem Tintenfass aus Fayence und ein prächtiger Dolch aus Bronze, wie sie die Würdenträger benutzten, um bei Bedarf Papyrus zu schneiden oder ihre Schreibfedern zu spitzen. Etwas weiter standen ein wunderschönes Senet-Spiel aus Ebenholz und Elfenbein und alle möglichen anderen Utensilien, die einst dem Verstorbenen gehört hatten und ihn nun begleiteten, damit es ihm in der anderen Welt an nichts mangelte.

Überall warteten die *uschebtis* darauf, ihrem Gebieter irgendwelche lästigen Arbeiten abnehmen zu dürfen, falls dieser es verlangte. Zu guter Letzt entdeckten sie als unverzichtbaren Teil der göttlichen und unabänderlichen Liturgie die Kanopen. Vier prächtige, mit Hieroglyphen verzierte Gefäße aus Kalkstein, in denen die Eingeweide des Verstorbenen konserviert wurden. Sie dienten dazu, die Lebenskraft, den *ka* des Verstorbenen, zu erhalten. Sie symbolisierten die vier Kinder von Horus, trugen menschliche Köpfe und befanden sich jeweils in einer Ecke eines wunderbar gearbeiteten Schreins.

Schepsenure untersuchte sie nachdenklich. Er wusste, was sie enthielten, doch alle Kanopen, die er kannte, hatten unterschiedliche Tierköpfe gehabt.

Hapi mit dem Paviankopf enthielt die Lungen und stand in der nördlichen Ecke; Duamutef mit dem Schakalkopf bewachte den Magen und stand in der östlichen Ecke; Qebechsenuef mit dem Falkenkopf enthielt die Eingeweide und belegte die westliche Ecke, und Amset, der Einzige mit einem Menschenkopf, wachte über die Leber und nahm die südliche Ecke ein.

Wie kam es, dass in diesem Grab alle vier menschliche Gestalt besaßen? Schepsenure dachte über diese Frage nach. Sämtliche Gräber, in die er bislang eingedrungen war, hatten sich in Oberägypten befunden und waren nicht besonders alt gewesen. Dieses dagegen war sehr alt, dessen war er sich sicher, obwohl er nicht hätte sagen können, wie alt. Möglich, dass es früher andere Symbole gegeben hatte, doch darüber wollte er sich nun nicht den Kopf zerbrechen. Neugier spielte nur eine untergeordnete Rolle bei diesem fantastischen Fund, den er gemacht hatte. Er zuckte die Achseln und richtete den Blick direkt auf das Hauptstück der Grabkammer, auf jenen Teil, der die Überreste des Toten enthielt und sich von allen anderen abhob.

Vater und Sohn traten langsam, beinahe ehrfürchtig darauf zu. Schepsenure streckte vorsichtig die Hand aus und berührte den Sarkophag.

Wie schön er ist, dachte er voller Bewunderung.

Er bestand ganz aus Holz und war mit Schnitzereien geschmückt, die er noch nie zuvor gesehen hatte.

Einen Augenblick lang spürte er tiefe Ehrfurcht vor dem Meisterwerk mit seinen kunstvoll gearbeiteten Schnitzereien aus unzähligen Symbolen, Formeln und Grabinschriften. Als Tischler wusste er es zu schätzen. Über fast den gesamten Sargdeckel hinweg breitete die Göttin Nephthys* ihre schützenden Flügel über den Verstorbenen aus.

Nemenhat sah ihn bewundernd an, er war sprachlos. Was bedeutete all das? Er hätte sich nie vorstellen können, dass ein Grab solche Dinge enthielt. Er sah, wie sein Vater respektvoll, fast ehrfürchtig über den Sarg strich, aber er verstand nichts. Plötzlich fragte er:

»Was machen wir jetzt, Vater?«

Schepsenure war dermaßen in seine Gedanken vertieft, dass er ihn zunächst nicht beachtete. Erst nach einer Weile kehrte er wieder in die Realität zurück, sah seinen Sohn an und antwortete:

»Wir werden ihn öffnen.«

Die Vorstellung gefiel dem Jungen ganz und gar nicht. In einen Ort wie diesen einzudringen, der einen das Fürchten lehrte, war eine Sache, aber einen Sarg aufzubrechen und die Leiche, die sich darin befand, zu entnehmen, das war etwas anderes. Diese Aussicht erschreckte ihn derart, dass er sich fast in den Schurz gemacht hätte. Schepsenure bemerkte seine Furcht und ermahnte ihn streng.

* Göttin, die über den Sarkophag wachte, Schwester von Isis, Osiris und Seth, mit dem sie zugleich vermählt war.

»Was ist los mit dir, Nemenhat? Komm her, und hilf mir!«

»Ich habe Angst.«

»Angst? Da drin ist nur ein Toter. Dass man uns hier erwischt, sollte dir viel mehr Angst machen.«

»Und wenn im Sarg ein Geist ist, der uns …«

»Ein Geist? Die Geister befinden sich draußen in der Welt, mein Sohn. Sie lauern Menschen wie uns auf und rauben ihnen alles, was sie haben. Vergiss also deine Angst, und hilf mir, den Deckel aufzustemmen.«

Nemenhat war nicht überzeugt, doch er protestierte nicht und kam seinem Vater zu Hilfe.

»Wenn ich das Zeichen gebe, drückst du mit aller Kraft dagegen«, erklärte Schepsenure.

Der Junge sah ihn aufmerksam an und schluckte nervös.

»Jetzt, Nemenhat!«

Vater und Sohn versuchten, mit vereinten Kräften den Sargdeckel zu bewegen, doch er gab keinen Zoll nach.

»Ich sehe schon, das wird nicht leicht. Versuchen wir es noch einmal.«

Erneut versuchten sie, den Deckel aufzustemmen, und dieses Mal ächzte das Holz leise.

»Komm, wir drücken zusammen an derselben Stelle, Nemenhat. Los, jetzt!«

Plötzlich löste sich der Sargdeckel mit einem derart unheimlichen Knarren aus der Verankerung, dass der Junge vor Schreck aufschrie.

»Sei still, und drück weiter. Es fehlt nicht mehr viel, mein Junge.«

Nemenhat gehorchte und drückte mit aller Kraft, wie sein Vater es ihm gezeigt hatte. Und als sich der Deckel unter einem lauten, gespenstischen Ächzen verschob, schloss er die Augen. Er wollte das, was aus dem Sarg käme, nicht sehen.

Doch alles blieb still. Sein Vater gab ihm ein Zeichen innezuhalten, und beide ruhten sich aus. Sie hatten den Deckel einen Spaltbreit aufgeschoben, in den Schepsenure nun eine große Brechstange steckte. Damit stemmte er den Deckel so weit auf, dass er mit beiden Händen bis in die Mitte des Sarges gelangen konnte.

Sie sahen sich wortlos an. Das von Angst verzerrte Gesicht des Jungen stellte tausend Fragen, die nie eine Antwort erhalten würden.

»Gib mir die Lampe, Nemenhat!«, hörte er die energische Stimme seines Vaters.

Er reichte sie ihm mit zittrigen Händen.

Schepsenure griff ruhig danach und leuchtete in das Innere des Sarkophags. Dort ruhte die Mumie des Verstorbenen, in ewiges Leinen gehüllt.

Als ihm der durchdringende Gestank in die Nase stieg, wich Schepsenure zurück und verzog das Gesicht.

»Lass ihn in Ruhe, Vater«, flehte Nemenhat. »Wir haben schon mehr als genug.«

»Nein!«, widersprach sein Vater. »Wir müssen zu Ende führen, was wir einmal begonnen haben.«

»Aber Vater, die Götter werden uns bestrafen für das, was wir hier tun«, wandte Nemenhat ein.

»Sie haben uns schon genug bestraft. Komm her, du musst mir das Licht halten«, sagte er barsch und drückte ihm die Öllampe in die Hand.

»Bitte, Vater. Zwing mich nicht dazu!«

»Jetzt reicht es aber, Nemenhat!«, rief sein Vater wütend. »Tu, was ich dir sage, sonst kommen wir hier nie weg.«

Der Junge nahm die Lampe, schloss die Augen und hielt sie über den hölzernen Sarg. Er wollte auf keinen Fall Zeuge dessen werden, was geschehen würde, und er konnte auch nicht verstehen, warum sein Vater dermaßen von dem Gedanken besessen war, die Ruhe des Toten zu stören.

Die Ängste seines Sohnes ließen Schepsenure kalt, als er sich auf seine makabre Aufgabe vorbereitete. Er nahm ein kleines Messer, setzte es an den Hals der Mumie und begann, die Leinentücher aufzuschneiden, in die sie gewickelt war. Am Anfang ging er noch sehr behutsam vor, mit einem letzten Rest von Ehrfurcht vor dem leblosen Körper. Doch dann begann er, ungeduldig das Leinentuch an der Stelle aufzureißen, an der sich eines der wertvollsten Stücke des Grabes befinden dürfte, der Schmuckkragen des Toten.

Der Schweiß lief ihm in Strömen über den ganzen Körper, und er bekam kaum noch Luft. Er sah seinen Sohn von der Seite an. Nemenhat hielt mit geschlossenen Augen die Lampe hoch und zitterte wie Espenlaub. Schepsenure zwinkerte ihm zu, sog die ranzige, von Tod erfüllte Luft ein, die Jahrhunderte im Sarg gefangen gewesen war, und konzentrierte sich wieder auf seine Arbeit. Das Messer schien auf etwas Festes gestoßen zu sein. Vorsichtig tastete er die Stelle mit den Fingern ab. Kein Zweifel, es war der Schmuckkragen. Rücksichtslos riss Schepsenure das Leinentuch nun ganz auf.

Er konnte einen Freudenschrei nicht unterdrücken. Auf dem leblosen, in ewiges Leinen gehüllten Körper lag das schönste Schmuckstück, das er jemals gesehen hatte. Seine Erregung steigerte sich ins Unermessliche, als er einen Arm unsanft unter die Mumie schob, sie anhob und die Brosche löste, die den Kragen zusammenhielt. Dann zog er ihn vorsichtig heraus und hielt ihn in den schwachen Lichtkreis der Lampe. Das feine Gold und die wertvollen Edelsteine blitzten, als hätte Isis selbst sie mit ihren Tränen benetzt. Schepsenure warf einen Blick auf die Mumie im Sarg. Was will ein ausgetrockneter, zerfallener Toter mit all dem Zeug!, dachte er bei sich, legte das Schmuckstück behutsam neben den Sarg und beugte sich erneut über die Mumie. Es gab da noch etwas zu tun. Unter dem Leinentuch, über dem Herzen, lag das heiligste aller Amulette, Chepri, der Skarabäus, und Schepsenure zweifelte nicht daran, dass es einzigartig war.*

Erneut setzte er das kleine Messer an die Brust der Mumie und warf seinem Sohn einen Blick von der Seite zu. Nemenhat beobachtete ihn nun mit weit geöffneten Augen. Sein Gesicht spiegelte unterdrücktes Flehen, Ohnmacht vor dem, was geschah, Staunen vor dem, was er sah, und Angst, blankes Entsetzen, das ihm mit einem ohrenbetäubenden Lärm im Inneren sagte, dass er auf ewig verflucht wäre. All dies erkannte der Vater, als er seinen Sohn anschaute.

Wenn er den heiligen Skarabäus mitnahm, beging er eine entsetzliche Sünde, weil der Verstorbene dann den Weg zu einem neuen Leben und damit seine Unsterblichkeit verlor.

Langsam richtete sich Schepsenure auf, während seine dunklen Augen die Seele durchbohrten, die sein Sohn ihm so inständig darbot. Er trat zu ihm und umarmte ihn fest.

»Du hast Recht, mein Sohn, wir sollten ihm nicht alles nehmen. Es ist mehr als genug da, um ein sorgenfreies Leben führen zu können. Du darfst diesen Augenblick niemals vergessen. Erinnere dich immer daran, dass wir ihm seinen Skarabäus ließen.«

»Ja, Vater, aber ich will nie wieder hierher zurückkommen.«

Sein Vater lächelte in sich hinein. Wenn du wüsstest, wie unergründlich die Wege des Schicksals sind. Sie werden dich an Orte führen, die tausendmal schlimmer sind als dieser hier.

»Komm, wir schieben den Deckel wieder zu und füllen so viel

* Wenn die Ägypter einen Skarabäus sahen, der seine Mistkugel vor sich herrollte, glaubten sie, darin eine Erklärung für den Sonnenzyklus zu erkennen. Chepri war Re am Horizont, wenn die Sonne morgens aufging. Sie beobachteten die Mistkugel, in der sich die Larven des Pillendrehers befanden und aus denen achtundzwanzig Tage später die kleinen Skarabäen schlüpften. Die Ägypter glaubten, dass sich diese von selbst erschufen und wie die Sonne einen neuen Zyklus begannen. Aus diesem Grund symbolisierte Chepri die Wiedergeburt.

von den kostbaren Gegenständen in den Sack, wie wir tragen können.«

Der Junge nickte und half seinem Vater, den Sarg wieder zu schließen. Dann machten sich beide daran, die Grabkammer zu plündern.

Während der drei folgenden Nächte kamen sie immer wieder zurück und nahmen, so viel sie tragen konnten. Nur die großen Gegenstände und jene, die nicht besonders wertvoll waren, ließen sie zurück. Schepsenure beschloss, dass sie dort versteckt bleiben sollten. Wer weiß, ob sie eines Tages wieder in Not gerieten und den Rest holen müssten.

»Präge dir diesen Ort genau ein«, erklärte er ernst. »Und wenn du irgendwann einmal gezwungen bist wiederzukommen, vergiss nicht, dass hier noch genug liegt, um in Würde zu leben.«

Nemenhat nickte heftig und sah sich um. Sollte er tatsächlich einmal gezwungen sein zurückzukommen, würde er den Ort mit Sicherheit wiederfinden. Davon war er überzeugt.

Bevor sie gingen, schütteten sie den Eingang, so gut sie konnten, wieder zu. Als sie fertig waren, nickte Schepsenure zufrieden. Niemand würde die Stelle finden.

Am folgenden Tag begannen sie, ihre Abreise zu planen. Obwohl sie keine Ahnung hatten, wohin sie gehen sollten, glaubte Schepsenure, dass es am besten wäre, in den Norden zu ziehen und sich im Delta niederzulassen. Doch er wusste aus leidvoller Erfahrung, wie gefährlich die Wege in Ägypten waren und dass die vielen Reichtümer ihnen leicht zum Verhängnis werden konnten. Er runzelte die Stirn und sah gedankenverloren gen Osten, wo seit Anbeginn der Zeit der gewaltige Nil unermüdlich dahinströmte. Schepsenure lächelte erleichtert: Sie würden den Nil hinabfahren.

Schepsenure war allerbester Laune. Er saß am Tisch einer Schenke, strich über den Weinkrug, der vor ihm stand, und ließ sich den Nektar, den er in Zukunft nicht mehr missen wollte, auf der Zunge zergehen. Mit glasigen Augen holte er einen kleinen Ring aus der Tasche und legte ihn auf den Tisch. Er war wunderschön, aus Gold und Türkisen, und auf der Innenseite mit einer winzigen Gravur versehen. Er drehte ihn in den Fingern hin und her und betrachtete ihn wie hypnotisiert. Dabei war er bloß ein Bruchteil dessen, was er nun besaß! Er hatte das Gefühl zu schweben, eine Empfindung, die ihm vollkommen neu und wahrscheinlich das war, was andere Glück nannten. Vielleicht war es aber auch nur der Anfang vom Glück. Jetzt konnte er Dinge kaufen, die er sich niemals hätte vorstellen können. Doch er musste vorsichtig sein. Er nahm noch einen Schluck und spielte weiter abwesend mit dem Ring. Nach einer Weile trommelte er mit den Fingern auf den Tisch, ließ sich jedoch von dem Trubel, der in der Kneipe herrschte, nicht aus der Ruhe bringen.

Ein Mann, der in der hintersten Ecke der Schenke saß, beobachtete ihn. Er hatte ihn schon den ganzen Abend im Visier gehabt. Seinem Aussehen und seiner Kleidung nach zu urteilen, war er ein Beamter. Er nippte an seinem Bier und ließ Schepsenure nicht aus den Augen. Es war ihm auch nicht entgangen, wie der Handwerker gedankenverloren mit dem Ring spielte. Schließlich trank er gemächlich sein Bier aus, stand auf und trat zu Schepsenure.

»Darf ich mich einen Augenblick zu dir setzen, Handwerker?«

Schepsenure fuhr zusammen und sah den Mann an, der mit einem bis zur Brust reichenden Schurztuch nach der letzten Mode gekleidet war. Er nahm einen kräftigen Schluck, schnalzte mit der Zunge und nickte kaum merklich, während er den Ring in der Hand versteckte.

»Entschuldige, wenn ich so aufdringlich bin. Ich heiße Anch-Neferu und bin Schreiber im Katasteramt von Memphis. Meine Freunde nennen mich Anch.«

Schepsenure warf ihm einen flüchtigen Blick zu und nahm einen weiteren Schluck.

»Du musst mir nicht sagen, wie du heißt. Es genügt, wenn ich weiß, dass du ein Handwerker bist.«

»Woher weißt du das? Kennen wir uns etwa?«

Der Beamte lächelte listig.

»Ich erkenne es an deinen Händen. Bist du Tischler oder Steinmetz?«

Schepsenure machte eine vieldeutige Geste.

»Und ich wette, dass du gut in deinem Beruf bist«, fuhr der Schreiber fort. »Bestimmt zahlt man dir einen ordentlichen Lohn für deine Arbeit, nicht wahr?«

»Schon möglich«, antwortete Schepsenure misstrauisch.

»Dachte ich mir«, sagte der Schreiber. »Dem Ring nach zu urteilen, musst du sehr gute Arbeit geleistet haben. Darf ich ihn mir mal ansehen?«

Instinktiv ballte Schepsenure die Hand mit dem Ring zu einer Faust zusammen und blickte forschend in diese listigen Augen, die ihn durchbohrten. Einen Augenblick lang musterten sich die beiden Männer stillschweigend. Schließlich streckte Schepsenure den Arm aus und öffnete die Hand.

»Danke, er ist wunderschön, eines Gottes würdig«, murmelte der Schreiber, während er den Ring im gedämpften Licht der Schenke untersuchte. »Weißt du, was hier geschrieben steht?«

»Nein, wie könnte ich? Ich bin doch Handwerker.«

»Ja, natürlich«, antwortete Anch lachend. »Du kannst ja nicht lesen. Aber ich. Und derjenige, der ihn dir gab, beherrschte diese Kunst vermutlich auch nicht, stimmt's?«

»Ganz recht«, gab Schepsenure zurück.

»Natürlich«, antwortete der Schreiber und nickte. »Sicher hast du noch mehr davon, nicht wahr? Und sicher waren sie der verdiente Lohn für deine ehrliche Arbeit ...«

Schepsenure antwortete nicht sofort. Das Problem war ihm

bewusst, obwohl er sich bislang nicht gerade den Kopf darüber zerbrochen hatte. Natürlich wäre er nicht so unvorsichtig, den gesamten Schmuck, den er erbeutet hatte, selbst verkaufen zu wollen. Er brauchte jemanden, der ihm half, die Beute loszuwerden, und dieser Mann war ihm nun vielleicht von den Göttern gesandt worden. Offensichtlich war er noch viel weniger redlich als er selbst und daher der ideale Partner für sein Vorhaben. Zweifellos barg das Ganze ein hohes Risiko, aber es war die Sache wert.

»Man muss nicht gleich übertreiben, Schreiber.«

»Ha, ha, ha. Ich verstehe. Dir ist doch wohl klar, dass du diese Art von Schmuck nicht so leicht loswerden wirst. Die Verwaltung reagiert mittlerweile sehr empfindlich, und überall sind Spitzel unterwegs. Selbst Gegenstände, die ehrlich erworben wurden wie dieser Ring hier, können mit Leichtigkeit Gegenstand einer Untersuchung werden.«

Schepsenure schwieg.

»Vielleicht könnte ich dir helfen«, fuhr Anch fort.

»Mir helfen? Ich wüsste nicht, wie.«

»Mal angenommen, ich würde die geeignete Person für derartige Geschäfte kennen. Jemanden, der dir einen angemessenen Preis machen könnte.«

»Und welchen Preis verlangst du?«

»Sagen wir, ich wäre mit einem Drittel zufrieden.«

»Das kann ich mir vorstellen«, erwiderte Schepsenure. »Ich aber nicht.«

»Hör gut zu, Handwerker. Ich werde noch ein paar Tage bleiben, bis ich die Angelegenheiten, die mich herführten, erledigt habe. Dann kehre ich nach Memphis zurück. Kennst du die Stadt?«

Schepsenure schüttelte den Kopf, während er einen weiteren Schluck Wein nahm.

»Nun, in Memphis treffen sich Menschen aus aller Herren

Länder. Dort kann man leicht untertauchen, niemand mischt sich in dein Leben ein, und alle sind glücklich. Ein idealer Ort, um Nutzen aus der Art von Arbeit zu ziehen, der du nachgehst; wenn du verstehst, was ich meine«, sagte Anch und sah ihn durchdringend an.

»Du sprichst doch nicht etwa vom Ialu-Gefilde, oder?«, entgegnete Schepsenure spöttisch.

»Nein. Ich spreche vom Anfang einer geschäftlichen Beziehung, die dein Schaden nicht sein soll. Vergiss nicht, dass Memphis so alt ist wie die Götter, die dort überall bestattet sind.«

Schepsenure versuchte, in den listigen Augen zu lesen, mit denen sein Gegenüber ihn musterte.

»Ich verstehe. Trotzdem glaube ich nicht, dass es mir mehr als ein Viertel wert wäre, Schreiber.«

Anch brach in schallendes Gelächter aus.

»Einverstanden. Aber merke dir eins, wenn du versuchst, mich hereinzulegen, bist du ein toter Mann.«

Schepsenure widerstand – sicher dank der Wirkung des Weins – seinem bohrenden Blick. Er griff erneut zum Becher, nahm einen kräftigen Schluck und wischte sich mit dem Ärmel über den Mund.

»Und wenn du versuchst, mich zu betrügen, wirst du derjenige sein, der stirbt, Schreiber.«

Einen Moment lang starrten sich die Männer schweigend an, während sie das Gewicht der Worte inmitten des Lärms ringsum abschätzten. Schließlich breitete Anch die Arme aus und lächelte verschmitzt.

»Der Pakt ist besiegelt, Handwerker.« Und mit diesen Worten tranken sie aus demselben Becher.

»Ich muss jetzt aufbrechen«, erklärte der Schreiber kurz darauf. »Erlaube, dass ich dich einlade. Es wäre eine Schande, wenn so ein schöner Ring dazu verwendet würde, ein paar Krüge in einer Schenke zu bezahlen.«

Schepsenure nickte und antwortete:

»Behalte ihn als Vorschuss auf deinen Anteil.«

Anch musterte den Ring begierig.

»Ich sehe, dass ich mich in dir nicht getäuscht habe«, sagte er, als er aufstand. »Sei in zwei Tagen bereit. Dann läuft mein Schiff aus.«

Schepsenure nickte.

»Ach, übrigens«, erklärte er mit einem leichten Lächeln. »Der Ring ist wirklich sehr alt und gehörte einem gewissen Neferjak, dem Obersten Königlichen Schreiber und Inspektor der Beamten. Irgendwie ist es nur gerecht, wenn er wieder in den Besitz eines Kollegen übergeht, meinst du nicht?«

Schepsenure saß an einen alten Baumstamm gelehnt und verzehrte gedankenverloren eine Zwiebel. Sie war groß und saftig und hatte einen leicht süßlichen Geschmack, der sie zu einem der beliebtesten landwirtschaftlichen Erzeugnisse der Zeit machte. Mit jedem Bissen genoss er das kärgliche Mahl, das die Grundnahrung der einfachen Bewohner des Landes darstellte. Sie war bestimmt schmackhaft, doch Schepsenure hielt die Zwiebeln aus Theben für unvergleichlich besser, sie waren kräftiger im Geschmack und saftiger. Als er fertig war, nahm er einen Schluck Gerstensaft und wischte sich mit der Hand die Reste seines einfachen Mahls vom Mund. Dann schnalzte er mit der Zunge und stocherte in seinen schlechten Zähnen herum.

Hm, dachte er. Besonders fest seid ihr nicht mehr. Außerdem fehlen mir ein paar Backenzähne. Ich glaube, dass ich mir in Memphis einige Goldplomben machen lassen werde. Wer weiß, vielleicht schmeckt sogar das Essen danach besser. Außerdem werde ich mir jeden Tag den Mund mit *bed* ausspülen.*

Für das Leben, das er geführt hatte, war seine körperliche Ver-

* Sterilisierendes Salz.

fassung gar nicht mal so schlecht. Er war dreißig Jahre alt, in diesem Alter waren die meisten Menschen bereits tot oder gebrechlich. Er dagegen war noch vollkommen gesund und sah obendrein auch noch gut aus. Sein Gesicht strahlte Gelassenheit aus, und in seinen großen dunklen Augen spiegelte sich sein langjähriger, entbehrungsreicher Überlebenskampf wider.

Wenn ich es bis hierhin geschafft habe, dann werde ich es auch bis zum Ende schaffen, dachte er und machte es sich im Schatten der Sykomore gemütlich.

Er sah sich um. Zu seiner Rechten schwankte Anchs Schiff träge an der kleinen Mole, während die sengende Sonne auf alles niederbrannte, was nicht im Schatten lag. Weit und breit war keine Menschenseele zu sehen.

Neben ihm verschlang sein Sohn gierig den x-ten Honigkuchen an diesem Tag.

»Wie lange müssen wir denn noch warten, Vater?«, quengelte er mit vollem Mund.

»Das hängt nicht von uns ab, Nemenhat, ich habe es dir doch schon erklärt. Wir müssen auf den Schreiber warten.«

»Was ist, wenn er heute nicht kommt? Ich habe keine Lust, den ganzen Tag hier zu vertrödeln.«

Schepsenure warf ihm einen strengen Blick zu.

»Jetzt hör mal gut zu, mein Sohn. Er wird heute kommen, und ich hoffe, dass du mir keine Schande machst. Es sei denn, du willst noch Bekanntschaft mit der Peitsche machen.«

Mürrisch konzentrierte sich Nemenhat auf das letzte Stück des schmackhaften Honigkuchens. Er sollte seine Nase wirklich nicht in diese Angelegenheiten stecken und seinem Vater damit auf die Nerven gehen, obendrein an einem Tag, an dem es so stickig war wie heute und die Schwüle ihnen derart zusetzte.

Ohne sich aus der Ruhe bringen zu lassen, schloss Schepsenure die Augen und trommelte mit den Fingern auf die alte Holztruhe neben ihm, über die er argwöhnisch wachte. Darin befanden sich alle kleinen, leicht zu transportierenden Wertsachen. Nach reiflicher Überlegung war Schepsenure zu dem Schluss gelangt, dass es besser wäre, den größten Teil der Beute im Grab liegen zu lassen. Das, was er jetzt bei sich trug, genügte, um im Delta ein neues, angenehmes Leben zu beginnen. Wenn er eines Tages mehr brauchte, würde er zum Grab zurückkehren und es sich holen. Schließlich lag Memphis kaum mehr als eine Tagesreise entfernt.

Die Sonne hatte den Zenit längst überschritten, und der Nachmittag neigte sich seinem Ende zu. Auf seiner ewigen Wanderschaft würde Re erneut seine Reise durch die Nacht antreten. So war es seit Anbeginn der Zeit gewesen, und so würde es gemäß einer unveränderlichen kosmischen Ordnung immer bleiben.

Die Schatten wurden länger und legten sich sacht über die heilige Erde, als wollten sie sie von den Qualen erlösen, die ihr der Tag auferlegt hatte. Schepsenure wartete gleichmütig.

Schließlich hörte man Stimmen, und dann tauchten auf dem Pfad einige Männer auf. Sie waren zu fünft. Einer von ihnen gab ununterbrochen Anweisungen, während die anderen stumm nickten. Als er die beiden Gestalten unter dem Schatten des Baumes entdeckte, kam er auf sie zu.

Anch wischte sich den Schweiß von der staubigen Stirn.

»Sei gegrüßt, Handwerker«, rief er und lächelte.

»Willkommen«, antwortete Schepsenure und reichte ihm den Krug. »Das Bier ist vom Wasser im Fluss schön gekühlt.«

Anch leckte sich die Lippen und nahm dankbar einen kräftigen Schluck.

»Ein Geschenk der Götter! Es gibt nichts Besseres, um an einem solchen Tag den Durst zu löschen«, erklärte er und trank erneut.

Dann reichte er den Krug zurück und warf Schepsenure einen seiner typischen spöttischen Blicke zu.

»Na, wartest du schon lange?«

»Das Warten wird uns in diesem Land mit in die Wiege gelegt. Wir warten darauf, dass Hapi* uns gnädig ist und der Fluss jedes Jahr so weit über die Ufer tritt, dass sein Schlamm uns eine gute Ernte ermöglicht. Wir warten darauf, dass die Saat aufgeht und das Getreide gedeiht und nicht von einer Naturkatastrophe oder einer Plage zerstört wird. Wir warten darauf, dass die Ernte gewissenhaft eingefahren wird und die Götter ihren Anteil bekommen. Aber das weißt du besser als ich, nicht wahr?«

»Wie wahr. Und ich kann dir versichern, dass die Ernte dieses Jahr sehr gut ausfallen wird. Ptah** wird in seiner grenzenlosen Güte dafür sorgen, dass die Getreidespeicher überquellen. Aber ich wusste gar nicht, dass dir die Landwirtschaft so am Herzen liegt. Ich bin davon ausgegangen, dass du dich für ganz andere Geschäfte interessierst«, setzte er boshaft hinzu.

»Nun, ich interessiere mich genauso brennend wie du für das Wohl unseres Landes, Schreiber«, entgegnete Schepsenure. »Doch jetzt sag mir, dass sich das Warten auch gelohnt hat.«

»Zweifellos, zweifellos«, nickte der Schreiber, warf einen Blick auf die Truhe neben Schepsenure und sagte: »Ich sehe, dass du ein kluger und vorsichtiger Mann bist. Das ist heutzutage sehr wichtig, wenn man gedenkt, alt zu werden.«

»Dass man in Ägypten alt werden kann, soll wohl ein Witz sein. So viel erhoffe ich mir nicht, aber ich würde gern aufhören, ständig durch dieses Land zu wandern, meine Füße sind nämlich schon beinahe mit der Erde verwachsen, verstehst du?«

»Kann ich mir denken, mein Freund, kann ich mir denken. Aber was willst du? Manchmal sind die Wege, die uns auferlegt werden, seltsam und beschwerlich, nicht nur deine. Meine sind es auch. Nicht an dem Staub eines Wanderers erkennt man seine

* Hapi symbolisierte die Fruchtbarkeit und war für die jährliche Nilschwelle verantwortlich.

** Ptah war sowohl Schutzpatron der Stadt Memphis als auch der Künstler und Handwerker.

Seele. Den Göttern zu dienen ist eine sehr komplizierte Angelegenheit, und es ist nicht leicht, damit Erfolg zu haben.«

Schepsenure lachte leise und strich gedankenverloren über die Truhe.

»Lach nicht«, ermahnte ihn Anch. »Wir müssen stets darauf hoffen, dass uns das launische Glück wohlgesinnt ist.«

»Nun, ich kann nicht gerade behaupten, dass die Götter es bislang gut mit mir gemeint haben«, erwiderte Schepsenure.

»Fordere nicht Ptahs allmächtigen Zorn heraus, Handwerker! Unsere Wege haben sich hier gekreuzt, und jetzt gehen wir zusammen. Deiner ist bald zu Ende, aber denk an den deines Sohnes. Er ist dein größter Reichtum, ist es nicht so?«

Schepsenure sah dem Mann in die Augen. Sie waren wie ein tiefer, bodenloser Brunnen, und in diesem Augenblick wurde ihm bewusst, dass er auf der Hut sein musste. Schließlich winkte er resigniert ab, als wollte er seiner Ohnmacht Ausdruck verleihen, und stand widerwillig auf.

»Da wir von nun an denselben Weg nehmen, kann ich nur hoffen, dass du genug Bier an Bord hast, damit meine ausgetrocknete Kehle dich nicht allzu sehr belästigt.«

Anch brach in Gelächter aus und forderte ihn mit einer Handbewegung auf, ihm zu folgen.

Das Segelschiff war klein, aber Nemenhat kam es wunderbar vor.

Er hatte oft beobachtet, wie die großen Schiffe der Reichen sich auf dem Nil einen Weg durch die vielen Feluken bahnten, in denen die alltäglichen Gebrauchsgüter transportiert wurden. Nie hätte er sich träumen lassen, dass er eines Tages selbst an Bord eines solchen Schiffes gehen würde. Unermüdlich lief er hin und her und sah sich alles genau an.

»Nemenhat, hör endlich auf, überall herumzulaufen!«, ermahnte ihn sein Vater.

Doch der Junge hörte gar nicht zu, und als das Schiff endlich auf die heiligen Gewässer des Nils hinaussegelte, tat sich eine ganz neue Welt für ihn auf. Er hatte die Ellbogen auf die Reling gestützt und beobachtete in sich gekehrt den Sonnenuntergang. Die Erntezeit Schemu neigte sich dem Ende zu, und die Bauern arbeiteten auf den Feldern, um die Früchte eines ganzen Jahres einzufahren. Etwas weiter vom Ufer entfernt wurden die Getreideähren zu ordentlichen Haufen aufgeworfen, die dann von den Schreibern, denen nicht ein einziges Korn entging, akribisch genau in die Bücher eingetragen wurden. Dann wurden sie in großen hölzernen Schöpfkellen, die ein *hekat*, etwa 4,87 Liter fassten, gewogen und anschließend auf großen Booten zu den Speichern transportiert, wo man sie erneut wog, um zu sehen, ob während des Transportes etwas gestohlen worden war. Nichts entging der Kontrolle der Tempel.

Die Priesterkaste besaß grenzenlose Macht, und wenn es galt, diese zu verteidigen, scheute sie nicht einmal davor zurück, das gesamte Königreich mit gezielten Intrigen ins Chaos zu stürzen. Die Zeiten, in denen der König uneingeschränkt über die Beiden Länder herrschte und die einzige Verbindung zwischen den Göttern und den Menschen verkörperte, gehörten längst der Vergangenheit an. Der aufkommende Adelsstand und die Priesterschaft hatten sich mit der Zeit immer mehr Privilegien erkämpft und die Macht des Königs stark beschnitten. Erst den großen Kriegspharaonen war es erneut gelungen, die grenzenlosen Machtambitionen von Adel und Klerus in die Schranken zu weisen.

Jetzt aber versank Ägypten erneut im Chaos. Seit dem Tod des großen Gottes Usermaatre-Setepenre*, des Starken Stieres, beschleunigte sich der Untergang des Reiches. Unter seinem Nachfolger Merenptah konnte Ägypten seine Grenzen nur mit Mühe

* Name, unter dem Ramses II. gekrönt wurde. Er bedeutet: »Ein von Re Auserwählter. Besitzer von Schlagkraft«. Ramses war sein Geburtsname.

und Not vor einer Invasion der Völker aus dem Westen von Cyrenaica verteidigen, die unter der Führung eines libyschen Kriegsfürsten versuchten, in Ägypten einzufallen. Der Pharao zog ihnen entgegen, vernichtete ihr Heer und zwang sie, ins »Dunkel der Nacht« zu flüchten.

Dennoch spitzte sich die innere politische Krise zu. Seit der große Ramses die Hauptstadt des Reiches nach Pi-Ramesse verlegt hatte, waren die alten Rivalitäten zwischen Unter- und Oberägypten nach und nach aufs Neue entflammt. Ramses II. hatte versucht, sie zu ersticken, indem er den Klerus des Amun in Theben reich beschenkte. Es war eine Zeit des Wohlstandes und Überflusses in Ägypten, das seine Grenzen wie noch nie zuvor in seiner Geschichte ausdehnte. Doch mit dem Tod des großen Pharaos begann der unaufhaltsame Zerfall des Reiches, und am Ende der Herrschaft seines Nachfolgers arbeiteten die Gaufürsten in Theben emsig daran, die Macht und den Einfluss, die sie sich während der letzten vierhundert Jahre mühsam erkämpft hatten, nicht aus der Hand zu geben.

Merenptah nahm seine Schwester, Prinzessin Isisnofret, zur königlichen Hauptgemahlin. Sie schenkte ihm zwei Kinder, den Sohn Sethos-Merenptah und eine Tochter namens Tausret. Ersterer war der Thronnachfolger des Königreichs von Kemet.

Mit Tachat, einer Frau aus seinem Harem, die nicht königlicher Herkunft war, zeugte er einen weiteren Sohn mit dem Namen Amenmesse. Nach dem Tod des Pharaos hob der Klerus in Theben mithilfe seines Hohepriesters Roi, eines mächtigen und einflussreichen Mannes von einzigartiger Klugheit, Amenmesse unrechtmäßig auf den Thron. Drei Jahre lang ging es weiter bergab mit dem Land. In den Tempeln von Amun häufte sich der Reichtum, und die Aristokratie von Theben konnte ihre Macht immer mehr ausbauen. Die Fürsten im Delta jedoch widersetzten sich einer erneuten Vorherrschaft des Südens. Sie erhoben sich und unterstützten den legitimen Thronnachfolger Sethos-Merenptah. Wie unzählige Male zuvor befand sich Ägypten am Rande eines neuen Bruderkrieges. Im dritten Jahr seiner Herrschaft starb Amenmesse auf mysteriöse Weise. Nun war für Sethos der Weg frei, und er ließ sich zum König über Ober- und Unterägypten ausrufen. Seine Thronbesteigung konnte jedoch die vielfältigen Probleme des Reiches auch nicht lösen, und von dem einstigen Glanz der Ramses-Dynastie erhielt er nur den Namen, unter dem er das Reich regierte: Sethos II.

Während jener dunklen Zeiten vollzog sich in der Staatshierarchie der rasante Aufstieg eines Mannes aus Syrien namens Bay, der es bis zum Großen Siegelvorsteher des Pharaos brachte. Als Sethos II. nach sechs Jahren Herrschaft starb, wurde seine Schwester und königliche Hauptgemahlin Tausret von den vielen Problemen des Reiches, das unter dem ständigen politischen Druck aus Oberägypten auseinander zu fallen drohte, förmlich erdrückt. Sie hätte ihren Wesir Bay heiraten und ihm die ganze Last des Regierens überlassen können. Doch Bay war kein Ägypter. Wie hätte er also das Geschick der Beiden Reiche bestimmen können? Tausret entschied sich für einen anderen Weg. Sie ließ einen jüngeren Sohn namens Siptah zum Pharao krönen, in der Hoffnung, ihn leicht manipulieren zu können und auf diese Art weiter mit Bay die Fäden der Macht in den Händen zu halten. Doch Tausret hatte sich geirrt.

Als Siptah zum Pharao gekrönt wurde, war er vierzehn Jahre alt; zudem litt er seit seiner Geburt an der gefürchteten Kinderlähmung. Trotzdem war der junge Pharao, der sich unter dem Namen Siptah-Merenptah hatte krönen lassen, fest entschlossen, die Staatsgeschäfte nicht seiner Mutterkönigin zu überlassen, und begann, langsam, aber energisch die Zügel des Landes in die Hand zu nehmen. Als erste Maßnahme machte er den nubischen Beamten großzügige Geschenke und ernannte einen neuen Vizekönig namens Seti für den nubischen Gau. Mit diesem geschickten Schachzug sahen sich die Fürsten in Theben plötzlich in die

Zange genommen, und die Aufstände ließen allmählich nach. Jetzt konnte das Schiff Ägypten in ruhigeren Gewässern segeln.

Im Alter von zwanzig Jahren verstarb Siptah, und seine Mutter Tausret übernahm erneut die Regierungsgeschäfte. Zusammen mit ihrem Verbündeten Bay, der im Hintergrund mit jedem Tag mehr Machtbefugnisse an sich riss, herrschte sie zwei Jahre lang über das Königreich, ehe auch sie verstarb. Bay ergriff daraufhin die Macht und ließ im ganzen Reich horrende Steuern erheben. Auch vor den Göttern machten er und seine Anhänger keinen Halt. Sie verboten die Opfergaben an die Tempel, woraufhin sich in ganz Ägypten die Anarchie ausbreitete.

Doch wie so viele andere Male zuvor hatten die Götter Erbarmen mit ihrem Volk und kamen dem Land von Kemet zu Hilfe. Sie taten es in der Gestalt eines ranghohen Feldherrn aus dem Delta, der sich inmitten des absoluten Chaos erhob und die Herrschaft an sich riss. Seine Truppen befreiten Städte und Tempel und vertrieben die Anhänger Bays. In nur wenigen Monaten hatte er die Ungläubigen aus dem Orient besiegt und alle ihre Spuren vom Erdboden getilgt. Im Reich war wieder Ruhe eingekehrt.

Er wurde mit viel Pomp zum neuen lebenden Horus gekrönt und unter dem Namen Userchaure-Meriamun – Mit beständigem Willen und mächtiger Kraft! Von Re Auserwählter – auf den ägyptischen Thron gehoben. Das Volk jedoch kannte ihn unter seinem Geburtsnamen Sethnacht. Mit ihm begann eine neue, die 20. Dynastie.

Das Leben in Ägypten normalisierte sich wieder. Das Niltal wurde erneut zu einem friedlichen Land, in dem die Götter verehrt und die alten Traditionen befolgt wurden.

Doch der alte Sethnacht starb nach nur zwei Jahren, und die Macht ging an seinen Sohn Ramses über. Der Feldherr hatte seinen Sohn auf diesen Augenblick gut vorbereitet und ihn in seinem letzten Jahr mitregieren lassen. Der Machtwechsel ging reibungslos über die Bühne, denn faktisch regierte Ramses Ägypten bereits. Man schrieb das Jahr 1182 vor Christus, und mit ihm begann die einunddreißigjährige Herrschaft des letzten großen ägyptischen Pharaos, Ramses III.

Von alledem hatte Nemenhat nicht die geringste Ahnung, während er versunken beobachtete, wie die Fellachen ihre Habseligkeiten einsammelten und sich langsam auf den Heimweg machten. Sie schienen glücklich zu sein, den harten Arbeitstag hinter sich gebracht zu haben, denn er konnte hören, wie sie fröhlich sangen. Die Ernte war üppig ausgefallen, sie würden keinen Hunger leiden müssen.

Die kurze Strecke, die sie noch von Memphis trennte, unterlag der Kontrolle des Gottes Ptah und wurde von dessen Priestern verwaltet. Sie besaßen acht Prozent des ägyptischen Landes, was nicht viel war im Vergleich mit den fünfzehn Prozent der Priester von Re oder gar den zweiundsechzig, die dem Gott Amun gehörten, der über mehr als die Hälfte des Landes herrschte.

Obwohl theoretisch das ganze Land dem Pharao unterstand, sah es in der Praxis anders aus, denn neben den genannten Ländereien, die sich im Besitz der großen Tempel befanden, gab es noch die Latifundien der Staatsbeamten und der Vornehmen.

Das Land, das dem Staat gehörte, wurde von Privatpersonen bewirtschaftet, denen ein Teil der Ernte zustand. Daneben gab es die Felder, die Söldnern und Priestern unter der Bedingung zugeteilt wurden, dass sie ihren Beruf weiter ausübten und keinen Rechtsanspruch darauf hatten, das Land zu vererben. Es ging so weit, dass man ihnen das Land wieder abnehmen konnte, wenn die Söhne nicht in die Fußstapfen ihrer Väter traten. Alles war bis ins kleinste Detail geregelt, selbst die unterschiedlichen Steuerklassen für die Bauern. Sie waren abhängig davon, ob man ein gewöhnliches Stück Land, ein Stück fruchtbares Land oder ein Stück Ödland bewirtschaftete.

Unter der starren, von einem bürokratischen Staat festgelegten

Ordnung schleppte sich das Land nur mühsam voran, gebremst von einer mehr als zweitausend Jahre alten Trägheit, die das Reich allmählich in die Knie zwang.

Die Gesänge wurden immer leiser, bis sie sich mit der Stille der Gräber verbündeten und gänzlich verstummten. Dunkelheit senkte sich über das Tal und verschluckte das Land am Nil.

Schepsenure saß unter dem Sonnensegel und beobachtete gedankenverloren den Himmel über Ägypten. Die leichte Brise brachte unbekannte Gerüche mit sich, die er nun genüsslich einsog. Nie hätte er sie für möglich gehalten. Oder kannte er sie vielleicht doch aus einem anderen Leben? Wer weiß, Ägypten war ein Duft, den nur wenige genießen durften. Er schloss die Augen wieder und träumte weiter unter dem ewigen Himmelsdach, das die Götter mit ihren unsichtbaren Händen gewoben hatten. Was für eine herrliche Nacht! Sein Sohn lag neben ihm in tiefem Schlaf. Er fuhr ihm mit der Hand übers Haar und seufzte. Sein Leben würde nicht von Entbehrungen gekennzeichnet sein, das zumindest hoffte er. Er erinnerte sich an seine Frau, und seine Augen glänzten wie ein Spiegel. So lange war sie bereits tot! Es war traurig, dass sie nicht mehr bei ihm war, jetzt, da er ihr endlich den Wohlstand hätte bieten können, den sie niemals gehabt hatte. Er blinzelte, und ein paar salzige Tränen liefen ihm über die Wangen. Er wischte sie mit dem Handrücken weg und sah auf den Fluss. Es war Maat.

Re-Chepri,* die Morgensonne, überflutete das Land mit ihrem unvergleichlichen Licht und brachte das Leben zurück. Dicht gedrängt erschienen die Menschen an den Ufern des Flusses, um sich in diesem außergewöhnlichen Licht zu baden, und unzählige, mit allerlei Waren beladene Boote durchpflügten den Nil in beiden Richtungen.

* Für die alten Ägypter stellte Re-Chepri die Morgensonne, Re-Kemet die Mittagssonne und Atum die Abendsonne dar.

Nemenhat war begeistert, wenn er sie so nahe an sich vorbeisegeln sah. Er sprang vor Freude auf und winkte ihnen fröhlich zu.

Schließlich tauchte hinter einer Flussbiegung die Stadt vor ihnen auf.

»Ist das Memphis, Vater?«

Als Anch nickte, lächelte Schepsenure.

»Ja, mein Sohn, wir sind in Memphis.«

»So groß ist die Stadt?«

»Und alt«, erklärte Anch mit ernster Stimme. »So alt wie die Pharaonen. Hier gründete vor mehr als zweitausend Jahren Menes, der die Beiden Länder einte, seine Hauptstadt.«

»Vor zweitausend Jahren?«, wiederholte der Junge erstaunt.

»Ja, damals hieß die Stadt aber noch anders.«

»Wie denn?«, wollte der Junge wissen.

»Ineb-Hedj, ›die weiße Mauer‹, eine Anspielung auf die Festung, die er damals bauen ließ und die man heute noch sehen kann.* Aber von dieser Zeit ist außer der Totenstadt nicht mehr viel übrig geblieben«, fügte der Schreiber hinzu und warf Schepsenure einen Blick von der Seite zu.

Schepsenure ließ sich nichts anmerken und tat, als hätte er die Bemerkung nicht gehört.

»Die Stadt hat sich vollkommen verändert. Lediglich der Gott Ptah ist den Prinzipien derer, die sie erbauten, treu geblieben. Heute wimmelt es hier nur so von Syrern, Libyern, Phöniziern und sogar von den Völkern, die von der anderen Seite des Großen Grünen** kommen«, schloss Anch.

So war es in der Tat. Aufgrund seiner privilegierten Lage im Delta hatte sich Memphis zu einem wichtigen Handelszentrum

* Nicht ohne Grund hieß der Gau, in dem die Stadt lag, »Weiße Mauer«. Später, zur Zeit von Senusret (Mittleres Reich) hieß die Stadt Anch-Taui (»diejenige, die zwei Länder verbindet«).

** So nannten die Ägypter das Mittelmeer.

entwickelt, in dessen Hafen Schiffe aus aller Herren Länder ankerten, um Waren zu löschen oder aufzunehmen. Kein Wunder, dass die Fremden in der Stadt eigene Siedlungen gegründet hatten, die vom florierenden Handel profitierten. Diese Kolonien waren zu einem Bestandteil des Reiches geworden, aber die Menschen hatten ihre Sitten und Gebräuche und auch verschiedene Götterkulte beibehalten.

Am westlichen Ufer ankerten die Schiffe in Zweier- oder Dreierreihen an den unzähligen Anlegestellen der Stadt und entluden ihre Waren mithilfe langer Menschenketten, die an den Schreibern vorbeiführten, damit diese die entsprechenden Zölle erheben konnten.

Memphis war vor langer Zeit die Hauptstadt des Reiches gewesen. Obwohl sie zwischenzeitlich von Theben abgelöst worden war, hatten die letzten Pharaonen der 18. Dynastie ihren Hof wieder hierher verlegt. Merkwürdigerweise war es ein König, der aus einer Familie des Deltas stammte, Ramses II., der beschlossen hatte, die Hauptstadt erneut zu verlegen. Er hatte eine ganz neue Stadt im östlichen Delta gegründet, Pi-Ramesse, von wo aus mittlerweile die Beiden Reiche regiert wurden. Die Verwaltung des Staates jedoch blieb in Memphis, wo die uralte Aristokratie über prächtige Häuser verfügte. Noch erstrahlte die einstige Hauptstadt im Glanz der prunkvollen Paläste, die die alten, längst vergessenen Könige einst gebaut hatten.

Anchs Schiff schlängelte sich durch ein Labyrinth von Barken und Feluken, bis es den Anlegeplatz des Ptah-Tempels erreichte.

Nemenhat sprang aufgeregt an Land.

»Nemenhat! Lauf ja nicht zu weit weg!«, rief sein Vater ihm nach.

Doch der Junge hörte nicht zu, er hatte noch nie im Leben so viele Menschen auf einen Schlag und eine so riesige Stadt gesehen. Was für ein Gewimmel! Neugierig näherte er sich einer Gruppe von Männern, die lauthals diskutierten.

»Möge Baal mir beistehen, bei so viel Ungerechtigkeit!«, rief ein syrischer Kaufmann und warf beide Hände hoch.

»Lass Baal aus dem Spiel, und sag mir lieber, woher dein Schiff kommt«, mahnte ein kleiner Ägypter mit müder Stimme, der unentwegt mit seiner Schreibfeder aus Schilfrohr auf eine Papyrusrolle kritzelte.

»Das habe ich dir schon tausendmal erklärt. Ich komme von Byblos und habe meine Abgaben bereits an der Nilmündung entrichtet.«

»Dann zeig mir den Beleg.«

»Den Beleg! Ich schwöre bei allen Göttern, er fiel mir ins Wasser.«

»So ein Pech. Dann musst du eben noch einmal zahlen.«

»Allwissender Thot, erleuchte den Verstand dieses Hafenschreibers, verschone mich vor so viel Unglück!«, rief der Kaufmann unter großem Gezeter.

»Der göttliche Thot erleuchtet uns alle bei unserer täglichen Arbeit«, erwiderte der Beamte unbeeindruckt. »Deshalb müssen wir die Regeln einhalten, und die besagen, dass alle fremden Schiffe, die hier anlegen, eine entsprechende Abgabe zu entrichten haben.«

»Aber das habe ich bereits getan! Am Posten von Djedet habe ich Zoll bis auf den letzten Deben* bezahlt. Ehrenwerter Hüter über die Gesetze dieses Landes! Ich bin ein ehrlicher Händler, der jedes Mal Kopf und Kragen, ja sogar den Verlust seiner Ladung riskiert, wenn er über das weite, gefährliche Meer segelt, nur damit dein glorreiches Land sich an meinen Waren ergötzen kann.«

* Die alten Ägypter kannten kein Geld, daher wurden Transaktionen mittels Tauschwirtschaft getätigt. Dafür benutzten sie einen Referenzwert in Form einer Gewichtseinheit, den Deben, sodass jede Ware ihren entsprechenden Wert in Deben besaß. Wenn jemand einen Esel kaufen wollte, musste er die verschiedenen Waren anbieten, die der Esel in Deben wert war. Ein Deben war wiederum in weitere kleinere Einheiten unterteilt.

»Und der nicht schlecht daran verdient!«, rief einer der Männer, die um ihn herumstanden, während die Menschenmenge in Gelächter ausbrach.

»Ihr verdammten Lästermäuler«, fluchte der Syrer. »Seit Jahren komme ich nach Memphis, um Geschäfte zu machen, aber das ist mir noch nie passiert. Ihr seid ja wie die Wüstenschlangen! Jeder in dieser Stadt kennt mich und kann bezeugen …«

»Gerade deswegen verlangt man von dir, dass du bezahlst«, rief ein anderer, worauf alle erneut lachten.

»Ich schwöre, dass ich die Wahrheit sage, Schreiber. Frag deine Kollegen, frag Perhu, er kennt mich gut. Weißt du, wen ich meine?«

»Und ob ich das weiß«, antwortete der ägyptische Beamte und warf ihm einen scharfen Blick zu. »Bist du mit Perhu befreundet?«

»Nun, befreundet wäre zu viel gesagt, aber er weiß, dass ich ein ehrlicher Mann bin. Er kann für mich bürgen.«

»Verstehe«, antwortete der Hafenschreiber milde lächelnd. »Aber ich fürchte, dass heute nicht dein Glückstag ist. Eigentlich hätte Perhu Dienst gehabt, aber da seine Frau ein Kind bekommt, wurde ich mit seiner Vertretung beauftragt. Manchmal läuft es nicht so, wie wir es uns gedacht haben, nicht wahr? Du weißt schon, das ist Maat. Dir bleibt also nichts anderes übrig, als zu zahlen.«

»Geschieht dir recht! Hat sich also doch nicht gelohnt, zwei Tage lang in den Kanälen herumzulungern, bis dein Freund seinen Dienst antritt, was?«, schrie einer aus der lärmenden Menschenmenge heraus, während der syrische Kaufmann sich die Haare raufte und wutentbrannt mit den Füßen aufstampfte.

Nemenhat warf seinem Vater, der die Szene neugierig verfolgte, einen verwunderten Blick zu, während Anch bloß schmunzelte und mit einem bissigen Lächeln meinte:

»Kein Zweifel, wir sind in Memphis.«

Irsu lag reglos im kühlen Schatten des Innenhofs und versuchte, die drückende Hitze der Hundstage, so gut es ging, zu ertragen. Weder das unaufhörliche Summen der lästigen Fliegen noch der Sklave hinter ihm, der sich mit einem riesigen Fächer mehr schlecht als recht bemühte, sie zu verscheuchen, konnten ihn aus seiner Lethargie reißen.

Gelegentlich öffnete er die Augen halb und beobachtete gleichgültig das Kommen und Gehen der Diener bei ihrer täglichen Arbeit, um sie dann wieder zu schließen. Allein bei ihrem Anblick lief ihm der Schweiß über den ganzen Körper. Versunken in den weichen Diwan, die feisten Hände im Schoß, sah er eher aus wie die Wiedergeburt des Gottes Bes. Wären nicht sein gepflegter Bart und seine gelockte Perücke gewesen, hätte man ihn glatt mit diesem grotesken Schutzgeist der Kinder verwechseln können. Doch er war Irsu, der Syrer, einer der mächtigsten Männer von Memphis.

Als Sohn eines bescheidenen Kaufmanns aus Arama hatte er einen rasanten gesellschaftlichen Aufstieg erlebt, als Königin Tausret an die Macht gekommen war und ihr Wesir Bay das Land regierte. Im Schatten seines Landsmannes hatte Irsu die düsteren Zeiten, in denen das Land versank, rigoros ausgenutzt und seinen Einfluss stetig erweitert. Es waren Jahre, in denen allein die Gesetze galten, die Bay diktierte, und fremde Mächte versuchten, den ägyptischen Staat zu korrumpieren. Als schließlich Siptah an die Macht kam, war es Irsu mit einem geschickten Manöver gelungen, nicht nur den Verfolgungen zu entkommen, denen die Anhänger des alten Regimes ausgesetzt waren, sondern auch noch gestärkt aus dem blutigen Chaos hervorzugehen, in das Memphis damals gestürzt war.

Jetzt kontrollierte er den Handel mit Silber, das von Kypros ins Land des Nils kam. Seine Handelsschiffe verließen die phönizischen Häfen voll beladen mit dem besten Holz, und seine Karawanen stießen bis ans Ende der Welt vor, von wo sie kostbaren

Lapislazuli mitbrachten. All das hatte natürlich seinen Preis. Doch der gerissene Kaufmann kannte die Natur des Menschen und seine Schwächen, wenn man ihn nur entsprechend reich beschenkte. Auf diese Weise hatte er ein Netzwerk von Begünstigten geschaffen, die dafür sorgten, dass ihm nur wenige Türen in Ägypten verschlossen blieben.

Im Innenhof erschien ein Diener, verbeugte sich und sagte mit leiser Stimme:

»Herr! Der Schreiber Anch bittet um Erlaubnis, Euch sehen zu dürfen.«

Irsu reagierte kaum. Nur mit einer fast unmerklichen Handbewegung gab er sein Einverständnis.

Kurz darauf betrat der Schreiber den Hof, lautlos wie eine Katze.

»Mögen die Götter dir beistehen und dich vor Unglück bewahren«, grüßte Anch.

Irsu nickte schlecht gelaunt.

»Und vor dieser verfluchten Hitze, die sie uns geschickt haben. Die Fliegen sind heute noch lästiger als sonst«, antwortete er, während er mit der Hand um sich schlug.

»Ich weiß nicht, was du willst. Schließlich haben wir Sommer, und hier im Schatten lässt es sich doch wunderbar aushalten.«

Der Kaufmann stöhnte und bot ihm einen Platz an.

»Es ist lange her, dass du mich besucht hast.«

»Der göttliche Ptah bedurfte meiner Dienste, und wie du weißt, hindert mich die Schemu daran, dir meine Aufwartung zu machen. Fast zwei Monate lang war ich auf den Feldern unterwegs. Ich habe eine Menge Staub geschluckt, zu viel, wenn du mich fragst«, erklärte Anch müde.

»Zu viel? Ein so tüchtiger Schreiber wie du?«, erwiderte Irsu spöttisch.

»Das muss ich sein, wenn ich nicht zusehen will, wie mich die Fellachen mit der Ernte hinters Licht führen.«

Ein Diener brachte einen frisch entplombten Weinkrug und bot ihn dem Schreiber an.

»Hm!«, sagte er. »Du hast immer noch den besten Wein in ganz Ägypten. Jetzt, da meine Pflichten es mir erlauben, werde ich dich häufiger besuchen.«

Er führte das Gefäß erneut zum Mund und nahm noch einen Schluck. Der kühle Weißwein rann ihm wie Honig durch die Kehle. Kein Zweifel, er stammte aus dem Anbaugebiet im östlichen Delta, das seit Menschengedenken für seinen exzellenten Wein berühmt war. Er wurde ganz leicht mit Datteln gesüßt – ein Getränk, das eines Königs würdig gewesen wäre.

»Dieses Jahr haben wir eine prächtige Ernte eingefahren«, erklärte der Schreiber. »Ich glaube, dass die Getreidespeicher aus allen Nähten platzen werden.«

Der Kaufmann ließ sich anscheinend nicht beeindrucken.

»Ich sehe schon, heute kann dich nichts ermuntern, Irsu.«

»Du weißt doch, dass mich der Getreidehandel nicht mehr sonderlich interessiert. Wenn ich ehrlich bin, interessiere ich mich nur noch für ganz wenige Dinge.«

»Du solltest mehr aus dem Haus gehen. Vielleicht würdest du auf andere Gedanken kommen. Sieh dir das mal an«, sagte Anch und reichte ihm ein kleines Bündel.

Wenig begeistert nahm der Syrer es entgegen und schlug das Leinen lustlos auf.

Das glänzende Gold vertrieb die Gleichgültigkeit aus seinem Gesicht. Er warf Anch einen Blick zu und sah sich anschließend die kleine Figur genau an. Es war ein Skarabäus aus massivem Gold, eine wunderschöne Arbeit. Irsu erkannte mit seinem erfahrenen Blick, dass das Schmuckstück sehr alt war.

»Das ist keine gewöhnliche Arbeit. Ich wusste nicht, dass die Tempel ihren Lieblingsschreibern derartige Geschenke machen.«

»Sagen wir, Ptah hat in seiner grenzenlosen Weisheit dafür gesorgt, dass mir dieses Gold über den Weg lief.«

»Du bist ein gerissener Fuchs, Anch. Du bist gekommen, um mir ein Geschäft vorzuschlagen, nicht wahr?«

»So ist es. Und wenn ich dir sage, dass ich an noch viel schönere Stücke als dieses hier kommen könnte?«

»Wo ist der Skarabäus her? Du willst mir doch nicht weismachen, dass so etwas auf den Feldern wächst, die du inspizierst? Oder hat einer der Fellachen mehr erwirtschaftet, als in deinen Büchern verzeichnet ist?«

»Leider findet man so etwas nicht auf den Feldern der Priesterschaft.«

»Woher hast du es dann?«, beharrte der Syrer.

»Also interessiert dich die Sache?«

»Möglich, aber ich müsste mehr darüber wissen …«

»Vielleicht haben wir den Schlüssel zu den Gräbern von Saqqara gefunden«, erklärte Anch ernst.

»Sag bloß nicht, dass du jetzt mit Grabräubern gemeinsame Sache machst«, antwortete Irsu verächtlich. »Ich glaubte, die Schreiber des göttlichen Ptah wären unbestechlich!«

»Manchmal sind deine Scherze völlig fehl am Platz. Wenn mich nicht alles enttäuscht, haben meine Geschäfte dir stets einträgliche Einkünfte gesichert.«

Der Syrer lächelte gelassen.

»Ich meine es ernst, Irsu. Die Totenstadt da unten erstreckt sich über mehr als vierzig Kilometer!«

»Und ist längst von Grabräubern geplündert worden!«, erwiderte Irsu.

»Aber sie haben nicht alle Gräber gefunden. Es gibt welche, die so alt sind wie Memphis und nie entdeckt wurden.«

»Willst du deine restlichen sieben Leben damit verbringen, die Erde aufzugraben, Anch?«

»Das war nie meine Absicht«, antwortete der Schreiber und stellte seinen Becher ab. »Ich habe etwas viel Besseres im Sinn. Ich kenne jemanden, der uns die ganze Arbeit abnimmt.«

Irsu sah sein Gegenüber mit geweiteten Augen an.

»Und wo hast du diesen Jemand aufgegabelt?«

»In der miesesten Schenke von Iti-taui«, antwortete Anch belustigt.

»Der ideale Ort für diese Art von Geschäften. In Iti-taui gibt es nur noch Schlangen und Schakale.«

»Du hast den Nagel auf den Kopf getroffen. Und unser Mann ist ein wahrer Überlebenskünstler.«

»Bist du sicher, dass du ihm trauen kannst?«

»Du weißt doch, wie selten ich mich in dieser Hinsicht irre.«

»Und das reicht dir?«

»Du sagst es. Iti-taui war einst eine bedeutende Stadt. Die Hauptstadt des Reiches, dort liegen die großen Könige der 12. Dynastie begraben. Die Nekropole wurde seit langem geplündert, dort gibt es nur noch Sand. Und trotzdem hat dieser Mann ein vollkommen intaktes Grab entdeckt, in dem sich noch echte Schätze befanden. Ich konnte mich selbst davon überzeugen.«

»Was willst du mehr? Dann hast du doch alles, was du wolltest. Das Einzige, was du jetzt noch brauchst, ist Geduld.«

Anch seufzte resigniert und verdrehte die Augen.

»Stell dir vor. Vor einiger Zeit stöberte ich im Archiv des Tempels und stieß zufällig auf eine alte Kiste mit einem sehr alten Papyrus«, erzählte Anch mit einer gewissen Zurückhaltung.

Irsu warf ihm einen aufmerksamen Blick zu, sagte aber nichts.

»Diese Papyrusrolle stammt aus der Zeit des Königs Djoser, mögen die Götter ihn beschützen und ihm Kraft und Beständigkeit verleihen. Weißt du, welche Zeit ich meine?«

Irsu grinste boshaft.

»Die Thronfolge eurer Könige wird dem einfachen Volk vorenthalten. So wollt ihr es doch!«

Anch winkte ab.

»Aber ich kann dich beruhigen, in diesem Fall kann ich mir ungefähr denken, aus welcher Zeit dein Fund stammt«, fuhr

Irsu fort. »Er müsste etwa tausendfünfhundert Jahre alt sein, stimmt's? Nicht umsonst hat Djoser mit seinem Vermächtnis dafür gesorgt, dass sogar ein Neuling wie ich sich an ihn erinnert.«

»Du meinst die Stufenpyramide, die den Beginn einer glanzvollen Ära symbolisierte. Damals wurden die größten Bauwerke Ägyptens zum Wohle der Menschheit errichtet. Sogar die Götter waren zufrieden.«

»In diesem Fall war es sein Baumeister Imhotep, der mehr als zufrieden war«, entgegnete Irsu ironisch. »Er war doch der Erbauer, oder etwa nicht?«

»So ist es«, antwortete Anch respektvoll. »Und als Anerkennung wurde er zu einem Gott erhoben. Man wird ihn für alle Zeiten als Inkarnation der Weisheit verehren. Aber vergiss nicht, dass er die Pyramide zu Ehren des Pharaos baute, dem im Land von Kemet alles gehört.«

»Du überraschst mich wirklich, Anch. Ich sehe, dass du dich in einen eifersüchtigen Hüter der Traditionen dieses Landes verwandelt hast. Aber sag mir, gehören die Tempel auch dem Pharao?«

»Lass die Blasphemie, Irsu!«, fuhr ihn der Schreiber an und verlor für einen Augenblick die Haltung.

Manchmal überwältigte ihn eine seltsame Sehnsucht nach alten, längst vergessenen Zeiten, und dann traten all die guten Lehren, die er im Haus des Lebens erhalten hatte, spontan zutage, vor allem, wenn jemand die glanzvolle Geschichte seines Volkes in Zweifel zog.

Im Lauf der Jahre war er vom wahren Weg abgekommen, und er wusste, dass es für ihn kein Zurück mehr gab. Seit den Lektionen, die er im Haus des Lebens über die Moral des weisen alten Ptahhotep erhalten hatte, war viel Zeit vergangen. Er würde sie niemals mehr befolgen, doch das hinderte ihn nicht daran, sie weiterhin zu ehren, so wie er die ewige Ordnung ehrte, die seine Götter aufgestellt hatten und deren Teil er als Ägypter war.

Anch dachte einen Augenblick lang nach. Irsu war immerhin ein Fremder, er würde all dies niemals verstehen. Doch das war ihm letztlich egal. Im Grunde empfand der Ägypter eine grenzenlose Verachtung für den syrischen Kaufmann, der, obwohl er ihn für seine Geschäfte brauchte, den Inbegriff der korrupten Welt verkörperte, zu der nun auch er unwiderruflich gehörte.

»Es ist viel zu heiß, um sich mit solchen Fragen zu beschäftigen«, wandte Irsu nun wieder in müdem Tonfall ein. »Du sagtest etwas von einem alten Papyrus.«

Anch wurde aus seinen Gedanken gerissen. Er blinzelte ein paar Mal und setzte wieder sein gewöhnliches Gesicht auf, in dem der listige Blick dominierte.

»Das Pergament an sich wäre nicht besonders wertvoll, wenn nicht die Stellen darauf eingezeichnet wären, an denen die Gräber zahlreicher alter Hohepriester liegen sollen.«

»Diese Gräber sind doch wahrscheinlich längst ausgeraubt worden.«

»Das glaube ich nicht, Irsu. Mit der Zeit sind sie in Vergessenheit geraten. Außerdem wurde über den Gräbern ein kleiner Tempel gebaut. Auch er ist längst verlassen, aber die Ruinen sind erhalten geblieben. Wenn die Gräber noch unberührt sind, und davon gehe ich aus, dann müssen dort unten unvergleichliche Schätze liegen. Hättest du kein Interesse an diesem Geschäft?«

Der syrische Kaufmann kratzte sich bedächtig den Bart, während er die Risiken eines derartigen Unternehmens abschätzte.

»Wir würden brüderlich teilen. Du müsstest die Ware sehr behutsam unter die Leute bringen, denn manche Teile könnten uns allzu sehr kompromittieren«, fuhr der Schreiber fort.

»Da sehe ich kein Problem. Aber was ist mit diesem Grabräuber?«

»Nun, darüber solltest du dir den Kopf nicht zerbrechen. Mit seiner Entscheidung, nach Memphis zu kommen, hat er sein Schicksal in meine Hände gelegt. Dessen wird er sich sehr bald bewusst werden. Und ansonsten scheint er ein vorsichtiger Mann zu sein, der behutsam vorgeht und unseren ... unseren Zielen sehr dienlich sein könnte.«

»Ich sehe, du hast wie üblich bereits an alles gedacht. Na schön, ich nehme dein Angebot an«, erklärte Irsu. »Aber sollte er uns irgendwann Probleme bereiten, wird es an dir sein, sie aus der Welt zu schaffen.«

Anch nickte und erhob seinen Krug, um darauf anzustoßen.

»Möge Schu* unser Zeuge sein. Der Pakt ist hiermit besiegelt.«

Von Zinnober bis Saphirblau, von Violett bis Pechschwarz spielte das Licht sein gesamtes Farbspektrum am fernen Horizont aus, bis sich schließlich die letzte Nacht des Jahres über das Land senkte, von unzähligen Sternen geschmückt, die fröhlich funkelten, verstreut von der göttlichen Hand, mit der Nut ihr Volk beschenkte. Und die Menschen beobachteten verzückt das himmlische Geschenk, das die Göttin ihnen jedes Jahr bescherte. In dieser Nacht würde in Memphis niemand schlafen.

Schepsenure erfreute sich an dem Geschehen, das längst vergessene Gefühle in ihm weckte. Von der Terrasse seines Hauses aus beobachtete er, wie die Nachbarn aus ihren Häusern strömten, um die Straßen mit ihren Freudengesängen zu beleben. Immer lauter ertönte die Straßenmusik, als mal hier, mal dort Lobgesänge angestimmt wurden.

Kein Monat war vergangen, seitdem Schepsenure das bescheidene, aber achtbare Haus gekauft hatte. Natürlich hätte er sich auch eine prächtige Villa in dem vornehmen Viertel von Anch-Taui, »Leben in Beiden Ländern«, leisten können, in dem der Königspalast und die Regierungsgebäude lagen, doch seine Vorsicht gebot ihm, sich in einem Viertel wie dem der Handwerker

* Der Gott Schu personifizierte die Luft zwischen Himmel und Erde und in gewisser Weise auch die Kraft, die das Universum antreibt.

niederzulassen, wo nur einfache Leute lebten, die das eigentliche Herz der Stadt bildeten. Nicht ohne Grund war Ptah der Schutzgott von Memphis.

In seinem neuen Heim, einem zweistöckigen Haus, versteckte er die Beute in einem kleinen Brunnen unter dem Boden einer der Räume im Erdgeschoss, den er zu seiner Werkstatt ausgebaut hatte. Er wollte seinem Beruf gerade so viel Zeit widmen, wie es unbedingt notwendig war, um die Fassade eines angesehenen Handwerkers aufrechtzuerhalten.

Die Straßen füllten sich weiter mit einem lauten und ausgelassenen Publikum, das aber zu keiner Zeit die Beherrschung verlor. Es war kein Fest wie das der Freudigen Begegnung oder das Fest der Trunkenheit, wenn der Wein und der *schedeh*, ein Schnaps mit aphroditischen Eigenschaften, zwei Wochen lang ungehemmt strömten. Jetzt würden die Naturgewalten sich ihnen in ihrer ganzen Großzügigkeit zeigen, und das Volk brachte ihnen seine Ehrerbietung dar, weil es wusste, dass Ägypten ohne sie nichts war. Es war ein Fest des Dankes, und daher wurden unter den Familienangehörigen und Freunden Geschenke ausgetauscht.

Nemenhat war begeistert. Sein Vater hatte ihm ein prächtiges Wurfholz geschenkt, eine Art Bumerang, wie die, die er auf manchen Grabmalereien mit Jagdszenen gesehen hatte.

Vater und Sohn stützten sich auf die Brüstung der Terrasse und warteten darauf, dass das erste Licht des Tages das Ereignis ankündigte. Kurz vor dem Morgengrauen würde der Stern Soptet, auch Sothis oder Sirius genannt, der seit langer Zeit nicht mehr gesehen worden war, am Horizont erscheinen und die Ankunft des neuen Jahres ankündigen. In den kommenden Nächten der Sommersonnenwende konnte man »den Hundsstern« beobachten, eine Bezeichnung, unter der auch Sirius bekannt war, da er zu dieser Konstellation gehörte. Diese Zeit nannte man »Res Geburt«, sie verkündete den Beginn der Nilschwelle.

Zu diesem bedeutenden Ereignis nahmen Vater und Sohn die freundlichen Grüße und Glückwünsche der Nachbarn entgegen, die mit natürlicher Fröhlichkeit ein Phänomen feierten, das sich seit Anbeginn ihrer Zivilisation wiederholte. Es war das Synonym dafür, dass sich die Naturgesetze, nach denen sich alle richteten, nicht verändert hatten. Nichts war dem Ägypter wichtiger, als dass die seit Jahrhunderten etablierte Ordnung erhalten blieb. Dies ging so weit, dass die Menschen entsetzt waren und klagten, wenn sich das Jahr stürmisch ankündigte, die Jahreszeiten durcheinander gerieten und der Sommer an die Stelle des Winters trat, weil sie es für ein böses Omen hielten. Diesen Jahren hatten die Menschen sogar einen Namen gegeben, sie nannten sie *renpit gab*, hinkende Jahre. »Mögen uns die Götter vor einem hinkenden Jahr bewahren!«, hörte man gelegentlich die Bauern ausrufen. Trotzdem feierten alle die letzte Nacht des Jahres in der Gewissheit, dass der nächste Zyklus von Glück und Wohlstand geprägt wäre. Auch für diese Jahre hatten sie einen Namen, sie nannten sie *renpit nefer* – perfekte Jahre.

Als sich das erste Tageslicht zeigte und der Stern am Horizont deutlich zu sehen war, ergriff eine überbordende Fröhlichkeit die Herzen der Menschen. Nicht eine Wolke trübte diesen Sonnenaufgang, der für das Reich der Beiden Länder so lebenswichtig war. Am makellosen Himmel brachte der Sirius, von Orion begleitet, das neue Jahr mit, während der mächtige Re aus dem Reich der zwölfstündigen Nacht aufstieg.* Doch das so sehr herbeigesehnte Ereignis war nur von kurzer Dauer, denn bald darauf wurde der Stern vom grellen Licht der Sonne verdrängt. Aber dies war nicht mehr wichtig, weil sich alles so abgespielt hatte, wie es die uralte Tradition vorschrieb, und das Volk zweifelte

* Die Reise der Sonne durch die Dunkelheit wurde im Unterweltsbuch Amduat mit seinen zwölf Nachtstunden beschrieben, das die Ägypter auch »Das Buch der Geheimkammer« nannten.

nicht mehr daran, dass es ein *renpit nefer* werden würde, ein vollkommenes Jahr.

»Warte, Kasekemut!«, schrie Nemenhat.

»Na los, beeil dich, sonst finden wir keinen ordentlichen Platz mehr, von wo wir alles gut sehen können«, antwortete sein Freund, während er die Gasse hinunterlief.

Wegen der wachsenden Menschenmenge auf den Straßen mussten die beiden Jungen während ihres wilden Laufs ständig ausweichen. Schließlich kamen sie nur noch langsam voran. Kasekemut bog nach rechts ab in eine der zahlreichen kleinen Gassen, die das ganze Viertel durchzogen. Er lief eine ganze Weile, bevor er sich umdrehte und mit Schrecken feststellen musste, dass sein Freund ihm nicht folgte. Enttäuscht blieb er stehen. Doch kurz darauf tauchte Nemenhat auf, und Kasekemut rief ihm zu:

»Mann, Nemenhat, du bist ja langsamer als der Esel des alten Inu!«

Nemenhat kam keuchend auf ihn zugelaufen, das Blut war ihm ins Gesicht gestiegen, und der Schweiß rann ihm über den ganzen Körper wie aus einer unerschöpflichen Quelle. Kaum hatte er sich seinem Freund auf wenige Meter genähert, rannte dieser weiter die schmale Gasse hinunter. Dem armen Nemenhat blieb nichts anderes übrig, als sich die Hände auf die Brust zu pressen und zusammengekrümmt hinter ihm herzulaufen. Er glaubte, jeden Augenblick zusammenzubrechen.

Sie rannten noch ein ganzes Stück weiter, Kasekemut im Zickzack vorneweg, durch das Labyrinth aus engen Gassen, in dem man sich richtig verlaufen konnte. Doch Kasekemut schien sich bestens auszukennen, als wäre er hier zu Hause, und manchmal grüßte er sogar den einen oder anderen Nachbarn, der ihm über den Weg lief. Nemenhat dagegen hatte sich heute das erste Mal in dieses Labyrinth gewagt. Obwohl sie schon ganz in der Nähe des

Flusses sein mussten, würde er nicht mehr sehr lange durchhalten. Der Morgen war bereits fortgeschritten, und es schien ratsam, ein schattiges Plätzchen aufzusuchen. Er verlangsamte seine Schritte und ging im Schatten einer Mauer entlang weiter, während er allmählich wieder zu Atem kam. Als er schließlich um die nächste Ecke bog, wartete Kasekemut vor einer undurchdringlichen Menschentraube, die ihn am Weitergehen hinderte.

»Habe ich dir nicht gesagt, dass wir viel zu spät dran sind, Nemenhat?«

Nemenhat kam mit verdrießlicher Miene auf seinen Freund zu.

»Und wie kommen wir jetzt da durch?«, fragte er.

»Keine Ahnung. Wir werden uns einen Weg durch die Menge bahnen müssen. Bleib dicht hinter mir, und fall nicht wieder zurück!«, befahl Kasekemut.

Sie schlängelten sich durch die ersten, dicht gedrängten Menschenreihen und trotzten den Tritten, Schlägen und Beschimpfungen der aufgebrachten Menschen, die genug damit zu tun hatten, die sengende Morgensonne zu ertragen. Schließlich erkämpften sie sich mit Gewalt einen Platz, doch sosehr sie sich abmühten, sie konnten nur die verschwitzten, kahl geschorenen Schädel derjenigen, die sie umgaben, sehen.

»Verflucht! Wieso geht ihr nicht Zicklein spielen*, statt uns auf die Füße zu treten?«, rief ein untersetzter Mann und fasste sich mit schmerzverzerrtem Gesicht an den Fuß.

»Recht hast du. So entgehen wir wenigstens deinen Läusen«, gab Kasekemut zurück.

Die umstehenden Menschen lachten.

»Sei kein Spielverderber, Huni«, sagte eine Stimme, »lass die Kleinen doch vorbei.«

»Schau mal«, sagte Nemenhat und zeigte auf eine Akazie in unmittelbarer Nähe. »Versuchen wir, auf den Baum zu klettern.«

* Ein beliebtes Kinderspiel im alten Ägypten.

Dieses Mal leistete die Menschenmenge keinen allzu großen Widerstand, und den beiden Jungen gelang es, sich bis zu der Akazie vorzukämpfen. Sie kletterten hinauf, setzten sich auf einen Ast und beobachteten das prächtige Spektakel, das unter ihnen stattfand. Die gewaltige Menschenmasse wogte hin und her wie ein Meer von Köpfen und ließ die Größe des Platzes erahnen. Lediglich die breite Straße, die vom Ptah-Tempel bis zum Fluss führte und den Platz überquerte, war vollkommen geräumt und von Soldatenreihen zu beiden Seiten gesäumt. Die Feier des neuen Jahres war mehr als nur ein Fest, sie markierte das Ende einer Periode und den Beginn einer neuen Zeit, in der sich Ägypten auf eine Wiedergeburt vorbereitete, die das Land erneut mit Leben erfüllen würde.

Tausende von Kilometern entfernt, in der Nähe des Äquators, mündet der Viktoriasee in einen Fluss, der nach Norden fließt und die Wiege des Nils ist. Von dichtem tropischem Urwald umgeben sammelt dieser Fluss das Wasser, das täglich auf dieses Gebiet niedergeht, sich zu unzähligen kleinen Flüssen vereint und schließlich im Weißen Nil mündet, der den gesamten Sudan durchquert. Dort vereint er sich mit seinem Bruder, dem Blauen Nil, und beide bilden einen einzigen Strom, der sich durch ganz Nubien und Ägypten wälzt, bis er ins Mittelmeer mündet. In der Sommerzeit gehen monsunartige Regenfälle auf das Hochland von Äthiopien nieder, und die Wasser des Blauen Nils, der aus den Bergen von Abessinien kommend durch dieses Gebiet strömt, steigen bis auf das Vierzigfache an. Auf seinem Weg sammelt er vulkanisches Gestein und reichhaltige mineralische Substanzen, mit denen er anschließend ganz Ägypten überflutet. Der angeschwemmte fruchtbare Schlamm hat eine schwarze Farbe und gab dem Land seinen Namen, Kemet, »das Schwarze«.

Dieser Augenblick wurde vom ganzen Volk sehnlichst erwartet, da es wusste, dass das Schicksal des Reiches allein vom pünktlichen Eintreffen der jährlichen Nilflut abhing. Angesichts der

Bedeutung des bevorstehenden Aktes, an dem auch der Pharao teilnehmen würde, war die gewaltige Menschenmasse, die sich auf dem Platz versammelt hatte, von tiefer Ehrfurcht erfüllt.

»Sieh mal, dort ist der Hofstaat«, sagte Kasekemut und zeigte auf eine Gruppe von Menschen, die auf den Treppenstufen vor dem Fluss standen.

»Der Hofstaat!«, rief Nemenhat.

»O ja. Die müssen sich nicht jeden Tag aufs Neue ihr Brot verdienen, so wie du und ich. Sie schlagen sich den Bauch mit fetten Gänsen und sogar mit Ochsenfleisch voll.«

Nemenhat antwortete nicht, er beschränkte sich darauf, die illustre Gruppe von Menschen zu beobachten, die mit ihren weißen Gewändern und dem funkelnden Schmuck gemäß dem strikten Protokoll weitab vom einfachen Volk Platz genommen hatten.

»Eines Tages, wenn ich *mer mes** geworden bin, werde auch ich während der Feierlichkeiten neben ihnen sitzen«, rief Kasekemut träumerisch. »Dann kann ich so viel Ochsenfleisch essen, wie ich will.«

Kein Zweifel, die militärische Berufung des Jungen war mehr als nur ein Spiel, denn er opferte seine ganze Disziplin und Leidenschaft diesem Ziel. Er hatte sich alles bis ins kleinste Detail ausgemalt. Für ihn gab es bloß Gut oder Böse, und Maat, die Wahrheit, kannte nur einen Weg. Oft stellte er sich vor, wie er Ägypten wieder zu altem Glanz verhalf und dafür bis ans Ende der Welt marschierte. Nemenhat lächelte dann und ließ sich von der Begeisterung seines Spielkameraden anstecken, obwohl er nicht den leisesten Drang verspürte, für irgendwen zu kämpfen. Tatsächlich war es ihm unangenehm, wenn Kasekemut ihn in die Streitereien verwickelte, die er mit anderen Jungen des Viertels

* Der Führer größerer militärischer Einheiten trug den Titel *mer mes*, Soldatenvorsteher, der dem eines heutigen Generals entsprach.

ausfocht. Ganz offensichtlich war Nemenhats Charakter viel ägyptischer als der seines Freundes. Das ägyptische Reich im Allgemeinen war friedlich und versöhnlich; ein eindeutiger Beweis dafür war die Tatsache, dass es über kein stehendes Heer verfügte.

Seit seinem Bestehen hatte das ägyptische Reich wenig Kontakt zu seinen Nachbarn gehabt. Das Land war zu beiden Seiten von großen Wüstengebieten umgeben, die einen natürlichen Schutzwall darstellten, und seine Kriege beschränkten sich darauf, Feldzüge gegen die Völker aus Libyen und Nubien zu führen. Nach jedem erfolgreichen Feldzug wurde das Heer wieder auf ein Minimum reduziert, und nur wenige ranghohe Feldherren behielten ihre Posten. Als die Kriegspharaonen der 18. Dynastie an die Macht gelangten, hatten sie die Grenzen des Reiches immer weiter ausgedehnt. Ägypten hatte aufgehört, das fruchtbare Tal der Beiden Länder zu sein, und war zu einer Großmacht herangewachsen. Dies hatte zur Folge, dass die große Zahl an Soldaten, die während der Feldzüge gefangen genommen worden waren, später in das pharaonische Heer integriert werden musste. Die Leibgarde von Ramses II. bestand aus Söldnern, die dem Stamm der Scherdenu angehörten und bald den Nimbus einer Elitetruppe hatten. Diese Söldner bildeten in Wahrheit den größten Teil des aktiven Kerns im ägyptischen Heer, und nur im Falle einer bewaffneten Auseinandersetzung griff der Staat auf seine entlassenen Soldaten zurück oder hob neue Divisionen aus. Dann suchten alle den Ruhm auf dem Schlachtfeld, in der Hoffnung, dass der Pharao sie später für ihre Kriegsverdienste mit fruchtbaren Ländereien entlohnte.

All das war Kasekemut bekannt, doch er wollte sein Leben nicht als einfacher Bauer verbringen. Er träumte davon, *mer mes* zu werden und Seite an Seite mit dem Gott der Beiden Länder zu kämpfen.

Der düstere, lang anhaltende Klang der Hörner riss die beiden

Jungen aus allen Träumen, der allgemeine Jubel erstarb zu einem leisen Murmeln.

Als sie zum zweiten Mal erklangen, senkte sich eine durchdringende Stille über den Platz, und die versammelte Menschenmenge verharrte in stummer Andacht.

Der dritte Fanfarenstoß hörte sich derart nah an, dass Nemenhat die Augen zukniff und das Ende des Platzes absuchte, um herauszufinden, woher er kam.

»Da drüben sind sie«, flüsterte Kasekemut aufgeregt und machte seinem Gefährten ein Zeichen.

»Wo?«

»Dahinten, Mann, in der Gasse, die vom Tempel hinunterführt«, wiederholte Kasekemut ungeduldig.

Nemenhat wandte den Kopf in die Richtung, in die sein Freund zeigte, doch er sah nur tausende von Köpfen, die zu beiden Seiten den Weg säumten. Dann erweckte ein Funkeln wie von Gold seine Aufmerksamkeit, er blinzelte und entdeckte sie schließlich.

Da waren sie. Hochmütig schritten sie voran, umgeben von einem Prunk, den er noch nie zuvor gesehen hatte. Langsam und feierlich näherte sich der Hofstaat mit den heiligsten aller ägyptischen Götter.

Die Figur, für die der Kult abgehalten wurde, war die des Hapi, Gott der jährlichen Nilschwelle, von dem es hieß, er wohne in Cher-Hapi, der heiligen Höhle am ersten Katarakt des Nils neben der Insel Elephantine. Der Legende nach befanden sich dort auch die Mu-Hapi, die Quellen des Nils. Im Pantheon der ägyptischen Götter war Hapi eine untypische Gottheit, denn er besaß keine Tempel, in denen man ihm huldigte. Trotzdem war er in den Heiligenstätten vertreten, in denen die anderen Götter verehrt wurden, und das ganze Land nahm an seinem Fest teil. Seine Gestalt war, wenn man so will, ziemlich grotesk, denn er wurde mit riesigen Brüsten und einem dicken Bauch dargestellt, und auf dem Kopf trug er einen Schmuck aus Wasserpflanzen, Lotus oder Papyrus, je nachdem, ob er Ober- oder Unterägypten symbolisierte. Für das einfache Volk verkörperte er das lebendige Sinnbild für Überfluss, nicht nur wegen seines Aussehens, sondern auch weil er stets von unzähligen Opfergaben umgeben war. Er galt als derjenige, der die Vegetation gedeihen ließ, als Herr über die Fische und Vögel der Sümpfe, und es hieß, dass die Krokodilgötter zu seinem Gefolge gehörten und er einen Harem aus Froschgöttinnen mit geflochtenen Zöpfen besaß.

Nemenhat beobachtete, wie das Gefolge auf den großen Platz einzog, und hörte das Murmeln aus unzähligen Kehlen. Alle verfolgten das Schauspiel. Wie auf ein unsichtbares Zeichen hin fielen die Versammelten plötzlich nieder, und es wurde totenstill.

Nemenhat, der alles neugierig beobachtete, sah seinen Freund fragend an.

»Jetzt kommt der Gott«, flüsterte dieser.

Nemenhat wandte den Blick wieder dem großen Platz zu, der sich nun in ein Meer aus schweißgebadeten Rücken verwandelt hatte. Sie glänzten in der sengenden Sonne. Wieder erklangen die Hörner. Dieses Mal waren sie sehr nah und ihr Dröhnen derart durchdringend, dass Nemenhat eine Gänsehaut bekam. Dann hörte er ganz deutlich die Litaneien der Priester, die Lobgesänge, Preisungen, flehentlichen Bitten und Beschwörungen.

»Vater der Götter ... der Einzige, der sich selbst erschafft, dessen Ursprung unbekannt ist ... Herr der Fische, reich an Korn ...«

Das Geleit war bereits so nah, dass die beiden Jungen die Gestalt, die alle anderen überragte, ganz deutlich erkennen konnten. Niemand musste Nemenhat erklären, um wen es sich handelte, denn seine Aufmachung war derart prachtvoll und strahlte so viel majestätische Würde aus, dass er von allein darauf kam, dass dieses Wesen nicht von dieser Welt sein konnte. Und er selbst war so nah dran am Geschehen, dass er sich für den glücklichsten Menschen auf Erden hielt, weil er den Sohn von Re sehen durfte.

Und so kam der Starke Stier des Re näher, groß an Sed-Festen wie Taten, reich an Jahren, mit großen Siegen, der die Maat erhebt, der die Beiden Länder vereint, die Götter versöhnt, Horus, König von Ober- und Unterägypten, Usermaatre-Meriamun, mächtig sind die Wahrheit und die Gerechtigkeit von Re, Geliebter von Amun, von Re Auserwählter; mögen Ramses III. Kraft, Gesundheit und Leben geschenkt sein!*

Er trug alle Attribute des Pharaos, die Doppelkrone und den Uräus an der Stirn**, und als er an den Menschen vorbeizog, senkten alle den Kopf. Niemand wagte es, den Blick zu erheben, denn es war nicht gestattet, den König anzusehen, wenn dieser einen nicht ausdrücklich dazu aufforderte.

Von ihrem privilegierten Versteck aus konnten die beiden Jungen ihn unverhohlen beobachten. Als er auf ihrer Höhe war, erkannten sie sein faltiges Gesicht mit der Adlernase und dem hervorstehenden Spitzbart. Die schwarzen Linien aus *khol****, die seine Augen umgaben, betonten den verlorenen Blick, der ihn noch geheimnisvoller erscheinen ließ.

Obwohl er erst fünfunddreißig Jahre alt war, wirkte er viel älter. Doch für die beiden Freunde hatte das Wesen, das an ihnen vorbeizog, kein Alter, weil Götter alterslos waren und er die Wiedergeburt des lebendigen Horus verkörperte, ein fundamentaler Pfeiler, der die kosmische Ordnung garantierte. Daher war der Tod des Pharaos eine Katastrophe für sein Volk. Die Menschen hatten das Gefühl, sich in der dunkelsten Finsternis zu verlieren, denn sie glaubten, dass sich ohne den Pharao das Chaos der Erde bemächtigte. Wenn dann ein neuer Pharao den Thron

* Diese Formeln waren gebräuchlich, wenn man über die königliche Herrlichkeit sprach, und wurden für alle Pharaonen verwendet.

** Abbildung der Kobra, die die Pharaonen auf ihrem Kopfschmuck trugen.

*** Schwarzes Pulver mit desinfizierenden Eigenschaften, das aus Galenit oder Antimon gewonnen wird. Die Ägypter schminkten sich die Lider damit und nannten es *mesdemet*.

bestieg, kehrte der schöpferische Atem zurück, und das Universum gewann seine Harmonie wieder.

Schließlich zog der Gott zum königlichen Anlegeplatz weiter, gefolgt von seinem Hofstaat und einem Geleit aus hohen Würdenträgern, die in Wahrheit die Geschicke des Landes bestimmten.

Als sie zu den Stufen gelangten, die zum Fluss hinunterführten, fiel das gesamte Gefolge vor seinem Herrn auf die Knie, bis dieser es mit einer feierlichen Geste aufforderte, sich zu erheben und an der Zeremonie zu Ehren des Nilgottes teilzunehmen. Ramses legte allergrößten Wert auf eine gewissenhafte Ausführung dieses Rituals und brachte dem Fluss gewaltige Mengen an Nahrungsmitteln als Opfergaben dar. Dieses Mal standen sage und schreibe fünfzig Rinder bereit, die unruhig durcheinander liefen und laut muhend gegen das ihnen zugedachte Schicksal protestierten.

Das Publikum, das sich inzwischen wieder erhoben hatte, beobachtete aus der Ferne, wie der Pharao die Stufen hinunterstieg, bis er das Wasser erreichte. Dann hob er feierlich die Arme und begann, Hapis Heilige Hymne zu singen.

Nemenhat spitzte die Ohren und versuchte aufgeregt, die Worte des Gottes zu verstehen.

»Preis dir, o Nil, der herauskommt aus der Erde
und herbeikommt, um Ägypten zu ernähren.
Mit verborgenem Wesen, eine Dunkelheit am Tage …
Der die Fluren bewässert …
Der die Wüste tränkt, die fern vom Wasser ist …
Der Nahrung bringt und reich an Speisen ist.
Der alles Gute schafft …
Der den Armen etwas gibt.
Der Bäume wachsen lässt nach jedem Wunsch,
und man hat keinen Mangel daran.

Der du den Menschen von seinem Vieh leben lässt
und sein Vieh von der Flur.
*Du grünst, du grünst, o Nil, du grünst.«**

Das waren einige der Verse, die jetzt von Ramses rezitiert wurden. Sie gehörten zu den uralten Lobesformeln, die Nemenhat von seinem privilegierten Platz aus hören konnte.

Der Pharao fuhr mit den Beschwörungen fort und schloss mit einer Aufzählung der Opfergaben an den Gott, die in allen Tempeln des Reiches dargebracht würden. Diesmal sollten sie die unglaubliche Anzahl von zehntausend Broten, siebzehntausend Süßspeisen und mehr als dreitausend verschiedenste Früchte umfassen, abgesehen von dem Vieh, das darauf wartete, geschlachtet zu werden.**

Nachdem der Pharao seine heiligen Bittgebete zu Ende gesprochen hatte, ging er zu einem kleinen Altar, auf dem er in Anwesenheit seines Hofes und des versammelten Volkes ein Lamm opferte. Anschließend warf er eine goldene Statuette von Hapi und eine von dessen heiliger Gemahlin Repit in den Fluss, damit sie mit ihrer Vereinigung das Wasser befruchteten. Daraufhin brach das Volk in lauten Jubel aus, und alle Menschen beglückwünschten sich in der festen Überzeugung, dass Hapi zufrieden wäre. Schließlich nahm der Pharao die versiegelte Papyrusrolle mit den magischen Texten, die die Verbindung zwischen dem Pharao und dem Fluss billigten, an sich und schritt zum königlichen Schiff, mit dem er zum nahe gelegenen Heliopolis segeln würde. Das Gefolge begab sich ebenfalls zu seinen privaten Booten, um den Gottkönig zur alten Hauptstadt zu begleiten, während das einfache Volk fröhlich an die Ufer des Flusses eilte, um

* Auszug aus der Hymne an Hapi.
** Es ist bekannt, dass Ramses III. während seiner Herrschaft als Zeichen der königlichen Frömmigkeit mehr als 2.500 Rinder bei solchen Anlässen schlachten ließ.

dem Gott nun seine Opfergaben darzubringen. Alle hatten die entsprechenden Figuren mit, einige waren aus Blei oder aus Kupfer, andere aus Porzellan oder aus einfachem Ton, und die Begüterten brachten welche aus Türkis oder Lapislazuli. Tausende kleiner Statuetten waren eigens für diesen Zweck hergestellt worden, und nicht alle stellten Hapi oder seine Gemahlin dar. Manche verkörperten nur einen Mann und eine Frau, die zusammen in den Fluss geworfen wurden und in ihrer Vereinigung den Ritus der Befruchtung vollziehen würden.

Die Freunde kletterten hastig von dem Baum hinunter und liefen ebenfalls zum Ufer. Dort warfen sie die beiden Figürchen, die Nemenhats Vater für sie geschnitzt hatte, inmitten der allgemeinen Euphorie ins Wasser.

Mit diesem Akt wurde das neue Jahr offiziell eingeläutet, und es begann die erste Jahreszeit, Achet, die Nilschwelle, die vier Monate andauerte. In zwei Monaten würde der Nil bei Memphis seinen höchsten Stand erreichen, sämtliche Felder überfluten und das ganze Tal in ein einziges Meer verwandeln. Dann musste man darauf warten, dass die Flut ihr optimales Ausmaß erreichte, in der Hauptstadt von Unterägypten etwa siebzehn Ellen. Sank der Pegel unter dreizehn Ellen, hieß das für das Volk Entbehrung und Hunger; stieg er über siebzehn Ellen, bedeutete es eine Flutkatastrophe. Natürlich variierten die Pegelstände in den anderen Orten des Reiches. Auf der Insel Elephantine, nahe der Stadt Assuan, die die Flut am frühesten erreichte, betrug der ideale Pegelstand etwa achtundzwanzig Ellen, und in Mendes am Delta durfte er sechs Ellen nicht überschreiten.

Nach diesen vier Monaten der Überschwemmung, wenn sich das Wasser wieder von den Feldern zurückzog, begann die Zeit der Saat, Projet, während der die Bauern das Land bearbeiteten und die Saat ausbrachten, bevor die Erde wieder vollends austrocknete und hart wurde. In den nächsten vier Monaten wurde das, was sie ausgesät hatten, bewässert, bis zu Beginn der Erntezeit Schemu, in der die Früchte ihrer Arbeit eingefahren wurden. Sie erstreckte sich über die restlichen vier Monate des Jahres.

Es war ein Tag der Freude, denn er verhieß einen neuen Anfang, und das Volk fühlte sich als ein Teil einer tausendjährigen Tradition. Die Menschen saßen am Flussufer oder dicht zusammengedrängt an den Molen der Häfen und beobachteten, wie die prächtige Flotte des Pharaos den Fluss stromabwärts segelte. Hörner und Posaunen ertönten, als das königliche Geleit an ihnen vorbeifuhr und die Menschen den Pharao hochleben ließen. Sobald er in Heliopolis ankam, würde sich der Gottkönig zum Tempel von Re-Harachte begeben und in Anwesenheit seines ganzen Hofstaates und seiner Würdenträger den magischen Kebehu-Papyrus in den heiligen See werfen. Diese Schrift sorgte dafür, dass der Nil über die Ufer trat und der Pakt zwischen dem Pharao und dem Fluss besiegelt wurde. Es würde eine gute Nilschwelle geben.

Am frühen Morgen, als Schepsenure auf der Dachterrasse einen Fensterladen reparierte, hörte er jemanden auf der Straße nach ihm rufen. Er beugte sich über die Mauerbrüstung und sah, wie Anch und zwei Diener an seine Tür klopften.

»Ich wusste gar nicht, dass du schon so früh unterwegs bist«, rief er ihm von oben zu.

Anch hob den Blick und rückte gleichzeitig seine gelockte Perücke zurecht.

»Du weißt doch, wie viel ich zu tun habe, und bei der Hitze ist es nicht ratsam, nach Mittag noch unterwegs zu sein.«

Schepsenure stieg die Treppen hinunter und öffnete seinem Besucher die Tür.

»Welch unverhoffte Ehre, Schreiber«, grüßte er ihn ironisch und bat ihn mit einer Handbewegung ins Haus.

»Dachte ich's mir doch, dass du dich freuen würdest, mich zu sehen«, entgegnete der andere im selben spöttischen Ton und trat ins Haus.

Schepsenure blieb in der geöffneten Tür stehen und deutete auf die Diener.

»Um sie brauchst du dir keine Gedanken zu machen. Sie mögen die Morgenfrische und werden draußen auf mich warten. Ach, wie ich sehe, widmest du dich nun wieder mehr deinem Beruf«, erklärte Anch, als er sich im Raum umsah.

»Ja, ich habe beschlossen, meine Werkstatt in diesem Raum einzurichten. Wie du siehst, habe ich auch bereits Aufträge«, antwortete der Handwerker und zeigte auf einen halbfertigen Tisch.

»So, so«, sagte Anch und begutachtete eins der Beine in Gestalt einer Löwentatze.

»Setz dich doch, Anch. Es ist lange her, seit du dich das letzte Mal hast blicken lassen.«

»Danke«, antwortete Anch und nahm auf einem Schemel Platz. »Um ehrlich zu sein, ich hatte alle Hände voll zu tun mit der Registrierung der Ernte auf den Feldern des Tempels, ehe die Flut einsetzt. Eine ziemlich langweilige Arbeit, aber was tut man nicht alles für den göttlichen Ptah.«

Schepsenure grinste spöttisch wie meistens, wenn er sich mit dem Schreiber unterhielt, und dieser musterte ihn wie üblich mit listigem Blick.

»Willst du etwa andeuten, dass du mich vermisst hast?«, fragte Anch.

»Nein, nein, das weißt du sehr wohl. Ich habe mich lediglich gewundert, wo du die ganze Zeit gesteckt hast. Ich fragte mich schon, ob du mich gar vergessen haben könntest.«

»Dich vergessen? Keine Sorge! Ich hätte es nicht bis zum Schreiber gebracht, wenn ich vergesslich wäre. Wenn man die Geschichte betrachtet, kann man deutlich erkennen, dass sie aus Zyklen besteht, die einen Anfang und ein Ende haben. Manche sind gut, andere nicht so sehr, aber alle sind untrennbar mit der Weisheit der Götter verbunden. Und weißt du, was alle Epochen gemeinsam haben? Uns Menschen. Der Mensch passt sich der Zeit an, in der er lebt, aber im Kern bleibt er immer gleich, er überdauert. Seit Jahrtausenden haben viele weise Männer uns von diesem Kern berichtet. Wenn wir ihre Worte vergessen würden, was bliebe uns dann? Nichts. Wir würden nichts mehr dazulernen und auf ewig im selben Zyklus gefangen sein. Wenn du dich umsiehst, wirst du feststellen, dass es den meisten Menschen so geht. Sie vergessen alles, aber Anch nicht.« Sein Ton war jetzt ernst. »Anch vergisst nichts. Niemals.«

»Das ließe sich leicht ändern«, entgegnete Schepsenure. »Ihr bräuchtet uns nur an all diesen tausendjährigen Lehren teilnehmen zu lassen, statt sie in den Tempeln vor uns zu verstecken.«

Anch warf ihm einen scharfen Blick zu, doch dann breitete sich ein zögerndes Lächeln auf seinem Gesicht aus.

»Darüber habe nicht ich zu befinden, mein lieber Freund. Die Götter haben es so verfügt, und ihr Wille muss befolgt werden, weil er weiter reicht als alle unsere Worte, verstehst du?«

»Durchaus. Ich verstehe die Schreiberkaste nur allzu gut, und das schon lange, bevor ich dich kennen lernte. Gerade deshalb habe ich beschlossen, in diesem Zyklus, wie du es nennst, nicht nach den Gesetzen der Götter zu leben.«

»Meine Hochachtung, Handwerker«, rief Anch und klatschte in die Hände. »Das ist einer der Gründe, warum ich dich heute aufgesucht habe. Wie könnte ich sonst Geschäfte mit dir machen?«

Schepsenure warf ihm einen verdrießlichen Blick zu. Wie konnte er es wagen, ihm gegenüber so zynisch zu sein? Ihm, der er sein Leben lang ein Ausgestoßener gewesen war, Enkel eines auf Befehl des Pharaos zum Tode verurteilten Grabräubers, von dem er mit Mühe und Not gelernt hatte zu überleben? Der Schreiber war dabei, ihm ein dubioses Geschäft vorzuschlagen, pries die Götter und beglückwünschte gleichzeitig Schepsenure dazu, dass er keinen Respekt vor ihnen empfand. Einem solchen

Menschen war er noch nie begegnet, und sein Instinkt warnte ihn, lieber aus der Stadt zu verschwinden. Verlass Memphis, solange du noch kannst!

Doch das hieß, auf die staubigen Straßen Ägyptens zurückzukehren. Warum konnte er nicht wie alle seine Nachbarn in Frieden leben? Oder war es eine Strafe der Götter für die schweren Verfehlungen, deren er sich schuldig gemacht hatte? Schepsenure verzog das Gesicht. Er bereute seine Taten und hatte sich mit seiner Strafe abgefunden, trotzdem war er nicht mehr gewillt, sein ganzes Leben auf der Flucht zu verbringen. Zum ersten Mal hatte er ein eigenes Dach über dem Kopf, konnte seinem Sohn ein Zuhause bieten, ein Heim, um endlich zur Ruhe zu kommen. Wenn er sich in seinen eigenen vier Wänden befand, empfand er ein Gefühl von Dankbarkeit und Frieden, das er nie zuvor gekannt hatte. Es war eine völlig neue Perspektive in seinem Leben, die er keinesfalls aufs Spiel setzen wollte.

Doch als er wieder zu sich kam und den Schreiber ansah, lief es ihm kalt über den Rücken. Ganz deutlich spürte er, dass er nicht mehr Herr über sein eigenes Schicksal war. Die Blicke der beiden Männer trafen sich; wieder warnte ihn eine innere Stimme: Verlass Memphis, sofort!

»Machst du dir Sorgen?«, fragte Anch langsam.

»Habe ich denn Grund dazu?«, entgegnete Schepsenure wenig überzeugend.

»Hm, im Augenblick wohl kaum, und ich möchte auch niemals der Grund für deine Sorgen sein müssen, mein lieber Freund.«

Schepsenure versuchte, in seinem unergründlichen Gesicht zu lesen, doch er konnte nur die Schläue erkennen, die der Schreiber keineswegs verhehlte. Er sah ihm in die Augen und wusste, dass sein Gegenüber in diesem Augenblick bis auf den Grund seiner Seele blicken konnte.

Schepsenure bückte sich, griff nach einem Schemel und setzte sich seinem Gast gegenüber.

»Na schön, Anch. Du wirst mir ja sicher verraten, was hinter deinem Besuch steckt. Oder erfolgt er bloß aus Höflichkeit?«, setzte er sarkastisch hinzu.

»Höflichkeit ist immer gut und auch erstrebenswert, vor allem, wenn man ein Abkommen geschlossen hat. Wir beide haben eins, wie du dich sicher erinnerst.«

»Ich kann mich erinnern, dass wir einst Geschäfte miteinander machten, aber ich wüsste nicht, was ich dir jetzt bieten könnte.«

»Dieses Mal bist nicht du derjenige, der etwas anzubieten hat, sondern ich. Natürlich werden wir die Bedingungen unseres Vertrages neu verhandeln müssen.«

Schepsenure sah ihn wortlos an.

»Ich glaube kaum, dass du nach Memphis gekommen bist, nur um hier ein angesehener und ehrbarer Handwerker zu sein, habe ich Recht? Wir sind kilometerweit von Gräbern umgeben. Ich nehme an, dass dies auf Männer wie dich eine ungeheure Anziehungskraft ausüben muss.«

»Auf dich etwa nicht?«

»Doch, doch. Was ich dir vorschlagen werde, könnte uns beide interessieren. Ich will also keine Zeit verlieren. Ich verfüge über genügend Informationen, um die Gräber mehrerer hoher Würdenträger ausfindig zu machen«, fuhr Anch vorsichtig fort, ohne das Gesicht seines Gegenübers aus den Augen zu lassen.

Schepsenure blieb ungerührt.

»Interessiert dich das Thema?«, fragte der Schreiber durchtrieben.

Schepsenure schwieg.

»Na gut«, erklärte Anch. »Ich sehe, du bist interessiert. Wie gesagt, ich kenne die Lage mehrerer Gräber, die meiner Ansicht nach noch intakt sein dürften. Und wenn ich Recht behalte, dann bergen sie ungeahnte Schätze in ihrem Innern. Einzigartige Reichtümer, die du ans Licht befördern sollst.«

»Wenn du den genauen Standort kennst, dann weiß ich nicht, wozu du mich brauchst.«

»Na komm schon, Handwerker. Du weißt genau, wie gefährlich es für mich wäre, mich des Nachts in solche Gegenden zu wagen. Stell dir vor, was der himmlische Ptah dazu sagen würde, wenn er mitkriegt, wie ich die Überreste seiner Priester durchwühle! Der Vorsteher im Katasteramt des Tempels treibt sich in alten Grabkammern herum! Das Risiko wäre zu hoch, und Anch geht kein Risiko ein. Für dich dagegen wäre es ein Kinderspiel!«

»Und wie bist du an diese Informationen gelangt?«, fragte Schepsenure.

»Das Wie spielt keine Rolle, du musst lediglich wissen, dass die Informationen hundertprozentig sicher sind. Hör zu, wenn du die Gräber findest, wirst du nicht wissen, wohin mit all dem Reichtum, das verspreche ich dir.«

»Weiß sonst noch jemand von der Sache?«

»Keine Menschenseele, nur du und ich, das schwöre ich dir«, entgegnete Anch theatralisch.

Schepsenures misstrauischer Gesichtsausdruck wurde allmählich nachdenklich. Er traute Anch nicht über den Weg. Ganz bestimmt waren auch andere in das Geheimnis eingeweiht, aber das war es nicht, was ihn stutzig machte. Sein ganzes Leben lang hatte er allein gearbeitet, auf eigene Rechnung, und der Gedanke, jetzt alles mit jemandem teilen zu müssen, flößte ihm ein mulmiges Gefühl ein. Er musterte den Schreiber, ohne einen Hehl aus seinem Misstrauen zu machen. Für ihn verkörperte er alles, was er verabscheute; er war der Inbegriff sämtlicher Übel, von denen sein Land befallen war. Schepsenure selbst war zwar ein geächteter Grabräuber, doch er kannte die Gesetze, die jahrtausendelang das harmonische Gleichgewicht seines Landes garantiert hatten. Sogar für den Pharao empfand er einen gewissen Respekt, schließlich war er die Achse, um die sich diese Ordnung drehte.

Anch dagegen war der Keim, der den Staat allmählich zersetzte. Das Problem war nicht neu, denn im Laufe vieler Jahre war dieser Keim immer mehr verfault und hatte die hierarchische Gesellschaftsordnung nach und nach korrumpiert.

So also sah Schepsenure den Schreiber, der jetzt vor ihm saß und ihn kraft seines höheren Ranges mit aller ihm zur Verfügung stehenden Macht zu einem ungewissen Schicksal nötigte. Und da Schepsenure keine andere Wahl blieb, musste er es als eine Herausforderung betrachten, die er schließlich annahm.

»Nun? Was sagst du?«, fragte der Schreiber und hob eine Augenbraue.

»Ich nehme das Angebot an«, antwortete Schepsenure seufzend.

»Großartig, Handwerker, großartig! Ich sehe, dass du nicht auf den Kopf gefallen bist. Aber da gibt es noch etwas, das wir klären müssen. Die Bedingungen des Vertrages nämlich«, sagte der Schreiber und musterte seinen Gastgeber aufmerksam.

»Ich gehe davon aus, dass die alten Bedingungen, die wir seinerzeit trafen, noch gültig sind.«

»Natürlich! Aber du wirst einräumen, dass sich die Umstände geändert haben. Die Standorte sind uns bereits bekannt, du wirst also lediglich den Eingang finden und vorsichtig sein müssen. Daher sollte dein Anteil meiner Meinung nach höchstens ein Viertel des gesamten Gewinns betragen.«

»Dass ich nicht lache! Das soll wohl ein Scherz sein. Glaubst du wirklich, ich würde für ein lächerliches Viertel mein Leben aufs Spiel setzen?«

»Denk nur an die vielen Grabbeigaben, die da unten liegen müssen!«, rief der Schreiber und rang die Hände. »Der vierte Teil davon wäre ein Vermögen!«

»Aber nichts im Vergleich mit den drei Vierteln, die du einstreichst, während du ruhig in deinem Bett schläfst.«

»Wenn es so ist, dann kannst du den größten Anteil haben und den Markt damit überschwemmen. Wie lange, meinst du, würden sie brauchen, um dir auf die Schliche zu kommen? Na, hör mal, ein Mann, der so klug ist wie du, muss doch wissen, dass nicht einmal ich in der Lage wäre, eine so heiße Ware loszuwerden. Dazu benötigt man gewisse Kontakte, und die haben nun mal ihren Preis.«

»Und was, wenn die Gräber leer sind?«

»Das ist unmöglich. Ich bin sicher, dass da unten mindestens ein halbes Dutzend jungfräulicher Gräber liegt.«

»Und wenn nicht?«

»Was hättest du dann verloren? Nur eine Nacht in der erlauchten Totenstadt.«

Schepsenure dachte nach, so schnell er konnte. Offensichtlich glitt ihm die Sache aus den Händen. Er war nur die Spitze eines Dolches, der eine sehr lange Klinge besaß. Bald kam er zu dem Schluss, dass ihm nichts anderes übrig blieb. Zumindest im Augenblick schien es ratsam, nachzugeben und den Schreiber mit seinen eigenen Waffen zu schlagen – mit List und Tücke.

»Aber eines möchte ich klarstellen. Die neuen Bedingungen gelten nicht für unsere früheren Abmachungen.«

»Selbstverständlich, Handwerker. Du kannst in Saqqara machen, was du willst; dafür gelten die Bedingungen unserer alten Abmachung.«

»Na gut, dann nehme ich für den dritten Teil an.«

»Göttlicher Nefertem!«,* rief Anch, sprang vom Schemel hoch und fuchtelte mit den Armen herum. »Hast du wirklich ein Drittel gesagt? Das ist Wucherei!«

»Das finde ich nicht, Anch. Aber wenn du jemanden in dieser Stadt kennst, der die Arbeit genauso gut wie ich machen kann, sei es dir freigestellt, ihn für weniger Geld einzuweihen. Ich kann dir

* Sohn des Gottes Ptah und der Göttin Sachmet. Sein Name bedeutet »der Lotus«.

nur raten, es dir gut zu überlegen. Du kannst dir nicht vorstellen, was für Zerstörungen ich gesehen habe, die von blutigen Laien begangen wurden.«

Beide sahen sich einen Augenblick an. Dann blinzelte Anch und rieb sich das Kinn.

»Also von mir aus. Du sollst deinen Willen bekommen.«

»Ein Drittel vom Ganzen, und keinen Deben weniger.«

»Abgemacht, Handwerker«, erklärte Anch lächelnd. »Ich brauche dir nicht zu sagen, dass du äußerste Verschwiegenheit walten lassen musst, und ich vertraue darauf, dass du deinen Gewinn weise anlegst. Aber jetzt muss ich sehen, dass ich weiterkomme. Du wirst rechtzeitig Ort und Zeit erfahren«, schloss er und rückte seine Perücke zurecht.

Als Schepsenure ihm die Tür öffnete, wurden sie vom grellen Sonnenlicht geblendet und kniffen die Augen zusammen.

»Ach, das hätte ich beinahe vergessen«, sagte Anch plötzlich und drehte sich um. »Ich habe eine Ladung wunderbares Pinienholz aus dem Libanon bekommen, ideal für deine Arbeit. Leider haben die Götter Ägypten kein Holz beschert. Erinnere mich daran, dass ich dir welches schicken lasse.«

Die Nacht senkte sich herab und hüllte Saqqara in tiefe Dunkelheit. Er hätte keine bessere Wahl treffen können. Nur die Sterne funkelten am pechschwarzen Firmament.

Seit mehr als zwei Stunden wanderte Schepsenure durch die mondlose Nacht, und mit jedem Schritt hatte er das Gefühl, die Dunkelheit würde ihn Stück für Stück verschlucken. Nicht einmal das riesige Sandmeer, das ihn umgab, half ihm, etwas zu erkennen. Die sanfte Brise, die ihn bei seinem Aufbruch in Memphis begleitet hatte, war längst abgeflaut und hatte ihn in dieser Wüste, in der nur absolute Stille herrschte, zurückgelassen.

Als ein Schakal ganz in der Nähe heulte, blieb er stehen, zog seine Wolldecke enger um sich und versuchte vergeblich, in der

Dunkelheit etwas zu erkennen. Die Totenstadt unter seinen Füßen schien in einem tausendjährigen Schlaf versunken zu sein.

Er spürte, wie ihm die eisige Nachtkälte, die so typisch für die Gegend war, in die Knochen kroch, und beschloss, lieber weiterzugehen.

»Dieser alte Fuchs!«, fluchte er leise und spuckte auf den Boden.

Anch war bei den Vorbereitungen übervorsichtig gewesen und hatte ihm erst heute Morgen die genauen Pläne der Gräber übergeben. Dabei hatte er darauf bestanden, dass Schepsenure aus Sicherheitsgründen den günstigen Neumond ausnutzte. Obendrein hatte er ihm versichert, dass er auf diese Weise keinem der Wächter über den Weg laufen würde, die sonst gelegentlich durch die Totenstadt patrouillierten.

Wahrscheinlich weiß halb Memphis, dass ich hier bin, dachte er und beschleunigte seine Schritte. Ich sehe schon aus wie ein Beamter aus dem Haus des Lebens, der seinen Pflichten nachgeht. Genau das, was ich am meisten verabscheue! Verflixt, ich sollte nicht daran denken und mich auf meine Arbeit konzentrieren.

Der lange Marsch begann, seinen Tribut zu fordern. Er hatte nicht ahnen können, dass die Totenstadt so groß war. Wie viele Menschen lagen wohl in dieser endlosen Weite begraben? Früher, während des Alten Reiches, als Memphis die einzige Hauptstadt gewesen war, hatten sich die meisten Bewohner hier an diesem Ort bestatten lassen. Doch angesichts der gewaltigen Ausmaße der Totenstadt war es gar nicht so leicht, ein interessantes Grab zu entdecken. Zum Glück habe ich für den Anfang etwas Sicheres in der Hand, dachte er, um sich Mut zu machen.

Seine Füße versanken knöcheltief im eisigen Sand, als Schepsenure sich vorsichtig durch die Nacht bewegte, die so dunkel war, dass er Mühe hatte zu erkennen, wohin der nächste Schritt führte. Plötzlich blieb er stehen und riss die Augen auf, als er vor sich etwas aufragen sah.

Das muss die Stelle sein, ganz bestimmt, dachte er beflügelt und brachte die letzten Meter hinter sich.

Als er das vertraute Gefühl der Anspannung spürte, das ihn jedes Mal überkam, wenn er sich in der Nähe eines Grabes befand, blieb er erneut stehen und sah sich sorgfältig in der Umgebung um. Totenstille, kein Geräusch war zu hören, nicht einmal das Säuseln des Westwinds. Oder lag es an seinem Herzen, dessen heftiges Schlagen alles andere übertönte? Nein, es war niemand hier, und im Grunde genommen war das auch nicht verwunderlich, denn der Tempel oder das, was von ihm übrig war, befand sich an einem gottverlassenen Ort. Er war vollkommen verfallen; nur noch wenige Säulen bildeten einen kleinen Pavillon.

Er betrat den kleinen Tempel und zündete im Schutz einer der wenigen erhaltenen Mauern die Lampe an, die er bei sich trug. Im schwachen Schein erkannte er seltsame Zeichen auf der Mauer, und einen kurzen Augenblick stockte ihm der Atem. Er erstarrte und sah sich um. Dieser Ort gehörte Sokar, dem Herrn des Mysteriums, der Gottheit mit dem Falkenkopf. Er war Gebieter der Nekropole von Memphis, doch Schepsenure empfand für ihn genauso wenig Respekt wie für den Rest der ägyptischen Götter.

Es waren nicht die Götter, vor denen er Angst hatte. Zwischen den Steinen der Ruinen lauerte eine viel realere Gefahr, auf die er achten musste. Ein Geschöpf, das der Welt der Lebenden angehörte und trotzdem den Tod brachte: die ägyptische Kobra, der man lieber aus dem Weg ging.

Nachdem sich seine Augen an das schwache Licht gewöhnt hatten, suchte er die Stelle, von der Anch behauptet hatte, dass sich dort der Eingang zum Grab befand. Sehr vorsichtig begann er, die Steine wegzuräumen. Als er damit fertig war, stieß er auf feinen Sand, der sich im Laufe der vielen Jahre dort angesammelt hatte. Ein letztes Mal sah er sich nach allen Seiten um, dann fing er an zu schaufeln.

Mehr als zwei Stunden brauchte er, bis er die glatten Grabsteine freigeschaufelt hatte.

Zum Glück wird diese Seite von der einzigen Mauer, die erhalten geblieben ist, gut geschützt, sagte er sich, während er sich mit dem Handrücken den Schweiß von der Stirn wischte. Sonst hätte der Wüstenwind so viel Sand hereingeweht, dass alles Schaufeln nichts genützt hätte.

Nach einer kurzen Atempause begann er, die Steinfliesen am Boden sorgfältig zu untersuchen. Obwohl sie viele Jahre unter dem Sand begraben gewesen waren, schienen sie sehr abgenutzt zu sein, ein sicheres Zeichen für ihr hohes Alter. Schepsenure ging in die Knie und schlug mit seinem Stock dagegen, wobei er auf den kleinsten Unterschied im Klang horchte. Mit endloser Geduld klopfte er Stein für Stein ab und horchte auf die feinen Abstufungen, die ihm verraten würden, wo sich ein Hohlraum verbarg. Doch er hörte nichts.

Wenn die Informationen stimmten, die Anch ihm gegeben hatte, musste der Eingang zur Grabkammer hier irgendwo unter dem kleinen Tempelsaal liegen. Und da der Boden derart abgenutzt war, hätte es nicht schwer sein dürfen, die richtige Stelle zu finden. Trotzdem konnte er keinen Unterschied im Klang erkennen. Aber so leicht ließ sich Schepsenure nicht entmutigen. Sein Instinkt sagte ihm, dass das Grab in unmittelbarer Nähe liegen musste. Vielleicht war ich nicht sorgfältig genug, sagte er sich und begann, den Boden erneut zu untersuchen. Dabei fiel ihm auf, dass die Steinfliesen in einer Ecke größer waren als die übrigen. Er kniete nieder und wiederholte die Operation, klopfte mal hier, mal dort, doch sosehr er sich auch anstrengte, er konnte nichts Außergewöhnliches entdecken.

Wirklich seltsam, dachte er und setzte sich auf den Boden.

Die Steine waren groß genug, um den Eingang in die Grabkammer verbergen zu können. Wenn es ein Grab unter diesen Ruinen gab, dann musste sich der Eingang hier befinden.

Eine Zeit lang grübelte er missmutig vor sich hin, rieb sich das Kinn und starrte auf die Steinplatten. Plötzlich erhellte ein Lächeln sein Gesicht.

Wie konnte ich nur so dumm sein!, dachte er und kniete sich wieder auf den Boden. Diese Steine sind so groß, dass ich keinen Unterschied erkennen werde, wenn ich nur die Ränder abklopfe. Ich muss es in der Mitte versuchen.

Der Unterschied im Klang war so gering, dass er beim ersten Schlag noch nichts bemerkte. Aber er war da, und als er die Prozedur zum dritten Mal wiederholte, hörte er ganz leise den lang ersehnten Unterschied. Und wieder einmal spürte er, wie seine Spannung ins Unermessliche wuchs.

Als es Schepsenure mithilfe eines Hebels nach mühevoller Arbeit schließlich gelang, den Stein mit aller Kraft hochzustemmen, spürte er, wie trockene, warme Luft aus der Tiefe aufstieg. Sie brachte den eigenartigen Geruch nach Verwesung und Geheimnis mit sich. Schließlich war sie in einer tausendjährigen Gemeinschaft mit dem Pantheon verbunden gewesen. Schepsenure kannte diesen Geruch nur allzu gut. Er mochte ihn nicht, hatte aber mit der Zeit gelernt, ihn als unvermeidlichen Begleiter zu ertragen. Er ließ einige Minuten verstreichen und hielt dann die Lampe in das Loch hinein. Dort unten waren einige Stufen, aber er konnte nicht sehen, wohin sie führten. Er befestigte ein Seil an einem der großen Steinquader in der Nähe, holte tief Luft und verschwand unter der Erde.

Langsam stieg er die Stufen hinunter und spürte, wie sich die stickige Luft um ihn verdichtete. Vorsichtig untersuchte er das Terrain nach jedem Schritt, stets auf der Hut vor dem kleinsten Anzeichen einer Gefahr. Als er schließlich gebückt und wachsam die unterste Stufe erreichte, erinnerte er mehr an einen Wüstenschakal auf der Suche nach Aas als an einen Menschen.

Ein brunnenartiger Schacht versperrte ihm den Weg, und er runzelte die Stirn. Brunnen gefielen ihm überhaupt nicht, und jedes Mal, wenn er in eines dieser Löcher stieg, hatte er das Gefühl, dass er nicht zurückkehren würde. Zudem war die Luft in den meisten Brunnen derart schlecht, dass man kaum atmen konnte. Er leuchtete in den Schacht, konnte aber nicht bis auf den Grund sehen. Daraufhin zog er einige Male kräftig an dem Seil, das er sich um den Körper geschlungen hatte, und vergewisserte sich, dass es stramm war, bevor er den Abstieg begann.

Der Brunnen erwies sich als nicht besonders tief. Zum Glück war er zudem breit genug, sodass er die frische Nachtluft einatmen konnte, die jetzt allmählich von oben in das Loch hineinströmte. Trotzdem war er erst dann erleichtert, als er ganz unten angekommen war und die versiegelte Tür vor sich sah.

Es war das seltsamste Grab, das er jemals gesehen hatte. Die Anlage bestand aus einem einzigen mittleren Gang mit jeweils drei Grabkammern auf beiden Seiten. Man konnte sehen, dass sie ursprünglich für nur eine Grabkammer entworfen worden war und die anderen erst später hinzugefügt wurden, um insgesamt fünf weitere Tote aufzunehmen.

Er hatte von diesen Mehrfachbestattungen gehört, die von den Priestern angeordnet wurden, um Mumien zu verstecken, deren Gräber zuvor ausgeraubt worden waren. Doch es war das erste Mal, dass er auf eine solche Grabkammer stieß, und das machte ihn irgendwie neugierig. Nur der breite Gang und eine der Grabkammern waren ordnungsgemäß geschmückt und ausgestattet, die übrigen Kammern lediglich weiß getüncht. An ihren Wänden befanden sich nur wenige Malereien, die ganz offensichtlich überhastet angefertigt worden waren, um die unverhofften Gäste aufzunehmen.

Mir ist es völlig egal, wer sie waren und warum man sie hier bestattet hat, dachte Schepsenure, Hauptsache, man hat die Gräber nicht geplündert, und ihre Grabbeigaben sind noch intakt.

Und tatsächlich: Die Grabkammern waren übervoll, sowohl mit Dingen, die der Tote im Jenseits brauchen würde, als auch mit

Gegenständen, die ihm in seinem irdischen Leben am Herzen gelegen hatten.

Das prunkvolle Mobiliar in einer der Kammern, in der sich Betten, Truhen, Stühle und ein kleiner Tisch befanden, den Schepsenure besonders schön fand, erweckte seine Aufmerksamkeit. Der Handwerker, der diesen Tisch hergestellt hatte, musste ein echter Künstler gewesen sein.

Die Malereien und Reliefs an den Wänden des Hauptganges und der ursprünglichen Grabkammer waren einzigartig und ganz anders als alle, die er jemals gesehen hatte. Sie quollen über von Texten in Hieroglyphenschrift, die in den alten Zeiten benutzt worden waren und von deren magischer Kraft er gehört hatte. Er selbst konnte sie nicht lesen, bewunderte aber die unzähligen kunstvollen Zeichen, die in rätselhafter Symmetrie in den Stein gehauen worden waren. Daneben sah man mehrere in Reliefs dargestellte Szenen, in denen die Verwalter von Latifundien vor einem Priester, wahrscheinlich dem Verstorbenen, Rechenschaft ablegten.

So lange ist das her, und trotzdem hat sich so wenig geändert, dachte Schepsenure.

Der Rest bestand aus unzähligen Anbetungsformeln und einigen Statuen eines in ein Leichentuch gehüllten Mannes mit einem Djed-Pfeiler, dem Zeichen der Stabilität, in den Händen und einer Kappe auf dem Kopf. Es war der Gott Ptah, den Schepsenure nur allzu gut kannte, da er als Schutzpatron der Handwerker galt.

Sein Blick fiel auf die vielen düsteren Schatten, die den Sarkophag umgaben. Mittlerweile war er so ungeduldig, dass er in hektische Betriebsamkeit verfiel, während er alles um sich herum untersuchte. Um ein Haar hätte er aufgeschrien. Beim Anblick dieser Schätze schlug sein Herz so heftig, dass er glaubte, seine Brust würde zerspringen. Gold, Silber, Schmuck aus prächtigen Edelsteinen und mit den erstaunlichsten Mustern verziert, Dinge, die er sich niemals hätte vorstellen können. Kein Vergleich mit der Grabkammer, die er in Iti-taui ausgeraubt hatte. So viele Reichtümer lagen hier verborgen, dass es das Grab eines Pharaos hätte sein können. Im Licht seiner einfachen Lampe kniete Schepsenure nieder und hob eine Hand voll Schmuck auf. Und als dieser im schwachen Licht funkelte, brach er in ein Gelächter aus, das so laut durch das Grab schallte, dass man hätte meinen können, es käme geradewegs aus der Totenwelt.

»Warum gehen wir heute Nachmittag nicht in die Schenke?«, fragte Kasekemut.

»Da waren wir doch vor zwei Tagen«, wandte Nemenhat ein. »Außerdem wird es dann wieder spät, und ich bekomme Streit mit meinem Vater.«

»Ich verspreche dir, dass wir vor Einbruch der Nacht wieder zu Hause sind. Komm schon, Nemenhat, ich habe keine Lust, den ganzen Nachmittag Zicklein zu spielen.«

»Du weißt ganz genau, dass es spät wird und ich eine Tracht Prügel riskiere.«

»Bestimmt treiben sich wieder Weiber dort herum«, sagte Kasekemut versonnen.

»Die Weiber interessieren dich gar nicht, du willst doch nur zu den Soldaten.«

»Zugegeben, letztes Mal waren keine Soldaten da, weil es ein Unglückstag war. Kein Krieger, der auch nur halbwegs bei Verstand ist, würde sich an so einem Tag mit einem Weib einlassen, er könnte sich ja mit irgendeiner Krankheit anstecken.«

»Ich erinnere mich an ein paar libysche Söldner …«

»Pah, die kannst du vergessen. Der alte Inu hat Recht, wenn er meint, dass die Libyer gottverdammte Dummköpfe sind, die keinerlei Respekt vor unserem Kalender haben.«

»Die haben vor nichts Respekt«, fügte Nemenhat mit betont ernster Miene hinzu.

»Recht hast du«, sagte Kasekemut und spuckte aus. »Wenn es nach mir ginge, würde ich sie alle aus Ägypten verjagen.«

Nemenhat warf seinem Freund einen verwunderten Blick zu. Jedes Mal, wenn er ihn so sprechen hörte, wusste er nicht, was er sagen sollte. Da er selbst in seinem Innern keine Spur von Patriotismus verspürte, war er jedes Mal verblüfft, wenn er hörte, mit welcher Inbrunst Kasekemut solche Worte aussprach.

»Und wer sagt dir, dass es uns heute nicht genauso ergeht und wir nur diese Söldner dort antreffen?«, gab Nemenhat zu bedenken.

»Unmöglich. Weißt du nicht, welcher Tag heute ist? Der einundzwanzigste im ersten Monat der Peret.* Ein äußerst günstiger Tag, weil die Göttin Bastet die Beiden Länder beschützt.«

»Bist du sicher?«

»Natürlich!«, antwortete Kasekemut energisch. »Der alte Inu hat es mir gesagt.«

Für Kasekemut verkörperte der alte Inu alle Weisheit, die ein Mensch nur besitzen konnte, weshalb er ihn regelmäßig aufsuchte. Als junger Mann hatte Inu das Töpferhandwerk gelernt und ihm sein ganzes Leben gewidmet, aber er kannte auch viele Fabeln und Lebensweisheiten, die er gerne an jeden weitergab, der gewillt war, ihm zuzuhören. Obendrein rühmte er sich damit, alle günstigen und ungünstigen Tage des Kalenders zu kennen. Er beteuerte, diese Kenntnisse von einem Cousin zweiten Grades erhalten zu haben, der es im Tempel von Re in Heliopolis bis zum *wab*-Priester** gebracht hatte.

»Du sprichst von ihm, als sei er der Große Sehende***«, erwiderte Nemenhat.

»Wann hat uns der Große Sehende jemals einen guten Rat ge-

* Das entspräche bei uns November/Dezember.
** Priester von niedrigem Rang.
*** Titel für den Vorsteher der Priesterschaft des Re.

geben? Kommt er etwa aus seinem Tempel, um Kasekemut oder irgendwen aus unserem Viertel zu besuchen? Der alte Inu dagegen hat immer einen Ratschlag bereit für den, der ihn hören will.«

»Von wegen! Der alte Nörgler besteht doch nur aus Vorurteilen. Pass bloß auf, sonst verdreht er dir mit seinen Hirngespinsten noch den Kopf.«

»Du tätest gut daran, auf ihn zu hören«, fuhr Kasekemut ihn an. »Sonst wirst du am Ende noch so enden wie die Philister aus Kanaan.«

Nemenhat konnte den Hass auf die Fremden nicht verstehen. Soweit er wusste, hatte keiner von ihnen Kasekemut oder seiner Sippe jemals etwas angetan. Fremde waren in Ägypten normalerweise wohlgelitten, und das Zusammenleben der verschiedenen Kulturen vollzog sich reibungslos. Doch Kasekemut träumte davon, seinem Volk einen Glanz wiederzugeben, den es vor langer Zeit verloren hatte. Er war von den großen Feldzügen der Pharaonen besessen, von Thutmosis III. oder dem großen Ramses II., deren Namen er ständig im Mund führte. Im Grunde hatten die Jungen wenig gemeinsam, wenn man davon absah, dass beide ohne Mutter aufwuchsen, was bei Kindern ihres Alters keine Seltenheit war. Nemenhat jedoch träumte nicht davon, fremde Völker zu erobern, geschweige denn, sie zu unterwerfen. Er war mit dem Stand der Dinge zufrieden, vor allem, wenn er an die entbehrungsreiche Zeit der Vergangenheit dachte. Daher verspürte er nicht den geringsten Drang, gegen irgendwen zu Felde zu ziehen. Nicht dass er feige gewesen wäre, im Gegenteil, nur fand er am Krieg einfach keine Freude. Seine Leidenschaft galt den Gräbern, die er mit seinem Vater ausraubte. Das war sein großes Geheimnis, das niemand sonst je erfahren würde. Schließlich hatten ihn die Götter mit einer Gabe von unschätzbarem Wert bedacht, der Vorsicht.

Trotz ihrer Differenzen waren die Jungen eng befreundet. Kasekemut wusste den gesunden Menschenverstand Nemenhats durchaus zu schätzen, weil dieser sein aufbrausendes Wesen immer wieder bremste.

Schließlich gab Nemenhat nach und fand sich bereit, seinen Freund in die Schenke zu begleiten. Da sich diese am Hafen befand und sie noch einen weiten Weg vor sich hatten, beschlossen sie, sofort aufzubrechen. Es war ein sonniger und trotzdem kühler Nachmittag, denn es wehte eine frische Brise aus dem Norden, die von den Ägyptern »Amuns Atem« genannt wurde. Auf ihrem Weg sahen sie, wie Frauen und Kinder Exkremente von den Straßen aufsammelten, die sie später mit Stroh mischten und in den winterlichen Nächten zum Heizen benutzten. Die Notdurft war etwas ganz Natürliches; die Menschen verrichteten sie an der nächsten Ecke oder mitten auf der Straße, ohne dabei die geringste Scham zu empfinden. Die beiden Jungen machten sich einen Spaß daraus, andere Kinder mit den Exkrementen zu bewerfen, die sie unterwegs auf der Straße fanden. Nemenhat war ein wahrer Meister darin, er konnte sie mit einer derartigen Zielsicherheit schleudern, dass sie immer ins Schwarze trafen. Kasekemut hatte seine helle Freude daran und brach jedes Mal, wenn sein Freund einen Volltreffer gelandet hatte, in schallendes Gelächter aus.

Als sie endlich in der Schenke ankamen, war es schon später Nachmittag. Sie trug den Namen »Zur fröhlichen Sachmet*«, ein Widerspruch in sich, denn Sachmet war nicht gerade für gute Laune bekannt. Aber so hieß die Schenke, die unter der Soldateska in Mode war. Auch Fremde kamen hierher, kleine Kaufleute und solche, die auf der Durchreise waren und nicht nur mit gu-

* Göttin mit dem Kopf einer Löwin. Sie war Res Tochter, Gemahlin von Ptah und Mutter von Nefertem. Sie wurde in Memphis während des Neuen Reiches sehr verehrt und vereinte sowohl gute wie zerstörerische Kräfte. Sie war die Göttin des Krieges und galt als besonders blutrünstig, wenn sie in Wut geriet. Es hieß, sie sei für Krankheiten und Epidemien verantwortlich. Sie war auch die Schutzgöttin der Ärzte.

tem Bier und einem ordentlichen Wein rechneten, sondern auch anderweitige Gelüste befriedigen wollten. Im Gegensatz zu anderen Ländern arbeiteten die Dirnen in Ägypten nicht auf der Straße, sondern boten ihre Dienste in solchen Häusern an.

Vor dem Eingang drängte sich eine dichte Menschentraube. Die Männer, die aus der Schenke kamen, konnten sich vor lauter Alkohol kaum noch auf den Beinen halten und wurden von denen, die hineinwollten, zur Seite gestoßen, was zu ständigen Streitereien führte.

»Habe ich dir nicht gesagt, dass heute eine Menge los sein würde? Der alte Inu irrt sich nie«, erklärte Kasekemut triumphierend.

»Ich sehe aber nicht sehr viele Soldaten«, entgegnete Nemenhat.

»Die kommen meistens später, und mit etwas Glück treffen wir heute sogar Userhet. Meistens kommt er nach der Militärschule auf einen Sprung vorbei.«

»Vielleicht ist er schon da.«

Kasekemut verzog skeptisch das Gesicht und ging hastig auf einen der Männer zu, der gerade aus der Schenke kam.

»Ist Userhet da drin?«, fragte er einen Fremden und zupfte an seiner Tunika.

»User... wer?«, lallte der Mann.

»Userhet, Userhet. Kennst du ihn etwa nicht?«, rief Kasekemut überrascht.

Der Fremde sah ihn schief an, zuckte die Achseln und ging seines Weges.

»Pah! Mit diesen Leuten kann man nicht reden, Nemenhat. Da siehst du, was ich meine!«

»Vielleicht solltest du einen Soldaten fragen.«

Kasekemut kratzte sich den Kopf und lächelte.

»Recht hast du! Wahrscheinlich ist es die einzige Möglichkeit zu erfahren, ob er da ist.«

So setzten sie sich auf den Boden und warteten darauf, dass ein Soldat die Schenke verließ.

»Warum willst du denn Userhet so dringend sprechen?«, fragte Nemenhat, während er Steinchen gegen eine Mauer in der Nähe warf.

»Weil er der stärkste Krieger von ganz Ägypten ist«, antwortete Kasekemut überzeugt.

»Woher willst du das wissen?«

Kasekemut sah ihn verblüfft an.

»Ich weiß es. Jeder weiß es«, entgegnete er aufgeregt. »In den Wettkämpfen hat er alle Sieger des gesamten Heeres bezwungen. Es heißt, dass sogar der Gott ihn mit seiner Freundschaft ehrt.«

Dann hielt er verwundert inne und warf seinem Freund einen Blick zu.

»Kann es wirklich sein, dass du noch nie von ihm gehört hast?«

»Nicht, bevor ich dich kennen gelernt habe.«

Kasekemut rieb sich erstaunt das Kinn, und Nemenhat, der ihn aus den Augenwinkeln beobachtete, lächelte in sich hinein, während er weiterhin Steinchen gegen die Mauer warf. Ja, manchmal fand er Gefallen daran, seinen Freund, der das Leben so sehr anders sah als er selbst, in die Irre zu führen. Die Tatsache, dass er selbst den größten Teil seiner Kindheit damit verbracht hatte, durch Ägypten zu irren, ohne sich irgendwo niederlassen zu können, hatte dazu geführt, dass er in den meisten Fällen vollkommen andere Ansichten vertrat als Kasekemut. Er hatte nie von Helden gehört, und es war ihm auch völlig egal, ob der eine stärker war als der andere.

Hin und wieder fragte Kasekemut ihn nach seiner Vergangenheit aus, und dann blieb ihm nichts anderes übrig, als sich irgendwelche Geschichten auszudenken. Er hatte ihm erzählt, dass sie in Koptos gewohnt hätten und sein Vater nach dem Tod seiner Mutter beschlossen hätte, seine Erinnerungen dort für immer zu begraben und die Stadt zu verlassen. Das zeigte Wirkung. Sein

Freund, der selbst ohne Mutter aufgewachsen war, konnte seinen Schmerz gut nachvollziehen und bohrte nicht weiter nach.

»Dann ist Userhet in Oberägypten nicht berühmt?«, beharrte Kasekemut.

Sein Freund schüttelte den Kopf.

»In Koptos, wo wir lebten, habe ich nie etwas über ihn gehört. Aber die Kriegsfürsten kennt man dort schon«, antwortete er wichtigtuerisch.

Diese Auskunft machte seinen Kameraden sehr nachdenklich, bis plötzlich laute Stimmen ihn zurück in die Realität holten.

»Da, sieh mal«, sagte Nemenhat. »Da kommen ein paar Soldaten aus der Schenke.«

Als sie mit großem Radau auf die Straße taumelten, stand Kasekemut mit einem Mal vor ihnen und fragte sie nach Userhet.

»Userhet? Ich wusste gar nicht, dass er sich für Knaben interessiert«, entgegnete einer der Männer und lachte laut. »Befriedigt er sein *henen* etwa nicht mehr in den Mörsern?«

Die Gruppe von Soldaten brach in schallendes Gelächter aus.

Kasekemut dagegen errötete, verunsichert von der Grobheit der Männer, denn *henen* war das Wort für das männliche Geschlecht, und Mörser, auch *kat* genannt, symbolisierte die Scheide der Frau.

»Aber bestimmt verschafft ein Knabe wie du ihm größere Befriedigung«, fuhr der Soldat inmitten des Gejohles fort.

Inzwischen hatte Kasekemut den ersten Schock überwunden und stellte sich ihm entgegen.

»Du meinst wohl dich selbst, du Arschgesicht, Sohn eines Syrers und einer libyschen Hündin!«

»Verfluchte Rotznase!«, raunte der Soldat und wollte ihm eine Ohrfeige verpassen.

Doch Kasekemut, der damit gerechnet hatte, wich dem Schlag aus, und der vom vielen Wein benommene Soldat stürzte polternd zu Boden.

Die Menge lachte, und seine Kameraden feuerten ihn belustigt an:

»Na los, Heru, verpass ihm eine Lektion!«

Dieser stand auf, klopfte sich den Staub von den Kleidern und sah sich nach dem Jungen um.

»Hier bin ich!«, rief Kasekemut. »Dein Atem stinkt nach faulen Zwiebeln.«

Wutentbrannt warf sich Heru mit voller Wucht auf den Jungen, doch der wich ihm erneut aus und stellte ihm ein Bein, sodass der Soldat ein zweites Mal fluchend am Boden landete.

»Pass gut auf, Heru, das Kätzchen hat scharfe Krallen«, verhöhnten ihn seine Freunde.

»Vielleicht solltest du deine Frau zu Hilfe rufen«, spottete einer aus der kleinen Menschenmenge, die sich mittlerweile um sie versammelt hatte.

Die Worte erzürnten den Soldaten, der offensichtlich Mühe hatte, sich auf den Beinen zu halten, nur noch mehr. Vergeblich versuchte er immer wieder, Kasekemut zu packen, der ihm jedes Mal mit Leichtigkeit auswich, während die Männer ringsum sich vor Lachen krümmten.

»Heru, trink noch etwas Wein, vielleicht schärft er deinen Verstand!«, brüllten die dort Versammelten nun.

Heru versuchte, den Jungen in die Ecke zu drängen, während dieser von einer Seite auf die andere sprang.

Da breitete der Soldat listig die Arme aus, stürzte sich mit einem Satz auf den Jungen und riss ihn mit seinem Gewicht zu Boden.

»Jetzt hast du ihn, Heru!«, spornten seine Kameraden ihn an.

Wie ein tollwütiger Hund begann Heru, den unter ihm liegenden Kasekemut mit wuchtigen Schlägen zu traktieren, denen der Junge nicht ausweichen konnte.

»Lass es gut sein! Du bringst den Kleinen ja um!«, ermahnte ihn jemand aus der Menge.

Doch der Wein und der Zorn hatten Herus Sinne allzu sehr benebelt. Er packte den Jungen mit beiden Händen am Hals und begann, ihn zu schütteln.

»Lass ihn los!«, schrien die Leute.

Doch der Soldat, dessen Gesicht vor Wut rot angelaufen war, konnte einfach nicht aufhören.

Plötzlich flog irgendetwas gegen seinen Kopf. Die Wucht des Steins war so stark, dass der Mann wie ein Sack bewusstlos zu Boden kippte.

Einen kurzen Augenblick lang herrschte vollkommene Stille, die nur von Kasekemuts Keuchen unterbrochen wurde, während er versuchte aufzustehen. Nachdem die ersten Momente der Verblüffung vorüber waren, sahen sich die Menschen neugierig nach demjenigen um, der den Stein geschleudert hatte. Schließlich zeigte einer auf eine hohe Mauer, wo Nemenhat hockte.

Er balancierte in jeder Hand einen Stein, während er das Geschehen aus sicherem Abstand aufmerksam verfolgte. Seit der Streit begonnen hatte, wusste er, dass die Sache schlecht ausgehen würde. Betrunkene Soldaten, die aus einer Schenke kamen, konnten nur Probleme bereiten, trotzdem war er von dem beispiellosen Mut beeindruckt, mit dem sein Freund sich der Situation gestellt hatte, auch wenn sie dann außer Kontrolle geraten war und er angesichts der Tatenlosigkeit der Menschenmenge gezwungen gewesen war einzuschreiten.

Heru lag mit blutüberströmtem Gesicht auf dem Boden, während seine Kameraden versuchten, ihn wachzurütteln.

»Ist er tot?«, fragte jemand.

Die Soldaten schüttelten die Köpfe. Einer warf Nemenhat einen finsteren Blick zu und näherte sich ihm drohend.

In diesem Augenblick ging ein Raunen durch die Menge, und die Leute machten Platz, um einen Mann durchzulassen.

»Willst du dich etwa auch mit einem Jungen prügeln?«, fragte er.

Der Soldat blieb wie versteinert stehen. Er versuchte, etwas zu sagen, brachte aber nur ein Stammeln heraus. »Userhet!«

Dieser hob eine Augenbraue und warf ihm mit seinen imposanten 1,90 Metern – ein durchschnittlicher Ägypter maß höchstens 1,65 – einen verächtlichen Blick zu.

»Vielleicht möchtest du dich lieber mit mir anlegen?«, fuhr Userhet fort.

Sein Kontrahent blickte die imposante Gestalt ängstlich an und schluckte.

»Willst du nicht antworten?«, fragte Userhet und packte den Mann mit der linken Hand im Nacken.

Der Soldat machte sich so klein wie möglich und wagte es nicht, Userhet anzusehen. Schließlich ließ dieser ihn fallen wie einen schmutzigen Lappen und versetzte ihm einen Tritt in den Hintern.

»Pah! Ihr taugt nicht mal, um die Ställe auszumisten. Nehmt euren Freund und macht, dass ihr von hier verschwindet, sonst bekommt ihr es mit mir zu tun!«

Kasekemut, der sich langsam erholte, beobachtete das Geschehen fasziniert. Beim Anblick von Userhets durchtrainiertem Körper kam er sich vor wie ein Häufchen Elend, und das war kein Wunder, denn der aus Unternubien gebürtige Mann war das reinste Muskelpaket.

Kasekemut hatte das Gefühl, vor einer unsterblichen Erscheinung zu stehen. Die Muskeln spielten unter der dunklen Haut; und in der Abendsonne sah es aus, als bewegte sich Atum auf seiner Reise durch die Nacht durch Userhets glänzenden Körper. Kasekemut trat auf ihn zu und streckte unwillkürlich den Arm aus, um ihn zu berühren, als wollte auch er sich in diesem Glanz sonnen.

Die tiefe Stimme holte ihn aus seinen Träumen.

»Dieser Junge war also gewillt, sich einem viel stärkeren Gegner entgegenzustellen.«

Kasekemut brachte kein Wort heraus. Er starrte nur auf die goldene Auszeichnung, die Userhet um den Hals trug.

»Eines Tages werde ich auch so eine tragen wie du«, erklärte Kasekemut und zeigte schüchtern auf das goldene Amulett.

»Wirklich? Und wie willst du das anstellen?«

»Indem ich unserem Land den Glanz zurückgebe, den es einst hatte.«

»Um das zu erreichen, bedarf es ein bisschen mehr, als nur die Hand auszustrecken.«

Der Junge richtete sich kerzengerade auf und erwiderte:

»Ja, Soldaten, die ihre Zeit nicht in den Schenken vertrödeln.«

Userhet brach in schallendes Gelächter aus, in das alle Versammelten begeistert einstimmten.

»Du hast vollkommen Recht«, pflichtete ihm Userhet immer noch lachend bei. »Müßiggang ist der größte Feind des Kriegers. Aber wie ich sehe, wirst du es ja ändern.«

»Wenn ich erst einmal Offizier bin, werden sie keine Zeit mehr zum Trinken haben.«

»Wein ist auch wichtig für die Soldaten.«

»O ja, aber nur, um den Sieg zu feiern.«

»Na schön. Wenn du uns schon unser altes Reich zurückgeben willst, sag uns wenigstens, wie du heißt.«

»Kasekemut, Sohn des Nebamun.«

»Habt ihr gehört? Er heißt Kasekemut, und er wird uns zu neuem Glanz verhelfen«, rief Userhet spöttisch, was erneut für Gelächter sorgte.

»Wenn du ihnen aber den Wein wegnimmst, werden sie dir nicht mal nach Iunu* folgen«, rief einer, und wieder lachten alle.

»Die Weiber darfst du ihnen auch nicht verbieten, sonst musst du ständig hinter ihnen hermarschieren«, rief ein anderer.

* Heliopolis, das in unmittelbarer Nähe lag und die Hauptstadt des 13. Gaus (»Das unversehrte Zepter«) war.

Der Nubier hob die Hand und bat um Ruhe.

»Wenn einer in der Lage ist, das einzulösen, was dieser Junge sagt, dann wohl nur er selbst«, erklärte er in einem ernsteren Ton. »Wir müssen anerkennen, dass er Mut bewiesen hat, aber offensichtlich konnte er sich auch auf die Unterstützung eines Freundes verlassen.«

Bis zu diesem Augenblick hatte niemand mehr an Nemenhat gedacht. Jetzt richteten sich plötzlich alle Blicke auf ihn, während er langsam auf sie zukam.

»Und mit was für einer Treffsicherheit! Kommt, Jungs, Userhet lädt euch in die Schenke ein. Wenn ihr in der Lage wart, die Fußsoldaten zu schlagen, dann seid ihr auch alt genug für die Schenke«, sagte er feierlich.

So bekamen die beiden Freunde, umgeben vom Applaus, dem Gelächter und den Kommentaren der dort Versammelten, zum ersten Mal eine Schenke von innen zu sehen.

Der Wirt war ein Mann aus dem Delta, er stammte aus Athribis, der Hauptstadt des 10. Gaus von Unterägypten, und bewirtete sie fürstlich. Sein richtiger Name spielte keine Rolle, alle nannten ihn Sheu, was so viel wie Weinschlauch bedeutete und ein treffender Spitzname war, denn er war von kleiner Statur und hatte einen derart dicken Bauch, dass man sich fragen musste, wie er sich auf seinen dünnen Beinchen halten konnte. Trotzdem wieselte er ständig um sie herum und sorgte dafür, dass es Userhet an nichts mangelte. Schließlich war dieser ein gern gesehener Stammgast, der seine Weinkrüge mit unglaublicher Geschwindigkeit leerte. Von mehreren Weibern der Schenke begleitet, verschwand Userhet schließlich, um, wie er sagte, »den Acker zu pflügen«, ein recht vulgärer Ausdruck für den Beischlaf.

Als die beiden Freunde das Lokal verließen, war die Sonne längst untergegangen, und Nemenhat dachte jetzt nur noch an die Schläge, die er von seinem Vater bekommen würde, wenn er nach Hause kam.

Sie ging aufrecht, mit wohlgesetzten Schritten, und ihre Hüften wiegten sich in einem gleichmäßigen, sinnlichen Rhythmus. Zugleich suchte sie die bewundernden Blicke, die sie auf der Straße verschlangen. Sie trug ein weißes Trägerkleid aus Leinen, das sich übertrieben eng an ihren Körper schmiegte und ihre vollen Brüste und strammen Hinterbacken hervorhob. Die leicht gebräunte Haut schimmerte wie Honig aufreizend unter dem transparenten Stoff. Das schwarze Haar, das ihr strahlend schönes Gesicht umgab, fiel lose über ihre wohlgeformten Schultern.

Die ständigen Schmeicheleien und Unverschämtheiten, die man ihr im Vorbeigehen zuraunte, brachten sie nicht aus der Fassung, im Gegenteil, sie schien ein heimliches Vergnügen daran zu finden. Obwohl sie den Kopf kaum bewegte, huschten ihre dunklen, großen Augen verstohlen hin und her und verweilten gerade so lange an einem Punkt, bis sie ihre Wirkung erreicht hatten. Manchmal unterstrich sie sie noch dadurch, dass sie mit der Zunge die vollen Lippen befeuchtete. Das zog unweigerlich eine weitere unverschämte Äußerung nach sich, die ihr eine diebische Freude bereitete.

Sie schritt unbeirrt weiter, sammelte Schmeicheleien, zog Blicke auf sich und lachte im Stillen über die Verwirrung, die sie stiftete. Sie hieß Kadesch, seltsamer Name für eine Ägypterin, auch wenn sie es nur zur Hälfte war. Ihr Vater hatte zu den Syrern gehört, die sich während der Herrschaft der Königin Tausret in Memphis niedergelassen hatten.

Er musste ein Anhänger jener anderen Kadesch gewesen sein, mit der man im Orient die semitische Astarte bezeichnete, Göttin der Liebe und Fruchtbarkeit. Tatsächlich hätte der Name nicht treffender sein können, denn die Kleine hatte eine überaus erotische Ausstrahlung. Kaum hatte sie die Pubertät erreicht, wurde sie von einem inneren Feuer verzehrt. Kadesch war vierzehn Jahre alt und die Versuchung in Person.

Als kleines Mädchen hatte sie erleben müssen, wie ihr Vater an

Bilharziose starb. Er hatte seiner Witwe Heret und seiner Tochter eine kleine Erbschaft hinterlassen, mit der Heret eine Bäckerei aufmachte. Es war ein Geschäft, das damals sehr gut lief;* dank der Einnahmen konnten sie ein anständiges Leben führen. Zwei Gehilfen backten jeden Tag das Brot unter Herets Aufsicht, die es anschließend verkaufte. Kadesch half ihrer Mutter dabei und brachte den Kunden die Bestellungen nach Hause. Da es von ausgezeichneter Qualität war und fast keinen Sand enthielt,** war es in ihrem Viertel bald sehr gefragt. Den Teig für das Weißbrot knetete Heret nach alter traditioneller Art und backte es in einer konischen Form, der berühmten *t-hedj*. Doch formte sie auch, wie es damals in Mode gekommen war, Figuren aus dem Teig: Tiere, Menschen oder auch Phalli, die sie mit Sesam, Anis oder Trockenfrüchten garnierte.

Heret war sich der Schönheit ihrer Tochter bewusst, und da diese nun das heiratsfähige Alter erreicht hatte, hoffte sie auf eine gute Partie. Wie die aussehen sollte, darüber waren Mutter und Tochter allerdings unterschiedlicher Ansicht. Die Sicherheit und die Annehmlichkeiten, die sich die Mutter für ihre Tochter wünschte, spielten in Kadeschs Weltbild nur eine untergeordnete Rolle. Sie träumte von starken, dominanten Männern, deren Macht von anderer Natur war als das, was sich ihre Mutter erhoffte. Kadesch flanierte mit Vorliebe an den Soldaten vorbei, und wenn sie einen schmucken jungen Offizier bemerkte, der sie anstarrte, ohne einen Hehl aus seinem Verlangen zu machen, empfand sie eine unbändige Lust.

An diesem Morgen hatte Kadesch wie üblich in aller Frühe das Haus verlassen, um den Kunden das Brot zu bringen. Kerzengerade und schnellen Schrittes ging sie mit dem Korb auf dem Kopf

* Bis zum Neuen Reich wurde das Brot von den Frauen im Haus gebacken, erst danach entstanden die großen Bäckereien.

** Für gewöhnlich enthielt das Mehl, das in den Mörsern verarbeitet wurde, große Mengen an Sand.

durch die Gassen. Es war ein herrlicher Tag, der die kleinen Gassen in goldenes Licht tauchte. Vom Fluss her wehte eine sanfte frische Brise und erfüllte das alte Viertel mit einer feinen, nach Henna duftenden Kühle. Dieser Luft konnte kaum ein Ägypter widerstehen, daher verließen die Leute für gewöhnlich bei Sonnenaufgang ihre Häuser, um sich an diesem Genuss zu ergötzen, den ihnen Re Tag für Tag darbot. Ein Geschenk wie das Leben selbst. Die ersten Sonnenstrahlen sorgten für eine strahlend klare Atmosphäre, die jedermann mit Fröhlichkeit und Zuversicht erfüllte. Kadesch nahm sie mit allen Sinnen in sich auf und erfreute sich an dem prächtigen Geschenk, das die Götter ihnen jeden Tag aufs Neue machten. Gierig sog sie die Luft ein und füllte ihre Lungen mit der Essenz, die pures Leben verhieß. Nicht einmal der *schedeh** hätte sie so berauschen können.

Wie die meisten Mädchen in ihrem Alter war auch Kadesch von der Sehnsucht beseelt, zur Frau zu werden. Jede Nacht träumte sie davon, sich einem der muskulösen Offiziere hinzugeben, die ihr ständig Schmeicheleien zuflüsterten. Die Vorstellung erfüllte sie mit einem solchen Verlangen, dass sie schier verzweifelte. Sie sehnte sich nach einem Mann, der sie Nacht für Nacht mit Zärtlichkeiten und Liebe überhäufte. Doch zugleich war sie sich der Macht, die ihre Schönheit ihr verlieh, bewusst und wollte ihre Unschuld nicht an den erstbesten Offizier verlieren, der sie von ihr forderte. So tobte in ihr ein erbitterter Kampf zwischen dem, was ihr der Anstand gebot, und einer Begierde, die sie verzehrte und die sie kaum unterdrücken konnte, obwohl sie sich alle Mühe gab, ihre Erregung hinter einer gespielten Gleichgültigkeit zu verbergen.

»Hat man je so viel Schönheit an einem so herrlichen Morgen gesehen?«, fragte ein Unbekannter, als sie an ihm vorbeiging.

Andere waren nicht so diskret.

* *Schedeh* war ein hochprozentiger, aus Wein hergestellter Schnaps.

»Willst du mir nicht eins deiner Brote verkaufen?«, fragte ein alter Mann anzüglich. »Wie ich sehe, hast du sehr ausgefallene dabei«, setzte er hinzu und spielte auf die mit der Phallusform an.

Ohne darauf zu antworten, ging Kadesch ihres Weges und warf dem Mann einen ihrer provozierenden Blicke zu, woraufhin der erhitzte Alte nur noch stöhnte.

»Verkauf dem Alten doch eins, Mädchen, vielleicht hält er sich dann für einen wiederauferstandenen Min*!«

Es war jeden Tag dasselbe. Sie ging an den Männern vorbei, und schon brach die Hölle los. Ob jung oder alt, ledig oder verheiratet, alle Männer ergingen sich in Schmeicheleien, doch es blieb dabei. Kadesch lieferte unbeirrt ihre Ware bei den Kunden ab und kehrte entzückt über den Aufruhr, den sie im Viertel angezettelt hatte, zur Bäckerei ihrer Mutter zurück.

An diesem Morgen lief sie Siamun über den Weg, einem reichen Weinhändler aus Bubastis. Er war ein wohlbeleibter Mann von dreißig Jahren, der sie zu Tode langweilte. Bei ihrer Mutter jedoch war er wohlgelitten. Er hatte Heret bereits mehrmals aufgesucht und sein Interesse an ihrer Tochter bekundet. Als er sie kommen sah, rückte er sich in seiner Sänfte hastig seine altmodische Perücke zurecht, die Kadesch einfach nur lächerlich fand, und befahl seinen Dienern anzuhalten.

»Nicht einmal Hathor** könnte an einem solchen Morgen heller strahlen«, begrüßte er sie galant.

Kadesch blieb lustlos stehen.

»Lästere nicht die Götter, Siamun!«

»Gotteslästerung wäre es, wenn man die Götter beleidigt, doch die Schönheit ist eine Gabe, die du von ihnen erhalten hast. Hathor wird es mir nicht verübeln«, erwiderte er geschraubt.

* Ein sehr alter Gott, der stets mit erigiertem Penis dargestellt wurde und unter anderem die Fruchtbarkeit symbolisierte.

** Göttin in Gestalt einer Kuh, die unter anderem auch Göttin der Schönheit war.

»Ich muss weiter, ich habe noch viele Bestellungen abzuliefern«, erklärte das Mädchen leicht verwirrt.

»Wie schade, dass deine hübschen Füße jeden Tag durch diese schmutzigen Gassen laufen müssen, um irgendwelchen Leuten Brot zu bringen. Du weißt ja, dass du das alles vergessen könntest, wenn du nur wolltest. Man würde dich in einer Sänfte tragen, wohin du befiehlst, und nie wieder müsstest du einen Fuß in diese staubigen Gassen setzen. Man würde dich jeden Tag in Parfüm baden und mit wohlduftenden Ölen salben. Du würdest in einem prächtigen Haus wohnen, umgeben von herrlichen Gärten, du würdest dich an exotischen Pflanzen erfreuen und den Duft der Blumen einatmen. Über all das könntest du Herrin sein.«

Kadesch richtete sich stolz auf.

»Wenn du glaubst, du wüsstest, was mir gut tut, irrst du dich, Siamun. Meine Füße werden weiterhin durch den Staub laufen, und parfümieren kann ich mich selbst.«

Mit diesen Worten schnitt sie ihm eine Grimasse, drehte sich um und ging entschlossen davon.

»Vergiss nicht, dass auch die schönste Blume eines Tages verwelkt. Denk mal darüber nach«, rief ihr Siamun verärgert hinterher.

Als er merkte, dass die Leute auf der Straße ihn belustigt anstarrten, rückte er seine Perücke erneut zurecht und strich gereizt seine weiße Tunika glatt.

»Zu Herets Haus!«, befahl er seinen Trägern.

Am späten Morgen wimmelten die engen Gassen des Marktes von Händlern, die eines der ältesten Viertel der Stadt in einen brodelnden Hexenkessel verwandelten. Verkäufer von Fisch, Fleisch, Gewürzen oder Obst priesen in wildem Durcheinander ihre Waren an. Neben einem Fischer, der seine Meeräschen, Goldbrassen oder Aale anbot, standen andere, die Fleisch, Gemüse, Geflügel oder einfache Papyrussandalen verkauften. Mit großen Ballen bepackte Esel bahnten sich einen Weg durch die Menge und schoben sich immer wieder zwischen Käufer und Verkäufer. Doch das bunte Treiben war wie ein lärmendes Fest, eine reine Freude für diese Menschen, die sich bei all dem Chaos nicht aus der Ruhe bringen ließen.

Kasekemut und Nemenhat drängten sich durch das Gewühl.

»Dein Vater wird dir eine Tracht Prügel verpassen, wenn du ihm heute nicht bei der Arbeit hilfst, Kasekemut.«

»Eine Tracht Prügel? Das will ich sehen. Dazu fehlt dem alten Nebamun die nötige Kraft. Er kann ja kaum noch sein Rasiermesser halten.«

»Gerade deshalb braucht er deine Hilfe.«

»Meine Hilfe? Niemals, das sollen gefälligst meine Brüder tun. Ich werde doch mein Leben nicht damit verbringen, irgendwelche wildfremden Schädel zu rasieren! Und wenn ich eines Tages Offizier bin, wird auch mein Vater es nicht mehr nötig haben.«

»Vielleicht mag er seinen Beruf.«

»Kommt nicht infrage!«, erwiderte Kasemekut und blieb abrupt stehen. »Der Vater eines ägyptischen Offiziers würde niemandem den Kopf rasieren – außer sich selbst.«

Nemenhat zuckte die Achseln, er hatte keine Lust, sich mit seinem Freund über solche Fragen zu streiten. Ob Nebamun in Zukunft noch Köpfe rasieren würde oder nicht, war ihm egal, aber die plötzlichen Wutanfälle seines Freundes verwunderten ihn. In Kasekemuts Adern floss ein Zorn, der kaum zu bändigen war und ihn zu radikalen Ansichten verleitete.

Sie schlängelten sich weiter durch das Getümmel am Markt und blieben gelegentlich an einer der vielen Buden stehen, als Nemenhat sie plötzlich in der Ferne entdeckte.

»Sieh mal, da drüben geht Kadesch.«

Bei diesen magischen Worten blieb Kasekemut wie angewurzelt stehen. Kadesch, das war das Synonym für grenzenlose

Schönheit, sie schien den Ialu-Gefilden entsprungen zu sein,* ein Sinnbild der Vollkommenheit, mit dem sich nicht einmal Hathor messen konnte. Sie war seine zweite große Leidenschaft.

Er kannte sie schon lange, beide hatten als Kinder im Viertel zusammen gespielt, bis Kasekemut in die Pubertät kam und Kadesch für ihn kein kleines Mädchen mehr war. Trotzdem verging kein Tag, an dem er sie nicht gern gesehen hätte, und sei es nur aus der Ferne.

Nemenhat erging es ähnlich, und da er etwas älter war, spürte er jedes Mal, wenn er an sie dachte, eine innere Glut, die er nur schwer verheimlichen konnte.

»Komm, lass uns hingehen und sie begrüßen«, rief Kasekemut.

Ohne sich zu vergewissern, ob sein Freund ihn gehört hatte, lief er ihr entgegen.

Sie sah die beiden kommen, ging aber weiter, als hätte sie nichts bemerkt.

»Kadesch!«, rief Kasekemut atemlos, als er vor ihr stand. »Wenn du willst, tragen wir dir deinen Korb nach Hause.«

Ohne stehen zu bleiben, reichte Kadesch ihm den Korb und wiegte sich noch ein bisschen stärker in den Hüften als zuvor.

»Na, Kasekemut, habt ihr schön gespielt?«

»Was soll das heißen, wir sind doch keine kleinen Kinder mehr«, antwortete er pikiert.

»Ach nein, was treibt ihr denn sonst so?«

»Wir genießen den schönen Morgen und deinen Anblick«, mischte sich Nemenhat ein, der jetzt keuchend bei ihnen ankam.

»Was für wohlgesetzte Worte! Hast du etwa Unterricht bei einem angesehenen Schreiber? Vielleicht überraschst du uns eines Tages sogar und wirst noch im Haus des Lebens aufgenommen«, antwortete Kadesch, ohne einen Hehl aus ihrem Spott zu machen.

* Bezeichnung der Ägypter für das Paradies.

»Als wüsstest du nicht, dass ich in meinem Alter nicht mehr im Haus des Lebens aufgenommen werden kann. Mein Vater hätte es gern gehabt, aber wir waren ständig unterwegs, bis wir uns schließlich in Memphis niederließen.«

»Ich habe gehört, dass dein Vater ein gut gehendes Geschäft aufgebaut hat, das du später übernehmen sollst. Die Götter sehen es gern, wenn wir den Beruf unserer Eltern fortführen. Und du, Kasekemut, bist sicher auch schon dabei, den Beruf deines Vaters zu erlernen«, fügte sie spöttisch lächelnd hinzu.

»Niemals!«, erwiderte dieser wutentbrannt. »Du weißt ganz genau, dass meine Zukunft beim Heer liegt.«

Sichtlich vergnügt über die Wirkung ihrer Worte fuhr Kadesch fort:

»Ach ja, stimmt, jetzt erinnere ich mich. Du wirst ja Offizier werden und es bis zum General im Heer unseres Königs bringen. Und wann soll das sein? Soweit ich weiß, kommt man schon in jungen Jahren in die Offiziersschule. Wenn du dich jetzt als Soldat meldest, könntest du es vielleicht noch bis zum Unteroffizier schaffen.«

Das war des Guten zu viel für Kasekemut. Mit dem Korb in der Hand blieb er abrupt stehen.

»Ich will dir mal was sagen, Kadesch«, fauchte er und durchbohrte sie mit einem finsteren Blick. »Ich werde General, ich werde ein ganzes Heer befehligen, ich werde berühmt, und du wirst meine Frau.«

Sie lachte nur und ging weiter.

»Ich deine Frau? Ich glaube, die Fantasie geht mit dir durch. Was kannst du mir schon bieten außer ein paar Kupfermessern, die deinem Vater Nebamun gehören? Du hast nur Flausen im Kopf, und außerdem entscheide ich selbst, wen ich heirate«, entgegnete sie verächtlich. »Im Augenblick hätte sogar Nemenhat bessere Karten als du. Aber vielleicht mag er mich ja gar nicht, was, Nemenhat?«

Wie immer spielte sie die Männer nach Belieben gegeneinander aus, ergötzte sich an Kasekemuts Zorn und Nemenhats Verlegenheit, in dessen Augen sie längst seine Begierde entdeckt hatte.

»So wie jeden Tag die Sonne aufgeht, so gibt es keinen Tag, an dem ich nicht an dich denke«, erwiderte der Junge, während sein Gesicht vor Scham errötete.

»Aha, dann meinst du also auch, dass ich deine Frau werden sollte, Nemenhat?«

Nemenhat senkte schüchtern die Augen, ohne ein Wort herauszubringen.

»Na gut, wie auch immer«, sagte Kadesch. »Werdet erst einmal erwachsen, dann können wir noch einmal darüber reden.«

Diese Worte trafen Nemenhat tief, denn er war noch unbeschnitten und hatte nun den Eindruck, dass Kadesch es wusste.

»Weißt du was?«, unterbrach Kasekemut sie selbstbewusst wie immer. »Du bist ganz schön eingebildet, und die Worte, die du sprichst, kommen nicht aus deinem Herzen. Früher oder später wird es mir gehören.«

Damit drückte er ihr den Korb in die Hand, drehte sich um und ging die Straße hinauf.

Die unerwartete Reaktion des Jungen schien sie einen Moment lang aus der Fassung zu bringen, doch dann hatte sie sich rasch wieder im Griff. Sie setzte ihr verführerischstes Gesicht auf, warf Nemenhat einen zärtlichen Blick zu und ließ ihn mitten auf der Marktstraße stehen.

Siamun winkte ab, als Heret ihm einige Süßigkeiten anbot.

»Verzeih mir, aber deine Tochter hat mir den Appetit verdorben.«

»Sie ist halsstarrig wie eine Gans. Manchmal könnte ich die Geduld verlieren, glaub mir, aber wir müssen warten. Sie wird dieses schwierige Alter bald hinter sich haben, und dann wird sie erkennen, was gut für sie ist.«

»Ich warte schon viel zu lange, Heret. Meine Geduld ist bald erschöpft.«

»Ich bitte dich, Siamun, warte nur noch ein bisschen. Ich bin ganz sicher, dass dich Kadesch schließlich als Ehemann akzeptieren wird. Ich werde ihr diese albernen Hirngespinste schon austreiben, sie sind nur Ausdruck ihrer Jugend.«

»Ich bin nicht gewillt, ewig auf sie zu warten. Ein Mann in meiner Stellung hat das nicht nötig. Ich kann jede Frau haben, die ich möchte, das weißt du ganz genau.«

Heret rückte näher an ihn heran und sagte schmeichelnd:

»Wenn ich es dir doch sage, es ist nur eine Frage der Zeit, bis sie ihre Meinung ändert. Sie wird sehr bald einsehen, dass ein Körper wie der ihre dafür bestimmt ist, kostbaren Schmuck zu tragen, und den kann ihr ein dahergelaufener Fatzke nicht bieten.«

»Das will ich für dich auch hoffen, ich bin nämlich fest entschlossen, bald einen Erben zu zeugen. Wie du wohl weißt, erlaubt mein Alter keinen weiteren Aufschub. Ich will Kinder haben, und wenn nicht mit Kadesch, dann mit einer anderen.«

»Ich verstehe dich sehr gut, Siamun. Und du weißt auch, dass mir diese Verbindung sehr am Herzen liegt. Aber mit Gewalt können wir bei ihr nichts erreichen. Der richtige Augenblick wird früher kommen, als wir glauben. Und dann wirst du mir zustimmen, dass sich das Warten gelohnt hat.«

Siamun sah Heret an und seufzte ungeduldig.

»Denk nur an Kadeschs Schönheit. In ganz Memphis gibt es so ein Mädchen wie sie nicht noch einmal. Wenn sie am Ende dir gehört, wirst du vor Leidenschaft vergehen«, erklärte Heret, als wollte sie ihn noch mehr anstacheln. »Ihr Körper glüht bereits, glaub mir, manchmal macht sie mir geradezu Angst.«

Die Augen des Kaufmanns funkelten vor unterdrücktem Verlangen. Er war wie besessen davon, das Mädchen zu erobern.

»Na gut, ich werde warten. Aber nicht mehr lange. Die Zeit

fliegt mir davon, Heret, und wenn du noch erleben willst, wie deine Tochter in Reichtum und Überfluss schwelgt, wirst du alles dafür tun müssen, sie zu überreden, merk dir das.«

Heret schwor bei allen ägyptischen Göttern, dass sie ihr Bestes tun würde, um die Angelegenheit in seinem Sinne zu regeln. Als sie ihn zur Tür geleitete, versicherte sie ihm einmal mehr, dass er sich keine Sorgen machen müsse. Ihre Tochter würde ihn oder sonst niemanden heiraten.

Siamun verließ guter Dinge das Haus, während Heret erleichtert aufatmete. Sie war fest entschlossen, Siamun so lange wie nötig hinzuhalten, bis sie ihre Tochter endlich zur Vernunft gebracht hatte. Kadesch würde bestimmt nicht auf den Wohlstand verzichten, den ihr Siamun bieten konnte.

Wie jeden Morgen bediente Nebamun die Kundschaft in seinem Zelt. Sein altes, gekrümmtes Kupfermesser glitt mit den eingespielten Bewegungen einer lebenslangen Gewohnheit über die verschiedenen Gesichter, auch wenn seine von Arthrose gezeichneten Hände ihre einstige Geschicklichkeit, mit der er sich in seinem Beruf einen Namen gemacht hatte, längst eingebüßt hatten. Trotzdem kamen die Bewohner des Viertels immer noch jeden Morgen, um sich von Nebamun rasieren zu lassen. Die meisten waren ihm bedingungslos treu und hatten noch nie einen anderen Barbier aufgesucht. Andere kamen nur, um ein Schwätzchen zu halten und die neuesten Gerüchte auszutauschen, während sie darauf warteten, dass sie an die Reihe kamen. Und da Nebamun ein verschwiegener und diskreter Mann war, musste niemand irgendwelche Bemerkungen fürchten. Bei ihm brauchte man kein Blatt vor den Mund zu nehmen.

»Guten Morgen, Nebamun«, grüßte ein Kunde und setzte sich auf den Schemel.

»Guten Morgen, Bruder.«

»Bisschen kühl heute Morgen, nicht wahr?«

»Es ist Winter.«

»Ich habe gehört, dass die Götter uns dieses Jahr eine gute Ernte bescheren werden.«

»Bestimmt.«

»Meine Rasur wie immer, du weißt schon.«

»Wie immer, Bruder.«

Weiter ließ sich Nebamun auf ein Gespräch nie ein. Er war ein Mann von wenigen Worten, nur gelegentlich nickte er, um Zustimmung zu äußern. In der Tat hatte er sich mit seinem Verhalten niemals Feinde gemacht, doch das lag vermutlich eher an seinem mangelnden Ehrgeiz. Er war wie sein Vater und Großvater Barbier, sogar die Rasiermesser hatte er von ihnen geerbt, und niemals hatte er danach getrachtet, etwas anderes zu sein. Die Tatsache, dass keiner seiner Söhne in seine Fußstapfen treten würde, störte ihn nicht sonderlich, denn er selbst fühlte sich auch keineswegs dazu berufen. Das hinderte ihn nicht, sich seiner täglichen Routine hingebungsvoll zu widmen, damit alle mit seiner Arbeit zufrieden waren.

Als die Reihe an ihn kam, nahm ein kräftiger Mann auf dem dreibeinigen alten Schemel Platz. Nebamun sah ihn zum ersten Mal, fragte jedoch nicht, woher er kam. Seine Insignien wiesen ihn als Standartenträger im Heer des Pharaos aus, und mehr brauchte Nebamun nicht zu wissen. Nicht einmal der Anblick des goldenen Abzeichens, das er um den muskulösen Hals trug, erweckte seine Aufmerksamkeit.

»Hast du einen besonderen Wunsch?«, fragte er müde.

»Rasier mir den Bart und den Kopf, aber gründlich, Barbier.«

Nebamun nickte und begann, in der Schüssel den *suabu* vorzubereiten, eine zähflüssige Paste, die eine Fett lösende Substanz enthielt und mit Tonerde zu Schaum geschlagen wurde.

Wie üblich brauchte es seine Zeit, bis die Masse die richtige Konsistenz hatte, erst dann seifte er ihm gemächlich das Gesicht ein.

Er war ganz in seine Arbeit vertieft, als der Kunde ihn plötzlich fragte:

»Hast du niemanden, der dir bei der Arbeit hilft?«

»Meine Hände sind die einzigen Helfer, die ich habe«, entgegnete der Barbier gleichgültig.

»Deine Söhne sollten darüber nachdenken.«

Nebamun hielt für einen kurzen Augenblick inne, um die Worte des seltsamen Fremden zu deuten. Dann konzentrierte er sich wieder auf seine Arbeit und schwieg.

»Versteh mich nicht falsch, Barbier. Ich sage dir das nur, weil du einen ehrenwerten Beruf ausübst, der bei den Göttern gut angesehen ist, schließlich reinigst du uns für sie.«

»Aber manchmal sind die Wege, die sie sich für uns ausdenken, unergründlich. Und es lohnt nicht, sich dagegen aufzulehnen.«

»Bei Satis*, was du sagst, ist wohl wahr. Mein Vater war Fischer im Süden, auf der Insel Elephantine, und wie du siehst, bin ich im Heer des Pharaos gelandet. Und du wirst mir doch wohl zustimmen, wenn ich behaupte, dass auch ich einen ehrenwerten Beruf ausübe.«

»Mögen die Götter dem Pharao Leben, Heil und Gesundheit schenken, wie allen, die ihm ehrenvoll dienen.«

»Deine Worte erfreuen mich zutiefst. Hör gut zu, Nebamun, als Krieger mag ich nicht lange um den Brei herumreden. Du sollst wissen, dass ich dich nicht aufgesucht habe, um mich von dir rasieren zu lassen.«

Nebamun schwieg.

»Wenn ich mich nicht täusche, hast du einen Sohn namens Kasekemut, nicht wahr?«

»So ist es«, antwortete er und warf seinem Kunden einen argwöhnischen Blick zu.

* Eine Göttin des Südens, die in Verbindung mit den nubischen Bogenschützen stand.

»Oh, du hast keinen Grund zur Sorge«, beruhigte ihn der Nubier hastig. »Dein Sohn ist ein guter Junge, so gut, dass ich überzeugt bin, dass er dazu taugt, im Heer des Pharaos zu dienen.«

Nebamun sah ihn verdutzt an. Kasekemut ein Soldat? Er wusste, wie verrückt sein Sohn nach allem war, was mit dem Heer zu tun hatte, doch er maß dem nie eine besondere Bedeutung zu. Er hielt es für die fixe Idee eines Jugendlichen, für die er keine Erklärung besaß, denn Nebamun selbst war das genaue Gegenteil eines Kriegers und hatte nicht das geringste Interesse daran, dass sein Sohn Soldat wurde. Das Soldatenleben war hart, das war allgemein bekannt.

»Versteh mich nicht falsch«, fuhr der Nubier fort, der offenbar seine Gedanken erraten hatte. »Ich meine nicht, dass Kasekemut einfacher Fußsoldat wird, ich rede von der Möglichkeit, dass er die Offiziersschule besucht.«

Bei diesen Worten verschlug es Nebamun die Sprache.

»Die Offiziersschule?«, fragte er schließlich ungläubig. »Ist er denn nicht zu alt dafür?«

»Das ist richtig. Dein Sohn ist schon viel zu alt, aber das lässt sich einrenken, verstehst du? Was das angeht, haben in Ägypten die Standartenträger im pharaonischen Heer ein Wörtchen mitzureden. Es käme auf einen Versuch an, vorausgesetzt natürlich, du erteilst deine Zustimmung.«

Jetzt war Nebamun endgültig verwirrt. Da erschien ohne jede Vorwarnung ein ranghoher Offizier in seinem Laden, ließ sich rasieren und machte ihm ein Angebot, das mehr als überraschend kam. Er versuchte, seine Gedanken zu ordnen, während er seine Arbeit beendete. Das hätte er sich in seinen kühnsten Träumen nicht vorstellen können. Machen wir uns nichts vor, er selbst hätte seinem Sohn niemals eine solche Zukunft bieten können. Innerhalb seiner begrenzten Möglichkeiten versuchte er, ihm einen Weg zu ebnen. Er hatte ihm den Beruf beigebracht, den er selbst von seinem Vater erlernt hatte. Später verschaffte er seinem Sohn hin und wieder Arbeit bei einem seiner vielen Kunden. Doch alles war umsonst gewesen. Kasekemut war wie ein unbändiges Fohlen, das sich nicht zähmen ließ. Nebamun hatte sich seit langem mit dem Schicksal abgefunden, das die Götter für seinen Sohn vorsahen, doch mit einer derartigen Wende hätte er niemals gerechnet. Gelobt sei Ptah, Seschat* war ihm wohlgesinnt. Offizier im Heer des Pharaos! Die ganze Welt würde seinem Sohn zu Füßen liegen.

»So, ich bin fertig, und was dein Angebot angeht, so ist es mir eine Ehre, zuzustimmen«, sagte Nebamun und seufzte erleichtert.

»Ein weiser Entschluss, Barbier«, antwortete der Riese und stand auf. »Sag deinem Sohn, dass er sich morgen vor Sonnenuntergang in der Garnison von Memphis melden soll. Sag ihm, dass Userhet ihn dort erwartet.«

»Er wird da sein, noch ehe die Sonne untergeht.«

»Na schön, und jetzt sag mir, wie viel ich dir für die Rasur schulde.«

»Du weißt genau, dass ich bereits mehr als entlohnt bin. Heute hast du mich für alle Rasuren deines Lebens bezahlt. Komm wieder, wann immer du willst.«

Manchmal überrascht uns das Leben mit etwas, auf das wir schon lange warten und das uns dann doch wie der Blitz trifft, so urplötzlich, dass uns gerade noch genug Zeit bleibt, es zu verstehen und den Weg einzuschlagen, der uns vorgezeigt wird.

Für Kasekemut war dies kein Problem. Er hatte sein Bündel seit langem geschnürt und brauchte sich nur noch von Nemenhat und Kadesch zu verabschieden.

Seinen Freund umarmte er fest und konnte nur mit Mühe

* Göttin der Schreibkunst, die als Frau in einem Panterfell mit einer Schreiberpalette und einem Papyrusstängel in der Hand dargestellt wurde.

die Tränen unterdrücken. Schließlich schworen sie sich ewige Freundschaft, und als sie auseinander gingen, sagten sie sich, dass es früher oder später wohl so hatte kommen müssen.

Kadesch traf er, wie so oft zuvor, auf der Straße, und als sie ihm mit der üblichen Verachtung begegnete, schnitt er ihr auf der Stelle das Wort ab.

»Hör gut zu, Kadesch! Heute werde ich ins Heer des Gottkönigs eintreten, und eines Tages komme ich als General zurück, so, wie ich es dir geschworen habe. Nimm niemanden zum Mann, es wäre ohnehin zwecklos, bald werden sich unsere Wege wieder kreuzen, und die Götter werden sie mit ihrem Segen erleuchten. Vergiss es nicht, Kadesch, ich bin bald wieder da.«

Damit drehte sich der Junge, wie so oft, einfach um und ging fort, ohne auch nur eine Antwort seiner Angebetenen abzuwarten.

Schepsenure versank in Apathie, und er wusste auch den Grund dafür. Das Elend, das ihn ein Leben lang angetrieben hatte, war zu Ende. Die Erinnerung an seine Vergangenheit kam ihm oft fremd und seltsam vor, so wenig hatte sie mit seinem jetzigen Leben gemein. In den zurückliegenden Wochen hatte er sich lediglich darüber den Kopf zerbrochen, wo er die Reichtümer aus dem alten Grab verstecken sollte. Das war alles andere als leicht gewesen. Da er die Beute keineswegs vollständig zu Hause aufbewahren konnte, hatte er fieberhaft nach einem Versteck gesucht, auf das Anchs Agenten, die jeden seiner Schritte verfolgten, nicht kommen würden. Nur wenn der Schreiber nicht erfuhr, wo die kostbare Ware versteckt lag, war seine Sicherheit gewährleistet. Solange der Schatz gut versteckt war, konnte ihm nichts geschehen.

Schließlich fand er hinter der Pyramide von Sechemchet eine geeignete Stelle. Einen alten Brunnen, der fernab von allen Wegen lag, die durch die Totenstadt führten. Es war eine Gegend, in die sich keine Menschenseele verirrte.

Er war vorsichtig genug gewesen, um auf den nächsten Neumond zu warten, ehe er seine Beute in ihr neues Versteck brachte. Nachdem er alles vergraben hatte, deckte er den Brunnen mit Brettern zu und kippte den feinen Sand von Saqqara über die Stelle. Dann prägte er sie sich mithilfe der umliegenden Ruinen gut ein und machte sich auf den Heimweg.

Dies hatte für kurze Zeit seine alten Lebensgeister geweckt, doch sobald die Arbeit erledigt war, verfiel er in denselben lethargischen Zustand wie zuvor, den er zu überwinden versuchte, indem er jeden Abend die nächstgelegene Schenke aufsuchte und sich betrank. Es wurde zu einer unverzichtbaren Gewohnheit.

»Hathors Fest« hieß die Schenke, zweifellos ein bombastischer Name. Sie war zwar keine billige Spelunke, doch konnte man auch nicht gerade behaupten, dass sie zu den besseren Etablissements von Memphis gehörte.

Am liebsten saß Schepsenure in einer Ecke im hinteren Teil des Lokals, wo er diskret und ungestört trinken konnte. Von dort beobachtete er, in Gott weiß welche Gedanken versunken, das Kommen und Gehen der Gäste. Er schaute nicht einmal auf, wenn der Wirt an seinen Tisch kam. Der mürrische Mann aus Elkab mit dem kalten Blick brachte ihm den mit Datteln gesüßten Wein aus dem Delta und kehrte wieder zur Theke zurück, ohne auch nur ein Wort mit ihm gewechselt zu haben. Seinen Namen kannte niemand mit Sicherheit, doch alle nannten ihn Anupu, in Anspielung auf den Helden in der Geschichte von den beiden Brüdern. Der eine hatte seine Frau beim Ehebruch mit seinem Bruder erwischt, sie mit dem Schwert getötet und ihre Leiche den Hunden zum Fraß vorgeworfen. Es hieß, der Wirt habe dasselbe getan, nachdem seine Frau ihn wie in der Legende mit seinem eigenen Bruder betrogen hatte.

Hier lernte Schepsenure Seneb kennen, den alten Einbalsamierer, einen kleinen, ausgemergelten Mann, der kaum noch einen Zahn im Mund hatte und ebenfalls Stammgast in der Schenke war. Obwohl die beiden Männer fast gleich alt waren, hätte man Seneb für seinen Vater halten können. Sein Gesicht war derart knochig, dass es eher wie ein mit Haut überzogener Schädel aussah. Die ganze Nachbarschaft machte sich über seine klapperdürre Gestalt lustig, und böse Zungen behaupteten gar, er habe sich aus Versehen wohl selbst einen Einlauf verpasst.*

Seneb war ein verschlossener Mensch. Das Leben hatte ihn gelehrt, wie wichtig es war, Geheimnisse für sich zu behalten. Er war in jungen Jahren in Ptahs Haus des Lebens gekommen, wo er lesen und schreiben lernte, um später im Nabet, dem reinen Ort des Tempels, zu dienen und seinen heiligen Beruf zu erlernen. Wie alle Schüler musste er zunächst im »Zelt der Reinigung« die Leichen waschen, ehe er anschließend die göttliche Halle des Anubis betreten durfte, den Ort, wo die Mumifizierung stattfand. So war er zu einem »Horuskind« geworden. Mit diesem Namen wurden die Helfer des Obersten Einbalsamierers bedacht, der auch Kanzler des Gottes genannt wurde. Er hatte gelernt, wie man die Eingeweide mittels eines Einschnitts auf der linken Seite entfernte, sie mit Palmwein und duftenden Ölen wusch und den Körper mit Zedernharz, Myrrhe, Räucherwerk und anderen Parfümen behandelte, ehe er in ein Natronbad gelegt wurde. Ebenso wusste er, wie man das Siebbein zertrümmerte, um dann das Gehirn durch die Nase zu entfernen. So hatte er seine Jugend zwischen Ballen aus feinem Leinen und Leichen verbracht, die in Natronbädern schwammen. Und gleichzeitig den Litaneien des komplexen Rituals gelauscht, mit denen Anubis Osiris wieder zum Leben erweckte.

Dieses Wissen hatte er den Göttern zu verdanken, und er gab sich alle Mühe, die Techniken, die ihm unter größter Geheimhal-

* Eine Anspielung auf die Einbalsamierung zweiter Klasse, bei der dem Verstorbenen Zedernharz in den Darm eingeführt wurde, das die Eingeweide verflüssigte.

tung beigebracht wurden, so gut wie möglich zu beherrschen. Der Kanzler des Gottes war mit ihm zufrieden.

Doch eines unseligen Tages wurde Seneb Zeuge eines schamlosen Verbrechens, als er beobachtete, wie ein anderer Einbalsamierer die Leiche eines hübschen Mädchens schändete. Seneb war so entsetzt, dass er tagelang nicht wusste, wie er sich verhalten sollte, bis er die frevelhafte Tat schließlich anzeigte. Es war eine verwerfliche Sache, wenn auch nicht neu. Der Beischlaf mit Toten war im alten Ägypten keine allgemeine Praxis, doch Fälle von Nekrophilie hatte es schon immer gegeben.* Das Problem war, dass Seneb zu Unrecht in die Sache verwickelt wurde. Dem Angeklagten war es gelungen, alles glaubhaft abzustreiten und Seneb selbst der Tat zu bezichtigen. Der Skandal war gewaltig, und der Oberaufseher der Geheimnisse des Ortes, die höchste Instanz innerhalb der Priesterkaste, zu der auch die Einbalsamierer des Tempels gehörten, hatte hart durchgegriffen.

Allein die Intervention des Kanzlers des Gottes, der sich für ihn verwandte, konnte die vorgesehene strenge Strafe verhindern. Doch Seneb musste den Tempel unter dem tausendfachen Fluch der Götter für immer verlassen.

Anfangs nutzte er seine Schreibkenntnisse, um dort sein Leben zu verdienen, wo man seine Dienste benötigte. Er schrieb Briefe für einfache Leute und führte sogar die Buchhaltung für ein kleines Frachtunternehmen am Hafen, allerdings nur inoffiziell. Da er kein Schreiber war, durfte er auch keine öffentlichen Ämter ausüben. Folglich stand sein Lohn in keinem Verhältnis zu

* Nekrophilie war im alten Ägypten keine übliche Praxis, kam aber hin und wieder vor. Es gibt Hinweise darauf, dass besonders schöne Frauen von ihren Verwandten drei Tage zurückgehalten wurden, ehe man die Leiche an die Einbalsamierer übergab, aus Angst, einer von ihnen könne sich an ihrem Körper vergreifen. Drei Tage nach dem Tod hatte der Verwesungsprozess bereits eingesetzt, sodass keine Gefahr mehr für einen derartigen Frevel bestand; zumindest glaubte man das.

dem, was er leistete, und so war er nach wenigen Jahren gezwungen, sich nach einer neuen Erwerbsquelle umzusehen.

In jener Zeit kamen plötzlich Einbalsamierer auf, die ihre Arbeit außerhalb der Tempel verrichteten,* und Seneb beschloss, den Beruf, den er gelernt hatte, auf eigene Faust auszuüben. Er zog durch ganz Ägypten und schlug sein Zelt mal hier, mal dort auf, immer da, wo man seine Dienste gerade brauchte, bis er sich im Westen von Memphis endgültig niederließ. Auf einem Hügel am Rande der Wüste baute er sein kleines Geschäft auf, neben einem der vielen Nilkanäle. So konnten die Verwandten die Toten auf der Begräbnisbarke zu ihm bringen, damit er sich im Zelt der Reinigung ihrer sterblichen Hülle annahm.

Seneb zog ins Viertel der Handwerker, wo er unter den Bewohnern bald sehr beliebt war. Da er ein großes Herz hatte und immer bereit war, denen zu helfen, die sich seine Dienste nicht leisten konnten,** erwarb er sich den Respekt seiner Nachbarn, auch wenn sie sich manchmal über ihn lustig machten.

Seneb würde auf Schritt und Tritt von dem »Mann aus Ebenholz« begleitet, einem großen Schwarzen, der über unglaubliche Kraft verfügte und nie von seiner Seite wich. Niemand kannte seinen Namen; man wusste nur, dass er aus Kusch stammte, dem Land am Ende der Welt. Aus unerfindlichen Gründen war er Seneb treu ergeben. Auf eigenen Wunsch nannten alle ihn Min, nach dem ithyphallischen Gott. Natürlich machten die Leute zahllose anzügliche Bemerkungen darüber, was Min entzückte. Seneb hatte keine Ahnung, woher der Spitzname stammte, obwohl er einräumen musste, dass er durchaus treffend war, da der

* Bis Ende der 20. Dynastie fand der gesamte Prozess der Mumifizierung innerhalb der Tempelanlagen statt.

** Im alten Ägypten gab es drei Arten der Mumifizierung: die erste Klasse, die sehr teuer und daher dem Königshaus, hohen Würdenträgern und dem Adel vorbehalten war, die zweite Klasse, die sich die Mittelschicht leisten konnte, und die dritte Klasse für das einfache Volk.

Mann sich wie der Gott Min in einem Zustand ständiger Erregung befand und maßlos gern der Fleischeslust frönte.*

Wie Schepsenure saß auch Seneb am liebsten an den hinteren Tischen der Schenke, um schweigend und gedankenverloren mehrere Krüge Bier** zu trinken, wahrscheinlich die einzige Mahlzeit, die er während des Tages zu sich nahm. Da er ein guter Beobachter war, fiel ihm Schepsenures Verhalten sofort auf. Er war ebenfalls allein, sprach mit niemandem und suchte auch keinen Kontakt zu den Weibern, die in der Schenke ihre Dienste anboten. Aber es gab noch etwas anderes an Schepsenures Person, das seine Neugier weckte.

Dieser Mann ist anders, dachte er. Er kann sein Schweigen mit anderen teilen.

Und das gefiel ihm.

So wurde aus der anfänglich scheuen Begrüßung und den späteren kurzen Wortwechseln allmählich eine Freundschaft. Die Männer entdeckten Gemeinsamkeiten in ihrem von Entbehrungen gezeichneten Leben, angefangen bei der Tatsache, dass beide ihre Frauen bei der Geburt ihrer Kinder verloren hatten.

Min hingegen war keineswegs gewillt, die Augenblicke des Schweigens mit ihnen zu teilen. Er war nicht nur von Natur aus laut, sondern auch ein leidenschaftlicher Trinker, was ihn zuweilen gefährlich machte. Er kannte kein Maß, das war sein Problem; wenn er sich betrank, war er kaum zu bändigen. Man hätte mei-

* In Wahrheit hatte der Gott Min gar nichts mit der Lüsternheit zu tun. Er war ein sehr alter Gott in Gestalt eines Mannes, dessen Haupt mit einer flachen Kappe und hohen Federn geschmückt war. In der erhobenen Hand hält er ein Flagellum. Seine Beine sind zusammengepresst, der Phallus ist erigiert. In Wirklichkeit war er der Fruchtbarkeitsgott und der Gott der Vegetation. Er nahm viele Gestalten an, unter anderem die des Kamutef (Stier seiner Mutter), um jeden Tag seine Gemahlin Jentiiabet zu beglücken, die Göttin des Himmels (die den Orient beherrscht), sodass die Sonne jeden Morgen neu aus ihr geboren wurde.

** Das ägyptische Bier war besonders nahrhaft.

nen können, dass er alle Laster in sich vereinte, denn obendrein bändelte er mit sämtlichen Frauen an, die ihm über den Weg liefen.

Sobald er in »Hathors Fest« auftauchte, suchten die Freudenmädchen das Weite, denn außer den bereits erwähnten »Tugenden« besaß er auch noch ein gewaltiges Geschlecht, von dem keines der Mädchen beglückt werden wollte, und sei es für alles Gold des Sinai.

Seneb war der Einzige, der seine wilde Natur besänftigen konnte.

»Min, du elender Wüstling! Morgen reiße ich dir das Herz aus dem Leib und werfe es den Schakalen vor.«

Diese Worte zeitigten Wirkung, als wären sie eine Zauberformel. Jedes Mal riss Min die Augen auf und erstarrte ehrfürchtig. Im Geiste stellte er sich vor, wie der Alte ihn aufschlitzte – so wie er es jeden Tag bei den Leichen beobachtete, wenn Seneb den Einschnitt auf der linken Seite des Unterleibs vornahm –, die Hand hineinsteckte und nach dem Herzen tastete, das er erbarmungslos herausriss und lachend Ammit vorwarf, der Totenfresserin.*

Dann wurde er nachdenklich und schwieg wie ein reuiger Sünder. Seine Seele war verdammt.

Nach einer Weile fassten Schepsenure und Seneb Vertrauen zueinander und fingen an, sich über ihre abenteuerliche Vergangenheit, die ungewisse Gegenwart und ihre Hoffnungen für die Zukunft zu unterhalten.

* Göttin in Gestalt eines Mischwesens (Löwentorso, Hinterteil eines Nilpferds, Kopf eines Krokodils). Sie hielt sich in der Halle des göttlichen Gerichts auf, wo man das Herz des Verstorbenen auf die Waagschale legte. Eine Schale fasste das Herz, die andere die Feder der Göttin der Gerechtigkeit, Maat. Wog das Herz des Toten schwerer als die Feder, wurde er verurteilt, und Ammit verschlang ihn. Daher wurde sie die Totenfresserin genannt.

Schepsenure begriff sehr schnell, dass Seneb ein überaus kluger Mann war, weshalb er behutsam vorging, wenn er von sich und seinem Leben erzählte, und versuchte, heikle Themen zu meiden.

Trotzdem bemerkte Seneb eine gewisse Bitterkeit in den Worten seines Freundes. Einen verborgenen Kummer, der sich zuweilen in kurzen, unkontrollierbaren Wutanfällen entlud. Die Tatsache, dass Schepsenure aus seiner Respektlosigkeit für die Götter keinen Hehl machte, hielt Seneb für befremdlich, doch das war kein Hindernis für ihre gerade erst aufkeimende Freundschaft. Es war eine ungewöhnliche Beziehung; sie verband zwei Menschen, die aus vollkommen verschiedenen Welten kamen. Seneb war von klein auf in den Tempeln erzogen worden, dem einzigen Ort, der den Menschen in der damaligen Zeit Wissen vermitteln konnte. Man hatte ihn in komplizierte Riten eingeweiht, die profunde Kenntnisse erforderten, nicht nur, was die ägyptische Götterwelt anging, sondern auch die verschiedenen Liturgien, die für das endgültige Heil der Seele unentbehrlich waren. Schepsenure dagegen suchte das Heil seiner Seele im köstlichen Wein aus Buto.

»Dieser Tropfen aus Per-Uadjet ist Balsam für meinen *ba**«, sagte Schepsenure mit halb geschlossenen Augen. »Glaub mir, das ist das schönste Geschenk, das die Götter uns Menschen machen konnten.«

»Red keinen Unsinn. Schau dich lieber um. Die Götter haben uns viel schönere Dinge anzubieten, nur sieht deine Seele sie nicht«, widersprach Seneb.

»Vielleicht hat sie zu viel gesehen, und der Wein ist alles, was ihren Schmerz noch lindern kann.«

Seneb verzog das Gesicht auf eine ganz eigene Art, die sein ohnehin düsteres Äußeres noch unheimlicher wirken ließ.

»Du irrst. Der Friede, den dir der Wein verschafft, ist vergäng-

* Bezeichnung der Ägypter für die Seele.

lich wie alles auf dieser Welt. Erst nach Osiris' Richterspruch erlangt man den ewigen Frieden.«

»Du weißt doch, wie ich darüber denke, Seneb. Ich halte nichts von Prüfungen im hiesigen Leben, vom göttlichen Gericht, dem Abwiegen des Herzens, das darüber entscheidet, ob man verurteilt wird oder nicht und ob man anschließend von Ammit verschlungen wird. Die Einzigen, die mich auffressen werden, sind die Würmer, es sei denn, du unternimmst etwas dagegen.«

»Glaube bloß nicht, dass ich über deine Worte entsetzt bin. Ich will auch gar nicht erst versuchen, dich davon zu überzeugen, wie vorteilhaft es ist, mit den Göttern auf gutem Fuß zu stehen. Ich bin nur traurig, dass du dich der Ewigkeit verschließt. Willst du wirklich so leben, ohne eine Perspektive ...«

»Ich habe meine eigene Perspektive«, fiel ihm Schepsenure ins Wort.

»Wie sieht die aus? Wohin führt sie dich? Du stellst wunderschöne Möbel her, und trotzdem bist du unzufrieden. Es ist dir nicht genug, und es wird dir nie genug sein, solange du nicht einsiehst, dass wir nur ein kleiner Teil des Ganzen sind.«

»Tut mir Leid, Seneb«, erwiderte Schepsenure und sah seinem Freund offen ins Gesicht. »Dich hat man in ein uraltes Wissen eingeweiht, das unser Land so anders macht als alle anderen, deshalb hast du eine ganz andere Sichtweise als wir. Aber ich bin nicht wie du. Wie die meisten von uns kann ich weder lesen noch schreiben und schäme mich nicht dafür. Aber den Göttern zolle ich nicht den geringsten Respekt, und die Hoffnung, dass ich jemals ins Ialu-Gefilde komme, habe ich längst begraben.«

Die Worte klangen unverständlich in Senebs Ohren, vor allem weil sie nicht von einem Ausländer, sondern von einem Ägypter kamen. Es waren seltsame Worte, denn die Ägypter galten – in unterschiedlichem Ausmaß – als tief religiöses Volk. Ägypten war das Land unzähliger Götter, die ihm ihren Atem einhauchten und es damit immer wieder neu entstehen ließen. Welche verborgenen Beweggründe hatten Schepsenure zu diesem Denken veranlasst?

Irgendetwas lastet schwer auf seinem Herzen, dachte Seneb. Es trübt seinen Verstand,* und deshalb verweigert er seiner Seele die Ewigkeit. Ein Ägypter, der das andere Leben ausschlägt? Unvorstellbar.

Seitdem sein Freund ins Heer eingetreten war, hatte sich Nemenhats Leben von Grund auf verändert. Jetzt verbrachte er mehr Zeit damit, seinem Vater in der Werkstatt zu helfen und sich die notwendigsten Kenntnisse anzueignen.

»Denk daran, du musst einen ordentlichen Beruf erlernen, damit du den Reichtum, den wir haben, in Ruhe genießen kannst, ohne Verdacht zu erregen«, bläute ihm sein Vater immer wieder ein.

Der Sohn nickte jedes Mal, obwohl er nicht die geringste Berufung zum Tischler verspürte. Nemenhat fühlte sich nur wohl, wenn er alleine durch die Felder streifte, die an die Wüste grenzten, oder mit seinem Vater Grabkammern ausräumte. Schepsenure wusste sehr wohl um die heimliche Leidenschaft seines Sohnes, und daher hörte er nicht auf, ihn immer wieder zu ermahnen.

»Du musst die Gräber vergessen, Nemenhat. Du hast genug für dein ganzes Leben und das deiner Kinder und Kindeskinder. Wenn du unvorsichtig bist, wird man dich früher oder später erwischen. Begreif doch endlich, dass die Zeit des Elends ein für alle Male vorbei ist.«

Doch es war nicht die Gier nach Reichtum, die Nemenhat verführte, nein, es war etwas anderes. Er wollte lernen, wie man die alten Gräber aufspürte und ihre Eingänge fand. Er wollte der

* Die Ägypter glaubten, dass der Verstand seinen Sitz im Herzen hatte und das Gehirn nur dazu diente, Schleim zu produzieren.

Erste sein, der nach vielleicht tausend Jahren eine Grabkammer betrat und ihre herrlichen Malereien und Reliefs sah. Außerdem liebte er den Kitzel des Verbotenen. Das war es, was ihn so faszinierte.

Als Seneb begann, Schepsenure gelegentlich zu Hause zu besuchen, fasste der Junge Vertrauen zu dem neuen Freund seines Vaters. Zudem entwickelte er große Neugier für seinen Beruf und dessen geheimnisvolle Zeremonien.

Wann immer er konnte, suchte er Senebs Zelt der Reinigung am Rande von Memphis auf, eifrig darauf bedacht, mehr über die uralten Riten zu erfahren. Doch meistens traf er nur den schwarzen Koloss an, der ihm den Zutritt prompt verweigerte.

»Komm schon, Min. Lass mich rein. Ich verspreche dir, dass ich niemandem was sage.«

»Unmöglich. Nur die Eingeweihten und die Toten dürfen ins Zelt«, erwiderte Min jedes Mal überheblich.

»Ich will doch, dass mich Seneb einweiht. Verstehst du?«

»O ja, aber wenn du es wagst, durch diesen Eingang zu gehen, weihe ich dich ein. Und zwar, indem ich dich mit einem Tritt in den Nil befördere, hast du verstanden?«

»Ich will nur einen winzigen Blick hineinwerfen. Niemand wird etwas erfahren.«

»Ich schon.«

»Wenn du mich reinlässt, bringe ich dir bei, wie man mit einer Steinschleuder umgeht. Wusstest du, dass ich auf zweihundert Ellen ins Schwarze treffen kann?«

Min zog eine Augenbraue hoch und sah ihn spöttisch an. Er kannte die Geschicklichkeit des Jungen sehr wohl, nahm ihn aber gern auf den Arm.

»Geheimnis gegen Geheimnis. Wenn du mich reinlässt, erzähle ich dir Dinge, die dich interessieren könnten.«

»Was könntest du mir schon erzählen«, entgegnete der schwarze Mann abschätzig.

»Dinge eben. Ich weiß über alles Bescheid, was im Viertel los ist. Zum Beispiel weiß ich aus sicherer Quelle von einer Frau, die einen Narren an dir gefressen hat. Stell dir vor …«

Damit hatte er ins Schwarze getroffen, und Min wurde wütend.

»Verfluchte Rotznase! Halte mich nicht zum Narren, sonst breche ich dir alle Knochen«, brüllte er.

Der Junge bog sich vor Lachen und zog ihn lauthals auf.

Nicht selten trat daraufhin der Alte aus dem Zelt, um nach dem Rechten zu sehen, und tadelte ihn heftig.

»Du weißt genau, dass du hier nichts zu suchen hast. Sei ein guter Ägypter und achte unsere Traditionen.«

Damit war die Angelegenheit meistens erledigt. Nemenhat machte sich wieder auf den Heimweg nach Memphis und zielte mit seiner Steinschleuder auf alles, was sich bewegte.

Seneb hatte eine Tochter, Nubet, deren Mutter bei ihrer Geburt gestorben war. Natürlich himmelte er sie über alle Maßen an, für ihn war sie das Licht seines Lebens, Quell seiner unerschöpflichen Liebe.

Er hatte sie, so gut er konnte, erzogen und ihr alles Wissen weitergegeben, das anderen Normalsterblichen verwehrt blieb. Sie hatte von klein auf gelernt, das Land, in dem sie lebte, zu verstehen und seine Götter zu ehren. Sie wuchs im Glauben an die Existenz eines unveränderlichen Gleichgewichts auf, das sie zu respektieren und aufrechtzuerhalten hatte. Ein Gleichgewicht, mit dem die Götter Ägypten seit Beginn der Zivilisation gesegnet hatten. Es war der Grundstein, auf dem die Wahrheit, die Gerechtigkeit und die Harmonie gebaut waren. All dies wurde mit einem einzigen Wort definiert, Maat, in deren Regeln sie unterwiesen worden war.

Da Seneb an den Bräuchen und alten Traditionen des Landes von Kemet hing, hatte er der Versuchung nicht widerstehen können und seiner Tochter einen uralten Namen gegeben, Nubet. Es war der einer antiken Prinzessin gewesen, der Inbegriff fast vergessener Aromen, die sich in den Legenden der uralten Gottheiten verloren. Gemahlin, Mutter und Urgroßmutter von Pharaonen.*

»Sie bewegt sich ebenso anmutig wie die Königin, deren Namen sie trägt. Gesegnet sei Isis«, seufzte der Alte, wenn er sie sah.

Sie war zwei Jahre jünger als Nemenhat und lebte nur für ihren Vater. Sie kümmerte sich um die täglichen Hausarbeiten und ging früh am Morgen zum Markt, um die frische Brise, die von den Palmenhainen ringsum wehte, zu genießen. Nichts fand sie schöner, als an den Warenauslagen stehen zu bleiben und zu beobachten, wie die Händler aus dem Feilschen eine Kunst machten. Die fröhliche Atmosphäre, die man hier einsog, war der Geist ihres Volkes, so hatte ihr Vater es oft gesagt.

Wenn sie am späten Vormittag nach Hause zurückkehrte, knetete sie den Teig und backte Fladenbrot in dem kleinen Ofen, den sie besaßen. Anschließend schnürte sie ein Bündel mit Brot, frischem Käse und ein paar Datteln und brachte es ihrem Vater. Der karge Imbiss war mehr als genug für den alten Seneb, dem der Anblick seiner Tochter weit mehr Genuss bereitete als das beste Essen. Mit Min war es anders, er hatte einen unersättlichen Appetit und behauptete immer, er habe während seiner Kindheit so viele Entbehrungen erlitten, dass er sein ganzes Leben bräuchte, um das Verpasste nachzuholen. Deshalb war es zu einer Gewohnheit geworden, dass Nubet ihm ein üppiges Mahl vorsetzte, wenn er von der Arbeit nach Hause kam, von dem er aß, bis er nicht mehr konnte. Min vergötterte Nubet, für ihn war sie wie seine kleine Schwester, über die er wachte wie über seinen eigenen Augapfel.

Gelegentlich begegnete sie Nemenhat, wenn er von einem sei-

* Nubet war die Gemahlin des Pharaos Cheops, die Mutter des Pharaos Djedefre und die Urgroßmutter von Userkaf.

ner Ausflüge zurückkam, enttäuscht, weil Min ihn wieder einmal nicht eingelassen hatte. Nubet kannte ihn vom Sehen, wenn er sich mit Kasekemut im Viertel herumtrieb, für den sie, nebenbei bemerkt, eine gehörige Abneigung empfand. Kasekemuts Grobheit gehörte nicht gerade zu den Tugenden, die Nubet schätzte. Aber auf Nemenhat war sie irgendwie neugierig, weil er sich im Allgemeinen sehr zurückhaltend und umsichtig verhielt und genau das Gegenteil seines Freundes war. Irgendwie konnte sie nicht verstehen, wie zwei so unterschiedliche Menschen so eng befreundet sein konnten.

Wenn Nemenhat sie kommen sah, steckte er seine Steinschleuder weg und nahm eine würdevolle Haltung ein, hinter der er die Schüchternheit ihr gegenüber verbarg. Es lag an der Pubertät, sein Körper reifte schneller heran als sein Geist, und das verunsicherte ihn, wenn er vor Nubet stand, die zwar zwei Jahre jünger war als er, aber bereits dachte wie eine Frau.

Wenn sie sich begegneten, stammelte Nemenhat einen Gruß und setzte seinen Weg fort. Sein Respekt vor Seneb war derart groß, dass er dessen Tochter unbewusst aus dem Weg ging.

Nubet, die es durchaus bemerkte, erwiderte lächelnd seinen Gruß und ging an ihm vorbei, ohne stehen zu bleiben. Sie hatte das Alter erreicht, in dem die meisten ägyptischen Mädchen sich nach einem Mann umsahen. Im Land Kemet wurden sie verheiratet, sobald sie ihre Periode bekamen. Doch während alle anderen Mädchen in ihrem Alter nichts anderes im Kopf hatten als ihre bevorstehende Hochzeit, wäre Nubet am liebsten Dienerin im Tempel von Isis oder Konkubine* im Amun-Tempel geworden, obwohl sie wusste, dass diese Ämter den Familienangehörigen der Priesterschaft und ranghoher Beamter im Staat** vorbe-

* Unter Konkubine verstand man damals etwas anderes als heute, denn die Beziehung zum Tempel war rein mystischer Natur.

** Als Beispiel haben wir die Gemahlin von Ramses III., Isis III., die es zur Großen Tempeldienerin brachte.

halten waren. Selbst die Töchter des Pharaos dienten im Tempel des Amun und betrachteten es als große Ehre.

Sie hätte in irgendeinem Tempel als Sängerin oder Tänzerin dienen können, aber sie wollte nicht bei Festgelagen, Bestattungen oder sonstigen Feierlichkeiten auftreten, die in den Tempeln stattfanden. Sie hatte nur einen Traum, sie wollte *hemu netjer*, Gottesdienerin, werden.

Doch wie pflegte ihr Vater zu sagen?

»Manchmal können wir nicht den Weg einschlagen, den wir gerne gehen würden, meine Tochter, deshalb müssen wir uns mit dem begnügen, was die Götter uns geben, und nicht irgendwelchen Schimären nachlaufen. Nichts ist so, wie es scheint; nur wer die Gesetze treu befolgt, erfüllt sein Herz mit Glück. Vergiss das nicht.«

Zweifellos ein guter Rat, doch Nubet sträubte sich innerlich dagegen, so zu enden wie alle ihre gleichaltrigen Freundinnen, die heirateten und ein Kind nach dem anderen bekamen. Nicht dass sie keine wollte, sie liebte Kinder, daran lag es nicht. Doch besaß sie Kenntnisse von Dingen, die weit über die der anderen hinausgingen, und durfte sie nicht anwenden.

Warum nicht?, grübelte sie. Wozu habe ich die Fähigkeit, Texte zu entschlüsseln, die uns die alten Götter in Stein gemeißelt hinterlassen haben? Oder geheime Liturgien aufzusagen, die man nur im Haus des Lebens lernt und die mein Vater mir in langen Jahren beigebracht hat? Um jedes Jahr ein Kind auf die Welt zu bringen, mich um den Haushalt und meinen Mann zu kümmern, hätte ich nicht so viel zu lernen brauchen. Was nützt mir das ganze Wissen nun?

Dann aber dachte sie daran, wie wenig sie imstande war, das Schicksal zu verstehen, das die Götter für sie vorgesehen hatten, und beugte sich.

Die Zeit verging, und eines Tages am Ende der Schemu, als sie sich am späten Nachmittag auf dem Heimweg befand, begegnete

Nubet Nemenhat, der auf einer niedrigen Mauer am Wegesrand saß, in Gedanken versunken ins Tal hinunterblickte und die abwechslungsreiche Aussicht genoss. Tatsächlich wurde einem an diesem Ort klar, wie gesegnet das Land war. Nur wenige hundert Meter entfernt verwandelte sich die Wüstenlandschaft unvermittelt in fruchtbares Ackerland. Nach Süden hin erstreckten sich, so weit das Auge reichte, dichte Palmenhaine, unter denen man kaum den Erdboden sah. Und überall beeilten sich die Fellachen, die restliche Ernte einzufahren, ehe der Fluss anschwoll und über die Ufer trat.

Die Kanäle, die sich dann füllten, würden das Land überschwemmen, um es mit neuem Leben zu erfüllen. Hapis Atem für ein Volk, das in ständiger Verbindung mit seinen Göttern lebte.

Nemenhat bemerkte das Mädchen, blieb aber sitzen.

»In zwei Monaten wird das Wasser alles überschwemmt haben«, sagte Nubet und blieb stehen.

»Ich werde trotzdem weiter herkommen, diese Stelle gefällt mir«, entgegnete er verträumt.

»Man kann sehen, wie sich der Fluss im fernen Süden verliert«, erklärte Nubet und schirmte mit einer Hand die Augen gegen die Sonne ab.

»Ja, im Süden, dem Land meiner Vorfahren.«

Nubet nickte und sagte:

»Ich muss jetzt weiter, es ist schon spät.«

»Wenn du willst, begleite ich dich«, erklärte Nemenhat und sprang auf.

Sie sah ihn an und bedeutete ihm mit einer Handbewegung, dass er ihr folgen solle.

»Stimmt, ihr kommt ja aus dem Süden.«

»Ja, aus Koptos. Kennst du es?«

»Ich bin nie weiter als bis nach Meidum gekommen. Es muss sehr schön sein.«

»Na ja, eigentlich erinnere ich mich kaum daran. Als wir fortgingen, war ich noch sehr klein. Aber mein Vater erzählt mir oft davon. Koptos ist eine wichtige Handelsstadt, weil alle Karawanen, die durch das Wadi-Hammamat zum Hafen Taanu am Roten Meer ziehen, von dort aufbrechen.«

»Bestimmt ist es eine reiche und aufregende Stadt. Warum seid ihr eigentlich nach Memphis gekommen?«

Instinktiv wich Nemenhat dieser Frage aus, was dem Mädchen nicht verborgen blieb.

»Alle aus meiner Familie waren gestorben, uns hielt nichts mehr dort.«

»Eines Tages müssen wir alle sterben«, entgegnete Nubet. »Es ist gut, wenn wir bei unseren Ahnen bleiben und die Erinnerung an sie wach halten.«

»Wenn ich dir sage, dass uns nichts mehr dort hielt«, erwiderte Nemenhat brüsk. »Sollten wir in den Erinnerungen einer vergangenen Glückseligkeit schwelgen?«

Einen Augenblick lang herrschte verlegenes Schweigen, während sie nebeneinanderher gingen. Nubet spürte, dass sich hinter seinen Worten etwas Dunkles verbarg, doch sie war behutsam genug, nicht weiterzufragen.

Sie erreichten die ersten Häuser der Stadt, die sich schon auf die Nacht vorbereitete. Die Frauen zündeten Feuer an, um das Abendessen für die Familie zu kochen. Bald würden die Männer von der Arbeit zurückkehren, froh, wieder bei ihren Frauen und Kindern zu sein und das Essen mit ihnen teilen zu dürfen. Für die Ägypter gab es in der Tat nichts Schöneres als ihr Familienleben.

Viele würden von einem harten Arbeitstag auf den Feldern, unter einer Sonne, die während dieser Jahreszeit unbarmherzig vom Himmel herabbrannte, erschöpft sein, nachdem die Vorarbeiter sie unerbittlich angetrieben hatten, damit die Ernte noch vor dem Eintreffen der Nilschwelle eingefahren wurde. Sie würden zwar müde sein, aber auch beflügelt, weil sie mit ihrer Arbeit dazu beigetragen hatten, jene uralte Ordnung, auf die sie so maßlos stolz waren, aufrechtzuerhalten.

Als sie jetzt durch die Gassen ging, strahlte Nubet über das ganze Gesicht. Die Freude, die sie empfand, war ihr anzumerken. Offensichtlich fühlte sie sich in dem Gewimmel der Menschen, die vor dem bevorstehenden Sonnenuntergang noch rasch irgendwohin eilten, so wohl wie ein Fisch im Wasser.

Nemenhat ging schweigend neben ihr her und sah sie von der Seite an. Sie war wirklich wunderschön, aber auch so unnahbar, und während er sie begleitete, hatte er das seltsame Gefühl, dass eine ganze Wüste zwischen ihnen lag.

»Ich gehe hier gerne abends spazieren«, seufzte Nubet. »Dieses Licht, der Rummel, der die Straßen mit Fröhlichkeit füllt, das ist das pure Leben.«

Nemenhat antwortete nicht. In der Ferne hörte man ein paar Kinder beim Spielen streiten.

»Dieses Licht«, sagte Nemenhat leise.

Nubet drehte sich um und sah ihn fragend an.

»Ja«, sagte sie. »Dieses Licht umgibt mich mit der tausendfünfhundertjährigen Geschichte unseres Volkes. Die Götter haben uns auserwählt, und die Ordnung, die sie uns schenkten, ist überall zu sehen. Deshalb beten wir sie an, deshalb verehren wir sie.«

Die Worte lösten bei Nemenhat keine große Begeisterung aus. Er war zwar noch jung, hatte aber bereits eine sehr genaue Vorstellung von dem, was ihn umgab. Nicht ohne Grund hatte sein Vater ihm unbewusst eine ganz andere Sichtweise vermittelt. Es waren die Schicksalsschläge eines ganzen Lebens, die Schepsenure nie bewältigt hatte, ungeachtet des Wohlstands, zu dem er mittlerweile gelangt war. Nemenhat wusste es und beobachtete besorgt, wie sich sein Vater von Tag zu Tag mehr verzehrte, hin- und hergerissen zwischen seltsamen Vorstellungen. Und da waren die Götter, für die der Junge keine besonders große Verehrung empfand, was wiederum dazu führte, dass er sich unter seinesgleichen fremd vorkam. All das bewog ihn zu widersprechen.

»Auserwählt? Auserwählt wozu?«, fragte er ruhig.

Nubet warf ihm einen schneidenden Blick zu.

»Hast du denn keine Augen im Kopf? Siehst du nicht die Herrlichkeiten, die uns die Götter geschenkt haben? Ganz Ägypten ist ein Geschenk.«

»Meinst du, das trifft auch für die da drüben zu?«, entgegnete er und zeigte auf die Bauern, die von den Feldern zurückkamen.

»Sie sind untrennbarer Teil der Ordnung, ohne ihren Beitrag wäre dies alles gar nicht möglich. Verstehst du das nicht?«, erwiderte sie aufgebracht.

»Die Ordnung, die du meinst, sagt mir herzlich wenig. Diese Menschen schuften für einen Hungerlohn auf den Feldern der Priesterschaft unter der sengenden Sonne. Ja, die Priester sind reich beschenkt worden, immerhin gehört ihnen der größte Teil der Ländereien, und nicht nur das Land, sondern auch sämtliche Tiere und Menschen, die darauf leben.«

Das Mädchen blieb stehen.

»Das ist Gotteslästerung. Die Tempel sind die Garanten dafür, dass die göttlichen Gesetze eingehalten werden. Die Priester tun alles, was in ihrer Macht steht, damit es so bleibt. Und der Pharao, die Wiedergeburt des Horus auf Erden, wacht darüber.«

»Dann ist der Pharao ganz schön blind, fürchte ich«, hielt er dagegen und setzte dann hinzu: »Er ist keineswegs mehr allmächtig im Land von Kemet.«

»Was willst du damit sagen?«, fragte das Mädchen mit glühenden Augen.

»Dass das ganze Reich korrupt ist und längst andere über das Land bestimmen. Wenige Adelsfamilien herrschen über die Tempel und bekleiden die höchsten Ämter im Reich der Beiden Länder. Ägypten zerfällt.«

Nubet war entsetzt.

»Das ist Gotteslästerung. Du redest nur so, weil du die heiligen Gesetze nicht kennst, die der Schöpfer für die Menschen aufstellte und die uns von Thot übermittelt wurden. In den heiligen Schriften sind seine Worte verewigt. Du solltest sie befolgen.«

»Befolgen? Wie könnte ich das, wenn ich sie nicht einmal lesen kann, und soweit ich weiß, lernt man das nur bei den Priestern im Haus des Lebens. Warum hat das einfache Volk keinen Zutritt zu ihm?«

»Du hast keine Ahnung«, erwiderte das Mädchen wütend. »Nur die Eingeweihten verfügen über die notwendigen Kenntnisse, um die Bedeutung der Gebote und die Macht zu verstehen, die das Lesen verleiht.«

Sie waren, ohne es zu merken, bereits an Senebs Haus angelangt. Vor der Tür blieben sie stehen und sahen sich an.

»In diesem Fall kann ich dich nur beglückwünschen, denn nach dem, was mir zu Ohren gekommen ist, kannst du ja lesen. Hat man es dir vielleicht im Haus des Lebens beigebracht, oder hattest du das Glück, es von deinem Vater zu lernen?«

Nubet warf dem Jungen einen zornigen Blick zu.

»Und du? Wo kommst du eigentlich her?«, fragte sie wütend.

Nemenhat sah sie gleichgültig an.

»Von einem Ort, dessen Existenz du leugnen würdest, der aber trotzdem überall ist. Er umgibt dich, und du siehst ihn nicht, obwohl du, ohne es zu wissen, ein Teil davon bist. Du lebst in einer Scheinwelt, Nubet. Dieses Ägypten, von dem du redest, gibt es seit langem nicht mehr. Bis bald.«

Damit drehte sich Nemenhat um und verschwand durch die enge Gasse, begleitet vom fernen Bellen der Straßenhunde und von der Nacht, die ihr schwarzes Antlitz, in dem bedrohlich die Sterne funkelten, der Stadt zuwandte.

Am nächsten Morgen verließ Nemenhat zeitig das Haus und machte sich zum Markt auf. Sein Vater hatte ihm aufgetragen,

Gemüse und Trockenfrüchte zu kaufen, und ihn gebeten, bald nach Hause zu kommen, weil er seine Hilfe brauchte, um einen Auftrag zu Ende zu führen. Draußen hatte die Sonne bereits die Straßen überflutet wie ein Segen, der von Osten kam. Die Stadt erwachte zu neuem Leben. Auf seinem Weg hatte er nur einen Gedanken im Kopf, der ihn in letzter Zeit nicht mehr losließ: Kadesch.

Kadesch, allein das Aussprechen ihres Namens weckte in ihm bislang unbekannte Gefühle, die er nicht zu kontrollieren vermochte.

Er war ihr regelmäßig bei ihren täglichen Gängen begegnet, hatte sie begleitet und ihr den Brotkorb getragen. Die Händler hatten sie angestarrt und anzügliche Witze gemacht. Die unverschämten Kommentare trieben ihn zur Weißglut, und nicht selten hatte er Lust gehabt, ihnen den Brotkorb an den Kopf zu werfen. Doch wenn er sie ansah, wurde ihm klar, dass sie all die Ungeheuerlichkeiten genoss, obwohl sie immer ein gleichgültiges Gesicht aufsetzte. Es war nur eine Maske. Bei jedem Kommentar wiegte sie sich noch stärker in den Hüften und schritt aufreizend und unbeirrt durch das beschwörende Geschrei.

Wenn Nemenhat sie verstohlen von der Seite ansah, wurde ihm ganz heiß. Er beobachtete, wie ihre Brüste im Rhythmus einer wiederauferstandenen Göttin wippten. Was für Brüste, heilige Hathor! Weder zu groß noch zu klein, aber fest, herausfordernd und prall, wenn sie an all den gierigen Blicken vorbeischaukelten. Und ihre Brustwarzen? Sie waren der Höhepunkt eines lebendigen Kunstwerkes, eine ständige Herausforderung für die Sinne, die in ihnen den Inbegriff himmlischer Speisen erahnten. Manchmal war Nemenhat wie hypnotisiert angesichts so großer Schönheit und so abgelenkt, dass er über seine eigenen Füße stolperte und allgemeinen Spott erntete.

Doch das war ihm einerlei, denn jedes Mal befand er sich in einem Zustand vollkommener Verzückung, für den er sich später, wenn er wieder zu Hause war, wutentbrannt tadelte, denn nichts hasste er mehr, als die Kontrolle über sich zu verlieren.

Auch jetzt entdeckte er sie inmitten der Menschenmenge, die wie Röhricht am Flussufer hin und her schwankte. Es war schon seltsam, wie sich in einer engen Gasse plötzlich die Menschenmenge vor ihr öffnete und sie passieren ließ, ohne auch nur eine Falte ihres Gewandes zu streifen.

Sie kam auf ihn zu und reichte ihm hinterhältig lächelnd den Korb. »Du kommst wie gerufen, Nemenhat, ich wurde das Schleppen allmählich leid.«

»Du weißt ja, wie gern ich das tue, und ...«

»Ja, ich weiß, wie gern du meinen Korb trägst«, unterbrach sie ihn herablassend.

Nemenhat schluckte entmutigt, während das Mädchen seine Reaktion unauffällig beobachtete. Sie machte sich einen Spaß daraus, den Jungen mit ihren Worten in Verlegenheit zu bringen, und hatte sich in letzter Zeit angewöhnt, ihn bis zum Äußersten zu reizen.

»Wenn du willst, könnte ich dir auch bei anderen Dingen helfen«, antwortete er verwirrt.

»Ach wirklich, wobei denn?«

»Na ja, bei allem ...«

Kadesch schenkte ihm ein Lächeln, das der Junge kaum ertrug.

»Bilde dir bloß nichts ein. Es gibt Dinge, bei denen du mir niemals helfen wirst.«

»Welche denn?«, fragte er ungeduldig.

»Weißt du wirklich nicht, was ich meine? Na ja«, setzte sie nachdenklich hinzu, »kein Wunder, du bist ja noch grün hinter den Ohren und hast von der Liebe keine Ahnung. Oder hast du etwa schon Erfahrungen gesammelt, von denen ich nichts weiß?«

»Nein«, antwortete Nemenhat beschämt.

»Dann wüsste ich nicht, wie du mir bei der Liebe behilflich sein könntest. Vielleicht, wenn du ein Mann wärst ...«

»Für wen hältst du mich eigentlich?«, entgegnete Nemenhat wütend und blieb mitten auf der Straße stehen.

»Komm schon, sei nicht eingeschnappt«, sagte Kadesch, nahm ihn sanft am Arm und drängte ihn weiterzugehen. »Ich sage ja nicht, dass du in Zukunft keinen Erfolg bei den Frauen haben wirst, aber dazu musst du erst einmal die Pubertät hinter dich bringen. Oder irre ich mich, wenn ich davon ausgehe, dass du noch *kerenet** bist?«

Die Worte trafen Nemenhat besonders hart, denn er wusste, dass Kadesch im Grunde Recht hatte. Da sie ständig im Land hatten umherziehen müssen und sein Vater eine tiefe Abneigung gegen die alten Traditionen hegte, war der Junge noch nicht beschnitten worden. Das war sehr ungewöhnlich in einem Land, in dem sich alle Jungen beim Eintritt in die Pubertät diesem Eingriff unterzogen. Er besaß eine große Bedeutung, denn die Ägypter betrachteten alle Völker, die keine Beschneidung kannten, als unrein. In den letzten Monaten hatte ihm diese Tatsache großen Kummer gemacht, vor allem, wenn er eine Erektion bekam, was mittlerweile häufiger vorkam, als ihm lieb war.

Schweigend setzten sie ihren Weg fort. Der Junge schien ernsthaft gekränkt darüber zu sein, dass sie davon wusste.

Kadesch, die ein feines Gespür hatte, bemerkte es und zeigte sich von ihrer versöhnlichen Seite.

»Zerbrich dir deshalb nicht den Kopf, das Problem wird sich mit der Zeit von selbst lösen.«

»Ich werde das Problem lösen«, erwiderte er schroff.

»Na schön. Vielleicht wird nach deiner *sebu*** dann doch noch was aus uns«, setzte sie spöttisch hinzu.

* Mit diesem Ausdruck bezeichneten die alten Ägypter Jungen, die noch nicht beschnitten worden waren.

** Mit diesem Ausdruck wurde die Zeremonie der Beschneidung bezeichnet.

Schepsenure war dabei, letzte Hand an einen kleinen Tisch zu legen, den man bei ihm bestellt hatte. Das Ergebnis seiner Arbeit ließ sich sehen, gewiss, trotzdem war er nicht zufrieden. In letzter Zeit schien ihm gar nichts mehr Befriedigung zu verschaffen. Nicht einmal an den sporadischen Aufträgen, die man ihm erteilte, fand er Gefallen. Allein dass sein Sohn ihm nun öfters bei der Arbeit half, war ein Grund zur Freude. Wenn er ihn beobachtete, füllte sich sein Herz mit Zärtlichkeit, und er dachte an die harten Zeiten, die sie beide durchgemacht hatten. Die Erinnerung an die leidvollen, entbehrungsreichen Jahre brachte auch die wenigen glücklichen Augenblicke in sein Gedächtnis zurück, als er beobachtet hatte, wie sein Sohn heranwuchs. Nur sie hatten sein Dasein lebenswert gemacht. Doch die Zeit war unaufhaltsam vorangeschritten und Nemenhat fast schon ein Mann.

Es verwunderte ihn, dass ihm das nicht schon längst aufgefallen war. Während er zusah, wie sein Sohn das Innere einer Schublade sorgfältig ausbürstete, nahm er plötzlich wahr, wie der Junge sich verändert hatte.

Am Abend zuvor hatte Nemenhat ihm erklärt, dass er beschnitten werden wollte. Schepsenure verspürte ein leichtes Schuldgefühl. Er fragte sich, wie er etwas derart Wichtiges hatte vergessen können, und bat im Geiste um Vergebung. Der Junge war bereits sechzehn Jahre alt und hatte das Alter, in dem die Beschneidung vorgenommen wurde, längst überschritten. Er tadelte sich dafür, dass seine Abneigung gegen die alten Sitten und Gebräuche seines Volkes negative Folgen für seinen Sohn haben könnte. Nicht um alle verborgenen Schätze der Welt wollte er, dass sein Leben auch nur im Geringsten seinem eigenen ähnelte. In der Nacht hatte er keinen Schlaf gefunden, während er darüber grübelte, bis er endlich erleichtert aufatmete, denn er kannte jemanden, der das Problem lösen würde.

Seneb ließ sich den Wein auf der Zunge zergehen, ohne den Blick vom Senet-Brett zu nehmen.

Hmm, ein köstlicher Tropfen, dachte er bei sich. Ein himmlischer Wein, wie der aus den königlichen Weingärten. Was für ein weiches Bukett!

Doch dann runzelte er hastig die Stirn, er durfte in seiner Konzentration nicht nachlassen, denn er wollte das Spiel um keinen Preis verlieren. Doch der Wein war so gut, dass er der Versuchung einfach nicht widerstehen konnte, also nahm er noch einen Schluck und warf schließlich die vier Stäbchen.*

Zwei flache Seiten schauten nach oben! Das hieß, dass er zwei Kästchen weiter kam, aber die Stäbchen seinem Gegner überlassen musste. Hätte er eine Eins, Vier oder Sechs geworfen, hätte er weiterwerfen dürfen. Doch es war eine Zwei, und jetzt war Schepsenure dran. Er ärgerte sich, denn das Spiel stand auf der Kippe. Von seinen fünf Figuren schützten vier sich gegenseitig, da sie sich auf zwei angrenzenden Kästchen in unterschiedlichen Bereichen des Bretts befanden. Diese konnte er im Augenblick nicht bewegen, da sie sonst von den gegnerischen Figuren gefangen genommen werden konnten. Er musste also seine fünfte Figur bewegen, und das ging ihm gegen den Strich. Bestimmt würde sie auf dem siebenundzwanzigsten Feld landen, auf dem das Zeichen **T** für Brunnen stand, dann musste er zurück auf das fünfzehnte Feld wandern. Doch blieb ihm keine andere Wahl.

Bevor er seinen Zug machte, sah er Schepsenure an, der spöttisch lächelte.

»Verflucht seien Ammit und die zweiundvierzig Schutzgeister, Schepsenure! Dein Wein benebelt mir die Sinne.«

»Du solltest dich nicht beschweren. In ganz Memphis wirst du keinen besseren finden. Außerdem wirst du mir doch wohl nicht

* Da die Ägypter keine Würfel hatten, benutzten sie Wurfstäbchen, die auf einer Seite flach und auf der anderen rund waren.

meinen guten Wein austrinken und obendrein das Spiel gewinnen wollen, oder?«

»Ich behaupte nicht, dass du ein schlechter Spieler bist, aber so viel Glück auf einmal ist mir noch nie unter die Augen gekommen«, erklärte Seneb, während er mit seinem Stein auf das siebenundzwanzigste Kästchen vorrückte und sich anschließend wieder auf das fünfzehnte zurückzog.

Seneb hielt die alten Sitten und Gebräuche der Ägypter hoch, folglich war er ein leidenschaftlicher Spieler. Er liebte das Spiel der Schlange, der Hunde und Schakale, vor allem aber das Senet-Spiel, diesen uralten Zeitvertreib der Pharaonen, der in letzter Zeit auch bei den unteren Schichten in Mode gekommen war. Er hielt sich für einen Meister. Deshalb beobachtete er jetzt mit einem gewissen Argwohn, wie Schepsenure die Stäbchen warf, denn das Spiel war noch längst nicht entschieden.

»Eine Vier!«, rief er aufgeregt. »Bei Harsiase* und den sieben Skorpionen! Das gibt es doch nicht! Damit bringst du dein Steinchen ins dreißigste Feld** und darfst obendrein noch mal werfen.«

Sein Gegner lachte laut.

»Du hattest die schwarzen Steine und warst im Vorteil, Seneb.«

»Da nützt kein Vorteil. Du holst immer die Punkte, die du brauchst.«

»Jetzt hör schon auf zu meckern und sieh den Tatsachen ins Auge. Dieses Spiel hast du endgültig verloren«, sagte Schepsenure, während er erneut die Stäbchen warf.

»Eine Sechs!«, rief Seneb. »Diese Stäbchen sind verhext, da besteht kein Zweifel.«

»Womöglich von Seth persönlich«, entgegnete Schepsenure, der die ausgesprochene Abneigung des Einbalsamierers gegen diesen Gott kannte.

* Gott, der mit dem Mythos von Osiris verbunden war und von sieben Skorpionen beschützt wurde.

** Das dreißigste Kästchen war das letzte im Spiel.

»Das kannst du laut sagen. Es ist ja wohl nicht zu übersehen. Verflucht sei dieser Mistkerl, der bei der Geburt seine Mutter Nut zerriss.«

»Du vergisst, dass einige unserer Pharaonen das Ganze etwas anders gesehen haben und glühende Anhänger von Seth waren.«*

»Pah! Das war nur eine schändliche Mode. Was kann man schon von jemandem erwarten, der alle möglichen Tricks anwendet, um seinen Bruder zu ermorden?«**

»Das sind doch nur alte Mythen, Seneb«, erwiderte Schepsenure und mischte die Stäbchen, um sie erneut zu werfen.

»Mythen? In diesen Ereignissen liegt das Wesen unseres Seins verborgen. Seth wurde mit einem zerstörerischen Geist geboren, von dem er sich nie befreien konnte.«

»So schlimm ist es nun auch wieder nicht«, entgegnete Schepsenure und warf eine Vier.

»Nicht zu fassen!«, rief Seneb und stampfte mit dem Fuß auf. »Diese Stäbchen sind tatsächlich verhext! Und was Seth angeht, was soll ich dir sagen? Was würdest du von jemandem halten, der seinen Neffen schändet?«***

* Eine deutliche Anspielung auf die ersten Pharaonen der Ramessidendynastie, die diesen Gott verehrten.

** Die Legende besagt, dass Seth, der seinen Bruder Osiris um dessen blühendes Reich beneidete, ihn zu einem Fest einlud und mithilfe von zweiundsiebzig Mitverschwörern in eine Kiste einschloss und in den Nil warf. Nach einer dramatischen Reise erreichte der Sarg Byblos, wo seine Gemahlin Isis ihn fand. Doch Seth bemächtigte sich erneut seines Bruders, teilte die Leiche in vierzehn Stücke und verstreute diese über ganz Ägypten. Isis suchte die Leichenteile und fand sie alle, bis auf den Phallus.

*** Horus war der postume Sohn von Osiris und Isis. Als er erwachsen wurde, schwor er seinem Onkel Rache für den Tod seines Vaters. Es kam zu grausamen Kämpfen zwischen den beiden. Bei einem dieser Kämpfe wurde Horus von Seth überwältigt und geschändet. In der letzten Schlacht schlug Seth seinem Neffen ein Auge aus, doch Horus hob es auf und setzte es wieder ein. Schließlich besiegte er Seth und kastrierte ihn.

Bei dieser Bemerkung huschte ein anzügliches Grinsen über Mins Gesicht, der gemütlich neben ihnen saß, das Spiel verfolgte und den köstlichen Wein becherweise in sich hineinkippte.

Seneb drehte sich wütend um.

»Min, du bist nicht nur unersättlich, sondern auch noch abartig! Du hast nicht den geringsten Respekt für unsere Götter! Ich bin ja selber schuld, weil ich es dir erlaube. Aber ich werde nicht zulassen, dass du dich in meiner Gegenwart über Horus lustig machst!«

»Regen wir uns nicht unnötig auf«, beschwichtigte Schepsenure. »Ich bin sicher, dass Min nicht die Absicht hatte, sich über Horus lustig zu machen. Aber du wirst doch zugeben, dass es schon ziemlich seltsam ist, dass ein Onkel seinen eigenen Neffen schändet, Seneb.«

»Seltsam? Es ist ein Verbrechen, obendrein begangen an Osiris' Sohn!«

»Komm schon, Seneb. Seth hat auch gute Seiten. Ohne ihn gäbe es das Gegenteil nicht, das Gute. Außerdem hat er zusammen mit Horus den Lotus und den Papyrus zusammengebunden und damit Ober- und Unterägypten vereinigt. Mit dieser Zeremonie wollte er die Einheit der Beiden Länder besiegeln.«

Kaum hatte Schepsenure diese Worte ausgesprochen, bereute er sie schon. Um seine Verlegenheit zu überspielen, nahm er einen kräftigen Schluck.

»In der Tat«, erklärte Seneb und warf seinem Gastgeber einen misstrauischen Blick zu. »*Sema-Taui*, die Einheit der Beiden Länder. Aber sag mal, Schepsenure, wo hast du diese Darstellung gesehen?«

»In Gebtu*, der Stadt, aus der ich stamme, wie du weißt. In einem kleinen Pavillon, den Senusret I. Horus zu Ehren errichten ließ«, antwortete der so beiläufig wie möglich.

* Koptos.

»Aha! Gebtu, Hauptstadt des 5. Gaus von Oberägypten, des Doppelfalkengaus. Hm, wundert mich nicht, dass man dort Horus verehrt, obwohl der eigentliche Schutzgott dieses Gaus Min ist«, erklärte er und warf dem schwarzen Koloss an seiner Seite einen Blick zu. »Die Stadt war schon immer eng mit beiden Gottheiten verbunden, obwohl, offen gestanden, sich diese Darstellung sonst eigentlich nur in den Tempeln findet.«

Schepsenure zuckte die Achseln und warf die Stäbchen.

Noch eine Vier! Er hatte auch diese Partie schon so gut wie gewonnen und wechselte geschickt das Thema.

»Übrigens, Seneb. Hast du irgendwelche Neuigkeiten, was den Jungen betrifft?«

Sein Gast warf ihm jenen Blick eines zerstreuten Weisen zu, der so charakteristisch für ihn war.

»Verzeih, das hatte ich ganz vergessen«, entschuldigte er sich und schlug sich mit der Hand gegen die Stirn. »Ich war so in das Spiel vertieft, dass es mich von allem anderen abgelenkt hat. Und eigentlich war ich ja unter anderem deswegen zu dir gekommen, aber du wirst mir beipflichten, dass eine gute Senet-Partie und ein Wein wie dieser alles andere in den Hintergrund drängen, sogar eine so wichtige Frage. Ich bitte dich also um Nachsicht und bin sicher, dass du sie mir gewähren wirst, wenn du die guten Neuigkeiten hörst.«

Schepsenure trank und sah ihn an.

»Und …?«

»Ich glaube, dass deinem Sohn die Beschneidungszeremonie eines Vornehmen zuteil werden wird. Ein Oberpriester aus dem Tempel von Ptah, ein *cheriu-hebet*, wird sich der Sache annehmen.«

Schepsenure sah ihn ungläubig an.

»Das Volk hat doch keinen Zugang zum Inneren des Tempels.«

»So ist es! Aber wahre Freundschaften können Wunder wirken. Schließlich haben Chaemwese und ich in jungen Jahren zusammen das Haus des Lebens besucht und dort lesen und schreiben gelernt.«

»Chaemwese? Was für ein seltsamer Name.«

»Du sagst es. Schon in der Schule zogen ihn die anderen deshalb auf. Aber seine Familie war etwas hochnäsig und nannte ihn so, zu Ehren eines Nachfahren des Großen Ramses.«

»Wirklich? Ich habe noch nie von ihm gehört.«

»Nun ja, er war ein geheimnisvoller Mensch, der sein Leben damit verbrachte, nach alten verschollenen Gräbern zu suchen, obwohl sein Vater ihn zum Wesir ernannt hatte.«

Schepsenure horchte auf.

»Verschollenen Gräbern?«

»Ja, er war wie besessen davon. Es heißt, er habe eine Bibliothek mit dem gesamten Wissen besessen, das ein Mensch darüber nur haben konnte. Er hatte Schriftrollen zu allen möglichen Themen, Medizin, Mathematik, Architektur ... ja sogar über Magie. Man erzählt sich, dass er sämtliche Geheimnisse der Zauberei kannte.«

»Und was ist aus ihm geworden?«

»Er war der eigentliche Thronnachfolger, kam aber unter mysteriösen Umständen ums Leben, und sein Bruder Merenptah wurde Pharao. Was soll ich dir sagen, die Menschen sind zu allem fähig. Ich jedenfalls hätte meinem Sohn einen solchen Namen nicht gegeben.«

Schepsenure nickte schweigend.

»Aber wie gesagt, Nemenhat wird von einem namhaften Arzt beschnitten, der im Dienst des Tempels von Sachmet* steht, und zwar in einer privaten Zeremonie.** Ich hoffe, du bist nicht böse, dass ich mir die Freiheit genommen habe, den Termin festzusetzen.«

* Sachmet war auch Göttin der Medizin.

** Für die einfachen Leute wurden Beschneidungen sonst als Massenveranstaltungen durchgeführt.

Es folgte eine kurze Pause, in der die beiden Männer einen raschen Blick wechselten.

»Da wir uns bereits im ersten Monat der Achet befinden, sollten wir den neunzehnten Tag dafür nutzen. Er ist das günstigste Datum für ein solches Ereignis, weil dann die Enneade* vor Re steht. Die Beschneidung wird in einem kleinen Tempel stattfinden, der Sachmet geweiht ist. Der Junge sollte einen Tag vorher fasten.«

»Das ist eine große Ehre für uns, Seneb. Wir werden deine Anweisungen ganz genau befolgen.«

»Na schön«, sagte Seneb und stand auf. »Es lohnt nicht, dass wir weiterspielen. Ich habe das Spiel so gut wie verloren. Ich verlange Revanche, aber erst nächstes Mal.«

»Und ich verspreche, dir nächstes Mal einen leichteren Wein vorzusetzen«, gab Schepsenure lächelnd zurück.

Seneb klopfte Schepsenure sanft auf die Schulter, als dieser ihn und seinen unzertrennlichen Freund zur Tür geleitete.

»Die Götter seien mit dir, mein Freund. Möge Atum dich beschützen.«

Memphis badete bereits im Licht der Morgensonne, als sie die Tempelanlage erreichten. Nemenhat war tief beeindruckt. Obwohl er oft an den gewaltigen Mauern rings um den Tempel vorbeikam, war er noch nie stehen geblieben. Ptahs Tempel stellte eine Macht dar, die weit über den rein religiösen Aspekt hinausging. Nicht ohne Grund lagen etwa drei Prozent der Wirtschaftskraft Ägyptens in seinem Besitz. Gewiss, verglichen mit der Allmacht der Priesterschaft von Amun, die neben riesigen Latifundien auch mehr als vierhunderttausend Rinder und an die achtzigtausend Menschen ihr Eigen nannte, war es nichts Besonderes.

* Begriff, mit dem ein Verbund von Gottheiten unter Führung eines Demiurgen bezeichnet wurde.

Doch für den Tempel von Ptah stellte diese ungleiche wirtschaftliche Machtverteilung kein Problem dar. Zusammen mit dem des Re war Ptah der älteste Kult Ägyptens und stammte aus jener fernen Zeit, als Narmer die Beiden Länder vereint und die Hauptstadt Memphis gegründet hatte.* Im Verlauf der letzten zweitausend Jahre war es den Priestern von Ptah gelungen, die Macht, die die Pharaonen über das Land ausübten, mehr und mehr einzudämmen, bis sie selbst schließlich die Fäden der Verwaltung ganz in der Hand hatten.

Sicher gab es in dieser langen Zeit immer wieder Phasen, in denen der Tempel von Ptah stark an Einfluss verlor. Vor allem während der 18. Dynastie musste er seine Macht an den Amun-Tempel abtreten. Doch zu Beginn der 19. Dynastie erbauten die ersten Ramessiden im Delta die Stadt Pi-Ramesse. Daraufhin beschloss Ramses II., Theben zu verlassen und nach Pi-Ramesse zu ziehen, das er zu seiner neuen Hauptstadt machte, um sich von der wachsenden Macht der Amun-Priester zu befreien. Dies wertete den Klerus von Ptah wieder auf, der in dem verzweifelten Versuch, seine Interessen gegen den allmächtigen Gott von Theben zu verteidigen, erneut die Verwaltung unterwanderte.

Memphis war damals eine blühende Stadt mit einem bedeutenden Binnenhafen. Peru-Nefer, gute Reise, wurde dieser genannt und war Ziel von unzähligen Schiffen, die von allen Punkten des Mittelmeeres aus Waren nach Memphis brachten. Sämtliche Geschäfte wurden von einem Heer von Schreibern erfasst, die dem Ptah-Tempel angehörten. Sie beglaubigten, dass der Handel in Übereinstimmung mit den Gesetzen erfolgt war und die entsprechenden Abgaben entrichtet worden waren.

Die Zunahme der Bürokratie kam natürlich dem Ptah-Tempel zugute, denn in erster Linie wachte er über den gesamten Handel innerhalb der Stadt. Die Geldtruhen des Tempels füllten sich,

* Circa 3000 vor Christus.

und in der Verwaltung wurden unzählige neue Posten eingerichtet. Sogar der Vizekönig von Unterägypten unterhielt zeitweilig enge Verbindungen mit dem Tempel von Ptah.* All dies trug zur Stärkung der Macht seiner Priester bei, die sie auch während der schwierigen Zeiten zu halten vermochten, als die Priester von Amun die Pharaonen der 20. Dynastie stürzten und eine neue Dynastie gründeten, die der späteren thebanischen Hohepriester, von denen einer sogar zum König gekrönt wurde.**

Der Gott Ptah wurde in ganz Ägypten verehrt, nicht nur in Memphis, wo man ihn als Demiurgen betrachtete, sondern auch in Theben oder in der heiligen Stadt Abydos. Der Grund für die große Verehrung, die man ihm entgegenbrachte, lag in seinem Alter. Er galt als Garant der ältesten Traditionen des Landes; die Priesterschaft brüstete sich damit, dass ein Mitglied der Kaste dem Tempel als Obermeister des Handwerks*** vorstand – und das seit den Zeiten von Imhotep****.

Während nun Nemenhat die Heiligenstätte betrachtete, schien er all dies zu spüren und war einen Augenblick lang überwältigt. Das war kein Tempel, sondern eine Zitadelle mit hohen, wehrhaften Mauern und Wachttürmen in regelmäßigen Abständen. Nein, das, was vor ihm aufragte, war kein Tempel, sondern eine Festung, eine Burg des Gottes.

Das einfache Volk durfte das Innere der Tempelanlage nicht betreten, nur der Pharao, hohe Würdenträger und die Priester hatten Zugang. Alle anderen mussten ihre Gebete außerhalb verrichten. Eigens dafür hatte man hoch oben an jedem Turm ein

* Als Beispiel dient Chaemwese (Sohn von Ramses II.), der nicht nur Vizekönig von Unterägypten war, sondern auch Hohepriester im Ptah-Tempel.

** Herihor.

*** Bezeichnung für den Hohepriester von Ptah, den man auch als Obermeister des Handwerks bezeichnete.

**** Imhotep war der Baumeister, der Djosers Stufenpyramide errichtete.

riesiges Ohr gemeißelt, und auf der Mauer zwischen den Türmen standen Sätze geschrieben, die Nemenhat nicht lesen konnte.

»Was steht da?«, fragte er Seneb.

»Hm, das ist eine Aufforderung zum Gebet. ›Betet im großen Außengang, von dort wird euer Gebet erhört.‹«

Als der Junge diese Worte hörte, kam er sich sehr unbedeutend vor und blickte zu seinem Vater auf. Dieser hatte ihn schon eine Zeit lang beobachtet und lächelte.

»Das hier ist das Gerüst des Staates, mein Sohn«, erklärte er und legte ihm die Hand auf die Schulter. »Tempel wie dieser bilden den Rückhalt der schrecklichen Bürokratie, die das Land fest im Griff hat.«

»Hör mit deinen Gotteslästerungen auf!«, fuhr Seneb ihn an. »Das Gleichgewicht des Landes wird nur dank der Männer aufrechterhalten, die hinter diesen Mauern arbeiten. Sie wachen über die Einhaltung der Gesetze, die uns die Götter überliefer-ten.«

»Diese Texte auf den Mauern machen mich nur noch skeptischer, Seneb.«

Einen Augenblick lang herrschte gespanntes Schweigen, während sich die Männer anstarrten.

»Lassen wir den Streit. Heute ist ein großer Tag für den Jungen, wir sollten ihm das Fest nicht ruinieren. Min und du, ihr müsst draußen warten«, erklärte Seneb, dann nahm er Nemenhat am Arm und ging mit ihm auf das große Tor zu.

Nemenhat warf einen Blick durch das Tor ins Innere der Tempelanlage. Im Norden befand sich neben den hohen Mauern ein See, auf dem während der rituellen Prozessionen an Feiertagen die Barke des Pharaos segelte. Das gesamte Gelände war mit Palmenhainen, herrlichen Gärten und prachtvollen Gebäuden versehen, wie der Palast, den der Pharao Merenptah vor mehr als vierzig Jahren im Osten hatte bauen lassen. Sitzende Statuen, Sphinxe aus Alabaster und Kolosse aus Granit schmückten die

Anlage. Wie versteinert blieb er vor zwei großen Statuen aus rotem Granit stehen, die zu beiden Seiten am südlichen Tor der Anlage standen.

»Sie stellen Ramses II. dar, den allergrößten König, den dieses Land je gehabt hat«, erklärte Seneb.

Eine große Menschenmenge zog am Tor vorbei zu den Außengängen vor den Mauern, um von dort ihre Gebete an die Götter zu richten.

In der Nähe dieser Gänge befanden sich unzählige Stände, an denen kleine Votivstatuetten und Zauberformeln gegen alle möglichen Übel verkauft wurden.

Als sie am Eingang des Portikus standen, der in den Tempel führte, kam ihnen eine einzelne Gestalt entgegen.

Seneb ging auf sie zu, und die beiden Männer umarmten sich. Dann wechselten sie einige Worte, bevor der Alte dem Jungen ein Zeichen gab, näher zu treten.

»Das ist Chaemwese, der Leiter der Ärzte hier im Tempel. Er wird die Zeremonie leiten.«

Nur mühsam konnte Nemenhat den lebhaften Eindruck verbergen, den Chaemwese auf ihn machte. Er hatte schon viele Priester gesehen, aber niemals einen wie diesen. Der Mann, den er vor sich sah, strahlte eine Aura von Macht und Würde aus, die wie ein Parfüm wirkte – man konnte sich ihm nicht entziehen. Er war von Kopf bis Fuß rasiert, sogar Augenbrauen und Wimpern fehlten, und sah so ungewöhnlich aus, als käme er aus einer anderen Welt. Er trug eine Tunika aus makellosem Leinen, wie Nemenhat es noch nie gesehen hatte. Nicht ein Edelstein oder eine Perle schmückten seinen Körper, nur der Stab, den er bei sich trug, war am Ende mit einem Djed-Pfeiler aus fein gearbeitetem Elfenbein verziert.

Der Junge blickte zaghaft auf, ohne seine Schüchternheit verhehlen zu können, und traf auf Augen, die ihn sofort in ihren Bann zogen. Beim Anblick des Mannes lief es ihm kalt über den

Rücken, und er empfand ein Gefühl tiefster Verlorenheit, das er während seines ganzen Lebens nie wieder vergessen würde. Er hatte keine Erklärung dafür, er wusste nur, dass dieser Mann seinen eigenen Willen außer Kraft setzte.

Der Priester gab ihnen ein Zeichen, und sie betraten die Tempelanlage. Nemenhat hatte noch nie etwas Vergleichbares gesehen. Der erste Pylon öffnete sich vor ihm wie eine Welt, von deren Existenz er keine Ahnung gehabt hatte. Er stand vor einem riesigen Platz, auf dem rege Betriebsamkeit herrschte. Hunderte von Menschen, die alle im Dienst des Tempels standen, gingen ihren zahllosen Pflichten nach. Nicht ohne Grund war der Ptah-Tempel, wie der von Karnak, vollständig autark. Hier wurde alles hergestellt, was zum täglichen Leben erforderlich war, was natürlich auch die Arbeit auf den Feldern und die Lagerung des Getreides einschloss. In den gewaltigen Getreidespeichern des Tempels lagerte die gesamte Ernte der Gegend. Über den Ein- und Ausgang dieser Produkte wurde genauestens Buch geführt wie auch über alles andere, was für das einwandfreie Funktionieren des Tempels von Bedeutung war. Nichts wurde dem Zufall überlassen. Alles war dort, wo es hingehörte, gemäß einer Ordnung, die sich seit zweitausend Jahren bewährt hatte.

Sie traten durch den ersten Pylon mit seinen monumentalen Tortürmen, die nach oben mit einer Hohlkehle abgeschlossen waren, und gingen über einen mit Alabasterstein gepflasterten Weg zu einem weiteren Tor, durch das man in den inneren Hof der Anlage gelangte. Nachdem sie weitere Pylonen passiert hatten, kamen sie schließlich zum Tempel, in dem der Gott wohnte.* Dessen Eingang befand sich in der Mitte einer Mauer, von

* Je weiter man ins Innere des Tempels vordrang, umso mehr nahm das Licht ab, bis man zum Allerheiligsten gelangte, jenem Saal, wo der Gott wohnte und vollkommene Dunkelheit herrschte. Je näher man dem heiligen Schrein, dem Naos, kam, desto niedriger wurden die Räume, wodurch ein Gefühl tiefer Geborgenheit vermittelt wurde.

der mehrere Fahnen flatterten. Sie waren mit den Emblemen des Gottkönigs geschmückt. Zu beiden Seiten des besagten Tores hielten zwei in Stein gemeißelte Ptah-Statuen Wache. Der Gott war in seiner typischen Gestalt dargestellt, ein Mensch mit einer Kappe, der in eine Art Leichentuch gehüllt war und in den Händen den langen Djed-Pfeiler hielt, das Symbol für die Macht.

Durch dieses Tor durfte niemand treten, bis auf die Tempeldiener und den *Hem-netjer-tepy*, den Obersten Diener des Gottes, in diesem Fall der Obermeister des Handwerks.*

Rechts vom Eingang führte ein langer Säulengang zu weiteren Tempelbauten. Chaemwese gab ihnen einen Wink, ihm durch den Säulengang zu folgen. Schließlich gelangten sie zu einem breiten Hof, in dem sich zwei kleine Tempel befanden. Der eine war Sachmet geweiht, der Gemahlin von Ptah; der andere Nefertem, dem ewig Jungen und Sohn der beiden, der mit einer Lotusblüte auf dem Kopf dasaß.

Seneb und Nemenhat folgten dem Gang, umgeben von vollkommener Stille, die nur durch das Geräusch der weißen Priestersandalen unterbrochen wurde. Sie gingen direkt auf ein kleines Gebäude neben dem Tempel zu, der der Löwengöttin geweiht war und wo alle möglichen medizinischen Eingriffe durchgeführt wurden. In seinem Innern folgten sie einem breiten Gang, von dem verschiedene Kammern abgingen, bis sie zu einem Hof gelangten, in dessen Mitte sich eine Statue der Göttin befand. Von dort aus erteilte Sachmet allen Räumen ihren Segen, damit die durchgeführten Behandlungen ihre Wirkung entfalten konnten.

Schließlich gelangten sie zu einem Raum, in dem alles für den

* Je näher man dem Allerheiligsten des Gottes kam, desto eingeschränkter war der Zutritt, auch für die Tempeldiener. Das Sanktuarium durften nur der Pharao (als Reinkarnation des Gottes auf Erden), der Hohepriester und all jene Priester betreten, die die täglichen Dienste verrichten mussten: ihn waschen, salben, ankleiden, ihm Opfer bringen oder Ähnliches.

Eingriff vorbereitet war. Ein Bett aus Alabaster mit einer Ablage, auf der sich verschiedene kleine Gefäße mit unbekannten Arzneien befanden, und direkt daneben ein Becken aus Granit mit klarem Wasser. Auf einem Steintisch sah man eine Vielzahl von Werkzeugen, Messer in verschiedenen Größen und Formen, Pinzetten und Zangen. Der Duft frisch verbrannten Weihrauchs hing in der Luft. Hier erwartete sie ein Mann mit finsterem Blick. Er wechselte einige Worte mit Chaemwese und reichte Nemenhat einen Becher mit einer Arznei, die dieser widerstandslos schluckte. Sie schmeckte furchtbar bitter, doch nach kurzer Zeit spürte er, wie sein Körper immer schläfriger wurde. Was von diesem Moment an geschah, konnte der Junge sich später nur noch vage ins Gedächtnis zurückrufen. Wie der Priester sich die Hände über dem Granitbecken wusch und mit dem rituellen Messer aus Silex in der Hand auf ihn zukam.

Wie viele Beschneidungen dieses Messer wohl schon hinter sich hat?, fragte er sich im Geiste, aber zu mehr reichte es nicht.

Dann spürte er, wie zwei starke Hände seine Unterarme festhielten und man ihm den Schurz abstreifte. Stumpf blickte er zu dem kräftigen Gehilfen auf, der ihn festhielt, doch dessen ausdruckslose Augen schienen durch ihn hindurchzusehen. Die seltsame Litanei, die Seneb und der Priester im Chor sangen, vernahm er wie aus weiter Ferne. Es waren eigenartige Worte, die er nie zuvor gehört hatte, unzusammenhängende Sätze, in einer Sprache, die er nicht kannte. Und trotzdem klangen sie in seinem tiefsten Inneren ganz natürlich und angenehm.

Er sah, wie Seneb aus einem alten Papyrus, den er in der Hand hielt, einzelne Sätze vorlas und Chaemwese mit seiner tiefen Stimme, die geradewegs aus dem Amenti zu kommen schien, mechanisch darauf antwortete. Erst da wurde ihm klar, dass sie in einem sehr alten Ägyptisch sprachen.

Wer weiß, vielleicht ist dieser Papyrus tausende von Jahren alt, dachte er.

Er versuchte, sich zu konzentrieren, und vernahm Worte, die mit unterschiedlichem Akzent gesprochen wurden, ehe ihm schwarz vor Augen wurde und er gar nichts mehr hörte.

Ob ich träume?, fragte er sich verwirrt, als eine in Weiß gekleidete Gestalt sich über ihn beugte und nach seinem Glied griff.

Schwierig zu beantworten, wenn man sich gerade wie ein zeitloses Wesen fühlt und zu keinerlei Reaktion fähig ist. Chaemwese beugte sich herab und durchtrennte die Haut um die Eichel. Alles war diffus und unwirklich, sogar der Schnitt kam ihm wie etwas weit Entferntes vor, obwohl sein Innerstes ihm immer wieder sagte, dass es Wirklichkeit war und nicht etwa ein Traum.

Wie viel Zeit war vergangen? Wie sollte er das wissen? Er spürte nur den unwirklichen Eingriff des Arztes und hörte eine tiefe, mächtige Stimme, die zu ihm sprach, obwohl er nichts von dem verstand, was sie ihm sagte. Als er versuchte zu antworten und kein einziges Wort herausbekam, fühlte er sich plötzlich hilflos und ausgeliefert.

Zwei Hände reichten ihm erneut einen Becher. Er schmeckte frisch und stimulierend.

»Ein Aufguss aus Johannisbrot«, glaubte er aus weiter Ferne zu hören.

Nach einer Weile gewannen seine Gedanken wieder an Klarheit, obwohl er noch benommen war. Wieder hörte er die Gebete der Männer. Sie schienen für die Zeremonie von größter Bedeutung zu sein. Dann rollte Chaemwese den Papyrus zusammen, sah dem Jungen in die Augen und sagte mit feierlicher Stimme:

»Jetzt bist du in den Augen der Götter rein, Nemenhat.«

Die Worte lösten anscheinend eine Art Rückkehr in die Wirklichkeit aus, denn jetzt konnte Nemenhat alles, was im Raum um ihn herum geschah, wieder deutlich erkennen. Er beobachtete, wie der Arzt einen Verband um sein Glied wickelte.

»Eine Mischung aus Weihrauch, dem Fruchtfleisch des Johannisbrotes und Ochsenfett«, hörte er den Arzt an Seneb gerichtet erklären. »Es wird die Wunde abheilen lassen. Und damit sie entsprechend vernarbt, tust du noch etwas Wachs und Ziegenfett zu der Mischung und lässt sie an der Luft trocknen.«

Seneb nickte schweigend, bevor er Nemenhat auf die Beine half.

Bevor er aus dem Raum hinkte, sah er Chaemwese noch einmal in die Augen und fühlte erneut die Macht, die von ihnen ausging.

Als sie über den großen Hof auf das Haupttor zugingen, spürte er ein starkes Brennen im Penis.

Seneb hörte sein Stöhnen und sah ihn an.

»Das ist der Preis für deine Reinheit«, erklärte er ihm ruhig.

»Ja, jetzt bin ich vor den Augen der Götter rein«, stammelte Nemenhat mechanisch die Worte des Priesters nach.

Sie traten durch den ersten Pylon und verließen die Tempelanlage. Draußen saßen neben einigen Weidenröschen Min und Schepsenure im Schatten und warteten auf sie. Als sie den hinkenden Jungen sahen, eilten sie ihnen entgegen. Schepsenure konnte nicht verbergen, wie tief bewegt er war. Jetzt war Nemenhat ein richtiger Mann.

Während er auf ihn wartete, hatte sich seine Einstellung gegenüber der Priesterschaft etwas verändert, denn er hatte für den Eingriff keinen einzigen Deben zahlen müssen. Es war das erste Mal in seinem Leben, dass eine Institution etwas für ihn tat, und so konnte er eine gewisse Fröhlichkeit nicht verhehlen. Vor allem, weil er für einen Arzt wie diesen normalerweise mindestens zwanzig Deben in Kupfer hätte zahlen müssen.

»Bei allen Geistern des Amenti. So viel Geschicklichkeit habe ich noch nie gesehen«, rief Kasekemut begeistert.

Nemenhat warf ihm einen spöttischen Blick zu und zog einen weiteren Pfeil aus dem Köcher. Während er seinen Freund aus den Augenwinkeln betrachtete, spannte er den Bogen erneut und schoss. Wieder traf er ins Schwarze.

»Unglaublich!«, rief Kasekemut erneut. »Jedes Mal ein Volltreffer. Gib es zu, du hast einen Pakt mit Month* geschlossen. Kein Zweifel, er führt deinen Arm.«

Nemenhat lachte entzückt angesichts der Begeisterung seines Freundes. Er war selbst vernarrt in den neuen Zeitvertreib, den Kasekemut ihm beigebracht hatte. Nie zuvor hatte er mit Pfeil und Bogen geschossen, doch wenn man ihn sah, hätte man meinen können, dass er von Kind auf damit hantiert hatte.

»Nicht zu fassen!«, wiederholte Kasekemut und kratzte sich am Kopf. »Eins ist sicher, du bist der geborene Bogenschütze. Die Pfeile landen da, wo du sie haben willst, und das auf eine Entfernung von mehr als zweihundert Ellen! Du solltest ins Heer eintreten. Ich habe dort niemanden gesehen, der so treffsicher ist wie du.«

»Ich glaube nicht, dass ich im Heer besonders glücklich wäre«, antwortete Nemenhat und zielte sorgfältig. »Außerdem bin ich ganz sicher, dass der Pharao auf meine Dienste verzichten kann.«

»Heilige Götter! Das müsste Userhet sehen! Ich wette, er würde dich auf der Stelle nehmen.«

»Dann kann ich nur hoffen, dass er nichts davon erfährt, mein Freund«, entgegnete Nemenhat lächelnd und reichte Kasekemut den Bogen zurück. »Wenn er uns jetzt zusähe, würde sich meine Treffsicherheit bestimmt erheblich verschlechtern.«

»Wirklich schade«, sagte Kasekemut enttäuscht. »Der Pharao höchstpersönlich würde dich in seine Dienste aufnehmen, und wer weiß, vielleicht würdest du sogar an seiner Seite im Streitwagen fahren.«

»Das will ich gern anderen überlassen«, winkte Nemenhat ab

* Kriegsgott des Gaus von Theben, berühmt für seine gewaltige Kraft, mit der er die Feinde Ägyptens unterwirft.

und setzte sich in den dichten Schatten einer Palme. »Ich bin kein Kämpfer, aber aus dir ist ein echter Krieger geworden. Immerhin hast du es schon zum gemeinen Soldaten gebracht. Jeder fängt klein an.«

»Ja«, antwortete Kasekemut, während sich sein Blick im dichten Laubwerk verlor. »Aber ich kann dir versichern, dass ich eines Tages General werde. Ich bin überzeugt, dass die schwerste Hürde schon genommen ist. Für Menschen wie uns besteht die Schwierigkeit darin, in der Offiziersschule angenommen zu werden. Aber wenn man erst einmal drin ist, ist der Weg so klar wie das Morgenlicht. Die Hürde der Musterung habe ich hinter mir, jetzt warte ich nur noch auf eine Gelegenheit, mich hervorzutun.«

»Du meinst, du wartest, dass Ägypten in den Krieg zieht?«

Es folgte eine unangenehme Stille, in der nur das Zwitschern der Vögel zu hören war. Kasekemut beugte sich leicht vor und sah seinen Freund an.

»Möglich, dass dies viel eher der Fall ist, als du denkst«, sagte er leise.

»Ja, ich habe diese Gerüchte in der Stadt gehört, aber ich glaube nicht, dass man ihnen trauen sollte. Wenn wir alles für bare Münze nähmen, was man sich erzählt, kämen wir niemals zur Ruhe.«

»Ich rede nicht von Gerüchten, Nemenhat. Wir haben es mit einer realen Bedrohung zu tun, und es ist nur noch eine Frage der Zeit, bis unser Heer in die Schlacht zieht.«

Nemenhat warf seinem Freund einen verwirrten Blick zu.

»Tut mir Leid, mein Freund, aber mehr darf ich dir nicht verraten. Nicht dass ich es aus sicherer Quelle weiß, aber in der Garnison spricht man über nichts anderes.«

»Diese Bedrohung wird doch wenigstens einen Namen haben, oder?«

»Ja, die Völker, die am Anfang der Erde leben«, antwortete Kasekemut verächtlich.

»Meinst du die Libyer?«

»Ja, die *libu* und die *meschwesch*«, erklärte Kasekemut und spuckte aus.

»Soweit ich weiß, hat der Pharao Merenptah ihnen erst vor nicht allzu langer Zeit eine ordentliche Lektion erteilt.«

»Wie du siehst, hat sie nicht viel genützt. Man muss das Problem auf eine andere Art lösen.«

»Welche meinst du?«

»Man muss sie ausrotten«, antwortete Kasekemut und kaute nervös auf einem Grashalm.

»Ist das dein Ernst? Seit Jahrhunderten führen wir Krieg gegen die Libyer, schließlich sind wir Nachbarn, da ist es doch ganz normal, dass es Streitigkeiten gibt. Außerdem glaube ich nicht, dass wir sie wirklich ausrotten könnten.«

»Wenn wir es nicht tun«, erwiderte Kasekemut und spuckte erneut aus, »werden sie sich unser Land einfach nehmen.«

»Dann erklär mir mal, wie wir das anstellen würden. Soweit ich weiß, besteht unser Heer aus tausenden von libyschen Söldnern. Meinst du wirklich, sie würden ihre eigenen Brüder ausrotten?«

»Ja, stimmt, die meisten unserer Fußsoldaten sind Libyer. Die *kehek* sind ausgezeichnete Söldner, und fast alle dienen in der Division von Re, ›die mit den unzähligen Armen‹*. Verstehst du jetzt, warum wir es mit einem sehr ernsten Problem zu tun haben? Unser gesamtes Heer besteht fast ausschließlich aus Söldnern, nicht nur Libyern, sondern auch Scherdenu, Syrern, Philistern, Nubiern … und aus vielen anderen verschiedenen Völkern. Aber Söldner, Nemenhat, sind Abschaum, sie verkaufen sich an den Meistbietenden. Zum Glück ist es in diesem Fall unser göttlicher Pharao. Aber auf so unsicheren Pfeilern können wir kein Reich aufbauen.«

* Bezeichnung für die Division von Re.

»Die Söldner gehören seit langem zu unserem Heer. Sie waren stets loyal.«

»Ja, ich weiß, der größte aller lebenden Götter, den dieses Land je hervorgebracht hat, Ramses II., hat die Söldner in unser Heer eingegliedert. Die Scherdenu waren sogar seine Leibgarde. Aber glaub mir, diese Menschen sind nur dem Deben gegenüber loyal.«

Nemenhat musterte seinen Freund aufmerksam. Dessen stolzer Blick strotzte wie immer vor ungezügelter Angriffslust, die durch seine schneidende, kategorische Art zu sprechen noch betont wurde. Zudem hatte er die Gewohnheit angenommen, beim Sprechen das kantige Kinn in die Höhe zu recken, und jetzt vermittelte sein Gesicht den Eindruck, als sei er im Besitz der einzigen Wahrheit, jeglicher Widerspruch daher sinnlos.

»Deine Worte malen unsere Zukunft in düsteren Farben, Kasekemut, ganz so schlimm wird es schon nicht werden.«

»Sollte ich die Lage eigens für dich etwa rosiger darstellen, als sie ist?«, entgegnete Kasekemut spöttisch.

»Was sollten wir also deiner Meinung nach tun?«

»Es wäre töricht zu behaupten, ich wüsste die Lösung. Aber ich kann dir verraten, dass ich weiß, wie wir sie finden.«

»Na dann, wenn du den Weg kennst, dann weiß ich nicht, warum wir uns Sorgen machen sollten«, entgegnete Nemenhat spöttisch.

»Mach dich nicht lustig, Nemenhat«, wies ihn Kasekemut barsch zurecht. »Allein dass wir uns eines Problems bewusst werden, ist schon die halbe Lösung.«

»Nun, dann bin ich gespannt.«

»Na ja«, antwortete Kasekemut und kehrte zu seinem anfänglichen, eher vorsichtigen Ton zurück. »Ich gebe zu, dass das meinen Horizont übersteigt, schließlich bin ich nur ein einfacher Soldat. Noch!«

Nemenhat sah ihn lächelnd an.

»Trotzdem gibt es eine reale Möglichkeit, Nemenhat. Glaub

mir, jetzt ist der geeignete Augenblick. Wir hatten schon sehr lange keinen lebenden Gott wie diesen. Unser Pharao hat sich fest vorgenommen, in die Fußstapfen der größten Götter zu treten, die dieses Land regiert haben. Und er weiß, dass nur ein starkes Heer unsere Grenzen vor den Schakalen schützen kann, die uns umgeben. Ein Heer, das aus ägyptischen Soldaten besteht und dem Pharao jederzeit treu ergeben ist.«

»Ich fürchte, das ist wirklich ein Problem, Kasekemut, weil unsere Bauern nicht die geringste Lust verspüren, Soldat zu werden.«

»Kein Wunder, bei dem mickrigen Lohn ist niemand bereit, aus Liebe zu Sachmet* unsägliche Strapazen auf sich zu nehmen. Aber wenn man jedem Soldaten ein kleines Stück Land versprechen würde, wo er sich im Alter niederlassen kann, und auch einen größeren Anteil an der Kriegsbeute, würde das Problem bald verschwinden, das kann ich dir versichern.«

»Bloß hätten wir dann ein anderes Problem. Das meiste fruchtbare Land in Ägypten gehört nämlich den Tempeln, und ich glaube kaum, dass die Priesterschaft bereit wäre, großzügige Geschenke zu verteilen. Der Pharao könnte den Soldaten höchstens das Land schenken, das die Totenstädte umgibt«, erklärte Nemenhat scharf. »Die Zeiten, in denen er die Mutigen mit fruchtbaren Ländereien belohnen konnte, gehören längst der Vergangenheit an.«

»Aber dorthin müssen wir zurückkehren.«

»Ach wirklich? Und wie willst du die anderen überzeugen? Meinst du, die Priester des Amun oder des Ptah würden auf ihre Ländereien verzichten, damit der Pharao sie seinen einfachen Soldaten schenkt? Diese Notwendigkeit sehen sie nicht.«

»Ja, ich weiß, die Priesterschaft ist eine echte Bürde für unser

* Die Göttin Sachmet stellte als Kriegsgöttin auch die Macht des Pharaos dar.

Reich, und nicht nur, weil sie fast das ganze Land besitzt. Sie beansprucht sogar den größten Teil an der Kriegsbeute. Das muss geändert werden, Nemenhat.«

»Das ist schon mehrmals vergeblich versucht worden. Heißt es nicht, es hätte einen Pharao gegeben, der die Macht der Priester brach und den man später vollkommen aus unserer Erinnerung getilgt hat?* Mach dir nichts vor, Kasekemut, sie sind die eigentlichen Herrscher in Ägypten.«

Kasekemut warf seinem Freund einen abwesenden Blick zu, und seine Augen waren unergründlicher als der tiefste Brunnen.

Nemenhat glaubte einen Schatten der Sorge darin zu erkennen. Einer Sorge, deren Ursprung er nicht kannte, die seinen Freund aber offensichtlich beschäftigte. Das eine Jahr, das er weg gewesen war, hatte ihn deutlich verändert. Er war nicht nur körperlich zu einem Mann gereift, sondern auch im Geiste. Von dem übermütigen Jungen, der durch die schmalen Gassen lief und seine albernen Streiche spielte, war nichts übrig geblieben. Ein Jahr im Heer hatte aus Kasekemut einen anderen Menschen gemacht. Seine Zukunftsträume hatten so gut wie nichts mehr mit denen seines Freundes gemein. Ihre Einstellung zu bestimmten Dingen war gelegentlich ganz entgegengesetzt, und Nemenhat, der stets darauf bedacht war, sachlich zu diskutieren, bemerkte erschrocken, dass Kasekemut seinen Fragen sofort auswich, wenn ihm die Argumente ausgingen.

Trotzdem empfand Nemenhat nach wie vor eine starke Zuneigung für ihn, er war wie der Bruder, den er sich stets gewünscht hatte.

Jetzt wachte Kasekemut aus der Trance auf, in der er für kurze Zeit versunken war.

»Wir müssen los«, erklärte er knapp. »Es wird spät, und ich will vor Einbruch der Nacht in Memphis sein.«

* Gemeint ist der Pharao Echnaton.

Dann fügte er mit einem verschmitzten Lächeln hinzu:

»Ich habe noch einiges zu erledigen. Komm, ich erzähl es dir unterwegs.«

Was er meinte, reduzierte sich bald auf ein einziges Thema: Kadesch. Kasekemut wollte seinen ersten Urlaub dazu nutzen, sich endgültig mit dem Mädchen zu verloben. Und dafür hatte er sich einen Plan ausgedacht.

Als Erstes musste er natürlich Kadeschs Einwilligung einholen, aber das machte ihm keinerlei Sorgen, denn in seiner Anmaßung hatte er nicht den geringsten Zweifel, dass das Mädchen zustimmen würde.

Als Nächstes musste er die vielen Schmeißfliegen, die in letzter Zeit um sie herumschwirrten, in die Schranken verweisen. Es würde genügen, an einem dieser Kerle ein Exempel zu statuieren, damit die anderen seinen Anspruch respektierten. Auch das bereitete ihm kein Kopfzerbrechen. Sollte ihn einer von ihnen herausfordern, käme es ihm sogar höchst gelegen.

Dann wurde es schon etwas schwieriger, denn er brauchte auch die Einwilligung der Mutter des Mädchens, und Heret wäre sicher kaum geneigt, ihre Tochter einem unbedeutenden Soldaten im Heer des Pharaos zu überlassen. Um sie zu überzeugen, hatte er Userhet gebeten, ihm beizustehen. Die Fürsprache eines nationalen Helden, so meinte er, würde seine Position stärken, obwohl er sich keine allzu großen Illusionen machte und eher auf Kadeschs Hartnäckigkeit baute.

Nemenhat war zunächst verblüfft. Sein Freund hatte aus einer einfachen Brautwerbung einen militärischen Feldzug gemacht. Der Verlauf war völlig egal, nur auf das Ergebnis kam es an: Kadesch. Doch sein Staunen verwandelte sich bald in Enttäuschung. Sein Freund hatte in seiner grenzenlosen Überheblichkeit nicht einmal an die Möglichkeit gedacht, dass mittlerweile jemand anders das Herz des Mädchens hätte erobern können. Er selbst eingeschlossen. Es gab Nächte, in denen Nemenhat sie einfach nicht aus dem Kopf bekam und sich immer wieder vorstellte, wie er sie mit Zärtlichkeiten überschüttete und bis zur Erschöpfung liebte. Zwar machte er sich keine falschen Hoffnungen, jemals ihre Zuneigung gewinnen zu können, aber die überhebliche Art, mit der sein Freund sie zu erobern gedachte, war ihm zuwider.

Am selben Abend gingen sie in die Schenke. Nemenhat hatte eigentlich gar keine Lust, konnte sich aber dem Drängen seines Freundes nicht widersetzen und stimmte schließlich zu.

Es war eine Ewigkeit her, seit er dort gewesen war. Das Lokal »Zur fröhlichen Sachmet« hatte sich nicht verändert. Im Innern erwarteten sie bereits mehrere Soldaten, und als Kasekemut sie sah, strahlte er über das ganze Gesicht.

Nemenhat erkannte Userhet wieder, die anderen sah er zum ersten und hoffentlich auch zum letzten Mal, denn ihr Äußeres war wirklich Furcht erregend. Noch nie im Leben hatte er derart vernarbte Gesichter und finstere Blicke gesehen. Sie hatten mehr mit Geistern aus der Totenwelt als mit Menschen gemein.

Nemenhat wahrte die Fassung, so gut es ging, was nicht leicht war, denn er hatte sich nicht vorstellen können, dass man so viel trinken konnte wie sie in jener Nacht. Einer der Männer, ein Soldat aus Kusch*, dessen Schultern so breit waren wie ein Kapitell, setzte den Krug die ganze Nacht nicht ab.

Sheu, der Wirt, brachte ihnen immer stärker gewürztes Bier und danach so viel Wein, wie sie nur in sich hineinschütten konnten. Und das war nicht wenig. Da er wusste, dass es später beim Zahlen der Zeche Ärger geben würde, setzte er ihnen den billigsten Wein vor, den er hatte. Am Ende waren sie alle vollkommen betrunken. Zwischen den Krügen besprachen sie die Grundlinien des Plans, den Kasekemut ausgeheckt hatte, und malten sich alle möglichen Schweinereien aus, die sie mit seiner zukünftigen Schwiegermutter Heret anstellen würden. Der Mann aus Kusch,

* Kusch war das heutige Äthiopien.

der die ganze Nacht kein Wort gesagt hatte, schlug vor, sie zu heiraten, woraufhin Kasekemut vor Lachen fast gestorben wäre.

Als Nemenhat bemerkte, dass alle derart betrunken waren, dass sie sich nur noch mit Mühe und Not auf ihren Stühlen hielten und so gut wie nichts mehr wahrnahmen, stand er diskret auf und torkelte hinaus.

Trotz seines benebelten Zustandes wurde ihm auf dem Heimweg klar, dass sich ihrer beider Wege getrennt hatten. Wehmütig dachte er an die früheren Zeiten, als sie so sorglos und fröhlich gewesen waren. Doch das führte zu nichts; die Zeit bleibt nicht stehen, und die Menschen verändern sich. Oder sind wir es selbst, die früher nicht sahen, was wir heute sehen?

Der Monat Thot, der erste in der Überschwemmungszeit Achet, war heiß wie immer. Die Menschen standen noch vor dem Sonnenaufgang auf und nutzten die kühlen Morgenstunden, um ihren täglichen Pflichten nachzugehen. Sobald die Sonne ihren Zenit erreichte, waren die Straßen wie leer gefegt. Dann suchten die Bewohner vor der unerträglichen, drückenden Hitze Schutz in ihren Häusern. Daher bauten die Händler ihre Stände schon im Morgengrauen auf, um im Licht der ersten Sonnenstrahlen ihre Waren bereitzuhalten.

Kasekemut torkelte mit Mühe und Not die Gasse entlang. Sein Schädel dröhnte; er hatte das Gefühl, als würde er mit jedem Schritt platzen. Es war, als hätten sich sämtliche Geister des Jenseits in seinem Kopf versammelt, um zu Ehren der abscheulichen Apophisschlange einen Freudentanz aufzuführen. Dabei wusste er natürlich, dass all das mit Geistern herzlich wenig zu tun hatte und allein das Werk des Wirtes war.

»Möge Ammit seine Seele verschlingen!«, fluchte er im Gehen leise vor sich hin.

Gelegentlich krümmte er sich zusammen, weil ihm ein Stich durch den Magen fuhr, und stieß immer neue Flüche aus.

»Nie wieder im Leben rühre ich das Zeug an«, schwor er sich reuevoll.

Doch dann fiel ihm ein, dass es weniger am Wein lag als daran, wie Sheu die Getränke mischte. Tatsächlich hatte der Wirt, als er bemerkte, wie betrunken sie waren, ihnen den billigsten Wein gebracht, den er auf Lager hatte, und ihm ein wenig *schedeh* beigemischt, um die Wirkung zu verstärken. Doch hatte er nicht mit der übermenschlichen Trinkfestigkeit von Userhet gerechnet, der als alter Hase die Schandtat bemerkte und einen Wutanfall bekam, den die Gesamtheit der Götter nicht hätte besänftigen können.

Er griff blindlings nach allem, was in seiner Reichweite war, und bewarf den entsetzten Wirt damit. Wütend wie ein wilder Stier versuchte er, ihn zu treffen, was gar nicht so leicht war, denn der Mann huschte die ganze Zeit vor Userhets benebelten Augen hin und her. Schließlich kam ihm sein Freund, der Mann aus Kusch, zu Hilfe und fing mit gleicher Rücksichtslosigkeit an, die Einrichtung zu zertrümmern.

»So etwas gibt man nicht mal Wüstenkamelen zu trinken!«, brüllte Userhet bei jedem Wurf.

Während die Schemel und Tische durch die Luft flogen, hatte sich der Wirt in eine Ecke verkrochen und musste nun zusehen, wie die zwei Rabauken sich daranmachten, einen der Holzbalken, die das Dach hielten, aus seiner Verankerung im Boden zu reißen.

»Heilige Isis, beschütze uns!«, heulte der Wirt. »Wir müssen hier raus, bevor die Decke einstürzt!«

In der Schenke herrschte ein völliges Durcheinander. Die Gäste rannten auf den Ausgang zu, um nicht von der einstürzenden Decke erschlagen zu werden, Soldaten nutzten den allgemeinen Tumult, um alte Rechnungen untereinander zu begleichen, der Wirt versuchte, sich bis zur Tür durchzuschlagen, im Bewusstsein, dass es nichts mehr zu retten gab, während die beiden Krieger mit aller Kraft an dem Balken rüttelten.

Als der sich zu bewegen schien, kletterte der Mann aus Kusch geschickt an ihm hinauf und schaukelte wie ein Besessener hin und her. Es war nur eine Frage der Zeit, bis der Balken nachgab. Schließlich schrie Userhet, so laut er konnte, und riss den Balken mit einem übermenschlichen Kraftakt aus der Verankerung. Man hörte erst ein trockenes Knirschen, dann stürzte er mitsamt dem Mann aus Kusch, der sich immer noch daran festklammerte, zu Boden. Die Katastrophe ließ sich nicht mehr aufhalten. Wie zu erwarten, brach daraufhin das halbe Lehmdach zusammen und fiel auf sie herab. Das Lokal verwandelte sich in ein Chaos aus Geschrei und aufgewirbeltem Staub.

Sachmet hatte ihre wahre Natur offenbart. In diesem Haus würde so schnell kein Fest mehr gefeiert werden.

Nun ja, dachte Kasekemut, wenigstens ist die Göttin ihrem Ruf treu geblieben, und er grinste in sich hinein.

Im selben Augenblick stolperte er über eine Kiste und fluchte laut. Der arme Händler, der dabei war, sein Gemüse zum Verkauf aufzustellen, sah ihn verwirrt an. Als er den finsteren und herausfordernden Blick des jungen Mannes erkannte, hielt er es für besser, seiner Arbeit nachzugehen, als sei nichts geschehen.

In der Tat war der Tag nicht der beste für die heikle Mission, die er sich vorgenommen hatte, denn in dieser Laune konnte Kasekemut leicht einen seiner berühmten Wutanfälle bekommen, der all seine Pläne für die Zukunft mit einem Schlag zunichte gemacht hätte. Doch seine Entschlossenheit war stärker als seine Gemütsverfassung. Sie trieb ihn weiter an und ließ ihn seine Übelkeit vergessen.

Als er sein Ziel fast erreicht hatte, brach der Morgen gerade an. In den Straßen wimmelte es von Menschen, sodass er kaum voran kam, weil er allen möglichen Hindernissen ausweichen musste, Ständen, Karren, Menschen oder Tieren. Es war noch früh, und Kasekemut bestellte an einem der Stände im oberen Teil der Gasse ein Stück Honigkuchen und einen Becher frisch gemolkener Ziegenmilch. Von dort hatte er die Menschenmassen, die kamen und gingen, im Blick, sodass er Kadesch sofort erkennen würde, wenn sie auftauchte. Während er an seiner Milch nippte, dachte er darüber nach, wie er sie am besten ansprechen sollte, doch nach kurzer Überlegung kam er zu dem Schluss, dass das nicht allzu wichtig war. Wie immer würde seine natürliche Spontaneität den Ausschlag geben.

Nach der erfrischenden Stärkung fühlte er sich schon viel besser, er konnte sogar wieder Scherze mit einigen Händlern machen, die sich in den Kopf gesetzt hatten, ihm ein paar weiße Ledersandalen zu verkaufen, wie die Priester sie trugen.

»Meine Füße werden das Letzte sein, was ich reinige«, scherzte er spöttisch. »Viel dringender bräuchte meine Seele solche Sandalen.«

Die Verkäufer lachten und nutzten die Gelegenheit zu allerlei Kommentaren, während sie leidenschaftlich ihrer Lieblingsbeschäftigung nachgingen: Witze erzählen.

Kasekemut kniff die Augen zusammen und suchte das Mädchen. Aber er sah nur das wilde Durcheinander des Marktes, wo inmitten eines ohrenbetäubenden Lärms mit Waren jeder Art gehandelt wurde.

Er blickte zum Himmel auf. Die ersten Sonnenstrahlen trafen sein Gesicht. Er atmete tief ein, als wollte er sie in sich aufnehmen, und schloss die Augen. Er konnte fühlen, wie der göttliche Re bis in den verborgensten Winkel seines Körpers drang und jede Faser mit seiner Energie erfüllte. Es war ein Genuss, den er jeden Morgen aufs Neue suchte. Er behauptete sogar, dass er auf diese Weise ganz Ägypten in sich aufnahm, das Land, das er über alles liebte.

Einen Augenblick lang öffnete er die Augen, schloss sie aber sofort wieder, weil er sich das wohlige Gefühl erhalten wollte. Für eine Weile versank er in seliger Trägheit, in der die Zeit aufgehoben schien. Diese heilenden Strahlen waren genau das, was er jetzt brauchte. Er vergaß alles andere um sich herum. Wie lange dauerte dieser Zustand an? Er wusste es nicht, vielleicht nur einen kurzen Augenblick, doch das war ihm egal, denn das Gefühl an sich war vollkommen zeitlos. Schließlich seufzte er, blinzelte und kehrte wieder in die wirkliche Welt zurück.

Anfangs schien alles unverändert zu sein, doch dann sah er, wie sich etwas weiter unten in der Gasse die Menschenmenge teilte, um jemanden durchzulassen. Kurz darauf, als das Mädchen an ihnen vorbeischritt, verstummten plötzlich die Schreie, mit denen die Händler ihre Waren anpriesen.

Jetzt erkannte Kasekemut sie ganz deutlich. Sein Puls schlug so heftig wie kurz vor der Schlacht.

Sie war die schönste Frau, die er jemals gesehen hatte, und die Menschen ließen sie durch, ohne dass sie auch nur darum bitten musste. Die ganze Gasse öffnete sich vor ihr, denn es war offensichtlich, dass sie hier die heimliche Herrscherin war.

»Sie ist die Königin, die Königin aller Straßen in Memphis«, sagte er sich entzückt.

Während der einjährigen Trennung hatte sich das hübsche, wohlgeformte Mädchen in eine rassige Frau verwandelt. Kein Wunder, dass alle innehielten, wenn eine solche Schönheit an ihnen vorbeikam. Es waren unbezahlbare Augenblicke. Die Männer standen mit offenem Mund da und starrten dann mit leerem Blick jenem Geschöpf hinterher, das mit dem Korb auf dem Kopf und schwingenden Hüften durch die Gasse stolzierte: der Inbegriff weiblicher Verführung.

»Dich kann nur Chnum* gezeugt haben!«, sagte eine Stimme aus der Menge.

»O ja«, riefen einige im Chor. »Chnum, der Töpfer, der Schöpfer des Lebens, er muss dein Vater gewesen sein, denn du bist eine Königin unter den Menschen.«

* Schöpfergott, der Menschen aus Lehm formt, um sie später mit dem Samen in den Mutterleib zu verpflanzen.

»Niemals haben wir solche Schönheit gesehen«, riefen andere.

Kadesch schritt weiter die Gasse entlang, stolz wie eine Königin, aufrecht wie eine Göttin. Die Straße gehörte nur ihr.

Es war seltsam, wie unbefangen das einfache Volk auf der Straße Kadesch in den Pantheon der ägyptischen Götter erhoben hatte, doch was anfangs noch ein Scherz gewesen war, hatte sich mittlerweile in eine Tatsache verwandelt, und es gab nicht wenige, die ganz offen die Ansicht vertraten, nur Chnum könne aus seinem Lehm ein derart vollkommenes Geschöpf geschaffen haben.

»Machen wir uns nichts vor«, sagten manche. »Ihre Mutter, die arme Heret, ist nicht gerade eine Schönheit. Woher soll sonst so viel Anmut kommen?«

Kasekemut strich die Falten seines kurzen Rockes glatt und fuhr sich mit beiden Händen durch das schwarze Haar.

Die meisten Ägypter schoren sich aus Bequemlichkeit und hygienischen Gründen den Schädel kahl, doch Kasekemut hatte sein Haar lang wachsen lassen, so wie die thebanischen Fürsten der 17. Dynastie, die in einem blutigen und verlustreichen Krieg die Horden der Hyksos aus dem Land vertrieben hatten.

»Ägyptens Glanz kam mit ihnen«, pflegte er zu sagen. »Mit ihnen wurde die 18. Dynastie geboren, die aus unserem Land ein blühendes Reich machte.«

Er war stolz darauf, das Haar wie diese mutigen Krieger zu tragen, auch wenn seitdem vierhundert Jahre vergangen waren.

Erneut strich er sich über den Kopf und bereitete sich auf den ersehnten Augenblick vor.

Die Begegnung kam derart unerwartet, dass Kadesch überrascht stehen blieb. Kasekemut war der Letzte, den sie in der Menschenmenge vermutet hatte, doch jetzt stand er vor ihr mit jener altvertrauten Entschlossenheit, die ihn von allen anderen Menschen in ihrem Bekanntenkreis unterschied.

Als sie ihn sah, empfand sie plötzlich eine innere Unruhe, die sie sich nicht erklären konnte. Von dem einstigen Jungen, der sich vor nicht allzu langer Zeit auf der Suche nach Reichtum und Ruhm dem Heer des Gottkönigs angeschlossen hatte, war nicht viel übrig geblieben. Jetzt stand ein richtiger Mann vor ihr, mit geschwellter Brust und kräftigen Armen, offensichtlich entschlossen, das Versprechen zu erfüllen, das er einst gegeben hatte. Als sie ihm in die Augen schaute, merkte sie, wie sich die Erregung in ihrem Innern steigerte. Er hatte sie im Sturm erobert.

Kasekemut war nicht gerade ein schöner Mann, aber durchaus attraktiv. Er hatte markante männliche Gesichtszüge, volle Lippen und ein kantiges Kinn, das er beim Sprechen leicht anhob, wie um seine angeborene Entschlossenheit zu bekräftigen. Doch seine wahre Persönlichkeit spiegelte sich in den Augen wider. Groß und dunkel strahlten sie mit der Kraft seines unbändigen Temperaments und seiner angeborenen Herrschsucht.

Kadesch wusste, dass jetzt alle Augen auf sie gerichtet waren, und ging einfach weiter. Kasekemut aber war nicht gewillt, ihr auch nur einen Deut nachzugeben. Er lief ihr nach und nahm ihr den Korb ab. Sie versuchte, sich in einem ersten Impuls dagegen zu wehren, aber die Hände gehorchten ihrem Willen nicht mehr.

»Deine Tage als Brotverkäuferin sind gezählt, Kadesch.«

Nachdem sie sich von ihrem ersten Schock erholt hatte, lachte sie leise.

Für Kasekemut klang es wunderschön und doch falsch und hochnäsig. Es war das Lachen einer Frau, die es gewohnt war, ihren Willen durchzusetzen.

»Du glaubst doch nicht, dass ich deinetwegen meine Gewohnheiten ändern werde, oder?«

»Ich bin zurückgekommen, wie ich es dir versprochen hatte, und du weißt, warum«, erwiderte er und sah ihr fest in die Augen.

»Ja, ich weiß, warum. Aber ob ich zustimme, ist eine andere Frage.«

»Ich will nicht lange um den Brei herumreden, Kadesch. Ich möchte, dass du meine Frau wirst.«

Kadesch lachte erneut.

»Wer sagt dir denn, dass ich das will?«

»Ich weiß es, weil du mich genauso liebst wie ich dich.«

»Du bist ganz schön eingebildet, Kasekemut«, entgegnete sie belustigt.

Doch er zuckte nicht mit der Wimper und wich auch nicht von ihrer Seite.

»Liebst du mich wirklich?«, fragte sie arglistig.

»Seit dem Tag, an dem ich dich zum ersten Mal sah, das weißt du.«

»Nun ja, aber das geht vielen Männern so«, antwortete sie kokett.

»Nur können sie dir nicht dasselbe bieten wie ich.«

»Ach, nein?«, rief sie überrascht und lachte laut. »Und was hast du mir zu bieten, Kasekemut? Deine Liebe?«

»Eigentlich sollte dir das reichen«, entgegnete er schroff. »Aber ich weiß ja, dass dir deine Freier jede Menge Versprechen ins Ohr flüstern.«

»Ach ja?«, fragte sie spöttisch.

»Und ob! Aber du brauchst viel mehr als das, um glücklich zu sein.«

Kadesch blieb abrupt stehen und durchbohrte ihn mit ihrem Blick.

»Wie kannst du es wagen, so mit mir zu sprechen? So viel Unverfrorenheit ist mir wirklich noch nie untergekommen!«

Der junge Mann blieb unbeeindruckt und zog sie am Arm hinter sich her.

Eine Zeit lang gingen sie schweigend nebeneinanderher, während Kadesch die Brote bei den Kunden ablieferte.

»Glaub mir, ich kann all deine Wünsche erfüllen«, brach Kasekemut schließlich das Schweigen.

»Du überraschst mich. Verschwindest fast ein Jahr und kehrst mit dem Rangabzeichen eines gemeinen Fußsoldaten wieder, um mein Geschick in deine Hände zu nehmen und meine Wünsche zu befriedigen«, erwiderte sie spöttisch lächelnd.

»Dein stolzes Lächeln besiegt mich nicht«, gab Kasekemut zurück, ohne stehen zu bleiben. »Du hättest irgendeinen reichen Kaufmann heiraten können, der dir jeden Wunsch von den Augen abliest, aber das hätte dir nicht genügt.«

»Woher willst du wissen, was mir genügt oder nicht?«

»Du irrst dich, Kadesch.« Plötzlich blieb Kasekemut mitten auf der Straße stehen, packte die Hand der jungen Frau und drehte sie zu sich herum. »Ich weiß es ganz genau. Seit Tagen, Monaten und Jahren. Nächtelang warst du das einzige Licht, das meine Augen sahen. Du bist so schön, dass dein Körper mehr als jeder andere verdient, in kostbare Stoffe gehüllt zu werden. Aber du stehst in Flammen, ich weiß es, ganz gleich, wie sehr du versuchst, es vor mir zu verheimlichen. Kannst du dir etwa vorstellen, mit einem wohlhabenden Mann verheiratet zu sein, der dich im Bett nicht befriedigen kann, weil ihm sein dicker Bauch im Weg ist?«

Kadesch versuchte, sich mit einem kräftigen Ruck von ihm zu lösen, doch seine Hand hielt sie mit eisernem Griff fest.

»Jetzt hör mir gut zu«, sagte er langsam und sah ihr in die Augen. »Ich werde dich mit allem, was du dir wünschst, überschütten, ich werde jede Nacht deinen Körper suchen, wie ein Verdurstender in der Wüste nach Wasser sucht, und dich mit einer solchen Leidenschaft lieben, dass du froh bist, wenn der Morgen graut. Noch bin ich nur ein einfacher Soldat, doch das wird sich bald ändern, und ich schwöre dir, dass ich es eines Tages zum General im Heer des Pharaos bringen werde. Du lachst, wenn ich dir sage, dass dir niemand mehr bieten kann als ich, aber es ist die Wahrheit. Ich biete dir nämlich ganz Ägypten. Das Ägypten, das in meinen Adern fließt, Kadesch, lege ich dir zu Füßen.«

Die junge Frau beobachtete diesen Gefühlsausbruch, der sich über sie ergoss und sie fast mitgerissen hätte, wie hypnotisiert. Sie sah Kasekemut an und hatte das Gefühl, als hielte nur ein Seidenfaden ihre schutzlose Seele davon ab, sich diesem Mann an den Hals zu werfen.

Um ein Haar wäre sie schwach geworden, doch dann kam ihr eine Stimme aus der Ferne zu Hilfe und brach den Zauber.

»Macht Platz! Platz für Siamun!«

Kadesch blinzelte und löste sich aus Kasekemuts Griff.

»Macht Platz für Siamun!«, hörte man wieder, dieses Mal ganz nah.

Siamun, dachte Kadesch. Wie ich dich verabscheue, aber dieses Mal kommst du wirklich wie gerufen.

»Macht Platz, Leute!«, hörte man erneut.

Die Menschen gingen auseinander, und dann sah man Siamun auf einer Sänfte, die von zwei Trägern gehalten wurde.

Als er das Paar entdeckte, befahl er anzuhalten.

»Göttliche Isis! Du erhellst meinen Morgen«, grüßte er. Und als er Kasekemut sah, fügte er hinzu: »Ah, ich sehe, du hast jetzt einen Diener, der dir den Korb trägt. Recht tust du, meine Liebe, du solltest nichts tragen, abgesehen von Schmuck natürlich.«

Kasekemut drehte sich um und sah ihn an.

»Willst du so einen Kerl etwa heiraten, Kadesch?«, fragte er spöttisch.

»Das hätte sie längst tun sollen«, mischte sich Siamun selbstgefällig ein und inspizierte seine Fingernägel. »Aber wir wissen ja, dass die Jugend, nun, sagen wir, etwas dickköpfig ist.«

»Aber nicht so sehr wie du, nicht wahr? Denn offensichtlich bist du schon länger hinter ihr her.«

Siamun richtete sich im Stuhl auf und kniff die Augen zusammen.

»Aha, jetzt verstehe ich«, sagte er schließlich. »Wir haben es mit einem Jüngling zu tun, der dir den Hof macht, und wie es aussieht, ist er Soldat. Ich kann dir nur eine Menge Unglück voraussagen, wenn du seinem Drängen nachgibst.«

»Nimm dich in Acht, sonst passiert das Unglück eher dir«, warnte ihn Kasekemut mit kalter Stimme.

Die Menschen um sie herum verstummten und beobachteten die Szene gespannt.

»Hast du etwa vor, mir deine Kompanie auf den Hals zu hetzen? Ach nein, ich hatte vergessen, dass du ein einfacher Rekrut bist, der lediglich Befehle entgegennimmt.«

Kasekemut ging langsam auf ihn zu.

»Hört euch diesen Mann an!«, rief er laut. »Kein Zweifel, die Zukunft unseres Landes liegt in den Händen von Männern wie ihm. Sie sind die Säulen, auf die unser Reich gebaut ist.«

»Nur der Handel lässt die Völker gedeihen«, sagte Siamun.

»Das Einzige, was dabei gedeiht, ist dein Wanst«, rief einer aus der Menge, worauf alle in schallendes Gelächter ausbrachen.

»Gib uns etwas von deinem Wein ab, damit wir auch was davon haben«, stimmte ein anderer ein.

Wieder lachten alle und lobten die Schlagfertigkeit des Rufers.

Siamun spürte, dass er auf verlorenem Posten stand, und befahl seinen Trägern weiterzugehen.

»Geht doch in die Schenken, da fließt der Wein in Strömen«, rief er abschätzig.

»So wie in Bubastis*, deinem Dorf, was! Heißt es nicht, dort kennen die Menschen kein Maß?«, hörte man unter großem Gelächter.

»Na, sieh einer an, aus Bubastis kommt der Herr«, sagte Kasekemut.

Siamun musterte ihn wortlos.

»Was habe ich euch gesagt?«, rief Kasekemut an die Zuschauer gewandt. »Ägyptens Reichtum liegt in den Händen solch vater-

* Bubastis war berühmt für seine ausschweifenden Weinorgien.

landsloser Gesellen. Seht nur, was aus dem alten Per-Bastet* geworden ist. Heute leben dort nur noch Katzen** und Wüstlinge.«

Daraufhin erhob sich ein großes Geschrei in der Menschenmenge; einige Umstehende krümmten sich vor Lachen.

»Wie kannst du es wagen!«, fuhr Siamun ihn an, das Gesicht rot vor Wut. »Du weißt nicht, was du da sagst, Soldat. Pass auf, dass du nicht bald auf irgendeinem gottverlassenen Posten in Kusch Wache schiebst.«

»Willst du mir etwa drohen?«, erwiderte der junge Mann gelassen.

Statt zu antworten, bedeutete Siamun seinen Trägern weiterzugehen und warf Kasekemut einen verächtlichen Blick zu.

»Siamun!«, rief Kasekemut ihm nach. »Vergiss nicht: *Monthhirkopeschaf,**** Month hat einen langen Arm«, sagte er geheimnisvoll.

Der Kaufmann winkte scheinbar unbeeindruckt ab und ließ sich von seinen Dienern, die lauthals Platz forderten, die Gasse hinuntertragen.

Die Menschen, die sich um die beiden versammelt hatten, stoben auseinander und gingen wieder ihren Geschäften nach, als sei nichts passiert.

»Nimm dich in Acht, mein Junge!«, sagte jemand, an Kasekemut gewandt. »Siamun kennt viele einflussreiche Leute.«

Kasekemut antwortete nicht. Er nahm Kadesch am Arm und forderte sie auf weiterzugehen.

Sie hatte während der ganzen Auseinandersetzung kein einziges Wort herausbekommen und folgte ihm nun schweigend.

Sie gelangten zum Hauptplatz am Ende der Straße, wo einige

* Name, mit dem die Ägypter die Stadt Bubastis bezeichneten.

** In Bubastis wurde besonders Bastet, die Katzengöttin, verehrt. In ihren Kultstätten wurden unzählige Katzen gezüchtet.

*** Eine Anspielung auf den Kriegsgott Month.

Bewohner dabei waren, Wasser zu schöpfen. Kasekemut ging auf den Brunnen zu.

»Hier, trink«, sagte er und reichte Kadesch eine kleine Schale. »Die Sonne wird bald im Zenit stehen, und es ist heiß.«

Das Mädchen nippte an der Schale und gab sie ihm zurück. Kasekemut nahm sie entgegen und trank an der Stelle, die ihre Lippen berührt hatten, ohne den Blick von ihren Augen abzuwenden. Anschließend bat er sie, sich mit ihm in den Schatten einer großen Sykomore zu setzen.

»Siamun wird dir Probleme machen«, brach Kadesch endlich das Schweigen.

»Das werden wir sehen«, antwortete Kasekemut knapp und betrachtete den Brunnen. »Wirklich, ich kann mir nicht vorstellen, dass du so einen Kerl heiratest«, erklärte er und warf ihr einen Blick von der Seite zu.

»Warum nicht?«, entgegnete sie mit einem frivolen Unterton.

»Du kannst doch so einen nicht lieben, und außerdem …«

»Lieben? Die Liebe ist vergänglich, im Gegensatz zum Reichtum. Und Siamun bietet mir eine Menge Reichtum.«

»Ich glaube nicht, dass du dich dafür hergeben würdest.«

»Ach nein?«, erwiderte sie lachend. »So gut glaubst du mich zu kennen?«

»Wenn du es gewollt hättest, wärst du längst seine Frau geworden. Du weißt, dass ich Recht habe.«

Sie hob eine Augenbraue und warf ihm einen koketten Blick zu. Kasekemut stand auf und stellte sich vor sie. Die Sonnenstrahlen streiften seinen Kopf und zauberten unzählige Reflexe in seine langen dunklen Locken.

In diesem Augenblick erschien er Kadesch wie ein Gott. Seine Augen. Der sinnliche Mund, gegen den sie ohnmächtig ankämpfte. Das lange Haar, das ihm wie ein schimmernder Wasserfall über die mächtigen Schultern fiel. Sein Körper, der unübersehbar von unerschöpflicher Kraft durchdrungen war.

Sie hatte keinen Zweifel, dass Kasekemut bis zum Äußersten gehen, ja sogar sein Leben lassen würde, um seine Ziele zu erreichen. Irgendwie fühlte sie sich unermesslich klein vor ihm, andererseits aber auch seltsam geborgen. Sie sah ihm tief in die Augen und merkte, wie sie von ihren ureigensten Instinkten überwältigt wurde. Erneut spürte sie die innere Unruhe, die sie vorhin auf dem Markt erlebt hatte. Hastig stand sie auf, um zu gehen.

Doch Kasekemut war nicht gewillt, es einfach dabei zu belassen. Blitzschnell packte er sie an beiden Armen, zog sie an sich und küsste sie.

Überrumpelt versuchte Kadesch, sich von ihm zu lösen, doch Kasekemut ließ nicht locker, sondern drückte sie noch fester an sich, presste seine Lippen auf ihren Mund und versuchte, in ihn einzudringen.

Die junge Frau spürte, wie ihre Willenskraft sie verließ und der dünne Faden, der sie mit sich selbst verband, plötzlich riss. Diesmal kehrte das glühende Verlangen mit voller Wucht zurück, und Kadesch wurde bewusst, dass sie nicht mehr in der Lage war, Widerstand zu leisten. Ihre Arme schlossen sich um Kasekemuts Hals, ihre Lippen öffneten sich, sodass seine Zunge ihren Mund eroberte und jeden Winkel erkundete. Sie schmiegte sich an seinen Körper und spürte sein Glied, das so hart war wie der Stößel, mit dem ihre Mutter Tag für Tag das Getreide mahlte.

Sie stellte sich vor, wie es sich vor Verlangen nach ihr aufrichtete, wie es sich danach sehnte, ihre beiden Körper zu vereinen, stundenlang. Der Gedanke ließ sie erschauern, sie spürte, wie diese Macht sie innerlich überwältigte und sie feucht wurde.

Schließlich löste Kasekemut seine Lippen von den ihren und rang nach Luft, um nicht das Bewusstsein zu verlieren. Sie aber zog ihn an sich, und ihre gierigen Münder suchten sich erneut.

Die Tore zu einer unermesslichen Weite öffneten sich ihnen, lösten sie von allem, was sie umgab, und versetzten sie in einen Zustand, den sie für unmöglich gehalten hätten.

Als sie schließlich wieder zu sich kamen, brannte die Sonne auf sie nieder. Einige Passanten starrten sie boshaft grinsend an oder machten irgendwelche Bemerkungen, doch die Liebenden nahmen nichts wahr außer sich selbst.

Nach zahllosen Küssen kehrten sie in die Realität zurück und traten Hand in Hand den Heimweg an.

Kadesch hielt das Ganze für einen ihrer Tagträume. Sie konnte nicht fassen, was ihr widerfahren war. Gerade ihr, die meinte, ihre Gefühle im Griff zu haben und mit Männern nach Belieben spielen zu können. Wie konnte sie sich so leichtfertig gehen lassen? Sich einem Mann hingeben, den sie ein ganzes Jahr nicht gesehen hatte? Obendrein einem einfachen Soldaten, der ihr so gut wie nichts zu bieten hatte?

Trotzdem überkam sie ein wunderbares Gefühl, während sie Hand in Hand mit ihm durch die Gassen ging. Sie sah zu seinem ruhigen Gesicht auf und spürte, dass etwas Magisches von ihm ausging. Es war, als stünde er über allem. Irgendwie hatte er Recht. Ägypten floss in seinen Adern, und er würde es ihr zu Füßen legen. In diesem Augenblick entschied sie sich für ihn. Ihre kühle, berechnende Natur verriet ihr, dass er es tatsächlich zum General brächte, genau, wie er es sich vorgenommen hatte.

Die Musik war längst verstummt. Die Gäste verließen in kleinen Grüppchen das Haus, während das laute Gelächter des Festes allmählich verebbte. Die Träger halfen ihren betrunkenen Herrschaften, die sich vehement weigerten, schon nach Hause zu gehen, so gut es ging, in die Sänften. Dann setzte sich die laute Gesellschaft in Bewegung, begleitet von gespenstischen Fackeln, die ihnen den Weg wiesen. Kurz darauf gingen im ganzen Haus die Lichter aus, und Dunkelheit senkte sich über den Garten. Jetzt herrschte absolute Stille.

In der Ferne begann ein Hund zu bellen, andere stimmten in den Chor ein, bis dann wieder Stille herrschte.

Irgendetwas bewegte sich zwischen den Hennasträuchern. Zunächst war es kaum sichtbar, als sei es nur eine zufällige Bewegung im Laub. Einen Augenblick herrschte vollkommene Ruhe. Doch dann bewegten sich die Zweige erneut, dieses Mal ganz deutlich. Die Sträucher teilten sich leise raschelnd, und zwei finstere Gestalten lösten sich aus ihrer dunklen Masse.

Stundenlang hatten sie in dem dichten Laub gehockt und am Eingang des Hauses jede Bewegung beobachtet. Die zermürbende Warterei hatte ihnen zugesetzt, dementsprechend war auch ihre Laune.

Vorsichtig schlichen sie sich über den Weg bis zu der Mauer aus Lehm, die das Anwesen umgab. Die mondlose Nacht hüllte sie in tiefe Dunkelheit, und am Himmel sah man nur unzählige Sterne funkeln.

Rasch kletterten sie über die Mauer und ließen sich auf der anderen Seite ebenso geschmeidig auf den Boden des Gartens fallen.

Einen Augenblick verharrten sie reglos und beobachteten die schwarzen Schatten, doch nichts bewegte sich. Sie erkannten die verschwommenen Silhouetten der Palmen, die das Haus umgaben und es tagsüber mit ihren kühlen Schatten gegen die Sonne schützten. Auch das Narzissenbeet nahmen sie wahr, weniger mit den Augen als durch den Duft, den es verströmte. Auf ein Zeichen hin setzten sich die beiden Gestalten in Bewegung.

Wie zwei Raubkatzen, die während der Nacht auf Jagd gehen, pirschten sie sich lautlos an das Haus heran. Wieder horchten sie aufmerksam auf das kleinste Geräusch, aber alles war still. Der eine stieg auf die Schultern des anderen und kletterte über die Säule der Balustrade zum oberen Stockwerk empor. Dort baumelte er einen Moment in der Luft und schwang sich dann mit Leichtigkeit über das Geländer. Anschließend befestigte er das Seil, das er um den Körper trug, am Geländer der Brüstung und warf das andere Ende in den Garten hinunter. Sein Gefährte griff danach und kletterte in Windeseile nach.

Nun blieben sie beide einen Augenblick auf dem Balkon stehen und schlichen dann auf die große Tür zu, die ins Haus führte. Sie stand weit offen, um die frische Nachtluft hereinzulassen. Aus dem Innern hörten sie ganz deutlich ein rhythmisches Geräusch. Sie schoben die Vorhänge am Eingang vorsichtig beiseite und warfen einen Blick hinein. Es war nicht ganz dunkel, in einer Ecke des Raumes brannte noch eine Kerze. Doch ihr Licht war so schwach, dass der Raum im Gegensatz zu allem anderen geradezu unheimlich wirkte.

Gebückt drangen sie vorsichtig ins Innere ein. Das Geräusch im Zimmer war nun klar und nah. Nach einem Augenblick richteten sie sich auf.

Der eine musterte das schwache Licht der Kerze, das seltsame Schatten an die Wand warf. Auf ein Zeichen hin schlichen sie auf Zehenspitzen in die Richtung, aus der das Geräusch kam. Dort lag Siamun auf seinem Bett und schnarchte entspannt.

Kasekemut sah sich um. Seine Augen hatten sich mittlerweile an die Dunkelheit gewöhnt, und er musterte alles mit Neugier. Siamun umgab sich gern mit Luxus, die kostbare Einrichtung zeugte davon. Er nickte. Sein Kamerad zog ein Messer aus der Tasche, wie es die Soldaten auf ihren Feldzügen dabeihatten. Langsam trat er auf den Schlafenden zu und setzte ihm die scharfe Klinge an den Hals.

Als Siamun das kalte Metall spürte, grunzte er leise, als wäre es ein Traum, doch als der Druck sich verstärkte, öffneten sich seine Augen zögernd, und seine Hand versuchte wegzuschieben, was ihm Unbehagen bereitete. Einen flüchtigen Augenblick zweifelte er, ob er überhaupt wach war. Dann wurde ihm plötzlich bewusst, dass er keineswegs träumte. Eine Hand, die erheblich stärker war als die seine, hielt ihm den Mund zu, der Druck der Klinge an seinem Hals nahm zu. Plötzlich weiteten sich seine schläfrigen Augen vor Angst. Weniger als zwei Handbreit entfernt stand jemand und beobachtete ihn scharf.

Siamun kniff die Augen zusammen, doch im schwachen Licht konnte er nur die Umrisse eines Schattens erkennen.

»*Monthhirkopeschef*«, sagte Kasekemut leise.

Siamun drehte den Kopf in die Richtung, aus der die Stimme gekommen war, und spürte einen leichten Schnitt am Hals. Er versuchte zu schreien, doch eine Hand, die so hart war wie Stein, verschloss ihm hastig den Mund.

»Wenn du auch nur das kleinste Geräusch von dir gibst, schlitzt er dir die Kehle durch. Und jetzt wollen wir uns ein bisschen unterhalten.«

Kasekemut machte eine Kopfbewegung, und Aker, der Mann aus Kusch, löste die Hand vom Mund des Kaufmanns.

»Du?«, rief Siamun und spürte die Klinge an seinem Hals.

»Du? Wie ist das möglich?«, wiederholte er leiser.

»Ich sagte dir doch, dass Month einen langen Arm hat«, erklärte Kasekemut und setzte sich auf die Bettkante. »Vielleicht weißt du jetzt, was ich meinte.«

»Was willst du?«, fragte Siamun kaum hörbar.

»Sieh mal, Siamun, du hast neulich etwas gesagt, das mir zu denken gibt. Und ich bin kein Mensch, der sich gerne den Kopf zerbricht, verstehst du?«

»Ich weiß nicht, worauf du hinauswillst.«

»Ach nein? Ich verstehe, du bist noch gefährlicher als eine Schlange. Es wäre besser, dich auf der Stelle zu töten! Mein Freund jedenfalls hätte seinen Spaß daran.«

Bei diesen Worten starrte Siamun ihn mit zu Tode erschrockenen Augen an, doch konnte er nur ein finsteres Lächeln zwischen den gebleckten weißen Zähnen erkennen.

»Ich habe dir doch nichts getan, ich …«

»Du irrst!«, schnitt ihm Kasekemut das Wort ab. »Und du weißt genau, was ich meine. Du weißt es, oder?« Kasekemut gab seinem Kameraden ein Zeichen, worauf dieser das Messer fester an die Kehle des Kaufmanns presste.

»Schon gut, schon gut. Wenn der Grund für deinen Zorn Kadesch ist, dann kannst du sie haben. Ich gebe dir mein Wort, dass ich sie nicht mehr belästigen werde.«

»Dein Wort!«, entgegnete Kasekemut und spuckte aus. »Dein Wort ist nichts wert, mir bleibt gar nichts anderes übrig, als dich zu töten.«

»Bitte nicht, nein«, rief Siamun mit vor Angst zitternder Stimme. »Wenn es das Geld ist, nimm, so viel du willst. Ich bin sehr reich. Ich gebe dir alles, was du willst, aber töte mich nicht.«

Kasekemut warf ihm einen verächtlichen Blick zu und ging zu einem kleinen Tisch. Er griff nach einer goldenen Karaffe und schenkte sich einen Becher voll.

»Hm«, sagte er, während er probierte. »Köstlich. Dein Wein ist hervorragend«, fuhr er fort, füllte einen weiteren Becher und reichte ihn Aker.

Als der Mann aus Kusch sich leicht vorbeugte, um den Becher in Empfang zu nehmen, streifte ihn das schwache Licht der Kerze. Der Kaufmann erschauerte vor Angst beim Anblick des schwarzen, von Narben zerfurchten Gesichts.

Aker stürzte den Wein in einem Zug hinunter und verzog das Gesicht zu einem dankbaren Grinsen, bei dem sich dem Händler die Haare sträubten. Er sah dem Mann in die Furcht erregenden Augen und wusste, dass seine Stunde geschlagen hatte. Plötzlich merkte er, wie seine Muskeln erschlafften und sein Darm sich entleerte.

Der Mann aus Kusch sah ihn voller Ekel an.

»Was für ein Gestank!«, rief Kasekemut und hielt sich die Nase zu. »Willst du etwa voll geschissen vor Osiris treten? Na ja, du wärst nicht der Erste.«

Der Angstschweiß lief dem jämmerlich winselnden Siamun über die feisten Wangen.

»Hör zu, Siamun!«, sagte Kasekemut und schnalzte mit der Zunge. »Kadesch gehört mir längst, außerdem wirst du dort, wohin du gehst, nicht sie, sondern Ammit, die Totenfresserin, treffen.«

Siamun erschauerte am ganzen Körper, und seine Beine begannen, unkontrolliert zu zucken.

Aker lachte leise und fragte:

»Soll ich ihn endlich erlösen?«

»Nein, bitte nicht, tötet mich nicht. Heilige Isis, wieder geborener Osiris, gesegneter Atum, habt Erbarmen.«

»Pssst!«, ermahnte ihn Kasekemut erneut und führte den Zeigefinger zum Mund. »Kein Lärm! Übrigens wusste ich gar nicht, dass du so gläubig bist. Aber jetzt mal im Ernst, wen bittest du um Erbarmen? Die Götter oder uns?«

»Euch, euch! Habt Erbarmen, ich tue alles, was ihr verlangt.«

»Ich finde, wir sollten endlich Schluss machen!«, erklärte Aker. »Damit wäre das Problem ein für alle Mal erledigt.«

Siamun stöhnte.

»Bitte nicht, tötet mich nicht! Macht euch nicht an mir die Hände schmutzig. Ich schwöre, dass ...«

Bei diesen Worten hätte der Mann aus Kusch beinahe losgeprustet.

»Die Hände schmutzig machen?«, fragte er, während er sich nur mühsam zurückhalten konnte. »An dir? Ich würde sie mir höchstens von all den anderen Kehlen rein waschen, die ich bereits durchgeschnitten habe«, raunte er ihm ins Ohr.

Siamun spürte, wie er sich erneut entleerte.

»Dieser Gestank ist ja nicht auszuhalten«, fluchte Aker. »Los, machen wir endlich Schluss und verschwinden von hier.«

»Du hast Recht. Wir sollten uns nicht die Hände schmutzig machen«, erklärte Kasekemut. »Aber leider haben wir keine andere Möglichkeit ...«

»Nein, du irrst dich, wirklich«, winselte der Händler. »Euch stehen alle Möglichkeiten offen. Ich schwöre.«

»Na schön, dann verrate uns mal, welche.«

»Wie gesagt, ich tue alles, was ihr von mir verlangt. Ich werde Kadesch nie wieder belästigen. Ich verzichte offiziell auf sie. Ich gebe euch Geld …«

»Du verzichtest offiziell auf sie?«

Als der schlaue Händler das hörte, erkannte er Kasekemuts Absichten.

»Ja, für immer. Ich werde ihre Mutter aufsuchen und ihr mitteilen, dass ich kein Interesse mehr an ihrer Tochter habe. Glaub mir, ich werde sie niemals mehr behelligen.«

Genau das hatte Kasekemut hören wollen. Es hätte ihm nichts genützt, Siamun zu töten, obwohl er nicht übel Lust dazu gehabt hätte, doch er musste erreichen, dass der Händler der Mutter klar machte, dass er an ihrer Tochter nicht mehr interessiert war. Dann wäre der Weg frei für seinen Heiratsantrag, dem Heret niemals zustimmen würde, solange die Möglichkeit bestand, ihre Tochter mit einem reichen Kaufmann zu vermählen.

Kasekemut strich sich übers Kinn und tat so, als überlegte er.

»Ich schwöre es dir. Morgen noch suche ich die Alte auf und teile ihr mit, dass ich unwiderruflich auf ihre Tochter verzichte. Ich sage ihr, dass ich eine andere Frau heiraten werde. Ja, genau das werde ich tun«, erklärte Siamun hastig.

»Du wirst noch mehr tun müssen.«

»Ja, alles, was du willst. Ich schwöre es.«

»Du wirst vergessen, wer wir sind und dass wir heute Nacht hier waren. Und schlag dir das mit der nubischen Grenze aus dem Kopf. Für dich existiere ich einfach nicht. Andernfalls wirst du keine ruhige Nacht mehr haben, und irgendwann taucht irgendwer bei dir auf und schlitzt dir die Kehle auf. Aber dann gibt es kein Erbarmen mehr, darauf kannst du Gift nehmen. Hast du mich verstanden?«

»Vollkommen.«

»Wunderbar, das freut mich. Dann haben wir hier wohl nichts mehr verloren«, verkündete Kasekemut und sah sich im Zimmer um. »Gehen wir also. Übrigens, dein Wein ist einfach köstlich. Du könntest uns mit einer Amphore beehren, sozusagen zum Beweis deiner Gastfreundschaft.«

»Natürlich, natürlich. Nehmt mit, so viel ihr wollt.«

»Diese hier reicht uns vollkommen«, antwortete er und hob eine Amphore auf, die in der Ecke stand. »Wir wollen ja nicht übertreiben. Ich hoffe, dass wir uns niemals wiedersehen.«

Siamun, der immer noch vor Angst zitterte, verzog nur das Gesicht, während die beiden Freunde in der sternenfunkelnden Nacht verschwanden, aus der sie so urplötzlich aufgetaucht waren.

Im fünften Regierungsjahr des Gottes Usermaatre-Meriamun, Ramses III., fegte wieder einmal der Sturm des Krieges über Ägypten hinweg. Und wie immer, wenn dies der Fall war, brodelte das Land vor Meldungen und Falschmeldungen. Ganz Memphis hatte sich in eine Gerüchteküche verwandelt, die mit jedem Tag größer wurde und das gesellschaftliche und wirtschaftliche Leben der Stadt vollkommen durcheinander brachte.

Die Nachricht von einem mächtigen libyschen Heer, das gegen die Stadt vorrückte, sorgte für große Unruhe unter der Bevölkerung. Und sie hatte auch allen Grund dazu, denn Memphis lag ummittelbar an der Grenze zu der Wüste im Westen und war deshalb gegen Angriffe aus dieser Richtung äußerst verletzlich. Im Lauf ihrer Geschichte war die Stadt schon mehrmals von libyschen Stämmen überfallen und ausgeplündert worden. Eine bittere Erfahrung für ihre Einwohner, die deshalb mit großer Sensibilität auf jegliche Bedrohung aus der Wüste reagierten und beim geringsten Anzeichen von Gefahr sofort begannen, die Befestigungsanlagen der Stadt zu verstärken.

Die kriegerischen Auseinandersetzungen mit den Stämmen des Westens waren so alt wie die Geschichte Ägyptens. Nicht ohne Grund gehörten diese Stämme zu den »Neun Bögen«, eine ägyptische Bezeichnung für die traditionellen Erzfeinde des Reiches. Die meisten der zahlreichen Kriege waren von den Pharaonen siegreich geführt und auf den Steinmauern der Tempel verewigt worden.

Doch die Gefahr, der Ägypten nun entgegensah, hatte eine ganz andere Dimension.

Es hatte vor mehr als einem Jahrhundert begonnen, als sich mehrere libysche Stämme am Rand des westlichen Nildeltas niedergelassen hatten.

Was zunächst nur eine Ansammlung von kleinen Siedlungen gewesen war, hatte sich mit der Zeit zu einer wahren Völkerwanderung entwickelt. Immer mehr Menschen waren ins westliche Nildelta geströmt. Sethos I. hatte einen Feldzug gegen die neuen Stämme geführt, doch das Problem war nicht endgültig gelöst worden und hatte mit den Jahren immer mehr an Brisanz gewonnen.

Im fünften Regierungsjahr von Merenptah, also vor vierzig Jahren, hatten sich die Stämme der Libu, Meschwesch und Tjehenu zu einer Koalition zusammengeschlossen und waren in die im Norden gelegenen Oasen eingedrungen, von wo sie nun ständig Raubzüge ins Delta unternahmen. Der Stamm der Libu lebte im Innern der Wüste, die Meschwesch hatten sich an einem Streifen der Mittelmeerküste niedergelassen und standen in ständigem Kontakt mit anderen Küstenbewohnern. Meryey, dem König der Libu, war es zudem gelungen, die Stämme der Scherdenu, Scheckelesch und sogar der Lukka zu einem respektablen Heer zu vereinen und gegen die Kornkammer Ägyptens zu führen. Merenptah war ihm entgegengezogen und hatte die Feinde zwischen der Festung von Per-iret im Westdelta und einem Punkt, den sie »den Anfang der Erde« nannten, vernichtend geschlagen.

Während der Schlacht hatte Merenptah mehr als neuntausend Feinde getötet und reiche Kriegsbeute gemacht. Doch nach dem Tod dieses Pharaos verlor das Reich wieder an Macht, und die

Stämme des Westens eroberten nach und nach ihre alten Siedlungsgebiete zurück, bis der alte Zustand wiederhergestellt war.

Das Aufkommen einer neuen Dynastie hielt den langsamen Zerfall des Reiches nur vorübergehend auf. Zunächst hatten der Pharao Sethnacht und später auch sein Sohn Ramses III. versucht, die schwerfällige Verwaltung zu reformieren. Da beide Feldherren waren, hatten sie auch eine Reform des Heeres durchgeführt und es nach dem Vorbild von Ramses II. zu einer schlagkräftigen Armee ausgebaut.

Dank ihrer Anstrengungen war das Land in der Lage, sich erfolgreich gegen die neue Bedrohung aus dem Westen zu wehren, die erheblich größer war als die, der Merenptah ausgesetzt war.

Wieder war ein Heer der Weststämme, diesmal mehr als dreißigtausend Mann stark, in das westliche Delta eingefallen. Unter Führung des Sohns des Keper, des meschweschischen Fürsten Meschwascher, und einer Vereinigung aus zwölf Stämmen des libyschen Volkes, darunter die *zekel* und die *peleset**, umging ihr Heer die wehrhaften Grenzbefestigungen im Nordwesten des Deltas und verwüstete den so genannten Westgau am kanobischen Nilarm. Nachdem sie die Hauptstadt Kom el Hisn erobert hatten, nahmen sie auch alle anderen Städte westlich des Nils** ein und drangen bis in das Innere des Deltas vor. Sie plünderten die Städte des 6. Gaus, des Stiergaus, und gelangten sogar bis zu der Hauptstadt Xois.

Kein Wunder, dass nach diesen Ereignissen die Gerüchte unter den Bewohnern der Stadt wie Pilze aus dem Boden schossen. Memphis war ein brodelnder Quell immer neuer Meldungen. Und obwohl die meisten unbegründet waren, schürten sie die Angst unter der Bevölkerung. Wie in anderen kritischen Situati-

* Ein Stamm, der sich in Gaza angesiedelt hatte; er ist unter dem Namen Philister bekannt.

** Von Hutkapah bis Querben.

onen der Vergangenheit registrierte die Wirtschaft einen spürbaren Rückgang der Handelsschiffe, die an den Piers der Stadt anlegten. Diese zogen es nun vor, ihre Waren in Häfen zu löschen, die in sicherer Entfernung lagen. Angesichts der Umstände forderte ganz Ägypten das sofortige Eingreifen des Pharaos, um die Bedrohung abzuwenden.

Inmitten dieser angespannten Lage wollte Kasekemut bei Kadeschs Mutter um ihre Hand anhalten. Nicht gerade der geeignetste Augenblick, doch ihm blieb keine Wahl, denn bereits am selben Nachmittag musste er sich bei seiner Einheit in der Garnison von Memphis melden.

Er hatte sich für den Besuch nicht so vorbereiten können, wie er es sich gewünscht hätte, aber das Heer des Gottkönigs rief ihn zur Schlacht, und allein der Gedanke daran machte ihn euphorisch. Jetzt nahte die Gelegenheit, auf die er sein ganzes Leben lang gewartet hatte, und er fühlte sie zum Greifen nahe. Nichts oder niemand könnte ihn daran hindern, endlich den Ruhm zu erlangen, den er sich wünschte. In gewissem Sinne kam der Krieg für ihn genau im richtigen Augenblick.

Mittlerweile hatte Kadesch Heret ihre Absicht gebeichtet, Kasekemut zu heiraten, und damit beinahe dafür gesorgt, dass ihre Mutter vorzeitig vor Osiris' Totengericht trat. Ihr Zorn war so gewaltig, dass sie tagelang kein einziges Wort herausbekam, und man hätte meinen können, sie habe die Sprache verlernt. Zwar kannte sie die Sturheit ihrer Tochter nur allzu gut und wusste, dass man sie von ihrem Vorhaben nicht abbringen konnte, aber der Schock war dennoch allzu groß gewesen.

Wie konnte ihre Tochter, die schönste Frau in ganz Memphis, einen einfachen Soldaten heiraten wollen? Bei Hathor! Das war unannehmbar! Sie jedenfalls würde diese Verbindung niemals billigen.

Wenige Tage darauf erschien Siamun bei ihr. Für einen kurzen Augenblick schöpfte sie neue Hoffnung, bis sie die wahren Motive seines Besuchs erfuhr. Als der Händler verkündete, er werde demnächst eine gewisse Dame aus Heliopolis heiraten, brach die untröstliche Heret in Tränen aus. Jetzt gab es keinen Zweifel mehr, sie hatte die Gunst der Götter endgültig verloren.

In den nächsten Tagen weigerte sie sich hartnäckig, den jungen Mann zu empfangen, um mit ihm über die Heirat zu verhandeln.

Kadesch hörte nicht auf, ihre Mutter zu bedrängen, und stellte sich taub gegenüber ihren bitteren Klagen und den Warnungen, sie werde ihr Glück verspielen, wenn sie einen Soldaten heirate. Doch weder die Aussicht auf lange Zeiten, in denen sie allein mit weiß Isis wie vielen Kindern auf die Rückkehr ihres Mannes warten musste, noch die Möglichkeit, dass er vielleicht niemals zurückkehrte, konnten sie dazu bringen, ihre Meinung zu ändern.

Um alldem ein Ende zu bereiten, drohte Kadesch ihrer Mutter damit, das Haus zu verlassen und ohne ihre Zustimmung den Mann zu heiraten, den sie liebte. Das führte nur zu neuen Klagen und Verwünschungen. Schließlich jedoch blieb Heret nichts anderes übrig, als einzusehen, dass all ihre Einwände zwecklos waren. Also fand sie sich widerwillig bereit, ihren Schwiegersohn zu empfangen.

Kasekemut wusste ganz genau, dass seine zukünftige Schwiegermutter die letzte Hürde vor seinem Ziel darstellte. Ihm war klar, dass offene Konfrontation wenig nützen würde. Stattdessen, so hatte er sich vorgenommen, würde er Heret auf ein Terrain locken, das ihr lag. Er musste ihr nur weismachen, dass sie ungeahnte Vorteile hätte, wenn Kadesch ihn heiratete.

Er hatte beschlossen, Heret seine Aufwartung in Begleitung eines Trauzeugen zu machen, der für ihn bürgen würde. Userhet erklärte sich bereit, diesen Teil zu übernehmen. Aker bestand darauf, ebenfalls mitzukommen, doch man hatte ihn mit Mühe und Not davon überzeugen können, dass es besser sei, wenn er darauf verzichtete.

»Ich glaube, dass ihr euch irrt«, protestierte er gekränkt. »Wenn die Alte Schwierigkeiten macht, könnte ich mich um sie kümmern, und schon wäre das Problem gelöst.«

»Würdest du sie etwa entführen?«

»Na ja, sie ist doch seit vielen Jahren Witwe, oder nicht? Eine ordentliche Nacht im Bett, und ich wette, sie sieht die Sache ganz anders.«

Bei allen Geistern des Amenti! Das brächte der Kerl tatsächlich fertig, dachte Kasekemut und sah mit Grausen die Scherereien vor sich, die sein Freund ihm einhandeln könnte.

Userhet fand die Einfälle des Mannes aus Kusch wie immer amüsant, doch diesmal nahm er seine Rolle als Trauzeuge ernst. Er redete Aker die Sache aus und erklärte ihm, in Memphis sei es Sitte, dass nur der Trauzeuge den Bräutigam begleitete, wenn dieser um die Hand seiner zukünftigen Frau anhielt.

Als sie zu Herets Haus kamen, war die Begrüßung genauso eisig, wie sie es erwartet hatten. Mit einem Gesicht, das ihre Abneigung kaum verbergen konnte, grüßte die Witwe sie mit einem knappen Nicken.

Einen Augenblick lang dachte Kasekemut, dass sie Aker vielleicht doch hätten mitbringen sollen, um dem Ganzen ein rasches Ende zu machen. Doch dann gab er sich alle erdenkliche Mühe, die ständige Verachtung, die ihm entgegenschlug, nicht zur Kenntnis zu nehmen und sich von seiner besten Seite zu zeigen.

Userhet spielte seine Rolle äußerst geschickt. In seiner Galauniform, geschmückt mit den Insignien, die ihn als Standartenträger auswiesen, machte er einen überaus imposanten Eindruck. Zudem trug er die Abzeichen, die ihn als Mitglied der *kenit nesu*, der »Tapferen des Königs« auswiesen, einer Elitetruppe des Pharaos.

Trotzdem schien Heret all dies nicht sonderlich zu beeindrucken, und ebenso wenig interessierte sie die Tatsache, dass der berühmteste Krieger Ägyptens ihr an diesem Morgen seine Aufwartung machte. Es war etwas anderes, das sie schließlich bewog, ihre abweisende Haltung aufzugeben und im Lauf der Unterhaltung sogar freundlich zu werden.

Kasekemut war über diesen Wechsel zunächst überrascht, doch dann wurde ihm bewusst, woher er rührte. Es lag an den vielen Goldketten, die Userhet trug. Sie waren ein Vermögen wert! Die höchsten Orden, die der Pharao vergeben konnte, hingen um seinen muskulösen Hals. Niemand in Ägypten besaß so viele. Dies musste irgendeinen Mechanismus in Herets Gehirn ausgelöst haben, der sie dazu bewog, innezuhalten und über die neue Lage nachzudenken. Sie würde sich das Angebot anhören, ohne sich jedoch festzulegen.

Auch Userhet war dieser Stimmungswandel nicht entgangen. Er sah, wie Heret auf das Gold um seinen Hals starrte und versuchte, seinen Wert zu schätzen. Mit ausgesuchter Höflichkeit begann er, die Vorzüge des jungen Bräutigams aufzuzählen, dem er eine glänzende Laufbahn im Heer prophezeite.

»Wenn Seth es erlaubt, wird er alles erreichen, was er sich vorgenommen hat, davon bin ich überzeugt.«

»Du meinst im Ernst, dass er es zum Oberkommandierenden bringen kann?«, fragte Heret ungläubig.

»Um Oberkommandierender zu werden, muss man königliches Blut haben. Nur die Söhne des Pharaos dürfen diese Posten bekleiden, aber er könnte es durchaus schaffen, eine Division zu befehligen. Ich kann dir versichern, dass ein Soldatenvorsteher enorme Macht hat, Heret. Und man kann nie wissen.« Er senkte die Stimme. »Erinnere dich, dass der Vater unseres Pharaos, der große Sethnacht, ebenfalls General gewesen war.«

Bei diesen Worten rutschte Heret misstrauisch auf ihrem Schemel hin und her. Sie war nicht auf diese Erklärungen vorbereitet und im Augenblick auch nicht in der Lage, sie zu verstehen. Alles, was sie damit erreichten, war, neue Zweifel zu säen.

»Natürlich wird der Weg immer steiniger, je höher man gelangt, aber es ist auch bekannt, dass der Pharao jene, die ihm treu dienen, auch reichlich belohnt.«

Auch diese Sätze sagten der Witwe nicht viel, sie waren nur vage Ideen. Als Besitzerin eines eigenen kleinen Geschäfts verstand sie nur etwas von Verträgen und dem Handelswert einer Ware. Eine Ware zu einem Preis einzukaufen und zu einem anderen zu verkaufen, das war etwas Handfestes, alles andere nur Schall und Rauch.

Ihre Augen, die bisher einen undefinierbaren Punkt in der Ferne fixiert hatten, schweiften nun zu ihrer Tochter. Kadesch hatte während der ganzen Unterhaltung schweigend zugehört, ohne die geringste Regung zu zeigen. Nun warf Heret ihr einen bohrenden Blick zu, als wollte sie ihr deutlich machen, welch verheerenden Irrtum sie beging, wenn sie diesen Mann heiratete. Sekundenlang flehten ihre Augen sie an, ihren Entschluss zu überdenken, doch Kadesch hatte mehr Ähnlichkeit mit einer Mumie als mit einem lebenden Wesen, das den Blick hätte erwidern können. Nicht einen einzigen Funken, der ihr Hoffnung gemacht hätte, konnte sie in den Augen ihrer Tochter erkennen, im Gegenteil. In diesem Augenblick musste sie sich alle Mühe geben, um nicht in Tränen auszubrechen.

Heilige Nephthys! Jetzt bleibt mir nichts anderes übrig, als mich damit abzufinden, dachte sie, und in ihrem Gesicht spiegelte sich Verzweiflung.

Userhet, dem so gut wie nichts entging, verstand die stumme Angst der Witwe. Kein Wunder, hätte er ein so hübsches Mädchen zur Tochter gehabt, wäre er auch nicht bereit gewesen, sie irgendeinem Soldaten oder niederen Beamten zu überlassen, egal wie mutig und verdienstvoll er sein mochte. Er sah sie an und musste einräumen, dass sie sich mit den schönsten Konkubinen im königlichen Harem messen konnte. Das Soldatenleben war hart, das härteste von allen, wie es schon tausend Jahre zuvor in den »Berufssatiren«* verkündet worden war. Wer wusste das besser als er? Nur Abenteurer, Söldner und Ausgestoßene der Gesellschaft waren gewillt, die Strapazen, die das Soldatenleben mit sich brachte, auf sich zu nehmen. Und eine junge Frau wie Kadesch hätte etwas Besseres als einen Krieger zum Mann verdient, der sie wahrscheinlich vorzeitig zur Witwe machen würde.

Doch an diesem Tag bestand Userhets Mission nicht darin, Heret zu verstehen, geschweige denn, sie zu unterstützen. Er hatte die Aufgabe, dem Jungen bei der Brautwerbung zu helfen, und das war das Einzige, das jetzt zählte.

Er warf einen verstohlenen Blick auf Herets bedrücktes Gesicht und entschied, dass jetzt der Augenblick gekommen war, um seinen Trumpf auszuspielen.

Unter den gegebenen Umständen würde Heret ihr Einverständnis niemals erteilen. Man musste ihr also entgegenkommen und ihr einen Beweis des guten Willens liefern. Sie musste das Gefühl haben, dass die Zukunft ihrer Tochter an der Seite Kasekemuts nicht so schrecklich würde, wie sie befürchtete.

»Ich kann deine Bedenken sehr gut nachvollziehen, Heret«, schmeichelte ihr Userhet. »Eine gute Mutter kann gar nicht anders fühlen, aber die jungen Leute verstehen das nicht, weil sie von der Liebe geblendet sind. Glaub mir, wir wollen keineswegs, dass die Heirat der beiden Liebenden dein Unglück wird. Deshalb und als Beweis für unsere Aufrichtigkeit will ich dir einen Vorschlag machen, der dein Schaden nicht sein soll.«

Die Frau hob nachdenklich die Brauen und starrte Userhet wortlos an. Der griff nach einer der Süßigkeiten auf dem Tisch und verspeiste sie genüsslich.

»Sie sind köstlich!«, erklärte er und leckte sich demonstrativ die Finger. »Sieh mal, Heret«, fuhr er noch immer kauend fort,

* Darin schildert ein gewisser Duaf seinem Sohn die verschiedensten Berufe in düsteren Farben, vor allem den des Soldaten. Besagte Satire war um 2000 vor Christus entstanden.

»manchmal kreuzen sich die unergründlichen Wege der Götter mit den unseren. Wenn wir uns dann für einen dieser Wege entscheiden, muss es nicht unbedingt ein Fehler sein, man weiß nie, welcher zum Glück führt. Und ich will dir noch etwas sagen, wir werden dir zeigen, dass der Pfad, den Kasekemut eingeschlagen hat, genau dorthin – zum Glück – führen könnte.«

Userhet sah sich sorgfältig nach allen Seiten um und beugte sich leicht vor. Dann flüsterte er vertraulich:

»Ich gehe davon aus, dass du über die zahlreichen Gerüchte, die in der Stadt die Runde machen, im Bilde bist. Die meisten sind natürlich frei erfunden, trotzdem ist die Lage kritisch.«

Heret richtete sich leicht auf und sah ihn schweigend an.

»Du musst verstehen, dass nur die Offiziere des Pharaos wissen, was ich dir jetzt verraten werde. Es ist streng geheim.« Er hielt einen Moment inne und fuhr dann fort: »Als gute Ägypterin wirst du selbstverständlich dafür sorgen, dass das, was ich dir verrate, niemals über diese vier Wände hinaus bekannt wird.«

Bei diesen Worten horchte Heret auf. Schließlich gab es nichts, was sie mehr auf der Welt interessierte als Gerüchte.

»Ich werde schweigen wie ein Grab«, antwortete sie, ohne ihre Neugier verbergen zu können.

Userhet musterte sie einen Augenblick, während er in sich hineinlachte. Diese Frau würde niemals den Mund halten können. Trotzdem fuhr der Mann aus Nubien in ernstem Tonfall fort:

»Die Nachrichten, die behaupten, die Invasoren kämen immer näher, entsprechen der Wahrheit, und glaub mir, dieses Mal handelt es sich nicht um eine Horde von Beduinen auf der Suche nach Beute. Dieses Mal haben wir es mit einem gut ausgebildeten Heer zu tun.«

Heret riss die Augen auf und fuhr sich mit der Zunge über die Lippen.

»Es sind libysche Söldner«, sagte Userhet noch leiser. »Gute Soldaten, die vor keiner Grausamkeit zurückschrecken. Du kannst dir vorstellen, was mit dieser Stadt passieren wird, wenn es uns nicht gelingt, sie aufzuhalten.«

»Was würde denn passieren?«, stammelte die Alte.

»Nun, sie würden die Stadt ausplündern und weder Besitz noch Bewohner schonen. Es tut mir Leid, wenn ich dir das sagen muss, aber ich glaube kaum, dass eine Frau, die das überlebt, anschließend vor einer Vergewaltigung gefeit wäre.«

Heret zuckte zusammen. Zugleich fuhren ihre Hände mechanisch zur Brust, als bekäme sie keine Luft mehr.

»Sie würden uns Gewalt antun?«

»Ohne jeden Zweifel«, nickte Userhet und griff nach einer neuen Süßigkeit.

Heret sah erschrocken zuerst ihre Tochter an und dann den Soldaten, der immer noch kauend nickte.

»Das ist nun mal das Gesetz des Krieges«, sagte er achselzuckend.

Plötzlich stand die Frau auf und umarmte Kadesch mit einem erstickten Schrei.

»Und danach werden sie die ganze Stadt niederbrennen«, fuhr Userhet fort. »Sie werden nichts stehen lassen, was sie nicht mitnehmen können.«

Plötzlich herrschte Stille, während Heret noch immer ihre Tochter umarmte. Kasekemut konnte sehen, wie die Alte mittlerweile ihre ganze Arroganz verloren hatte. Wie ein einziges Häufchen Elend klammerten sich die beiden Frauen aneinander.

Userhet beobachtete die Szene belustigt. Jetzt, wo die Witwe all ihren Hochmut abgelegt hatte, war sie genau da, wo er sie haben wollte.

»Noch ist nichts verloren. Unser aller Herr, der mächtige Ramses, den Osiris noch nicht zu sich rufen möge, wird die notwendigen Maßnahmen treffen, damit unser Land vor den barbarischen Horden gerettet wird. Noch heute Nachmittag werden wir zu unserer Division zurückkehren und gegen den Feind ziehen.«

Kadesch, die die ganze Zeit geschwiegen hatte, lief es kalt über den Rücken.

»Die Schlacht wird viel Blut kosten«, fuhr Userhet fort. »Tausende werden fallen.«

Wieder herrschte Stille. Userhet sah die Witwe aufmerksam an und sagte:

»Ich will dich jedoch nicht mit meinen schrecklichen Soldatengeschichten langweilen. Kommen wir auf den eigentlichen Grund unseres Hierseins. Hör dir meinen Vorschlag an. Wenn der junge Mann als Held zurückkehrt und zum ›Großen der Fünfzig‹* befördert wird, wirst du ihm deine Tochter zur Frau geben. Und das Gold, das der Pharao seinen Helden schenken wird, soll die Aussteuer sein. Ansonsten wird er auf sie verzichten, und du kannst sie mit einem Mann deiner Wahl verheiraten.«

Die Witwe sah von einem zum anderen und dachte nach.

»Ich glaube, dass es ein äußerst großzügiges Angebot ist. Zudem beweist es, dass Kasekemut alles Erdenkliche für Kadeschs Zukunft unternehmen wird. Du hast nichts zu verlieren, Heret. Ohne Gold keine Hochzeit.«

Das begriff sie vollkommen, und unter den gegebenen Umständen kam es ihr gar nicht einmal schlecht vor, da sie ihre Tochter ohnehin nicht von ihrem Vorhaben abbringen konnte. Dieses Abkommen öffnete ihr eine neue Tür der Hoffnung. Ohne Gold keine Hochzeit. Obendrein bestand die Möglichkeit, dass der Junge in der Schlacht umkam und sich das Problem damit von allein löste.

»Nun, Heret? Was meinst du? Nimmst du an?«

Heret sah ein letztes Mal zu ihrer Tochter hinüber, die sie flehentlich anstarrte.

»Na schön, ich stimme zu, unter den Bedingungen, die wir besprochen haben. Das Gold, Kasekemut, ist deine Aussteuer.«

* Rang eines Gruppenführers, dem fünfzig Soldaten unterstanden.

»Einverstanden, Heret. Dann ist somit auch klar, dass du deine Tochter solange vor anderen Freiern beschützen wirst.«

»So wollen wir es in Übereinstimmung mit unseren ältesten Traditionen halten.«

»Es freut mich, das zu hören, Heret, denn ein Herz, das mit doppelter Zunge spricht, verdient es nicht, zu schlagen«, schloss er und warf der Alten einen scharfen Blick zu. »Der Pakt ist besiegelt.«

Userhet seufzte, stand auf und zwinkerte Kasekemut zu, der sich über die geschickte Art freute, mit der sein Freund die Verhandlungen geführt hatte. Er würde ihm niemals genug dafür danken können, was er an diesem Tag für ihn getan hatte.

»Wir müssen jetzt aufbrechen, Heret. Es bleibt uns nur noch wenig Zeit, um uns auf den Abmarsch vorzubereiten.«

Sie erhoben sich und gingen zur Tür. Ehe sie das Haus verließen, wandte sich Kasekemut zu Kadesch um.

»Pass gut auf dich auf«, erklärte er und umarmte sie. »Sollte ich nicht zurückkehren, bin ich auf dem Schlachtfeld gefallen.«

Kadesch erschauerte vor der Kraft, die Kasekemut ausstrahlte. Nichts auf der Welt schien ihn aufhalten zu können.

»Ich weiß, dass du zurückkommen wirst, um mich zur Frau zu nehmen«, sagte sie mit glühenden Augen.

Kasekemut schenkte ihr sein strahlendstes Lächeln, und dann verließ er zusammen mit seinem Freund das Haus.

Noch am selben Nachmittag eilte Kasekemut zu Nemenhat, um sich von ihm zu verabschieden und ihm die frohe Botschaft mitzuteilen.

Nemenhat erstarrte, als er es hörte.

»Und du wirst sie wirklich heiraten?«

Kasekemut lächelte und nickte.

»Aber … ich fasse es nicht.«

»Habe ich dir nicht gesagt, dass ich es schaffen würde? Kadesch ist für mich bestimmt.«

Wieder spürte Nemenhat eine innere Zerrissenheit, wie jedes Mal, wenn er jetzt mit seinem Freund sprach. Er erinnerte sich an die Unterhaltung, die sie im Palmenhain geführt hatten, und daran, dass Kasekemut sein Versprechen wahr gemacht hatte. Bei allen Göttern, er hatte die Festung Kadesch gestürmt und sie erobert. Kein Zweifel, an Mut mangelte es seinem Freund nicht, trotzdem gab es etwas, das ihn störte. Kasekemut hatte nicht ein einziges Mal seine Gefühle erwähnt, kein Wort der Zärtlichkeit für das Mädchen war ihm über die Lippen gekommen. Für ihn war sie offenbar nichts anderes als eine Trophäe. Die schönste, die ein Mann je gewinnen konnte, gewiss. Trotzdem konnte Nemenhat es offen gesagt nicht ganz verstehen. Kasekemut hatte einfach entschieden, dass das Mädchen ihm gehören sollte, und es durchgesetzt. Das war alles.

Doch dann schämte er sich für diese Gedanken, weil er seinem Freund aufrichtig zugetan war.

Er musste sich ehrlicherweise eingestehen, dass seine Schüchternheit ihm niemals erlauben würde, sich so zu verhalten wie er. Also sollte er ihm gratulieren und alles Gute wünschen.

»Hat Heret sich denn nicht quer gestellt?«

»Userhet hat seine Sache wunderbar gemacht. Du hättest sehen sollen, wie er mit der Alten verhandelt hat. Sogar ihre Süßigkeiten hat er verputzt.«

»Wirklich?«

»Bis auf die letzte, und nebenbei hat er ihr weisgemacht, welch goldene Zukunft mir bevorsteht. Ich selbst konnte nur noch staunen, als er ihr erzählte, ich würde als ›Großer der Fünfzig‹ zurückkommen.«

Nemenhat pfiff erstaunt durch die Zähne.

»Irgendwelche geheimnisvollen Kräfte sind in meiner Umgebung am Werk. Wie sonst könnte mir all das zustoßen? Es ist, als würde sich das Meer vor mir auftun, Nemenhat, und mir die Möglichkeit verschaffen, meine Ziele zu erreichen. Stell dir vor, dieser Krieg kommt genau zum richtigen Zeitpunkt. Und du kannst sicher sein, dass ich diese Gelegenheit nutzen werde. Ich kann es kaum erwarten.«

»Dann stimmen die Gerüchte, dass die Völker des Westens vor Memphis stehen?«

»Sie sind dabei, das Herz des Deltas nach Belieben zu plündern. Wir müssen sie aufhalten, sonst stehen uns schlimme Zeiten bevor«, erwiderte sein Freund mit abwesendem Blick.

»So ernst ist die Lage?«

»Ich fürchte, ja, mein Freund. Der Gottkönig hat uns zu seinen Truppen nach Pi-Ramesse befohlen. Von dort werden wir gegen den Feind aufbrechen.«

Nemenhat starrte eine Zeit lang nachdenklich zu Boden.

»Aber sag mir, warum schließt du dich uns nicht einfach an?«, fuhr Kasekemut fort. »Man würde dich bei den Bogenschützen sofort aufnehmen. So ein Arm, wie du ihn hast, könnte uns sehr behilflich sein, ich habe noch nie so einen guten Schützen wie dich gesehen.«

»Du weißt doch, wie ich über das Heer denke, Kasekemut.«

»Na ja, wer weiß, vielleicht wirst du am Ende zwangsrekrutiert. Wenn es hart auf hart kommt, wird der Pharao Aushebungen durchführen lassen. Und dann wird jeder Zehnte einberufen.«

»Nun, ich kann nur hoffen, dass es nicht so weit kommt. Wenn mir aber keine andere Wahl bliebe, würde ich gern an deiner Seite kämpfen.«

Kasekemut klopfte ihm dankbar auf die Schulter.

»Es gibt da noch etwas, um das ich dich bitten wollte, Nemenhat.«

»Du weißt, dass ich alles für dich tun würde.«

»Ich danke dir, mein Freund. Es handelt sich um Kadesch. Ich möchte, dass du dich um sie kümmerst, solange ich fort bin. Tust du mir diesen Gefallen?«

»Von ganzem Herzen, Kasekemut. Ich werde tun, was in meiner Macht steht.«

Kasekemut breitete die Arme aus, und die beiden verabschiedeten sich mit einer innigen Umarmung.

»Jetzt muss ich aber los«, sagte Kasekemut schließlich. »Das Heer wartet nicht.«

»Halt, bevor du gehst, will ich dir etwas geben«, rief Nemenhat und zog eine kleine Figur aus der Tasche seines kurzen Rockes.

»Das ist doch Sachmet?«

»Ja, ich habe sie selbst in der Werkstatt meines Vaters geschnitzt. Sie wird dir Kraft verleihen, falls du sie brauchen solltest.«

Kasekemut umschloss die kleine Figur mit seiner Faust.

»Ich werde sie immer bei mir tragen, mein Freund. Leb wohl.«

Dann wandte Kasekemut ihm den Rücken zu und ging die Gasse hinunter in Richtung Hafen.

»Leb wohl, *hunu neperu**«, rief ihm Nemenhat hinterher.

Als sein Freund das hörte, drehte er sich um und zeigte seine weißen Zähne mit einem strahlenden Lächeln.

»Ich komme als *menefit*** zurück, darauf kannst du Gift nehmen«, rief er und winkte ihm zum Abschied zu.

Dann verschwand er in dem Gewirr der schmalen Gassen, die zum Fluss hinunterführten.

Noch in derselben Nacht verließ die Division von Seth, die über fünftausend Mann stark war, Memphis und marschierte nach Pi-Ramesse. Dort erwartete sie der Pharao mit seinen restlichen Divisionen, um gegen den Feind zu ziehen, der das ganze Land bedrohte. Dieses Mal fand keine Parade statt wie sonst üblich, um die Truppen zu verabschieden. Es war ein hastiger Aufbruch in der Stille der Nacht, den nur das Stampfen der eigenen Schritte begleitete.

* Bezeichnung für die jüngsten Soldaten im Heer.

** Veteran.

Trotzdem blieb die überstürzte Truppenbewegung der Stadt nicht verborgen. Sie zeugte vom Ernst der Lage, was die Bewohner nicht gerade beruhigte. Sie folgten ihrem siebten Sinn und begannen, so viele Nahrungsmittel wie möglich zu horten. Die Preise schossen in die Höhe; manche Waren erreichten astronomische Summen. Die königliche Verwaltung war gezwungen zu intervenieren und ließ Getreide an die Bevölkerung ausgeben. Die letzte Ernte war ergiebig gewesen, sodass ein Teil der Vorräte verteilt werden konnte. Auf diese Weise wurden die Gemüter beruhigt; zudem konnte verhindert werden, dass ein so wichtiges Grundnahrungsmittel auf dem Schwarzmarkt gehandelt wurde. Herolde schwärmten überall in der Stadt aus, um die Bürger zu beschwichtigen und ihnen die tatsächliche Lage zu erklären. Der Gottkönig war an der Spitze eines Heeres gegen die Invasoren aufgebrochen, und alle rechneten mit einem schnellen Sieg und großer Kriegsbeute. Es gab keinen Grund zur Sorge, mithilfe der Götter würde Ägypten seine Feinde schlagen.

Schepsenure hatte sich bislang äußerst vorsichtig verhalten. Als er sich mit Seneb anfreundete, erkannte er sofort, in welche Gefahr er sich begäbe, falls sein Freund irgendein Schmuckstück seiner Beute zu Gesicht bekäme, egal, wie wertlos es war, denn die kleinste Inschrift würde den Einbalsamierer stutzig machen und seinen Verdacht wecken. Andererseits waren sie es bald leid, sich ständig in überfüllten Schenken zu treffen. Schepsenure begann, seinen Freund zu sich nach Hause einzuladen. Senebs Besuche wurden zu einer festen Gewohnheit, denn der Wein, den Schepsenure ihm anbot, ließ sich nicht mit dem aus den Schenken vergleichen, sodass sie die Besuche dort nicht im Geringsten vermissten.

Wann immer seine Arbeit es zuließ, ging Schepsenure hinunter zum Hafen. Meistens nutzte er die klaren Morgenstunden, die die Götter der Stadt schenkten, um durch die Gassen zu den Molen zu wandern. Dort, inmitten des unaufhörlichen Hafenlärms, beobachtete er das ständige An- oder Ablegen der Handelsschiffe, die aus aller Herren Länder kamen. Am liebsten sah er zu, wenn die großen, mit Waren voll beladenen Schiffe anlegten, die aus den Hafenstädten des »Großen Grünen« kamen. Diese Seeschiffe, die so anders waren als die kleinen Barken, die auf dem Nil verkehrten, versetzten ihn immer wieder in Staunen. Vor allem, wenn er die enormen Mengen an Waren sah, die sie zu transportieren vermochten. Er stellte sich vor, wie die riesigen Ungeheuer mit ihren voll beladenen Schiffsbäuchen das weite Meer durchpflügten, und war fasziniert. Er hatte viele Geschichten über die Gefahren gehört, die das Meer mit sich brachte, und sich sein Bild davon gemacht, obwohl er es nie mit eigenen Augen gesehen hatte.

Als er eines Tages beobachtete, wie ein paar Männer ein Schiff entluden, lernte er Hiram kennen, einen Händler aus Byblos, der seit langem in Memphis lebte und mit jeder Art von Waren handelte, die gerade gefragt war. Morgens kam er zu seinen Lagern an der Mole und kümmerte sich selber um den Ablauf des Geschäfts. Er begutachtete die Waren, die eintrafen, und sorgte für den Weitertransport, um sicher zu sein, dass sie den Kunden auch erreichten. Eigens dafür hatte er ein Netzwerk aus kleinen Händlern aufgebaut, die seine Güter an den Mann brachten und ihm täglich darüber berichteten, welche Produkte nachbestellt werden mussten.

Hiram hatte weder Frau noch Kinder, seine Familie war das Geschäft, dem er wie ein eifersüchtiger Ehemann seine ganze Zeit widmete. Nicht selten verließ er erst spät in der Nacht sein Kontor, wo er noch über dem einen oder anderen Problem gebrütet hatte. Die Wächter am Hafen kannten ihn gut, und manchmal erboten sie sich, ihn bis zu seinem Haus zu begleiten, das nicht weit entfernt war.

Hiram versorgte die Würdenträger und Vornehmen der Stadt mit Luxusgütern und war in den oberen Schichten von Memphis gern gesehen.

Sein ganzes Leben lang hatte er sich dem Handel verschrieben. Angefangen hatte er auf Handelsschiffen, mit denen er das Mittelmeer bereiste. Er kannte die verschiedensten Völker und den Wert ihrer Waren. Und er hatte gute Lehrmeister gehabt, die besten, die es gab. Denn niemand war so geschickt darin, neue Märkte zu erschließen und einen blühenden Handel aufzubauen, wie die Phönizier.

Als er in die Jahre kam, hatte er sich in Memphis niedergelassen. Das war in den letzten Jahren der Herrschaft des Großen Ramses gewesen, und Ägypten hatte die besten Voraussetzungen geboten, um eine Handelsniederlassung zu gründen. Langsam, aber sicher hatte er sein Geschäft aufgebaut, und als mit der Königin Tausret die große wirtschaftliche Depression Einzug hielt, hatte er nicht nur keine Probleme wie die anderen Kaufleute, sondern seinen Gewinn sogar noch steigern können. Nun hatte er ein reifes Alter erreicht, in dem er die Früchte aus dem Wissen erntete, das er ein Leben lang gesammelt hatte.

Gelegentlich baten hohe Würdenträger in der Verwaltung um seinen Rat, wenn es um irgendeine Unternehmung geschäftlicher Art ging; dann stand er ihnen zur Seite, so gut er konnte, und achtete darauf, dass sie keinen einzigen Deben verloren.

Zu den Behörden des Zolls unterhielt er die besten Beziehungen, was seinen Geschäften sehr zuträglich war. Daher sorgte Hiram dafür, dass es dem Obersten Zollschreiber an nichts mangelte.

Für die Beamten, die an den Hafenmolen Dienst taten und die Waren registrierten, die im Hafen gelöscht wurden, hielt er stets eine Amphore mit kostbarem Öl oder mit Wein aus Kypros bereit, den die Ägypter so sehr schätzten.* So wurden seine Ladungen selten von den Schreibern des Zolls inspiziert, die ansonsten

* Man darf nicht vergessen, dass der Wein, den die Ägypter kannten, ganz anders war als unser heutiger; denn sie süßten ihn mit Honig oder Datteln.

peinlich genau vorgingen. Da er bescheiden lebte und sehr diskret war, weckte er keinen Neid, was in einer Stadt wie Memphis von enormer Bedeutung war.

Seine vorzügliche Spürnase witterte Geschäfte, auf die andere gar nicht gekommen wären. Er durchschaute Menschen auf den ersten Blick, hörte sich alle Vorschläge, die ihm gemacht wurden, höflich an und versprach immer, sich die Sache gründlich zu überlegen. Wenn ihn das Angebot nicht interessierte, war er niemals um schlagfertige Argumente verlegen, die dagegen sprachen, und obendrein so überzeugend in seiner Darlegung, dass der Betreffende sich verdattert dafür entschuldigte, ihm seine Zeit gestohlen zu haben.

Angesichts seines kaufmännischen Denkens und des phönizischen Blutes, das in seinen Adern floss, wirkte dieses Verhalten vollkommen natürlich – wie etwas, das unzertrennlich mit seinem Charakter verbunden war und dem er selbst keinerlei Bedeutung beimaß. Trotzdem war er sehr stolz darauf, den genauen Wert jeder einzelnen seiner vielen Waren zu kennen.

Hiram war in der Lage, diesen Wert mit bloßem Auge zu erkennen. Deshalb wusste er, wie wertvoll das Armband war, das Schepsenure ihm gerade zeigte. Er wog es einen kurzen Augenblick in der Hand und sah in die ausdruckslosen Augen seines Gegenübers. Schepsenure hielt seinem Blick stand, und Hiram betrachtete erneut das Armband. Es gab keinen Zweifel daran, dass das Schmuckstück, in das viele kleine Figuren des Horus kunstvoll eingelassen waren, aus reinem Gold bestand.

Mehr als zehn Tage waren vergangen, seit er ihn kennen gelernt hatte, ganz zufällig, während er das Löschen einer Ladung Zedernholz aus dem Libanon überwachte. Es war eine sehr wertvolle Ware in einem Land wie Ägypten, in dem es kein hochwertiges Holz gab. Genau das hatte Hiram an diesem Morgen aus dem Mund des Fremden gehört.

Natürlich wusste er es selbst zur Genüge, sonst hätte er auch nicht damit gehandelt. Daher achtete er nicht weiter darauf und fuhr mit der Überprüfung der Frachtlisten fort. Doch der Mann wanderte zwischen den Baumstämmen hin und her und sah sie sich genauestens an.

»Die Ladung ist bereits verkauft!«, rief Hiram ihm zu, während er die Papyri las.

Der Ägypter sah ihn schweigend an und fuhr fort, das Holz zu begutachten.

»Tut mir Leid, mein Freund«, sagte daraufhin Hiram und legte die Papyri beiseite. »Die Ladung ist für den Ptah-Tempel bestimmt, der im Voraus bezahlt hat.«

»Das wundert mich nicht«, entgegnete Schepsenure. »Beste Qualität. So etwas sieht man hier in Ägypten sonst nicht.«

»Deshalb ist das Holz auch so teuer. Nur die Priester in den Tempeln oder die Vornehmen können es sich leisten.«

Der Fremde hörte auf, das Holz zu inspizieren, und ging mit einem rätselhaften Lächeln auf Hiram zu.

»Nun, ich bräuchte nicht viel, und über den Preis könnten wir uns vermutlich rasch einig werden.«

Diese Worte genügten, um Hirams volle Aufmerksamkeit zu wecken, und es dauerte nicht lange, bis der Handel beschlossen war.

Anscheinend besaß der Fremde eine kleine Schreinerei und wollte nur so viel Holz kaufen, wie er für seine Bestellungen benötigte. Eine kleine Werkstatt, wie er selbst gesagt hatte. Hiram kam es gelegen, denn er hatte oft Restbestände in seinen Lagern, die er wegen des hohen Preises nur mit Mühe loswurde. Die konnte er nun an den Ägypter verkaufen und obendrein noch ein gutes Geschäft herausschlagen.

Sie vereinbarten, sich in zehn Tagen, wenn die Lieferungen abgeholt worden waren, wieder zu treffen und den Handel perfekt zu machen.

In Anbetracht des Wertes, den die Ware hatte, war Hiram doch irgendwie neugierig darauf, wie der Fremde die fünf Deben in Gold bezahlen würde, die er für das Holz verlangte. Eine beträchtliche Summe, fast so viel, wie normalerweise ein *hatya** jedes Jahr ausgeben musste, um mit seinem Amt protzen zu können. Doch dass er ihm Schmuck bringen würde, hätte er nicht gedacht.

So begutachtete er jetzt das Armband in seiner Hand. Das Edelmetall funkelte im Schein des Lichts, das durch das große Fenster mit Blick auf den Fluss hereinfiel. Hiram stand auf, legte das Armband auf den kleinen Tisch vor sich und trat mit im Rücken verschränkten Händen ans Fenster. Er sah gern auf das Treiben im Hafen und auf die Stadt hinunter, die sich am anderen Ufer des Flusses ausbreitete. Es war ein Anblick, der seine Gedanken anregte.

Dass das Armband ein einzigartiges Stück war, stand außer Frage. Solchen Schmuck bekam man in Memphis nicht zu sehen, zudem konnte man auf den ersten Blick erkennen, dass es ein sehr altes Stück war. Vielleicht fünfhundert Jahre alt, denn solch fein gearbeitete Ware wurde heutzutage nicht mehr hergestellt. Wo hatte der Mann es bloß her?

Nicht dass die Herkunft des Schmucks ihn sonderlich interessierte, er und seine Skrupel gingen schon lange ganz verschiedene Wege. Doch eins stand fest, dieses Armband konnte ihm Scherereien bereiten. Und im Gegensatz zu den Skrupeln war die Vorsicht sein ständiger Begleiter geblieben.

Er wandte seine Aufmerksamkeit wieder dem Hafen zu, wo gerade ein Schiff ausgeladen wurde, das Öl an Bord hatte. Einem der Träger rutschte eine Amphore aus den Händen und fiel krachend zu Boden. Die kostbare Flüssigkeit ergoss sich über den schmutzigen Boden, und sofort hörte man den Vorarbeiter schreien, der fluchend und drohend auf den armen Mann zugelaufen kam.

* Bezeichnung für den Gaufürsten im alten Ägypten.

Hiram seufzte, während er die Szene beobachtete. Dass das Armband ihm Ärger machen konnte, hieß nicht, dass er auf das Geschäft verzichten würde. So ein Schmuckstück durfte man sich nicht entgehen lassen, aber er würde es außerhalb von Ägypten verkaufen müssen, um kein Risiko einzugehen. Mit den entsprechenden Kontakten dürfte es kein Problem sein, und auf den Märkten des Mittelmeers könnte er sogar doppelt so viel dafür bekommen wie hier.

Er drehte sich um und schenkte Schepsenure sein freundlichstes Lächeln, während er wieder Platz nahm.

»Na schön«, sagte er und faltete die Hände auf dem Schoß. »Ich bin mit der Art der Zahlung einverstanden. Noch heute wird man dir das Holz bringen, wohin du willst.«

Der Ägypter sagte nichts, während er Hiram aufmerksam ansah.

Schließlich erklärte er: »Wir sind wohl beide zufrieden, aber bevor ich gehe, wollte ich dir noch etwas vorschlagen.«

Der Phönizier breitete einladend die Arme aus.

»Ich sehe, dass du ein Mann bist, der Schönheit im richtigen Maß zu würdigen weiß, Hiram«, begann Schepsenure ironisch. »Deshalb wollte ich dich fragen, ob du Lust auf weitere Geschäfte dieser Art hättest.«

»Du willst noch mehr Holz?«

»Nein, Öl, Wein, Gewürze, Stoffe …«

»Und alles Spitzenware, nicht wahr?«

»Gewiss. Es ist alles nur für den eigenen Gebrauch, du hättest also keine Mühe, mich zu beliefern, da es nur geringe Mengen wären. Und die Bezahlung ist kein Problem, wie du gesehen hast.«

Dieses Mal konnte der Phönizier seine Überraschung kaum verhehlen. Nicht weil er in Zukunft einige Amphoren Wein für diesen Mann beiseite stellen musste, sondern weil der mit mehr Stücken wie diesen zu bezahlen gedachte. Man ist in diesem Geschäft nie vor Überraschungen gefeit, dachte er, auch wenn sie gut sind wie jetzt. Schon weckte die Art der Vergütung seine Neugier, er schmunzelte in sich hinein und sagte:

»Nun ja, manchmal fällt es mir nicht leicht, die Bedürfnisse meiner Kunden so zu befriedigen, wie ich es mir wünsche. Es gibt Verpflichtungen, die äußersten Vorrang genießen, etwa die des Königshauses. Manchmal muss ich die ganze Ladung nach Pi-Ramesse schicken, worauf ich andererseits natürlich besonders stolz bin.«

Der Ägypter warf ihm einen Blick zu.

»Ich bin davon überzeugt, dass das kein Problem sein wird. Ich kann dir einen Teil der Ware im Voraus bezahlen.«

Hiram lächelte leicht.

»Kein Zweifel, die Götter legen dir verführerische Worte in den Mund, und ich täte schlecht daran, mich ihnen zu verweigern. Ich glaube, dass wir uns einigen werden, egal, was du brauchst.«

Genau das wollte Schepsenure hören. Er erhob sich und verabschiedete sich höflich von dem phönizischen Händler. Doch ehe er hinausging, wandte er sich ein letztes Mal um.

»Ich will nicht gehen, ohne dir zu sagen, warum ich gerade dich für meine Geschäfte ausgesucht habe. Es hatte nichts damit zu tun, dass du im Ruf stehst, ein tüchtiger Kaufmann zu sein, sondern mehr damit, dass du obendrein als äußerst verschwiegen giltst. Ich bin überzeugt, dass Stillschweigen zu deinen kostbarsten Gütern gehört und dass du es wahren wirst.«

Hiram bedeutete ihm mit einem Nicken, dass er verstanden hatte. Darauf drehte sich Schepsenure um und verschwand.

Hiram trat ans Fenster und beobachtete, wie der Mann sich im dichten Getümmel verlor, das um diese Zeit im Hafen herrschte.

Seltsam, dachte er, scheinbar weiß er alles über mich, ich hingegen …

Erst da fiel ihm auf, dass er nicht einmal seinen Namen kannte.

Doch das brauchte ihm kein Kopfzerbrechen zu bereiten, er

würde ihn bald in Erfahrung bringen. Er wollte immer wissen, mit wem er es zu tun hatte. Und die Herkunft des Armbands würde er auch bald kennen.

»Ich zweifle nicht daran, dass die Götter uns beistehen werden, wenn es nötig sein sollte«, versicherte Seneb vorsichtig.

»Mit Verlaub, aber ich habe mehr Vertrauen in die vier ramessidischen Divisionen als in die unermessliche Macht unserer Götter«, entgegnete Schepsenure, während er ein Stück Holz glatt hobelte.

»Ich habe mir schon gedacht, dass du das sagen würdest. Manchmal vergesse ich einfach, wie ungläubig du bist«, erklärte Seneb missbilligend.

»Glaubst du etwa, unsere Götter würden sich aus dem Ialu-Gefilde bequemen, um zu kämpfen? Ja, ich weiß, was du antworten wirst. Dass sie unsere Truppen zum Sieg führen werden.«

»Die Götter werden Ägypten jetzt nicht im Stich lassen.«

Schepsenure lächelte und legte den Hobel auf den Tisch.

»Du glaubst also wirklich, dass sie unsere Soldaten zum Sieg führen werden?«

»Daran habe ich keinen Zweifel.«

Schepsenure trat an ein Regal und schenkte Wein aus einer Amphore in zwei Becher. Einen reichte er seinem Freund.

»Trotzdem ist es seltsam«, sagte er, während er einen Schluck nahm. »Entschuldige, aber soweit ich weiß, besteht unser Heer zur Hälfte aus Söldnern. Menschen aus anderen Völkern. Ich nehme an, dass all diese Menschen ihre eigenen Götter verehren, und das sind bestimmt nicht die unseren.«

Seneb probierte den Wein und nickte anerkennend.

»Aber nur unsere Götter haben die natürliche Ordnung geschaffen, die uns umgibt. Sie werden uns beschützen«, bekräftigte er.

Schepsenure lachte.

»Weißt du was, Seneb, du hast wirklich einen unerschütterlichen Glauben. Wirklich, manchmal beneide ich dich darum.«

»Schon gut, bei dir ist ohnehin Hopfen und Malz verloren, und glaube nicht, dass mich das nicht schmerzt. Ich kann nur hoffen, dass dir Osiris deinen Mangel an Glauben verzeiht, damit wir auch im Haus der Ewigkeit noch gemeinsam diesen köstlichen Wein trinken können.«

»Und ich hoffe, dass das Totengericht noch möglichst lange auf sich warten lässt, mein Freund, aber bis dahin werden wir den Wein hier genießen, wann immer es dir beliebt. Übrigens würde ich mich freuen, wenn du eine Amphore von diesem Lebenselixier als Geschenk annehmen würdest. Ein wirklich guter Jahrgang, den du in Ägypten kaum bekommen wirst.«

»Eine ganze Amphore willst du mir schenken?«

»Ja, von Herzen gern. Das ist das Mindeste, was ich für jemanden tun kann, der meine ständigen Tiraden gegen die Götter ertragen muss.«

Jetzt lachte Seneb leise.

»Ich glaube, dass bei so einem guten Wein sogar Osiris mit uns anstoßen würde.«

Schepsenure stimmte in das Lachen seines Freundes ein. Er machte einen fröhlichen, vielleicht sogar glücklichen Eindruck, obwohl es sich schwer sagen ließ, denn in seinem Leben war er jemals weder das eine noch das andere gewesen. Doch seit er sich seit einigen Monaten ausschließlich seinem Beruf widmete, verspürte er zum ersten Mal eine gewisse Zufriedenheit.

Die beiden Freunde verkehrten nicht mehr in den Schenken und trafen sich meistens in Schepsenures Haus. Wenn Seneb abends von der Arbeit kam, machte er auf dem Heimweg bei Schepsenure Halt, um den köstlichen Wein zu probieren, mit dem sein Freund ihn verwöhnte. Nicht einmal in der besten Schenke von Memphis bekam man so einen guten Tropfen serviert, weshalb der Einbalsamierer jeden Tag gern bei Schepsenure einkehrte. Hier entging er dem Lärm, der normalerweise in den Schenken herrschte und den er so verabscheute. Zudem konnten sie, wenn Schepsenure nicht gerade an einem wichtigen Auftrag arbeitete, eine Partie Senet spielen. Er war ein leidenschaftlicher Spieler, der über einer Partie alles andere vergessen konnte. Nicht selten war seine Tochter beunruhigt am späten Abend erschienen, um ihn abzuholen. Min dagegen wollte partout nicht auf den Trubel der Schenken verzichten. Nach getaner Arbeit verabschiedete er sich von seinem Arbeitgeber und sah ihn erst am nächsten Tag wieder.

Schepsenure hobelte weiter. Jeder, der ihn beobachten konnte, hätte gesehen, dass es ihm Spaß machte.

Jetzt, da er über gutes Holz verfügte, hatte er so viele Bestellungen erhalten, dass er keine weiteren Kunden mehr annehmen konnte.

Seneb trank genüsslich seinen Wein in kleinen Schlucken und beobachtete ihn. Eigentlich gefiel es ihm sehr, seinem Freund bei der Arbeit zuzusehen.

»Keine andere Arbeit verleiht den Menschen vor den Göttern so viel Würde wie die Arbeit mit den eigenen Händen«, pflegte er zu sagen. »Und ich muss zugeben, die deinen sind begnadet.«

Von draußen hörte man Schritte, und dann trat Nemenhat ein. Seine Kleidung war verstaubt, der Schweiß lief ihm über das Gesicht. Er kam von der Arbeit an den Befestigungsmauern im Westen der Stadt. Wie viele andere junge Männer hatte er sich freiwillig gemeldet, um die alten Stadtmauern zu verstärken. Die Angst vor dem heranrückenden feindlichen Heer hatte mittlerweile ganz Memphis erfasst.

»Wie ich sehe, bist du inzwischen zum *iqdu inebu** geworden«, rief der Einbalsamierer spöttisch, als er ihn sah.**

Nemenhat warf ihm einen ärgerlichen Blick zu.

* Maurer.

** Der Spott bezog sich auf die Tatsache, dass der Maurerberuf damals zu den niedrigsten im Reich zählte.

»Nun, unter den gegebenen Umständen kann man es gar nicht hoch genug einschätzen, was du für die Stadt tust«, fuhr Seneb fort. »Ich kann dich nur beglückwünschen.«

Da lächelte Nemenhat und ging ins Nebenzimmer.

»Du bist bestimmt stolz auf ihn«, sagte Seneb an Schepsenure gewandt.

»Es war sein Wille, mit dieser Entscheidung habe ich nichts zu tun, Seneb.«

»Ein Grund mehr, stolz auf ihn zu sein. Mögen die Götter die Jugend segnen, sie kämpft wenigstens voller Begeisterung für die Ideale dieses Landes.«

Schepsenure hobelte schweigend weiter.

»Außerdem habe ich deinen Sohn wirklich sehr gern. Er bringt die besten Voraussetzungen mit, trotz seines sturen Vaters.«

»Weißt du, wie ich darüber denke? Er soll so werden, wie er will, und ich will versuchen, ihn nicht zu beeinflussen.«

»Heilige Götter! Du bist unmöglich, richtig verblendet! Ich glaube, dass du völlig falsch liegst. Du solltest deinem Sohn bei allem mit Rat und Tat zur Seite stehen.«

»Das tue ich doch.«

»Das tust du? Möge Renenutet* unser Schicksal leiten! Und wie, wenn ich fragen darf?«

»Es hat doch keinen Zweck, wenn ich ihm ständig sage, was er zu tun und zu lassen hat. Er muss es selbst herausfinden. Wenn ich eines Tages nicht mehr da bin, wer soll ihm dann sagen, wie er sich verhalten soll? Es ist besser, wenn er von Anfang an auf eigenen Beinen steht.«

»Das heißt doch nicht, dass du ihn nicht auf den richtigen Weg bringen sollst, wenn es angebracht ist.«

»Wir könnten uns den ganzen Tag darüber streiten, was ange-

* Göttin in Frauengestalt mit dem Kopf einer Kobra, die das Schicksal der Menschheit in den Händen hielt.

bracht ist oder nicht, ohne zu einem Ergebnis zu kommen. Aber ich versichere dir, dass ich ihn immer berate, wenn er mich darum bittet. Ich könnte natürlich völlig falsch liegen, aber ich versuche es, so gut ich kann.«

Schepsenure hielt inne und begutachtete sein Holz.

»Es ist nicht so, dass ich ihm gar keine Ratschläge erteile«, fuhr er fort, während er den Hobel noch einmal ansetzte. »Schon vor langer Zeit habe ich ihm einen Rat gegeben, der ihn hoffentlich durch das ganze Leben begleiten wird: Wenn du irgendwann nicht weißt, welchen Weg du einschlagen sollst, dann hör auf dein Herz, es wird dich führen.«

Seneb senkte den Blick und sah beschämt auf seinen Becher. Er hatte sich in etwas eingemischt, das ihn nichts anging.

Als Schepsenure es bemerkte, sagte er:

»Außerdem wirst du allmählich zu einem alten Nörgler, was deinen Göttern, die du so verehrst, bestimmt nicht gefällt. Immerhin haben sie dir eine wunderbare Tochter geschenkt, die alle von dir geschätzten Tugenden verkörpert. Eigentlich müsste dir jedes Mal das Herz vor Freude aufgehen, wenn du sie siehst!«

»Recht hast du, mein Freund. Vermutlich liegt es am Alter, aber für mich gibt es kein größeres Geschenk als meine Tochter, und falls ich mich bei ihrer Erziehung geirrt habe, dann wohl eher aus übertriebenem Eifer. Habe ich dir erzählt, dass sie sich in letzter Zeit darauf verlegt hat, Pflanzen zu sammeln?«

»Wirklich?«

»Aber ja. Sie geht auf die Felder, sucht sich die unterschiedlichsten Kräuter und macht Gesichtssalben, Parfüm und sogar Medizin daraus.«

Schepsenure sah ihn überrascht an.

»Eigentlich kein Wunder, schließlich hat sie von klein auf gesehen, wie ich meine Rezepturen mische.«

»Stimmt, ich hatte ganz vergessen, dass die Götter dich auch mit Wissen gesalbt haben«, lachte Schepsenure.

Doch Seneb schien den Spott nicht bemerkt zu haben und fuhr verzückt fort, die Fähigkeiten seiner Tochter zu preisen.

»Willst du wissen, was sie am besten kocht? Linsen!«

»Linsen?«

»Ja, ja, Linsen, lach nicht. So gute hast du noch nie in deinem Leben probiert. Ich weiß nicht, welches ihr Geheimnis ist, aber ich glaube, sie gibt irgendwelche köstlichen Kräuter dazu. Du musst sie unbedingt probieren.«

»Es wäre mir eine Freude.«

»Ich muss dir ja wohl nicht sagen, das du jederzeit herzlich eingeladen bist, oder? Und du auch«, setzte er an Nemenhat gewandt hinzu, der gerade das Zimmer betreten hatte.

Nemenhat schwieg. Er hatte nicht die geringste Lust, Nubet zu sehen oder ihr Essen zu probieren. Allein der Gedanke war ihm ein Graus. Er hielt Nubet für unerträglich besserwisserisch. Doch er zeigte seine Gefühle nicht und noch weniger vor ihrem Vater, den er schätzte und achtete.

Vielleicht war es indirekt sogar Senebs Einfluss zu verdanken, dass sich Nemenhat den Brigaden angeschlossen hatte, die an der Befestigung der Stadt arbeiteten. In ihm selbst brannte die Flamme des Patriotismus nämlich nicht, trotzdem war er angesichts der allgemeinen Bedrohung dem Ruf des Vaterlandes gefolgt.

Es war harte Arbeit, weil sich die Befestigungsanlagen in einem erbärmlichen Zustand befanden. Seit Ramses II. waren sie vernachlässigt worden und mussten nun von Grund auf erneuert werden. Die mühsame Arbeit störte Nemenhat aber nicht; schon am frühen Morgen versammelte er sich mit vielen anderen jungen Männern in seinem Alter, um gemeinsam etwas gegen die anrückende Gefahr zu unternehmen. Es war ein völlig neues Gefühl zu erleben, wie Menschen, die sich nicht kannten, ihre Kräfte bündelten, um gemeinsam für das Wohl aller zu kämpfen.

Seneb war begeistert, und da er von einer großen Liebe zu seinem Land erfüllt war, spornte er den Jungen an.

»Deine Anstrengungen werden nicht vergeblich sein; wenn ihr alle zusammenhaltet, werden Kräfte freigesetzt, die du dir niemals hättest vorstellen können. Und die Götter werden dich dafür belohnen.«

Doch Nemenhat bedeuteten diese Worte nicht viel, er hatte wie sein Vater kein allzu großes Vertrauen in die ägyptischen Götter.

Seit Kasekemut mit dem Heer des Pharaos abmarschiert war, hatte Nemenhat Kadesch nicht mehr wiedergesehen. Das Versprechen, das er seinem Freund gegeben hatte, war zwar nicht vergessen, da er aber tagtäglich mit der Befestigung der Stadtmauer beschäftigt gewesen war, hatte er keine Zeit gehabt, es einzuhalten. Schließlich beschloss er eines Morgens, noch früher aufzustehen und ihr einen Besuch abzustatten.

Als Kadesch ihn sah, warf sie ihm einen vorwurfsvollen Blick zu und bezichtigte ihn, sie im Stich gelassen und das Wort, das er seinem Freund gegeben hatte, gebrochen zu haben.

»Kasekemut hat mir versprochen, dass du dich um mich kümmern würdest. Und erst heute tauchst du zum ersten Mal auf.«

Nemenhat entschuldigte sich und versuchte, ihr zu erklären, wie wichtig seine Arbeit an den Befestigungsanlagen der Stadt war, doch konnte er das Mädchen nicht davon überzeugen. Mit verschränkten Armen hörte sie sich an, was Nemenhat zu sagen hatte, und stampfte dabei nervös mit dem Fuß auf.

»Kasekemut wird nicht begeistert sein, wenn er das hört«, erklärte sie schließlich.

Nemenhat fand es lächerlich, aber da er keine Lust hatte, sich mit ihr zu streiten, fragte er sie, ob er etwas für sie tun könnte.

»Besser spät als nie. In der Tat kannst du etwas für mich tun. Morgen früh muss ich eine Lieferung Brot in die kleine Oase, die etwas außerhalb von Memphis liegt, bringen und möchte nicht allein durch den Palmenhain gehen. Könntest du dich bereit erklären, mich zu begleiten?«

Nemenhat nickte höflich, und sie verabredeten sich für den nächsten Morgen.

Zuweilen finden die Götter Gefallen daran, Normalsterbliche auf verworrene Wege zu locken, deren Ziele zumindest ungewiss sind, sodass ihnen das Leben wie ein schlechter Scherz erscheint. Aber das wäre Nemenhat an jenem Morgen im Monat des *choiak** natürlich nie in den Sinn gekommen.

Er war schon sehr früh am vereinbarten Treffpunkt erschienen. Angesichts der schlechten Laune des Mädchens und um weitere Probleme zu vermeiden, hielt er es für besser, wenn er auf sie wartete und nicht umgekehrt.

Die ganze Nacht hatte er wach im Bett gelegen und gegrübelt. Diese Verabredung schmeckte ihm ganz und gar nicht. Nicht die Tatsache, dass er sie begleiten sollte, bereitete ihm Kopfzerbrechen, sondern dass das Mädchen ihm offensichtlich vorwarf, er würde ihr nicht mehr wie früher den Hof machen. Für jemanden wie Nemenhat war das nicht leicht zu verstehen, da er nach wie vor leidenschaftliche Gefühle für sie hegte. Aber sie war Kasekemuts Verlobte, und das gab den Ausschlag. Am liebsten hätte er sich von ihr fern gehalten. Doch das Versprechen, das er seinem Freund gegeben hatte, zwang ihn, sich um sie zu kümmern, bis er zurückkehrte. Ziemlich egoistisch, dachte er, denn im Grunde genommen verlangte Kasekemut von ihm, dass er die Gefühle, die er für das Mädchen empfand, ihrer Freundschaft opferte.

Nun, da ihm nichts anderes mehr übrig blieb, als sie zu treffen, hatte Nemenhat beschlossen, sparsam mit seinen Worten zu sein und sich umsichtig zu verhalten, um Konflikte zu vermeiden.

Doch das Problem war nicht sein Verhalten, sondern das ihre. Als er sie kommen sah, wurde ihm das mit einem Schlag deutlich.

Obwohl sie Kasekemut versprochen war, benahm sie sich ge-

* Ende Oktober.

nauso aufreizend wie früher. Sie warf mit verführerischen Blicken um sich und genoss ihre Wirkung.

»Endlich haben die Götter deinem Herzen gezeigt, was der Anstand gebietet, Nemenhat«, sagte sie zum Gruß.

Nemenhats Antwort fiel so leise aus, als hätte er sie gar nicht ausgesprochen. Deshalb nahm er ihr rasch die Körbe ab und wünschte ihr noch einmal guten Morgen.

»Ich wäre wirklich wütend gewesen, wenn du nicht gekommen wärst«, erklärte Kadesch.

»Nun, ich bin ja da, wie du siehst«, antwortete Nemenhat.

Kadesch richtete sich noch ein wenig gerader auf, und dann schwiegen beide eine Zeit lang.

Die Gassen füllten sich allmählich mit Menschen, die ihren täglichen Geschäften nachgingen. Wie gewöhnlich feilschten Käufer und Verkäufer lauthals um den Preis der Waren, und wer sie sah, wäre nie auf den Gedanken gekommen, dass sich das Land im Kriegszustand befand.

Nemenhat schien es befremdlich, dass sie Kasekemut nicht mit einem Wort erwähnte und nicht einmal wissen wollte, ob er wusste, wo er war. Nichts. Wie früher schwang sie die Hüften noch stärker, wenn sie die begierigen Blicke der Männer sah. Nemenhat erkannte, dass sie ihre Wirkung nach wie vor genoss.

Die lüsternen Blicke begleiteten sie durch das Gewirr der schmalen Gassen. Nemenhat ertrug sie, so gut es ging. Er war erst erleichtert, als sie das Viertel der Händler hinter sich ließen und zu dem weiten Platz vor dem Ptah-Tempel gelangten. Sie überquerten ihn, ließen den Palast, den Merenptah errichtet hatte, zu ihrer Linken, gingen durch das große Stadttor und nahmen die Straße, die nach Dahschur führte.

Sobald sich die Menschenmassen gelichtet hatten, beendete Kadesch ihren aufreizenden Gang.

»Hast du eigentlich vor, den ganzen Morgen zu schweigen?«, fragte sie schließlich versöhnlich.

»Ich halte es für besser, sonst heißt es noch, ich hätte dich beleidigt.«

Kadesch lachte laut, was Nemenhat unwiderstehlich fand.

»Diese Seite an dir kannte ich noch gar nicht, Nemenhat.«

»Was meinst du?«

»Dass du so nachtragend sein kannst. Bist du böse auf mich?«, fragte sie und legte die Hand auf seinen Arm.

Die Berührung brachte Nemenhat vollkommen durcheinander, doch er ließ sich nichts anmerken.

»Na gut, wie du willst. Dann schweigen wir eben und freuen uns an der schönen Landschaft.«

Schön war sie in der Tat. Die Straße nach Dahschur führte mitten durch riesige Palmenhaine, eine Wohltat für die Augen.

Je weiter sie kamen, desto menschenleerer wurde die Straße. Sie waren allein in diesem Wald. Nur vereinzelt sahen sie ein paar Landarbeiter auf den Lichtungen, die nach dem Rückgang der Flut das Land inspizierten, um später die neue Saat auszustreuen.

Nemenhat trug die Körbe und pfiff leise vor sich hin. Gelegentlich warf er Kadesch, die neben ihm ging und ein bekanntes Liedchen trällerte, einen verstohlenen Blick von der Seite zu.

»O gütige Hathor, gib mir meinen geliebten Mann zurück, damit ich ihn noch vor Morgengrauen mit Küssen überschütten kann.«

Sie wirkte glücklich und unbekümmert, während sie so singend durch den Wald wanderte. Und wie einsam es hier war! Nemenhat konnte verstehen, warum sie ihn gebeten hatte, sie zu begleiten, denn der verlassene Weg führte vier Kilometer durch den Palmenwald. Zwar hatte sich die Sicherheit auf Ägyptens Wegen merklich gebessert, seit der neue Pharao den Thron bestiegen hatte, doch war es sicherlich nicht ratsam, diese Strecke alleine zu gehen.

Nach einem Fußmarsch von einer Stunde hörte der Palmenhain

unvermittelt auf. Noch eine der vielen seltsamen Launen, mit denen die ägyptischen Götter sich in diesem Land offenbarten. Anders konnte man es sich nicht erklären. Hier hatte die Natur einen der zahllosen Kontraste geschaffen, zu denen sich die Götter vor langer Zeit verstiegen hatten. Der ausgedehnte, dicht belaubte Palmenhain ging urplötzlich und ohne die geringste Vorwarnung in eine endlose Wüste über. Das schönste Paradies der Welt verwandelte sich mit einem Schlag in eine Wildnis aus gelbem Sand, in dem nur die Sonne, Kobras und Skorpione herrschten.

Sie bogen in einen kleinen, unauffälligen Pfad ein, der am Rande der Wüste vom Hauptweg abzweigte. Hier stießen sie wieder auf Menschen, die unaufhörlich kamen und gingen.

Alle waren in Eile, und da der Pfad sich an manchen Stellen verengte, kam es immer wieder zu kleinen Staus, wenn zwei Karren sich kreuzten. Dann gab es lange Diskussionen darüber, wer Vorfahrt hatte, die erst beendet wurden, wenn die hinter ihnen Wartenden lauthals protestierten.

Schließlich gelangten sie zu der einzigen Stelle, wo der Weg beidseitig von erfrischenden Schatten gesäumt war. Er verlief in einem weiten Bogen um einen dichten Palmenhain, wo die vielen Reisenden, die im Land unterwegs waren, Halt machten, um sich von den Strapazen zu erholen. Daher gab es hier seit uralten Zeiten einen kleinen Posten mit Händlern, die sie mit Wasser und Proviant versorgten.

Kadesch und Nemenhat ließen sich am Wegesrand nieder, um auf die Hirten zu warten, die mit ihren Herden von Iti-taui kommend an dieser Stelle Rast machten, bevor sie weiterzogen, um das Vieh auf dem Markt von Memphis zu verkaufen. Seit Jahren versorgte Heret die Hirten mit Brot für den letzten Teil des Weges, das sie hier in Empfang nahmen.

Müde ließ sich Nemenhat ins frische Gras fallen und winkte einen Wasserträger herbei.

»Was verlangst du für das Wasser, Bruder?«

»Einen Kupfer-Deben.«

»Was? Du musst ja verrückt sein«, rief er und richtete sich überrascht auf.

»Das ist der Preis. Das Wasser kommt von weit her, ich muss lange Wege gehen, um überhaupt frisches, klares Wasser zu finden. Aber ihr könnt beide für denselben Preis trinken«, erklärte er und zwinkerte Kadesch zu.

Zähneknirschend akzeptierten sie den Preis und bezahlten mit einem ihrer mit Honig bestrichenen Brote, unter der Bedingung, dass sie so viel trinken durften, wie sie wollten.

»Kein Problem«, antwortete der Wasserverkäufer und grinste, sodass man seinen zahnlosen Gaumen sah. »Der Tausch scheint mir gerecht.«

»Verdammter Gauner«, murmelte Nemenhat, als der Mann sich entfernte.

»Er muss auch leben«, wandte Kadesch ein und führte den Schlauch zum Mund. »Und das Wasser ist wirklich sehr frisch und kühl.«

Nemenhat sah sie wortlos an. Er war zu durstig, um auch nur ein Wort zu sagen. Er trank ausgiebig, lehnte sich an einen Baumstamm und schloss die Augen.

Er fühlte sich unwohl in seiner Haut und hatte ausgesprochen schlechte Laune. Er warf Kadesch einen Blick von der Seite zu und spürte, wie sein Zorn immer mehr anschwoll.

Wie eine Katze reckte und streckte sich das Mädchen mit langsamen, einstudierten Bewegungen und legte sich schließlich so verführerisch wie möglich neben ihn.

Sogar mit geschlossenen Augen spürte Nemenhat, wie die lüsternen Blicke der Männer sie durchbohrten. Er sah es förmlich vor sich, wie sie mit der Zunge schnalzten und leise Pfiffe ausstießen. Er hatte gewusst, dass es so kommen würde, und sie nur begleitet, um dafür zu sorgen, dass es dabei blieb und niemand Kadesch zu nahe trat. Doch jetzt, als er sah, wie sie sich verhielt, hatte er Lust, einfach wegzugehen und sie den Begierden auszuliefern, die sie selbst geweckt hatte. So wie sie halb an den Baumstamm gelehnt dalag, mit geschlossenen Augen und sinnlichem Mund, während ihr Schweißtropfen über den Hals und zwischen die herrlichen Brüste liefen, grenzte es tatsächlich an ein Wunder, dass sich kein Mann einfach auf sie stürzte. Obendrein hatte sie ihre Brüste entblößt, wie es gerade in Phönizien Mode war, und stellte die karmesinrot geschminkten Brustwarzen zur Schau. Als Nemenhat das sah, war er entsetzt. Kasekemut hätte es garantiert nicht gebilligt, und auch er selbst fand es skandalös. Obendrein fürchtete er, dass ihnen das Schlimmste noch bevorstand, wenn nämlich die Hirten kamen, denen sie das Brot verkaufen wollten. Es waren wilde Männer, die keine Hemmungen kannten, ganz anders als die Städter. Vor allem er würde Ärger bekommen, das stand für Nemenhat fest. Er dachte eine Weile nach und fasste dann einen Entschluss.

Neben ihm lag Kadesch mit geschlossenen Augen und atmete sanft und regelmäßig. Offenbar war sie eingeschlafen, sodass Nemenhat sie sich ungestört ansehen konnte. Ihre Brüste hoben und senkten sich wie zwei große reife Granatäpfel. Nicht einmal der beherrschteste Mann konnte sich diesem Anblick entziehen. Nemenhat war weder prüde noch leicht zu schockieren, Frauen und Männer in Ägypten hatten keine Scham, sich nackt zu zeigen. Aber bei Kadesch war es etwas anderes. Sie kleidete sich nach einer fremden Mode und hatte die Spitzen ihrer ohnehin aufreizenden Brüste auch noch knallrot geschminkt, um sämtliche Blicke auf sich zu ziehen.

Als er ein Lachen in der Nähe hörte, drehte er sich um. Einige Männer machten ihm Zeichen, er solle doch das, was er so begierig betrachtete, endlich berühren. Nicht einmal Sachmet in ihren zornigsten Tagen hatte die Wut gespürt, die ihn jetzt überkam, und zum x-ten Mal verfluchte er sich dafür, Kadesch begleitet zu haben.

Etwas in der Ferne weckte seine Aufmerksamkeit: eine Staubwolke, die langsam näher kam.

Bestimmt die Hirten mit ihrem Vieh, dachte er. Ich muss alles bereithaben, damit wir schnell fertig werden.

Die Herden, die vor einigen Tagen aus der früheren Hauptstadt des Mittleren Reiches aufgebrochen waren, hatten das letzte Stück ihrer Reise erreicht. Bald würden die Kühe, Stiere und Schafe für gutes Geld auf den Märkten und an die Tempel in der Stadt verkauft.

Ihre Hirten kamen aus aller Herren Länder. Vorbei waren die Zeiten, in denen das Vieh nur von ägyptischen Untertanen gehütet wurde, die im Sold der Gaufürsten und Tempel standen. In Unterägypten war es nun keine Seltenheit, dass neben Ägyptern auch Fremde sich um die Herden kümmerten. Syrer oder Angehörige der Stämme aus der Negevwüste waren nun gleichermaßen an dem lukrativen Geschäft beteiligt, von dem sie überdies sehr viel verstanden.

Wie erwartet machten Tiere und Menschen in der kleinen Oase Halt, um sich von dem strapaziösen Marsch durch die Wüste zu erholen. Nemenhat wartete bereits mit den Broten auf sie. Er hatte die Gelegenheit, dass Kadesch eingeschlafen war, genutzt und war ihnen entgegengegangen. Auf diese Art hoffte er, größere Probleme vermeiden zu können.

Einer der Hirten kam mit großen Schritten auf ihn zu. Er war fast nackt, nur ein winziger Schurz bedeckte seine Geschlechtsteile.

»Ist das Herets Brot?«, fragte er mit südländischem Akzent.

»So ist es, Bruder«, antwortete Nemenhat in demselben Akzent von El-kab, der ihm so vertraut war.

Der junge Mann lächelte über den Scherz und nickte. Dann drehte er sich um und rief seine Kumpane. Jemand antwortete, löste sich von der Gruppe und kam auf sie zu. Es war kein Ägypter, der Mann trug eine lange ockerfarbene Tunika aus Wolle und einen dichten schwarzen Bart wie die Einwohner von Kanaan. Dazu verströmte er einen solchen Gestank, dass sich Nemenhat fast der Magen umgedreht hätte.

»Na schön. Was haben wir denn da? Fünf Körbe mit verschieden gewürzten Broten ... Hm, wir hatten aber doch mehr bestellt!«

Nemenhat sah den Fremden erstaunt an. Seine Sprache verriet den typischen Akzent der östlichen Wüstenbewohner.

»Soweit ich weiß, waren fünf Körbe abgemacht, und die stehen hier«, antwortete er vorsichtig.

»Nein, nein«, widersprach der Fremde. »Acht. Es waren acht Körbe vereinbart, alle mit verschieden gewürzten Broten.«

»Verschieden gewürzt sind sie, aber eben nur fünf, so wie Heret mir gesagt hat.«

»Sehr seltsam«, sagte der Hirte und strich sich über den Bart. »Ganz sicher liegt hier ein Missverständnis vor, aber was soll's, wir werden jetzt mit dem auskommen müssen, was da ist. Natürlich muss dann aber auch der Preis halbiert werden«, schloss er mit einem durchtriebenen Lächeln.

Nemenhat sah ihn an und runzelte die Stirn.

»Der Preis ist der, der zuvor abgemacht wurde«, entgegnete er ernst.

»Natürlich«, antwortete der Hirte und prüfte den Inhalt der Körbe. »Aber der galt für acht Körbe und nicht für fünf. Ich gebe dir also sechs Deben ... aus Kupfer, versteht sich.«

Nemenhat runzelte die Stirn und warf ihm einen eisigen Blick zu.

»Ich fürchte, dass die Sonne dir den Verstand versengt hat. Vielleicht solltest du dich erst einmal abkühlen, ehe wir weiter verhandeln.«

»Ich muss mich nicht abkühlen, um mit dir zu verhandeln«, entgegnete der Fremde verächtlich. »Sechs Deben für acht Körbe.«

»Du irrst«, widersprach Nemenhat seelenruhig. »Abgemacht waren zehn Deben für fünf Körbe.«

Der Fremde warf empört die Arme hoch.

»Du bist ja verrückt«, rief er. »Dieser Preis ist eine Beleidigung.«

»Ich würde sagen, es ist genau umgekehrt. Mein Preis ist derjenige, der abgemacht war.«

»Wenn du die zehn Deben willst, wirst du die restlichen Körbe holen müssen.«

»Nicht im Traum. Ich werde gar nichts holen. Fünf Körbe, entweder du nimmst sie, oder du lässt es sein!«

Der Hirte begann, in einer fremden Sprache zu fluchen und mit den Armen zu fuchteln.

»Sechs Deben und keinen mehr!«, rief er mit ausgestrecktem Zeigefinger. »Sechs Deben gebe ich dir für das Brot. Und das ist mehr als großzügig.«

Der Tumult lockte die anderen Hirten und Reisenden an, die sich in der Nähe ausruhten.

»Stellt euch das vor!«, rief der Mann. »Zehn Deben verlangt er für sein Brot.«

»Natürlich, das war abgemacht.«

Der Mann dachte einen Augenblick nach und kratzte sich erneut den Bart. Dann trat er auf Nemenhat zu und stieß mehrmals seinen langen Stab auf die Erde.

»Ich werde dir sagen, was wir machen. Du gibst mir das Brot und ich dir die sechs Deben. Und dann wirst du zusehen, dass du nach Hause kommst.«

Die Hirten ringsum lachten laut.

»Wo kommst du her, mein Freund?«, fragte Nemenhat.

»Das tut nichts zur Sache«, antwortete der Mann nach einem kurzen Augenblick.

»Du irrst. Ich weiß gern, mit wem ich es zu tun habe.«

Es folgte gespannte Ruhe, bis der andere antwortete:

»Aus Kanaan.«

»Kanaan? Jetzt verstehe ich. In deinem Land kostet das Brot so viel, wie du sagst, weil es schlechter ist. Das schlechteste Brot weit und breit, wie ich gehört habe. Wir hier besitzen das beste Getreide und daher auch das beste Brot. Und deshalb ist es teurer, verstehst du?«

Wieder lachte die Menge, doch das gefiel dem Kanaaniter ganz und gar nicht. Er baute sich drohend vor Nemenhat auf.

»Dein Brot ist so viel wert, wie ich dir dafür biete. Und ich werde es für sechs Deben mitnehmen.«

»Mein Brot kostet zehn Deben! Das ist der Preis, den ihr mit meiner Mutter ausgemacht habt«, mischte sich plötzlich eine weibliche Stimme ein.

Alle drehten sich um und sahen, wie Kadesch sich erhobenen Hauptes einen Weg durch die Menge bahnte.

Der Kanaaniter traute zuerst seinen Augen nicht, doch es dauerte nicht lange, bis er seine Ungläubigkeit überwunden hatte und Kadesch lüstern anstarrte.

Nemenhat verzog missbilligend das Gesicht, als er sie zwischen all den Menschen kommen sah. Dieser halb nackte Auftritt hatte ihm gerade noch gefehlt! Jetzt bestand kein Zweifel mehr, dass die Angelegenheit kein gutes Ende nehmen würde.

»Zehn Deben und keinen weniger!«, wiederholte sie und blieb nur eine Elle vor dem Hirten stehen.

Der Mann blickte unverhohlen auf ihre nackten Brüste, die sie ebenso unverhohlen zur Schau trug, und sagte:

»Na schön, zehn Deben, aber nur, wenn du im Preis mit inbegriffen bist.«

Schallendes Gelächter.

»Das hättest du wohl gern, was? Aber selbst wenn du deine ganze Herde verkaufen würdest, könntest du mich nicht bezahlen.«

Nemenhat hatte das Gefühl, als würde sich die Erde unter seinen Füßen auftun. Schlimmer hätte es nicht kommen können. Kadesch hatte Öl ins Feuer gegossen, und jetzt musste er zusehen, wie er die Flammen löschte. Es hätte ihn nicht erstaunen dürfen, denn Kadesch hatte nun einmal ihr Vergnügen daran, die Männer zu reizen. Was ihr auch gelungen war, denn schon fingen die übrigen Hirten an, alle möglichen anzüglichen Bemerkungen zu machen.

»Na los, verkauf deine Schafe, wer weiß, vielleicht wird sie doch weich«, rief einer aus der Menge.

Wieder folgte lautes Gelächter.

»Sei nicht geizig, das Mädchen ist es doch wert!«, schrie ein anderer.

»Hier steht nichts anderes zum Verkauf als das Brot«, unterbrach Nemenhat das Lachen mit lauter Stimme. »Und zwar zu dem Preis, der vereinbart war.«

»Was du nicht sagst! Und wie willst du das erreichen? Ich werde dir sechs Deben in die Hand drücken und alles mitnehmen, was ich will«, erklärte der Kanaaniter und warf einen Blick auf Kadesch.

»Wenn man dich reden hört, könnte man meinen, dass du dich von deinen Tieren in nichts unterscheidest. Geh lieber dahin zurück, woher du kommst. Da kannst du es für diesen Preis mit den Tieren treiben, die du hütest.«

Nun war der Tumult nicht mehr aufzuhalten. Der Hirte stieß einen gewaltigen Schrei aus und schlug mit seinem Hirtenstab nach dem Jungen. Nemenhat aber hatte damit gerechnet. Er bückte sich geschickt, und der wuchtige Schlag traf einen der vielen Neugierigen, die sich um sie herum versammelt hatten. Innerhalb kürzester Zeit entbrannte eine heftige Prügelei zwischen den Hirten und den Reisenden, die den Disput aufmerksam verfolgt hatten. Am Ende lag Nemenhat am Boden, und alle traten mit lautem Geschrei auf ihn ein.

Er glaubte schon, sie würden ihn zu Tode trampeln, als er mitten in dem Lärm ein Brüllen hörte. Am Anfang schien es noch weit entfernt zu sein und im Lärm der Prügelei unterzugehen, doch dann wurde es immer lauter und kam näher. Das Brüllen klang eher nach einem tollwütigen Tier als nach einem Menschen. Dann stob der Pöbel mit einem Mal auseinander, und Nemenhat sah, wie der Wald von Beinen über ihm sich lichtete und einem großen Pavian Platz machte.

Das Tier brüllte, fletschte die scharfen Reißzähne und stieß gellende Schreie aus.

Nemenhat, immer noch am Boden, beobachtete, wie das Tier seinen Lauf verlangsamte und dann wenige Meter vor ihm stehen blieb. Es konzentrierte seine ganze Aufmerksamkeit auf den vor ihm ausgestreckten Körper. Der Junge rührte sich nicht, wagte nicht einmal, mit der Wimper zu zucken, um den Pavian nicht unnötig zu reizen. Mit diesen Tieren war nicht zu spaßen. Jeder in Ägypten kannte die Geschichten über die Angriffslust von Pavianen, denen sogar große Raubkatzen lieber aus dem Weg gingen. In diesem Fall konnte man nur eins tun: sich nicht von der Stelle bewegen und warten.

Irgendetwas zu seiner Rechten erregte die Aufmerksamkeit des Tieres. Sofort fletschte es die schrecklichen Reißzähne und grunzte bedrohlich. Dann wandte es seine hundeähnliche Schnauze wieder neugierig Nemenhat zu. Die nächsten Augenblicke erschienen ihm wie eine Ewigkeit. Der Pavian saß auf seinen vier Buchstaben und musterte den Jungen, der so still wie möglich dalag, bis auf einmal fremde Stimmen aus der Ferne sie aus dieser Erstarrung erlösten. Der Affe erkannte sie und wandte langsam den Kopf. Wieder waren die Stimmen zu hören, dieses Mal sehr nah, und dann tauchten zwei Männer auf. Es waren *medjai.*

Nur wenigen Menschen in Ägypten brachte man so viel Respekt entgegen. Allein die Erwähnung des Namens rief einem Tausende von Legenden über ihre unzähligen Heldentaten ins

Gedächtnis, die vom Volk wie immer reichlich übertrieben dargestellt wurden.

In Wahrheit waren die *medjai* so alt wie die Geschichte Ägyptens. Sie werden schon in den Stelen von König Unas während der 5. Dynastie erwähnt, wo auch von der schweren Hungerkatastrophe die Rede ist, die Ägypten damals heimgesucht hatte. Die ausgemergelten Männer in Hockstellung auf dem Relief sind *medjai*. Schon damals waren sie berühmt für ihre Unempfindlichkeit gegenüber jeder Art von Schmerz. Doch erst in der 17. Dynastie wurden diese Menschen, die aus den Beduinenstämmen und Nubien stammten, in das ägyptische Heer aufgenommen.

Während der Befreiungskriege gegen die Fremdherrschaft der Hyksos*, dienten die *medjai* unter König Kamose und erwarben sich große Verdienste.

Sie gehörten zu den leichten Fußtruppen und waren vor allem im Kampf Mann gegen Mann gefürchtet. Zudem waren sie ausgezeichnete Kundschafter und konnten als Bewohner der Wüste selbst unter widrigsten Bedingungen überleben. Da sie hervorragende Läufer waren, bildeten sie das Kernstück der Bürgerwehr, die Amosis ins Leben rief, um die Überreste der Hyksos endgültig aus dem Reich zu vertreiben und die 18. Dynastie zu begründen. Mit der Zeit machten sie sich so sehr um das Reich verdient, dass der große Kriegspharao Thutmosis III. einen Tempel zu Ehren von Dedun errichten ließ, Herr über Nubien und Schutzgott der dort stationierten Truppen.

»Wir sind die Garanten der Ordnung, die der Pharao dem Land auferlegt«, behaupteten sie stolz von sich.

Doch das war in längst vergangener Zeit gewesen. Die Ordnung

* Die Hyksos, die fälschlicherweise als Hirtenstämme bezeichnet wurden, kamen in Wirklichkeit aus dem asiatischen Raum. Sie herrschten etwas mehr als ein Jahrhundert über Unterägypten und gründeten die 15. und 16. Dynastie. Im 16. Jahrhundert vor Christus wurden sie von den thebanischen Fürsten geschlagen und aus dem Land vertrieben.

war zerfallen, und die einst sicheren Wege wurden gefährlich. Reisende nahmen ein hohes Risiko auf sich, denn überall im Land trieben sich Banden von Banditen herum, die Dörfer überfielen und Reisende ausplünderten. Der allmächtige Staat sah sich nicht mehr imstande, seine Untertanen zu beschützen, da die ständigen internen Machtkämpfe dazu führten, dass er allmählich zerfiel.

Als Sethnacht den Thron bestieg und das Volk einen Lichtstrahl am Horizont erblickte, existierte die Polizeitruppe praktisch nicht mehr. Zu einer der ersten Maßnahmen, die der neue Pharao traf, gehörte daher der Wiederaufbau dieser Truppe, um die Ordnung im Land und die Sicherheit auf den Straßen so schnell wie möglich wiederherzustellen. Doch als Sethnacht zum Pharao gekrönt wurde, war er bereits alt und starb nach zwei Jahren, ohne das, was er sich vorgenommen hatte, zu Ende führen zu können. Die schwere Aufgabe, den Staat vor dem völligen Zerfall zu retten, war seinem Sohn Ramses III. zugefallen.

Ramses war zweifellos der letzte große Pharao Ägyptens gewesen. Als Feldherr, der seinem Vorgänger Ramses II. nacheiferte, hatte sich Ramses III. vorgenommen, Ägypten zu neuem Glanz zu führen.

Nach kurzer Zeit war die Ordnung im Land von Kemet wiederhergestellt, und die *medjai* sorgten erneut für Sicherheit auf den Straßen des Landes.

Ramses ließ sie in Zweiergruppen durch alle Gaue patrouillieren. Jede Gruppe hatte einen abgerichteten Pavian dabei.* Sie stellten eine äußerst wirksame Waffe dar, mit der sie sich auch in den heikelsten Situationen Respekt verschafften.

Die beiden Polizisten bahnten sich einen Weg durch die Menge, die bei ihrem Anblick verstummt war. Der eine eilte zu seinem Pavian und nahm ihn an die Leine, was dieser ruhig mit sich geschehen ließ. Der andere ging auf die Gruppe von Streithähnen

* Paviane wurden in Ägypten besonders gern abgerichtet.

zu, die sich noch vor kurzem geprügelt hatten, und sah sie herausfordernd an. Keiner der Männer wagte es, seinen Blick zu erwidern. Anschließend wandte er sich Nemenhat zu, der jetzt langsam aufstand und sich den Staub von den Kleidern klopfte.

»Was ist hier los?«, fragte er.

Der Mann aus Nubien war schlank, so sehnig wie die Wurzeln einer Sykomore, und hatte eine tiefe, besonnene Stimme, die Respekt einflößte.

»Willst du mir jetzt endlich verraten, was hier passiert ist?«, wiederholte er, während er mit seinem Stock auf Nemenhat zeigte.

»Es hat einen Streit gegeben.«

»Was du nicht sagst!«, erklärte der Mann und ging drohend auf Nemenhat zu. »Das ist nicht mal dem Affen entgangen.«

Das leise Lachen hörte sofort auf, als der Mann sich umblickte.

»Wir haben um den Brotpreis gestritten.«

Der Nubier zog eine Augenbraue hoch.

»Das solltet ihr nicht tun. In unserem Land gelten für Grundnahrungsmittel feste Preise.«

»Das dachte ich auch, aber offensichtlich stimmt es nicht.«

»Erkläre mir das.«

Nemenhat erzählte, was soeben passiert war, während die anwesenden Fellachen nickten und untereinander tuschelten.

Der *medjai* ermahnte sie zur Ruhe und rief dann mit lauter Stimme:

»Wo ist dieser Kanaaniter?«

Der Hirte löste sich mit geschwollenem Gesicht aus der Menge.

»Was hast du dazu zu sagen?«

Der Hirte erzählte natürlich seine Version der Geschichte, die mit der von Nemenhat nichts gemein hatte, doch bald vernahm man Stimmen, die ihm widersprachen.

»Der Junge hat Recht«, rief einer der Anwesenden.

Der Kanaaniter war ein Hitzkopf, er brüllte den Rufer an und stieß wüste Drohungen aus.

Der *medjai* rief ihn zur Ruhe auf.

»Verstehe«, sagte er dann. »Du hattest fünf Körbe, von denen zwei während des Kampfes verloren gegangen sind. Ist es so?«

Nemenhat nickte wortlos.

»Und du!«, sagte er dann an den Kanaaniter gerichtet. »Du behauptest, ihr hättet acht Körbe abgemacht.«

»Ja, acht, so wahr ich hier stehe«, antwortete dieser wütend.

»Na schön. Wo ist die Besitzerin der Brote?«

Kadesch trat erhobenen Hauptes vor.

»Aha, du bist also der Grund für den Ärger«, sagte der Mann aus Nubien, als er sie sah. »Jetzt ist Schluss mit dem ganzen Unfug. Entweder du entfernst die Farbe von deinen Brüsten, oder du verdeckst sie, sonst lasse ich den Pavian von der Leine.«*

Die Menge johlte.

»Ruhe!«, befahl der Nubier und hob die Hand. »Am liebsten würde ich euch alle mit nach Memphis nehmen und auspeitschen lassen. Die Preise für Grundnahrungsmittel stehen fest. Unser Land befindet sich im Krieg, und der Staat hat verfügt, dass das Brot nicht teurer verkauft wird als erlaubt. Will mir jemand widersprechen?«

Niemand antwortete.

»Na schön. Hier gibt es nichts zu diskutieren. Fünf Körbe, die jeweils etwas mehr als ein *char* Getreide fassen. Der Preis für Getreide beträgt zwei Kupfer-Deben pro *char*. Also beträgt der Gesamtpreis zehn Deben. Die wirst du zahlen«, schloss er und sah dabei den Kanaaniter an.

Doch der weigerte sich.

»Aber … aber jetzt sind es nur noch drei Körbe, die anderen wurden zertrampelt.«

* Eine Anspielung auf die legendäre sexuelle Potenz der Paviane.

»Das ist deine eigene Schuld«, entgegnete der Nubier.

»Nein, das ist Diebstahl!«, rief der Kanaaniter.

Doch das gefiel dem Nubier nicht. Langsam trat er auf ihn zu.

»Das will ich überhört haben«, sagte er leise, während er ihm sanft den Stock auf die Schulter legte. »Sonst muss ich dich wegen Erregung öffentlichen Ärgernisses festnehmen und den Richtern übergeben, damit sie über dich urteilen. In diesem Fall würde deine Herde beschlagnahmt, bis das Urteil gefällt ist. Sollte es gegen dich ausfallen, was mir auf der Hand zu liegen scheint, würde ich mit Freuden die Strafe vollziehen und dich persönlich auspeitschen! Hast du noch irgendwelche Einwände?«

Die Drohung des *medjai* war keineswegs als Scherz gemeint. Wenn er die Männer festnahm und nach Memphis brachte, würde das örtliche Gericht über sie Recht sprechen. Sollte das Urteil zugunsten Nemenhats ausfallen, würde der Kanaaniter eine Geldstrafe zahlen müssen, die doppelt so hoch war wie der Streitwert. Die Gerichte, hauptsächlich aus Schreibern zusammengesetzt, verhandelten zumeist geringfügige Fälle. War es jedoch zu Gewaltanwendung von Seiten einer der streitenden Parteien gekommen wie in diesem Fall, konnten sie auch härtere Strafen verhängen, etwa Auspeitschung oder Stockschläge.

Weitaus schlimmer konnte es kommen, wenn der *medjai* den Fall als Verbrechen gegen den Staat darstellte, da im Kriegszustand versucht worden war, die festgesetzten Preise für Grundnahrungsmittel zu manipulieren. Dann setzte sich das Gericht aus Richtern zusammen, die unter dem Vorsitz des Wesirs höchstpersönlich tagten. In diesem Fall wurden drakonische Strafen verhängt, die bis zum Abschneiden der Zunge, der Nase oder der Ohren reichen konnten.

»Gib ihm das Geld und lass uns endlich weiterziehen«, sagte einer der Hirten.

Der Kanaaniter sah ihn verwundert an und warf dann dem *medjai* einen zornigen Blick zu.

»Los, sammelt die Brote ein und zahlt die Rotznase aus«, rief er schließlich seinen Gefährten zu.

Eilig sammelten diese die verstreuten Brote ein und reichten Nemenhat ein kupfernes Armband.

»Ich an deiner Stelle würde ihnen nicht trauen«, sagte ein Reisender.

»Ja, wieg es lieber ab«, riefen andere.

Sofort tauchte ein kleiner Mann mit einer Waage auf und wog das Armband.

»Neun Deben und acht *qedet*«, rief er stolz.

»Es fehlen zwei *qedet*«, wandten einige ein.

Nemenhat winkte lässig ab.

»Wenn meine Begleiterin einverstanden ist, an mir soll es nicht liegen.«

Alle sahen Kadesch an, die das Gesicht verzog. Das konnte alles und nichts bedeuten, doch als weiterhin alle auf ihr Zeichen warteten, gab sie mit einem kaum merklichen Nicken endlich ihre Zustimmung.

»So, das Spektakel ist zu Ende«, sagte der *medjai*. »Geht wieder an eure Arbeit und sorgt dafür, dass ich nicht mehr einschreiten muss. Das nächste Mal nehme ich den Pavian nicht mehr an die Leine, darauf könnt ihr euch verlassen.«

Die Neugierigen zerstreuten sich und gingen ihrer Wege. Die Hirten sammelten ihre Herden und machten sich auf den Weg nach Memphis, während sie sich gegenseitig beschimpften und fluchten. Auch Kadesch und Nemenhat sahen zu, dass sie nach Hause kamen, um weiteren Ärger zu vermeiden.

Die *medjai* setzten ihre Patrouille fort.

Nemenhat war in sich gekehrt und einsilbig. Der Vorfall hatte ihn in eine derartige Rage versetzt, dass er den ganzen Heimweg über lieber schwieg, um seinen Ärger nicht an Kadesch auslassen zu müssen.

Sie ging wortlos neben ihm her und betrachtete ihn von der

Seite. Sie wusste genau, was Nemenhat dachte, und zog es ebenfalls vor zu schweigen.

Der Nachmittag neigte sich dem Ende zu, das Licht zwischen den Palmen war weich und kam ihr vor wie im Traum. Die Schönheit der Landschaft wirkte wie eine Droge. Ein unvergleichlicher Duft entströmte der Erde, der sie überwältigte und den Wunsch erweckte, sich ganz darin zu verlieren. Bei jedem Schritt durch diesen Garten hatte sie das Gefühl zu schweben, als sei sie Horus in Person. Ihre Füße bewegten sich mechanisch, wie von allein, ohne dass sie irgendeinen Einfluss darauf hatte.

Sie atmete ein und atmete aus, und jeder Atemzug speiste das Feuer, das die Götter ihr in die Wiege gelegt hatten und dem sie sich nicht entziehen konnte. Sie spürte, wie es um sich griff und die Lust, die sie dabei empfand, immer stärker wurde.

Die Stimmen der Feldarbeiter holten sie in die Wirklichkeit zurück. Sie sah Nemenhat an, der schweigend neben ihr ging, und merkte, wie das Gefühl der Erregung sie erneut überflutete. Dasselbe Gefühl hatte sie schon am Morgen gespürt, als sie sah, welchen Aufruhr ihre geschminkten Brüste verursachten.

Sie sah wieder zu Nemenhat hinüber. Er war ein guter Junge, das wusste sie, aber mit ihm würde sie niemals glücklich werden. Was sie brauchte, konnte ihr ein guter Mann nicht geben. Aber sie genoss es, Männer wie ihn auf die Probe zu stellen, um zu sehen, wie weit sie gehen würden. Ihnen die dunkle Seite zu zeigen, die jeder Mensch in sich trägt und die ihn zur Selbstzerstörung treiben kann.

»Ich bin müde. Lass uns einen Augenblick ausruhen«, erklärte sie plötzlich.

Nemenhat, dem tausend Gedanken durch den Kopf schossen, wandte sich erstaunt um. Sie waren doch fast schon an der Stadtmauer. Aber er musste einsehen, dass Protest zwecklos war, da sich Kadesch bereits im Gebüsch am Wegesrand niedergelassen hatte.

»Komm schon, setz dich zu mir«, sagte sie und klopfte auf die Erde. »Lass uns im Schatten etwas ausruhen.«

Widerwillig ließ er sich neben sie fallen.

»Wie schön kühl es hier ist!«, seufzte sie und schlang die Arme um ihre Knie. »Das haben wir uns redlich verdient nach einem so harten Tag, nicht?«

Nemenhat atmete tief durch und dachte, dass sie diesen Tag so schnell nicht vergessen würden.

»Na schön, Ende gut, alles gut«, fuhr Kadesch fort. »Schließlich haben wir allen Widrigkeiten zum Trotz das Brot zum vereinbarten Preis verkauft.«

Nemenhat sagte nichts, er dachte immer noch daran, was alles hätte passieren können, wären die *medjai* nicht rechtzeitig aufgetaucht.

Kadesch verschränkte die Hände im Nacken, streckte sich wohlig und ließ sich ins Gras fallen.

»Du warst wunderbar«, erklärte sie und fuhr Nemenhat mit der Hand sanft über den Rücken.

Dieser zuckte zusammen, als er ihre Hand spürte.

»So großartig war das nicht. Ohne die Nubier wären wir das Brot los gewesen und hätten obendrein kein Geld.«

»Du hast dich wie ein richtiger Mann verhalten«, sagte Kadesch und liebkoste ihn weiter, ohne auf seinen Einwand einzugehen.

Nemenhat spürte, wie ihr brennendes Verlangen auf ihn übersprang. Er drehte sich um und sah sie an.

Im Gras vor ihm lag der Inbegriff der Wollust mit entblößten Brüsten, deren Spitzen zuvor einen heftigen Streit zwischen den Männern entfacht hatten. Mit Brüsten, die verzauberten, deren Anblick sich niemand widersetzen konnte. Hastig wandte er den Blick ab und betrachtete verschämt ihr Gesicht, doch ihr Mund war in den vielen einsamen Nächten nur noch verführerischer geworden. Er sah ihr in die Augen und spürte, wie sie ihm erst den Verstand und dann auch sein Herz raubten.

»Ich gefalle dir, nicht wahr?«

Nemenhat brachte kein einziges Wort heraus, doch er nickte.

»Nur richtige Männer werden mich besitzen. Weißt du noch, wie wir einmal darüber sprachen?«

Endlich wandte Nemenhat den Blick ab und konnte dann antworten:

»Ja, ich weiß es noch.«

»Und heute hast du dich wie ein Mann verhalten.«

Nemenhat sah sie verwirrt an. Er war Teil eines Spiels geworden, das er nicht mehr kontrollierte.

»Du bist jetzt ein richtiger Mann, sieh nur deinen kräftigen Rücken und diese Schultern. Bestimmt könntest du jede Frau befriedigen«, sagte sie und zeichnete mit ihren Nägeln Schnörkel auf seine Haut.

»Wer weiß.«

Kadesch lachte kurz.

»Ah, ich verstehe, du bist noch Jungfrau. Wahrscheinlich gehen dir nachts unzüchtige Gedanken durch den Kopf. Wetten, dass du alles dafür geben würdest, mich zu lieben?«

Nemenhat spürte, wie sich sein Magen verkrampfte und ihm fast schlecht wurde.

»Wie kannst du nur so etwas sagen?«, fragte er schließlich. »Du bist die Verlobte meines besten Freundes, und ...«

»Und was?«, fiel sie ihm ins Wort. »Gleich wirst du sehen, wie deine Seele verbrennt, weil sie der Flamme zu nahe gekommen ist. Oder hast du dir in deinen einsamen Nächten niemals vorgestellt, wie du es mit mir treibst?«

Nemenhat wusste nicht, was er antworten sollte. Diese Frau war stärker als jede Droge, sie konnte mit ihm machen, was sie wollte.

»Oder würdest du jetzt nicht gern meine Brüste berühren? O ja, das würdest du liebend gern, und dann würdest du kein Auge zutun und die ganze Nacht daran denken, dass du deinen Freund verraten hast, ist es nicht so?« Sie lachte erneut, richtete sich auf und schmiegte sich an ihn. »Meine Lippen hat Kasekemut versiegelt, sie gehören nur ihm. Ich weiß, dass du das denkst, und trotzdem bist du verrückt danach, sie zu küssen. Ich weiß es, seit du mich zum ersten Mal gesehen hast.«

Unfähig zu antworten, starrte Nemenhat wie verhext auf den verführerischen Mund.

Sie schmiegte sich noch enger an ihn und befeuchtete ihre Lippen mit der Zunge. Sie waren so nah, dass er sie spürte, ohne sie zu berühren. Nur eine winzige Bewegung trennte sie voneinander, und als Nemenhats Mund ihre Lippen streifte, hatte er das Gefühl, dass sie einer wahrhaftigen Göttin gehörten. Sein Widerstand löste sich auf. Er spürte, wie sich seine Hände an ihren Körper klammerten, während er sie mit Küssen überhäufte, wie er die Brüste umfasste, von denen er so oft geträumt hatte. Kadesch stöhnte vor Lust. Sie drückte ihn sanft zu Boden. Von einem unkontrollierbaren Verlangen gepackt, versuchte er, sich aufzurichten, um sie zu umarmen, doch sie löste sich von ihm, drückte ihn erneut zu Boden und begann, mit ihren Fingernägeln Traumbilder auf seine Brust zu zeichnen.

Nemenhat schloss die Augen und ließ es geschehen. Jeglicher Widerstand war zwecklos, er war ihr Sklave und würde tun, was sie von ihm verlangte. Sie liebkoste seine Brust, den Bauch, reizte ihn mit tausendundeiner Zärtlichkeit, während ihre Hand immer tiefer glitt. Plötzlich hielt sie inne, und Nemenhat sah sie flehentlich an. Kadesch erwiderte seinen Blick und verzog zugleich den Mund zu einem rätselhaften Lächeln. Nur ein Mund wie der ihre war zu einem solchen Ausdruck fähig. Doch dann spürte er, wie ihre Finger seinen *kilt** lösten und sein Glied sich steil aufrichtete, pulsierend vom kochenden Blut, das durch seine Adern schoss. Die Eichel war angeschwollen und glänzte feucht.

* Die Bezeichnung für Schurz.

Er sah, wie Kadesch sein Glied betrachtete, er hörte, wie sie leise stöhnte, als sie es mit der Hand umschloss. Und dann überwältigte ihn ein Gefühl, als würde sich die Erde unter ihm auftun und ihn in den unendlichen Abgrund der Lust ziehen. Bei jeder Bewegung stürzte er tiefer. Nur mit Mühe hielt er die Augen halb offen, um zu sehen, wie Kadeschs Hand sich rhythmisch auf und ab bewegte. Tiefer, immer tiefer fiel er, bis eine geschickte Bewegung ihn auf den Höhepunkt der Ekstase katapultierte und sein Glied einen Schwall feuriger Flüssigkeit ausstieß. Da schlug er die Augen auf und sah, wie sein Samen an ihrem Kleid herunterlief. Sie ließ ihn los und fluchte laut, während sie mit einem Ausdruck von Ekel ihr Kleid abwischte.

»Wie kannst du es wagen, mich mit deinem schmutzigen *mu* zu besudeln? Dem Samen eines *meretu**! Du hast mich befleckt!«, rief sie außer sich. »Mich und Kasekemut auch. Wie konntest du es wagen, ohne meine Erlaubnis abzuspritzen?«

Nemenhat brachte kein einziges Wort heraus. Er war unerwartet auf einem Grund aufgeschlagen, der ihm so hart erschien wie der rote Granitstein von Assuan, aus dem die Sarkophage der Pharaonen gemeißelt wurden.

Es war das erste Mal, dass eine Frau ihn so berührt hatte, und das Resultat war beschämend.

Trotzdem entbehrte die Szene nicht einer gewissen Komik, als Kadesch fluchend versuchte, den Samen von der Hand zu schütteln. Nemenhat richtete sich auf und sah verständnislos von dem Mädchen auf sein steifes Glied hinab, aus dem noch immer die weiße Flüssigkeit tropfte.

Jeder Fellache, der das Schauspiel beobachtet hätte, hätte sich vor Lachen gekrümmt. Sie wären zum Gespött in ganz Memphis geworden.

* Ein abschätziges Wort für Diener. *Meretu* wurden die Bauern genannt, die im Alten Reich zum Inventar der Ländereien gehörten, sodass sie vom Pharao zusammen mit dem Land verschenkt wurden.

Doch Kadesch wirkte alles andere als belustigt. Ihre Wut steigerte sich von Minute zu Minute.

Nemenhat kam nach dem ersten Schock langsam wieder zu sich, und dann schlug seine Scham in Empörung um.

»Du bist genauso daran schuld wie ich«, schimpfte er, während er sich den Schurz wieder umband.

Doch die Worte steigerten Kadeschs Zorn nur noch mehr.

»Du bist ein Dreckskerl, du kannst ja nicht mal deine Ausscheidungen kontrollieren«, schrie sie ihn an und zeigte anklagend mit dem Finger auf ihn. »Du hast mein Vertrauen ebenso missbraucht wie das von Kasekemut. Das wirst du mir büßen. Ich werde Kasekemut alles berichten, darauf kannst du dich verlassen!«

Damit sprang sie auf und verschwand unter lauten Verwünschungen auf dem Weg zur Stadt.

Nemenhat blieb lange Zeit im Gras sitzen. Ein Sturm der Gefühle tobte in seinem Inneren, eine Mischung aus Scham, Wut und Unverständnis. Als wieder so etwas wie Ordnung in seine Gedanken einkehrte, kam er sich dumm und verachtenswert vor. Er dachte daran, wie sein Freund ihn am Tag seines Abschieds umarmt und gebeten hatte, auf Kadesch aufzupassen, und fühlte sich nur noch dümmer und verachtenswerter. Er war sich der Folgen bewusst. Es ging nicht nur um das Ende seiner Freundschaft mit Kasekemut, sondern auch um die Auswirkungen, die das Geschehene auf ihn selbst haben würde.

Ab heute wird es ein Vorher und ein Nachher geben, dachte er.

Als er in Memphis ankam, wurde es langsam dunkel. Wie in Trance hatte er die Strecke zurückgelegt. Seine Füße bewegten sich in gleichmäßigem Rhythmus, aber es war nicht er, der da ging, denn in seinem Kopf gab es nur Platz für das, was geschehen war. Hin und wieder, wenn er den Blick hob, sah er das Bild seines Freundes ganz klar vor sich, und das schmerzte ihn am meisten.

Doppelt, nein dreifach verachtenswert war er. Er hatte das Vertrauen seines Freundes missbraucht. Und ein Dummkopf war er obendrein, weil er nicht in der Lage gewesen war, sich der Situation zu entziehen. Wie ein dummer Junge war er ihr in die Falle getappt.

Kadesch. Allein bei ihrem Namen verkrampfte sich sein Magen und hinterließ einen bitteren Geschmack in seinem Mund.

Abwesend wie ein Schlafwandler erreichte er die Mauern der Stadt, um dann urplötzlich wieder in die Realität versetzt zu werden. Die Menschen liefen aufgeregt durcheinander und drängten durch das große Tor in die Stadt. Von der Mauer brannten helle Fackeln. Wohin er sah, herrschte ein wüstes Durcheinander. Nemenhat hielt einen Mann auf, der an ihm vorbeiraste, als wäre Seth hinter ihm her.

»Was ist denn los?«, fragte er und zeigte auf die brodelnde Menge.

Der Mann sah ihn ungläubig an.

»Wie? Hast du nichts mitbekommen?«

»Mitbekommen? Was denn?«

»Die Libyer, diese verfluchten Banditen, stehen vor den Toren von Heliopolis. Es heißt, die Speerspitze ihres Heeres sei nur fünfzehn Kilometer von Memphis entfernt.«

Nemenhat sah ihn überrascht an.

»Dann ist unser Heer ...«

»Niemand weiß, wo unser Heer ist. Die verfluchten Libyer haben mit unseren Soldaten Katz und Maus gespielt. Morgen sind sie in der Stadt, und nicht einmal die Götter werden sie aufhalten können. Sie werden die Stadt plündern.«

Damit riss er sich von Nemenhats Hand los und rannte weiter.

Nemenhat lief über den großen Platz vor dem Ptah-Tempel und bog in die erste Seitengasse ein, die zu seinem Haus führte. Die Nachricht hatte sich wie ein Lauffeuer in der Stadt verbreitet, und die Straßen waren so voll von Menschen, dass sie aussahen wie der Nil während der Überschwemmungszeit. Er versuchte, nicht auf die Schreckensnachrichten zu achten, die er unterwegs hörte. Nackte Panik hatte die Menschen ergriffen. Unzählige Familien zogen mit allem, was sie tragen konnten, zum Hafen hinunter, um noch eine Barke zu erwischen, die sie flussaufwärts in Sicherheit bringen sollte.

Er dachte an das Chaos, das im Hafen herrschen musste, wo all die aufgeregten Menschen versuchten, die Stadt zu verlassen. Er dachte an die überfüllten Schiffe und die horrenden Preise, die man würde zahlen müssen.

Als er ins Haus stürmte, saß sein Vater auf einem Stuhl und genoss in aller Seelenruhe seinen Wein aus El Fayum.

»Vater!«, rief er aufgeregt. »Hast du nicht gehört? Die Libyer stehen vor den Toren der Stadt.«

»Ja, mein Sohn, beruhige dich. Hör nicht auf das, was die Leute sagen, es verwirrt einen nur.«

Nemenhat sah ihn verständnislos an.

»Lass dich nicht von der allgemeinen Panik der anderen anstecken.«

»Wenn es aber wahr ist, müssen wir etwas unternehmen.«

»Genau das tue ich gerade. Dieser Tropfen ist ausgezeichnet.«

Nemenhat war irritiert.

»Nun, ich laufe zur Stadtmauer, um zu sehen, ob ich helfen kann.«

»Ja, das ist überaus ehrenwert, mein Sohn.«

»Und du? Willst du hier untätig herumsitzen?«

»Jawohl, und zwar in aller Ruhe. Ich bin schon viel zu oft in meinem Leben geflohen.«

»Aber Vater! Wenn sie die Stadt einnehmen, werden sie sie plündern und uns alles wegnehmen, was wir haben.«

»So weit kommt es nicht, dafür wirst du ja wohl sorgen, nicht wahr?«, gab Schepsenure scherzhaft zurück.

»Wie kannst du jetzt noch Witze machen?«, schrie Nemenhat ihn an und stampfte mit dem Fuß auf den Boden.

»In Momenten wie diesem muss man einen kühlen Kopf bewahren, Nemenhat. Versuch, ganz ruhig zu bleiben, sonst wirst du genauso verrückt wie alle anderen.«

Doch Nemenhat hörte nicht mehr, was sein Vater sagte. Er eilte zu einer Truhe, nahm den Bogen heraus, den er selbst gebaut hatte, und lief zum Ausgang.

»Ich erwarte dich morgen zum Frühstück, mein Sohn«, rief sein Vater, als er die Haustür öffnete.

Dann hörte man nur noch das Knallen der Tür.

Schepsenure seufzte milde. In Wahrheit war er stolz auf seinen Sohn, der in einer kritischen Stunde nicht davor zurückschreckte, seinen Mitbewohnern zu helfen. Er selbst ging keineswegs davon aus, dass der Angriff unmittelbar bevorstand.

Am selben Morgen hatte er Hiram in seinem Lager am Hafen aufgesucht. Der Phönizier hielt sich stets über alles auf dem Laufenden, was in der Stadt vor sich ging. Und erst recht jetzt, unmittelbar vor einer bewaffneten Auseinandersetzung, die verheerende Folgen für sein Geschäft haben würde. Hiram konnte ihn beruhigen, was die apokalyptischen Gerüchte in der Stadt anbetraf. Er hatte Informationen aus erster Hand. Tatsächlich waren etwa fünfzehn Kilometer von der Stadt Heliopolis in der Nähe von Ausim, dem früheren Khem und Hauptstadt des 2. Gaus, einige Spähtrupps gesichtet worden. Doch nach langer Suche hatten die Kundschafter des königlichen Heeres schließlich das Hauptheer des Feindes entdeckt. In diesem Augenblick führte Ramses III. seine Truppen im Eilmarsch gegen die Invasoren. Der Zusammenstoß der beiden Heere stand unmittelbar bevor.

Daher gebe es im Moment überhaupt keinen Anlass zur Beunruhigung, hatte Hiram versichert, er zumindest würde sich weiterhin seinen Geschäften widmen, als wäre nichts geschehen.

»Unter solchen Umständen lassen sich Gerüchte natürlich nicht vermeiden. Nein, sie werden auch noch geschürt. Siehst du die Boote dort unten am Nil?«, erklärte er und zeigte auf die großen Lastkähne.

»Ja.«

»Sie bereiten sich darauf vor, auszulaufen. Sobald die Nacht anbricht, werden die Einwohner von Memphis wie aufgescheuchte Hühner zu den Piers laufen und nach einem Schiff suchen, das sie von hier wegbringt. Die Menschen werden ein Vermögen dafür bezahlen, und die Kapitäne werden ihre Schiffe mit all diesen aufgebrachten Leuten voll stopfen und sich dabei eine goldene Nase verdienen.«

Schepsenure sah ihn an und grinste spitzbübisch.

»Ja, die Geschäfte und der Krieg, manchmal gehen sie Hand in Hand, nicht wahr?«, schloss Hiram.

Nemenhat sollte diese Nacht für immer als Inbegriff der Verwirrung im Gedächtnis behalten. Zu dem Durcheinander, das in der Stadt herrschte, kam sein eigenes wegen der Sache mit Kadesch. Und am schlimmsten war, dass er diese Gedanken, eine Mischung aus Schuld und Unschuld, einfach nicht abschütteln konnte.

Die Götter haben mir einen üblen Streich gespielt, dachte er, ohne zu begreifen, dass es dazu der Götter gar nicht bedurfte.

Er begab sich zu der Stelle an den Befestigungsanlagen der Stadt, an der er in den Tagen zuvor gearbeitet hatte. Die Freiwilligen waren emsig dabei, die Mauern, so gut es ging, zu reparieren oder zu verstärken.

Als sie ihn mit Pfeil und Bogen kommen sahen, grüßten sie fröhlich, und der Vorgesetzte seiner Einheit klopfte ihm anerkennend auf die Schulter.

Die Arbeit war Balsam für seine Seele. Sie half ihm, Klarheit in seine Gedanken zu bringen, und nach einer Weile fühlte er sich besser.

Nur manchmal, wenn sein Blick den eines anderen kreuzte, hatte er plötzlich das Gefühl, als wüsste der von seiner Schandtat und würde ihn deshalb schief ansehen. Dieses Gefühl, beobachtet zu werden, dauerte einige Augenblicke und verschwand dann, sobald er sich wieder auf seine Arbeit konzentrierte.

In jener Nacht arbeiteten tausende von Männern daran, der drohenden Gefahr zu trotzen. Zu straffen Arbeitstrupps organisiert, schufteten sie bis zur Erschöpfung an der Verstärkung der Stadtmauern. Immer wenn sie kurz vor dem Zusammenbruch standen, sangen sie ein Loblied auf die Gottmutter Isis und baten sie um Schutz. Und sofort wurden ihre Geister von neuen Kräften beflügelt, die sie mit Zuversicht erfüllten.

In dieser Nacht tat niemand in Memphis ein Auge zu. Ein Teil der Bewohner harrte auf den Molen im Hafen aus, in Erwartung eines Schiffes, das sie mitnähme. Doch der größte Teil half, so gut er konnte, um die Stadt auf den bevorstehenden Angriff vorzubereiten. Und während die Männer schufteten, verpflegten die Frauen und Greise sie mit Wasser und Proviant.

Kurz vor der Morgendämmerung sah Nemenhat, wie Nubet einer Gruppe von Arbeitern in seiner Nähe Wasser brachte. Für einen kurzen Augenblick trafen sich ihre Blicke, doch das Mädchen machte unbeirrt weiter, als hätte sie ihn nicht gesehen. Dann verschwand sie in der Menge, und er verlor sie aus den Augen.

Im ersten Licht des Morgengrauens hatten die Männer auf den Mauerzinnen Stellung bezogen und spähten aufmerksam nach einem Zeichen, das ihnen verriet, wo das feindliche Heer angreifen würde. Es war vollkommen still geworden. Die Männer spitzten ihre Ohren, hörten jedoch nur das fröhliche Zwitschern der Vögel, die den neuen Tag begrüßten.

Dann tauchte Re nach seiner nächtlichen Reise durch das Reich der Finsternis im Osten auf, und wie jeden Tag erhob sich die Sonne am Horizont und überflutete das Land verschwenderisch mit ihrem Licht.

Die Männer strengten ihre Augen an, um das herannahende Heer der Wüstenstämme in der Ferne zu entdecken, aber alles blieb ruhig. Weit und breit war keine Menschenseele zu sehen.

Heil dir, Ägypten! Land der Unsterblichen, die es in Gestalt der Götter segneten und es der trostlosen Vergessenheit entrissen! Gesegnet seien sie, die ihren Samen mit dem der Menschen vereinten, das Land erleuchteten und zum Hüter uralter göttlicher Weisheit machten. Halbgötter, die in vergangenen Zeiten in diesem Tal ein Abbild der göttlichen Welt ihrer Väter im Himmel erschufen!

Hoch lebe Kemet, seit Anbeginn von Barbaren umgeben, die es um seinen Glanz und seine Größe beneideten und versuchten, es zu unterwerfen. Völker, die aus der Finsternis der Nacht kommen und sich ihm dann zu Füßen werfen, bezwungen von seiner gewaltigen Macht!

Diese und ähnliche Loblieder sangen hunderte von Herolden, die durch die ganze Stadt eilten, den Triumph des Pharaos über die Völker des Westens verkündeten und die Bewohner einluden, der Siegesparade des göttlichen Heeres beizuwohnen.

Ganz Memphis tobte vor Freude nach den vergangenen bedrückenden Tagen. Die Menschen feierten auf den Straßen, fielen sich in die Arme und huldigten mit ihrem Gesang den Göttern, die sie wieder einmal gerettet hatten.

Es war zu einer blutigen Schlacht gekommen. Wie Ramses es später auf den Mauern seines Tempels von Medinet Habu darstellen ließ, wurde das vereinte Heer der libyschen Völker »auf einen Schlag« vernichtet. Tausende von libyschen und meschweschischen Kriegern fielen, tausende gerieten in Gefangenschaft. Sie wurden samt Frauen und Kindern nach Ägypten verschleppt, ihre Habe und das Vieh an die großen Tempel überstellt. So ließ Ramses es bis in die entferntesten Winkel der damals bekannten Welt verkünden, als Warnung, wozu er fähig war.

Als Nemenhat am Morgen zum großen Platz vor dem Ptah-Tempel aufbrach, war es noch sehr früh. Dort würde die große Siegesparade enden, nachdem sie auf einer breiten Allee ganz Memphis durchquert hatte.

Die gesamte Stadt wäre dann auf den Beinen, um dem Pharao während seines Einzugs zu huldigen und die in Gefangenschaft geratenen Feinde mit Hohn und Spott zu überziehen.

Nur selten bot sich ein derart gewaltiges Schauspiel, also musste er an diesem Tag in aller Frühe aufstehen, wenn er einen guten Platz ergattern wollte.

Doch als er ankam, stritten sich die Leute bereits um die besten Plätze, und er bahnte sich mit den Ellbogen einen Weg bis zu der Stelle, die er sich ausgesucht hatte, einem etwas höher gelegenen Standpunkt, von wo er alles ungestört beobachten konnte.

Um die Mittagszeit hatte sich auf dem Platz eine riesige Menschenmenge versammelt und richtete ihre Blicke erwartungsvoll auf den breiten Aufweg, wo das Geleit des Pharaos erscheinen sollte. Vor dem großen Tor zum Tempel war alles vorbereitet, um den König zu empfangen, der der örtlichen Gottheit, dem Herrn der Wahrheit, seinen Dank überbringen würde.

Das Warten zog sich wie immer in die Länge, die Menschen begannen sich zu langweilen. Dann vernahm man die ersten Anzeichen, dass sich der Tross näherte, als in der Ferne tausende von Kehlen zu jubeln begannen.

Die Freudenschreie wurden immer lauter, je näher die Truppen kamen, bis man sie endlich am Ende der Straße erkennen konnte. Schon hörte man die lauten Trommeln, die von stolzen Soldaten geschlagen wurden, und den schrillen Klang der Trompeten, die die Ankunft des Gottkönigs ankündigten.

Als das königliche Geleit den großen Platz erreichte, schwangen sie sich ein letztes Mal auf, um Ramses' siegreichen Einzug in die älteste aller ägyptischen Hauptstädte zu vermelden, der ihrem Schutzgott huldigen wollte.

Die Erinnerung an dieses überwältigende Spektakel würde Nemenhat bis an sein Lebensende begleiten.

Zuerst kamen die Trompeter und Trommler mit ihrer kriegerischen Marschmusik, dann folgten die *kenit nesu,* die Elitetruppen des Pharaos, die Tapfersten der Tapferen, die schnellen Schrittes und von Hochrufen begleitet über den Platz schritten. Sie trugen *siryans*, leichte Harnische aus Leder, die mit Bronzeplättchen beschlagen waren und in der Sonne funkelten. Bewaffnet waren sie mit Schilden, die oben abgerundet waren, und dem *herpe*, einem kurzen Krummschwert. Es galt als besonders schreckliche Waffe im Nahkampf.

Dieser Einheit gehörten die besten Krieger Ägyptens an, und Nemenhat kniff die Augen zusammen, um besser sehen zu können.

Sofort erkannte er Userhet. Er war bei weitem der größte Soldat des Heeres und aufgrund seiner Statur nicht zu übersehen, wie er der Einheit voranschritt, die er befehligte. Er war der größte Held von Ägypten, Sieger in tausend Schlachten, Wiedergeburt Sachmets, der Zornigen. Vor ihm ging nur der *uarto**, wahrscheinlich ein Mitglied des königlichen Hofes. Danach folgte der Rest der Fußtruppen im perfekten Gleichschritt.

Als Nemenhat einen Soldaten entdeckte, der unmittelbar hinter dem hoch gewachsenen Nubier ging, begann sein Herz heftig zu schlagen.

Auf dem Kopf trug er einen mächtigen Verband, unter dem lange schwarze Locken hervorlugten. Sein Gang war unverwechselbar.

»Das ist Kasekemut!«, rief Nemenhat begeistert.

Er konnte es nicht fassen. Kasekemut gehörte nun der berühmten Eliteeinheit an! Das war viel mehr, als sich sein Freund jemals erträumt hatte.

Grenzenlose Freude erfüllte ihn, als er seinen Freund inmitten der glorreichen Reihen entdeckte, und er dankte den Göttern für die Gnade, die sie ihm erwiesen hatten. Doch diese schienen sich jetzt auch an ihn zu erinnern, und wieder spürte er den bitteren

* Oberbefehlshaber einer Division.

Geschmack im Mund. Sein Magen verkrampfte sich. Er wusste, warum, doch es blieb keine Zeit, um darüber nachzudenken, denn die Trompeten tönten erneut und kündigten die Ankunft des Pharaos an.

Hinter der Standarte des Amun zog Ramses auf seinem königlichen Streitwagen in den Platz ein. Wie auf Befehl warfen sich die versammelten Untertanen der Länge nach auf den Boden, während der lebendige Horus an ihnen vorbeifuhr.

Nemenhat verneigte sich nur so weit, dass er, ohne aufzufallen, den Pharao beobachten konnte.

Zwei prächtige Pferde, das »Große Zweigespann Seiner Majestät«, auch bekannt unter dem Namen »Geliebte des Amun«, zogen den königlichen Streitwagen. Die Pferde waren mit prunkvollem Geschirr geschmückt. Herrlich bestickte Decken in den königlichen Farben lagen auf ihren Rücken, und die Zügel funkelten golden an ihren mit langen roten, gelben und blauen Federbüschen geschmückten Köpfen.

Edle Rosse, die voller Stolz den Wagen zogen, als wüssten sie, dass sie dem Herrscher des Landes dienten. Der Streitwagen war ein Meisterwerk ägyptischer Handwerkskunst, aus leichtem Holz gebaut und mit Gold plattiert, auf dem filigrane Gravuren zu sehen waren. Er funkelte so hell, dass es fast so aussah, als flöge der Pharao auf einem Sonnensplitter durch sein Land. Auf beiden Seiten des Wagenkorbs waren goldene Futterale befestigt, in denen sich die königlichen Waffen befanden. Ein langer Köcher für die Speere und ein kleinerer, aus dem vergoldete Pfeile lugten.

Auf diesem imposanten Streitwagen stand der Pharao User-maatre-Meriamun*. In einer Hand hielt er die Zügel, in der anderen die Insignien seiner Macht. Auf dem Kopf trug er den *chepe-resch*, den leuchtend blauen Helm, den die Pharaonen während der Schlacht aufsetzten.

* Name, unter dem Ramses III. regierte.

Obwohl der König bereits Mitte vierzig war, strahlte er eine solche Macht und Würde aus, dass Nemenhat sich wie der unbedeutendste Mensch auf Erden fühlte.

Schräg hinter ihm stand der Erste Pferdevorsteher des Pharaos, der den König in die Schlacht begleitete. Es war sein Sohn Sethherchepeschef. Er hatte die Zügel jetzt seinem Vater überlassen.

Der königliche Streitwagen wurde von den beiden Lieblingslöwen des Herrschers und einer Truppe von Männern flankiert, die riesige Fächer aus Federn schwenkten.

Dem Pharao folgte, sozusagen als Höhepunkt des Schauspiels, das Ramses seinem Volk bot, der Besiegte.

Der König der Libu war mit einem langen Seil an den Wagen des Pharaos gebunden. Er war nackt, die Arme auf dem Rücken gefesselt, und man hatte ihm den Namen des Pharaos in die Haut gebrannt.

Der Auftritt hinterließ einen lebhaften Eindruck bei Nemenhat. Das also war der Preis, den man zahlen musste, wenn man es wagte, die Waffen gegen den Pharao zu erheben. Seine Pflicht war es, sein Volk zu schützen und ihm nach dem Sieg den um Gnade winselnden Feind vorzuführen.

Von grenzenlosem patriotischem Eifer beflügelt, forderten die Bewohner von Memphis lauthals die schrecklichsten Strafen für den Gefangenen.

»Reißt ihm die Augen aus, reißt ihm die Augen aus!«, schrie der Pöbel im Chor.

Doch der Pharao setzte seinen Weg unbeirrt fort, als hätte er nichts gehört. Er war der Gott, und er würde tun, was für sein Land am besten war.

Dann folgte die gesamte Streitmacht und nahm den Platz ein.

Vorneweg fuhren die Streitwagen in Einheiten von jeweils fünfundzwanzig Zweigespannen, die vom königlichen Stallvorsteher Pareherwenemef angeführt wurden. Die Besatzung bestand aus dem Wagenlenker oder Knappen und einem mit Bogen, Lanze und Schild bewaffneten Krieger.

Darauf folgten die Fußtruppen, die vier Ramses-Divisionen Amun, Ptah, Re und Seth mit ihren prächtigen Standarten, angeführt im tadellosen Gleichschritt von ihrem jeweiligen Soldatenvorsteher.

Zwischen den Divisionen marschierten die Gefangenen, die Arme auf dem Rücken gefesselt und um den Hals ein langes Seil, das alle miteinander verband. Wie Ausgestoßene schleppten sie sich unter lautem Stöhnen dahin, da Ramses befohlen hatte, ihnen die Zungen abzuschneiden. Neben ihnen gingen Wächter und schlugen mit ihren aus Palmwedeln geflochtenen Peitschen unbarmherzig auf sie ein, sobald einer aus dem Tritt kam.

Das Volk ergötzte sich an dem barbarischen Schauspiel und ließ seinen niedrigsten Instinkten, entfesselt von der zuvor durchlebten Angst, freien Lauf. Niemand zweifelte an dem grausamen Schicksal, das ihnen selbst bevorgestanden hätte, wäre die Stadt von den Horden aus der Wüste erobert worden.

Das Ende des Zuges bildeten die nubischen Bogenschützen. Sie waren die besten der Welt mit ihren zweifach geschwungenen Bögen und verbreiteten Furcht und Schrecken. Am Ende schließlich ein langer Zug von klagenden Frauen, Kindern und Vieh …

Alles, was diese Menschen besessen hatten, gehörte nun dem Pharao, der es unter den Hohepriestern der wichtigsten Gottheiten verteilen würde.

Wie es Sitte war, zog der Pöbel hemmungslos über die armen Pechvögel her, die gelähmt vor Angst über ihre ungewisse Zukunft an ihm vorbeizogen.*

Der gesamte Zug kam zum Stehen, als Ramses das Haupttor des Großen Tempels erreichte. Dort warteten Männer in makel-

* Im Allgemeinen behandelten die Ägypter ihre Sklaven gut und menschlich, sie hatten sogar gewisse Rechte. Die gefangen genommenen Soldaten wurden nicht selten später in das Heer des Pharaos übernommen.

los weißen Gewändern dienstbereit auf den König. Unter ihnen die Sem-Priester*, die in ihre traditionellen Leopardenfelle gekleidet waren.

Aus der Ferne konnte Nemenhat lediglich erkennen, wie eine Gestalt, wahrscheinlich der Hohepriester, sich aus der Menge löste, vor dem Pharao niederkniete und ihn aufforderte, den Tempel zu betreten. Daraufhin setzte sich das ehrwürdige Gefolge in Marsch und verschwand, von seltsamen Gesängen begleitet, hinter den Mauern der Heiligenstätte. Ramses würde bis ins Innerste des Tempels gehen, bis in die Halle, in der der Gott Ptah wohnte. Allein der Pharao als Wiedergeburt des Gottes und die auserwählten Priester, die im Allerheiligsten Dienst taten, durften sie betreten. Alle anderen mussten draußen warten, im Hypostyles, wo der Schlussakt des Rituals stattfand.

Nachdem die Zeremonie beendet war, erschien Ramses noch einmal am Haupttor, und das Volk jubelte dem letzten seiner großen Kriegspharaonen zu.

Schließlich kam die Stunde der Tapferen, bei der der Herrscher die Soldaten auszeichnete, die sich während der Schlacht besonders hervorgetan hatten.

Nemenhat hörte nicht, was der Gottkönig sagte, er sah nur, wie die von ihm Auserwählten einzeln vor den Pharao traten, um von ihm gesalbt zu werden. Er konnte jedoch deutlich erkennen, wie der König Userhet umarmte und ihn so vor aller Augen adelte.

Dann kam der Letzte an die Reihe. Er wurde aufgerufen und schritt mit einem dicken Verband um den Kopf erhobenen Hauptes auf den Gott zu.

Nemenhat traute seinen Augen nicht. Es war Kasekemut, der da stolz auf den Herrscher der bekannten Welt zuging, um sich

* Diese Priester gehörten dem Ptah-Kult an, sie trugen Leopardenfelle und flochten das Haar zu einem Zopf. Sie führten religiöse, aber auch zivile Aufgaben aus, etwa die Überwachung von Bauwerken.

zum Auserwählten seines Volkes ernennen zu lassen. Natürlich wusste Nemenhat um die Tapferkeit seines Freundes, trotzdem war er sprachlos. Vom Pharao persönlich ausgezeichnet zu werden war eine Ehre, die nur wenigen zuteil wurde. Manch altgedienter Krieger, der an tausenden von Schlachten teilgenommen hatte, wurde vom Pharao nicht einmal eines Blickes gewürdigt. Kasekemut dagegen war schon bei seinem ersten Einsatz durch dieses Tor getreten, das die Großen zum Ruhm führte.

Doch wenn er recht darüber nachdachte, war das, was er da sah, nicht allzu verwunderlich. Er wusste, was seinen Freund auszeichnete. Er war zu allem bereit gewesen, als er in diesen Krieg zog. Er würde sein Leben so oft aufs Spiel setzen, bis er das sich selbst gesteckte Ziel erreicht hatte. So war Kasekemut.

Aus der Ferne konnte Nemenhat zwar nicht erkennen, dass sein Freund den Orden der Goldenen Fliege bekam, der für außergewöhnliche Leistungen* vergeben wurde. Doch ihm war es einerlei, das Ereignis hatte ihn überwältigt, und jetzt konnte er es kaum erwarten, seinen Freund wieder in die Arme zu schließen.

Doch dieses spontane Bedürfnis wurde rasch von der bitteren Realität eingeholt. Er würde Kasekemut nie wieder umarmen können, denn die Freundschaft zwischen ihnen war zerbrochen. Er konnte nichts mehr daran ändern, ihre Wege hatten sich für immer getrennt, und er musste den seinen nun allein gehen.

Nemenhat wartete nicht, bis der Pharao und sein Heer in Richtung der Garnison abgezogen waren. Nichts hielt ihn mehr dort. Durch eine der vielen kleinen Gassen verließ er den Platz und machte sich auf den Weg nach Hause.

Die folgenden Tage kamen Nemenhat schrecklich langweilig und eintönig vor, denn er musste seinem Vater in der Werkstatt helfen,

* Der Goldene Löwe war ein Orden, der für Tapferkeit vergeben wurde, die Goldene Fliege bekamen jene, die sich während eines Angriffs besonders hervorgetan hatten.

einen Sarg aus Pinienholz zu bauen. Einer von Senebs zukünftigen Kunden hatte ihn in Auftrag gegeben.

Schepsenure verfügte nun über vorzügliches Holz und übernahm lohnende Aufträge von Leuten, die sich das teure Pinienholz leisten konnten. Es war ein gutes Geschäft, an dem auch der Einbalsamierer verdiente. Dieser bot seinen künftigen Kunden die Mumifizierung samt Sarg aus Pinienholz an. Der Kunde bezahlte dann den Preis für den Sarg im Voraus. Schepsenure baute ihn und zahlte Seneb seinen Anteil aus. Der Kunde holte die Bestellung ab, und seine Familie bewahrte den Sarg auf, bis er seine Reise ins Jenseits antrat.

Es war eine leichtere und lukrativere Arbeit, als Möbel zu bauen, weshalb Schepsenure sich allmählich auf diese Art von Dienstleistung spezialisiert hatte. Die Vielzahl der Aufträge erstaunte ihn, da die Preise gepfeffert waren, doch für die Ägypter gab es keine bessere Investition als die in ihre eigene Bestattung: Dafür scheuten sie weder Kosten noch Mühen.

Der Junge vertiefte sich so sehr in seine Arbeit, dass er darüber seine Sorgen für eine Weile vergaß. Doch Ablenkung war kein allzu guter Trick, um mit sich ins Reine zu kommen. Des Nachts lag er wach im Bett, die Arme im Nacken verschränkt, und grübelte ununterbrochen. Wenn er sein Gewissen wirklich beruhigen wollte, musste er die Angelegenheit aus der Welt schaffen.

Also bat er seinen Vater eines Tages unter dem Vorwand, etwas erledigen zu müssen, um einen freien Nachmittag und machte sich auf die Suche nach Kasekemut. Schepsenure war es nicht entgangen, dass sein Sohn in letzter Zeit sehr in sich gekehrt war, doch hatte er ihn nicht darauf angesprochen. Er konnte sich denken, dass ihm irgendein Problem zu schaffen machte, aber vermutlich war es besser, wenn er versuchte, es selbst zu lösen.

Es war bereits später Nachmittag, als Nemenhat zu Nebamuns Haus kam und ihn nach seinem Sohn fragte. Unterwegs hatte er sich den Kopf darüber zerbrochen, wie er das Problem angehen könnte, doch es hatte seine Ratlosigkeit nur noch verstärkt. Man konnte das Geschehene nun einmal nicht rückgängig machen.

»Kasekemut ist nicht da«, sagte sein Vater und schirmte mit der Hand die Augen gegen die Sonne ab. »In letzter Zeit hat er alle Hände voll zu tun mit den Vorbereitungen für seine Hochzeit. Du findest ihn bestimmt bei Kadesch.«

Nemenhat bedankte sich und ging.

Bei Kadesch nach Kasekemut zu fragen war das Letzte, was er tun würde, also streifte er durch die umliegenden Gassen, in der Hoffnung, dort seinem Freund über den Weg zu laufen.

Nachdem er eine Weile vergeblich nach ihm Ausschau gehalten hatte, beschloss er, an einer Straßenecke zu warten, von wo aus er das Haus diskret beobachten konnte. Mehr als eine Stunde verging. Allmählich verlor er den Mut. Da die Sonne bald untergehen würde, gab er das Warten auf.

Doch gerade, als er den Heimweg antreten wollte, öffnete sich plötzlich die Tür, die er die ganze Zeit beobachtet hatte, und Kasekemut trat auf die Straße. Userhet war bei ihm; sie schienen es eilig zu haben und bogen in eine der Gassen ein, die hinunter zum Hafen führten. Nemenhat folgte ihnen in sicherem Abstand. Kasekemut wirkte geradezu euphorisch und hörte nicht auf, dem Koloss auf die Schulter zu klopfen, worauf dieser, wissen die Götter warum, laut auflachte.

In der ausgelassenen Stimmung, in der sie waren, würden die beiden vermutlich eine der Schenken am Hafen aufsuchen, die gerade in Mode waren, glaubte Nemenhat.

Er wollte die Sache ein für alle Mal aus der Welt schaffen und rief seinen Freund beim Namen.

Als Kasekemut ihn hörte, drehte er sich hastig um. Die letzten Strahlen der untergehenden Sonne fielen ihm ins Gesicht und offenbarten eine klaffende Wunde an der Stirn.

Beide gingen wortlos aufeinander zu, bis sie nur noch zwei Ellen voneinander entfernt stehen blieben.

»Dass du es noch wagst, mir unter die Augen zu treten!«, erklärte Kasekemut.

»Ich habe dich während der Siegesparade gesehen und mich sehr für dich gefreut.«

»Ach ja? Du hast dich gefreut? Du sprichst wie der Freund, der du nicht bist.«

»Ich verstehe, dass du das glaubst, aber du kannst sicher sein, dass ich dich trotzdem sehr schätze.«

»Ich hätte nicht gedacht, dass du nach deiner Schandtat noch so viel Frechheit besitzt!«

»Ich gebe zu, ich war nicht ganz unschuldig ...«

»Nicht ganz unschuldig?«, schrie Kasekemut wütend. »So siehst du das also! Zuerst lockst du sie in ein entlegenes Waldstück, und dann missbrauchst du ihr Vertrauen auf schändlichste Art?«

»Aber so war es ja nicht, ich ...«

»Du bist eine Schande für jeden, der dich für seinen Freund hält. Als ich hörte, was du getan hast, konnte ich es nicht glauben, aber als ich die Einzelheiten erfuhr ...«

»Die Einzelheiten? Ich schwöre, dass ich Kadesch nicht entehrt habe!«

»Ach nein? Und wie nennst du das? Hast du dich etwa nicht auf sie gestürzt und vor lauter Verlangen ihr Kleid mit deinem Samen beschmutzt, während sie versuchte, sich loszureißen?«

Nemenhats Augen weiteten sich erstaunt.

»So war es nicht«, erwiderte er verletzt.

Kasekemut baute sich unmittelbar vor ihm auf.

»Was willst du damit sagen? Dass sie sich das alles aus den Fingern gesogen hat?«

»Ich sage nur, dass ich Kadesch nicht entehrt habe.«

»Ich sollte dir auf der Stelle die Kehle aufschlitzen, allein weil du ihren Namen in den Mund genommen hast. Ich habe dir meine zukünftige Frau anvertraut, und du hast dieses Vertrauen missbraucht.«

»Ja, ich gebe zu, dass ich mich schuldig gemacht habe, und ich fühle mich elend, weil ich ihrer Verführung nicht widerstehen konnte …«

»Ihrer Verführung?«

Kasekemut lief rot an vor Wut. Nemenhat blickte auf seine Stirn, wo die Wunde jeden Augenblick aufzuplatzen drohte.

»Du bist doch nur Abschaum!«

»Es tut mir Leid, dass du so von mir denkst und nie erfahren wirst, was wirklich geschehen ist.«

»Elender Dreckskerl!«, rief Kasekemut und spuckte ihm ins Gesicht.

Nemenhat zuckte nicht mit der Wimper, als er spürte, wie ihm die Spucke über die Wange lief. Er betrachtete Kasekemut kalt.

»Wir sind keine Freunde mehr!«, sagte der. »Und merk dir eins, Nemenhat, wenn du mir jemals wieder über den Weg läufst, wirst du es bereuen.«

So endete die Freundschaft der beiden Jungen, mit einer Kränkung und einer Drohung.

O ihr Götter, die ihr über das Schicksal aller Wesen entscheidet, bekennt, dass ihr die Menschen manchmal zu Marionetten degradiert, die an unsichtbaren Fäden hängen! Unsere Gedanken nützen uns nichts, denn unsere Vernunft vermag so viel Hinterlist nicht zu verstehen, sie kann die Verwirrung der Gefühle nicht fassen.

So ähnlich dachte Nemenhat, während er beobachtete, wie sich sein einstiger Freund in der Gasse verlor. Er empfand Trauer, aber auch grenzenlose Erleichterung.

Langsam versank die Sonne am Horizont, und die Unterwelt schickte ihre Schatten erneut über die Erde. Wie der Tag so war jetzt auch ihre Freundschaft zu Ende gegangen. Die Straßen füllten sich mit Fackeln, deren schwaches Licht von der Dunkelheit verschluckt wurde. Es war Zeit, nach Hause zurückzukehren.

Seneb war außer sich vor Freude. Der Sieg über die Völker des Westens hatte die unauslöschliche Flamme seines Patriotismus derart angefacht, dass er ohne weiteres den Posten des Obersten Schreibers für Propaganda im Staat hätte bekleiden können. Nicht einmal Schepsenure konnte sich seiner Begeisterung entziehen.

»Du bist ein hoffnungsloser Pessimist. Habe ich dir nicht von Anfang an gesagt, dass die Götter uns niemals im Stich lassen würden?«

»Es waren die vier Divisionen des Ramses, Seneb«, entgegnete Schepsenure und schüttelte leicht den Kopf.

»Bei den Seelen aller Nechen*!«, rief Seneb und warf die Arme hoch. »Du bist vielleicht stur!«

»Was heißt hier stur? Wir sind gerade noch mit einem blauen Auge davongekommen! Wenn unser Heer auch nur einen Tag länger gebraucht hätte, um den Feind zu finden, wären wir jetzt nicht hier.«

»Eben! Einen besseren Beweis kann es nicht geben! Die Götter sind uns gerade im rechten Augenblick zu Hilfe gekommen.«

Schepsenure lachte laut.

»Dass dein Herz so blind ist, sollte kein Anlass zur Freude sein.«

»Verzeih, lieber Freund, ich lache nicht über dich.«

»Schon gut, aber ich gebe die Hoffnung nicht auf, dein hartes Herz eines Tages doch noch zu erweichen.«

»Hart wie Granit, was? Na schön, am besten trinken wir noch etwas, um seine Widerstandskraft zu brechen.«

* Falken- oder schakalköpfige Halbgötter, die zumeist kniend dargestellt werden, einen Arm mit geschlossener Faust zur Brust führend, den anderen, ebenfalls mit geballter Faust, im rechten Winkel hochhaltend. Sie wurden mit den vier Horussöhnen in Verbindung gebracht.

»Eine weise Entscheidung, der Wein ist viel zu gut, um ihn stehen zu lassen.«

So tranken sie den ganzen Abend und fachsimpelten über die Vorzüge des einen oder anderen Weines.

»Ich muss schon zugeben, der aus den Ländern jenseits des Großen Grünen, den du mir neulich geschenkt hast, war vorzüglich. Obwohl sich mein Gaumen erst daran gewöhnen musste. Ich verstehe nicht, warum sie ihren Wein nicht süßen wie wir.«

»Jedes Volk hat seine eigenen Sitten und Gebräuche, aber er schmeckt vorzüglich, wenn man sich einmal auf ihn eingelassen hat.«

»Das stimmt«, gestand Seneb und nickte. »Er hat einen edlen Geschmack. Vielleicht bin ich allzu patriotisch, aber ich habe nun einmal eine Schwäche für unseren einheimischen Wein.«

Schepsenure warf ihm einen spöttischen Blick zu.

»Sieh mich nicht so an, ich bitte dich. Der Wein, den wir hier gerade trinken, gehört meines Erachtens zu den besten auf der Welt. Aus Per-Uadjet, ich finde ihn unvergleichlich«, erklärte Seneb.

Sicher war Seneb voreingenommen, aber eins stand fest, der Wein aus Buto war dafür bekannt, dass er die Zungen löste, und der Einbalsamierer war der beste Beweis dafür.

Als sie bei der zweiten Amphore angekommen waren, lachten sie über jede Albernheit. Nemenhat war verwundert, die beiden Alten bei seiner Rückkehr in so guter Laune vorzufinden.

»Komm, mein Sohn, trink mit uns. Heute gibt es etwas zu feiern.«

»Was denn?«

»Seneb feiert den Sieg unseres Heeres, und ich, na ja, ich bin einfach nur glücklich.«

Nemenhat lächelte seinem Vater zu, schlug aber die Einladung aus.

»Na los, lass uns anstoßen. Ein Schluck wird dich nicht gleich umbringen.«

»Danke, Vater, aber ich habe wirklich keine Lust.«

»Lass ihn, wenn er nicht will«, sagte Seneb. »Besser, wenn er sich gar nicht erst daran gewöhnt, sonst ergeht es ihm noch wie dem guten Min.«

Und damit brach er in ein so ansteckendes Gelächter aus, dass auch die anderen beiden sich kaum noch halten konnten.

»Wirklich, niemand kann es mit ihm aufnehmen. Er ist dem Alkohol dermaßen verfallen, dass er am liebsten Wirt in einer Schenke wäre!«

Alle drei hielten sich den Bauch und krümmten sich vor Lachen.

»Und er lässt …«, versuchte der Einbalsamierer, von Lachkrämpfen geschüttelt, hinzuzufügen, »… und er lässt wirklich kein einziges Laster aus. Ein hoffnungsloser Wüstling!«

Schepsenure prustete erneut los.

»Man sollte ihn Min, den Wüstling, nennen«, fügte Seneb hinzu, und ihr Gelächter schallte durch das ganze Haus.

»Er kann einfach den Hals nicht voll kriegen«, fuhr Seneb fort, die Augen voller Tränen. »Den ganzen Tag stopft er sich mit Lauch und Salat voll.«*

Vater und Sohn sahen sich fragend an, weil sie nicht verstanden hatten.

»Ja, seit er erfahren hat, dass Salat die Manneskraft steigert, kaut er nun den ganzen Tag seine Blätter!«

Schepsenure schlug sich auf die Schenkel.

»Es kommt noch so weit, dass ich ein Beet mit Salat anlegen muss, damit Min genug zu essen hat. Ihr könnt euch einfach nicht vorstellen, was dieser Mann alles verschlingt. Er ist unersättlich. Kein Wunder, dass er in den meisten Schenken nicht willkommen ist.«

* Die Ägypter glaubten, dass Salatblätter die Samenproduktion anregen, weil sie eine weiße Flüssigkeit ausscheiden, wenn man sie zerstampft.

»Min, der unersättliche Wüstling!«, rief Schepsenure und bekam kaum noch Luft.

»Und das, obwohl ich ihn immer warne, dass sich seine Knochen auflösen,* wenn er so weitermacht!«

Bei dieser Bemerkung erreichte die Ausgelassenheit ihren Höhepunkt.

»Manchmal hören wir tagelang nichts von ihm, und dann taucht er im Zelt auf, als sei nichts geschehen. Wenn ich ihm Vorhaltungen mache, starrt er mich verständnislos und mit offenem Mund an. Ich kann euch sagen: Bei ihm ist Hopfen und Malz verloren.«

Ein kurzer Augenblick der Stille folgte.

»Na schön«, sagte Seneb schließlich. »Ich fürchte, dass er sich heute auch nicht blicken lassen wird. Seht nur, wie spät es ist, und er ist noch nicht da, um mich abzuholen. Ich sollte jetzt lieber gehen, sonst wird meine Tochter wieder böse. Gerade heute, wo sie Linsen gekocht hat.«

Als der Einbalsamierer sich erhob, war ihm der Wein aus Buto schon dermaßen in den Kopf gestiegen, dass er zu taumeln begann.

»Ich glaube, es ist besser, wenn ich dich begleite«, bot Nemenhat ihm fürsorglich an.

»Ach lass nur, mein Junge, ich schaffe es auch allein.«

»Das weiß ich, aber es ist dunkel, und du könntest leicht stolpern. Ich will dich gern begleiten, wenn du mich dafür zum Abendessen einlädst.«

So konnte Seneb Nemenhats Angebot annehmen, ohne seinen beschämenden Zustand eingestehen zu müssen.

* Man vermutete, dass der männliche Samen in den Knochen produziert wurde, da das feste Gewebe vom Vater, das weiche dagegen von der Mutter vererbt wurde.

»Na schön, abgemacht. Schepsenure, ich werde mir deinen Sohn für heute Abend ausleihen, wenn du nichts dagegen hast.«

»Bedenke, dass er sein eigener Herr ist. Ich habe da nichts zu sagen. Jedenfalls wird er in bester Gesellschaft sein.«

»Gut, dann lass uns aufbrechen, Nemenhat.«

Sie verabschiedeten sich und traten auf die Straße hinaus. Es war eine angenehme Nacht; am Himmel funkelten wie immer die Sterne. Wer noch unterwegs war, eilte nun nach Hause, um die wichtigste Mahlzeit des Tages nicht zu verpassen.

Allmählich senkte sich die Stille über das Labyrinth der schmalen Gassen in ihrem Viertel. Sie wurde nur gelegentlich vom Bellen umherstreunender Hunde unterbrochen.

Unterwegs hörte Seneb nicht auf zu reden. Gelegentlich stolperte er, und Nemenhat hielt ihn fest, damit er nicht hinfiel.

»Ich werde wohl kaum noch erleben, dass man die vielen Löcher in den Gassen ausbessert«, fluchte er schlecht gelaunt.

Sie gingen langsam weiter. Als sie um eine Ecke bogen, schlug ihnen ein abscheulicher Geruch entgegen.

»Bei Ammit! Was für ein Gestank!«, rief Seneb. »Wann werden sie das verdammte Haus endlich abreißen? Man kann ja hier kaum noch vorbeigehen!«

Nemenhat hielt sich die Nase zu, um den widerlichen Geruch nicht einatmen zu müssen, der aus dem seit langem leer stehenden Gebäude kam.

Die Bewohner des Viertels hatten die schlechte Angewohnheit, leer stehende Häuser als Müllhalden zu missbrauchen. Sie warfen ihre Abfälle hinein, die dann bei den hohen Temperaturen fürchterlich zu stinken begannen und einen Herd für alle möglichen Arten von Krankheiten bildeten.

Selbst Hyänen wurden des Nachts von dem Verwesungsgestank in die Stadt gelockt.

Als sie endlich an dem stinkenden Haus vorbei waren, atmeten sie erleichtert auf.

Seneb hatte die ganze Zeit geschwiegen und sich ebenfalls die Nase zugehalten. Jetzt blieb er plötzlich stehen und zeigte zum Himmel.

»Sieh nur, welche Pracht, mein Junge. Es gibt nichts Schöneres.«

Nemenhat nickte und versuchte behutsam, ihn zum Weitergehen zu bewegen.

»Wusstest du, dass es Männer gibt, die sich nur damit befassen, den Himmel zu erkunden?«

»Ja, ich habe davon gehört, aber nicht mehr, als dass es sie gibt«, antwortete er und zupfte den Alten am Ärmel.

»Es sind die ›Priester der Zeit‹. In klaren Nächten beobachten sie von den hohen Terrassen der Tempel aus die Sterne am Himmel und zählen die Stunden, die vergehen.«

Seneb stolperte erneut, und Nemenhat musste ihn festhalten.

Der Alte stieß einen unterdrückten Fluch aus und fuhr mit seinem Monolog fort.

»Tja, wie ich dir sagte, sie studieren den Himmel. Und wusstest du, dass es andere Planeten gibt, die wie unserer auch den Einflüssen der Sonne unterliegen?«

Das klang in Nemenhats Ohren genauso fremd wie ein Dialekt aus dem Süden von Kusch. Er hatte schon davon gehört, war sich aber nicht sicher, ob Seneb es ernst meinte oder bloß der Wein seinen Verstand benebelt hatte.

»Natürlich hast du keine Ahnung«, beantwortete sich Seneb selbst die Frage, die er gestellt hatte. »Wie solltest du auch? Nur die Priester in den Tempeln wissen Bescheid. Aber ich werde es dir verraten«, flüsterte er. »Der eine heißt Sebegu*, aber den können wir von hier aus nicht sehen. Den anderen sehen wir jeden Tag, es ist der Morgenstern**. Auch den Roten Horus*** kön-

* Merkur.
** Venus.
*** Mars.

nen wir erkennen. Siehst du ihn? Der Rote da drüben, das ist er. Aber der Leuchtende Stern* und Horus, der Stier,** sind von hier aus nicht erkennbar.«

Er rückte dicht an Nemenhat heran und flüsterte ihm vertraulich ins Ohr:

»All diese Planeten zusammen nennt man die Sterne, die keine Ruhe finden.«

Damit legte er den Zeigefinger auf den Mund und lächelte spitzbübisch.

Der Weg zu Senebs Haus dauerte viel länger als sonst. Nicht nur, weil der alte Mann ständig stolperte und Nemenhat aufpassen musste, dass er nicht stürzte, sondern weil er auch immer wieder stehen blieb, um einen kleinen Vortrag zum Besten zu geben.

Als sie endlich ankamen, hatte das enzyklopädische Wissen des Alten dem Jungen den Kopf verdreht.

Nemenhat betrat das Haus und war überrascht. Es war bescheidener als das seines Vaters, aber um einiges gemütlicher. Ein kaum wahrnehmbarer Duft vermittelte ein angenehmes Gefühl von Sauberkeit. Es roch nach einer Mischung aus Weihrauch, dem Harz der Terebinthe und anderen Zutaten, die er nicht erkannte.

Die Wände des Hauses waren von außen wie von innen weiß getüncht und mit einer Natronlösung behandelt, die lästige Insekten abhielt. Die hohen schmalen Fenster gingen nach Norden und ließen in den Sommernächten die frische Brise herein.

Auf dem gestampften Lehmboden lagen Binsenmatten, die nicht nur für Kühle sorgten, sondern auch den Staub einfach durchrieseln ließen. Das Haus bestand aus einer großen Diele am Eingang, drei weiteren Räumen und einer Küche mit Herd. Da diese von den übrigen Zimmern getrennt war, zog der Rauch

* Jupiter.
** Saturn.

nicht in die anderen Räume wie in den meisten Häusern, wo der Herd im Wohnzimmer stand. Außerdem verfügte es über einen kleinen Hof, in dem ein Schuppen und eine Sykomore standen, die als heiliger Baum galt.

Kaum hatte Seneb das Haus betreten, stolperte er erneut, und dieses Mal schaffte es Nemenhat gerade noch, ihn aufzufangen, ehe er zu Boden fiel. Als er sich wieder aufrichtete, fiel sein Blick auf Nubet.

Sie machte keinen Hehl aus ihrer Verstimmung, als sie ihrem Vater half, Platz zu nehmen.

»Du solltest dich schämen, in diesem Zustand nach Hause zu kommen!«, schimpfte sie.

»Warum denn?«, widersprach ihr Vater verwundert. »Heute ist ein großer Tag für Ägypten. Die Götter werden mir diese kleine Freiheit nicht verübeln.«

»Ja, besonders Bes* nicht. Du benimmst dich so, als kämest du direkt von einem seiner Gelage.«

»Sei nicht böse, Nubet«, bat der Alte und setzte sich schnaufend an den Tisch. »Und sag Nemenhat guten Abend, der so nett war, mich zu begleiten. Lass uns gute Gastgeber sein und ihn zum Abendessen einladen.«

Sie begrüßte ihn kühl, aber höflich und erklärte, es sei ihr eine Ehre, wenn er zum Essen bleiben wolle.

»Magst du Linsen?«

»Ja sehr, außerdem hat mir dein Vater erzählt, dass du sie ganz besonders gut machst.«

Sie winkte ab und bat ihn mit einer Handbewegung, Platz zu nehmen.

»Du isst heute keine Linsen«, sagte sie dann an ihren Vater gewandt und verschwand in der Küche.

»Warum denn nicht?«

* Anspielung auf die Leidenschaft des Gottes Bes für große Trinkgelage.

»Weil sie dir schlecht bekommen würden«, hörte man sie aus der Küche rufen.

»Lass mich zumindest ein bisschen probieren. Sie werden mir bestimmt nicht schaden«, protestierte der Alte. »Gestern habe ich nichts gegessen. Ich faste jeden dritten oder vierten Tag, weißt du?«, erklärte er an Nemenhat gewandt. »Und manchmal mache ich mir auch einen Einlauf. Das meiste Essen, das wir zu uns nehmen, ist überflüssig und an vielen unserer Krankheiten schuld.« Er zwinkerte Nemenhat verschwörerisch zu und flüsterte mit verschmitztem Lächeln: »Sie hat zwar manchmal schlechte Laune, aber eigentlich ist sie ganz entzückend.«

Nemenhat musste sich zusammennehmen, um nicht zu lachen, als er dem Alten in das ausgezehrte Gesicht sah, dessen Augen übermütig funkelten.

Kurz darauf kehrte Nubet mit einem großen Topf zurück, aus dem es köstlich duftete. Dann brachte sie noch eine Karaffe mit Ziegenmilch und frisch gebackenes Brot.

*»T-hedj!«,** rief Nemenhat, als er es sah.

»Ja«, antwortete Nubet. »So wie unsere Vorfahren es gemacht haben.«

Nemenhat betrachtete das eigentümlich geformte Weißbrot, das im Alten Reich so beliebt gewesen war. Sie reichte es ihm, und er sog mit geschlossenen Augen den Duft ein. Es gab nur wenige Dinge, die er lieber mochte als den Duft von frisch gebackenem Weißbrot.

»Die Früchte der Arbeit unseres Volkes stecken in diesem Geruch«, erklärte Nubet, während sie ihm die Linsen in einer Schale servierte.

Er schlug die Augen auf, sagte aber nichts. Seneb wünschte murmelnd einen guten Appetit.

* Bezeichnung für ein Weißbrot, das in konischen Backformen hergestellt wurde.

Nemenhat schmeckte das Abendessen vorzüglich. Der Ruf von Nubets Kochkünsten war durchaus gerechtfertigt; noch nie hatte er so schmackhafte Linsen gegessen. Sie hatte sie mit zahlreichen Gemüsesorten zubereitet und Gewürze verwendet, von denen er nicht einmal den Namen kannte.

»Das Rezept kann ich dir leider nicht verraten«, erklärte sie lächelnd, als er danach fragte.

»Nicht einmal ich darf es wissen«, sagte Seneb, der eine Weile stumm dagesessen hatte. »Aber du musst zugeben, dass sie köstlich sind.«

Nemenhat nickte, während er ein Stück Lauch probierte, mit dem sie gewürzt waren.

»Aber«, rief Seneb, »das Beste kommt noch, der Nachtisch. Anisgebäck und Feigen.«

»Hm, sie sind köstlich«, lobte der Junge, als er die Süßigkeiten probierte. »Wirklich, die besten, die ich je gegessen habe.«

»Danke«, antwortete Nubet. »Doch das nehme ich dir nicht ab.«

»Das solltest du aber, ich würde es sonst nicht sagen.«

»Probier mal die Feigen«, ermunterte ihn Seneb. »Sie stammen von unserer Sykomore. Dem heiligen Baum Ägyptens. Wusstest du, dass die Feigen der Sykomore eine fantastische Medizin sind?«

Nemenhat verzog verwundert das Gesicht und sah Nubet an.

»Ja, es stimmt«, beteuerte sie. »Sie sind gut gegen die Blutfresserin*, diese seltsame Krankheit.«

»Das wusste ich nicht.«

»Sie ist eine wahre Koryphäe, sie sammelt alle möglichen Pflanzen, aus denen sie dann Medikamente herstellt, mit denen sich verschiedene Krankheiten behandeln lassen.«

»Vater, du weißt doch, dass ich es nicht mag, wenn du mich vor anderen lobst.«

* Wahrscheinlich war Skorbut gemeint.

Nemenhat hatte gerade die Süßigkeiten verspeist, als er sah, wie Nubet einen großen Teller mit Feigen auf den Tisch stellte.

»Stimmt es etwa nicht?«, erwiderte Seneb und warf die Arme hoch. »Alle Nachbarn fragen dich um Rat, wenn sie krank sind. Viele Ärzte im Haus des Lebens wären froh, wenn sie so viel davon verstünden wie du.«

»Jetzt übertreib nicht, Vater. Es ist alles schriftlich niedergelegt, und sie können erheblich besser lesen als ich.«

»Vieles von dem, was ich dir beigebracht habe, ist den Ärzten nicht bekannt. Geheimnisse, die mir der Kanzler des Gottes* verriet und von denen die meisten Menschen nie etwas erfahren werden.«

Sie verzog das Gesicht.

»Na ja, was soll's. Diese übertriebene Bescheidenheit hat sie von ihrer Mutter geerbt. Mögen die Götter sie segnen.«

Als guter Beobachter hörte Nemenhat gern zu. Nur gelegentlich machte er eine knappe Bemerkung, doch die meiste Zeit über schwieg er. Die Umgebung vermittelte ihm ein seltsames, äußerst angenehmes Gefühl. In Senebs Haus atmete man die Ruhe selbst.

Das Essen hatte hervorragend geschmeckt und seine Erwartungen bei weitem übertroffen. Trotzdem hinderte ihn etwas daran, sich gänzlich wohl zu fühlen. Jedes Mal, wenn sich ihre Blicke trafen, spürte er eine unwiderstehliche Anziehungskraft, die von Nubet ausging. Sie war nicht nur betörend schön, ihre großen dunklen Augen strahlten zudem eine eigenartige Macht aus, die die Götter nur wenigen Menschen schenkten. Es war die Gabe der Intelligenz und des Wissens.

Daher war es kein Wunder, wenn Nemenhat hin und wieder ein merkwürdiges Gefühl überkam, weil er nicht wusste, wie er die Kluft überwinden sollte, die sich zwischen ihnen auftat.

Nicht dass er sich schämte, weil er nicht ihre Bildung besaß.

* Der Hohepriester der Einbalsamierer.

Sein Vater hatte ihn so gut erzogen, wie er nur konnte, und darauf war er stolz. Dass er weder schreiben noch lesen konnte, war völlig normal. Das konnten die wenigsten Menschen. Außerdem besaß er so feste Ansichten über die meisten Dinge im Leben, dass er sich nicht vorstellen konnte, irgendwelche Texte könnten ihn dazu bewegen, diese Meinung zu ändern.

Nubet ging nichts von alledem durch den Kopf, sie war gar nicht in der Lage, jemanden zu verachten. Die Bewohner des Viertels, die in letzter Zeit zu ihr kamen, wenn sie erkrankten, waren schlichte, ungebildete Leute. Es war ihr eine Freude, ihnen helfen zu können, auch wenn es Krankheiten gab, die sie nicht zu behandeln wusste. Die Ärzte waren teuer, nur wenige Leute konnten sich ihre Dienste leisten. Also kamen sie lieber zu Nubet und ließen sich von ihr heilen. Und sie fühlte sich geehrt, wenn sie die Dankbarkeit der Nachbarn zu spüren bekam.

Im Schuppen hinter dem Haus lagerten Getreide, Gemüse und Kräuter, die sie von den Nachbarn als Anerkennung für ihre Dienste erhielt. Sie konnte die Geschenke nicht ablehnen, wenn sie sie nicht beleidigen wollte. Daher war es absurd zu glauben, sie empfände auch nur eine Spur von Verachtung für Nemenhat. Aber neugierig war sie schon.

Trotzdem hatte die Diskussion, die sie vor einiger Zeit geführt hatten, Nubet irritiert. Jemand wie sie, die in den ältesten Traditionen des Landes erzogen worden war, hatte Mühe, die Ansichten des Jungen zu verstehen. Dass es unterschiedliche Meinungen gab, war unvermeidlich, aber seine rebellischen Worte stellten die göttliche Ordnung infrage, und das war schockierend. Niemals im Leben hatte sie jemanden zuvor so sprechen gehört. Andererseits besaß er etwas Unerklärliches, das sie anzog. Etwas Geheimnisvolles. Sie hatte sich aufrichtig gefreut, als sie in jener Nacht sah, wie er mit den anderen Männern an den Befestigungsanlagen arbeitete, um die Stadt vor der drohenden Invasion zu retten.

Sie unterhielten sich über Banalitäten. Nemenhat war froh darüber, denn es lockerte die Stimmung, und außerdem hatte er nicht die geringste Lust, über persönliche Angelegenheiten zu sprechen.

In einer der Gesprächspausen stand Nubet auf, um Wasser mit Natron zu holen, damit sie das *sen schem schem* vollziehen konnten, das Ritual zur Reinigung der Zähne und des Mundes. Erneut fiel Nemenhat die Sauberkeit auf, die im ganzen Haus herrschte, und auch, dass es so gut wie keine lästigen Fliegen gab, die in Memphis geradezu eine Plage waren.

»Liegt es an dem Natron, mit dem du die Wände behandelt hast?«, fragte er Seneb.

»Natron hilft, aber wenn du die Insekten gänzlich loswerden willst, brauchst du Pirolöl.«

»Wie seltsam! Und was machst du gegen die Mäuse und Ratten? Ihr habt im Hof so viele Nahrungsmittel. Da muss es doch von Ratten nur so wimmeln.«

»Du wirst keine einzige sehen«, antwortete Nubet lächelnd. »Du brauchst nur ein Säckchen mit Katzenfett hinzustellen.«

»Katzenfett?«

»Ja. Am Anfang riecht es etwas streng, aber das geht bald vorbei, und es ist unheimlich wirksam.«

»Und wenn du Schlangen loswerden willst«, mischte sich Seneb ein, »dann sind Zwiebelknollen das geeignete Mittel. Am besten wirft man sie direkt in ihr Nest.«

Nemenhat kam aus dem Staunen gar nicht mehr heraus. All das war neu für ihn.

Seneb gähnte und kämpfte gegen den Schlaf an. Immer wieder fiel ihm der Kopf auf die Brust, und dann riss er schnell wieder die Augen auf.

Es war Zeit zu gehen. Nemenhat bedankte sich bei Tochter und Vater für die Einladung und den angenehmen Abend.

»Du bist bei uns immer willkommen«, sagte Seneb, als er ihn

zur Tür begleitete. »Du kannst jederzeit vorbeikommen und mit uns essen.«

»Danke, Seneb, und auch dir, Nubet, für das Essen und die guten Ratschläge. Katzenfett, nicht?«

»Ja, am besten einen ganzen Sack voll«, antwortete sie im Spaß.

Das Ende der Achet war für Nemenhat die schönste Jahreszeit. Dann waren die Tage nicht mehr so schwül und luden dazu ein, sich an den tausend Wundern zu ergötzen, mit denen das Tal seine Bewohner im Überfluss beglückte. Die Fluten, die alles überschwemmt hatten, zogen sich langsam zurück und hinterließen eine vom Schlamm gedüngte schwarze Erde, die einen Segen für die Bevölkerung darstellte. An den Ufern wimmelte es von Lebewesen, da alle Tierarten von der Nilschwelle profitierten, die das Land immer wieder erneuerte. Dort, wo jetzt noch das Wasser stand, würde bald die Ernte eingeholt werden, und deshalb war das ganze Volk dem Gott Hapi zu ewigem Dank verpflichtet.

Nemenhat wanderte gerne am Ufer entlang und verlor sich in der uralten Landschaft, die in vollkommener Harmonie mit der Natur existierte wie zu Anbeginn der Zeit. Am Fluss versammelten sich vor Anbruch des Winters Scharen von Zugvögeln, sodass es für die Jäger ein Leichtes war, ihre Netze aufzustellen. Die Ägypter waren leidenschaftliche Jäger, nicht nur, um sich von der Beute zu ernähren, sie fingen die Tiere auch, um sie abzurichten. Die meisten wurden gefangen und auf den Märkten verkauft.

Seit Ramses III. an die Macht gelangt war, hatte sich die Zahl der großen Jäger vervielfacht. Er hatte Jägertrupps zusammengestellt, die damit beauftragt wurden, so viele Tiere wie möglich zu fangen, um sie den Göttern zu opfern. Gazellen, Antilopen und vor allem Oryxe wurden von den Jägern bevorzugt, die sie bis tief in die Wüste verfolgten und dabei vielen Gefahren trotzten. In Ägypten gab es nicht nur harmlose Tiere. An den Ufern des Nils musste man stets auf der Hut vor Krokodilen sein, die dort auf der Lauer lagen, und am besten hielt man sich nicht in unmittelbarer Nähe des Wassers auf. Auch die Flusspferde stellten eine Gefahr dar, vor allem für kleine Fischerboote. Gelegentlich wurden sie von den leicht reizbaren Tieren, die mit ihren gewaltigen Kiefern einen Menschen in Stücke reißen konnten, angegriffen und zum Kentern gebracht.

Auch Jäger, die das fruchtbare Nildelta verließen und sich in die Wüste hineinwagten, mussten mit Gefahren rechnen, wenn sie nicht vorsichtig waren. Dort wimmelte es von Löwen, Schakalen und Hyänen, die sich allerdings von den Siedlungen der Menschen fern hielten. Als wäre dies nicht genug, gab es darüber hinaus viele Kobraschlangen und Skorpione. Es grenzte an ein Wunder, dass Menschen in einer derart unwirtlichen Gegend überleben konnten. Trotzdem herrschte eine eigentümliche Harmonie untereinander. Die Bewohner des Landes wussten, dass all diese Tiere schon da gewesen waren und mit ihnen gelebt hatten, als die ersten Götter nach Kemet kamen. Sie akzeptierten sie als einen Teil des Landes. Und nicht nur das, sie studierten ihr Verhalten, verehrten sie für ihre jeweiligen Fähigkeiten und nahmen sie in ihre heilige Ikonographie auf, indem sie sie zu Göttern erhoben.

Doch das bedeutete nicht, dass man sich nicht in Acht nehmen musste. Deshalb führte Nemenhat stets Pfeil und Bogen mit sich. Es war eine wunderbare Waffe, die er nach dem Vorbild der königlichen Bögen selbst gebaut hatte. Da er über eine ruhige Hand und scharfe Augen verfügte, war er bald zu einem treffsicheren Schützen geworden.

Meistens ging er durch die dichten Palmenhaine, die Memphis umgaben, zu seinem Lieblingsplatz, einer Anhöhe am Rande der Wüste, wo man einen herrlichen Blick hatte. Von hier aus beobachtete er, wie die Fischer um die besten Fangplätze wetteiferten, wobei es manchmal sogar zu Handgreiflichkeiten kam, oder wie die Jäger jubelten, wenn ihnen ein Tier ins Netz gegangen war. Wenn Nemenhat von den ersten Dünen der Wüste aus das

Tal betrachtete, wurden ihm die grandiosen Kontraste bewusst, und dann spürte er die Macht, die sich dahinter verbarg. Diese Wüste mit ihrer lebensfeindlichen Schönheit strahlte Magie aus; manchmal fühlte er sich wie verzaubert.

In den letzten Tagen, seit er von der Hochzeit Kasekemuts erfahren hatte, war er niedergeschlagen. Er erfand allerlei Vorwände für seinen Vater und ging schon früh am Morgen aus dem Haus, um ziellos und gedankenverloren durch die Felder zu streifen. Und immer wieder kam er auf das Geschehen zurück, das er nicht mehr rückgängig machen konnte.

Kadesch und Kasekemut hatten geheiratet und waren in ein Haus auf der anderen Seite des Flusses gezogen, in die Nähe der Garnison.

Die Nachricht hatte ihn traurig gemacht, bedeutete sie doch einen endgültigen Schlussstrich unter der Freundschaft, die ihn einmal mit Kasekemut verbunden hatte. Sie war auf die schlimmstmögliche Weise, die man sich vorstellen kann, zerstört worden, durch Verrat und Betrug, und niemand konnte mehr etwas daran ändern.

Er begrub sie in dem verborgensten Winkel seines Herzens, als Warnung für etwas, das sich niemals wiederholen durfte. Und wenn die Stunde schlug, da er vor Osiris treten musste, um sein Herz in die Waagschale zu legen, würde dieser über ihn urteilen.

An diesem Nachmittag verließ er seinen Lieblingsplatz frohen Mutes und ließ die Last, die ihm so zu schaffen gemacht hatte, im Sand zurück. Er streckte seine Glieder, als müsste er wieder zu sich kommen, wandte sich um und sah auf die Wüste, die sich vor ihm bis ans Ende der bekannten Welt ausbreitete. Dort in der Ferne begann Saqqara, die größte Nekropole, die der Mensch je erschaffen hatte. Könige und Königinnen, Adlige und Priester hatten sich tausend Jahre lang hier bestatten lassen, und Nemenhat spürte erneut das unwiderstehliche Verlangen, nach ihren verlorenen Gräbern zu suchen.

Die Straße, die von Memphis an der heiligen Totenstadt vorbei in den Süden führte, teilte das Land aus einem seltsamen Zufall heraus in zwei Hälften: die des Schwarzen Landes Kemet, des Inbegriffs von Überfluss und Reichtum, und die des Roten Landes, Descheret, des unbewohnten dunklen Reichs von Seth. Niemandem, der hier vorbeikam, konnte dies verborgen bleiben. Auf der einen Seite lag die fruchtbare Ebene, die ständig überflutet wurde und bis hinunter an den Nil reichte. Hier gab es Palmenhaine, Beete und Gärten, und jede Handbreit fruchtbare Erde wurde ausgenutzt. Auf der anderen Seite erhob sich das kalkhaltige Hochplateau, auf dem sich die endlose Wüste erstreckte. Tod und Leben nur durch eine Straße voneinander getrennt, wie als Warnung, dass beides auch in der Realität ganz dicht beieinander lag.

Für die Bewohner von Memphis bildete diese Straße, von der viele kleine Pfade abzweigten, die anschließend vom Wüstensand verschluckt wurden, einen natürlichen Weg in die Nekropole.

An der Stelle, wo einst der Pharao Unas seine Pyramide errichtet hatte, bog Nemenhat in einen dieser Pfade ab. Dort hatte sich früher der Anlegeplatz eines heiligen Sees befunden, der zur Tempelanlage des Grabes gehörte. Jetzt waren nur noch einige Säulen in Form von Palmen übrig geblieben und vereinzelte Steinblöcke. Nemenhat atmete befriedigt auf und sah mit zusammengekniffenen Augen zur Sonne empor. Der spätherbstliche Tag war so angenehm, dass er förmlich dazu einlud, spazieren zu gehen. Er warf einen gleichgültigen Blick auf die Ruinen und setzte seinen Gang fort. Vom hinteren Teil dessen, was von dem Tempel übrig geblieben war, ging ein gepflasterter Aufweg ab. Es war die Straße der Prozession, die diesen Tempel mit einem anderen verband, siebenhundertfünfzig Meter entfernt neben der Pyramide, in der Unas bestattet worden war. An manchen Stellen war die Straße vom Sand verweht, an anderen noch recht gut erhalten, überdacht und von intakten Mauern gesäumt.

Langsam ging er den leicht ansteigenden Aufweg entlang. Die

lauen Strahlen der Sonne waren wie Balsam auf seiner Haut. Seine anfänglich sorglose Stimmung schlug um, als ihm die Wächter einfielen, die manchmal durch die Nekropole streiften. Vermutlich war es besser, ihnen aus dem Weg zu gehen. Daher bog er nach rechts in einen steileren Hohlweg ab und blieb gelegentlich stehen, um sich vorsichtig zu vergewissern, dass die Einsamkeit sein einziger Begleiter war. Als er oben ankam, offenbarte ihm die Hochebene ihre ganze geheimnisvolle Macht.

Nemenhat war wie verzaubert von diesem Ort. Nicht, weil dort die ältesten Könige Ägyptens bestattet worden waren, das war es nicht. Die Könige waren ihm vollkommen egal, er empfand keinerlei Respekt für sie. Doch die Werke, die sie geschaffen hatten, waren etwas anderes. Die Vorstellung, wozu die Menschen in der Lage waren, um dem größenwahnsinnigen Traum eines Gottes die Krone aufzusetzen, faszinierte ihn über alle Maßen.

Er betrachtete das imposante Bild, das Djosers Grabanlage bot. Die erste Pyramide, die der Mensch erbaut hatte, mit sechs Stufen, damit die Seele des Pharaos zum Himmel steigen konnte, um sich dort mit den Göttern zu vereinen.

Obwohl er die Pyramide gut kannte, war er genauso überwältigt wie beim ersten Mal. Für ihn war sie das Symbol der Macht über das Land, der wahren Macht, nicht der, die Ramses jetzt ausübte.

Wie groß sein Ruhm auch sein mochte, die Macht musste er sich in einem gefährlichen Balanceakt mit anderen politischen Kräften teilen, die im Hintergrund die Fäden zogen. Und obwohl Nemenhat die Situation nicht wirklich zu durchschauen vermochte, spürte er doch instinktiv, dass deren Einfluss weiter reichte, als man sich vorstellen konnte.

Die Pyramide hingegen, vor der er jetzt stand, war das Symbol für uneingeschränkte Macht und absolute Autorität. Das gesamte Volk hatte an der Errichtung dieses Bauwerkes mitgewirkt, und am Ende, als das Werk fertig war, konnte es mit Stolz auf seine Leistung zurückblicken. Das war vor langer Zeit gewesen, als der Einfluss des Herrschers noch nicht von Priesterschaft und Adel beschnitten worden war.

Er seufzte, als er näher kam. Die ganze Anlage befand sich in einem erbärmlichen und verwahrlosten Zustand. Die Mauer aus weißem Tura-Kalkstein, die sie umgeben hatte, war an manchen Stellen gänzlich vom Sand verschluckt worden, an anderen fast verschwunden. Auch die Pyramide selbst war in keiner guten Verfassung, sie zerfiel nicht nur langsam, der Wüstenwind hatte überdies in zehn Jahrhunderten immer mehr Sand über die Stufen geweht, sodass sich die Schönheit, die sie einst besessen hatte, nur noch erahnen ließ. Trotzdem bildete sie immer noch den Höhepunkt der Nekropole. Kein anderes Bauwerk in Saqqara konnte sich mit ihr messen.

Jeder Ägypter kannte die Pyramide und wusste, dass sie Netjerichet gehörte. Unter diesem Namen war der Pharao Djoser III. inthronisiert worden. In dem fünfzehn Hektar großen Areal waren lediglich Ruinen erhalten, Schutt und Trümmer, die einzigen Zeugen eines glorreichen Zeitalters. Nur im Südwesten, in unmittelbarer Nähe des heiligen Totentempels von Djoser, lag noch ein gut erhaltenes Bauwerk, die Pyramide von Unas, über deren Aufweg er am Anfang gegangen war. Sie war kleiner als die von Djoser, und ihre Wände aus weißem Kalkstein erstrahlten jetzt im leuchtenden Schein der Sonne. Dieses Strahlen ist wie ein Lockruf, dachte Nemenhat, der sofort ihre Anziehungskraft spürte.

Er hatte den Namen Unas oft gehört. Da die Pyramide in unmittelbarer Nähe zu der Hauptstraße lag, die aus der Stadt führte, begegnete er ständig Reisenden, die sie als Treffpunkt für ihren Weg benutzten.

Djoser und Unas waren die einzigen Namen, die Nemenhat kannte. Er hatte keine Ahnung, wem die vielen anderen Pyramiden gehörten, die er ringsum sah. Er vermutete, dass der Steinhaufen direkt neben der Mauer im Nordosten einst auch eine Pyramide gewesen sein musste, wusste jedoch nicht, dass sie von Userkaf errichtet worden war. Aus Neugier ging er näher heran, konnte aber nur einige umgestürzte Säulenschäfte und Kapitelle bewundern, dort, wo früher neben der Pyramide ein Totentempel gestanden hatte.

Etwas weiter entfernt sah er einzelne Steinquader auf dem Boden, die nichts anderes waren als die Spitzen weiterer Pyramiden, die der Wüstensand unter sich begraben hatte, und kleinere Erdhügel ringsum, unter denen sich wahrscheinlich Mastabas befanden, die Grabstätten der hohen Beamten des Pharaos.

Als er überlegte, wie leicht es war, die Gräber ausfindig zu machen, grinste er. Eigentlich musste man lediglich herausfinden, wo das Grab des Pharaos lag, dann war es kein Problem, auch die Grabstätten derjenigen zu finden, die ihm am nächsten standen. Sie alle hatten in unmittelbarer Nähe des Königs begraben werden wollen. Darüber hinaus schien er tatsächlich einen siebten Sinn zu haben, mit dem er sie aufspüren konnte.

»Der Boden verrät es dir, du musst nur genau hinsehen«, hatte er seinen Vater immer wieder sagen hören.

Auch das war lange her, dachte er bei sich.

Jetzt hatten sie es nicht mehr nötig, Gräber auszurauben; das war auch nicht der Grund, weshalb er hergekommen war. Es war mehr das Gefühl, als erster Mensch ein jungfräuliches Grab zu betreten und durch seine Gänge und Kammern mit ihren kostbaren Grabbeigaben zu streifen, als Erster die Wände zu beleuchten, die von oben bis unten mit faszinierenden Symbolen bedeckt waren. Zu wissen, dass man der erste Mensch war, der seit undenklichen Zeiten das Grab betrat und über die vielen Fallen und Irrwege lachte, die Grabräuber wie ihn fern halten sollten.

Dabei sah er sich seltsamerweise keineswegs als gemeinen Dieb. Er hatte nie jemandem etwas weggenommen, er hatte sich lediglich an Gegenständen vergriffen, die den Toten gehörten.

Und diese bräuchten sie nicht mehr. Ihnen dagegen hatten sie ein Leben in Würde ermöglicht. Daher war es ihm auch nie in den Sinn gekommen, dass nicht nur das Ausrauben der Gräber ein Verbrechen war, sondern dass bereits die Tatsache, eine Tür aufzubrechen, die für die Ewigkeit versiegelt worden war, den größten Frevel darstellte, den man überhaupt begehen konnte.

An jenem Tag durchstreifte Nemenhat die Totenstadt, ohne einem einzigen Menschen zu begegnen, wie eine verlorene Seele, die in einem der unzähligen Gräber Zuflucht suchte.

Er machte einen weiten Bogen um die Stufenpyramide und sah sich die Gegend im Norden an, bis er zu den niedrigen Hügeln am Rande der Totenstadt gelangte.

Hier stolperte er über die Reste einer Ziegelsteinmauer, die ein großes Grundstück umgab. Bei näherer Betrachtung erkannte Nemenhat, dass sie sehr alt sein musste.

Er irrte nicht, hier lagen tatsächlich die ältesten Grabstätten von Saqqara, die Gräber aus der 1. Dynastie. Einer archaischen Zeit, die sich in den Ursprüngen der Zivilisation verlor.

Er bräuchte nur etwas zu graben, und schon würde er auf die Gemäuer der Mastabas stoßen. Doch die Idee begeisterte ihn nicht sonderlich, da er sicher war, dass er dort nichts fände. Höchstens irgendwelche Simse mit seltsamen Zeichen. Er sah sich um und seufzte. Die meisten Grabmäler in der Nekropole waren bereits vor langer Zeit geplündert worden. Er könnte Glück haben und etwas Interessantes finden, doch die Arbeit, die er dafür aufbringen musste, war die Mühe nicht wert. Kein Wunder, dass er keinem einzigen Wächter begegnet war. Hier gab es nichts mehr zu bewachen.

Ziellos streifte er durch die Weite des ehrwürdigen Friedhofs und blieb nur gelegentlich stehen, um sich das eine oder andere mögliche Grab näher anzusehen. Manche Grabstätten waren zur Hälfte verweht worden und wirkten wie kleine Hügel in einem endlosen Sandmeer.

Nemenhat hatte das Gefühl, als wäre das ganze uralte Ägypten unter ihm begraben. Hunderte von Mastabas samt den Aufwegen, die sie miteinander verbanden, alle von den Dünen verschluckt.

Er schirmte seine Augen mit der Hand gegen die Sonne ab und blickte gen Norden. In der schier endlosen Ebene erkannte er weitere Pyramiden, die die Pharaonen in Abusir hatten errichten lassen.

Die Bauten von Sahure, Niuserre, Neferefre und Neferirkare standen noch, aber Nemenhat konnte von seinem Standpunkt aus nicht erkennen, in welchem Zustand sie sich befanden.

Der Junge rieb sich das Kinn, fest davon überzeugt, dass er nur ein wenig schaufeln müsste, um auf ein Grab zu stoßen.

Wieder blickte er nach Norden. Etwas weiter entfernt erhoben sich drei unverwechselbare Silhouetten wie drei Riesen, die aus der Tiefe der Erde aufstiegen und der Zeit und den Naturgewalten trotzten. Bauwerke, die in der gesamten Geschichte ihresgleichen suchten. Sie waren für die ewige Ruhe der großen Pharaonen errichtet worden, die Ägypten während der 4. Dynastie regiert hatten.

Nemenhat war nie dort gewesen, obwohl er wie jeder in Memphis von ihrer Existenz wusste. Und während er sie nun aus der Ferne betrachtete, spürte er ihre magische Anziehungskraft. Er nahm sich vor, ihnen eines Tages einen Besuch abzustatten.

Der Nachmittag neigte sich bereits dem Ende zu, als er den Rückweg antrat. Er beschloss, einen kleinen Umweg Richtung Westen zu machen und an der Grabanlage von Sechemchet vorbeizuschauen, die südwestlich von Djosers Pyramide lag.

Auch hier handelte es sich um eine Stufenpyramide, obwohl jetzt nur noch drei Schichten Steine zu sehen waren. Auch sie war von einer Mauer aus weißem Kalkstein umgeben, ähnlich wie jene, die Djoser hatte bauen lassen und die zum Teil der Fassade seines Palastes nachempfunden war. Man hatte sie zu Sechemchets Ehren errichtet, des Nachfolgers von Djoser III. Sie befand sich wie die anderen in einem erbärmlichen Zustand. Doch Sechemchet war niemals hier bestattet worden. Niemand wusste, wo seine Mumie lag.

Da er schon einmal da war, warf Nemenhat einen Blick in den Brunnen ganz in der Nähe, in dem sein Vater die Beute aus dem Grab der Ptah-Priester versteckt hatte. Vorsichtig ging er hin, vergewisserte sich, dass alles noch da war, und deckte das Versteck anschließend sorgfältig wieder zu.

Auf seinem Rückweg ins Delta kam er erneut an der Pyramide von Unas vorbei und stellte erstaunt fest, wie gut sie im Vergleich zu den anderen erhalten war. Die Stufen aus Kalkstein leuchteten so hell, als wären sie erst vor kurzem fertig gestellt worden.

Seltsam, dachte er. Er wusste, dass sie fast so alt war wie die anderen auch. Eines Tages würde er die Pyramide genauer untersuchen.

Als er den gepflasterten Weg hinunterstieg, der von der Pyramide direkt zur Hauptstraße ging, die ihn nach Hause führte, wärmte die untergehende Sonne seine Schultern.

Monatelang streifte Nemenhat durch die Nekropole und sah sich alles, was seine Aufmerksamkeit weckte, genau an. Den ältesten Teil des Friedhofs, die Stelle, wo die Pyramide von Teti stand, den westlichen Teil, die Pyramide von Unas … Alles nahm der Junge mit einer unerschöpflichen Neugier unter die Lupe. Er inspizierte den kleinsten Erdhügel, der seinen Verdacht erregte, und versuchte herauszufinden, was sich darunter wohl verbarg. Er suchte akribisch die Gegend um die alten, halb zerfallenen Pyramiden ab, da er wusste, dass die Mastabas der hohen Würdenträger sich in ihrer unmittelbaren Nähe befinden mussten.

Auf diese Weise gelangte er in derart alte Grabkammern, wie er sich niemals hätte träumen lassen. Geschickt wie eine Schlange grub er sich durch den Sand und entdeckte Mastabas von unvergleichlicher Schönheit, mit herrlichen Reliefs, auf denen das ganze Leben des Toten und seiner nächsten Familienangehörigen abgebildet war.

Er fand nichts, das er hätte mitnehmen können. Die Kammern waren vor mehr als tausend Jahren ausgeraubt worden, doch das war Nemenhat egal. Er suchte die Ruhe, die diese Orte ausstrahlten, und die Schönheit der Wandmalereien. Es waren Szenen eines Lebens im Überfluss, die davon zeugten, welche hohe Bedeutung seine Vorfahren dem Alltag beigemessen hatten. Darstellungen eines bescheidenen Daseins, in dem sie das Glück vermuteten, der Natur, die sie umgab und der sie so viel Respekt entgegenbrachten, Abbildungen von Arbeitern und Handwerkern aller Art, die so nobel wirkten, dass kein Wesir sich geweigert hätte, sie in seinem ewigen Haus darstellen zu lassen. Die Familie des Toten ... tausendfach, denn die Familie war für einen Ägypter wichtiger als alles andere.

Ptahhotep*, der Weise unter den Weisen, hatte einst gesagt: »Wenn du erfolgreich bist und einen Hausstand gegründet hast, dann liebe deine Frau innig, ernähre sie, kleide sie ein und erfreue sie, so lange du lebst.«

Was für ein wunderbarer Ort, um auf die Ewigkeit zu warten, überlegte Nemenhat.

Nicht ein trauriges Bild, das auf eine düstere Zukunft wies.

Was mussten das für Zeiten gewesen sein!

Nemenhat war von diesen Mastabas so beeindruckt, dass er eine gewisse Vorliebe für einige von ihnen entwickelte. Darunter waren zwei Grabstätten, die im Süden lagen, direkt neben dem Aufweg zu Unas' Pyramide.

Die eine lag auf einer kleinen Anhöhe, und es sah ganz danach aus, als wären die Arbeiten daran urplötzlich eingestellt worden.

* Ptahhotep war Wesir von Djedkare Isesi, dem vorletzten Pharao der 5. Dynastie.

Wahrscheinlich, weil man den Aufweg gebaut hatte, dachte Nemenhat und kam zu dem Schluss, dass das Grab aus der Zeit vor Unas' Herrschaft stammen musste. Dass er von allein darauf gekommen war, erfüllte ihn mit heimlicher Freude. Jetzt wollte er unbedingt herausfinden, wer da unten begraben lag. Doch wie? Wie sollte er den Namen des Toten lesen, wenn er nicht einmal die Hieroglyphen entziffern konnte?

Am meisten hatte ihn die Wand beeindruckt, die gänzlich mit Malereien bedeckt war. Wunderschöne Abbildungen, an denen er sich nicht satt sehen konnte. Er musste aufpassen, dass er sie mit der Hitze seiner kleinen Lampe nicht beschädigte. Er nannte diese Mastaba das Grab der Vögel*, weil auf einer Wand ein riesiger Schwarm von fröhlich flatternden Vögeln in außergewöhnlichen Ockerfarben abgebildet war. Daneben sah man Szenen von bestellten Feldern, blühenden Gärten, dem Einfahren der Ernte und ein Basrelief, auf dem eine Kuh, die gerade gemolken wurde, mit ihrem Kalb abgebildet war.

Die andere Mastaba lag etwas östlicher von dem Aufweg entfernt und war in felsigem Grund gebaut worden. Der Eingang lag im Norden. Man stieg in eine riesige Halle hinab, in der sich zehn bemalte Statuen befanden, so echt, dass sie Nemenhat sofort ins Auge fielen. Sein Herz schlug heftig, als er auf sie zuging, weil sie im schwachen Schein der Lampe fast lebendig wirkten. Sie standen aufrecht, ausgeführt als Hochreliefs, zwei an der Nordwand, acht an der Westwand, jeweils in eigenen Nischen, und darüber sah man, wie Tiere mit riesigen Messern geschlachtet und anschließend zerlegt wurden. Diese Mastaba nannte Nemenhat das Grab des Schlächters**. Obwohl es das

* Dieses Grab gehörte Neferherenptah, dem Obersten Barbier im Großen Haus, und ist als Vogelgrab bekannt.

** Ich habe diesen Namen benutzt, weil dieses Grab tatsächlich unter dieser Bezeichnung bekannt ist. Es gehörte Irukaptah, dem Obersten Schlächter im Großen Haus.

Grab eines hohen Würdenträgers war, lagen hier mindestens zehn weitere Menschen begraben, wahrscheinlich die Verwandten des Toten.

Am Ende der Kammer befanden sich fünf Brunnen, doch Nemenhat machte sich erst gar nicht die Mühe, sie zu untersuchen, da er wusste, dass er nichts darin finden würde. An der westlichen Wand standen nur vier große unbemalte Statuen, und daneben befand sich eine Scheintür, durch die die Seelen der Toten ins Reich der Lebenden traten.

Jedes Mal, wenn Nemenhat in diese Welt eintauchte, verlor er jeglichen Sinn für die Zeit, und wenn er die Nekropole wieder verließ, überraschte ihn häufig die Dämmerung. Die Totenstadt wurde ihm so vertraut, dass man hätte meinen können, er habe Freundschaft mit den Schakalen geschlossen, die des Nachts durch die Gegend streiften, und selbst die Schlangen und Skorpione wüssten genau, wer er war.

Wieder zu Hause, hatte er nur einen Gedanken im Kopf, den er nicht mehr loswurde: Er musste ein jungfräuliches Grab finden. Und dieser Wunsch wurde zu einer Besessenheit. Ein intaktes Grab zu finden war der Traum seines Lebens. Aber er wusste, wie schwierig das sein würde.

Nur ein Traum, dachte er. Die Wahrscheinlichkeit, auf ein Grab zu stoßen, das noch niemand ausgeraubt hatte, war gleich null, auch wenn er sein ganzes Leben lang graben würde.

Wie er seinen Vater darum beneidete, dass er das Glück gehabt hatte, dieses herrliche Grab der Ptah-Priester zu entdecken! Es spielte keine Rolle, dass er von Anfang an gewusst hatte, wo es lag. Vielleicht sollte er mehr im Süden der Nekropole suchen, wo Schepsenure fündig geworden war. Wer weiß, vielleicht hatte er dort mehr Glück.

Doch das Meer aus gelbem und ockerfarbenem Wüstensand war nicht gewillt, ihm die Arbeit zu erleichtern. Langsam, aber sicher hatte es mit der Zeit alles verschluckt, was sich ihm in den

Weg stellte. Und jedes Mal, wenn Nemenhat es beobachtete, spürte er seine faszinierende Macht.

Warum sollte ich dieser roten Erde* nicht etwas entreißen können, wenn sie doch alles verschlingt, was sie kann?, dachte er.

Nemenhat durchstöberte die ganze Gegend, von der Pyramide Pepis I. bis zur Pyramide von Mazghuna. Ohne Erfolg.

Nur durch einen Glücksfall könnte ich ein solches Grab finden, sagte er sich entmutigt.

Eines Nachmittags, als er durch den Sand von Saqqara nach Hause ging, setzte er sich eine Weile auf einen Stein einer felsigen Anhöhe neben dem Aufweg zu Unas' Pyramide und genoss die schwachen Strahlen der Wintersonne.

Er schloss die Augen, um die friedliche Stille seiner Umgebung besser in sich aufnehmen zu können. Als er sie wieder aufschlug, konnte er die langen Schatten der Mastabas vor sich sehen. In der Ferne erhob sich die Pyramide von Djoser, deren Schatten nun das Haus des Südens** direkt daneben bedrohten.

Er schaute nach links, während seine Augen von den sanften Strahlen der Abendsonne geblendet wurden. Er schirmte sie mit der Hand ab und blickte auf die Grabanlage von Unas. Die Sonne prallte auf die nordwestliche Seite des Monuments, und ihre Strahlen spiegelten sich als Fata Morgana im Kalkstein der nördlichen Wand.

Die letzte Ruhestätte von Unas hatte schon immer seine Neugier geweckt, doch an diesem Spätnachmittag hatte er den Eindruck, als käme das Licht direkt aus dem Inneren der Grabanlage. Er beschloss, der Sache nachzugehen.

Er ging um die Grabanlage im Osten der Pyramide herum oder besser gesagt um das, was von ihr übrig geblieben war. Früher hatten dort Totentempel, Höfe, Lagerhäuser und Heiligtü-

* Die Ägypter bezeichneten die Wüste als rote Erde.

** Ein Gebäude, das Oberägypten symbolisierte und sich im Inneren von Djosers Grabanlage befunden hatte.

mer gestanden, jetzt waren nur noch Ruinen zu sehen. Das traurige Ende eines Totentempels, der einmal für die Ewigkeit gebaut worden war.

Unas' Pyramide dagegen schien erst vor kurzem errichtet worden zu sein. Das war Nemenhat schon aufgefallen, als er sie zum ersten Mal gesehen hatte.

Irgendjemand muss die Pyramide restauriert haben, war sein erster Gedanke, sonst wäre sie genauso zerfallen wie die übrigen.

Auf der Suche nach dem Eingang näherte er sich ihr von Norden her. Er lag unterhalb des Kalksteinbodens und war nur notdürftig mit Schutt zugeschüttet worden, den Nemenhat bald freischaufeln konnte. Eine Rampe führte in die Tiefe und verlor sich in der Finsternis.

Nemenhat vergewisserte sich, dass ihn niemand beobachtete, und wartete den Sonnenuntergang ab. Dann zündete er seine kleine Lampe an und verschwand vorsichtig in dem Loch.

Sobald er die Rampe betreten hatte, ging er in die Hocke und leuchtete vorsichtig die Wand aus. Im schwachen Licht versuchte er, in die Tiefe zu spähen, während er seine Sinne schärfte, um die kleinste Bewegung, das leiseste Geräusch wahrzunehmen, aber alles war still. Dann tastete er sich langsam den abschüssigen Schacht entlang, der nicht höher als anderthalb Meter war und in einen ebenen Gang mündete.

Hier richtete er sich auf und blieb dann reglos stehen. Wieder horchte er in alle Richtungen und achtete auf die kleinste verräterische Bewegung. Er konnte nicht vorsichtig genug sein, denn er wusste nur allzu gut, dass Kobras diese Orte zum Bau ihrer Nester bevorzugten.

Aber er hörte nur sein Herz, das angesichts des Unbekannten noch heftiger und ungestümer pochte als sonst.

Langsam trat er einige Schritte vor und hob die Lampe, um den Gang besser überblicken zu können.

Was er dann sah, verschlug Nemenhat die Sprache. Die Wände

waren mit Reihen von Hieroglyphen* bedeckt, die durch vertikale Striche getrennt waren. Sie reichten vom Boden bis zur Decke, waren durchgängig blau und so vollkommen, wie er sie noch nie gesehen hatte. So weit das schwache Licht seiner Lampe reichte, waren die Wände voll davon.

Nach einer Weile wich das Staunen der Neugier. Er ging auf die Wand zu und konnte der Versuchung nicht widerstehen, die heilige Schrift zu berühren. Sie war kalt wie der Stein, in den sie gemeißelt worden war, doch als er mit dem Finger über die feinen Symbole fuhr, hatte er das Gefühl, sie würden ihn verbrennen, und zog unbehaglich die Hand zurück.

Immer tiefer drang er in den Gang vor, während er geistesabwesend die Wandmalereien betrachtete. Hieroglyphen, Geier, Ibisse, Eulen, Lassos, Hände und Sonnenscheiben ... alles zeugte von der Macht desjenigen, der sie in Auftrag gegeben hatte. Und überall sah man eine Kartusche, auf der ein Wüstenhase, das Symbol für Wasser, eine Feder und eine Zeichnung, von der man sagte, sie stelle Wäsche auf der Leine dar, abgebildet waren. Nemenhat konnte die Hieroglyphen nicht lesen, aber er wusste, wozu eine Kartusche diente. Er wusste, dass sie dem Namen des Königs vorbehalten war, und da dies Unas' Pyramide war, folgerte er, dass sich sein Name so schrieb.

Auf alle Ewigkeit in Stein geritzt, dachte er, alle wollen dasselbe: sich neben den Göttern unsterblich machen.

Er ging weiter den Gang entlang und stieß bald auf die Überreste dessen, was einst eine Schutztür gewesen sein musste. Nemenhat sah sie sich näher an. Sie war aus Granit und versperrte einst den Durchgang. Er stieg weiter und stieß auf das, was von einem ähnlichen Quader übrig geblieben war.

* Es waren die so genannten Pyramidentexte, heilige Sprüche, mit deren Hilfe der König das Jenseits erreichen sollte. Sie wurden nur im Alten Reich benutzt und wurden in insgesamt fünf Pyramiden gefunden.

»Zwei Steinblöcke!«, sagte er laut.

Doch seine Verwunderung wurde noch übertroffen, als er wenig später auf die unübersehbaren Spuren einer dritten Schutztür in der Wand stieß. Drei Steinquader, die wie ein Fallgatter aus Granit den Eingang in die Vorkammer des Grabes versperrten.

Er hatte noch nie etwas Vergleichbares gesehen. Drei Steintore, die den Pharao und seinen Schatz behüteten.

Er dachte an die Geschicklichkeit, die seine Kollegen vor Jahrhunderten aufgebracht haben mussten, um sie zu überwinden, und lächelte.

Nicht einmal alle Steine von Assuan hätten ausgereicht, um sie fern zu halten, dachte er.

Der Gang mit seinen Wänden, die von unten bis oben mit Zeichen beschriftet waren, zog sich endlos in die Länge und mündete schließlich in einen kleinen Raum, die Vorkammer. Nemenhat beleuchtete sie, so gut es ging, und sah, wie die mit Symbolen bedeckten Wände sich zu einem mit Sternen übersäten blauen Dach vereinten. Eine Kuppel voller Sterne, als schwebte das ganze Universum über dem Raum.

»Fantastisch, das ist unglaublich!«, sagte Nemenhat, während er nach rechts weiterging, ohne den Blick von der Decke abwenden zu können.

Kurz darauf stieß er auf eine weitere Kammer, die genauso schmal wie die andere, aber länger war. Auch hier war der Himmel mit Sternen geschmückt, und hier befand sich der Sarkophag des Pharaos.

Nemenhat sah sich sorgfältig um. Die Sargkammer war offenbar leer. Die zahlreichen Schätze, die sie einst geborgen hatte, waren verschwunden.

Langsam näherte er sich dem Sarkophag, während er erneut die Decke bestaunte. Hier hatte Unas sein Firmament für die Ewigkeit anbringen lassen.

Der Sarg bestand aus einem einzigen Quader aus Basaltstein

und nahm die ganze Breite des Raumes ein. Er stand an der hinteren Wand, und der Deckel war offen. Als er darauf zuging, entdeckte er den Kasten, der die verschiedenen Kanopengefäße mit den Eingeweiden des Toten enthalten hatte. Er stand rechts neben dem Sarg und war das Einzige, was sich noch in der schmalen, langen Sarkophagkammer befand. Im Geiste stellte er sich vor, wie es wohl früher hier ausgesehen haben musste, als sie noch vor kostbaren Grabbeigaben überquoll.

Aus reiner Neugier warf er einen Blick in den Sarg und vergewisserte sich, dass er wie die anderen vollkommen leer war. Dann leuchtete er wieder in den Raum und entdeckte, dass die Wand hinter dem Sarkophag aus Alabaster bestand. Die blauen Hieroglyphen schienen von himmlischer Hand geschaffen zu sein.

»Großartig!«, flüsterte er und vergewisserte sich, dass es keine Scheintür war.

Entzückt von den unzähligen Hieroglyphen hob er den Arm, so hoch er konnte, um die Decke zu beleuchten. Wieder tat sich der blaue Nachthimmel vor ihm auf, an dem tausende von goldenen Sternen funkelten, und vermittelte ihm das Gefühl seiner eigenen Nichtigkeit. Wie viel Kraft in einem so kleinen Raum!

Nemenhat konnte sie spüren. Sie hing in der schweren, von einem seltsamen Geruch erfüllten Luft, die ihn umgab.

Ein kalter Schauer lief ihm über den Rücken, und einen Augenblick lang kribbelten seine Finger wie ein Ameisenhaufen. War das, was er da spürte, etwa Unas' Macht?

Dieser Gott hatte mit uneingeschränkter Autorität über Ägypten geherrscht. Vielleicht hatte sein *ba* die Aufgabe, ihn von dem Stern, auf dem Unas nun ein neues Heim hatte, in sein Grab zurückzuführen.

Zu Tode erschrocken wischte sich Nemenhat mit der Hand über die Stirn und merkte, dass sie schweißnass war. Er schwitzte am ganzen Körper, als wäre es ein heißer Tag im Hochsommer.

Mehrmals atmete er tief durch. Er hatte das Gefühl zu ersticken. Dann ging er langsam aus der Grabkammer in die Vorkammer zurück, setzte sich einen Augenblick auf den Steinboden und versuchte, in der Dunkelheit nach Luft zu schnappen.

Nachdem er eine Weile langsam und tief eingeatmet hatte, ging es allmählich besser, aber das brennende Gefühl in den Händen, das ihn so erschrocken hatte, war wieder da.

Er befand sich am Scheitelpunkt der Pyramide, genau im geometrischen Zentrum einer als Treppe konzipierten Figur, über die der Pharao zu den Sternengöttern aufsteigen sollte.

Wieder leuchtete er mit seiner Lampe den Raum aus und entdeckte am anderen Ende der Vorkammer einen kleinen Eingang. Gebückt trat er durch die niedrige Tür und gelangte in einen weiteren Raum mit drei kleinen Kapellen, die wie Nischen aussahen und in denen sich wahrscheinlich die *ka*-Statuen des Pharaos befunden hatten.

Langsam ging er in die Vorkammer zurück und spürte, wie seine Lungen nach Sauerstoff verlangten, der nicht da war, wie seine Augen den Gang suchten, der ihn zum Ausgang brächte. Er stützte sich an einer der heiligen Wände ab und beschloss, unter dem flackernden Schein der schwachen Lampe den Rückweg anzutreten. In diesem Augenblick glaubte er, in einem Schutthaufen auf dem Boden, den er zuvor übersehen hatte, etwas zu erkennen. Er wankte hinüber, während das Licht der Lampe immer schwächer und seine Lider immer schwerer wurden. Er hielt die Lampe vorsichtig hoch und kniete im Schutt nieder. Plötzlich erstarrte sein Herz vor Schreck. Mitten zwischen Geröll und Steinbrocken lag ein Arm!

Nemenhat fuhr erschrocken zurück, beugte sich dann jedoch erneut vor. Ja, es war ein Arm, und daneben lag auch eine Hand. Der linke Arm und die linke Hand von Unas! Sie waren so gut erhalten, als hätte man sie gerade eben erst abgetrennt. Nemenhat musterte sie entgeistert und fragte sich, was zum Teufel sie zwischen all diesen Trümmern verloren hatten. Wahrscheinlich eine Folge der wüsten Plünderungen, denen das Grab ausgesetzt gewesen war. Doch das war nicht alles. Zwischen den Steinbrocken lag noch mehr. Er hielt sein flackerndes Licht erneut darüber und konnte einen Schrei des Entsetzens nicht unterdrücken. Da im Schutt lag ein menschliches Skelett, an dem noch Reste von Haut und Haar hingen.

Nemenhat wich einen Schritt zurück, stolperte und fiel auf den harten Boden. Die Lampe flog ihm aus der Hand und erlosch.

Seine Dummheit verfluchend tastete er nervös nach ihr, konnte sie aber nicht finden.

Eine Weile blieb er reglos liegen und atmete so langsam wie möglich ein und aus, während er sich von dem Schreck erholte. Er hatte das Gefühl, von der Finsternis der Pyramide verschlungen zu werden. Die Hieroglyphen an den Wänden, die rings um ihn herum die Götter anriefen, schienen sich an ihm rächen zu wollen, und ... Nemenhat lief es kalt über den Rücken. Das war etwas Neues, das er nicht kannte, so etwas wie eine abergläubische Ahnung, die ihn verwirrte. Er musste raus hier, und zwar so schnell wie möglich!

Wie klein sich der Mensch vorkommen kann, wenn er die Grenzen des Unbekannten überschreitet und in Welten eindringt, die den Göttern vorbehalten sind! Wo die unfehlbare und unerbittliche göttliche Gerechtigkeit mit dem Finger auf den Frevel zeigt und sich in ihrem vernichtenden Urteil nicht erweichen lässt.

Dieser Gedanke schoss Nemenhat durch den Kopf, während er mit zerschrammtem Gesicht auf dem Boden lag und versuchte, wieder zu sich zu kommen. Doch nach einer Weile hatte er seine Gedanken im Griff und überlegte, was zu tun sei. Er musste sich zusammennehmen und so schnell wie möglich den Ausgang finden.

Er setzte sich vorsichtig auf, lehnte den Rücken an die Wand und rief sich ins Gedächtnis zurück, dass der Schutthaufen jetzt genau vor ihm lag.

Ich muss mich immer rechts halten, dachte er, ich darf jetzt nur nicht die Orientierung verlieren, ich muss dem Gang so lange folgen, bis er mich zum Ausgang führt. Immer an der Wand entlang.

Genau das tat er. Und während er mit den Fingern über die heiligen Schriftzeichen fuhr, hatte er erneut das Gefühl, dass seine Finger verbrannten. Wieder packte ihn eine merkwürdige Panik, die er sich nicht erklären konnte. Er meinte, ganz deutlich Stimmen zu hören, die näher kamen, aber er konnte nicht verstehen, was sie sagten.

Auf halbem Weg musste er mitten im Gang stehen bleiben und sich mit beiden Händen die Ohren zuhalten, so laut wurden sie. Doch es nutzte nichts, sie kamen aus der Tiefe seines Innern und hallten in seinem Herzen wider wie die Hammerschläge eines Steinmetzen.

»Verhüllt ist der Himmel, die Sterne fahren durcheinander. Es beben die Bögen der Welt, die Knochen des Erdgottes zittern.«

Das kann doch nicht sein, dachte Nemenhat und presste die Hände noch fester gegen die Ohren. Mein Herz ist verwirrt, deshalb höre ich diese Stimmen.

Er biss die Zähne zusammen und ging langsam in der Dunkelheit weiter. Mehrmals stieß er rechts und links gegen eine Wand, offensichtlich schwankte er beim Gehen hin und her. Für einen kurzen Augenblick verlor er Raum- und Zeitorientierung und glaubte, schon seit einer Ewigkeit in diesen Gängen herumzuirren. Bis ihm schließlich das Licht der Vernunft den rechten Weg zeigte. So zumindest dachte er, als er zu den Resten der Granitquader kam, die einst den Durchgang versperrt hatten.

Gleich bin ich da, dachte er.

Doch dann kehrten die seltsamen Stimmen wieder, laut und deutlich.

»Denn Unas ist es, der Recht spricht, gemeinsam mit dem, dessen Name verborgen ist, an jenem Tag, an dem die Ältesten erschlagen werden.«*

Urteile, Schuldsprüche, Strafen für Taten, die der Mensch zuweilen begehen muss, um zu überleben, und wofür er auf ewig ins Reich der Finsternis verdammt wird. Es war der schrecklichste Augenblick seines Lebens, denn er war sicher, dass irgendein Geist oder Dämon ihn daran hindern würde, den Ausgang zu finden.

Schließlich merkte er, dass die Luft frischer wurde, und damit kam er langsam wieder zu Verstand. Er streckte die Arme aus, um nicht gegen die niedrige Tür zu stoßen, bückte sich und gelangte auf die Rampe, die nach oben führte.

Um leichter voranzukommen, stützte sich Nemenhat mit beiden Händen ab, doch dann hörte er wieder die Stimmen, die ihm drohend nachhallten:

»Er hat die Himmel insgesamt durchmessen und die beiden Ufer durchlaufen. Denn Unas ist die größte Macht, ist der Allermächtigste. Unas ist ein Götterbild, das Bild der Bilder des ›Größten‹. Wen er findet auf seinem Weg, den frisst er auf, Stück für Stück.«

Zu Tode erschrocken sammelte Nemenhat die letzten Kräfte, die er noch besaß, und eilte mit einer Gewandtheit, die ihn selbst überraschte, die Rampe hinauf.

Endlich erreichte er das Freie, und noch bevor sein ganzer Körper aus der Tiefe der Erde aufgetaucht war, schlossen der sternenübersäte blaue Himmel und das Murmeln der Nacht ihn gnädig in die Arme.

Er ließ sich in den Sand fallen und sah zu den Sternen am Himmel auf, während die kalte Luft der Wüstennacht in seinen Lun-

* Diese kurzen Auszüge sind einem Text namens »Die Himmelfahrt des Unas« entnommen, einer faszinierenden Beschreibung magischer Kräfte in den Pyramidentexten.

gen brannte. Ewige Lichter, in die sich die Seelen der Toten verwandelt hatten, als sie diese Welt verließen. Da oben war auch Unas, der ihn nun zornig beobachtete, weil er es gewagt hatte, in seine heilige Pyramide einzudringen. Von den Göttern verlangte er Rache und forderte für ihn die härteste aller Strafen.

Die frische Luft hatte Nemenhat wieder zu Verstand gebracht. Er spuckte den Schleim aus, der in seiner Kehle fast getrocknet war.

Wie die übrigen Gottkönige seines Landes sagte auch Unas ihm nicht viel. Wer weiß, vielleicht war er ja der größte Sünder unter den Menschen und wusste es selbst nicht.

Ganz in der Nähe heulten die Schakale. Er sah sich hastig um. Es waren die Geräusche der Totenstadt, die ihn fröhlich begrüßten, als wäre er einer ihrer Söhne.

Hiram stand am Fenster und sah auf die Hafenmolen hinunter. Wie jeden Tag machten die *kebenit** aus aller Herren Länder an ihnen fest, zum Bersten voll mit den unterschiedlichsten Waren, die hier gelöscht werden sollten.

Nun kam der gesamte bürokratische Apparat des Staates in Gang. Ein Schreiber verlangte nach den Frachtpapieren, die man ins Büro des *sehedi sesch*, des Obersten Inspektors, brachte, wo alle erforderlichen Daten schriftlich festgehalten wurden. Herkunft, Art der Ware, Menge etc., alles wurde registriert. Im Anschluss an diese Prozedur legte man die zu entrichtenden Abgaben fest und erteilte die Erlaubnis, die Ladung zu löschen.

Daraufhin gaben die Vorarbeiter, die auf diese Genehmigung gewartet hatten, den Arbeitertrupps den Befehl, mit dem Ausladen des Schiffes zu beginnen, während ein Schreiber darüber wachte, dass die Waren mit der eingereichten Frachtliste überein-

* Das Wort *kebenit* leitet sich von *keben* (Byblos) ab. So nannten die Ägypter Schiffe, die seetüchtig waren.

stimmten. Anschließend mussten die entsprechenden Abgaben bezahlt werden, und erst dann durften die Waren den Händlern übergeben werden, die sie weiterverkaufen würden. Dieser Routine musste sich Tag für Tag jedes ausländische Schiff unterziehen, das in Memphis anlegte.

An diesem Wintermorgen beobachtete Hiram aufmerksam eines der Schiffe, das gerade in den Hafen eingelaufen war. Es hatte sich um mehr als eine Woche verspätet. Hiram war überaus besorgt gewesen und hatte schon befürchtet, das Schiff verloren geben zu müssen. Er kannte die Gefahren des Meeres zur Genüge, und deshalb war er froh, als es in den Hafen einlief. Ja, es herrschte große Freude und auch Erleichterung, weil das Schiff eine wertvolle Ladung Kupfer aus Kypros an Bord hatte. Eine Ladung, die ihm einen beträchtlichen Gewinn einbringen würde, da es in Ägypten starke Nachfrage nach diesem Metall* gab.

Er seufzte vor Vergnügen. Die Strecke von Kypros nach Ägypten steckte voller Risiken. Man konnte nicht nur Schiffbruch erleiden, in letzter Zeit wurde dieser Abschnitt der Mittelmeerküste auch von einer zunehmenden Zahl von Seeräuberbanden unsicher gemacht. Durch die Verluste der Reeder waren die Frachtkosten in die Höhe geschossen und hatten die Gewinnspanne erheblich reduziert.

Viele Händler nahmen Kontakt zu bestimmten Seeräubern auf und bezahlten Wegezoll, damit ihre Schiffe nicht überfallen wurden. Hiram hielt dies allerdings für unklug, da es viel zu viele gab und man ein Vermögen ausgeben musste, um wirklich sicher zu sein.

Sein Geschäft barg nun einmal ein gewisses Risiko, und er kalkulierte es ein. Er hatte schon viele Schiffe im Leben eingebüßt, inklusive Ladung; entweder weil sie untergegangen oder von See-

* Seit längerer Zeit wurde in den Minen am Sinai nicht mehr genügend Kupfer gefördert, um die Nachfrage in Ägypten befriedigen zu können.

räubern gekapert worden waren. Und auch in Zukunft würde er Verluste einstecken müssen, aber das konnte ihn nicht entmutigen. Im Gegenteil, er betrachtete es als eine Herausforderung.

Daher war er mehr als erleichtert, als er das Schiff in den Hafen einlaufen sah. Die Ladung an Bord war ein Vermögen wert. Tonnen von Kupfer, die Hirams ohnehin beträchtlichen Wohlstand erheblich mehren würden.

Es war ein klarer und kühler Morgen, typisch für die Jahreszeit, die Sonne ungewöhnlich mild. Hiram kam sie jedenfalls äußerst angenehm vor, als er so am Fenster stand und auf das laute Durcheinander im Hafen unter ihm hinabschaute.

Plötzlich entdeckte er zwei Männer, die auf sein Kontor zukamen. Er kannte sie.

Sie waren schon mehrmals bei ihm gewesen und hatten ihre Waren auf eine Art bezahlt, die … nun, sagen wir, etwas ungewöhnlich war.

Zuerst kam ihm diese Art, Geschäfte zu machen, etwas seltsam vor, weil er sie nicht gewohnt war. Hiram kannte sonst niemanden, der mit mehr als tausend Jahre altem Schmuck bezahlte. Und genau das war jedes Mal geschehen, wenn sie zu ihm gekommen waren.

Der Phönizier hatte keine Schwierigkeiten gehabt, den Namen des Betreffenden herauszufinden. Er hieß Schepsenure und war offensichtlich Tischler.

Schon merkwürdig für einen Handwerker, so zu bezahlen, hatte er gedacht und einen Blick auf ein Schmuckstück geworfen, mit dem der Mann das letzte Mal seine Rechnung beglichen hatte.

Anschließend hatte er sich diskret nach dem Alter der Stücke erkundigt, und woher sie stammen könnten. Er kam zu dem Schluss, dass sie alle irgendwie miteinander verbunden waren. Anders gesagt, sie stammten alle aus derselben Quelle. Einer Quelle, an die ein Handwerker unter keinen Umständen gelangen konnte, es sei denn durch Diebstahl.

Eine Zeit lang dachte er darüber nach, ob er ihn bei den Behörden anzeigen sollte, gelangte aber zu der Einsicht, dass es ihn selbst in Bedrängnis bringen konnte. Obendrein würden die Schmuckstücke in Hände geraten, die mindestens genauso schmutzig waren wie die des Handwerkers. Gold war nun einmal Gold, egal, woher es kam. Was konnte sich überdies ein Händler mehr wünschen, als dass man ihn für unbedeutende Lieferungen von Öl, Wein oder Holz mit funkelndem Gold bezahlte? Er war durchaus in der Lage, den kleinen Schatz von allem Schmutz zu säubern, der an ihm klebte. Aber er musste äußerste Vorsicht walten lassen, um selbst keinen Ärger zu bekommen.

In letzter Zeit war dieser Schepsenure stets in Begleitung seines Sohnes aufgetaucht. Ein sehr taktvoller junger Mann, für den Hiram so etwas wie Sympathie empfand. Er war nicht nur von Natur aus zurückhaltend, sondern besaß zudem eine scharfe Beobachtungsgabe und eine wache Intelligenz, die ihn überrascht hatten. Außerdem konnte er gut mit Zahlen umgehen, was für einen Mann, der weder schreiben noch lesen konnte, erstaunlich war.

Er empfing sie mit gewohnter Höflichkeit und hörte sich, auf seinem Klappstuhl sitzend, aufmerksam an, welche Bestellungen sie aufgeben wollten. Es war nichts Besonderes, die Güter waren wie immer ausschließlich für den persönlichen Gebrauch bestimmt. Nur benötigten sie dieses Mal mehr Pinienholz als sonst.

»Pinienholz scheint für dein Geschäft besser geeignet zu sein als das der Sykomore«, sagte Hiram vorsichtig.

»Die Leute fragen danach«, gab Schepsenure zur Antwort.

»Das sehe ich«, sagte Hiram, während er von seinem Papyrus aufsah und ihn musterte. »Es bringt dir einen ordentlichen Gewinn ein, wie dir bestimmt nicht entgangen ist.«

Schepsenure nickte mit unergründlicher Miene.

»Wir haben alle etwas davon«, antwortete er schließlich und reichte ihm ein kleines Bündel.

Hiram schlug den Stoff vorsichtig auseinander und prüfte den

Inhalt sorgfältig. Es war ein kleines Goldkästchen in Form einer Muschel mit einem Scharnier an der schmaleren Seite. Eine prächtige Arbeit, obendrein ohne jede Inschrift, die ihre Herkunft verraten könnte.

»Du übertriffst dich immer wieder«, erklärte Hiram, ohne seinen Blick von dem Kästchen zu heben.

»Fass es als Anerkennung für ... sagen wir, für deine Diskretion auf, und als Vorschuss auf weitere Bestellungen.«

Hiram wog das Kästchen in der Hand, während er ihm zuhörte. Allein dem Gewicht nach zu urteilen, konnte er es für mindestens sechs Gold-Deben veräußern.

Er stand von seinem Stuhl auf, trat schweigend ans Fenster und warf erneut einen Blick auf das Schiff, auf das er so lange gewartet hatte.

Es gibt Tage, an denen das launische Glück unerwartet an die Tür klopft, gerade wenn man es am nötigsten hat. Und dann fiel ihm plötzlich der letzte Satz des Handwerkers ein, als er seine Diskretion gelobt hatte. Zweifellos eine Andeutung auf die dunkle Herkunft der Ware und ein Zeichen, dass er besorgt war.

Zwischen Vater und Sohn war es zu Spannungen gekommen, da Nemenhat der Meinung war, es sei zu gefährlich, die Waren immer bei demselben Händler zu kaufen und mit Schmuckstücken aus der Beute zu bezahlen.

Nemenhats Verhalten hatte Schepsenure erstaunt, denn es war das erste Mal, dass er die Entscheidungen seines Vaters infrage stellte. Erst da war Schepsenure bewusst geworden, wie sehr sich sein Sohn in den letzten Monaten verändert hatte. Doch er hatte seine Gründe und schlug Nemenhats Bedenken in den Wind, auch wenn er sich insgeheim über sein Urteilsvermögen freute.

Während Hiram auf sein Schiff blickte, fiel es ihm wie Schuppen von den Augen. Schepsenure hatte ihm den Schwarzen Peter zugeschoben und sich den Rücken freigehalten, falls irgendetwas schief lief. Der Ägypter hatte bewusst weit höhere Preise bezahlt, als die Waren, die er bei ihm kaufte, wert waren. Das hieß, dass er über eine beträchtliche Menge an Schmuck verfügen musste, sodass er es nicht nötig hatte, großartig um den Preis einer Ware zu feilschen. Er zog die Sicherheit vor, die ihm ein Händler garantierte, der an dem Geschäft tüchtig profitierte. Es war besser, als nach dem besten Angebot zu suchen, um so viel Gewinn wie möglich zu erzielen.

Hiram wusste genau, warum Schepsenure für seine riskanten Geschäfte ausgerechnet ihn ausgesucht hatte. Er hatte sich erst nach reiflicher Überlegung für ihn entschieden, einen fremden Händler mit einem gut gehenden Geschäft und besten Handelsbeziehungen zum Ausland, der Waren ein- und ausführte und für den ein paar Schmuckstücke kein Problem darstellten.

Als er sah, wie sich der erste Trupp seinem Schiff näherte, um die Ladung zu löschen, huschte ein Lächeln über sein Gesicht. Er war sicher, dass der Mann aus Ägypten wusste, was er tat. Er machte Geschäfte mithilfe seiner Geschäfte! Alles war gut durchdacht.

Er drehte sich um, verschränkte die Hände im Rücken und spielte mit dem Kästchen, während er seinen Gästen zulächelte.

»Es ist das erste Mal, das ich für meine Diskretion so reich entlohnt werde«, erklärte er und nahm wieder Platz. »Um ehrlich zu sein, ich habe noch nie etwas dafür verlangt.«

»Heutzutage ist eine solche Tugend sehr selten. Erlaube, dass ich dir dazu gratuliere, Hiram.«

Bei diesen Worten musste der Händler lachen.

»Du solltest in der Verwaltung arbeiten, Schepsenure. Ich versichere dir, dass du schnell Karriere machen würdest.«

»Sagst du das, weil du mich für so ehrgeizig oder so skrupellos hältst?«

»Versteh mich nicht falsch«, entgegnete Hiram immer noch lachend und hob versöhnlich die Hand. »Es war eher als Lob gemeint.«

Schepsenure zog erstaunt eine Augenbraue hoch.

»Wirklich? Dann will ich dir danken, aber du sollst wissen, dass es in Ägypten nichts gibt, das ich mehr hasse als die Verwaltung. Ich baue lieber Särge mit deinem Holz, als in einem Heer von Schreibern dem Staat zu dienen.«

»Nun, daran kann ich nichts ändern, ihr Ägypter habt es selbst so gewollt«, antwortete der Phönizier und breitete die Arme aus.

»Ist es etwa meine Schuld? So war es seit Anbeginn, und so wird es auch bleiben, nachdem uns Osiris längst in Empfang genommen hat.«

»Was die Bürokratie angeht, kann ich dir nur zustimmen. Ich bekomme sie jeden Tag am eigenen Leib zu spüren. Die Zolleintreiber nehmen ihre Arbeit sehr ernst.«

»Sonst wären sie wohl kaum so gut genährt. Hast du ihre fetten Bäuche und die kurzen Beine gesehen?«

Wieder musste Hiram lachen.

»Wie voll gesogene Läuse!«

»So habe ich es noch nicht gesehen, aber im Grunde hast du Recht. Wie auch immer, Schepsenure, ich danke dir für die gute Meinung, die du von mir hast. Aber machen wir uns nichts vor, ich bin ein Geschäftsmann, und im Augenblick mache ich Geschäfte mit dir. Trotzdem solltest du dir bewusst sein, dass es darüber hinaus keinerlei Abmachungen zwischen uns gibt.«

»Ich bin kein Mann von großen Abmachungen, Hiram.«

»Umso besser. Deine Zahlungsmittel sind gelinde gesagt etwas ungewöhnlich. Ich weiß nicht, woher du diese Dinge hast«, stellte Hiram fest, während er die Muschel in der Hand wog, »und im Augenblick will ich es auch gar nicht wissen, aber ich habe keinesfalls vor, mein Geschäft zu gefährden. Dafür wirst du Verständnis haben, oder?«

»Genau das ist meine größte Sicherheit«, antwortete Schepsenure und sah ihn an.

»Dann bleibt mir nichts anderes übrig, als mich darauf zu verlassen, dass auch du vorsichtig bist.«

»Mach dir keine Sorgen. Meine Vorsicht ist wie deine Diskretion. Sie begleitet mich schon sehr lange«, antwortete Schepsenure.

Hiram erwiderte seinen Blick lächelnd.

»Es gibt noch etwas, das ich gern mit dir besprechen möchte«, fuhr Schepsenure fort.

»Ich höre.«

»Es geht um meinen Sohn«, erklärte Schepsenure und deutete auf Nemenhat. »Offensichtlich besitzt er eine natürliche Gabe für Zahlen, und ich dachte mir, dass er vielleicht in deinem Geschäft arbeiten könnte.«

Hiram sah ihn erstaunt an.

»Versteh mich bitte nicht falsch. Ich spreche von der Möglichkeit, dass du ihn als Gehilfen einstellst. So würde er bei dem besten Meister in die Lehre gehen. Ich wäre dir sehr dankbar dafür.«

Hiram sah Nemenhat neugierig an.

»Mein Geschäft ist kein Haus des Lebens, wo man dir etwas beibringt. Außerdem führe ich meine Papyri selbst. Das ist unabdingbar für ein gut laufendes Unternehmen.«

»Ich werde lernen, was du mir beibringen willst. Und ich werde keinen Lohn dafür verlangen«, sagte Nemenhat plötzlich.

»Verstehe. Aber du kannst weder schreiben noch lesen, ist es nicht so?«

»Ich werde es lernen, wenn es nötig ist«, entgegnete Nemenhat entschlossen.

»Hm«, sagte Hiram, während er erneut ans Fenster trat. »Damit hatte ich nicht gerechnet. Die Werkstatt deines Vaters scheint doch sehr gut zu laufen. Wieso willst du nicht bei ihm arbeiten?«

»Mein Sohn hilft mir jeden Tag«, erklärte Schepsenure. »Und er ist fleißig. Aber er tut es aus Liebe zu mir, nicht weil es ihm Spaß macht. Die Schreinerei wird mit mir sterben.«

»Eine traurige Perspektive«, sagte Hiram mit einer gewissen Missbilligung. »Die Mühen eines ganzen Lebens sollten nie vergeblich gewesen sein.«

»Da hast du Recht, aber das Schicksal will es anders.«

»Das Schicksal ...«, murmelte Hiram, während er auf den Hafen hinunterblickte und sich vergewisserte, dass die Löschung seines Schiffes zügig voranschritt.

Einen Augenblick lang verharrte er so, als wäre er in Gedanken versunken.

»Das Schicksal ...«, wiederholte er dann und wandte sich wieder Vater und Sohn zu. »Das einzige Schicksal, an das ich glaube, ist das, was wir uns jeden Tag selbst aufbauen«, erklärte er. »Was mich betrifft, so steht gar nichts geschrieben. Wir selbst setzen die Worte mit jedem Tag neu.«

»Dann denke über unsere nach«, sagte Nemenhat langsam.

»Das verspreche ich, aber jetzt müsst ihr mich entschuldigen. Da unten liegt ein Schiff, das meiner Aufmerksamkeit bedarf.«

Warum er Nemenhat schließlich doch einstellte, wurde Hiram selbst nie richtig klar. Vielleicht war es die Sympathie, die er für den Jungen empfand, oder eine gewisse professionelle Neugier, die ihn trieb. Er wollte mehr über diese seltsame Familie erfahren. Vielleicht aber lag es nur daran, dass er langsam alt wurde.

Wie auch immer, Nemenhat begann, in seinem Geschäft zu arbeiten, und zwar für einen Kupfer-Deben im Jahr.

Das war natürlich nur ein symbolischer Lohn, der Hiram verwunderte, doch Nemenhat ließ nicht mit sich reden und behauptete, dass er arbeiten wollte, um etwas zu lernen, und nicht, um sich zu bereichern.

Diese Einstellung war für einen Phönizier schwer nachzuvollziehen, trotzdem hielt Hiram sie für klug. Nemenhat trachtete nicht nach Reichtum, sondern nach Wissen, und bei Hiram bekäme er so viel davon, wie er sich nur wünschen konnte. Er wollte den Rest seines Lebens nicht damit verbringen, Tische, Stühle oder Särge zu zimmern. Nicht dass er das Handwerk nicht achtete, doch hatte er entdeckt, dass sich die Welt keineswegs auf das Viertel der Handwerker beschränkte, in dem er wohnte, oder auf das Leben der Fellachen, die an ihren Traditionen klebten und glaubten, außerhalb von Ägypten herrsche nur Chaos.

Als Nemenhat aber dann zum ersten Mal die vielen Schiffe sah, die aus allen Teilen der bekannten Welt im Hafen von Memphis ankerten, und beobachtete, wie die unterschiedlichsten Waren gelöscht oder aufgenommen wurden, ging ihm auf, wie begrenzt der Horizont seiner Landsleute war. Diese bis zum Rand mit Gütern beladenen Schiffe stellten einen ungeheuren Reichtum dar, doch man musste sich nur einmal im Hafen umsehen, um zu entdecken, dass die meisten den Fremden gehörten.

Der größte Teil der Geschäfte und Lagerhäuser war in der Hand von Syrern, Phöniziern, Kyprioten, ja sogar Libyern, die von hier aus ihre Handelsimperien leiteten. Zwar waren auch Ägypter am Handel interessiert, doch sie verfügten nicht über eine vergleichbare Infrastruktur wie etwa die Phönizier, die an allen wichtigen Punkten des Mittelmeeres Handelsniederlassungen gegründet hatten, wo dann ihre Waren weiterverkauft wurden.

Ägypter waren zu sehr auf ihr eigenes Land fixiert; für sie kam es nicht infrage, in fremden Ländern Handelsniederlassungen zu gründen. Sie beschränkten sich auf reine Vermittlerdienste.

Der Staat seinerseits gab sich damit zufrieden, wenn für alle Waren, die nach Ägypten kamen, die vorgeschriebenen Abgaben bezahlt wurden, worüber die Schreiber peinlich genau wachten. Die Beamten erleichterten die Gründung von Handelsniederlassungen, die ihnen einen regelmäßigen Handel garantieren konnten. Je mehr Handel betrieben wurde, desto mehr Einnahmen hatte der Staat.

Nemenhat hielt diese Strategie für absurd. Der Handel eröffnete einem tausend Wege, diese galt es zu kontrollieren. Sich einzig und allein auf Karawanenstraßen zu beschränken genügte in ihren Zeiten nicht mehr. Dieses Meer da draußen, das die Ägypter so verabscheuten, würde eines Tages das Land überfluten, wenn es sich ihm nicht endlich öffnete.

Als er das erste Mal mit seinem Vater darüber sprach, achtete dieser nicht weiter auf seine Worte; er hielt sie für die Flausen eines Heranwachsenden. Aber als Nemenhat nicht locker ließ, fing Schepsenure an, darüber nachzudenken, und fand die Idee gar nicht schlecht.

Er bestand nicht darauf, dass sein Sohn in seine Fußstapfen trat. Er besaß genügend Geld, um für den Rest seines Lebens nicht arbeiten zu müssen. An dem Tag, an dem er diese Welt verließ, wäre Nemenhat nicht gezwungen, seine Werkstatt zu übernehmen. Zudem konnte er ausgezeichnet mit Zahlen umgehen, und Hirams Geschäft erschlösse ihm ganz neue Möglichkeiten. Mithilfe des Phöniziers wäre er in der Lage, die gesamte Beute reinzuwaschen und mit dem Erlös das Leben eines angesehenen Mannes zu führen, ohne Verdacht zu erregen. Sein Sohn hatte die richtige Wahl getroffen.

Nemenhat begann, als Träger zu arbeiten und unter den aufmerksamen Augen der Vorarbeiter die Schiffe zu be- oder entladen. Er entdeckte eine unbekannte Welt, die sich in den Bäuchen der seltsamen Schiffe verbarg und den Ägyptern so viele Rätsel aufgab. Er war erstaunt, wie viel Ware Platz darin hatte. Und bald erkannte er, wie viel Geld man mit ihnen verdienen konnte. Er fing an, sich für den Schiffsbau zu interessieren, und lernte, wie der Stauraum die Fahrtüchtigkeit der Schiffe beeinflusste.

Ein Jahr lang erledigte er sämtliche Arbeiten, die man ihm auftrug. Er stand sehr früh auf, sodass er bei Tagesanbruch bereits vor dem Kontor saß und auf Hiram wartete. Er kam als Erster, und nicht selten ging er auch als Letzter aus dem Geschäft, was

Hiram nicht entging. Daraufhin beschloss er, ihm wichtigere Aufgaben zu übertragen.

Bald konnte Nemenhat unter Beweis stellen, wie gut er sich auf Zahlen verstand. Zwar besaß er nur äußerst beschränkte mathematische Kenntnisse, hantierte jedoch erstaunlich leicht mit riesigen Summen, sodass Hiram einen seiner Schreiber bat, den Jungen in die geheime Welt der Ziffern einzuführen und ihm beizubringen, wie man sie richtig benutzt. In kürzester Zeit konnte Nemenhat die Frachtlisten entziffern und verstand, wie wichtig eine genaue Buchführung für das Geschäft war. Zum ersten Mal kam er mit der Organisation der Behörden in Kontakt und lernte die Vorzüge einer gut funktionierenden Verwaltung schätzen.

Jetzt hatte er fast jeden Tag mit unausstehlichen, empfindlichen Beamten zu tun, gegen die er bald ein Gefühl der Abneigung entwickelte. Zugleich lernte er, wie man am besten mit ihnen umging und wie empfänglich sie für gewisse Zuwendungen waren. Diese Tatsache kam dem Geschäft zugute, weil man sich damit die peinlich genauen Inspektionen am Zoll ersparen konnte, die den weiteren Vertrieb der Waren so sehr verzögerten. Doch musste man äußerste Vorsicht im Umgang mit den Behörden walten lassen, um Missverständnisse zu vermeiden, hielten sich doch alle Beamten für die Söhne des unbestechlichen Thot.

Nemenhat hätte nie gedacht, wie viele Menschen in diesem Geschäft tätig waren. Da gab es Agenten, die die Einkäufe tätigten, Reeder, die ihre Schiffe vermieteten, Mannschaften, die sie steuerten und in deren Händen die Hoffnung des Unternehmens lag, Träger in den Häfen, Zollbeamte und Zwischenhändler, die die Waren später weiterverkauften ... Ein hungriges Heer, und jeder forderte seinen Anteil am Kuchen.

Mit der Zeit beherrschte Nemenhat das Metier dermaßen gut, dass er in der Lage war, den Nettogewinn auszurechnen, den ihm jede beliebige Ware am Markt einbringen würde. Das Verhältnis zwischen den langen Transportwegen mancher Waren und dem Gewinn, den sie einbrachten, das Risiko der Schiffsrouten, der Ort, wo man sie aufnahm und wieder löschte ... alles wurde von seinem analytischen Verstand bedacht, und er freute sich daran wie ein Kind an einem Spiel. Aber er lernte auch die Unbarmherzigkeit der Marktgesetze kennen.

So verbrachte er ein weiteres Jahr unter skrupellosen, habgierigen Schreibern, rauen Trägern und Schiffskapitänen, die sich genauso gut als seelenlose Seeräuber hätten verdingen können.

Unterdessen wurde Nemenhat zum Mann. Er machte den endgültigen Sprung von der unsteten Jugend in eine Realität, die ganz anders war, als er sie sich vorgestellt hatte.

Hiram war mit seiner Arbeit so zufrieden, dass er ihm die heikelsten Angelegenheiten anvertraute, in der sicheren Gewissheit, dass er sie meistern würde. Obendrein behielt Nemenhat die diskrete Art bei, die in seiner Natur lag und die der Phönizier sofort erkannt hatte. Sie war der eigentliche Grund dafür gewesen, dass er ihn eingestellt hatte.

Diese Diskretion beschränkte Nemenhat nicht nur auf sein Privatleben; sie galt ebenso für seine Arbeit.

Ich hätte nie gedacht, dass ich eines Tages einen solchen Jungen finden würde, dachte Hiram glücklich, während er von seinem Fenster aus beobachtete, wie Nemenhat auf dem Pier mit den Dienst habenden Beamten diskutierte.

Tatsächlich hatte er eine Schwäche für diesen Jungen. Vielleicht sah er in ihm den Sohn, den er nie gehabt hatte und jetzt, da der Tod vor der Tür stand, so vermisste. Er dachte an all das Wissen, dass er seinem Sohn hätte vermitteln können, aber das waren Grübeleien eines Mannes, der wie er sein ganzes Leben lang nur Augen für das Geschäft gehabt hatte. Er bewunderte die Zurückhaltung und Sorgfalt, die der junge Mann an den Tag legte, und die erstaunliche Leichtigkeit im Umgang mit Zahlen. In seinem ganzen Leben hatte Hiram niemanden gesehen, der so schnell rechnen konnte. Das machte Nemenhat zu einem ausgezeichneten Kaufmann. Er hatte sich sogar die Anerkennung der Schreiber im Hafen verdient, die aufrichtigen Respekt für einen Mann empfanden, der nie das Haus des Lebens besucht hatte, um in die Geheimnisse der Mathematik eingeweiht zu werden.

Doch bei solchen Gelegenheiten erschien er Hiram kalt wie eine Wüstenschlange. Es war, als verwandelten sich seine Augen in zwei Eissplitter, wie Hiram sie als Kind einmal in den Bergen des Libanon gesehen hatte.

Schepsenure machte weiter Geschäfte mit Hiram, der mittlerweile herausgefunden hatte, woher die Ware stammte, es aber nicht erwähnte. Er beschaffte dem Tischler, was immer er brauchte, und brachte die heiße Ware vorsichtig unter die Leute.

Der Ägypter war maßlos stolz auf seinen Sohn und froh, dass er sich für einen Beruf entschieden hatte, der ganz anders war als der seines Vaters. Er war ein richtiger Mann geworden; nun brauchte sich Schepsenure wegen seiner Zukunft keine Sorgen mehr zu machen. Zum ersten Mal im Leben war er wirklich glücklich, als wäre er nach einem langen und mühevollen Weg endlich ans Ziel gelangt. Dass er überlebt und es im Leben zu etwas gebracht hatte, war für einen aus der Gesellschaft Ausgestoßenen wie ihn keine Selbstverständlichkeit. Wenn er jetzt sah, was aus seinem Sohn geworden war, verflogen alle Ängste, auch wenn er sich ständig Senebs Predigten anhören musste, der ihn wie üblich jeden Nachmittag besuchen kam.

»Wenn ich dir doch sage, dass bei den Göttern keine Arbeit so gut angesehen ist wie die eines Handwerkers!«

»Fang nicht schon wieder davon an, Seneb. Er hat sich für eine gute Arbeit entschieden, und er ist glücklich damit.«

»Glücklich hin, glücklich her. Was wissen die jungen Leute schon vom Glück? Wenn sie später herausfinden, was sie wirklich wollen, ist es zu spät. Es gibt nichts Schöneres, als Möbel zu bauen, Gegenstände, die man braucht, ja sogar Särge. Ptah wäre stolz auf ihn.«

»Lassen wir Ptah in seinem Tempel, lieber Freund. Der Handel ist genauso ehrenwert wie jeder andere Beruf.«

»Der Handel, dass ich nicht lache. Pah! Die ganze Zeit hat man es mit den Fremden zu tun, Leuten, die weder Glauben noch Moral kennen. Von ihren Herzen kommt nichts Gutes, sie sind zerfressen von Ehrgeiz und Habsucht.«

»Übertreib nicht, Seneb. Es wird doch auch anständige Kaufleute geben, oder?«

»Wenn ich dir doch sage, dass sie dem Jungen das Herz verderben werden. Möge Amun, der Verborgene, meine Worte Lügen strafen.«

»Wirklich, Seneb, du wirst allmählich zu einem alten Nörgler. Die Zeiten ändern sich, sieh dich doch nur um. Memphis hängt wie keine andere Stadt vom Handel ab. Seine Bedeutung steht außer Frage. Ich finde, dass Nemenhat eine gute Wahl getroffen hat. Er ist kein kleines Kind mehr.«

Der Einbalsamierer starrte auf den Weinbecher in seinen Händen.

»Glaubst du wirklich, dass sich alles verändert?«, fragte er leise und sah dabei seinen Freund an.

»Ja, und schneller, als man denkt, vor allem hier in Memphis. In Oberägypten gibt es nicht so viele Fremde, außerdem leben sie in viel geschlosseneren Gemeinden. Da unten ist das Leben anders.«

»Mehr als hundert Generationen lang hat das Volk sich an die alten Sitten und Gebräuche gehalten. Das Leben des Sohnes hat sich in nichts von dem seines Vaters oder Großvaters unterschieden. Und jetzt?« Er machte eine ausholende Bewegung. »Jetzt nehmen wir die Sitten und Gebräuche der Fremde an, wir beten sogar deren Götter an. Astarte, Kadesch, Baal ... Wo soll das hinführen?«

»Mach dir keine Sorgen«, unterbrach ihn Schepsenure lächelnd. »Die Sonne wird trotzdem jeden Morgen aufgehen.«

Doch diese Antwort gefiel Seneb nicht. Er führte den Becher zum Mund, als suchte seine Seele dort Zuflucht.

»Du solltest es so akzeptieren, wie es ist. Die jungen Leute müssen die Wege gehen, die die Zeit, in der sie leben, ihnen vorschreibt.«

»Pah!«, rief Seneb. »Aber vielleicht hast du ja Recht. Den Mut, der uns fehlt, haben unsere Kinder im Überfluss. Ihnen gehört die Welt. Sie werden ihren Weg machen, auch wenn wir sie nicht verstehen. Sieh dir nur meine Tochter an. Sie ist bereits siebzehn, aber sie denkt gar nicht daran, eine Familie zu gründen. Unglaublich! Die Nachbarinnen in ihrem Alter haben bereits mehrere Kinder. Die Leute müssen langsam denken, dass sie nicht normal ist.«

»Sollen sie doch denken, was sie wollen. Wenn sie so weit ist, wird sie sich entscheiden.«

»Ich hoffe nur, dass ich dann nicht schon tot bin«, antwortete Seneb.

»Ja, ja. Ich verstehe, du willst endlich Großvater werden, stimmt's?«

»Und was ist daran so abwegig? Es gibt nichts Schöneres, als mit anzusehen, wie dein eigenes Fleisch und Blut weiterlebt, Schepsenure. Das ist doch der einzige Grund, warum wir überhaupt auf dieser Welt sind.«

»Du wirst wirklich langsam alt, Seneb. Mach dir keine Sorgen, du wirst es noch erleben, dass deine Tochter dich zum Großvater macht.«

»Dazu müsste ich ihr aber wohl den passenden Mann suchen. Sie hat ja nur ihre verfluchten Pflanzen im Kopf, aus denen sie Medizin macht. Sie kennt die unmöglichsten Gewächse und unzählige Rezepte, um Medizin herzustellen. Und dann hilft sie den Nachbarn damit. Das ist ihr Lebensinhalt. Stell dir vor, an manchen Tagen bringt sie uns nicht mal mehr das Mittagessen«, schloss er und schüttelte den Kopf.

»Trotzdem müssen wir unseren Kindern vertrauen und sie ihren Weg gehen lassen.«

Nubets Leben war in der Tat anders verlaufen, als ihr Vater es sich erhofft hatte. Nicht einmal ihren Kindheitsträumen war sie treu geblieben. Vergessen der Wunsch, in den heiligen Stätten den Göttern zu dienen. Allein die Vorstellung, eine Göttliche Anbeterin von Amun zu werden, schien ihr nun wie ein Traum, der sich niemals realisieren ließe. Das waren nur noch Hirngespinste aus einer vergangenen Zeit.

Unbeabsichtigt war sie in eine Welt eingetaucht, die sie immer mehr fesselte, je tiefer sie vordrang. Eine unerschöpfliche Quelle an Ressourcen, die das Land ihr großzügig anbot und mit denen es sie immer stärker an sich band. Akazien, Zwiebeln, Eibisch, Sellerie, Petersilie, Wermut, Koriander, Kreuzkümmel, alles war in reichlichen Mengen da. Sie streifte durch die Felder und sammelte, was sie brauchte, um mithilfe der uralten Formeln in den Papyri ihres Vaters ihre Medizin herzustellen. Alles stand seit unvordenklichen Zeiten geschrieben.

Die Ärzte hielten sich bis ins Detail an die überlieferten Formeln, nicht nur, um ihre Patienten gewissenhaft zu behandeln, sondern auch, um sich gegen jeden möglichen Fehler abzusichern. Das Gesetz war in dieser Hinsicht eindeutig. Wenn ein Patient verstarb, weil sich der Arzt nicht peinlich genau an die Behandlungsvorschriften gehalten hatte, konnte dieser mit dem Tod bestraft werden.

Diese strengen Regeln waren mit Sicherheit für den hohen Grad an Spezialisierung der ägyptischen Ärzte und deren weltweiten Ruhm verantwortlich.

Sie erhielten ihre Kenntnisse in den Häusern des Lebens, den wahren Tempeln des damaligen Wissens. Dort erlernten sie ihren

Beruf und spezialisierten sich später auf die unterschiedlichen Fachbereiche der Medizin. Jeder Arzt war Spezialist in irgendeiner Disziplin. Das allgemein anerkannte Zentrum der Heilkunde lag in Per-Bastet,* wo, wie die Legende erzählte, Thot die heiligen Formeln der Medizin verkündet hatte.

Der Beruf des Arztes war streng hierarchisch gegliedert; es gab einfache Ärzte, Inspektoren, Oberärzte und den Obersten Leiter der Ärzte. Sie alle standen unter dem Schutz der Göttin Sachmet, was nicht einer gewissen Ironie entbehrte, da Sachmet für ihre zerstörerische Energie bekannt war. Sie galt als Verursacherin von Seuchen und Krankheiten.

Ihr Zorn auf die Feinde ihres Vaters Re kannte keine Grenzen. Trotzdem konnte Sachmet, die Mächtige, wie ihr Name besagte, ebenso heilen wie töten. Als Herrin der Todesboten, ein weiterer Furcht erregender Name, unter dem man sie kannte, war nicht einmal der Pharao vor ihr sicher. Wenn man sie aber zu besänftigen wusste, brachte sie es sogar fertig, Todgeweihte zu heilen.

Um zu erreichen, dass die Löwengöttin von ihrer Wut abließ und sich gnädig zeigte, schuf man bestimmte Rituale, die sie besänftigen sollten und die von den *heritep*, ihren Hohepriestern, zweimal am Tag vor den Tempelstatuen der Göttin vollzogen wurden. All diese liturgischen Rituale besaßen eine magische Komponente. Die Tatsache, dass die Göttin Krankheiten schickte, beinhaltete auch die Möglichkeit, diese mithilfe der Magie zu bekämpfen. Daher gab es Ärzte wie auch Heilkundige, die sich auf alle möglichen magischen Rituale spezialisiert hatten, um die »bösen Geister« zu vertreiben, die die Menschen befallen hatten. Diese suchten Zauberer in den Tempeln auf, damit sie ihnen die Dämonen austrieben, die für ihre Krankheiten verantwortlich waren.

* Das galt für das Neue Reich. Im Alten Reich und in der Zwischenzeit waren Saia und Abydos die Zentren der Medizin gewesen.

Täglich bildeten sich vor den Tempeln lange Schlangen von Bürgern, die in der Hoffnung kamen, ihre Schmerzen und ihre Krankheiten loszuwerden.

Die meisten von ihnen glaubten blind an diese Magier, deren rituelle Zeremonien eine psychotherapeutische Wirkung auf die Patienten ausübten.

»Hier eine Krankheit, die ich behandeln werde«, waren die formelhaften Worte, die der Arzt aussprach und an die sich seine Patienten voller Hoffnung klammerten.

Die ägyptischen Ärzte kannten mehr als zweihundert Arten von Krankheiten und verfügten über hunderte von Rezepten, um exakt definierte Symptome zu behandeln, auch wenn viele von zweifelhaftem Nutzen waren. Die besten Kenntnisse besaßen sie jedoch auf dem Gebiet der Chirurgie und in der Behandlung von offenen Wunden.

Berühmte Kapazitäten standen durchweg im Dienst der Tempel, des Königshauses oder behandelten hohe Würdenträger, die imstande waren, die horrenden Preise zu zahlen, die sie für ihre Behandlung verlangten. Das gemeine Volk dagegen musste sich mit den einfachen Ärzten begnügen, deren Honorare moderater ausfielen.

Doch in einer derart großen Stadt wie Memphis konnte sich nicht jeder leisten, einen *sunu* aufzusuchen, wenn ihn Schmerzen plagten. Daher trieben alle möglichen Scharlatane, Quacksalber und Zauberer ihr Unwesen im Verborgenen und verschrieben der armen Bevölkerung die erstaunlichsten Rezepte.*

Nubet gehörte keiner dieser beiden Gruppierungen an. Sie hatte großen Respekt vor dem Beruf der Ärzte und verachtete jegliche Art der Quacksalberei. Sie selbst beschränkte sich darauf, mit den zahlreichen Mitteln, die ihr die Erde bot, zu expe-

* Im alten Ägypten wurde mit Argusaugen darauf geachtet, dass nur ausgebildete Ärzte die Kranken behandelten. Auf Scharlatanerie standen strenge Strafen.

rimentieren und die alten Mixturen und Rezepte zusammenzustellen, die sich nicht nur auf Medikamente beschränkten, sondern auch Parfüms und Kosmetikartikel umfassten.

Der Schuppen im Hinterhof des Hauses neben dem Getreidespeicher hatte sich mit der Zeit in ein Labor verwandelt, in dem die junge Frau ihren Versuchen nachging. Was als bloße Neugier oder Laune begonnen hatte, war zu einer echten Besessenheit geworden, der sie ihre ganze Zeit widmete.

Bald stellte sie fest, dass sie mit ihrer Leidenschaft auch anderen Menschen helfen konnte. Zuerst war es eine Salbe gegen die Falten gewesen, danach eine andere zum Enthaaren, später kam ein Mittel gegen Mundgeruch dazu und so weiter, bis sie eines Tages einer Nachbarin, die an Herpes litt, eine Salbe aus fermentiertem Honig, getrockneter Myrrhe und Koriandersamen verabreichte. In kürzester Zeit war die Nachbarin geheilt und Nubet mit Lob überschüttet. Dies und die Tatsache, dass sie für ihre Dienste keinen Deben verlangte, hatten dazu geführt, dass sich ihr Name wie ein Lauffeuer im ganzen Viertel verbreitete, fast so, als wäre sie die Wiedergeburt der göttlichen Mutter Isis.

Daraufhin waren Tag für Tag Menschen zu ihr gekommen, die über alltägliche Beschwerden klagten wie Kopfschmerzen, Schnupfen oder Verstopfung. Nubet hatte sie höflich empfangen und ihre Krankheiten behandelt, ohne dafür etwas zu verlangen. Die Nachbarn waren zwar arm, aber nicht undankbar und bestanden darauf, sie irgendwie für ihre Dienste zu entschädigen. Gemüse, Hülsenfrüchte und Getreide ließen Senebs Schuppen bald aus allen Nähten platzen. Sie konnte die Geschenke unmöglich ablehnen, wollte sie ihre Nachbarn nicht beleidigen.

Das Leben der Bewohner im Handwerkerviertel von Memphis war, genau wie in jeder anderen Stadt, ständig von Krankheiten und Infektionen bedroht, die sich auf vielfältigste Weise äußerten. Ägypter ernährten sich am liebsten von Gemüse, Obst und Salat, die mit verseuchtem Wasser bewässert worden waren und später ungewaschen verzehrt wurden. Parasiten übertrugen Krankheiten wie die Bilharziose, Ruhr, Amöben oder von Bandwürmern hervorgerufene Infektionen, an denen praktisch jeder litt. Auch schwerwiegendere Krankheiten wie Pocken, Kinderlähmung und Tuberkulose, gegen die man kaum etwas ausrichten konnte, waren unter der Bevölkerung weit verbreitet. Nicht einmal die besten Magier in den Tempeln vermochten die Dämonen zu vertreiben, die solche Übel verursachten.

Als wäre das noch nicht genug, litten viele Menschen an Knochenkrankheiten wie Achondroplasie, die zu Zwergwuchs führt, oder Knochenschwund, dem die Mehrheit der über Vierzigjährigen zum Opfer fiel.

Angesichts dessen war es nicht verwunderlich, dass die Leute Magier, Heiler oder Zauberer aufsuchten, die sie von solchen unerklärlichen Beschwerden erlösen sollten. Nur mächtige böse Geister konnten sie erzeugt haben. Hieran war das Bild, das die Ägypter vom menschlichen Körper hatten, nicht unschuldig. Für sie war das Herz nicht nur der Mittelpunkt des Lebens, sondern auch der Sitz der Seele, der Gefühle und des Verstandes. Unzählige Kanäle, so genannte *metu*, führten durch den Körper, um die Organe miteinander zu verbinden. Durch diese Kanäle flossen das Blut, die Luft, die der Mensch atmete, der Urin, die Ausscheidungen aus dem Darm, das Sperma* etc. Wenn sie an einer Stelle des Körpers Beschwerden spürten, gingen sie davon aus, dass ein *metu* verstopft war und die diversen Flüssigkeiten nicht ungehindert fließen konnten. Dann suchten sie einen Arzt auf, in der Hoffnung, er werde dafür sorgen, dass alles wieder zu seinem normalen Rhythmus zurückkehrte.

Gegen kleinere Störungen des Verdauungstraktes kannten sie zahlreiche Spülungen und Einläufe, die für gewöhnlich Wirkung zeigten und die Leiden des Kranken beseitigten. Doch in vielen

* Die Augen waren mit den Ohren verbunden, der Mund mit dem After etc.

Fällen widersetzten sich »die Kanäle« einer Reinigung, und dann blieb nur noch der Gang zu einem Zauberer übrig.

In kürzester Zeit kannte Nubet ihre Nachbarschaft ganz genau. Viele kamen, weil sie für jede Kleinigkeit einen guten Rat benötigten, andere weigerten sich hartnäckig, sie aufzusuchen, dann gab es welche, die nur widerwillig erschienen, und wieder andere, die jeden Tag mit einer neuen Krankheit vor ihrer Tür standen oder immer auf ein und demselben Leiden beharrten.

Hentaui gehörte der letzten Gruppe an und suchte Nubet jeden Tag mit denselben Beschwerden auf. Sie klagte über Schmerzen im After.* Anfänglich war Nubet nicht überrascht, denn viele Menschen in Ägypten litten an Verdauungsstörungen. Sie empfing sie höflich und respektvoll und verschrieb ihr eine Tinktur aus Kupfervitriol, Zwiebel- und Eibischblättern mit Rosenwasser, die Hentaui jeden Tag mit einer Ibisfeder auftragen sollte.

Doch am nächsten Tag tauchte sie wieder auf und klagte über Schmerzen. Nubet erklärte ihr, dass die Behandlung Zeit brauche und sie Geduld haben müsse.

Doch vergeblich, schon am nächsten Tag kam Hentaui wieder.

»Glaub mir, Nubet, wenn ich dir sage, dass ich die Schmerzen kaum ertragen kann.«

»Du musst Geduld haben, dann wirst du sehen, dass der Schmerz bald wieder verschwindet«, versuchte Nubet sie zu beruhigen.

Doch Hentaui ließ sich nicht beruhigen. Sie raufte sich die Haare und schüttelte den Kopf.

»Beruhige dich doch, sonst verdirbst du dir die schöne Frisur«, sagte Nubet und betrachtete das gefärbte Haar, das einen entsetzlichen Geruch verströmte.

»Gefällt dir mein Haar wirklich?«, fragte Hentaui.

* Es ist auffällig, wie oft in den Papyri der ägyptischen Ärzte über Beschwerden im After berichtet wird (Schmerzen, Brennen etc.).

»Ja, natürlich. Es ist sehr schön.«

»Ich habe es gefärbt, weißt du?«, erklärte Hentaui, als wollte sie ihr ein Geheimnis anvertrauen.

»Das merkt man gar nicht«, antwortete Nubet. »Wie hast du es gemacht?«

»Ach, mit einer Mischung, die nur wenige kennen. Aber was tut man in meinem Alter nicht alles um der Schönheit willen!«

»Na, hör mal, Hentaui, du bist doch noch jung.«

»Schön wär's, meine Liebe. Ich gehe auf die vierzig* zu. Ohne dieses kleine Geheimnis wäre mein Haar schon ganz grau.«

Sie hielt inne und fuhr dann fort.

»Na ja, dir kann ich es verraten. Du bist jung und hast es nicht nötig. Aber du musst mir versprechen, es niemandem sonst zu verraten, nicht mal als Rezept darfst du es verschreiben.«

»Möge Sachmets Bannstrahl mich treffen, wenn ich jemandem ein Sterbenswörtchen verrate!«

»Dann werde ich dir das Geheimnis anvertrauen, aber nur in groben Zügen. Es besteht aus einer in Öl eingelegten Leber eines verwesten Esels«, erklärte sie leise, während sie Nubet die Hand auf den Arm legte.

»Die Leber eines verwesten Esels?«

»Ja«, entgegnete sie leise. »Aber sei mir nicht böse, wenn ich dir die genaue Rezeptur nicht verrate. Ich kann dir nur versichern, dass es viel besser wirkt als in Öl gekochtes Ochsenblut.«

Nubet lächelte nachsichtig; natürlich kannte sie all diese unappetitlichen Rezepte, die im Volk so verbreitet waren.

»Und was meine Schmerzen angeht, ich glaube, ich weiß jetzt, woher sie kommen«, wechselte Hentaui das Thema.

Nubet wartete stirnrunzelnd auf ihre Erklärung.

»Irgendein Dämon muss dahinter stecken«, sagte Hentaui schließlich.

* Mit vierzig Jahren waren die Ägypter schon alt.

»Aha«, antwortete Nubet. »Dürfte ich mir die Sache mal ansehen?«

»Aber natürlich, wenn du willst«, erklärte Hentaui feierlich, zog den Rock hoch und bückte sich.

Das Mädchen untersuchte sie, konnte jedoch nichts feststellen.

»Ich glaube, dass du Recht hast, Hentaui. Es sieht ganz so aus, als hätte ein Dämon die Hand im Spiel. Aber keine Sorge, ich habe die Formel, um ihn auszutreiben.«

»Wirklich?«, fragte Hentaui freudig.

»In vier Tagen bist du diesen bösen Geist los. Du musst nur einen Sud trinken, der ganz leicht zu mischen ist.«

»Ich soll ihn selbst zubereiten?«

»Selbstverständlich. Der Dämon, der dich plagt, muss sehr stark sein, deshalb musst du selbst die Formel mischen, wenn du ihn loswerden willst.«

»Aber …«

»Mach dir keine Sorgen. Ich besorge die Zutaten, und du musst sie nur noch mischen.«

»Hm.«

»Als Erstes brauchst du Wermut«, erklärte sie und nahm etwas aus einem Beutel. »Dann Wacholderbeeren und Honig. Das Ganze löst du in süßem Gerstensaft auf und filterst es. Trink den Sud vier Tage lang, und du wirst sehen, wie der Dämon von dir ablässt.«

Hentaui bedankte sich bei Nubet und der Enneade von Heliopolis für die Weisheit der jungen Frau und ging frohen Mutes nach Hause.

Leider kamen auch Leute, die an ernsten Krankheiten litten. Nubet war am Anfang erstaunt, wie viele ihrer Nachbarn von Darmparasiten befallen waren. Es verging kein Tag, an dem sie nicht irgendjemandem ein Mittel gegen Spulwürmer verschreiben musste. Also beschloss sie, wegen der großen Nachfrage stets etwas auf Lager zu haben.

Sie stellte zwei verschiedene Sude her, der eine bestand aus den Blättern einer Wasserpflanze, Wermut und süßem Gerstensaft. Das Ganze wurde gefiltert und dem Patienten zum Trinken gegeben.

Der andere Sud war etwas komplizierter herzustellen. Er bestand zum größten Teil aus den Schoten des Johannisbrotbaumes, einer Pflanze, die in der Medizin nicht nur als wurmtötendes Mittel eingesetzt wurde. Je nachdem, welche anderen Zusatzstoffe verwendet wurden, konnte sie auch als Abführmittel oder gegen Durchfall angewendet werden, ja sogar, um Blasen zu heilen.

Nubet mischte die Johannisbrotschoten mit dem Saft einer Wasserpflanze, Goldocker, Paraffin und süßem Gerstensaft. Das Ganze wurde dann gekocht und dem Kranken mit ausgezeichneten Resultaten verabreicht.

Ihr Sud hatte einen solch durchschlagenden Erfolg, dass sie einen Vorrat an Schoten und Kernen des Johannisbrotbaumes anlegte.

Aus diesem Grund sah man Nubet schon am frühen Morgen an den Marktbuden vorbeischlendern, stets auf der Suche nach den ungewöhnlichen Zutaten, mit denen sie ihre Mixturen herstellte. Die Händler kannten sie bereits und schenkten ihr nicht nur viele Pflanzen, sondern waren auch behilflich, wenn es darum ging, ausgefallene Wünsche zu erfüllen.

Zu Hause vertiefte sie sich in die Lektüre der alten Papyri, die ihr Vater wie seinen Augapfel hütete. Darin fand sie hunderte von Rezepten, die vor mehr als tausend Jahren verfasst worden waren. Nicht selten überraschte sie der Abend, während sie noch in die Schriften vertieft war, und dann musste sie sich beeilen, um das Abendessen für ihren Vater und Min vorzubereiten. Wann immer sie konnte, streifte sie durch die Felder und Palmenhaine vor der Stadt, und wenn dann noch Zeit war, suchte sie ihren Vater bei seiner Arbeit auf, so wie früher, als sie ihm noch das Mittagessen gebracht hatte.

Man konnte sagen, dass Nubet mit ihrem Leben zufrieden war, und wenn ihr Vater sie rügte, weil sie immer noch nicht verheiratet war, warf sie ihm einen bösen Blick zu und beschimpfte ihn als verbohrten Alten.

Nubet war die ständigen Predigten und Vorhaltungen ihres Vaters leid. Sie hatte nichts gegen Männer, sie war nur nicht gewillt, eine Verbindung einzugehen. Sie liebte ihre Arbeit und wollte sich das Leben nicht, wie ihre Nachbarinnen, unnötig schwer machen. Mit ihnen verstand sie sich ausgezeichnet und half ihnen, so gut sie konnte, typische Frauenbeschwerden zu lindern: zu starke Menstruation, Probleme mit der Gebärmutter, Schwierigkeiten bei der Geburt oder zu wenig Muttermilch.

Dabei erzählten ihre Patientinnen ihr von den Problemen, die sie mit ihren Männern hatten.

Doch auch die ledigen Frauen fanden offensichtlich keine Ruhe. Jene, die keinen Mann hatten, baten sie inständig um ein Parfüm oder die richtige Schminke, um den Mann ihrer Träume zu bezirzen. Jene, die verlobt waren, machten sich Sorgen, ob der Mann sie auch heiraten würde oder sie vor der Hochzeit schwanger werden könnten.

Genau das war Nubjesed passiert, einem hübschen Mädchen, das nur unwesentlich jünger war als Nubet. Sie hatte höllische Angst davor, schwanger zu werden, und da sie und ihr Verlobter sehr verliebt waren, suchten sie Nubet regelmäßig auf, um von ihr ein Mittel gegen ungewollte Schwangerschaften zu bekommen.

»Wie lange ist es dieses Mal her, dass du deine Periode nicht bekommen hast?«, fragte Nubet, kaum dass sie den Raum betreten hatte.

»Fast eine Woche«, antwortete Nubjesed und rang besorgt die Hände.

»Na ja, das ist ja bei dir immer so. Mach dir keine Sorgen. Du wirst sehen, dass deine Blutung bald einsetzt. Hast du Petersilie genommen?«

Nubjesed schüttelte den Kopf.

»Das solltest du aber tun. Dann würdest du deine Periode regelmäßiger bekommen.«

»Ich fürchte aber, dass es dieses Mal kein falscher Alarm ist«, entgegnete Nubjesed ängstlich.

Nubet verschränkte die Arme und musterte die junge Frau.

»Ist er in dir gekommen?«

Nubjesed nickte.

»Wie oft?«

»Nur einmal, aber ich fürchte, dass ich ausgerechnet an diesem Tag empfänglich war.«

»Habe ich dir nicht gesagt, dass du vorsichtig sein sollst? Dass du nicht zulassen darfst, dass er in dir kommt?«

»Ja, ich weiß«, sagte die junge Frau schluchzend und schlug die Hände vors Gesicht. »Aber jedes Mal, wenn ich seinen Penis in der Hand halte, werde ich schwach und kann nicht Nein sagen.«

»Ist er nur dieses eine Mal in dich eingedrungen?«, fragte Nubet nachsichtig.

»Eingedrungen? Nein, eingedrungen ist er gar nicht«, antwortete die junge Frau verwundert.

»Er ist nicht in dich eingedrungen? Hast du nicht gesagt, er wäre in dir gekommen?«

»Ja schon, aber in meinem Mund, und ich habe aus Versehen sein *mu* geschluckt«, antwortete Nubjesed beklommen. »Und der Mund ist mit der Scheide verbunden, also läuft es aufs Gleiche hinaus.«

Nubet warf ihr einen vorwurfsvollen Blick zu. Als sie jedoch das zerknirschte Gesicht der hübschen Nubjesed sah, hatte sie Mitleid. Sie beugte sich vor und griff nach ihren Händen, um sie zu beruhigen.

»Na schön«, erklärte sie sanft. »Mach dir keine Sorgen, wir werden das Problem lösen.«

»Meinst du, dass ich abtreiben muss?«

»Bei mir jedenfalls nicht«, erwiderte Nubet entschieden. »Ich würde mich nicht vor den Göttern versündigen. Außerdem ist es verboten.«

»Verzeih mir«, sagte die junge Frau und begann zu weinen. »Ich bin so verwirrt, dass ich nicht mehr ein noch aus weiß.«

»Hör mir gut zu, Nubjesed. Ich glaube nicht, dass du schwanger bist«, erklärte Nubet seufzend. »Aber für alle Fälle wirst du eine Räucherpfanne mit geröstetem Getreide anzünden und einen Sud trinken, den ich dir bereite.«

»Ach, Nubet, ich danke dir«, sagte Nubjesed erleichtert und versuchte, Nubets Hand zu küssen. Diese zog sie jedoch hastig zurück.

»Was ist das für ein Sud?«

»Eine Mischung aus Öl, Sellerie und süßem Gerstensaft. Du musst ihn an vier aufeinander folgenden Tagen auf nüchternen Magen trinken.«

»Und du meinst, dass er wirkt?«

»Ganz bestimmt.«

Nubjesed konnte ihre Freude kaum unterdrücken und umarmte Nubet glücklich. Nubet gab ihr die Zutaten, die sie brauchte, und Nubjesed verließ das Haus, in der festen Überzeugung, dass Nubet sie gerettet hatte.

»Hör mal, Nubjesed«, sagte Nubet zum Abschied. »Ich glaube, es ist besser, wenn ihr bald heiratet, sonst wirst du eines Tages doch noch schwanger.«

Die junge Frau ging fort, und Nubet blieb noch eine Zeit lang nachdenklich sitzen.

Kein Zweifel, einen Mann zu haben brachte ernsthafte Probleme mit sich.

Doch zum Glück hatten nicht alle Nachbarn die gleichen Probleme wie Nubjesed. Ganz im Gegenteil, die meisten baten Nubet um ein Aphrodisiakum, um ihr Eheleben wieder aufzufrischen. Dafür gab es nichts Besseres als ein Rezept, das hauptsächlich aus der Alraunwurzel bestand, die Nubet sehr vorsichtig dosierte, da sie auch eine berauschende Wirkung hat.

So lernte sie mit der Zeit die spezifischen Leiden und »besonderen Umstände« ihrer Patienten kennen und wusste, was sie brauchten. Sie wurden zu einem untrennbaren Teil ihres Lebens.

Seneb nörgelte zwar jeden Tag an ihr herum, aber er war auch sehr stolz auf seine Tochter und ihre Arbeit. Vor den anderen sparte er nie mit Lob. Wenn sie ihm doch nur einen Enkel schenkte, dann wäre sein Glück vollkommen.

Zwei Jahre vergingen, und Nubet verwandelte sich in eine richtige Frau, eine Frau von exotischer Schönheit. Alles an ihr schien vollendet. Das Haar, das so schwarz war wie Ebenholz und ihre zierlichen Gesichtszüge umrahmte, die Nase, der Mund, die Hände, die Füße, alles war von einer einzigartigen Vollkommenheit. Ihr wohlgeformter Körper hätte den Neid der Liebesgöttin Hathor erweckt. Symmetrie in ihrer reinsten Form, als hätte man sie aus den Papyri der Geometriker entnommen, die so sorgsam in den Tempeln gehütet wurden. So war Nubet.

Nur eines störte das harmonische Gleichgewicht. Manchmal drücken die Götter den Menschen einen Makel auf wie einen unauslöschlichen Stempel, so auffallend, dass man ihn eher für unwirklich als entstellend halten könnte. Genauso unwirklich waren Nubets Augen, von einer solch unerklärlichen Schönheit, als wären sie nicht von dieser Welt. Sie waren unverhältnismäßig groß und so schwarz wie die mondlosen Nächte, an denen nur die Sterne am Himmel funkelten. Und genauso war auch ihr Blick, erfüllt von einem Licht, als wäre es den Sternen entrissen, die im Abgrund ihrer Augen glänzten. Diese Augen waren wie die Nacht in Ägypten.

Nemenhat saß auf seinem Lieblingsplatz und genoss den Nachmittag, den der Frühling ihm schenkte. Die Ernte war fast eingefahren, die Luft vom Duft des Getreides und der Früchte geschwängert. Die Brise, die zu dieser Zeit vom Fluss her wehte, trug die würzigen Gerüche seines Landes bis zu ihm und lud ihn ein, sich daran zu ergötzen. Er sog sie gierig ein und versuchte, sie auseinander zu halten, doch es waren so viele, dass er bald wieder aufgab. Seine Lungen füllten sich mit unzähligen Düften, und er versank in einen angenehmen Dämmerzustand.

Dieses Wohlgefühl hatte er schon so lange nicht mehr erlebt, dass er es fast vergessen hatte. Seit zwei Jahren war er nicht mehr hier gewesen, seit dem Tag, als er in die Pyramide von Unas eingedrungen und ihm diese beängstigende Erinnerung geblieben war.

Zwei Jahre, dachte er.

Zwei Jahre, in denen er sich auf ein Gebiet vorgewagt hatte, von dem er anfangs gar nicht wusste, dass es existierte, und das ihn nun zu einem Menschen gemacht hatte, der doch recht anders war als seine Landsleute.

Die Pfeiler, auf denen die ägyptische Gesellschaft ruhte, waren vor mehr als tausendfünfhundert Jahren mit Bedacht errichtet worden. Diese Fundamente waren mit der Zeit von einer machthungrigen Priesterschaft und durch den Adel, der immer stärker an Einfluss gewann, untergraben worden.

Im Hafen von Memphis hatte sich Nemenhat davon überzeugen können, dass die Korruption mittlerweile die ganze Verwaltung erfasst hatte und dass es jenseits der Grenzen des Reiches eine andere Welt gab, die sich langsam, aber unaufhaltsam ausbreitete und eine neue Ordnung schuf. Das Große Grüne, jenes Meer, das die Ägypter immer verachtet hatten, war der Schlüssel zu neuen Möglichkeiten, die in die Zukunft der nächsten tausend Jahre wiesen. Doch Ägypten verweigerte sich. Es überließ das Große Grüne den anderen Völkern, die ungehindert Handel trieben, und erkannte nicht, dass es früher oder später zur Beute jener Länder würde, die allmählich dieses Meer kontrollierten. Nemenhat war fest davon überzeugt, dass dem Land von Kemet ein langes Siechtum bevorstand.

All dies trübte die Liebe zu seinem Vaterland nicht. Wenn er wie jetzt seinen Duft einsog, spürte er, wie sehr er es liebte und wie nahe ihm sein scheinbar unausweichliches Schicksal ging.

Zwei Jahre, dachte er erneut und streckte seine eingeschlafenen Glieder.

In diesen zwei Jahren hatte er kaum Zeit gehabt, sich zu erholen. Nicht einmal am zehnten Tag der Woche* oder an den fünf Schalttagen am Ende des Jahres,** an denen die Ägypter die Geburt der Götter Osiris, Horus, Seth, Isis und Nephthys feierten, hatte er sich freigenommen. Stets war er zur Arbeit in Hirams Kontor erschienen.

Eine lange Zeit, in der Tat, und umso schöner war es jetzt, hier zu sein. Er nahm sich vor, in Zukunft die freien Tage so oft wie möglich hier zu verbringen.

Er richtete sich ein wenig auf und ließ den Blick über die Wüste schweifen. Manchmal vermisste er seine Ausflüge in die Nekropole, obwohl er jetzt das Gefühl hatte, als gehörte all das zu einem anderen Leben.

Er erinnerte sich, wie sehr er von der Idee besessen gewesen war, ein intaktes Grab zu finden, und musste lächeln. Es waren die Hirngespinste eines Jugendlichen gewesen, obwohl sie ihn nicht gänzlich verlassen hatten.

Man soll die Hoffnung nie aufgeben, dachte er, während er seine Knie mit den Armen umschlang und auf die Palmenhaine am Ufer hinabsah.

Der Weg, der um sie herumführte, wimmelte um diese Zeit

* Die Ägypter hatten Wochen mit zehn Tagen, von denen der letzte der Erholung diente.

** Der ägyptische Kalender bestand aus zwölf Monaten von jeweils dreißig Tagen. Die fünf überzähligen bezeichnete man als Epagomenen.

von Menschen, die in die Stadt zurückkehrten. Die meisten waren Bauern auf dem Heimweg von einem harten Arbeitstag auf den Feldern, die vor der neuen Aussaat gepflügt werden mussten. Männer und Zugkarren bildeten lange Schlangen auf dem Weg nach Memphis.

Gedankenverloren beobachtete Nemenhat eine Weile das geschäftige Treiben, als er plötzlich die Augen zusammenkniff und näher hinsah.

Auf dem staubigen Pfad bewegte sich eine Gestalt, die ihm bekannt vorkam.

Ihr Gang erinnerte ihn an jemanden, aber er konnte sich nicht entsinnen, wer es war, weil die Entfernung zu groß war, um das Gesicht zu erkennen. Während sie näher kam, versuchte er krampfhaft herauszufinden, um wen es sich handelte. Sie befand sich auf dem Weg in die Stadt und trug einen Korb auf dem Kopf, bewegte sich aber stolz und voller Anmut. Es war Nubet!

Als sie näher kam, beobachtete er sie interessiert. In den letzten zwei Jahren hatte er sie nur hin und wieder gesehen, wenn er Seneb besuchte. Er hatte sie noch als Mädchen in Erinnerung, doch das Geschöpf, das nun den Weg entlangkam, war zu einer Frau erblüht. Und was für eine Frau sie war! Kein Wunder, dass die Männer stehen blieben und ihr Blicke zuwarfen. Sie hatte Ähnlichkeit mit den Statuen der Isis auf den Mauern der Tempel, nur dass sie lebendig war.

Nemenhat stand auf und stieg von seiner Anhöhe hinunter, um sie abzupassen, wenn sie vorbeikam.

Die junge Frau hatte ihn noch nicht gesehen, und das nutzte er aus, um sie genauer zu betrachten.

Nubet war bereits als junges Mädchen hübsch gewesen, aber Nemenhat hätte nie gedacht, dass sie sich zu einer solchen Frau entwickeln würde. Sie erschien ihm schöner als jede andere zuvor. Nicht einmal Kadesch konnte sich mit ihr messen, denn ihre Schönheit entsprach dem Kanon menschlicher Vorstellungen und war nicht mit Nubets Vollkommenheit zu vergleichen, die von den Göttern selbst erschaffen schien.

»Du bist die Wiedergeburt von Isis. Man könnte meinen, man sei im Ialu-Gefilde.«

Nubet achtete nicht auf solche Worte. Sie waren nur eine von vielen Schmeicheleien, die sie an diesem Nachmittag gehört hatte; daher ging sie einfach weiter.

Sie hatte den Tag genutzt, um in den nahe gelegenen Feldern nach Kräutern zu suchen, die sie für ihre Mixturen brauchte, und um einen ruhigen Nachmittag in der Natur zu verbringen.

»Nubet, komm wieder in die Welt der Lebenden zurück. Ich bin es, Nemenhat.«

Nubet blieb stehen und drehte sich um.

»Nemenhat!«, rief sie erstaunt, als sie ihn sah. »Was für eine Überraschung!«

Lächelnd traten sie aufeinander zu und begrüßten sich. Nemenhat nahm ihr den Korb ab, dann gingen sie zusammen weiter.

»Was ist denn da drin?«, fragte er neugierig, als er merkte, wie schwer der Korb war.

»Raute, Myrrhe, Koriander, Granatäpfel, Feldmohn und die Feigen der Sykomore.«

»Wirklich?«

Sie nickte lächelnd.

»Sag bloß, du wirst dem guten Seneb all das zum Abendessen vorsetzen? Oder ist es für den unersättlichen Wüstling Min bestimmt?«

Nubet lachte.

»Er ist kein unersättlicher Wüstling, sondern ein entzückender Mensch. Und diese Kräuter und Früchte sammle ich, um daraus Arzneien und Kosmetika zu mischen.«

»Ach ja, jetzt erinnere ich mich, dass mir dein Vater davon erzählt hat. Offenbar bist du Expertin auf diesem Gebiet.«

»Nun ja, du weißt doch, wie mein Vater übertreibt. Aber sag, was machst du hier, so weit weg von deinem Hafen? Ich hätte mir nicht träumen lassen, dich hier anzutreffen.«

»Ja, das ist wirklich ein Zufall. Seit zwei Jahren bin ich nicht mehr hier gewesen. Dabei kam ich früher fast jeden Tag. Ich habe immer dort oben gesessen, wo der Palmenhain in die Wüste übergeht und man einen herrlichen Blick hat.«

»Wenn ich es richtig verstanden habe, hat mein Vater erzählt, dass du den ganzen Tag im Hafen arbeitest.«

»Ja, er sieht es nicht gern, dass ich dort arbeite. Er hätte es lieber, dass ich Tischler werde wie mein Vater.«

»Mach dir nichts draus. An mir hat er auch ständig etwas auszusetzen. Er wird langsam alt.«

Nemenhat lächelte.

»Er ist ein guter Mensch. Ich wünschte, alle wären so wie er!«

Eine Weile gingen sie wortlos nebeneinanderher. Nubet beobachtete ihn verstohlen. Er hatte sich sehr verändert, seit sie ihn das letzte Mal gesehen hatte. Von seinen sanften, jungenhaften Zügen war nicht viel übrig geblieben. Jetzt hatte er das entschlossene Gesicht eines attraktiven Mannes, aber immer noch diese geheimnisvolle Ausstrahlung, die Nubet schon immer so faszinierend gefunden hatte. Sie warf ihm einen Blick von der Seite zu und sah, wie er mit einer Hand den Korb auf dem Kopf balancierte. Er war jung und schön, mit breiten, schweißüberströmten Schultern, die in der Abendsonne glänzten.

»Kochst du immer noch diese köstlichen Linsen, die ich einmal bei euch gegessen habe?«, fragte Nemenhat plötzlich.

»Natürlich, und sie gelingen mir noch besser als früher. Aber ich glaube nicht, dass sie dir so gut geschmeckt haben, sonst wärst du bestimmt öfter wiedergekommen. Das ist lange her, nicht? Mehr als zwei Jahre.«

»Mehr als zwei Jahre!«, rief Nemenhat. »So schnell ist die Zeit vergangen. Trotzdem fand ich die Linsen köstlich, Ehrenwort! Seitdem habe ich nie wieder so gute gegessen.«

»Ich brauche dir ja wohl nicht zu sagen, dass du immer willkommen bist. Außerdem würdest du meinem Vater eine große Freude machen. Er mag dich wie seinen eigenen Sohn.«

»Ich weiß. Und ich mag ihn auch. Er ist der beste Mensch, den ich kenne. Ich komme euch gern besuchen, sobald ich das nächste Mal Zeit habe.«

Nubet lachte.

»Hält dich deine Arbeit ab, oder hast du was Besseres zu tun?«

Nemenhat sah sie verwundert an.

»Verzeih mir, ich wollte nicht unhöflich sein. Ich würde nichts lieber tun, als bei euch zu essen. Aber manchmal nimmt mich die Arbeit dermaßen in Beschlag, dass ich nicht mal dazu komme, zu Abend zu essen. Sogar meinen Vater sehe ich manchmal tagelang nicht. Ich gehe sehr früh aus dem Haus und komme erst spät am Abend zurück, wenn er schon zu Bett gegangen ist.«

»Die Arbeit ist eine gute Art, um jeden Tag die Götter zu ehren, aber wir sollen auch die Freizeit genießen, das gefällt ihnen.«

»Ja, bestimmt«, antwortete Nemenhat ironisch. »Du weißt doch, wie ich über die Götter denke, und daran hat sich nichts geändert. Die Arbeit dagegen hat mir Wege eröffnet, die ich gar nicht für möglich hielt. Und mit jedem Tag lerne ich etwas Neues.«

Nubet verzog spöttisch das Gesicht, als sich ihre Blicke trafen.

»Ich weiß, du glaubst, dass man nur in den Tempeln die Wahrheit lernt«, wandte Nemenhat hastig ein. »Aber diese Wahrheit meine ich nicht, ich meine die des Lebens. Das, was die Menschen seit Anbeginn umtreibt.«

»Wir haben die Ordnung von den Göttern erhalten, sie sagen uns, was gut und was schlecht ist. Wir müssen uns nur an diese Wahrheit halten.« Diese Antwort konnte sie sich nicht verkneifen.

»Ich will mich nicht mit dir streiten, Nubet. Aber ich glaube, dass die Wahrheit, die uns Menschen antreibt, nicht in den Tempeln liegt. Ob es einem gefällt oder nicht, aber ich glaube, dass die

Götter in ihren Tempeln diese Wahrheit genauso nötig haben wie wir Menschen.«

»Wovon redest du da eigentlich?«, fragte Nubet stirnrunzelnd.

»Von Ehrgeiz, Reichtum und Macht. Drei Begriffe, die stets miteinander verbunden sind und nach denen die Menschen trachten, seit es sie gibt. Selbst der letzte Priester im Tempel richtet sich danach.«

»Deine Worte erschrecken mich, Nemenhat«, rief Nubet entsetzt.

»Wenn du Tag für Tag erleben würdest, wie die Menschen, die über uns herrschen, diesen Wahrheiten huldigen, würdest du ganz anders reden.«

Es folgte ein langes Schweigen, während die beiden durch das große Stadttor traten.

»Aber glaub nicht, dass das auch meine Ziele wären. Ich lerne nur, wie ich in einer Welt überleben kann, in der es mehr Schakale gibt als in der Wüste.«

»Die Welt, von der du sprichst, interessiert mich nicht. Und wenn es sie wirklich geben sollte, dann möchte ich erst recht nichts über sie wissen.«

»Der Welt ist das egal. Sie geht ihres Weges. Aber man muss ihre Regeln kennen, weil sie kein Mitleid mit uns kennt.«

Wieder herrschte Schweigen zwischen den beiden, bis Nemenhat es hastig brach.

»Lass uns nicht streiten, Nubet. Auch wenn wir nicht einer Meinung sind, freue ich mich, dich getroffen zu haben. Und ich habe auch einiges gelernt, das dich interessieren dürfte.«

»Was du nicht sagst«, antwortete Nubet spöttisch.

»Doch. Ich weiß jetzt einiges über Arithmetik und Geometrie.«

Nubets Augen weiteten sich vor Überraschung.

»Willst du damit sagen, dass man sich im Hafen mit Arithmetik und Geometrie beschäftigt?«

»Ja. Hiram und ein Schreiber in der Hafenbehörde haben es mir beigebracht. Jetzt bin ich sogar in der Lage, Hirams Papyri zu lesen. Und ich helfe ihm bei allen Kalkulationen, die er braucht, um das Geschäft zu führen.«

»Hiram? Wer ist dieser Hiram? Mein Vater hat ihn noch nie erwähnt.«

»Er ist ein Phönizier aus Byblos und handelt mit allen möglichen Waren. Sein Hauptsitz ist hier in Memphis, aber er hat auf der ganzen Welt Niederlassungen. Sein Name wird überall geachtet.«

Nubet warf ihm einen überraschten Blick zu.

»Du arbeitest für einen Phönizier? Das erstaunt mich allerdings.«

»Ich weiß, dass Seneb die Fremden nicht mag, aber wenn ich ehrlich bin, kann ich von diesem Mann nur Gutes berichten. Er hat mich in seinem Geschäft aufgenommen, obwohl er keinen Grund dazu hatte, und er hat mir die Möglichkeit gegeben, etwas zu lernen, das ich sonst niemals hätte lernen können. Zwischen uns ist eine echte Freundschaft entstanden, und es ist mir völlig egal, ob er Phönizier, Libyer oder Kanaaniter ist.«

»Ich habe überhaupt nichts gegen diese Leute«, sagte Nubet mit der ihr eigenen Sanftheit. »Im Gegenteil, ich freue mich, dass du gelernt hast, wie man mit Zahlen umgeht.« Sie lächelte.

Ohne es zu merken, waren sie fast bei ihr zu Hause angelangt. Dort wartete bereits eine Frau vor der Tür.

»Oje, schon wieder Hentaui!«, murmelte Nubet ungläubig.

»Wer?«

»Hentaui, die Frau des Töpfers Aia. Sie ist von der Vorstellung besessen, an allen möglichen Krankheiten zu leiden, dabei ist sie gesünder als wir beide zusammen.«

Kaum hatte Hentaui sie entdeckt, kam sie mit ausgebreiteten Armen auf sie zu.

»Bei Isis, der Gütigen, endlich! Ich war schon nahe dran zu verzweifeln.«

»Nur die Ruhe, Hentaui. Erzähl mir, was passiert ist«, sagte Nubet und nahm sie sanft am Arm.

»Ach, meine Liebe! Dieses Mal hat Sachmets Zorn nicht mich, sondern meinen armen Mann getroffen.«

»Jetzt beruhige dich, und erzähl mir erst einmal, was passiert ist.«

»Was Schreckliches, und ich fürchte, dass schon wieder ein Dämon dahinter steckt.«

»Warum kommt dann nicht dein Mann zu mir?«

»Weil er so stur ist wie ein Ochse. Er weigert sich mit Händen und Füßen, meinen Rat zu befolgen. Er sagt, es ginge ihm gut, aber das stimmt nicht.«

»Wenn er meint, dass es ihm gut geht, warum sollte er mich dann um Rat fragen?«

»Es geht ihm überhaupt nicht gut, auch wenn er es immer wieder abstreitet«, erwiderte Hentaui und ballte zornig die Fäuste.

»Na schön, was fehlt deinem Mann denn?«, fragte Nubet schließlich resigniert.

»Pass auf«, erklärte Hentaui leise und rückte etwas näher an sie heran. »Das Problem ist heikel, es handelt sich um sein Glied.«

Nubet sah sie verdutzt an.

»Ja, und ich glaube, dass es ernst ist.«

»Hat er Erektionsprobleme?«

»Aber nein, mein Kleines«, antwortete Hentaui. »Das wäre kein Problem, wir schlafen schon lange nicht mehr miteinander. Es ist etwas anderes.«

Dann rückte sie noch etwas näher und erklärte in vertraulichem Ton:

»Manchmal steht er mitten in der Nacht zum Pinkeln auf, und dann höre ich, wie er vor Schmerzen stöhnt. Wenn ich ihn darauf anspreche, behauptet er, es sei nicht wegen der Schmerzen, sondern vor Erleichterung. Aber ich bin sicher, dass etwas mit ihm nicht stimmt und dass er Schmerzen beim Pinkeln hat, obwohl er es nicht zugibt. Vielleicht habe ich ihn mit meinem Dämon angesteckt.«

Nubet seufzte und sah Nemenhat an, der alles verwundert mit angehört hatte.

Dann dachte sie einen Augenblick nach.

»Ich glaube, dass die Sterne erneut günstig stehen, Hentaui. Wenn sich dein Mann daran hält, was ich dir für ihn auftragen werde, könnten wir den hartnäckigen Dämon endlich abschütteln.«

»Ich wusste doch, dass du eine Lösung findest«, rief Hentaui und umarmte sie.

Nubet befreite sich sanft und versuchte, sie zu beruhigen.

»Dein Mann muss so viel Wasser trinken, wie er kann«, sagte sie, weil sie fürchtete, die Harnröhre könnte verstopft sein. »Aber nur reines, frisches Wasser. Anschließend musst du Myrrhe zerreiben und sie mit dem Saft dieser Pflanze hier mischen. Dann reibst du ihm das Glied damit ein.«

Hentaui zog verwundert die Augenbrauen hoch.

»Sieh mich nicht so an, Hentaui. Es ist ein ernstes Problem, und wenn wir es lösen wollen, musst du meine Anweisungen peinlich genau befolgen.«

»Isis, beschütze mich!«, rief Hentaui aus. »Ich habe doch gewusst, dass es etwas Ernstes ist. Ich werde alles tun, damit er wieder gesund wird. Du meinst, ich soll ihm wirklich das Glied damit einreiben?«

»Genau. Jeden Abend, ohne Ausnahme. Aber unter keinen Umständen darf er es selbst tun. Du warst diejenige, die ihn angesteckt hat, also musst du den Dämon auch vertreiben. Achte darauf, die Salbe gut einzureiben, und sei ganz besonders nett zu deinem Mann. Du wirst sehen, in einem Monat ist er wieder gesund.«

»Du kannst dir nicht vorstellen, welche Last du mir genommen hast! Ich habe mir solche Sorgen gemacht, dass ich schon seit mehreren Nächten kein Auge mehr zutun konnte.«

Nachdem sich Hentaui wieder beruhigt hatte, fiel ihr Nemenhat auf.

»Ach, was bin ich nur zerstreut«, sagte sie und richtete sich mit beiden Händen das Haar. »Ich hatte gar nicht gesehen, dass du Gesellschaft hast, mein Kleines. Hast du dich doch endlich entschlossen zu heiraten?«

»Das ist Nemenhat, der Sohn des Tischlers Schepsenure. Wir sind nicht verlobt. Er war nur so nett, meinen Korb zu tragen.«

»Wie schade. Dabei ist er so ein hübscher Mann. Da würde ich nicht lange fackeln, meine Liebe. Nun ja, jetzt muss ich aber weiter. Ich kann es kaum erwarten, mit der Behandlung anzufangen. Möge die Enneade dich beschützen«, schloss sie und lief die Straße hinauf.

»Sind alle deine Patientinnen so?«, fragte Nemenhat lachend.

Nubet lachte mit ihm, während sie den Kopf schüttelte.

»Zum Glück nicht«, sagte sie. »Hentaui ist ein ganz besonderer Fall.«

»Das kann man wohl sagen. Der arme Mann weiß ja gar nicht, was ihm blüht. Versprich mir, dass du mir erzählst, wie die Sache ausgegangen ist«, sagte Nemenhat.

»Ich hoffe, dass sie jetzt für eine Weile beschäftigt ist«, antwortete Nubet, die sich vor Lachen selbst nicht mehr halten konnte. »Aber ich verspreche es dir.«

Unversehens war die Nacht hereingebrochen, und immer wieder mussten sie den Schatten der Nachbarn ausweichen, die auf ihrem Weg nach Hause aus der Dunkelheit an ihnen vorbeikamen. Die ersten Öllampen wurden angezündet, um die Gassen mit ihrem schwachen Licht zu erleuchten. Die beiden jungen Leute versprachen, nicht wieder zwei Jahre verstreichen zu lassen bis zum nächsten Wiedersehen. Nemenhat bestand darauf, sie bei ihrem nächsten Ausflug zu begleiten. Er würde sich die Zeit nehmen. Sie nickte, und dann verabschiedeten sie sich.

Doch erneut wurde Nemenhats Herz von düsteren Gedanken heimgesucht. Als hätte eine finstere Macht sie entsandt, packten sie den jungen Mann, ohne dass er sich wehren konnte, und wieder verspürte er einen unwiderstehlichen Drang, die Nekropole aufzusuchen. Es war die alte Sehnsucht, ein jungfräuliches Grab zu finden, die ihn jetzt wieder Tag und Nacht verfolgte.

An jenem Nachmittag, als er auf seiner Anhöhe am Rande der Wüste saß und auf die alten Grabdenkmäler von Saqqara blickte, hatte er diese Leidenschaft wieder verspürt.

Nachts konnte er nicht schlafen, weil ihm nur unentdeckte Gräber durch den Kopf spukten.

Sein Leben hatte sich verändert, zumindest glaubte er das, doch als er in seinem Inneren erneut die unerklärliche Anziehungskraft fühlte, wurde ihm mit einem Schlag bewusst, dass er längst noch nicht mit seiner Vergangenheit gebrochen hatte. Er musste dieses eine Grab finden, um ein für alle Mal die Tür zu den unheilvollen Gedanken zu versperren, die ihn quälten. Dann würden die Geister ihn nicht mehr heimsuchen und seine Seele vergiften. Er würde ein letztes Mal in die Nekropole gehen und sich schwören, dass sein Herz auf ewig vor diesen teuflischen Einflüssen verschlossen bliebe – egal, was passierte.

Schließlich nutzte er einen seiner seltenen freien Tage, um das Vorhaben in die Tat umzusetzen. Die Sonne war noch nicht aufgegangen, als er sich mit seinem Esel auf den Weg machte.

Im Sand, der auf der Straße lag, klangen die Schritte des Tieres seltsam gedämpft. Die schwachen Straßenfackeln rechts und links warfen undeutliche Schatten auf den Stein.

So bewegten sie sich durch das fahle Licht des Morgengrauens, während die Stadt sie neugierig beobachtete, als wüsste sie, welch dunkle Beweggründe sie antrieben.

Noch waren die Bauern nicht aufgestanden, um ihren alltäglichen Pflichten nachzugehen, sodass sie Memphis verließen, ohne einer Menschenseele zu begegnen. Schließlich verschwanden sie in einem dichten Palmenhain am Rande der Stadt.

Die Wolken färbten sich rosa, als der Esel den Wüstensand von Saqqara erreichte. Nemenhat stieg ab. Der Sand war noch kalt von der Nacht, und die Ruhe, die er jetzt einatmete, schenkte ihm wie früher ein Gefühl grenzenlosen Glücks. Er war schon so lange nicht mehr hier gewesen, dass bei diesem ersten Kontakt plötzlich alle Erinnerungen an die alten Zeiten wiederkehrten.

Tagelang hatte er darüber nachgedacht, wo er anfangen sollte. Vor Jahren hatte er fast die gesamte Nekropole abgesucht, mit Ausnahme des südlichen Teils. Es war der abgeschiedenste Teil der Totenstadt und auch der einsamste, in den sich nur selten jemand verirrte. Dort hatte sein Vater damals das jungfräuliche Grab der Ptah-Priester entdeckt. Dort, wo die Herrscher und Adligen der 6. Dynastie bestattet worden waren, hatten längst vergangene Zeiten den Mantel des Vergessens über die monumentale Grabstätte gebreitet.

Als er dort ankam, streiften die ersten Sonnenstrahlen sein Gesicht. Er blieb einen Augenblick stehen, um zu beobachten, wie die Dämmerung dem hellen Tag wich, und betrachtete dann aufmerksam die Pyramide, die direkt vor ihm aufragte.

Sie lag fast völlig in Trümmern wie alle anderen ringsum, aber dem Fundament nach zu urteilen, das noch intakt war, musste sie mindestens fünfzig Meter hoch und wunderschön gewesen sein. Er hatte nicht die geringste Ahnung, welchem Gott sie gehörte, doch er musste sehr mächtig gewesen sein, weil um die Pyramide herum zahlreiche andere Bauten gestanden hatten.

Er hatte nicht vor, die Pyramide zu betreten, da er ganz sicher war, dass man sie längst ausgeplündert hatte und er nichts finden würde. So beschloss er, um sie herumzugehen und sich die anderen Ruinen anzusehen, die in ihrer Nähe lagen.

Mindestens drei kleinere Nebenpyramiden waren um die große herum errichtet worden, wahrscheinlich für die Königinnen, aber auch ein Totentempel, dessen Überreste gegenüber der großen Pyramide lagen. Daneben war noch ein weiteres Fundament zu erkennen. Vermutlich das einer vierten, noch kleineren Nebenpyramide.

Eine Weile wanderte er gedankenverloren durch die Ruinen, bis die Kraft der Sonne ihn daran erinnerte, dass der Morgen immer rascher voranschritt. Wenn er den Tag nutzen wollte, musste er diese Ruinen verlassen, in denen er ohnehin nichts finden würde. Er griff nach dem Zügel seines Esels und ließ die Pyramide hinter sich, ohne zu ahnen, dass sie Pepi I. gehört hatte.

Genau gegenüber stand die Pyramide von Djedkare Isesi, dem Vorgänger des Pharaos Unas. Auch er hatte sich in dieser Gegend begraben lassen, weitab von seiner Familie, die während der 5. Dynastie geherrscht hatte.

Nemenhat betrachtete die Überreste und kam zu dem Schluss, dass es sich nicht lohnte. Er musste sich auf eine Stelle konzentrieren, an der die Wahrscheinlichkeit, etwas zu finden, höher war. Die Hoffnung, das intakte Grab eines Gottes zu finden, war absurd. Falls es überhaupt noch unentdeckte Gräber gab, dann nur die seiner Würdenträger oder Priester, davon war er überzeugt.

Er blickte sich um. Rechts von ihm, etwas abseits, erhob sich die einsame Pyramide von Merenre. Er betrachtete sie eine Zeit lang und schlenderte dann zu ihr hinüber.

Wie die anderen war auch sie vollkommen zerstört, und nichts wies darauf hin, dass dort etwas zu holen war. Nemenhat ging in die Hocke und sah sich um. Die drei Pyramiden bildeten ein weites Dreieck, in dem vermutlich die Gräber der Würdenträger lagen, die diesen Pharaonen gedient hatten; zumindest war davon auszugehen.

Auf der anderen Seite, im Westen, wurde die Hochebene von kleinen felsigen Klippen unterbrochen, wie jene, an denen er neben dem Aufweg zu Unas' Grab vorbeigekommen war. Er dachte einen Augenblick nach und erinnerte sich an ähnliche Felsgräber, die er vor langer Zeit gesehen hatte.

Er ging weiter und suchte das Terrain sorgfältig ab. So weit das Auge reichte, nichts als Sand, doch er ließ sich nicht beirren und ging auf die felsigen Anhöhen zu, während der Esel frei in der Gegend herumlief.

Stundenlang suchte er das ganze Gebiet vergeblich ab. Es war ein Reinfall. Die Götter waren ihm nicht hold, kein Wunder.

Schließlich setzte er sich erschöpft in den Schatten jenes kleinen felsigen Abhangs, lehnte sich zurück und schloss entmutigt die Augen.

Er verfluchte sich, weil er so dumm gewesen war anzunehmen, er bräuchte nur einen Ausflug in die Wüste zu unternehmen, und schon würde er über ein Grab stolpern. Trotzdem sagte ihm sein Instinkt, dass es hier verborgene Grabstätten geben musste, die übersehen worden waren. Vielleicht saß er ja sogar auf einer solchen.

Er war noch in diese Gedanken vertieft, als das Geschrei des Esels ihn aus allen Träumen riss.

Er schlug die Augen auf und sah, wie das Tier mit den Vorderbeinen tief im Sand versunken war und kläglich schrie.

Zuerst war Nemenhat überrascht, als er den halb verschwundenen Esel sah, doch dann begann sein Herz zu klopfen, als ihm klar wurde, dass der Esel offenbar in einen Brunnen gefallen war.*

Nemenhat lief zu ihm hin, und nach mehreren Versuchen gelang es ihm, das Tier herauszuziehen. Anschließend griff er nach dem Spaten, den er dabeihatte, und begann zu graben.

* Es klingt unglaublich, aber genau das ist 1996 in der Oase von Bahariya, etwa dreihundert Kilometer südwestlich von Kairo, passiert. Ein Esel war im Sand stecken geblieben, was zur Entdeckung von vier Gräbern mit insgesamt einhundertfünf Mumien führte. Die Särge waren mit einer feinen Goldschicht überzogen. Dr. Zahi Hawass hat die Ausgrabung geleitet.

Wie sich herausstellte, war der Brunnen nur sechs Ellen tief. Als Nemenhat ihn freigeschaufelt hatte, stieß er auf eine Tür mit intakter Versiegelung.

Er spürte die prickelnde Freude und seinen raschen Pulsschlag. Seine Hand fuhr zur Brust, sein Herz raste wie der Streitwagen des Pharaos.

So viel Glück war einfach unmöglich. Und obendrein hatte ein Esel das Grab entdeckt.

Bei dieser Vorstellung musste er lachen. Seine Stimme hallte seltsam in dem Brunnen wider. Dann wandte er sich wieder der Tür zu.

Die Sonne stand bereits tief am Horizont, als er sie endlich aufgestoßen hatte. Sie führte in eine Mastaba, die wie die übrigen Gräber seit mindestens tausend Jahren vom Sand verschüttet war.

Lange blieb er auf dem Grund des Brunnens sitzen und wartete, dass sich die abgestandene Luft, die ihm entgegenschlug, als er die Tür aufbrach, erneuerte. Erst dann betrat er die Grabstätte.

Als er seine Lampe anzündete und die Herrlichkeit seiner Entdeckung betrachtete, überkam ihn grenzenlose Freude. Es gab keine Worte, um die Schönheit zu beschreiben, die sich hier im Innern der Erde befand. Nicht in seinen kühnsten Träumen hatte er damit gerechnet, auf ein solches Grab zu stoßen.

Vor ihm lag ein Gang, dessen Wände von den schönsten farbigen Basreliefs bedeckt waren, die er jemals gesehen hatte. Männer mit Opfertieren auf den Schultern als Grabbeigaben für den Toten. Träger mit Körben voller Früchte und Nahrungsmittel, die so realistisch dargestellt waren, wie der Junge es nie für möglich gehalten hätte. Gazellen, Antilopen, Vögel … sie alle wurden in einer langen Prozession, die über die Wände des Ganges in der Mastaba entlangführte, von Sklaven an der Leine geführt.

Direkt neben der Tür entdeckte Nemenhat einen Durchgang auf der rechten Seite. Er folgte ihm vorsichtig und gelangte kurz darauf in einen großen Raum. Er hob die Lampe und sah sich vorsichtig um.

Es war ein weitläufiger Saal, getragen von zwei Säulen. Überall lagen Körbe mit dem, was dem Toten einst als Proviant auf dem Weg in die Ewigkeit mitgegeben worden war. Es erinnerte an ein großes Lager, in dem der Verstorbene alles finden würde, was er für diese Reise benötigte. Nemenhat rümpfte die Nase angesichts des Gestanks und beschloss, sofort in den Hauptgang zurückzukehren, um seinen Weg fortzusetzen.

Er ging weiter und bestaunte auf einer tiefblauen Wandmalerei von unvergleichlicher Schönheit eine lange Reihe von Priestern, die die Rituale der Reinigung vor dem Toten ausführten. Dann schwenkte er seine Lampe von einer Seite zur anderen, und überall entdeckte er herrliche, in den alten Stein gemeißelte Figuren. Allein dieser Gang war ein Kunstwerk für sich.

Wie berauscht von diesem Anblick drang er immer weiter vor. Langsam füllte sich sein Herz mit all der Pracht, die ihn umgab. Er empfand ein unerklärliches, nie gekanntes Gefühl der Ehrfurcht, das ihn nachdenklich stimmte. Alles war von einer derartigen Vollkommenheit, dass er mit einem Mal das Gefühl hatte, ein schändliches Verbrechen zu begehen. Doch seine Füße bewegten sich wie von selbst den scheinbar endlosen Gang entlang, und mit jedem Schritt versank er tiefer in der Welt des Jenseits, einer Welt voller Licht und Harmonie.

An einem solchen Ort würde ich nach meinem Tod auch gern begraben sein, dachte Nemenhat, während sich seine Augen an den zahllosen Bildern ergötzten, deren Symbolik reines, wahrhaftiges Glück ausstrahlte.

Schließlich streifte der schwache Schein seiner Lampe fast unbemerkt über eine kleine Tür am Ende des Gangs. Sie führte in eine weitere Kammer, und als Nemenhat eintrat, glaubte er, ohnmächtig zu werden.

Als er die Lampe hochhielt, funkelte es tausendfach zurück

und blendete seine Augen. Überall lag Gold herum und schimmerte so hell, dass er befürchtete, den Verstand zu verlieren. Er blieb stehen und holte tief Luft, um diesen Anblick zu verdauen. Gold. Gold in allen nur erdenklichen Formen. Die ganze Kammer war voll davon.

Nemenhat schwenkte die schwache Lampe ungläubig hin und her. Juwelen, Perlen, Schmuck, Gegenstände des täglichen Gebrauchs ... sogar die Waschschüsseln waren aus Gold! Niemals hätte er gedacht, dass man so viel davon anhäufen konnte. Und trotzdem war es da.

Der Besitzer dieser Mastaba hatte sich nicht nur eines der schönsten Gräber bauen lassen, die man sich ausmalen konnte, er hatte es auch mit allem Glanz der Götter geschmückt.

Nemenhat versuchte, sich einen Weg durch die unzähligen Gegenstände zu bahnen, die überall herumlagen. Seine Füße berührten das kalte Edelmetall. Augenblicklich überwältigte ihn ein Gefühl unermesslichen Glücks. Soweit er wusste, hatte er noch nie von jemandem gehört, der über so viel Gold geschritten wäre.

In der Mitte des Raumes erkannte er die Umrisse eines Steinquaders. Vorsichtig trat er näher, bis er sich davon überzeugt hatte, dass er aus dem roten Granit von Assuan bestand. Es war der Sarkophag.

Nemenhat fuhr mit der Hand ehrfürchtig über den steinernen Sargdeckel. Die Oberfläche war kalt, ein wenig rau und zugleich voller Leben, als habe sich der Steinsarg im Laufe der Jahrhunderte mit Energie aufgeladen. Mit einem Mal begriff er, dass er diesen Sarg nicht öffnen durfte. Er konnte nicht mehr tun, als ihn zärtlich zu berühren. Er würde alles so belassen, wie er es vorgefunden hatte.

Sein Herz war erfüllt von Schwindel erregenden Bildern, während er untersuchte, was er sah. Wie oft waren sein Vater und er enttäuscht worden, ehe sie jenes Grab gefunden hatten, das ihr

Leben von Grund auf veränderte? Doch als er jetzt in der prunkvollsten Kammer stand, die er jemals gesehen hatte, wurde ihm klar, dass die Umstände sich grundlegend verändert hatten. Er musste nicht mehr stehlen, um zu überleben. Er hatte genug zum Leben. Sollte er diese Mastaba ausrauben, blühte ihm ein schreckliches Schicksal, davon war er überzeugt. Sollte es die andere Welt, in der die Götter herrschten, wie alle sagten, tatsächlich geben, dann würden sie ihn gnadenlos bestrafen, falls er einen solchen Frevel beging. Alles im Innern des Grabes war so vollkommen, dass er beschloss, nichts davon anzutasten.

Respektvoll verließ er die Kammer und kehrte wieder in den Gang zurück. Dann entdeckte er auf der linken Seite des Ganges eine weitere Kammer. Er ging darauf zu, aus schierer Neugier, denn er war bereits entschlossen, die Mastaba zu verlassen und ihr Geheimnis für immer in seinem Herzen zu bewahren.

Als er die Kammer betrat, stand er erneut vor unzähligen Darstellungen einer glücklichen und vollkommenen Welt, die ihn entzückten. Die Kammer war weder groß noch klein und diente dem Toten als Kapelle. Jedenfalls wiesen die herrlichen Fresken und Basreliefs an den Wänden darauf hin. Nemenhat spürte sofort die mystische Atmosphäre, die ihn umgab. Er durchquerte den Raum und stieß am gegenüberliegenden Ende auf die schönste Scheintür, die er je gesehen hatte und die ihn am Weitergehen hinderte. Die gelben und ockerfarbenen Zeichen waren von solcher Eleganz und Perfektion, dass sie den Hieroglyphen, die er an den Wänden der Unas-Pyramide gesehen hatte, in nichts nachstanden. Vor so viel Schönheit geriet er ins Schwärmen.

Erst als ihm das Atmen spürbar schwerer fiel, kam er wieder zu sich. Ein Gefühl, das ganz langsam zunahm, bis er erkannte, was vor sich ging. Sofort trat er einige Schritte von der Tür zurück, durch die die Seele in die Ewigkeit gelangte, und beschloss, den Raum zu verlassen. Da fiel sein Blick auf die schwarze Figur des Gottes Anubis neben dem Eingang zur Kammer. Er wunderte sich, dass er sie nicht gesehen hatte, als er hereingekommen war, umso überwältigender war der Eindruck jetzt. Da stand der Gott, der das Grab hütete, und starrte ihn mit ausdruckslosen Augen an, bereit, ihn in alle Ewigkeit zu verdammen.

Nemenhat trat näher und musterte ihn. Er wirkte abwesend, als wäre seine Präsenz in der Mastaba rein zeremonieller Natur. Etwas, das zu seinen Füßen lag, weckte Nemenhats Aufmerksamkeit. Er führte die Lampe vorsichtig näher und entdeckte einen kleinen Skarabäus, den er aufhob und sorgfältig prüfte. Er bestand aus Karneol; auf seinem hinteren Teil waren winzige Hieroglyphen eingraviert, genauso vollkommen wie diejenigen, die er vorhin gesehen hatte. Er war so schön, dass Nemenhat versucht war, ihn zu behalten. Denn dieser kleine Skarabäus besaß ja keine Verzierungen aus Edelmetall.

Er wird das einzige Andenken sein, das ich an diese Entdeckung behalte, dachte er, in der festen Überzeugung, niemandem damit zu schaden.

Als er sich aufrichtete, hatte er erneut Schwierigkeiten beim Atmen. Die Luft im Innern der Mastaba war seltsam stickig, vergiftet von Jahrhunderten der Stille, und dann fiel ihm etwas ein, das sein Großvater Sekemut einmal gesagt hatte.

»Wenn du je in ein jungfräuliches Grab kommst, wirst du merken, dass die Luft schwer ist wie Blei, und du wirst Schwierigkeiten haben zu atmen. Aber lass dich nicht beirren, es ist nicht die Luft, die so seltsam ist, sondern ›Anubis' Atem‹, der dir in die Lungen dringt.«

Plötzlich lief es Nemenhat kalt über den Rücken, als er sich an diese Worte erinnerte. Er meinte, den Atem des Gottes zu spüren, der das Grab hütete. Vielleicht war dessen Gegenwart doch keine Einbildung.

Nemenhats Finger schlossen sich fest um den Skarabäus, dann trat er in den Gang hinaus, der zum Ausgang führte. Als er dort endlich ankam, hatte er immer noch das Gefühl, von einem leichten Windhauch verfolgt zu werden. Anubis' Atem.

Und als er schließlich in einem Wirbelsturm von Gefühlen aus dem Brunnen kletterte, hatte sich bereits die Dämmerung über das Tal gesenkt. Nicht weit entfernt stand der Esel, fast an derselben Stelle, wo er ihn zurückgelassen hatte. Nemenhat betrachtete ihn und schüttelte erneut den Kopf über die erstaunliche Entdeckung, die er dem Tier zu verdanken hatte. Dann machte er sich daran, den Brunnen wieder mit dem Sand abzudecken, unter dem er jahrhundertelang verweht gewesen war. Niemand wäre auf die Idee gekommen, dass sich darunter eine Mastaba befand. Es sollte sein Geheimnis bleiben, in der Tiefe der Wüste von Saqqara. Niemals würde er hierher zurückkehren, so zumindest glaubte er.

Die Erntezeit Schemu steckte das Reich der Beiden Länder mit ihrer Festlichkeit an und ließ alles, was Beine hatte, auf Ägyptens Felder ausschwärmen: Landarbeiter, Bauern, Vorarbeiter, Schreiber, Inspektoren … Das ganze fruchtbare Land brodelte von Menschen und Lasttieren. Und alle beeilten sich, die Früchte der Felder einzufahren, nachdem Hapi sie zuvor wie jedes Jahr mit seinem Wasser gesegnet hatte.

Nubet liebte diese Jahreszeit mehr als alle anderen. In ihren Augen war sie der Höhepunkt eines Zyklus, den ihnen die Götter in ihrer grenzenlosen Großzügigkeit geschenkt hatten.

Sie atmete tief ein und füllte ihre Lungen mit der von tausend Düften geschwängerten Luft ihres Landes. Für sie gab es nichts Schöneres.

Eine reiche Ernte stand bevor. Die Nachricht hätte nicht besser sein können für ihr Volk, das gelegentlich von schrecklichen Hungersnöten heimgesucht wurde. Doch dieses Mal würde genug Getreide da sein, das man in den Speichern lagern konnte, um die Versorgung der Menschen auch in weniger guten Jahren gewährleisten zu können.

Mittlerweile hatte die junge Frau Nemenhat mehrmals wiedergesehen und die Möglichkeit gehabt, ihn etwas näher kennen zu lernen. Sie spürte, wie in ihrer Brust so etwas wie eine süße Hoffnung wuchs, die sie in einen erregten, glücklichen Zustand versetzte. So etwas hatte sie zuvor nicht gekannt. Eine Sehnsucht, die unbekannte, unkontrollierbare Gefühle in ihr weckte. Ob es das war, was die anderen Frauen des Viertels für ihre Verlobten empfanden?

Nubet wusste nur, dass sie jeden Augenblick genoss, den sie mit ihm verbrachte, ihm gern zuhörte, wenn er ihr von seinen Überzeugungen erzählte, die sich in so vielen Punkten von den ihren unterschieden, oder wenn sie schweigend nebeneinanderher gingen. Die geheimnisvolle Anziehungskraft, die sie früher in seiner Nähe spürte, war mit den Jahren noch gewachsen.

Sie schätzte sein ruhiges Wesen und die vernünftige Art, mit der er Probleme immer von mehreren Seiten betrachtete. Er war freundlich und zuvorkommend, aber auch bestimmt und entschlossen. Nie sagte er etwas Unbesonnenes, und trotzdem war er jederzeit schlagfertig und humorvoll. Sein Körper war kräftig, männlich, sein Mund sinnlich, er hatte ein hinreißendes Lächeln und einen fröhlichen, zuweilen spitzbübischen Blick. Seine Augen leuchteten verführerisch grün, wenn Licht in ihnen funkelte, und er trug das schwarze Haar kurz wie im Alten Reich. Er war einfach unwiderstehlich!

Nemenhat hatte sein Versprechen gehalten und begleitete sie nun auf ihren Spaziergängen durch die Felder des fruchtbaren Tals. Das war zu einer Gewohnheit an seinem freien Tag geworden, dem zehnten in der Woche, und wann immer er konnte, besuchte er sie zu Hause. Im Gegensatz zu Nubet wusste er genau, was er fühlte. Sie hatte in ihm ein unwiderstehliches Verlangen geweckt, das ihm den Schlaf raubte. Sie war so schön, dass er sich manchmal dabei ertappte, dass er mitten am Tag von ihr träumte, und das ärgerte ihn dann gewaltig.

Doch Nemenhat dachte auch an Dinge, die ihnen im Weg stehen könnten. Da war einmal ihre Erziehung, die so anders gewesen war als diejenige, die er selbst erhalten hatte. Seine Ansichten über das Leben und die ägyptische Gesellschaft hatten mit Nubets Überzeugungen so gut wie nichts gemein und nährten seine Zweifel, wie sie miteinander auskommen sollten. Zudem war sie eng mit ihrem Land verbunden, er hingegen immer weniger. All dies bereitete ihm Kopfzerbrechen, doch es hätte ihn auch nicht abgeschreckt, wäre sie nicht Senebs Tochter gewesen. Nemenhat empfand tiefe Zuneigung für den alten Einbalsamierer. Dies und sein Respekt vor ihm hielten ihn davon ab, den entscheidenden Schritt zu tun. Und dann war da noch seine Vergangenheit, die traditionsbewussten Ägyptern wie Seneb und seiner Tochter schändlich, ja, sogar verachtenswert vorkommen musste. Manchmal dachte er an die Gesichter, die sie beide machen würden, wenn sie erführen, was sein Vater und er früher getrieben hatten. Sie würden sie auf ewig verachten. Aber das Wichtigste war natürlich, ob Nubet dasselbe für ihn empfand wie er für sie.

Über all das dachte Nemenhat des Nachts nach, wenn er wach in seinem Bett lag, an die Decke starrte und nach einer Lösung für dieses riskante Spiel suchte, auf das er sich eingelassen hatte und dessen Ende unmöglich vorauszusehen war. Doch jedes Mal, wenn ihm das Problem über den Kopf zu wachsen drohte, leuchtete ein Licht in seinem Innern auf und erinnerte ihn an die bekannten Worte, die der weise Ptahhotep vor einem Jahrtausend geschrieben hatte. »Wenn du irgendwann nicht weißt, welchen Weg du einschlagen sollst, dann hör auf dein Herz, es wird dich führen.«

Und sein Herz führte ihn zu Nubet, zu ihren Augen, ihrem Mund, ihrem Lächeln …

Eines Tages verabredeten sie sich, um die Hochebene von Gizeh zu besuchen. Es war ein weiter Weg dorthin, aber als Nubet hörte, dass Nemenhat noch nie da gewesen war, hatte sie darauf bestanden.

In aller Frühe machten sich die beiden auf den Weg. Es war Anfang des Monats Epiphi*, wenn die Tage schön und lang sind und die Götter dazu einladen, sie zu genießen. Die Straße schlängelte sich durch dichte Palmenwälder und fruchtbare Felder, auf denen die Ernte fast eingefahren war. Eine wahre Augenweide und zudem ein offenkundiger Beweis, dass das Land unter dem Schutz der Götter stand. Immer wieder überquerten sie Brücken über kleine Kanäle, die man dem Vater Nil abgetrotzt hatte und die wie ein Netz das ganze Land durchzogen, um es zu befruchten, ehe sie sich in der Nähe von Heliopolis wieder mit dem großen Strom vereinten.

Nemenhat ging voran und führte den Esel, auf dem Nubet saß und die Landschaft betrachtete, am Zügel hinter sich her. Beide schwiegen. Nemenhat war noch nie so weit im Norden gewesen; jetzt staunte er über die weiten, dichten Papyrusfelder, die an den Ufern der kleinen Kanäle wuchsen.

»Kein Wunder, dass der Papyrus das Symbol für Unterägypten ist«, erklärte Nubet.

Die Felder begleiteten sie eine ganze Weile, bis sie zu einer Abzweigung gelangten, die nach Gizeh führte. Die Weggabelung existierte seit dem Alten Reich. Zwei Straßen gingen von hier ab. Die rechte führte nach Heliopolis, die linke in die Wüste, zur Nekropole von Gizeh.

Immer dieser Gegensatz, dachte Nemenhat, während seine Füße in dem vom Sand verwehten Weg versanken.

Fruchtbarkeit und Einöde, Wüste und Paradies, Überfluss und Not, jeweils nur wenige Meter voneinander entfernt. So war sein Land, genauso widersprüchlich wie zuweilen die Menschen.

Nach einer Weile erreichte der staubige, unwegsame Pfad eine

* Der dritte Monat der Erntezeit Schemu, bei uns etwa Mai/Juni.

kleine Gebirgskette und schlängelte sich den kurzen steilen Hang zu einer Hochebene empor, die sich bis zum Horizont ausstreckte.

Nemenhat, der den Esel mit seiner süßen Last den steilen Hang hinter sich hergezogen hatte, stand nun keuchend auf dem Plateau, doch als sein Blick auf die prächtigen Bauwerke fiel, stockte ihm der Atem vollends.

Gelegentlich hatte er sie von Saqqara aus in weiter Ferne am Horizont erkennen können. Wie Edelsteine, die aus der Tiefe der Wüste emporragten, hatten sie im Schein der Sonne geglänzt. So viele Geschichten und Legenden hatte er über sie gehört, dass er es kaum abwarten konnte, sie mit eigenen Augen zu sehen.

Als er jetzt vor den Pyramiden stand, überkam ihn ein Gefühl der Bedeutungslosigkeit angesichts ihrer überwältigenden Pracht.

Die Sonne hatte fast ihren Zenit erreicht. Sie warf ihre Strahlen auf die weiße Schicht aus Tura-Kalkstein, mit der die Pyramide verkleidet war, und ließ sie hell erglänzen.

»So viel Schönheit ist kaum zu ertragen«, hörte er Nubet hinter sich sagen.

»Wie konnte der Mensch so etwas erschaffen?«, murmelte Nemenhat bei sich.

»Es kommt einem vor wie das Werk eines Gottes, findest du nicht?«

Nemenhat nickte schweigend.

»Ich versichere dir, es waren Hände wie die deinen, die sie errichteten. Und ich glaube nicht, dass es irgendwo auf der Welt etwas gibt, das sich damit messen könnte.«

Nemenhat dachte einen Augenblick nach. Nubet hatte bestimmt Recht, wenn sie behauptete, es gäbe auf der Erde nichts Vergleichbares, denn sie sahen wahrhaftig nicht so aus, als wären sie von Menschenhand geschaffen.

»Nicht schlecht für eine Familiengruft«, sagte er schließlich.

»Eine königliche Totenstadt für drei Pharaonen. Unglaublich, was?«

»Soweit ich weiß, sind hier auch nur drei Generationen bestattet worden. Cheops, Chephren und sein Enkel Mykerinos.«

»Ja, aber es könnte mindestens noch einer hier begraben sein, denn auf Cheops folgte auch noch sein Sohn Djedefre.«

»Wirklich?«

»Ja. Er war ein Bruder von Chephren und glühender Anhänger des Sonnenkultes von Heliopolis. Er war der erste Pharao, der sich als Sohn von Re bezeichnete. Seine Pyramide baute er in der Nähe von Heliopolis, in Abu Roasch. Er starb in jungen Jahren, und ein Halbbruder folgte ihm auf den Thron. Mein Vater hat mir erzählt, dass große Meinungsunterschiede zwischen den beiden herrschten. Bestimmt haben sie sich wegen der Thronfolge gestritten.«

»Dann sind hier tatsächlich nur drei Könige bestattet?«

»So ist es. Und eine Vielzahl von Prinzen und Prinzessinnen. Sogar die Arbeiter, die die Pyramide bauten, sind hier begraben.«

»Alle suchten sie den Schutz des Pharaos«, murmelte Nemenhat, während er sich vorstellte, wie viele Gräber unter diesem Sand verborgen sein mussten.

»Was hast du gesagt?«, fragte Nubet.

»Nichts, nichts, ich habe nur laut nachgedacht. Ich überlege, wie sie die Pyramiden gebaut haben können.«

»Das kann ich dir nicht sagen. Die Baumeister waren sehr eigen, was ihre Baupläne angeht. Sie haben sie mit ins Grab genommen. Aber wir könnten Hemon fragen«, sagte sie lächelnd. »Er muss irgendwo hier in der Totenstadt begraben sein.«

»Wer ist das?«, fragte Nemenhat stirnrunzelnd.

»Cheops' Baumeister. Er könnte dir bestimmt verraten, wie sie gebaut wurden.«

Nemenhat wandte sich wieder den Pyramiden zu. Sie mussten einst herrliche Schätze enthalten haben. Er hatte keinen Zweifel, dass sie längst ausgeplündert worden waren, trotzdem war er neugierig, wie die Diebe in die Kammern gelangt waren. Eine Zeit lang grübelte er vor sich hin, bis Nubets Stimme ihn in die Wirklichkeit zurückholte.

»Die da drüben heißt ›Horizont des Chufu*‹ und ist die größte von den dreien.«

»Mir kommt die zweite dort aber höher vor«, entgegnete Nemenhat, während er nach dem Zaumzeug griff und weiterging.

»Nein, das ist bloß eine optische Täuschung. Chephrens Pyramide ist vier Meter kleiner. Doch der Grund, auf dem sie errichtet wurde, liegt etwa zehn Meter höher als der, auf dem die seines Vaters steht. Deshalb kommt es einem vor, als wäre sie höher.«

Sie näherten sich bis fast an den Rand der Pyramide. Eine knapp acht Meter hohe Mauer umgab das Monument. Auch sie war aus Kalkstein und an manchen Stellen schwer beschädigt. Weit und breit war niemand zu sehen. Nemenhat ging auf die Steine zu, von denen viele ihre weiße Kalkschicht eingebüßt hatten.

Er berührte sie mit einer Mischung aus Neugier, Respekt und Ehrfurcht, die ihm selbst gar nicht bewusst wurde. Es war eine mechanische Geste angesichts der unwiderstehlichen Anziehungskraft, die die riesigen Steinquader auf ihn ausübten. Sanft strich er über die Steine und war überrascht, wie glatt ihre Oberfläche und wie unmerklich die Fugen zwischen ihnen waren.

Erstaunlich, dachte er und prüfte sie verblüfft. Die Steinmetze hatten immerhin Quader bearbeitet, die viel größer waren als er und mindestens zwei Tonnen wogen.

Als er aufblickte, wurden seine Augen von dem weißen Kalkstein geblendet, mit dem die gesamte Pyramide verkleidet war. Sie ragte so unendlich weit in die Höhe, dass man das Gefühl hatte, sie wolle in den Himmel wachsen, dorthin, wo sich Cheops' Seele mit den Göttern vereint hatte.

* So wurde Cheops von den Ägyptern genannt.

»Nie wieder haben die Pharaonen so viel Macht gehabt wie damals«, hörte er Nubet sagen.

»Ja, sonst hätten sie nicht solch einzigartige Bauwerke errichten können«, antwortete Nemenhat, ohne den Blick von den Pyramiden zu wenden.

Er erinnerte sich daran, wie er das letzte Mal eine betreten hatte, die von Unas, die viel kleiner war. Dachte zurück an die innere Unruhe, die ihn dort befallen hatte. Aber Unas' Pyramide konnte sich nicht mit diesen hier messen. Er versuchte, sich die vielen Gänge und Kammern darin vorzustellen.

Jemand, der ein solches Bauwerk schaffen konnte, hat bestimmt auch an ausgeklügelte Fallen gedacht, um Grabräuber abzuhalten, dachte er und rieb sich nachdenklich das Kinn.

Trotzdem war er sicher, dass sie die Schändung des Monuments nicht hatten verhindern können. Seine eigene Erfahrung sagte ihm, dass sich alle Hindernisse überwinden ließen.

Und als er an die Worte seines Vaters dachte, musste er lächeln: »Manchmal werden sie von denselben Leuten ausgeraubt, die sie gebaut haben.«

Mit einem leisen Seufzer kehrte er wieder in die Realität zurück. Und nun erfasste sein Blick auch die Umgebung der Pyramide: die Außenmauer und den Boden aus weißem Kalkstein, auf dem der Totentempel stand, genau gegenüber der östlichen Pyramidenfläche oder besser gesagt dem, was von ihr übrig war. Dort begann der Aufweg, der die Grabanlage mit dem Tempel im Tal verbunden hatte und prachtvoll gewesen sein musste. Einige Reste waren noch intakt; er konnte sehen, dass der Basaltsteinboden früher überdacht und von vierzig Meter hohen Mauern mit atemberaubenden Basreliefs umgeben gewesen war.

Die beiden waren von der Stattlichkeit der Anlage so beeindruckt, dass sie stumm auf diesen Aufweg zugingen. Als sie näher kamen, erkannten sie drei kleine Nebenpyramiden, die auf der anderen Seite des heiligen Weges errichtet worden waren.

»Wem gehören sie?«, fragte Nemenhat neugierig.

»Familienangehörigen von Cheops. Seiner Mutter und seinen beiden Ehefrauen, wenn du es ganz genau wissen willst«, antwortete Nubet.

»Na ja, wer würde sich die Liebe seiner Mutter und seiner beiden aufmerksamen Ehefrauen nicht gern auf ewig erhalten?«, scherzte Nemenhat.

»Mach dich nicht lustig. Vielleicht bestand im Leben eine enge Verbindung zwischen ihnen. Seine Mutter Hetepheres I. war eine große Frau. Sie war mit Snofru verheiratet. Das war der Gott, der vor Cheops herrschte. Er baute zwei weitere Pyramiden in Dahschur, die rote Pyramide und die Knickpyramide.«

»Die kenne ich. Du sagst, er hat sie gebaut?«

Nubet nickte.

»Und warum zwei?«

»Als die Arbeiten an der ersten Pyramide zu zwei Dritteln fertig gestellt waren, entdeckten die Baumeister plötzlich, dass der Neigungswinkel zu steil war, sodass sie beschlossen, ihn zu verringern, um die Steine leichter hinauftragen zu können.«

»Sonst wäre sie noch gewaltiger geworden«, sagte Nemenhat.

»Dreiundzwanzigeinhalb Meter höher als jetzt. Sie wäre die höchste Pyramide Ägyptens geworden.«

»Was für ein imposantes Bauwerk!«

»Ja, aber Snofru scheint sie nicht gefallen zu haben, denn er ließ eine weitere mit demselben Winkel errichten, den der obere Teil der Knickpyramide hat. Dort liegt er auch bestattet.«

»Das heißt, dass Snofru zwei Pyramiden baute ... Irgendwie hat er damit seine Vorgänger übertroffen. Seine beiden Pyramiden zusammen sind viel höher als die der anderen Pharaonen.«

»So gesehen hast du Recht. Und du wirst staunen, wenn ich dir verrate, dass es noch eine in Meidum gibt.«

»Heißt das, dass es sogar drei Pyramiden waren?«

»Genau, jedenfalls sind die meisten Leute fest davon überzeugt, obwohl mein Vater meint, das sei nur ein Märchen. Er glaubt, es sei Huni gewesen, der die Pyramide von Meidum errichten ließ, und sein Sohn Snofru habe nur deren Äußeres verändert.«

»Das Land, in dem wir leben, wurde dereinst von Göttern regiert, die ganz anders waren als die heutigen, so viel steht fest. Heute könnte niemand mehr ein solches Bauwerk schaffen.«

»Das glaube ich nicht. Heute hat man einfach nicht mehr das Bedürfnis, weil sich die religiösen Rituale geändert haben. Es käme keiner auf die Idee, die religiösen Texte in die Grabwände zu meißeln, weil sie in den Papyri genauso wirksam sind.«*

Bei diesen Worten lief es Nemenhat kalt über den Rücken, weil sie ihn an die unzähligen Symbole an den Wänden von Unas' Grab erinnerten, die ihn so sehr beeindruckt hatten. Und jetzt erfuhr er, dass deren Symbolik Ähnlichkeit hatte mit der, die im Totenbuch beschrieben wurde, diesen heiligen Texten, die dazu dienten, die ewige Erlösung zu finden.

Seltsam, dachte Nemenhat. Aber wenn ich die Wahl hätte, dann würde ich mich für die in Stein gehauenen Hieroglyphen entscheiden, weil sie unvergänglich sind.

»Trotzdem«, sagte er schließlich, »wie es aussieht, hatte Snofru nicht nur Erfolg im Leben.«

»Was meinst du damit?«

»Seine Gemahlin. Hetepheres zog es vor, neben ihrem Sohn begraben zu werden und nicht in der Nähe einer seiner Pyramiden. Sie dürften sich nicht besonders nahe gestanden haben.«

Nubet lächelte sanft.

»Cheops dagegen hatte mehr Glück. Neben ihm ruht nicht nur seine Mutter, sondern auch seine beiden Gemahlinnen, Meritites und Hanutsen. Von drei Frauen geliebt zu werden ist doch kaum noch zu überbieten, oder?«

* Wie im Fall des so genannten Totenbuchs.

Nemenhat lachte, während er den Esel anzutreiben versuchte.

»Die Anlage ist riesig«, sagte er und zeigte auf die beiden anderen Pyramiden im Westen. »Und wohin gehen wir jetzt?«

»Komm, wir schauen uns die Sphinx an«, antwortete Nubet und nickte in deren Richtung.

Sie überquerten die goldenen Sanddünen, die Cheops' Aufweg von dem seines Sohnes Chephren trennten, und gingen auf die nahe gelegene Sphinx zu.

Zunächst stand Nemenhat vor ihr wie vor einem riesigen Rätsel. Diese Gestalt war anders als alle anderen, die er vor den Tempeln oder Palästen gesehen hatte. Sie war nicht nur riesig, sondern strahlte auch eine innere Kraft aus, die die anderen bestimmt nicht besaßen.

Auf dem Wüstensand hockend, den Blick nach Osten gerichtet, vielleicht, um die aufgehende Sonne zu begrüßen oder auch nur das Reich der Beiden Länder zu beschützen, kam sie ihm vor wie ein zu Stein gewordenes Mysterium. Was sollte man von einer solchen Statue halten, die sich wie ein aufmerksamer Wächter unvermittelt aus der Tiefe der Wüste erhob?

Nemenhat betrachtete sie eine Weile und kam zu dem Schluss, dass ihre Proportionen nicht stimmten. Ihr lang gezogener Rumpf schien nicht zu ihrer Höhe zu passen, obwohl sie zu einem großen Teil vom Sand verweht war, sodass er ihre richtigen Maße gar nicht erkennen konnte. Trotzdem hatte sein unfehlbarer analytischer Verstand bereits eigene Berechnungen angestellt und war zu dem Ergebnis gelangt, dass Kopf und Rumpf nach verschiedenen Maßstäben gebaut worden waren.

Sie besaß eine eindeutig verführerische Macht, wie sie Nemenhat bei einem anderen Monument noch nie gespürt hatte.

Die beiden jungen Leute blieben andächtig stehen und schauten sich die Pyramide an, bis sie die Wucht der Sonnenstrahlen spürten, die Re vom Himmel auf sie herabschleuderte.

»Lass uns einen schattigen Platz suchen«, sagte Nemenhat.

»Der Kopf wird uns Schatten spenden«, erklärte Nubet und zeigte auf die Sphinx. »Dort drüben können wir uns ausruhen.«

Nemenhat zog den Esel durch den brennenden Sand auf die Stelle zu, die Nubet gemeint hatte. Der Kopf der Sphinx warf seinen Schatten auf die Vorderbeine, und dort machten sie es sich jetzt bequem.

Ihnen gegenüber lag ein der Sphinx geweihter Tempel, der im Lauf der Jahrhunderte mehrmals aufgegeben und wieder eröffnet worden war, um den Kult zu erneuern. Jetzt wirkte er einsam und verlassen.

»Ein merkwürdiger Ort«, sagte plötzlich Nemenhat.

»Ja, er ist ganz anders als die anderen«, meinte Nubet. »Trotzdem hat er eine starke symbolische Bedeutung.«

Nemenhat antwortete nicht. Sein Land war voll von Symbolen, die ihn nie besonders interessiert hatten. Er erinnerte sich an den Skarabäus aus Karneol, den er in der Grabkammer gefunden hatte. Er hätte gern gewusst, wem er gehört, und sei es nur, um seiner Entdeckung einen Namen zu geben. Er entschied, ihn Nubet zu zeigen, vielleicht konnte sie Licht ins Dunkel bringen.

»Wo hast du ihn her?«, fragte Nubet fasziniert, während sie ihn in der Hand hielt.

»Ich habe ihn im Sand gefunden, ganz zufällig, als ich in der Nähe von Unas' Pyramide saß, um mich ein wenig auszuruhen.«

Nubet warf ihm einen verwunderten Blick zu.

»Komischer Ort zum Ausruhen«, fuhr sie fort und sah sich den Skarabäus näher an.

»Stimmt, aber ich war immer neugierig auf diese Pyramide, weil sie so gut erhalten ist. Eines Tages habe ich sie mir näher angesehen, und dabei fand ich den Skarabäus im Sand.«

»Sehr seltsam. Der Besitzer dieses Skarabäus hatte mit Unas nichts zu tun. Er lebte später, während der Herrschaft von Merenre, eine ganze Dynastie später.«

»Wirklich?«

»Ja. Hier steht, dass er Oberster Inspekteur in der Pyramide des Pharaos war. Er hieß Senajit.«

»Senajit«, wiederholte Nemenhat leise und sah in die Richtung von Saqqara. »Diesen Namen habe ich noch nie gehört.«

»Es ist eine alte Form von Sanacht, die wir nicht mehr gebrauchen«, erklärte Nubet und gab ihm den Skarabäus zurück. »Und er hat obendrein eine interessante Bedeutung.«

Nemenhat sah sie fragend an.

»Er bedeutet ›starker Schutz‹«, sagte sie.

»Jedenfalls ist es sehr merkwürdig, dass dieser Skarabäus in der Nähe der Pyramide von Unas lag«, fuhr sie dann fort. »Denn er gehört zu den Grabbeigaben des Inspekteurs Sanacht, und dessen Grab müsste in der Nähe der Pyramide seines Herrn Merenre liegen und nicht dort.«

Nemenhat breitete die Arme aus, als wollte er sagen, dass diese Frage seinen Horizont überstieg.

»Du sagtest, diese Pyramide hätte dich interessiert?«, fragte sie plötzlich, ohne ihn anzusehen.

»Ja, weil sie so gut erhalten ist. Die Sonne glänzte darauf wie in einem Spiegel.«

Nubet musste lachen.

»Na klar, sie ist ja auch erst vor kurzem neu verkleidet worden. Jetzt sieht sie wieder aus wie neu.«

Nemenhat warf ihr einen verblüfften Blick zu.

»Chaemwese, einer der Söhne von Ramses II., ließ sie restaurieren. Ein weiser Mann, wie mein Vater meint. Er war Hohepriester des Ptah und ließ auch viele andere Monumente wiederherstellen. Auf der Westseite der Pyramide hat man eine Inschrift mit seinem Namen anbringen lassen.«

Nemenhat nickte nachdenklich, dann schwiegen beide.

Sie saßen an die Brust der Sphinx gelehnt, deren Beine vom Sand verweht waren, nur an einer Stelle lugte ein Stück Stein hervor.

Unbekümmert streckte Nemenhat sich im Sand aus und legte einen seiner Füße darauf.

Nubet beobachtete ihn verstohlen. Er sah aus wie die Katzengöttin Bastet, als er sich so wohlig streckte. Der Schweiß auf seiner braunen Haut schimmerte und unterstrich seine kräftigen Schultern und Brustmuskeln. Plötzlich verspürte Nubet eine unwiderstehliche Lust, ihn zu berühren, die sie sich aber sofort stirnrunzelnd verbot.

Nemenhat hatte die Hände im Nacken verschränkt und lag mit geschlossenen Augen da, als wäre er eingenickt.

Nubet betrachtete sein gelassenes Gesicht, das ihr so gefiel. Er besaß eine innere Ruhe, die einen Teil der seltsam magischen Aura bildete, die Nemenhat umgab. Sie studierte sein Profil, seine Nase, seinen Mund ... und hier, am Fuß der Sphinx, kam er ihr vor wie der schönste Mann auf Erden. Trotzdem würde sie niemals zulassen, dass sich ihr Verlangen nach ihm plötzlich und ungehemmt Bahn brach. Auf alle Fälle würde sie nicht mit der Liebe spielen. Sie würde sich dem Mann, den sie liebte, im richtigen Augenblick hingeben, und dann wäre es für immer. Auf keinen Fall wollte sie einen Fehler machen und sich von plötzlichen Gefühlen leiten lassen, die sie später bereuen könnte, vor allem nicht bei Nemenhat, den ihr Vater so sehr liebte. Andererseits kannte sie sich nur allzu gut und wusste, dass die kleine Flamme, die in ihrem Inneren entfacht war, sich jeden Augenblick in ein loderndes Feuer verwandeln konnte, das sie einfach mitreißen würde.

Plötzlich schlug Nemenhat die Augen auf, und ihre Blicke trafen sich. Nubet wandte sich hastig ab und starrte auf den Horizont in der Ferne.

»Entschuldige«, sagte Nemenhat. »Ich wäre fast eingeschlafen. Es ist so angenehm hier im Schatten.«

»Du bist nicht der Erste, dem das passiert«, antwortete Nubet lächelnd.

»Du kommst wohl oft hierher, wie?«, fragte er überrascht.

Nubet lachte.

»Nein, das meinte ich nicht. Berühmten Männern ist es ebenso ergangen wie dir.«

»Ach wirklich?«

»Ja, kennst du nicht die Geschichte von Thutmosis?«

Nemenhat schüttelte den Kopf.

»Thutmosis war der Sohn des Pharaos Amenhotep II. Dieser Pharao hatte viele Söhne, aber Thutmosis war sein Liebling. Genau wie der Vater* war auch der Sohn ein tapferer Krieger. Nichts tat er lieber, als in seinem Streitwagen durch die Wüste zu fahren und Löwen zu jagen. Eines Tages, es muss genauso heiß gewesen sein wie heute, kam er an der Sphinx vorbei und beschloss, sich in ihrem Schatten auszuruhen. Damals war fast die ganze Sphinx von Sand bedeckt, nur der Kopf ragte heraus. Er legte sich in ihren Schatten und schlief ein. Und dann erschien ihm Vater Re im Traum, in all seinen Gestalten, und sagte: ›Erhebe die Augen zu mir und sieh mich an, Thutmosis, mein Sohn. Ich bin dein Vater, der Gott Harachte-Cheper-Re-Atum**. Ich bin Re-Harachte***. Ich werde dir königliche Macht geben, das Land in seiner ganzen Ausdehnung wird dir gehören. Die Schätze Ägyptens und die Reichtümer der anderen Länder werden in deinen Händen sein. Seit vielen Jahren sind mein Blick und mein Herz zu dir gewandt. Der Sand der Wüste aber, auf dem ich ruhe, erdrückt mich. Versprich mir, dass du mein Begehren erfüllen wirst.‹«****

»Und wie ist es ausgegangen?«, fragte Nemenhat belustigt.

* Der Pharao Amenhotep II. ist als kräftiger und sportbegeisterter König in die Annalen der Geschichte eingegangen.

** Anspielung auf die verschiedenen Gestalten der Sonne: Morgensonne, Mittagssonne und Abendsonne.

*** Wörtlich übersetzt »Horus des Horizonts«; das war der Name, den man der Sphinx gab.

**** Auszug aus »Der Prinz und die Sphinx«.

»Als der Prinz aufwachte, war er ganz aufgewühlt. Er eilte nach Memphis und ließ eine Truppe ausheben, die die Sphinx vom Sand befreien sollte. Harachte hielt sein Versprechen. Als Amenhotep II. starb, bestieg der Prinz als Thutmosis IV. den Thron.*

»Und das glaubst du im Ernst?«, unterbrach Nemenhat sie lachend.

»Natürlich!«, entgegnete sie.

»Meinst du nicht, dass es eines von vielen Märchen ist, die man den Kindern erzählt?«

»Schau mal auf deine Füße, Nemenhat. Siehst du den Stein, auf dem dein Fuß ruht?«

Nemenhat betrachtete ihn.

»Dieser Stein ist in Wirklichkeit eine dreieinhalb Meter große Stele, die fast ganz vom Sand verschüttet ist. Sie heißt Traumstele. Sie wurde von Thutmosis im ersten Jahr seiner Herrschaft als Dank für seine Inthronisierung errichtet. Es ist eine wahre Geschichte.«

Nemenhat war überrascht.

»Woher weißt du das alles? Es hört sich an, als würdest du jeden Tag herkommen.«

»Ich bin nur zweimal hier gewesen. Mein Vater hat es mir erzählt. Er kennt so viele fast vergessene Geschichten. Er ist sehr weise«, schloss Nubet stolz.

Nemenhat nickte langsam.

»Es ist unbezahlbar, was wir von unseren Eltern lernen, findest du nicht?«

»Ja. So können wir den Weg von da, wo sie uns verlassen, allein weitergehen.«

»Sag mal, der Tempel da drüben ist dann wohl auch der Sphinx geweiht, oder?«

* Sein Thronname lautete Mencheperure.

»Der Setepet? Ja, obwohl dieser Kult manchmal jahrhundertelang ruhte. Er ist wunderschön, nicht wahr?«

»Ja. Und der auf der rechten Seite gehört auch zur Sphinx?«

»Nein, das ist der Tempel im Tal von Chephren. Ein echtes architektonisches Meisterwerk. Mein Vater behauptet, dass es im ganzen Alten Reich keinen vergleichbaren Tempel gab.«

Nemenhat streckte sich erneut aus und entspannte sich vollkommen. Der Ort gefiel ihm, in seiner Atmosphäre fühlte er sich rundum wohl, als hätte sich die kosmische Ordnung, die die Erbauer in der alten Totenstadt verewigen wollten, auf ihn übertragen. Tempel, Pyramiden, Gräber ... seltsam, dass Nubet ausgerechnet diese Stelle für ihren Ausflug ausgewählt hatte.

Er beobachtete, wie sie zu dem Esel ging und mehrere Bündel aus der Satteltasche nahm.

»Gebäck, frischer Käse und Honig«, erklärte sie, als sie merkte, dass er sie beobachtete. »Eine kleine Stärkung. Ich hoffe, dass sie dir schmeckt.«

Nemenhat war begeistert und sparte nicht mit Lob. Gebäck mit Honig war nach wie vor seine Lieblingsspeise.

»Ich hatte mir diese Gegend vollkommen anders vorgestellt«, sagte er. »Jedenfalls ist sie ganz anders als zum Beispiel die Totenstadt von Saqqara.«

»Kennst du Saqqara gut?«, fragte sie.

Augenblicklich bereute Nemenhat seine Worte.

»Na ja, nur den südlichen Teil, der an der Straße entlangführt. Aber man muss die beiden Nekropolen gar nicht besonders gut kennen, um zu sehen, dass sie nichts gemein haben. Die Monumente, die man hier errichtet hat, feiern das Leben.«

Nubet schwieg und biss ein Stück von ihrem Käse ab. Nemenhat sah sie an, und plötzlich spürte er wieder dieses Verlangen nach ihr. Sie kam ihm immer noch grenzenlos schön vor, aber es war nicht nur das, was ihn anzog. Da gab es noch etwas anderes, das er nicht definieren konnte. Als sickerte etwas durch die Poren der Haut bis in sein tiefstes Innerstes. Oder stieg es ihm in die Nase? Er wusste nicht, was es sein konnte, weil er es nie zuvor erlebt hatte, aber manchmal glaubte er, es sekundenlang riechen zu können. Er schnupperte verstohlen und versuchte herauszufinden, welch magischer Geruch ihm dieses Gefühl gab.

Was er wohl unterscheiden konnte, war der feine Duft, den sie verströmte. Er war einzigartig; Nemenhat hatte ihn bei keinem anderen Menschen jemals wahrgenommen. Ein Aroma, das zu Nubet gehörte.

Er schloss erneut die Augen. Die einfache Mahlzeit und die friedliche Atmosphäre machten ihn schläfrig.

»Wird sich die Geschichte des Prinzen Thutmosis wiederholen?«, hörte er.

»Verzeih!« Er schreckte auf. »Ich hatte gerade das Gefühl, als hielte mir eine unsichtbare Hand die Augen zu.«

»Das ist nur die Hitze«, antwortete sie beiläufig.

»Ich jedenfalls ziehe diese Realität dem Traum eines ehrgeizigen Prinzen vor«, erklärte Nemenhat, richtete sich auf und lehnte den Kopf an den Kalkstein.

»Das war kein Traum, es war tatsächlich Re-Harachte, der ihm dieses Angebot machte.«

»Wie auch immer. Mir wird er Ägypten bestimmt nicht anbieten. Und auch wenn er es täte, es würde mich nicht interessieren.«

»Die Götter kennen unsere Schwächen. Wahrscheinlich würden sie dich mit einem Angebot in Versuchung führen, das dir mehr zusagt.«

Nemenhat glaubte, in diesen Worten einen unüberhörbar verführerischen Unterton zu vernehmen. Er sah sie an, und wieder verirrte sich sein nüchterner Verstand im Labyrinth der Gefühle. Er beugte sich vor, als folgte sein verwirrtes Herz den Maximen des weisen Ptahhotep.

Nemenhat spürte, wie er ihren Arm berührte. Ihr Duft war nun so durchdringend, dass er fast berauscht war.

»Nur die wiedergeborene Hathor kann einen solchen Duft verströmen. Er ist betörend«, sagte er.

Nubet warf ihm einen geheimnisvollen Blick zu.

»Eichelöl, Myrrhe, Harz und Gewürzrinde. Menge und Art der Zubereitung sind ein Geheimnis.«

Nemenhat beugte sich noch näher zu ihr hinüber, und einen kurzen Augenblick streiften die Sonnenstrahlen sein Gesicht.

Nubet sah, dass seine Augen im Licht grün aufleuchteten wie der Malachit, den sie so mochte. Sie waren so schön, dass sie den Blick nicht abwenden konnte.

»Ich würde die Sphinx jedenfalls nicht um die Krone Ägyptens bitten«, sagte Nemenhat, der ihr nun ganz nah war.

»Nein?«, sagte Nubet, während sie das Kinn hob und ihm tief in die Augen sah.

Nemenhat erwiderte ihren Blick. Seine Augen waren herausfordernd, und seine Brust hob und senkte sich gleichmäßig, als wäre sie eine Gefangene seiner unterdrückten Gefühle.

»Nein!«, sagte er und berührte sie sanft am Arm. »Ich würde sie um etwas bitten, das viel kostbarer ist als jede Macht und jeder Schatz. Ich würde sie um deine Liebe bitten.«

Nubet spürte, wie ihr ganzer Körper von einer gewaltigen Hitzewelle erfasst wurde und ihr Herz wie wild zu schlagen begann. Obwohl sie auf eine Liebeserklärung gefasst gewesen war, verlor sie für einen kurzen Augenblick die Fassung.

»Ich würde die Sphinx vom Sand befreien, auch wenn ich ein ganzes Leben bräuchte. Und ich würde es allein tun, ohne die Hilfe von Arbeiterkolonnen wie Thutmosis. Die Liebe, die ich für dich empfinde, würde ich mit niemandem teilen wollen.«

Nubet hatte das Gefühl, dass ihre Tunika sie einschnürte, so heftig ging ihr Atem. Der Damm, der ihre Gefühle so lange zurückgehalten hatte, brach, und jetzt endlich ließ sie sich von ihnen fortreißen.

»Die Sphinx kann sie dir nicht geben, ich hingegen schon. Und du brauchst kein einziges Sandkorn zu bewegen«, sagte sie, hob den Kopf und bot ihm ihre Lippen an.

Ihr Verlangen vereinte sich im Sturm eines glühenden Kusses, der sie in eine abgrundtiefe Leere stürzte. Sie klammerten sich aneinander, als wären sie ein einziger Körper mit zwei Seelen und flögen durch den Weltraum, in dem sonst nur die Götter wohnen.

Auf dem Heimweg schworen sie sich ewige Liebe, so wie sie es tatsächlich empfanden. Und die Menschen, die sie vorbeigehen sahen, lächelten angesichts des leuchtenden Glücks, das die beiden Liebenden ausstrahlten.

Als sie in die Stadt kamen, wurden die Schatten schon länger.

»Ich hoffe nur, dass Hentaui nicht wieder wie letztes Mal vor der Tür steht«, sagte Nemenhat. »War die Behandlung erfolgreich?«

Nubet musste lachen.

»Vor allem für ihren Mann. Sie ist nach einigen Wochen zurückgekommen, genauso unzufrieden wie immer, aber nicht mehr so bedrückt. Ich fragte sie, wie es ihrem Mann ginge, und sie antwortete, ganz gut, aber das Problem sei jetzt ein anderes. Jedes Mal, wenn sie ihrem Mann die Salbe aufgetragen habe, hätte der sich erregt und darauf bestanden, dass sie ihren ehelichen Pflichten nachkam. Sie hat ihm nachgegeben, weil sie Angst hatte, dass der Dämon sonst für immer bleiben würde. Mittlerweile hat ihr Mann Gefallen an der Behandlung gefunden und liebt sie jeden Tag. Und sie hat die Nase voll, weil er sie nicht mehr in Ruhe lässt.«

Nemenhat lachte.

»Er nutzt die Situation aber auch ganz schön aus. Und was hast du gesagt?«

»Na ja. Mir schien sie viel ruhiger als sonst, deshalb habe ich ihr geraten, die Behandlung fortzusetzen, weil die Geister ziemlich hartnäckig sein können, und schließlich hätte sie ihn angesteckt. Außerdem habe ich ihr eingeschärft, dass sie die ehelichen Pflichten sehr ernst nehmen soll, weil sie beiden zugute kämen.«

Nemenhat und Nubet konnten sich vor Lachen kaum halten.

»Und anschließend«, fuhr Nubet mit Tränen in den Augen fort, »habe ich ihr einen Einlauf verschrieben, um den Darm zu entleeren …«

Nemenhat hielt sich den Bauch.

»Ich habe ihr geraten, jeden vierten Tag einen Einlauf zu machen …«, lachte Nubet.

»Du hast es ja faustdick hinter den Ohren«, sagte Nemenhat, nachdem er sich wieder gefangen hatte. »Was für einen Einlauf?«

»Einen aus Kuhmilch, geriebenen Sykomorenfeigen und Honig. Das Ganze wird zusammen gekocht. Glaub mir, es ist unfehlbar. Es wird die Behandlung wunderbar ergänzen.«

»Hentaui hat bestimmt eine ganze Weile keine Kraft mehr, um an Dämonen zu denken«, sagte Nemenhat und lachte wieder.

»Das will ich auch hoffen. Diese Frau ist ein richtiger Plagegeist«, schloss Nubet, als sie fast schon vor ihrer Haustür angelangt waren.

Und wieder wurden sie von der Nacht überrascht. Hier und da zündete man Fackeln an, wie jeden Abend.

Seufzer, sanfte Worte … Zum ersten Mal verabschiedeten sie sich nur widerwillig unter schmachtenden, nicht enden wollenden Blicken.

Die Nachbarn beobachteten sie neugierig, und morgen würden sich die Gerüchte wie ein Lauffeuer im ganzen Viertel verbreiten. »Sieht ganz so aus, als hätte Senebs Tochter einen Verehrer.«

Nemenhat war außer sich vor Glück. Niemals hätte er gedacht, dass Nubets Liebe ihm so viel Energie verleihen könnte. Jeden Tag begab er sich in aller Frühe zum Kontor am Hafen, um den Zustand der Waren zu überprüfen und sicherzustellen, dass sie gemäß den Bestellungen und Hirams Anweisungen ausgeliefert wurden. Sobald ein Handelsschiff an den Molen anlegte, kümmerte er sich um die Erledigung der Formalitäten bei den Zollbehörden des Hafens und auch darum, dass das Schiff entladen wurde und die Waren ins Lager gebracht wurden, während er mit Argusaugen darüber wachte, dass alles seine Richtigkeit hatte. Zudem führte er peinlich genau Buch über alle Schiffe, die anlegten, ausliefen, sich verspäteten oder gar verloren gingen, ebenso über die notwendigen Investitionen, die das Unternehmen tätigen musste. Dieses hatte ein beträchtliches Geschäftsvolumen erreicht, doch Nemenhat war davon überzeugt, dass sich der Umsatz noch erheblich steigern ließ.

Der Handel im Mittelmeerraum wuchs unaufhaltsam. Jedes Jahr wurden neue Schiffsrouten befahren, die zu den entlegensten Winkeln jenes Meeres führten, das die meisten Ägypter für verflucht hielten. Hiram jedoch besaß überall am Mittelmeer Niederlassungen und ein gut organisiertes Netz von Händlern, das sehr effektiv arbeitete. Aber die Nachfrage nach den meisten Artikeln war im letzten Jahr um dreißig Prozent gestiegen und hatte Hiram, der dieser Nachfrage nicht nachkommen konnte, vor Probleme gestellt. Wenn er diesen neu entstehenden Markt nicht verlieren wollte, musste er sein Unternehmen umstrukturieren. Nemenhat hatte voller Staunen die steigende Nachfrage nach Luxusartikeln in Memphis beobachtet. Es waren nicht nur das königliche Haus und die Priester in den Tempeln, die solche Produkte konsumierten, jetzt wollten sich auch die Kaste der Schreiber und alle anderen, die etwas auf sich hielten, diesen Prunk leisten. So war es in Mode gekommen, seine Luxusartikel diskret zur Schau zu stellen.

Nemenhat unterhielt sich gern und oft mit den Besatzungen der fremdländischen Schiffe, die eine ganz andere Sicht der Welt hatten als seine eigenen Landsleute. So erwarb er sich mit der Zeit ein genaueres Bild von den Ländern, die ihn umgaben. Der gesamte Mittelmeerraum wurde von grundlegenden Umwälzungen heimgesucht, nachdem die Kreter die Hochseeschifffahrt entwickelt hatten, die nun allmählich die Küstenschifffahrt ablöste.

Als Nemenhat zum ersten Mal eins dieser Hochseeschiffe aus Kreta sah, begriff er sofort, was es bedeutete. Dreißig Meter lange und sieben Meter breite Schiffe mit Kiel, die mehr als dreißig Tonnen* transportieren konnten. Sie hatten zwei Pinnen am Heck und einen Mast mit einem viereckigen Segel, das zwar niedriger war als das der ägyptischen Schiffe, aber Rahen besaß, um das Segel nach dem Wind zu richten. Es waren stabile, schnelle Schiffe, die nichts mehr mit den alten Lastkähnen gemein hatten.

Sie wurden von erfahrenen Kapitänen aus Kreta gesteuert, die auch während der Nacht fuhren, wobei sie sich nach den Sternen richteten, und keine Angst hatten, sehr weit auf dieses Meer hinauszusegeln, das unzählige Legenden über Meeresungeheuer und seltsame Geschöpfe hervorgebracht hatte. Dies verkürzte die Reisedauer erheblich und schränkte die Wahrscheinlichkeit ein, auf Seeräuberschiffe zu treffen, die eine größere Zahl an Ruderern besaßen und schneller waren, sich aber nicht aufs Meer hinauswagten, weil sie für die Hochseeschifffahrt nicht geeignet waren.

Nemenhat hatte sich eine völlig neue Strategie ausgedacht. Er wollte nur noch die neuartigen Hochseeschiffe für den Transport der Waren einsetzen, die Prämien erhöhen, die die Kapitäne gewöhnlich erhielten, wenn sie eine Ladung sicher an ihren Bestimmungsort gebracht hatten, und ihnen darüber hinaus garantieren, jede Fracht abzunehmen, die sie innerhalb eines Jahres lieferten.

Als er Hiram von seinem Vorhaben berichtete, schlug dieser die Hände über dem Kopf zusammen, denn er wusste genau, dass diese neue Strategie unweigerlich zu höheren Transportkos-

* Für damalige Verhältnisse eine beträchtliche Menge.

ten führen würde. Doch Nemenhat konnte ihm anhand von Zahlen belegen, dass sie dadurch die doppelte, ja fast dreifache Menge an Waren transportieren konnten.

»Die Schiffe können viel größere Ladungen transportieren und erheblich öfter verkehren. Ich bin sicher, dass wir weniger Schiffe ans Meer und an die Seeräuber verlieren werden«, hielt Nemenhat überzeugt dagegen.

Hiram sah ein, dass der Junge Recht hatte. Er wusste genau, dass die Kapitäne in vielen Fällen mit Seeräubern gemeinsame Sache machten und sich die Beute teilten. So viele Schiffe gingen gar nicht ans Meer verloren.

»Wir könnten es ein Jahr lang versuchen und sehen, was es bringt. Einen anderen Weg, unseren Umsatz zu steigern, sehe ich nicht«, beharrte Nemenhat.

Hiram sah ihn an und raufte sich die Haare. Doch insgeheim war er mehr als dankbar für die Art, wie sich Nemenhat für das Unternehmen einsetzte, und für das Gespür, das der Junge in geschäftlichen Dingen entwickelte. Er war ihm wirklich von den Göttern gesandt worden, ohne dass er darum gebeten hätte.

Nemenhat hatte vollkommen Recht. Der Mittelmeerraum machte eine tiefe Veränderung durch, und sie mussten sich darauf einstellen. Doch Hiram war zu alt dafür, er fühlte sich müde und besaß weder die Kraft noch den Ehrgeiz, sich dieser neuen Herausforderung zu stellen. Er hatte keine Kinder und auch keine Verwandten, denen er sein Geschäft vermachen konnte. Es war eine viel zu große Anstrengung für ihn, und vielleicht würde er ihre Früchte niemals ernten.

Doch jedes Mal, wenn er Nemenhat über die neuen Entwicklungen sprechen hörte, wurde sein unternehmerischer Geist von neuem beseelt.

»Wir müssen uns auf diese neue Lage einstellen, Hiram. Wir brauchen einen strategischen Ausgangspunkt, von wo aus wir unseren gesamten Handel im Großen Grünen neu organisieren.«

»Ich habe doch Byblos. Das ist ein idealer Ort.«

»Der Hafen von Byblos ist viel zu klein. Du brauchst einen Standpunkt, der wachsen kann.«

»Ach ja? An welchen Hafen denkst du denn? Ich bin sicher, dass du längst einen im Auge hast.«

»An derselben Küste gibt es eine neue, aufstrebende Handelsniederlassung. Die Seeleute sind begeistert. Tyros.«

»Tyros?«

Hiram musste lachen.

»Da gibt es nur Ziegen. Wir würden Wochen warten müssen, bis die Karawanen uns das Zedernholz bringen. Byblos dagegen liegt genau vor den Wäldern, wo es geschlagen wird.«

»Die Seeleute versichern mir, dass Tyros eine ideale Küste für die Schifffahrt hat und sein Hafen in Kürze den von Byblos an Bedeutung übertreffen wird. Immer mehr Handelsniederlassungen entstehen schon jetzt dort. Du darfst nicht nur an Zedernholz denken.«

»Ich habe mit Zedernholz mein Vermögen gemacht. Deshalb bin ich nach Memphis gekommen. Sieh dich doch nur um. Meinst du, ich würde auf dieses Geschäft verzichten wollen? Die Ägypter verwerten nicht nur das Holz der Zeder, sie benutzen auch ihr Harz zum Einbalsamieren ihrer Toten«, erwiderte Hiram ernst.

Nemenhat sah ihn einen Augenblick an und trat anschließend zu einem Regal, wo verschiedene Papyri lagerten.

»Weißt du, mit wie vielen Produkten du letztes Jahr gehandelt hast?«, fragte er, während er einige Papyri überflog.

Hiram breitete die Arme aus.

»Natürlich weiß ich, womit ich mein Geld verdient habe. Und es war nicht wenig, wie du weißt«, antwortete er müde.

»Dann brauche ich sie dir ja nicht aufzuzählen. Ich will dich nur darauf hinweisen, dass du für Holztransporte dreimal so viele Schiffe einsetzen musstest wie für Öl und Harz aus Kanaan oder für Teppiche aus Mesopotamien. Und der Gewinn war ebenso hoch.«

Hiram stand auf und trat ans Fenster, aus dem er so gern auf den Hafen hinabsah. Seine im Rücken verschränkten Hände öffneten und schlossen sich nervös.

»Alle Karawanenstraßen des Orients führen durch Tyros«, hörte er Nemenhat sagen. »Die von Assur genauso wie die von Mesopotamien oder die aus Edom mit ihren Stoffen und Perlen. Sogar jene, die, mit Elfenbein und Ebenholz bepackt, die ganze Wüste durchqueren.«

Nemenhat hat Recht, und ein Kaufmann, der etwas auf sich hält, würde sich seiner Argumentation nicht verschließen, dachte Hiram, während er beobachtete, wie ein Esel mit Stoffballen beladen wurde. Vielleicht war er mit den Jahren allzu behäbig geworden.

Hiram drehte sich um, verschränkte die Arme vor der Brust und lächelte leicht.

»Du willst den ganzen Markt beherrschen, nicht wahr? Ich glaube, dieses Vorhaben wäre eine Nummer zu groß für uns.«

»Nein, ich strebe keine Monopolstellung für alle Produkte an. Wir sollten nur mit Waren handeln, die gerade gefragt sind, und uns auf sichere Produkte spezialisieren. Kupfer oder Holz dürften nach wie vor den Schwerpunkt ausmachen.« Nemenhat hielt inne. »Schau, seit einiger Zeit wird im Norden vom Großen Hatti* ein neues Metall gewonnen, das man Eisen nennt. Aus ihm lassen sich Waffen von ungeahnter Härte herstellen. Bald wird die Bronze der Geschichte angehören, und alle Völker werden das neue Metall verwenden. Die Kreter schicken ihre Schiffe bis zum fernen Anatolien, um es anschließend selbst zu verarbeiten. Wenn du das Metall von Hatti aus mit Karawanen an die Küste schaffst, könntest du es von dort aus in alle Welt transportieren.«

* So bezeichneten die Ägypter das Hethiterreich.

Hiram lächelte, und seine listigen Augen strahlten.

»Du meinst, die Völker werden sich weiter bekriegen, Jahrhundert um Jahrhundert, nicht wahr? Der Waffenhandel wird ein lukratives Geschäft bleiben. Aber dann verrate mir auch, wie du die Karawanenstraßen aufbauen willst, über die wir das Metall transportieren wollen? Ich selbst bin da überfragt.«

»Es gibt bereits eine Karawanenstraße, die von Hatti nach Byblos führt. Über sie wird beispielsweise Zimt transportiert. Man könnte mit den entsprechenden Karawanenführern verhandeln, dass sie kleine Mengen dieses neuen Metalls transportieren. Du würdest langsam ins Geschäft einsteigen. Und deine Schiffe würden Eisen und Zimt, für die man im Augenblick enorme Preise erzielen kann, wie du weißt, in alle Länder des Mittelmeeres transportieren.«

Hiram lachte aus vollem Herzen.

»Du hast sehr schnell gelernt, Nemenhat«, erklärte er und klopfte ihm liebevoll auf die Schulter. »Ich werde wohl nicht darum herumkommen, deine Vorschläge ernsthaft zu prüfen. Und ich verspreche dir, dass du bald eine Antwort von mir bekommst.«

Hiram dachte über Nemenhats Argumente nach und beschloss, seinen Vorschlägen zu folgen; wenn auch mit aller Vorsicht. Er wusste, dass er den Zusammenhalt seines Unternehmens jahrelangen Anstrengungen verdankte und es besser war, sich den neuen Anforderungen schrittweise zu nähern, als sich in irgendwelche Abenteuer zu stürzen. Er würde die ersten notwendigen Schritte einleiten und beobachten, wie sich das Ganze entwickelte.

Zudem beschloss er, Nemenhat zum Leiter der Inspekteure in seinem Unternehmen zu befördern und ihm ein Gehalt von vierzig Gold-Deben anzubieten, ein kleines Vermögen.

»Jetzt, da du ans Heiraten denkst, wirst du eine Menge Geld brauchen, um deiner Braut bieten zu können, was angemessen ist. Obendrein hast du dir diesen Lohn mehr als redlich verdient«, erklärte er ihm eines Tages in seinem Kontor.

Nemenhat war sehr glücklich über diese Geste des Vertrauens. Nicht das Geld hatte ihn veranlasst, für Hiram zu arbeiten, sondern der Wunsch, etwas zu lernen. Er verfügte über genügend Schätze, um ein sorgloses Leben führen zu können, aber Wissen ... das war das höchste Gut, nach dem ein von der Gesellschaft Ausgestoßener wie er trachten konnte. Dank seiner Stellung hatte er sich Kenntnisse angeeignet, die man ansonsten nur im Haus des Lebens lernte, so in den Bereichen Geometrie und Arithmetik, die in Ägypten als heilig galten. Dank einiger Schreiber im Hafen beherrschte er sogar die hieratische Schrift*.

Er hatte das Gefühl, reichlich entlohnt zu werden. Das Interesse, das er tagtäglich für das Unternehmen aufbrachte, war nichts anderes als die Freude, die er empfand, wenn die Arbeit gut gemacht wurde. Daher stiegen ihm bei den Worten des Phöniziers Tränen in die Augen. Mit einer langen Umarmung brachten die beiden Männer stumm die Gefühle zum Ausdruck, die sie seit langem füreinander empfanden, und festigten die engen Bande, die sich während der Jahre entwickelt hatten.

Nemenhat versuchte, Nubet jeden Tag zu treffen, wenn auch nur, um Hand in Hand mit ihr einen kleinen Spaziergang zu machen. Zu Hause träumte er dann jede Nacht von dem Augenblick, in dem er sie endlich heiraten würde. Mittlerweile dachte er nur noch selten an Kadesch, und jedes Mal kamen ihm all jene Ereignisse wie aus einer längst vergangenen Zeit vor. Die beiden Frauen waren nicht miteinander zu vergleichen, trotzdem war sich Nemenhat der bitteren Narbe bewusst, die Kadesch bei ihm hinterlassen hatte. Weder von ihr noch von Kasekemut hatte er

* Kursivschrift, die eine Schematisierung der Hieroglyphenschrift darstellt und von den Ägyptern für die Erstellung offizieller Urkunden benutzt wurde.

jemals wieder gehört; Gerüchten zufolge hatten sie bereits das erste Kind bekommen. Bevor ihn der Schlaf überwältigte, vertrieb er den Gedanken mit einem Seufzer. Er würde nicht zulassen, dass sich auch nur für einen Augenblick Groll in seinem Herzen einnistete.

Hiram ging nervös in seinem Kontor hin und her. Die Hände hatte er im Rücken verschränkt und das Haupt leicht gesenkt, so wie immer, wenn er besorgt war.

Dann ging die Tür auf, und Nemenhat trat ein.

»Du wolltest mich sprechen?«, fragte er und schloss die Tür hinter sich.

»Ja, setz dich bitte«, erklärte Hiram ernst.

»Ist etwas passiert?«, fragte Nemenhat, als er Hirams blasses Gesicht sah.

»Ich weiß es noch nicht, aber irgendwas ist hier faul.«

Nemenhat bat ihn mit einer stummen Handbewegung um eine Erklärung.

»Heute Morgen, als du an den Piers warst, ist ein *schehedi sesch* mit einem Tross von Schreibern aus dem Zollamt in einem unserer Lager aufgetaucht und hat eine vollständige Inspektion der Waren veranlasst.«

Nemenhat machte ein verdutztes Gesicht.

»Ja, ich war genauso verwundert wie du. Was mich aber noch mehr erstaunte, war, dass sie anschließend sämtliche Papyri sehen wollten, in denen die Schiffsladungen des letzten Jahres eingetragen sind.«

»Nun, wenn es etwas gibt, das stets auf dem neuesten Stand ist, dann sind es unsere Papyri«, entgegnete Nemenhat lächelnd.

»Ich weiß. Trotzdem haben sie wie verrückt nach Hinweisen auf irgendeine Unregelmäßigkeit gesucht. Sie haben wirklich alles auf den Kopf gestellt und waren dabei nicht besonders freundlich.«

»Hm«, sagte Nemenhat und strich sich über die Nase. »Der *imira sesch*, der Zolldirektor, hat seine Waren pünktlich bekommen, ohne einen Deben zu zahlen, versteht sich. Wenn uns jemand wegen einer Unregelmäßigkeit in den Papyri angezeigt hätte, wären wir sofort von ihm informiert worden.«

»Genau das macht mir Sorgen. In all den Jahren, seit ich mich hier in Memphis niederließ, habe ich noch nie eine so gründliche Inspektion erlebt. Der Befehl kam nicht vom *imira sesch*, sondern von jemandem an höherer Stelle.«

»Verstehe.«

»Aber warum? Die Inspekteure, die heute Morgen kamen, hatten Übles im Sinn. Und als ich erklärte, ich würde mich bei seinem Vorgesetzten beschweren, hat der *schehedi sesch* nur hämisch gelacht und mir einen verächtlichen Blick zugeworfen. Ich glaube, dass wir irgendwem in die Quere gekommen sind.«

Nemenhat dachte rasch nach, während er Hiram musterte.

»Wann hast du das letzte Mal eines deiner Schmuckstücke an den Mann gebracht?«, fragte Hiram nachdenklich.

»Seit mehr als einem Jahr haben wir nichts mehr angerührt. Die Angelegenheit ist ein für alle Mal erledigt«, versicherte Nemenhat.

»Vielleicht nicht für alle. Es könnte sein, dass irgendein Schmuckstück aus der Beute wieder in den Handel gelangt ist«, überlegte Hiram. »Vergiss nicht, dass diese Stadt Augen und Ohren hat. Solange wir nicht herausgefunden haben, was los ist, werden wir unsere Vorsichtsmaßnahmen erhöhen müssen. Wir dürfen nur noch hundertprozentig legale Geschäfte machen. Das gilt vor allem für dich.«

Nemenhat nickte, und seine Gedanken ließen ihm keine Ruhe. Die Vorsicht war ihm angeboren, jetzt aber musste er noch mehr aufpassen als sonst.

Er verabschiedete sich von Hiram und versuchte, ihn zu beruhigen, indem er versprach herauszufinden, was vor sich ging.

Als Nemenhat zu Hause war, überfielen ihn düstere Vorahnungen.

Der Weißwein rann sanft und kühl durch Anchs Kehle. Immer wieder ließ er ihn sich genüsslich auf der Zunge zergehen und suchte nach einer Nuance im Geschmack, die er übersehen haben könnte.

Köstlich, dachte er und schloss vor Entzücken die Augen.

Anch konnte es sich leisten, einen edlen Tropfen zu genießen, während er in seinem prächtigen Haus saß, umgeben vom Luxus, dem er so gern frönte. Das Leben hatte es während all dieser Jahre gut mit ihm gemeint. Sein Posten als Vorsteher der Felder des Ptah-Tempels hatte ihn beflügelt, nach höheren Ämtern in der Priesterschaft des Ptah zu streben. Und die Politik bot ihm die richtige Plattform für seine Ambitionen. Im Hintergrund zog er geschickt die Fäden und erreichte, dass man ihn zum Vorsteher der Sem-Priester Sokars* ernannte.

Es war eines der höchsten Ämter innerhalb der Tempelhierarchie. Doch der Ehrgeiz des ehemaligen Schreibers kannte keine Grenzen; sobald er es erreicht hatte, sah er sich nach Höherem um. Mit gewohntem Geschick ließ er seine Beziehungen in der Tempelverwaltung spielen, um einen guten Ausgangspunkt für das höchste Amt im Klerus zu haben, den Posten des Obermeisters des Handwerks.

In früheren Zeiten hatten nur Mitglieder des Königshauses dieses Amt bekleiden dürfen, mittlerweile aber war es erblich geworden. Söhne folgten ihren Vätern, Enkel lösten ihre Großeltern ab. Diese Prozedur war in allen Tempeln des Landes üblich. Der amtierende Obermeister des Handwerks jedoch, der die In-

* Sokar war der Gott der memphitischen Metropole und wurde mit Ptah und Osiris identifiziert. Er hütete den Eingang zur Unterwelt; sein Reich lag in der Wüste. Er war auch der Gott der Nekropole von Saqqara.

teressen von Ptah vertrat, war alt und hatte keine Nachfahren, die ihn hätten beerben können. Da mit seinem Tod in nicht allzu langer Zeit gerechnet wurde, würde bald eine andere Sippe das Amt übernehmen. Anch war sich der Macht, die mit diesem Posten verbunden war, durchaus bewusst. Nach dem Klerus von Amun und Re war der von Ptah der wichtigste im Reich. Mit ihnen konnte er sich nicht ganz messen, besaß aber eine unangefochtene Stellung innerhalb der Verwaltung.

Der Ptah-Kult war sehr alt und stand seit seiner Gründung ganz oben in der Gunst der Pharaonen. Diese äußerte sich regelmäßig in großzügigen Spenden aus der Kriegsbeute, die das Heer des Pharaos machte. Zudem vertrat er die vielfältigsten Interessen in einer Stadt wie Memphis, die ausgeprägten Handel mit der ganzen Welt führte.

Um die Angelegenheiten des göttlichen Ptah zu regeln, war ein hohes Maß an politischem Geschick erforderlich. Der Posten erweckte zudem die Begehrlichkeit vieler hoher Beamter, die ihn ebenfalls anstrebten.

Anch wusste, dass er sich das Wohlwollen so mancher amtierender wie auch zukünftiger Würdenträger erkaufen musste, und dies mit der nötigen Diskretion, die eine so heikle Angelegenheit erforderte. Obendrein musste er dem Volk ein leuchtendes Beispiel an Tugendhaftigkeit geben. Nicht der kleinste Makel durfte seinen Ruf trüben.

All dies erforderte einige Überlegungen. Er machte sich nicht nur über seine Zukunft Gedanken, sondern auch über die Vergangenheit. Es gab dort einige Schandflecken, die beseitigt werden mussten. Doch das hatte Zeit. Er würde sich ihrer zu gegebener Zeit annehmen und war überzeugt, dass es keine allzu große Mühe kostete, sämtliche Beweise zu vernichten.

Sämtliche Beweise! Je länger er allerdings über diesen Begriff und die Sache an sich nachdachte, umso mehr bereute er es, das Problem nicht schon längst gelöst zu haben. Sicher, das lag nur an seiner eigenen Habgier, denn die Geschäfte mit Schepsenure hatten ihm ergiebige Gewinne eingebracht. Jetzt aber wurde ihm immer klarer, dass sie ihm auch zum Verhängnis werden konnten. Falls bekannt wurde, dass er Verbindungen zu einem Grabräuber gehabt hatte, wäre nicht nur seine Karriere gefährdet.

Bisher hatte ihn das Thema nicht sonderlich beunruhigt, da er sicher war, die Sache fest im Griff zu haben, doch jetzt hatte sich alles verändert. Was nun auf dem Spiel stand, erlaubte nicht den kleinsten Fehler seinerseits. Er war nicht der Einzige, der dieses Amt anstrebte, und die anderen würden keinen Augenblick zögern, notfalls seine dunkle Vergangenheit ans Licht zu zerren, um ihre Ziele zu erreichen.

Verflucht unangenehme Sache, dachte er und nippte erneut am Wein.

Neben ihm saß, fett wie ein Nilpferd, der Syrer Irsu und ließ eine junge Sklavin, die sie bediente, nicht aus den Augen. Sie war ungewöhnlich groß und vielleicht auch ein wenig zu schlank, was den Syrer jedoch magisch anzog. Zudem kam sie aus dem äußersten Süden, von dort, wo Hapi den Nil entspringen ließ. Sie hatte dunkle Haut und schwarzes Haar, das zu unzähligen langen Zöpfen geflochten war und ihre feinen Züge betonte, die aussahen, als hätten die besten Steinmetze sie aus Diorit gemeißelt.

In letzter Zeit hatte Irsu eine Vorliebe für dunkelhäutige Frauen entwickelt. Es war beinahe zu einer Obsession geworden, und während er nun die Frau bei ihrer Arbeit beobachtete, lief ihm das Wasser im Mund zusammen. Lüsternheit war nur eines von Irsus vielen Lastern.

Anch, dem nichts entging, beobachtete die Szene schweigend.

»Welche Vielfalt uns die Götter schenken«, erklärte Irsu schließlich, ohne einen Seufzer unterdrücken zu können.

Anch zuckte nicht einmal mit der Wimper und führte den Becher zum Mund.

»Sieh nur. Da ist der lebende Beweis. Direkt vor unseren Augen. Diese Anmut, diese Zierlichkeit, die kleinen Brüste ... und diese dunkle Haut. So anders als die von hier.«

Der Schreiber wandte ihm den Kopf zu.

»Als wüsste ich das nicht! Warum, meinst du, habe ich sie gekauft?«, sagte er spöttisch.

»Heiliger Dagon!«, rief Irsu und wischte sich mit der feisten Hand den Schweiß von der Stirn.

Anch verabscheute die Anrufung fremder Götter, insbesondere dieses Gottes, den Irsu so oft erwähnte. Dagon war eine syrische Gottheit,* halb Mensch, halb Fisch; das stieß ihn am meisten ab.**

»Aber sag mir«, fuhr Irsu fort. »Gibst du ihr nicht zu essen? Warum ist sie so dünn?«

»Sie isst so viel, wie sie will«, entgegnete Anch, ohne seine Verstimmung zu verbergen. »Die Sklaven in meinem Haus erhalten die beste Behandlung, die man sich wünschen kann.«

»Du solltest nicht zulassen, dass sie so viel isst, wie sie will. Sie könnte zunehmen, und das wäre verantwortungslos. Weißt du eigentlich, was für eine Perle du da hast? Willst du sie mir nicht verkaufen?«

Der Schreiber lachte leise.

»Und ob ich das weiß. Gerade deshalb werde ich sie dir auch nicht verkaufen.«

»Du hast wirklich keinen Funken Feingefühl. Siehst du nicht, wie glücklich du mich machen würdest? Könntest du sie mir nicht wenigstens für eine Weile ausleihen?«

»Meine Sklaven sind kein Vieh, das man an den Meistbietenden verkauft. Sie gehören sozusagen zur Familie. Sie stehen unter

* Dagon war der Hauptgott der Philister und wurde auch in Phönizien angebetet.

** Den Priestern im alten Ägypten war es verboten, Fisch zu essen, weil sie ihn für unrein hielten.

meinem Schutz und sind mir treu ergeben. Ich bin ganz sicher, dass sie lieber bei mir bleiben will.«

»Dein Herz ist hart wie Granit und deine Zunge giftiger als die einer Schlange«, erwiderte Irsu wütend.

Anch lachte auf, es machte ihm Spaß, den Dicken auf die Palme zu bringen.

»Du erstaunst mich, Irsu. Du, der reichste Händler von Memphis, verlierst die Fassung wegen einer Sklavin? Das ist sehr merkwürdig, das musst du zugeben.«

Irsu rutschte unbehaglich auf seinem Stuhl hin und her und verzog finster das Gesicht.

Der Schreiber winkte die Sklavin herbei, damit sie ihnen Wein nachschenkte.

Und wieder musste sich Irsu bei ihrem Anblick zusammenreißen, um nicht einfach seinem Verlangen nachzugeben und ihre dunkle Haut zu berühren.

Als Anch das Gefühl hatte, ihn genug gequält zu haben, entließ er die Sklavin mit einer Handbewegung.

Irsu sah ihn böse an.

»Du machst dir wohl einen Spaß daraus, mich zu quälen, was? Wahrscheinlich hast du mich nur deshalb zu dir eingeladen.«

Wieder musste Anch laut lachen. »Ich wusste gar nicht, dass du so eine Schwäche für die Frauen aus dem fernen Süden hast.«

»O doch …«, antwortete Irsu hastig.

Der Schreiber hob die Hand als Zeichen der Versöhnung.

»In diesem Fall besorge ich dir eine, die genauso aussieht. Vorausgesetzt, du schaffst mir ein kleines Problem vom Hals.«

Irsu trank von dem Wein, und sein Gesicht nahm wieder den üblichen durchtriebenen Ausdruck an.

»Du hast ein Problem?«

»Ich würde sagen, wir haben beide eins.«

»So, so, und jetzt brauchst du meine Hilfe, um es aus der Welt zu schaffen, was?«

»So ist es, denn wie gesagt, es betrifft uns beide.«

Der Syrer spielte den Unbedarften.

»Ich bin ganz Ohr, Anch.«

»Sicher erinnerst du dich an den Grabräuber, der für uns gearbeitet hat«, erklärte Anch leise.

»Ja, natürlich. Er hieß Schep... Schep...«

»Schepsenure.«

»Genau, Schepsenure. Ein Volltreffer. Die Beute aus diesem Grab hat mir ein Vermögen eingebracht.«

»Gewiss, wir haben gut daran verdient, aber jetzt könnte er uns Ärger machen.«

»Wie meinst du das?«

»Sagen wir so. Zufällig sind mir einige Stücke aus der Beute in die Hände gefallen. Meine Agenten haben sie in einer schmutzigen Schenke am Hafen entdeckt, wo ein betrunkener Kapitän aus Kypros damit bezahlt haben soll. Stell dir vor! Er hat seine Zeche mit einem Vermögen beglichen!«

Irsu sah ihn schweigend an.

»Begreifst du nicht?«, rief der Schreiber aus. »Das heißt, dass in der Stadt Stücke aus dieser Beute im Umlauf sind. Wenn sie in die Hände von Leuten gelangen, die nicht so dumm sind wie der Wirt, könnten wir eine Menge Unannehmlichkeiten bekommen.«

Irsu rieb sich das Kinn.

»Ich dachte immer, dass du diese Angelegenheit längst erledigt hättest«, sagte er ruhig. »So viel Zeit ist seitdem vergangen.«

»Stimmt. Früher konnte er uns nichts anhaben, aber jetzt hat sich die Lage geändert.«

Der Syrer hob eine Braue.

»Ja. Jetzt sieht die Sache anders aus. Sie sind nicht so dumm, wie ich anfänglich glaubte, und haben auf eigene Faust weitergemacht.«

»*Sie* haben weitergemacht? Ich glaubte, wir hätten es lediglich mit einem zu tun?«

Anch warf ihm einen nachsichtigen Blick zu und fuhr sich mit beiden Händen über den makellos rasierten Kopf, ehe er sagte:

»Dieser Schepsenure hat einen Sohn, der ihn bei seinen Raubzügen begleitete. So war es, als ich die beiden in Iti-taui kennen lernte, und so ist es auch hier gewesen, als sie das Grab für uns ausgeraubt haben. Danach haben sie die Beute irgendwo in Saqqara vergraben und nichts mehr gemeinsam unternommen. Schepsenure ist jedenfalls nie wieder in der Nähe einer Nekropole gesehen worden. Er hat sich seinem Beruf als Tischler gewidmet und es in seinem Viertel zu einem gewissen Ansehen gebracht. Er war äußerst diskret, also habe ich beschlossen, die Sache auf sich beruhen zu lassen, und mich nicht mehr in sein Leben eingemischt ... bis heute. Sein Sohn dagegen hat in all den Jahren nicht locker gelassen. Man hat diesen Nemenhat, so heißt er, immer wieder in den Nekropolen umherstreifen sehen, als wäre er Upuauts Wiedergeburt. Was, wenn ich dir sage, dass er praktisch in alle Mastabas der 5. und 6. Dynastie eingedrungen ist, die Djosers Grabanlage umgeben? Und obwohl er außer Knochen nichts hätte finden können, hat er ganze Nachmittage darin verbracht.«

»Das nenne ich echte Leidenschaft«, lachte Irsu.

»Da bin ich anderer Meinung«, entgegnete Anch, ohne weiter auf die Bemerkung einzugehen. »Er ist sogar in Unas' Pyramide gewesen.«

»Wirklich?«

»Ja. Stell dir vor. Dabei war sie schon wenige Jahre nach der Bestattung des Pharaos ausgeraubt worden. Na ja, wie alle anderen auch«, setzte Anch mit verschmitztem Lächeln hinzu.

»Keine Pyramide blieb lange verschont«, sagte Irsu spöttisch.

»Natürlich sind wir nicht die Ersten, die ein Grab ausgeraubt haben. Die meisten wurden von denen geschändet, die sie gebaut hatten. Wir waren keineswegs Pioniere, Irsu.«

Der Syrer lachte erneut und nickte.

»Wie gesagt, er ist in Unas' Pyramide eingedrungen und hat Stunden darin verbracht. Frag mich nicht, was er die ganze Zeit dort getrieben hat. Als ich letztes Mal in die Totenkammer hinabgestiegen bin, war nur noch der Sarkophag da und ein paar Knochen des alten Pharaos.«

»Habe ich dir nicht gesagt, dass der Junge eine übertrieben große Leidenschaft für Grabmäler hat?«, warf Irsu spöttisch ein.

»Und du glaubst, dass das die einzige Erklärung ist, die wir uns vorstellen können?«, fragte Anch und grinste verschlagen. »Offensichtlich macht er einem sehr hübschen Mädchen den Hof, und rate mal, wohin die beiden neulich einen Ausflug gemacht haben?«

Irsu verzog ratlos das Gesicht.

»Nach Gizeh!«, rief Anch mit einer triumphierenden Gebärde. »In die Nekropole. Dort haben sie den ganzen Nachmittag im Schatten der Sphinx verbracht.«

»Das ist ja beinahe krankhaft!«, platze Irsu heraus und lachte aus vollem Hals. »Wer verbringt denn einen ganzen Nachmittag mit einem Mädchen in Gizeh? Unglaublich! Und du sagst, sie sei schön?«

»Und ob … obwohl du sie vermutlich nicht besonders attraktiv finden würdest. Sie wäre nicht schlank genug für dich.«

»Verstehe …«

»Das sollte uns allerdings nicht blenden. Wir dürfen ihn nicht unterschätzen. Der Junge ist offenbar äußerst gewitzt. Ich weiß nicht, wie er es fertig gebracht hat, im Unternehmen von diesem Hiram einzusteigen. Ist das nicht ein Bekannter von dir?«

Bei diesem Namen veränderte sich Irsus Gesichtsausdruck.

»Dieser Phönizier ist wie die Fliegen im Sommer. Eine richtige Plage. Auch wenn sein Geschäft sich mit dem meinen nicht messen kann – er weiß seine Chancen zu nutzen und hat meistens die besseren Preise. Der Mann ist ein wahrer Fluch, aber er hat gute Kontakte.«

»Wenn ich richtig informiert bin, macht er dir Konkurrenz im Holzgeschäft«, meinte Anch hämisch.

»Von wegen! Er muss sich mit dem begnügen, was ich ihm übrig lasse. Kleine Häppchen, die mir nicht im Geringsten schaden. Er macht jetzt sein Geld vorwiegend mit Kupfer.«

Anch lächelte und schenkte seinem Gast Wein nach.

»Wie gesagt«, fuhr er dann fort, »dieser Nemenhat arbeitet für ihn, und wie ich höre, ist er sehr tüchtig. In den letzten Jahren hat der Junge sogar lesen und schreiben gelernt; und jetzt ist er für die Buchführung im Unternehmen zuständig. Jeder im Hafen kennt ihn; er genießt den besten Ruf. Scheinbar hat er seine frühere Leidenschaft aufgegeben, zum Teil jedenfalls.«

»Was meinst du damit?«, fragte Irsu und führte seinen Becher zum Mund.

Anch sah ihn an.

»Verstehst du immer noch nicht? Der Junge hat die ganze Zeit Hirams Handelsbeziehungen dazu benutzt, seine Beute ins Ausland zu schaffen. Wahrscheinlich genau in dieselben Länder, mit denen auch du Handel treibst. Doch jetzt ist die Beute für Vater und Sohn nur noch eine Last, sie brauchen sie nicht mehr. Bald wird Nemenhat ein reicher Mann sein, der sich die Hände nicht mehr schmutzig machen muss.«

»Dann weiß ich nicht, warum wir uns Sorgen machen sollten.«

Anch sprang wie von der Tarantel gestochen auf.

»Du kannst einen manchmal wirklich auf die Palme bringen, Irsu!«, rief er wütend. »Niemand müsste besser wissen als du, dass Juwelen ständig ihre Besitzer wechseln. Heute sind sie dort, morgen sind sie hier. Und bei der Vielzahl an Beutestücken, die im Umlauf sind, ist es nur eine Frage der Zeit, bis einige davon hier in Memphis auftauchen. Ich habe dir vorhin erzählt, welches Glück wir hatten, aber darauf können wir uns nicht verlassen. Es steht viel zu viel auf dem Spiel für uns, Irsu. Wenn ich zum Obermeister des Handwerks ernannt werde, erhältst du das Monopol für deine Geschäfte, darauf gebe ich dir mein Wort. Darüber haben wir bereits gesprochen, und daher rechne ich mit deiner Hilfe. Unter diesen Umständen können wir nicht untätig darauf warten, bis so ein Beutestück auftaucht, das uns Kopf und Kragen kosten könnte. Ganz davon abgesehen, dass die beiden Fellachen auf die Idee kommen könnten, uns zu erpressen. Wir müssen die Angelegenheit ein für alle Mal bereinigen.«

»Nun, es wäre doch ein Leichtes, sie aus dem Weg zu schaffen.«

»Du vergisst nur eins«, unterbrach ihn der Schreiber. »Sie haben den größten Teil der Beute irgendwo in der Wüste von Saqqara vergraben. Davon bin ich überzeugt. Und nur sie wissen, wo. Es wäre jammerschade, darauf zu verzichten, meinst du nicht? Sie muss noch einen beträchtlichen Wert haben.«

»Verstehe. Was schlägst du also vor?«

»Für den Augenblick habe ich über einen alten Freund in der obersten Zollbehörde veranlasst, dass man sich dort für Hirams Unternehmen interessiert. Vor einigen Tagen hat eine Schar von Schreibern seine Lager durchsucht und die Papyri unter die Lupe genommen. Offensichtlich war alles in Ordnung, worüber ich sehr erleichtert war.«

»Erleichtert?«, fiel ihm Irsu erstaunt ins Wort.

»Selbstverständlich. Das bedeutet, dass ihre Geschäfte in Ordnung sind, und nun werden sie wissen, dass die Durchsuchung andere Gründe hatte. Motive, die sie sich denken können. Für alle Fälle werden die Inspekteure sie noch ein paar Mal aufsuchen, damit sie keinen Zweifel mehr haben, woher der Wind in dieser Angelegenheit weht. Ich versichere dir, dass sie kein einziges Stück der Beute mehr an den Mann bringen werden.«

»Du hast es faustdick hinter den Ohren, Anch. Schlau wie ein Schakal«, erklärte Irsu lachend. »Und jetzt verrate mir mal, wie du an ihre Beute kommen willst.«

»Schepsenure wird uns hinführen. Und ich weiß auch schon, wer die ideale Person ist, um das zu erreichen.«

Seneb war außer sich vor Glück. Endlich hatte seine Tochter, seine geliebte Nubet, einen Verlobten gefunden, und obendrein war es Nemenhat! Gesegnet sei Amun, der die Menschheit erschaffen hat, dachte er. Nicht einmal im Traum hätte er gewagt, daran zu denken. Dass seine Tochter Nemenhat heiraten würde, übertraf all seine Erwartungen. Welch ein Glück!

»Die Götter haben mich erhört«, erklärte er und zeigte mit dem Finger auf Schepsenure, als sei es dessen Schuld, dass es nicht schon früher dazu gekommen war. »Ich verstehe nicht, dass du nicht auf die Götter vertraust. Sieh nur, wozu der Glaube fähig ist. Was gibt es für einen besseren Beweis?«

Schepsenure musste über seinen Freund lachen. Er konnte ihn sogar verstehen, obwohl seine Argumentation grotesk war.

Auch er war froh über die Neuigkeit. Obwohl er Nubet nicht besonders gut kannte, wusste er von ihren Tugenden. Ihr Vater hatte jedem, der bereit war zuzuhören, tausendmal davon erzählt.

Er selbst respektierte den Wunsch seines Sohnes, und in einer derart wichtigen Angelegenheit sollte er erst recht allein entscheiden, unabhängig von der Meinung seines Vaters.

»Vielleicht wird sich unser Blut jetzt in unseren Nachkommen vereinen. Hast du schon einmal daran gedacht?«, fragte Seneb und schloss träumerisch die Augen.

»Wenn ich ehrlich sein soll, nein. Aber du darfst mir glauben, dass auch ich mir keine bessere Verbindung vorstellen kann.«

»Manchmal könnte man meinen, dass durch deine Adern nicht Blut, sondern das göttliche Wasser des Nils fließt. Stell dir das nur einmal vor. All die kleinen Enkel, die man nach den uralten Regeln unserer Vorfahren erziehen kann. Jedenfalls hoffe ich nicht, dass du sie zu Ungläubigen machen willst, wie du selbst einer bist.«

»Sehen wir erst einmal zu, dass sie Hochzeit feiern. Noch haben wir keine Enkel, ja nicht mal eine Trauung, und du denkst schon daran, wie du sie erziehen möchtest. Wahrscheinlich weißt du auch schon, welchen Beruf sie erlernen sollen.«

»Selbstverständlich.«

»Du bist unglaublich«, entgegnete Schepsenure ein wenig ärgerlich. »Ist dir schon einmal in den Sinn gekommen, dass das Sache ihrer Eltern ist?«

»Bist du verrückt geworden? Was wissen sie denn schon vom Leben, um derart wichtige Entscheidungen treffen zu können?«

Bei diesen Worten verlor Schepsenure die Fassung und ließ sich auf eine endlose Diskussion ein, die er natürlich anschließend bereute. Am Ende verabschiedeten sich die beiden zukünftigen Schwiegerväter ein wenig erbost und schworen sich, dass der jeweils andere seinen Willen keinesfalls durchsetzen würde.

Eines späten Nachmittags erhielt Schepsenure auserlesenen Besuch. Als er die Tür öffnete und Anch vor ihm stand, konnte er seine Überraschung nicht verbergen.

»Ich bitte um Nachsicht für diesen unangemeldeten Besuch«, entschuldigte sich Anch hastig, als er Schepsenures verwundertes Gesicht sah.

Dieser bat ihn mit ernster Miene herein.

»Ich hoffe, dass ich nicht ungelegen komme und dich störe«, erklärte Anch und setzte sich auf einen Schemel, den Schepsenure ihm anbot. »Ich verspreche, dass ich dir nur einen winzigen Bruchteil deiner Zeit raube. Ich weiß, wie kostbar sie ist.«

Schepsenure sagte nichts und schenkte ihm einen Becher Wein aus Buto ein, den er gerade trank.

»Ich sehe, dass du es dir richtig gemütlich gemacht hast«, sagte der Schreiber. »Du hast sogar zugenommen, das freut mich für dich*.«

* Für die alten Ägypter war Leibesfülle ein Zeichen von Wohlstand und Reichtum.

»Um schmeichelnde Worte warst du noch nie verlegen«, entgegnete Schepsenure.

Anch lachte leise.

»Was willst du?«, sagte er und breitete die Arme aus. »Das muss eine schlechte Angewohnheit aus der Zeit im Haus des Lebens sein.«

»Ich wusste nicht, dass man im Haus des Lebens auch im Süßholzraspeln unterrichtet wird.«

»Nicht nur darin. Du würdest dich wundern, was man dort noch alles lernt«, gab Anch bissig zurück.

»Hm, nein, ich glaube eigentlich nicht, dass ich mich allzu sehr wundern würde«, antwortete Schepsenure und nahm einen großen Schluck Wein.

»Nun gut. Ich bin weder gekommen, um mich mit dir zu streiten, noch habe ich irgendetwas auf dem Herzen.«

Schepsenure sah ihn ungläubig an.

»Bei allen Göttern. Mein Besuch ist rein freundschaftlicher Natur. Die Zeiten, in denen wir Geschäfte miteinander machten, gehören längst der Vergangenheit an. Wir haben beide davon profitiert, und ich hoffe, dass uns diese gemeinsame Vergangenheit noch verbindet.«

»Verzeih, aber ich kann dir nicht glauben«, entgegnete Schepsenure und verzog das Gesicht.

Anch zuckte die Achseln.

»Wie lange haben wir uns nicht mehr gesehen? Fünf, sechs Jahre? Nicht nur dein Leben hat sich verändert, auch ich bin neue Wege gegangen. Ich habe mich vollkommen von der Öffentlichkeit zurückgezogen und widme mich jetzt nur noch meinem Amt im Ptah-Tempel.«

»Und was hat dich so urplötzlich bekehrt?«, fragte Schepsenure spöttisch.

»Lach nicht. Glaub mir, ich bin ein anderer Mensch geworden. Ich bin so glücklich wie noch nie, seit ich mit meiner schändlichen Vergangenheit gebrochen habe. Das wahre Glück liegt im Frieden der Seele.«

Schepsenure musterte ihn einen Augenblick. Der Schreiber kam ihm dünner vor als früher, seine Gesichtszüge wirkten noch kantiger. Aber sein berechnender Blick hatte sich um keinen Deut verändert.

Er seufzte und blickte gedankenverloren in seinen Becher.

»Dann sag schon, was du von mir willst.«

»Nichts. Wirklich. Heute bin ich es, der dir etwas Gutes tun will.«

Schepsenure warf ihm einen erstaunten Blick zu.

»In Zukunft werde ich mich auf den Tempel konzentrieren und mit der Welt außerhalb der Tempelmauern völlig brechen. Ich will mich ausschließlich dem Studium der Heiligen Mysterien widmen. Zuvor will ich aber allen, die zu meiner Vergangenheit gehören, eine letzte Ehre erweisen. Ich werde ein großes Fest feiern, an dem die wichtigsten Persönlichkeiten von Memphis teilnehmen sollen. Dazu möchte ich dich herzlich einladen.«

Schepsenure war sprachlos. Dass Anch ihn nach so langer Zeit zu Hause besuchte, um ihn zu einem derartigen Anlass einzuladen, kam nicht nur unerwartet, es war geradezu unvorstellbar. Sofort spürte er, wie das Misstrauen seinen ganzen Körper erfasste. Er kannte den Schreiber nur allzu gut und war sicher, dass er irgendwas im Schilde führte.

»Ich wollte dich mit meiner Einladung nicht beunruhigen. Es steht dir frei, ob du kommen willst oder nicht«, fügte Anch hastig hinzu, als könnte er die Gedanken seines Gegenübers lesen. »Ich nehme es dir nicht übel, wenn du ablehnst, aber ich würde mich aufrichtig über dein Kommen freuen. Ehrlich gesagt, habe ich das Gefühl, dass ich in deiner Schuld stehe. Ich wollte das jetzt auf irgendeine Art gutmachen. Erlaube mir deshalb, dass ich dich zusammen mit meinen anderen Freunden einlade. Wahrscheinlich wird es das letzte Mal sein, dass wir uns sehen.«

Schepsenure antwortete nicht. Irgendwie bereute er sein Misstrauen, denn offenbar handelte es sich tatsächlich um eine freundliche Einladung. Trotzdem wollte das mulmige Gefühl, das er empfand, nicht weichen.

»Ich will dich nicht länger aufhalten, Schepsenure. Du kannst es dir überlegen«, erklärte Anch und stand auf. »Und jetzt entschuldige mich bitte, ich muss weiter und noch andere Freunde einladen. Danke für den Wein.«

Schweigend begleitete ihn Schepsenure zur Tür.

»Nur eines noch, ehe ich gehe«, erklärte Anch, als sein Gastgeber die Tür öffnete. »Wenn du kommst, dann solltest du ein festliches Gewand anlegen. Vergiss das bitte nicht. Ich hoffe, wir sehen uns.«

Leise Harfenmusik flirrte durch die Säle des Hauses. Der Spieler gab ein uraltes Lied über eine verbotene Liebe zum Besten, das seine Zuhörer über Jahrhunderte hinweg gefesselt und nichts von seiner Gültigkeit verloren hatte. Es war so schön, dass jeder, der es hörte, seiner Süße erliegen musste. Doch nur wenige Gäste schenkten dem Harfenisten ihre Aufmerksamkeit. Seine Anstrengung war vergeblich, die Töne verloren sich in dem weitläufigen Gebäude mit seinem vielstimmigen Gemurmel.

In dieser Sommernacht hatte sich die vornehme Gesellschaft von Memphis in Anchs Haus versammelt.

Das große Anwesen lag im Norden der Stadt und war von ausgedehnten Gärten umgeben. Kleine Wege führten zu eleganten Pavillons, ideal, um sich an heißen Sommernachmittagen auszuruhen. Die Gärten waren gut gepflegt und umfassten Palmenhaine und Weiher, an denen Papyrusstauden und herrliche Lotusblumen wuchsen, die auch die Nilufer säumten.

Am Eingang stand Anch und begrüßte persönlich seine Gäste. Er trug eine weite, makellos weiße Tunika mit langen Ärmeln, die mit einer breiten, von Goldfäden durchwirkten Schärpe geschmückt war. Um seinen Hals baumelte ein auffälliges Medaillon, auf dem der Gott Nefertem in menschlicher Gestalt mit Löwenkopf abgebildet war. In seinem Haar steckte eine blaue Lotusblume. Mehrere Armbänder aus reinstem Lapislazuli rundeten seine äußerst vornehme Erscheinung ab.

Als er Schepsenure sah, strahlten seine Augen vor Zufriedenheit.

»Nur der göttliche Ptah weiß, welche Freude du mir mit deinem Besuch machst. Ich bin sehr froh, dass du der Einladung gefolgt bist, und hoffe, dass dir das Fest gefällt.«

Das waren seine einzigen Begrüßungsworte, ehe er sich an den nächsten Gast wandte.

Schepsenure hatte lange nachgedacht, ehe er beschlossen hatte, der Einladung Folge zu leisten. Sein Misstrauen gegenüber dem Schreiber war groß, daher konnte er sich nicht vorstellen, dass die Einladung wirklich nur aus Freundschaft ausgesprochen worden war.

Er erzählte seinem Sohn davon, und dieser informierte ihn über die merkwürdigen Vorkommnisse in Hirams Lagerhäusern.

»Du solltest seine Einladung annehmen, Vater. Nur so können wir erfahren, ob Anch etwas im Schilde führt. Es würde dir sowieso nichts nützen, wenn du nicht hingehst. Anch würde dich wieder aufsuchen. Besser, du gibst ihm das Gefühl, dass du keinerlei Verdacht hegst, und wiegst ihn in Sicherheit. Dann ist es vermutlich leichter herauszufinden, ob er verborgene Absichten hat.«

Schepsenure strich sich durchs Haar und hörte aufmerksam zu.

»Vielleicht hast du Recht. Es hätte keinen Zweck, sich vor ihm zu verstecken. Er würde uns sowieso finden.«

»Es könnte sehr gut möglich sein, dass er hinter dieser Durchsuchung steckt«, fuhr Nemenhat fort. »Dann wäre es für uns lebenswichtig, Bescheid zu wissen. Hiram macht sich ernsthafte Sorgen.«

»Das heißt, dass mir nichts anderes übrig bleibt, als mich dem Unvermeidlichen zu stellen, nicht wahr?«

Nemenhat nickte wortlos.

»Na schön, dann gehe ich hin. Bestimmt werde ich meinen Spaß haben.«

Zumindest nahm er sich das vor.

Und so wanderte Schepsenure jetzt mit einem prächtig glasierten Trinkbecher in der Hand neugierig von Raum zu Raum. Der Wein schmeckte, obwohl er für seinen Geschmack etwas zu leicht war. Alle anderen Gäste waren bereits erschienen; das Haus platzte aus allen Nähten. Schepsenure war über die vielen Anwesenden erstaunt, sagte sich aber, dass der Schreiber natürlich mit vielen Leuten in Memphis auf vertrautem Fuß stand. Er selbst kannte jedenfalls keinen der Gäste.

Staunend sah er sich um. Noch nie hatte er so viele Schurze, lange plissierte Hemden und bestickte Tuniken auf einen Schlag gesehen. Breite herabhängende Umschläge, herrliche Halskragen oder Leinenkleider, die von der Brust bis zu den Waden reichten.

In Bezug auf Schmuck war hier die gesamte Gottheit des Landes vertreten, abgesehen von den üblichen Amuletten, die kaum der Rede wert waren. Die Schmuckstücke wetteiferten in Eleganz und Pracht miteinander, und Schepsenure musste in sich hineinlächeln, als er daran dachte, welch kostbare Beute sie eines Tages abgeben würden.

Kleidung und Schmuck der Frauen sind einer besonderen Erwähnung wert.

Die Damenmode hatte in der letzten Zeit viele Veränderungen durchgemacht, wahrscheinlich begünstigt durch den Einfluss aus dem Mittleren Osten, für den Memphis eine Schwäche zeigte.

Vorbei waren die Zeiten, in denen die Frauen nur Weiß trugen. Jetzt überwogen Pastellfarben. Zwei- oder gar dreiteilige Kleidungsstücke in vielfältigen, verführerischen Formen und Stilen hatten das traditionelle einteilige Kleid abgelöst. Von feinen

Schals umhüllte, eng anliegende Tuniken, die die Rundungen des Körpers betonten. Bauschige weite Leinenkleider in mehreren Lagen, die nichts von dem, was sich darunter versteckte, erahnen ließen. Kleider, die mit Trägern an den Schultern festgehalten wurden, mit kurzen Ärmeln oder ärmellos, die die Brust bedeckten oder auch knapp darunter endeten. Bänder, Schleifen, Falten … und alles nur mit dem Ziel, die Frau so aufreizend und verführerisch wie möglich erscheinen zu lassen.

Der Schmuck, den sie trugen, ließ den ihrer Männer verblassen. Es konnte gar nicht genug Schmuck sein, um zu zeigen, dass man noch wohlhabender war als die anderen. *Menat*-Halsketten, zylindrisch geformte Anhänger aus Karneol, Lapislazuli oder Amethyst waren in Mode; manche Frauen waren so schwer behängt, dass sie Mühe hatten aufzustehen. Und alles nur der Mode wegen! Man brauchte sich bloß ihre Perücken anzusehen! Als hätten sie sich abgesprochen, dass nur ja nicht zwei Frauen dasselbe Modell trugen. Es gab sie in allen Formen und Größen. Das Einzige, das sie gemeinsam hatten, waren die so genannten Salbkegel*, die die Sklaven ihnen auf die Perücken setzten. Die Damen gaben sich alle erdenkliche Mühe, ihre weiße Haut zur Schau zu stellen, zum Zeichen, dass sie keinesfalls der kräftigen Sonne ausgesetzt war, ganz so, wie es sich für adlige Damen ziemte.

Inmitten dieser prunkvollen Zurschaustellung fiel Schepsenure gar nicht auf. Er trug die traditionelle Tunika und ein feines Überkleid mit kurzen weiten Ärmeln aus außergewöhnlich feinem Leinen, das in Mode war und aus Syrien eingeführt wurde.** Nemenhat hatte es ihm besorgt, zusammen mit einem Paar eleganter Ledersandalen, deren Spitzen nach oben gebogen wa-

* Bei Festen wurden konische Aufsätze aus parfümiertem Fett auf die Perücken der Frauen gesetzt, die sich als wohlduftender Film über die Frisur verteilten und dazu dienten, eventuelle Körpergerüche zu überdecken.

** Es hieß *bissus*.

ren. Das Schuhwerk bereitete Schepsenure einige Mühe, da er gewohnt war, barfuss zu laufen.

Offensichtlich kannten sich die geladenen Gäste untereinander. Wahrscheinlich trafen sie sich regelmäßig auf den wichtigsten privaten Empfängen von Memphis, da sie sich laut begrüßten und angeregt miteinander plauderten.

Auf diesen Festen der Oberschicht pflegte man Kontakte zu knüpfen, um den eigenen Einfluss in der Verwaltung zu mehren, ein angesehenes Amt zu ergattern oder einfach nur, um gute Geschäfte zu machen. Kein Wunder, dass in jener Nacht die meisten hohen Würdenträger der Stadt dort versammelt waren und in kleinen Grüppchen angeregt diskutierten, angefangen beim *hatya* bis hin zum Oberbefehlshaber der in Memphis stationierten Truppen und einem ganzen Hofstaat von Richtern, Ärzten oder Baumeistern.

Schepsenure beobachtete amüsiert, wie gut die meisten die Kunst der Verstellung beherrschten, während sie Aufmerksamkeit heuchelten oder gezwungen lächelten, um nur ja nicht aus dem Rad geschleudert zu werden, das die Macht des Staates unaufhörlich drehte. Doch abgesehen von diesem Schauspiel, das Schepsenure neugierig verfolgte, hätte das Fest nicht gelungener sein können. Überall standen bis ins kleinste Detail kunstvoll hergerichtete Tischchen mit allerlei Häppchen, die den anspruchsvollsten Gaumen zu entzücken vermochten. Hübsche, halb nackte Sklavinnen achteten darauf, dass es den Anwesenden an nichts mangelte. Ständig wurden die Gläser mit Wein und die Schalen mit Fleisch nachgefüllt. Schepsenure würde in dieser Nacht essen und trinken, so viel er nur konnte.

Während er aufmerksam durch die vielen Räume schlenderte, machte er gelegentlich an einem der kleinen Tische Halt und bediente sich nach Herzenslust. In seinem ganzen Leben hatte er noch nie so viel gegessen wie an diesem Abend. Und er war nicht der Einzige, dem es so erging. Die Gäste kamen herein, begrüßten einander, wechselten einige höfliche Floskeln und begaben sich zum erstbesten Tisch, um ihrem Appetit freien Lauf zu lassen. Und wenn sie die Unmengen an Essen verdauen wollten, brauchten sie natürlich auch den beliebten fermentierten Saft der Traube, an dem kein Mangel herrschte. Im Gegenteil, der Wein floss in Strömen. Je weiter das Fest voranschritt, umso weniger war die Wirkung auf die meisten Anwesenden zu übersehen.

Schepsenure beobachtete erstaunt, wie die stolzen Damen der besseren Gesellschaft an den Tischen hockten und sich wie die Fellachen in den miesesten Schenken von Memphis hemmungslos betranken. Schwankend hoben sie die Gläser und riefen:

»Schenk mir nach, die Nacht ist noch jung! Heute will ich mich den Freuden des Weines hingeben.«

Manche tranken derart maßlos, dass sie am Ende auf dem Boden lagen und nur noch unzusammenhängende Sätze lallten.

Zwar staunte Schepsenure nicht schlecht, doch galt dieses Verhalten bei solchen Festgelagen als vollkommen normal. Die Gäste verloren gewöhnlich alle Hemmungen und überließen sich den Exzessen, ohne dass es gesellschaftlich Anstoß erregt hätte.

Schreie, Gelächter und laute Unterhaltungen, um sich Gehör zu verschaffen, vereinten sich zu einer wahren Kakophonie, die Schepsenure nach einer Weile ermüdete. Um dem lauten Trubel zu entkommen, zog er sich in die Mitte des Hauses zurück, wo es einen prächtigen Innenhof gab, umgeben von schlanken Säulen in Form von Papyri. Auch hier wimmelte es von Menschen, aber ihre Stimmen konnten ungehindert zum Nachthimmel hinaufsteigen, sodass ihm die Atmosphäre angenehmer erschien.

Er beobachtete, wie Anch in einer Ecke lebhaft mit dem Wesir und einem Mann diskutierte, der aussah, als käme er aus Syrien. Für den Bruchteil einer Sekunde trafen sich ihre Blicke, doch der Schreiber beachtete ihn nicht.

Auch im Innenhof standen Tische, die mit Speisen beladen waren. Einzig die Völlerei bewegte Schepsenure dazu, eine der Süßigkeiten aus Blätterteig mit Honig und Rosinen zu probieren. Das war eine Leckerei, der er nicht widerstehen konnte, und er nahm ein Stück, obwohl er wusste, dass in seinem Magen eigentlich gar kein Platz mehr dafür war. Mit dem Gebäck in der Hand spazierte er gedankenverloren zwischen den Säulen hindurch, bis er zu einer Terrasse gelangte, von der eine Treppe in den Garten hinabführte. Es war der schönste Garten, den er je gesehen hatte. Unter den unzähligen Pflanzen konnte er Kornblumen, Seidelbast und alle möglichen Malvengewächse mit fleischfarbenen und weißen Blüten erkennen, und seine Nase erkannte den feinen, angenehmen Duft von Levkojen.

Er schloss die Augen und sog das süße Aroma so tief ein, dass er sich fast daran berauschte. Dann atmete er wieder aus, öffnete die Augen und wollte gerade ein Stück von seinem Gebäck abbeißen, als er sie sah: Menefer.

Vom ersten Augenblick an war es um Schepsenure geschehen. Es sah aus wie ein Zufall, aber das war es keineswegs. Menefer überließ nichts dem Zufall, sie tat alles mit Kalkül.

Während der Ägypter die Süßigkeit zum Mund führte, ließ er die traumhaft schöne Frau nicht aus den Augen. Ihre Bewegungen waren so anmutig und elegant und wirkten so natürlich, dass nicht einmal die Göttin Bastet sie zu übertreffen vermocht hätte. Umschwirrt von einer ganzen Männerschar, die ihr ständig den Hof machte und die sie fest im Griff hatte, verteilte Menefer ihr Lächeln. Es war wie der Himmel, in dem Ihy* genau im richtigen Augenblick seine tausend Instrumente anstimmt.

Sie achtete nicht auf die fortwährenden Schmeicheleien. Gelegentlich griff sie lässig nach ihrem Glas und führte es zum Mund. Sie hatte volle, sinnliche Lippen, weder zu groß noch zu klein, und wenn sie mit der Zunge darüber fuhr, glänzten sie unwider-

* Musikgott, der in den Sarkophagtexten als »Spieler der Klapper« bezeichnet wird. Gewöhnlich spielte er für die übrigen Götter.

stehlich. Manchmal rückte sie den parfümierten Salbkegel auf der Perücke zurecht, und es war ebenso natürlich wie ihr Augenaufschlag.

»Ja, da läuft einem das Wasser im Mund zusammen, was?«

Schepsenure wandte sich hastig um und sah den Sprecher erstaunt an.

»Ich wollte dich nicht stören«, fuhr sein Gegenüber fort. »Uns allen geht es so. Manchmal weiß man nicht, ob sie eine Frau oder eine Göttin ist.«

Es folgte ein Augenblick der Stille, während Schepsenure den letzten Bissen hinunterschluckte und den Fremden misstrauisch musterte.

»Verzeih, dass ich mich nicht vorgestellt habe«, sagte dieser scheinbar abwesend. »Ich heiße Irsu, und ich fürchte, dass ich dieselbe Göttin verehre wie du.«

»Ich bin Schepsenure. Und was die Göttin betrifft, so kenne ich sie nicht einmal.«

»Wirklich? Du weißt nicht, wer Menefer ist?«

Schepsenure schüttelte den Kopf.

»Aber ihrem Zauber bist du trotzdem sofort erlegen. Dieser Körper besitzt mehr Macht als alle hohen Würdenträger, die heute hier versammelt sind.«

Schepsenure musterte ihn einen Augenblick. Er war ein beleibter Mann mit Pausbacken und einem dünnen Bart, wie ihn die Syrer trugen. Er sprach sehr langsam; seine Stimme klang höflich und freundlich.

»Siehst du die Männer, die sie wie die Schmeißfliegen umschwärmen?«, fragte er und ließ eine seiner fleischigen Hände durch die Luft fliegen. »Sie alle haben ihre Seele an sie verloren.«

Schepsenure warf ihm einen ungläubigen, spöttischen Blick zu.

»Nein, lach nicht. Glaub mir, wenn ich dir sage, dass dieses Weib das heimtückischste Wesen ist, das mir jemals begegnet ist. Sie kann den vornehmsten Mann in einen Sklaven verwandeln.«

Schepsenure wandte seinen Blick wieder der Frau zu.

»Und noch hast du sie nicht sprechen hören«, sagte Irsu. »Ihre Worte sind wie Giftpfeile, die einem das Herz durchbohren. Sie lähmen dich, bis du keinen klaren Gedanken mehr fassen kannst.«

»Ist sie denn ständig von einer solchen Meute von Bewunderern umgeben?«, fragte Schepsenure neugierig.

»Ja, und ich kann dir versichern, dass sich hochverdiente Männer unter ihnen befinden. Sogar der Prinz Pareherwenemef hat ihr mal den Hof gemacht.«

Schepsenure sah ihn fragend an.

»Den Prinzen kennst du auch nicht?«

»Nein.«

»Er lässt sich kein Fest entgehen, obwohl er heute leider nicht gekommen ist. Er ist Stallvorsteher Seiner Majestät Ramses III. und ein echter Weiberheld. Aber auch er erlag ihren Verführungskünsten.« Er hielt inne und fügte dann mit gedämpfter Stimme hinzu. »Böse Zungen behaupten sogar, dass der Pharao persönlich einschreiten musste, damit er sie sich aus dem Kopf schlägt.«

»So besessen war er von ihr?«

»Ja, besessen, und was schlimmer ist, er verlor jegliches Maß und beschenkte sie mehr als großzügig. Sie kann nämlich nie genug bekommen.«

»Ich entnehme deiner Stimme eine gewisse Bitterkeit.«

»Schon möglich. Ich habe nämlich auch zu diesen Männern gehört, die ihre Seele an sie verloren. Mit dem ersten Blick verzauberte sie mich, und mit dem ersten Kuss …«

»Warst du mit ihr liiert?«

»Leider, ja. Sie hätte mich beinahe ruiniert. Wenn du ihr einmal erlaubst, dich zu berühren, bist du verloren. Ich hätte mein ganzes Hab und Gut für eine Nacht mit ihr gegeben.« Der Syrer hielt inne. »Aber ich kann es nicht glauben, dass du noch nie von ihr gehört hast.«

»Die einzige Men Nefer, die ich kenne, ist die Pyramide.«*

»Nun, sie heißt genauso. Wahrscheinlich, weil der Name so gut zu ihr passt. Sie bleibt in alle Ewigkeit schön.«

»Kommt sie von hier?«

»Niemand weiß, woher sie wirklich stammt, aber sie ist Ägypterin. Eines Tages tanzte sie auf einem Fest des Gaufürsten, und seitdem ist sie aus den Nächten von Memphis nicht mehr wegzudenken. Und ich sage dir, so wie sie habe ich noch nie eine Frau tanzen sehen.«

Schepsenures Blick schweifte zurück zu der Frau, während er darüber nachdachte, was der Mann ihm erzählt hatte.

»Wo wohnt sie?«, fragte er plötzlich.

»Sie hat ein kleines Anwesen am Flussufer, das von hohen Mauern umgeben ist, um ihre Privatsphäre vor neugierigen Blicken zu schützen. Sie zeigt sich nur, wenn es ihr beliebt.«

»Lebt sie allein?«

»Ha! Schon machst du dir Hoffnungen, mein Freund!«

Schepsenure verzog das Gesicht.

»Mach dir nichts draus«, erklärte Irsu. »Mir ist es damals genauso ergangen. Aber ich will dich nicht auf die Folter spannen. Sie lebt mit ihrer Dienerschaft und zwei großen Sklaven aus Nubien zusammen, die sie überallhin begleiten. Ach ja, und mit ihren Katzen.«

»Verstehe«, sagte Schepsenure.

»Ich weiß nicht, ob du wirklich verstanden hast. Mit Katzen meinte ich eine Unmenge von Katzen. Als wäre sie Priesterin von Bastet und ihr Haus der Tempel.«

Schepsenure wollte ihm antworten, als plötzlich die Musik so laut aufspielte, dass sie mit ihrem ohrenbetäubenden Lärm alle Räume des Hauses überflutete.

* Men Nefer (»es bleibt die Schönheit«) hieß die Pyramide von Pepi I., später machten die Griechen aus diesem Namen Memphis.

Die sanfte Harfenmusik, die den ganzen Abend leise erklungen war, wurde mit einem Mal von lauter Musik übertönt. Doppelflöten, Klappern und Trommeln vereinten sich zu einem schnellen Rhythmus, der alle Anwesenden sofort in seinen Bann zog.

Schepsenure und sein neuer Freund begaben sich in den großen Saal, wo das Orchester spielte. Es war kaum ein Durchkommen, weil alle Gäste das Spektakel sehen wollten. Es waren ausgezeichnete Musiker; man hörte, dass sie schon lange zusammen spielten, da sowohl ihre Stücke als auch die Bewegungen, die sie dazu ausführten, wie aus einem Guss wirkten.

Beim zweiten Stück traten unter frenetischem Applaus und Hochrufen die Tänzerinnen auf. Es waren sehr junge Mädchen, deren dunkelhäutige Körper dem Rhythmus der Musik folgten. Dazu bewegten sie den Kopf, sodass es aussah, als bildete das lange, zu unzähligen Zöpfen gebundene Haar einen Kreis um sie herum. Sie tanzten so anmutig, dass man hätte meinen können, sie schwebten auf der Musik, deren Rhythmus unmerklich schneller wurde. Sie waren unglaublich gelenkig und vollzogen die gewagtesten Verrenkungen. Anschließend zeigten sie akrobatische Kunststücke, die die Ägypter so liebten. Mit unbeschreiblicher Leichtigkeit passten sie sich dem jeweiligen Rhythmus an. Ein Stück folgte dem anderen, ohne dass sie eine Spur von Erschöpfung zeigten.

Als sie mit ihrer Vorstellung fertig waren, mischten sie sich unter das Publikum, das stürmisch klatschte und heftig jubelte, bis man jemanden rufen hörte:

»Menefer soll tanzen, Menefer soll tanzen!«

Sofort nahm die Menge den Ruf auf und skandierte ihren Namen.

Die Musik wurde leiser und langsamer.

»Menefer, Menefer«, hörte man durch den Saal rufen. »Menefer soll tanzen!«

Kurz darauf teilten sich die Reihen der anwesenden Gäste und ließen einen Gang frei, durch den mehrere Männer Menefer auf erhobenen Armen in den Saal trugen.

Die Menge begrüßte sie begeistert mit ohrenbetäubendem Applaus, während die Männer sie sanft auf den Boden gleiten ließen.

Dann begannen die Tamburine leise zu spielen, gefolgt von den Rasseln und Klappern, während Menefer ausgestreckt auf der Seite lag und jetzt ganz langsam eines ihrer Beine hob, es einen Augenblick steil in die Höhe reckte und es dann ebenso langsam Richtung Kopf herabsenkte. Als man schon glaubte, sie müsste auseinander brechen, hob sie den Körper, auf den Nacken gestützt, in die Höhe, drehte ihn einmal um die eigene Achse und spreizte dann die Beine so weit auseinander, bis sie eine waagerechte Linie bildeten.

Das Publikum brach in stürmischen Applaus aus, während sie aufsprang und herumwirbelte. Und jetzt kreiste jeder Zoll ihres Körpers zum Rhythmus der Tamburine und demonstrierte die ganze Kunst ihres tänzerischen Könnens. Die Anwesenden klatschten im Takt und verschmolzen mit dem Orchester, als wären sie ein Teil davon. Die Männer im Raum verschlangen sie mit den Augen.

Diese Frau zieht die Menschen an wie der Honig die Fliegen, dachte Schepsenure, während er ihren Tanz beobachtete.

Wie in Trance folgten seine Augen jeder ihrer Bewegungen, als könnten oder wollten sie nicht von ihr lassen. Schepsenure war in diesem Augenblick alles egal. Er sah nur ihren Körper, der sich so aufreizend bewegte, dass er wie ein Licht wirkte, mit dem sie nach Belieben den ganzen Saal erleuchten konnte.

In diesem Augenblick fing sie an, den Bauch zu schwingen, in einem Rhythmus, der aus ihrem tiefsten Innern kam. Unmerklich teilte sich ihre Tunika, und durch den Schlitz kam ein makelloses Bein zum Vorschein, mit einem runden, glatten Oberschenkel, auf dessen Innenseite Schepsenure eine Tätowierung erkannte. Kräftige Beine, schön wie zwei Säulen, die in Schepsenure den Wunsch weckten, zwischen ihnen ruhen zu dürfen.

Er spürte, wie ihm immer heißer wurde. Der Saal kochte, und das Gedränge der Menschen drohte ihn zu ersticken. Die vielen Düfte geschmolzener Salbkegel in den Perücken der Frauen raubten ihm den Atem.

Als sie ihren Tanz beendete und das Publikum erneut in stürmischen Beifall ausbrach, war Schepsenure ihr bereits verfallen. Doch im Augenblick war er so benebelt, dass er in den Garten flüchtete, um frische Luft zu schnappen.

Irsu beobachtete, wie er überstürzt den Saal verließ, und lächelte geheimnisvoll.

Schepsenure setzte sich auf ein paar Stufen, die in den Garten führten, und wartete, dass der Schwindelanfall vorbeiging. Es waren zu viele Eindrücke auf einmal gewesen für jemanden, der nur an seine nachmittäglichen Diskussionen mit einem alten Nörgler wie Seneb gewöhnt war. Er selbst hätte sich niemals vorstellen können, dass in derselben Stadt eine vollkommen andere Welt existierte als diejenige, die er kannte, und noch weniger, dass Nacht für Nacht irgendwo in dieser Stadt etwas Ähnliches geschah wie das, was er soeben erlebt hatte.

Er lehnte sich zurück, stützte die Ellbogen auf die Stufen und blickte hinauf zu dem ewig von winzigen Lichtern gesprenkelten Himmel.

Gedämpfte Schritte holten ihn aus seinen Träumereien. Er drehte sich um und blickte zur Terrasse empor, woher sie kamen. Da stockte ihm das Herz. Nur wenige Schritte entfernt beugte sich Menefer über die Balustrade.

Er würde nie wissen, wie es ihm gelang, so schnell aufzuspringen, oder woher er den Mut nahm, doch ehe er sich versah, stand er plötzlich vor ihr.

Er war überrascht, sie so allein zu sehen. Eine Göttin wie sie hatte das Recht, sich mit so vielen Verehrern zu umgeben, wie sie wollte. Doch vielleicht hatte sie zu so später Stunde, kurz vor Sonnenaufgang, beschlossen, sich für einen Augenblick in eine Normalsterbliche zu verwandeln und ihrem Gefolge von Sklaven eine Verschnaufpause zu gönnen.

All das spielte jetzt keine Rolle. Sie stand direkt vor ihm und fächelte sich Luft zu, den Kopf ein wenig erhoben, die Augen geschlossen. Aus der Nähe erschien sie Schepsenure noch schöner als zuvor.

»Ich glaube kaum, dass die Luft dir Erleichterung verschaffen wird. Selbst sie wird dich um deine Schönheit beneiden«, sagte er leise.

Sie schlug überrascht die Augen auf und sah den Fremden neugierig an.

»Ich glaube, das spielt für Schu keine Rolle. Er ist ein gütiger Gott und lässt uns alle atmen«, entgegnete sie und fuhr fort, sich Luft zuzufächeln.

Schepsenure spürte, wie ihre Worte ihn gefangen nahmen. Ihre Stimme war wie das Lachen, das er zuvor gehört hatte und das nur von Ihy persönlich stammen konnte. Er kam näher, fest entschlossen, sich an ihr zu berauschen.

»Vielleicht muss ich die Meinung revidieren, die ich bis zu diesem Augenblick von Schu hatte. Offensichtlich erlaubt er dir zu atmen.«

Menefer lachte leise, und es klang in Schepsenures Ohren so hell und klar wie Glas.

»Lass mich raten. Du bist ein gottesfürchtiger Mensch.«

Er hätte nie gedacht, dass diese Worte einmal wie Musik in seinen Ohren klingen könnten. In diesem Augenblick wäre er tatsächlich bereit gewesen, an die Götter zu glauben, wenn Menefer es von ihm verlangt hätte.

Sie hatte eine eigentümliche Art zu sprechen, indem sie die Worte in die Länge zog, und einen starken südlichen Akzent, den sie zu verbergen suchte, was sie in seinen Augen noch verführerischer machte.

»Zweifellos, du bräuchtest mich nur darum zu bitten«, antwortete er schließlich.

Sie lachte erneut.

»Du bist sehr charmant, aber ich muss dich warnen. Ich halte nicht viel davon, andere Menschen zu bekehren.«

»Das hast du auch gar nicht nötig. Du bräuchtest nur deine göttliche Herkunft zu verkünden, und schon hättest du so viele Anhänger, wie du wolltest. Mich als Allerersten, Menefer.«

»Ah, du kennst mich? Aber wir sind uns noch nie begegnet, oder?«

»Gewiss nicht, wie hätte ich dich sonst vergessen können?«

Sie musterte ihn eine Weile, während sie versuchte, ihn unauffällig einzuschätzen.

»Trotzdem kennst du meinen Namen. Wer schmeichelt mir denn mit jedem Wort …?«

»Schepsenure.«

»Schepsenure. Ein merkwürdiger Name, aber er gefällt mir.«

Als Schepsenure seinen Namen aus ihrem Mund hörte, hatte er das Gefühl, dass noch nie jemand ihn so schön ausgesprochen hatte. So musste er aus dem Mund der Götter klingen, wenn er jemals ins Ialu-Gefilde gelangte.

»Der Name ist aus dem Süden, aus Koptos. Du stammst auch daher, nicht wahr?«

»Wie kommst du denn darauf?«, entgegnete sie pikiert.

»Es ist dein Akzent. Du kannst ihn fast verbergen, aber nicht vor mir. Schließlich bin ich aus der Gegend.«

»Ich stamme von nirgendwo, und doch bin ich ein Teil von allem«, erklärte sie geheimnisvoll. »Aber das ist nicht weiter wichtig.«

»Ich wollte dich nicht kränken. Ich liebe den Akzent aus dem Süden.«

»Jedenfalls gibst du dir keine Mühe, ihn zu verbergen.«

»Warum sollte ich? Den Leuten, mit denen ich sonst zu tun habe, ist er egal.«

»Was für Leute sind das denn?«, fragte sie belustigt.

»Solche, die niemals zu diesem Fest eingeladen würden.«

»Und wieso bist du hier?«

»Das ist eine lange Geschichte«, antwortete er ausweichend.

»Tja, ich dagegen lasse mir kein einziges Fest entgehen, weißt du? Man trifft hier sehr einflussreiche und wohlhabende Leute.«

»Verstehe.«

»Da wäre ich nicht so sicher«, entgegnete sie.

»Du irrst. Ich weiß sehr wohl, wie steinig die Wege des Lebens sind. Trotzdem will ich gern zugeben, dass ich von diesem Fest angenehm überrascht bin.«

Sie sah ihm einen Moment tief in die Augen. In ihrem Gesicht war ein Ausdruck, den Schepsenure nicht einschätzen konnte und der ihm irgendwie Angst machte.

»Am Anfang sind sie aufregend, aber dann hat man sie bald satt. Es kommen immer dieselben Leute. Die Oberschicht von Memphis ist eine geschlossene Gesellschaft, die keine Fremden duldet.«

»Du hingegen scheinst sehr beliebt zu sein.«

»Im Grunde genommen unterscheiden sich die Vornehmen nicht von den Leuten, mit denen du zu tun hast. Die Frauen beneiden mich um meine Schönheit, und die Männer sind verrückt danach, mich zu besitzen. Aber ich gehöre nur mir und nutze diese Leute aus, so gut es geht.«

»Du sprichst so, als wäre dein Herz hart wie der Stein, aus dem unsere Statuen gebaut sind.«

Menefer lachte erneut.

»Herz? Ich habe kein Herz. Ich vergebe meine Gunst und entziehe sie wieder, so wie es mir gefällt. Ich verspreche nie etwas, am wenigsten Liebe. Wer mich näher kennen lernen will, muss mir geben, was ich verlange«, erklärte sie und warf ihm den glühendsten Blick zu, den Schepsenure jemals gesehen hatte. »Gib mir deine Hände«, schloss sie mit honigsüßer Stimme.

Unwillkürlich reichte Schepsenure ihr die Hände. Menefer nahm sie und drückte sie zärtlich. Plötzlich erinnerte er sich daran, was Irsu ihm vorhin gesagt hatte:

»Wenn du dieser Frau einmal erlaubst, dich zu berühren, bist du verloren.«

Das Gefühl war unbeschreiblich. Fast unmerklich strichen ihre Fingerkuppen über seine Haut, und diese Berührung war derart elektrisierend, dass ihm ganz heiß wurde.

In ihren Händen sollen meine für immer Zuflucht finden, dachte er.

Er sah ihr in die Augen. Sie standen so dicht voreinander, dass er glaubte, ihren Atem zu spüren, der ebenso sanft war wie alles andere an ihr. Unergründliche schwarze Augen, die alles unterwarfen, was sie erblickten. Sie erinnerten ihn an Brunnen, deren Oberfläche man kaum erahnte und deren Tiefe für immer ein Geheimnis blieb. So ähnlich war es mit Menefer selbst; in ihren Augen schienen sich mehr als hundert Leben zu verbergen, jedes einzelne reich an Erfahrung.

Bei diesem Gedanken lief es Schepsenure kalt über den Rücken. Wie alt mochte diese Frau sein? Niemand hätte es genau zu sagen vermocht. Obwohl sie jung und stark aussah, hatte man das Gefühl, als sei sie Teil eines uralten Ägypten.

Als hätte sie die Macht der alten Magier, dachte Schepsenure und sah erneut in die geheimnisvollen Augen.

Und da fiel ihm zum ersten Mal auf, dass sie nicht mit dem schwarzen *khol* geschminkt waren, den die Ägypter benutzten, sondern mit grünem Malachit aus dem Sinai, dem so genannten *udju.* Er war im Alten Reich sehr beliebt gewesen, doch während der 4. Dynastie vor tausenddreihundert Jahren aus der Mode gekommen und in Vergessenheit geraten.

»Mir gefallen Männer, die mit ihren Händen arbeiten«, sagte sie und riss Schepsenure aus seinen Träumen. »Was machst du?«

»Ich bin Tischler.«

»Das ist ein ehrenwerter Beruf, du gehörst der Zunft der Handwerker an, deren Schutzpatron Ptah zugleich der von Memphis ist.«

»Ich kann jedenfalls nicht klagen.«

»Das glaube ich. Für gewöhnlich trifft man auf solchen Festen keine Handwerker. Um ehrlich zu sein, es ist das erste Mal, dass ich auf einem solchen Empfang einem begegne.«

»Bist du überrascht oder nur neugierig?«

Sie lachte leise.

»Weder das eine noch das andere«, antwortete sie. »Wie gesagt, es ist nur ungewöhnlich. Nun ja«, seufzte sie. »Du gefällst mir, Schepsenure. Schade, dass du dir eine Frau wie mich niemals leisten könntest.«

»Bist du dir da so sicher?«, fragte er.

Menefer kam ihm so nah, wie es ihre Kleidung erlaubte, und Schepsenure nahm den betörenden Duft wahr, der ihrer Haut entströmte.

»Sollte ich mich etwa irren?«, fragte sie und sah auf seinen Mund.

»Es käme auf einen Versuch an«, antwortete er und näherte ihn so weit wie möglich ihren Lippen, ohne sie zu berühren.

Ihr scheinbar träger Blick schweifte über sein Gesicht und blieb an seinen Augen hängen, aber nur so lange wie nötig. Dann senkte sie langsam den Blick auf seinen Mund.

Schepsenure merkte, wie sein Widerstand dahinschmolz, ohne dass er etwas dagegen tun konnte. Ehe er sich versah, überwand sein Mund den kleinen Abstand. Es war ein Impuls, den er nicht kontrollieren konnte. Er berührte ihre Lippen und hatte das Gefühl, den Verstand zu verlieren.

Dann zog er sie an sich und spürte zum ersten Mal ihre unvergleichlich weiche Haut und die festen Rundungen ihres Körpers. Menefers Brüste pressten sich gegen ihn. Fast gleichzeitig spürte er, wie sein steifes Glied gegen den Schurz drückte.

Nach diesem Kuss löste sich Menefer rasch aus seiner Umarmung. Sie trat einen kleinen Schritt zurück und ließ Schepsenure erregt und keuchend stehen.

»Es würde sich nicht ziemen, sich so gehen zu lassen. Und es wäre obendrein sehr unhöflich unserem Gastgeber gegenüber.«

Schepsenure brachte kein Wort heraus, er musste erst wieder einen klaren Kopf bekommen, bevor er antworten konnte.

»Bald wird Chepri am Horizont erscheinen«, erklärte sie und zeigte auf den Himmel. »Wenn ich ihn von der Terrasse meines Hauses aus begrüßen will, muss ich jetzt gehen.«

Schepsenure hielt sie am Handgelenk fest.

»Warte! Sag mir erst noch, ob ich dich wiedersehen werde.«

»Wer weiß«, antwortete sie. »Darüber werden die Götter entscheiden.«

»Ich glaube nicht an die Götter.«

»Wirklich nicht?«, entgegnete sie und lachte. »Das ist ein Fehler.«

»Sag mir nur, ob ich dich besuchen darf«, fuhr Schepsenure mit vor Leidenschaft heiserer Stimme fort.

»Du bist sehr direkt, Schepsenure. Aber du gefällst mir trotzdem, vielleicht könnte ich …«

»Du kannst mich um alles bitten, was du willst«, fiel er ihr ins Wort.

Dieses Mal lachte Menefer laut auf. »Da kann ich dir nicht helfen. Ich will dich um gar nichts bitten. Du selbst musst mich überraschen. Nur dann werde ich dich lieben.«

Mit einem kleinen Ruck löste sie sich von Schepsenure und warf ihm erneut einen zärtlichen Blick zu. Dann schritt sie langsam, mit wiegenden Hüften über die Terrasse und verschwand im Innern des Hauses.

Schepsenure setzte sich auf die Stufen und sah auf den Garten, während sein Herz heftig pochte. Er wusste nicht, wie ihm geschah. Sein Herz war nur noch ein Wirbel von wirren Gefühlen; er erkannte sich selbst nicht mehr. Doch all das erschien ihm unwichtig, schließlich war er in dieser Nacht einer Göttin begegnet. Wenn es das Ialu-Gefilde tatsächlich gab, dann musste es von solchen Wesen bewohnt sein. Und Schepsenure war fest entschlossen, sich einen Vorschuss auf dieses Paradies zu holen.

Er betrachtete die feine Linie im Osten, wo es allmählich aufklarte. Bald würde Re wie jeden Tag aufs Neue erscheinen. Schon hörte man, wie die ersten Vögel ihn mit ihrem morgendlichen Gesang begrüßten. Schepsenure zog die unbequemen Sandalen aus und stand seufzend auf. Er stieg die Stufen hinunter und durchquerte den Garten in Richtung Ausgang, fest entschlossen, diese Frau zu erobern, egal, um welchen Preis.

Als er auf die Straße hinaustrat, lösten sich die Schatten bereits auf. Aus dem Haus drang immer noch laute Musik nach draußen.

Noch bevor am nächsten Tag die Sonne unterging, verließ Schepsenure die Stadt in Richtung Saqqara. Er nahm die kleinen, menschenüberfüllten Gassen, um in der Menge unerkannt zu bleiben. Zu dieser Tageszeit herrschte lebhafter Betrieb, sodass er keine Mühe hatte, im Getümmel unterzutauchen, als er in die Hauptstraße einbog.

Als die Dämmerung hereinbrach, bahnte er sich einen Weg durch die Menschenmenge, die um diese Uhrzeit in die Stadt zurückkehrte und nach Hause eilte. Im Schutz der Dunkelheit verließ er die Hauptstraße und bog in einen kleinen Weg ein, der in die nahe gelegene Totenstadt führte. Er ging weiter bis zu einem Felsen, wo er sich in den noch warmen Wüstensand setzte und wartete. Als er schließlich zu seinem Versteck aufbrach, war es bereits tiefe Nacht, und er war fest davon überzeugt, dass ihm niemand folgte. Obwohl er lange nicht hier gewesen war, spürte er sofort das alte, seltsam prickelnde Gefühl von früher.

Er brauchte einige Zeit, bis er die Stelle endlich gefunden hatte, und atmete erst auf, nachdem er sich vergewissert hatte, dass alles noch genauso war, wie er es hinterlassen hatte. Ein letztes Mal sah er sich um, und als er sicher war, dass ihn niemand beobachtete, begann er, den Eingang freizuschaufeln, und stieg in den Brunnen hinab. Unten angelangt zündete er seine kleine Lampe an, und das Licht ergoss sich in den gespenstischen Raum. Das Funkeln des Goldes und das Glitzern der Edelsteine spiegelten sich in Schepsenures Augen wider.

Es ist noch genug Gold da, um Menefer für den Rest meines Lebens lieben zu können, dachte er, während sein Blick über die Kostbarkeiten schweifte.

Ein Vermögen, das er fast vergessen hatte, während es hier unter dem Sand der Wüste vergraben lag.

Vorsichtig bahnte er sich einen Weg hindurch und wählte aus, was ihm am geeignetsten erschien. Kleine, aber äußerst wertvolle Stücke, die er problemlos transportieren konnte. Er nahm gerade so viel mit, wie er brauchte, um die anspruchsvollste aller Prinzessinnen zufrieden zu stellen, und verstaute sie in einer mitgebrachten Satteltasche. Anschließend blies er die Lampe aus und glitt geräuschlos wie eine Kobra aus der Öffnung des Brunnens hinaus. Er ließ alles so zurück, wie er es vorgefunden hatte, und verwischte sorgfältig die Spuren im Sand. Anschließend machte er sich rasch auf den Heimweg. Es war noch dunkel, als er durch die menschenleeren Straßen von Memphis nach Hause gelangte. Er stellte die Satteltasche ab, ließ sich seufzend aufs Bett fallen und verschränkte die Hände im Nacken. Eine Flut von Bildern ergoss sich vor seinen Lidern, die ihm langsam zufielen, bis sein Gesicht einen Ausdruck von Zufriedenheit annahm und er mit einem Vorgeschmack auf seine verbotenen Gelüste einschlief.

Als er aufwachte, brannte Re-Harachte seit Stunden auf Memphis nieder. Er rekelte sich ausgiebig und stand dann auf. Nachdem er ein Stück Käse mit Honig und Datteln gegessen und einen Becher frische Milch getrunken hatte, streifte er ein Hemd aus feinem Leinen mit weiten Ärmeln über, die ihm bis zum Ellbogen reichten, dazu einen kurzen, knielangen plissierten Rock, der in Memphis gerade in Mode war. Anschließend schlüpfte er in die verhassten, unbequemen Sandalen, wickelte einige ausgewählte Schmuckstücke sorgfältig in ein Leinentuch und band es mit einer feinen Schleife zusammen.

Als er aus dem Haus trat, kam er sich vor wie in seiner Jugend, als jede neue Entdeckung, die das Leben bescherte, ihm ein ähnliches Gefühl vermittelt hatte. Er jauchzte vor Freude. Während er die Gasse entlangging, fiel ihm das alte Lied ein, das er in Anchs Haus gehört hatte, und er begann, es wie ein Junge leise vor sich hin zu pfeifen.

Erneut ging der Tag zur Neige und zauberte Spiele von Licht und Schatten in die Gassen. Schepsenure war glücklich. An diesem Spätnachmittag hätte er sogar bereitwillig eingeräumt, dass ein solches Licht tatsächlich nur ein Geschenk der Götter an sein Volk sein konnte.

In der Kühle des Abends war das Gehen angenehm. Er folgte einer Gasse fast bis zu den Molen hinunter, sog den Duft der Gewürze ein und genoss den fröhlichen Trubel ringsum, der immer lauter wurde, je näher er dem Fluss kam. Kurz davor bog er in einen schmalen Weg ein, der nach Süden führte. Eine ganze Weile folgte er ihm, bis sich die Häuserreihen lichteten und der Weg sich zu einem Pfad verengte, der an hohen Papyrusfeldern entlangführte. Er überquerte eine kleine Brücke, die über einen der vielen Kanäle des Nils führte, und stand plötzlich vor dem Anwesen. Es sah geheimnisvoll und verlassen aus und war von dichten Papyrusfeldern umgeben. Die undurchdringliche Stille ringsum ließ das Haus noch unheimlicher wirken.

Der Weg führte an einer hohen Mauer entlang, die das Grundstück umgab, zu einem großen, mit Kupferplatten beschlagenen zweiflügeligen Tor aus Zedernholz. Als Schepsenure mit der Hand ehrfürchtig darüber fuhr, merkte er, dass ein Flügel nachgab. Das Tor war nicht verschlossen.

Er drückte vorsichtig dagegen. Was er jetzt vor sich sah, übertraf all seine Erwartungen. Vor ihm lag der schönste Garten, den er je gesehen hatte, mit einer derartigen Vielfalt an Pflanzen, dass er die meisten gar nicht kannte.

Ein einladender Weg mit Fliesen aus gebrannter Tonerde schlängelte sich durch das grüne Dickicht auf das Haus zu. Zu beiden Seiten dieses schmalen Pfades, direkt neben dem Tor, standen zwei große Statuen der Katzengöttin Bastet. Sie hatte die Gestalt einer Frau mit einem Katzenkopf, in der einen Hand hielt sie eine Klapper, in der anderen einen Korb.* Aber es waren nicht die Statuen oder die üppige Vegetation, die Schepsenure am meisten erstaunten, sondern die vielen Katzen. Sie waren überall und verfolgten ihn mit ihren neugierigen Augen. Noch nie hatte er so viele Katzen auf einmal gesehen. Katzen in allen Größen und Farben. Sie strömten offenbar aus den verborgensten Winkeln des Gartens herbei, um herauszufinden, was der unbekannte Eindringling in ihrem Reich zu suchen hatte. Einen Augenblick lang blieb Schepsenure reglos stehen und beobachtete das ungewöhnliche Schauspiel. Die Tiere musterten ihn, ohne sich zu rühren, als wollten sie ergründen, was der Fremde im Schilde führte. Plötzlich kam ein Kater, der größer war als die anderen, auf ihn zu. Er war schwarz; sein Fell glänzte, als hätte man ihn gerade gebürstet. Erst als er näher kam, fiel Schepsenure auf, dass es kein Kater, sondern eine Katze war.

* Diese Göttin wird auf vielfältige Weise dargestellt. Sie hütet das Haus, symbolisiert Sanftmut und Fruchtbarkeit, doch wenn sie wütend ist, kann sie sich auch in eine Löwin verwandeln.

Das Tier schwänzelte um ihn herum, streifte sanft seine Waden und setzte sich dann vor ihm hin. Es blickte ihm geradewegs in die Augen. Schepsenure war fasziniert von seinen Pupillen. Sie waren groß und von einem merkwürdigen Grün, wie er es noch nie bei einer Katze gesehen hatte. Zudem blickten sie so tief in ihn hinein, dass er das Gefühl hatte, als wollten sie bis auf den Grund seines Herzens sehen.

Schließlich streckte sich das Tier träge und verschwand gemächlich zwischen ein paar dichten Hennasträuchern, worauf die anderen Katzen wie auf Befehl und ohne den geringsten Protest den Weg räumten und den Eindringling passieren ließen.

Er folgte dem Pfad und war erfüllt von einem unbeschreiblichen Wohlgefühl. Die Luft war von einem berauschenden Aroma geschwängert, das ihm die Pflanzen entgegenhauchten. Er gelangte zu einem kleinen Rondell, wo mehrere Frauen die Gartenfackeln anzündeten, während sich die Nacht unaufhaltsam über Memphis senkte. Sie lächelten freundlich und fuhren mit ihrer Arbeit fort, ohne ihn anzusprechen.

Eine merkwürdige Stille liegt über diesem Ort, dachte Schepsenure, während er weiterging. Keine der Frauen hat mich gefragt, was ich hier mache. Sie haben nicht einmal miteinander gesprochen.

In Gedanken versunken erreichte er das Ende des Pfades. Unvermittelt stand er vor dem Haus.

Es war ein großes Anwesen aus Stein, an dem der Zahn der Zeit nagte. Doch die Ausstrahlung, die sein Baumeister ihm einst verliehen hatte, war noch erhalten. Schepsenure staunte nicht schlecht. Normalerweise waren Wohnhäuser aus Lehm oder Ziegelstein gebaut, Natursteine wurden nur für die Tempel und Grabmäler der Götter verwendet. Die Tür erinnerte ihn tatsächlich an die kleinen Kapellen, die die Pharaonen bisweilen zu Ehren eines Gottes errichten ließen.

Ein richtiges Steinhaus! Nicht einmal die Pharaonen bauen

ihre Paläste aus Stein, dachte Schepsenure, während er die Stufen hinaufstieg, die zum Portal führten.

Die Tür stand offen, genau wie zuvor das Tor zum Garten. Als er sie aufschob, hörte er die Scharniere leise quietschen.

Schepsenure blieb stehen und dachte nach. In diesem Augenblick wurde die alles beherrschende Stille vom süßen Klang einer Leier durchbrochen. Die Musik kam von weit her, aber Schepsenure empfand sie als Aufforderung einzutreten.

Er kam in eine weitläufige Halle mit unzähligen kleinen Lampen, die den Raum in ein weiches, höchst angenehmes Licht tauchten. In einer Ecke brannte Weihrauch in einer großen Räucherpfanne. Schepsenure sog ihn tief ein und verspürte wohlige Entspannung. Er durchquerte die Halle und gelangte zu einem großen, mit Säulen geschmückten Innenhof, der ihn verblüffte. Überall blühten die gleichen seltsamen Gewächse, die er zuvor schon im Garten gesehen hatte und die einen betörenden Duft verströmten. Schepsenure trat näher und sah, dass auch die Säulen des Innenhofs die Form von Palmen hatten. Die zylindrischen Schäfte besaßen ein Kapitell, das aus neun Palmwedeln bestand. Diese Art von Säulen wurde heutzutage nicht mehr gebaut. Schepsenure erinnerte sich, dass er ähnliche in Saqqara, und zwar in der Grabanlage von Unas, gesehen hatte.

Was macht eine Säule aus der 5. Dynastie in einem Privathaus der 20. Dynastie?, fragte sich Schepsenure voller Bewunderung. Trotzdem kam ihm das alles etwas sonderbar vor.

Er folgte dem Klang der Musik durch den Innenhof und trat in einen Saal, der Ähnlichkeit mit der ersten Halle hatte. Am Ende des Raumes, hinter langen Stoffbahnen verborgen, erkannte man im schwachen Licht schemenhafte Gestalten.

Als er die feinen Schleier beiseite schob, öffnete Schepsenure die Tür zu einem Traum, den ihm nicht einmal die seligste Nacht seines Lebens hätte eingeben können.

O ihr unsterblichen Götter, die ihr voller Hohn die schwankenden Schritte der Menschen führt und mit euren unsichtbaren Fingern die Fäden des Schicksals zieht in diesem großen Schauspiel, in dem jede Seele ihre Rolle zu spielen hat, ohne zu wissen, welches Ende ihr bevorsteht!

So wie ihr es beim Grabräuber Schepsenure, Sohn und Enkel von Grabräubern, tut, der von unerklärlichen Mächten geleitet an diesem Spektakel beteiligt ist, auf dessen Ende er keinen Einfluss hat, obwohl er es nicht weiß.

Reichte ihm die Unwirklichkeit die Hand, als er durch den Schleier trat, oder hatte er bislang in einem Traum gelebt, aus dem er nun erwachte?

Schepsenure verspürte in diesem Moment alles, was der Mensch sich wünscht und ein Leben lang verfolgt: Frieden, Ruhe, Wohlgefühl und Glück. Es war, als habe er die ganze Last seiner Vergangenheit im Vorraum abgelegt und sei nun von jeglichem Druck, von allen Ängsten oder Misstrauen befreit. War dies das Tor zum Ialu-Gefilde?

Er konnte sich weder daran erinnern, dass sein Herz auf die Waagschale gelegt worden wäre, noch dass die zweiundvierzig Richter in Osiris' Totengericht über seine Sünden geurteilt hätten. Trotzdem war er da, umgeben von so viel Schönheit, wie man sie sich nur erträumen kann. Von exotischen Pflanzen, wunderbaren Düften, dem Rauschen des Wassers im nahe gelegenen Fluss, das ihn zusammen mit der leichten Brise und dem Klang der Leier einlullte, und … Menefer.

Die Krone der Auserlesenheit lag auf einem Diwan und winkte ihn mit ausgestrecktem Arm und ihrem unvergleichlichen Lächeln näher.

Erst jetzt nahm Schepsenure Notiz von allem, was ihn sonst noch umgab. Die prächtige Terrasse, die unendliche Vielfalt der Vegetation, die ihn mit ihren Düften benebelte, die Stufen, die vor ihm zum Nil hinabführten, die junge Musikerin, deren zarte Finger dem Instrument diese wunderschönen Töne entlockten,

Menefers Diwan, der mitten auf der Terrasse stand, den kleinen Tisch aus Ebenholz mit seinen winzigen Einlegearbeiten aus Elfenbein und die Schale mit Trauben und roten Granatäpfeln.

Erst jetzt entdeckte er, dass auch andere Menschen anwesend waren, die er vorhin nicht wahrgenommen hatte. Zwei große dunkelhäutige Männer, deren kräftige Muskeln bei jeder Bewegung im Licht schimmerten. Sie standen an der Wand und waren nur mit einem Schurz bekleidet, der ihre Männlichkeit verhüllte.

»Sei willkommen in meinem Haus. Ich habe dich erwartet«, hörte er Menefer sagen.

Schepsenure trat auf sie zu.

Menefer lag auf dem Diwan und trug ein schlichtes Trägerkleid, dessen tiefer Ausschnitt eine ihrer Brüste entblößte. Obwohl weder Armbänder noch eine Halskette sie schmückten, nicht einmal ein einziger Ring, leuchtete sie wie ein heller Stern.

»Woher wusstest du, dass ich dich heute Abend besuchen würde?«, fragte Schepsenure verwundert, als er vor ihr stand.

Menefer lächelte ihm verführerisch zu.

»Komm, setz dich zu mir, und ruh dich aus. Von deinem Viertel bis hierher ist es ein weiter Weg«, sagte sie und forderte die Musikerin mit einer Handbewegung auf, sich zu entfernen. »Wie wäre es mit einem Becher Wein?«

Schepsenure nickte, berauscht von ihrer Stimme, und nahm zu ihren Füßen Platz.

»Ich habe dir ein kleines Geschenk mitgebracht«, sagte er, nachdem er seine Sprachlosigkeit überwunden hatte.

Sie lachte erneut.

»Danke sehr. Leg es da auf den Tisch«, antwortete sie und goss Wein in einen Becher aus durchscheinendem Alabaster.

»Willst du nicht wissen, was es ist?«, fragte er überrascht.

»Das ist nicht nötig. Ich weiß, dass du es nicht wagen würdest, mir ein Geschenk zu machen, das nicht einer Königin würdig wäre«, erklärte sie und reichte ihm den Weinbecher.

»Königin, sagst du? Nicht einmal eine Göttin würde ich so reich beschenken wie dich. Aber vielleicht bist du ja tatsächlich eine. Die Wiedergeburt von Hathor könnte nicht schöner sein.«

Sie verzog das Gesicht und warf ihm einen strengen Blick zu.

»Hathor! Hathor! Du musst wissen, dass sie nicht gerade zu meinen Lieblingsgöttinnen gehört, nur weil ihr Männer sie ständig im Mund führt.«

»In diesem Fall werde ich sie nicht mehr erwähnen. Wäre dir Bastet lieber?«

Sie sah ihn mit glühenden Augen an.

»Bastet symbolisiert die Unbeständigkeit. Sie kann mütterlich und beschützend sein, aber auch wild wie eine Löwin. Genauso bin auch ich.«

»Hältst du deshalb so viele Katzen im Garten?«

Menefer lachte laut. »Hast du nicht eben von wiedergeborenen Göttinnen gesprochen? Ich verstehe, dass sie dir seltsam vorkamen.«

»Wenn ich ehrlich sein soll, kommt mir hier alles etwas sonderbar vor. Die Katzen, die Stille …«

»Hast du etwas gegen Stille?«

»Nein, im Gegenteil, manchmal suche ich sie selbst.«

»In meinem Haus wirst du sie immer finden.«

»Das brauchst du nicht zu erwähnen. Als ich das Grundstück betrat, hat keiner deiner Sklaven das Wort an mich gerichtet.«

Sie warf ihm einen Blick zu und sagte dann gleichmütig:

»Kein Wunder. Sie können auch nicht sprechen.«

»Sind sie etwa stumm?«, wollte Schepsenure wissen.

»Nein. Sie haben nur keine Zunge mehr«, antwortete sie und trank ihren Wein.

Schepsenure spürte, wie es ihm kalt über den Rücken lief.

Menefer lachte. »Da bekommst du eine Gänsehaut, nicht wahr? Aber du glaubst doch nicht etwa, dass ich sie ihnen abgeschnitten habe, oder?«

Schepsenure nahm einen kräftigen Schluck und ließ ihre Frage unbeantwortet. Menefer schenkte ihm nach und rekelte sich aufreizend auf dem Diwan.

»Du hast gesagt, dass dir alles in meinem Haus etwas sonderbar vorkommt. Trifft das auch auf mich zu?«

»Ja. Du bist auf sonderbare Weise schön.«

Ihr Lachen flirrte über die Terrasse.

Dann streckte sie das Bein aus und legte einen Fuß in Schepsenures Schoß, während er sie fassungslos anstarrte. Sanft glitt der Fuß an seinem Schenkel auf und ab.

Schepsenure konnte ein leises Seufzen nicht unterdrücken, als er bemerkte, wie sich sein Glied unter dem Schurz regte. Sie warf ihm einen ihrer durchdringenden Blicke zu, mit denen sie ihm bis tief in die Seele schauen konnte.

Schepsenure fühlte, wie der Fuß zärtlich an seinem Schenkel entlangstrich und sich seinem Geschlecht näherte. Er griff nach dem Fuß und legte ihn in seinen Schoß. Doch dann fielen ihm die beiden Männer ein, die wie Basaltstatuen an der Wand standen.

Sie bewegte die Zehen über den Schurz, der sein Glied verhüllte, und spürte, wie es anschwoll.

»Lass dich durch sie nicht stören. Sie werden sich nicht von der Stelle bewegen«, flüsterte Menefer.

Ein kehliger Laut entfuhr ihm, als er mit beiden Händen ihren Fuß anhob und zu seinen Lippen führte. Er war weich und vollkommen. Er küsste ihn zärtlich und sah sie dabei an. Sie warf ihm einen zufriedenen Blick zu und fuhr sich mit der Zunge über die Lippen.

Schepsenure schloss halb die Augen und küsste jeden einzelnen Zeh. Sie ließ es geschehen, während ihre Beine vor Erregung zuckten. In diesem Augenblick sah er, wie die Tunika sich öffnete und ihre festen Schenkel preisgab. Schepsenure beugte sich über ihre Waden und küsste jeden Zentimeter dieser Haut, die ihn verbrannte. Seine zitternden Hände schoben die Tunika weiter hoch, und da sah er wieder die winzige Tätowierung einer Katze auf der Innenseite einer ihrer Schenkel. Er senkte den Kopf und küsste wie von Sinnen diese betörenden Beine. Dann hob er die Tunika an und entblößte ihre Scham.

Schepsenure hielt einen Augenblick inne und starrte darauf. Es war das erste Mal, dass er das Geschlecht einer unsterblichen Göttin sah. Der Schamhügel war so hell und durchscheinend wie Alabaster, ohne ein einziges Haar, und bot sich ihm dar wie eine köstliche Frucht. Das war der Lohn für ein Leben in Not und Entbehrung, so zumindest kam es ihm vor, als er sich darüber beugte wie ein verdurstender Beduine, der in der Wüste auf einen Brunnen mit frischem, lebensrettendem Wasser stößt.

Sein Herz war nur noch ein Wirbelsturm ungezügelter Leidenschaften. Seine Zunge drang in die malvenfarbene Spalte vor, und zugleich sog er ihren leicht moschusartigen Geruch ein, der ihn mehr erregte als alle Gärten Ägyptens.

Er wusste nicht, wie lange er dort verweilte. Zwei Hände zogen seinen Kopf sanft hoch und entzogen ihm den göttlichen Genuss.

So viel Glück kann nicht von Dauer sein, dachte er in einem kurzen lichten Moment.

Doch dann sah er, wie die Göttin sich stöhnend vor Verlangen wand und seinen Mund zu ihren Lippen führte. Sie vereinten sich in einem langen Kuss, in dem sie zu einem einzigen Wesen verschmolzen.

Während einer kurzen Atempause richtete sich Schepsenure auf und entledigte sich seines kurzen Rocks. Dann streifte er unbeholfen den Schurz ab und spürte die Erleichterung, als der unerträgliche Druck auf sein Geschlecht nachließ.

Sofort ragte sein Glied steil in die Höhe. Schepsenure merkte, wie das Blut durch die Adern schoss, die seinen Penis durchzogen, und ihn mächtiger anschwellen ließ als je zuvor.

Er sah Menefer an und beobachtete, wie sich in ihrem Gesicht ein selbstgefälliges Lächeln zeigte. Dann griff sie nach seinem

Glied und führte es geschickt zu jener geheimen Öffnung, dem Symbol erhabener Lust. Dabei hob sie ein wenig die Hüften an, und Schepsenure spürte, wie er sanft in sie eindrang, während sie beide Beine um seinen Rücken schlang.

Es war ein verrücktes, richtungsloses Rennen, das mit einem gemächlichen Tempo begann und sich immer mehr steigerte, bis es zu einem rasenden Galopp wurde, von dem keiner von beiden ablassen wollte, bevor er sein fernes Ziel erreicht hatte.

Das verborgene Tier in Schepsenure jagte durch die weiten Felder des Unbekannten. Jetzt war er wirklich im Ialu-Gefilde, daran hatte er keinen Zweifel mehr, dort wollte er seine letzten Tage verbringen. Wenn er sich den Anfang seines Lebens schon nicht hatte aussuchen können, so würde er wenigstens jetzt dessen Ende selbst bestimmen. Schepsenure war alles egal, er hatte nur den Wunsch, diese Lust in alle Ewigkeit auszudehnen.

Doch nichts ist so flüchtig wie die körperliche Liebe. Am Ende bäumten sich ihre Körper unter unkontrollierten Schreien und Zuckungen ein allerletztes Mal auf, und dann blieb Schepsenure erschöpft und heftig keuchend auf ihr liegen.

Er spürte, wie ihre zärtlichen Finger tausend Arabesken auf seine Haut zeichneten, heiße Muster, von deren Existenz er bis dahin nichts gewusst hatte.

»Komm, lass uns ein Bad nehmen.«

Die Worte rissen Schepsenure aus seinem Traum, langsam schlug er die Augen auf.

Sie forderte ihn mit einem zärtlichen Stoß zum Aufstehen auf.

»Um diese Zeit ist das Wasser wunderbar. Na, komm schon.«

Schepsenure stand nur widerwillig auf. Mit einem zärtlichen Blick ließ sie ihre Tunika zu Boden gleiten und schritt auf die Stufen zu, die zum Fluss hinabführten. Er sah ihr benommen nach, während sie sich mit schwingenden Hüften entfernte.

»Los, komm, sei nicht so faul. Oder soll ich etwa allein schwimmen?«

Schließlich folgte er der unwiderstehlichen Stimme, die ihn rief.

Sein Körper war immer noch schweißgebadet, als er ins Wasser tauchte. Es fühlte sich tatsächlich himmlisch an, frisch, als wollte es seinem erschöpften Körper neue Lebenskraft zuführen. Da der Nil hier eine kleine Bucht bildete, war die Strömung nicht allzu stark, und man konnte gefahrlos schwimmen.

»Du bist ein guter Schwimmer«, sagte sie, als er sie umarmte.

»In Koptos ist es das Erste, was man lernt. Als Kinder haben wir fast den ganzen Tag am Fluss verbracht.«

»Dann kennst du dich mit dem Nil gut aus.«

»Einigermaßen.«

»Spürst du auch jetzt seine Kraft?«

»Natürlich, in ihm wohnt die wahre Macht dieses Landes.«

Sie fuhr ihm mit der Hand durchs Haar und küsste ihn.

»Hapi segnet das Land der Pharaonen, ist es nicht so?«, sagte sie leise. »Aber er ist auch gefährlich und zerstörerisch. Er ist die Verkörperung jenes unbeständigen Wesens, von dem ich dir vorhin erzählte.«

Schepsenure sah sie an, ohne auf ihre Worte zu achten. Er drückte sie fest an sich, als hätte er Angst, dass sie wie eine Fata Morgana plötzlich verschwinden könnte. Sogar die Nacht begleitete diesen Augenblick höchster Seligkeit mit einem vollen Mond, der seine silbernen Strahlen funkelnd auf das Wasser warf.

»Heute Nacht wacht Isis über dein Glück«, sagte sie, als könnte sie seine Gedanken lesen.

Es folgten neue Küsse, neue Zärtlichkeiten, verführerische Blicke, leises Stöhnen …

Nachdem sie Hand in Hand aus dem Wasser gestiegen waren, lachten sie wie kleine Kinder und ließen sich tropfnass auf den Diwan fallen. Jetzt liebkosten sie sich ohne Hast; die Zeit war offenbar auf sonderbare Weise eigens für sie stehen geblieben. Ein weiteres Geschenk, das Schepsenure in dieser Nacht von seinem rätselhaften Schicksal erhielt.

Menefer überschüttete ihn mit Zärtlichkeiten und Küssen, bis seine Männlichkeit von neuem erwachte und er von dem gleichen heftigen Verlangen gepackt wurde wie zuvor.

Dann ließ sie sich rittlings auf ihm nieder, während er mit beiden Händen ihre Hüften umfasste und dem kreisenden Rhythmus seiner Göttin folgte. Erneut öffnete sich ihnen das Tor der Lust, und wieder hatte er das Gefühl, dass alles Negative, das sein Leben bestimmt hatte, von ihm abfiel.

Er überließ sich Menefer und ihrem erregenden Rhythmus, bis sie die absolute Ekstase erreichten. Auf dem Höhepunkt vereinten sich ihre Lippen zu einem leidenschaftlichen Kuss, und sie stieß ihre Zunge tief in seinen Mund. Schepsenure hatte das Gefühl, dass eine übermenschliche Kraft sich seiner bemächtigte, dass ihre Lippen ihm das Leben aussaugten. Es war, als raubte man ihm seinen Willen und er könnte nur ohnmächtig zusehen, wohl wissend, dass er machtlos war. Sein *ka* stieg aus den tiefsten Winkeln seines Innern empor, um ihn zu verlassen.

Während er ausgestreckt dalag, wurde er plötzlich von einer unwiderstehlichen Müdigkeit überwältigt. Mit aller Macht versuchte er, die Augen offen zu halten, doch seine Lider wurden schwer wie Blei. Und als Letztes sah er, wie Menefer sich über ihn beugte und ihn in einem Licht musterte, das nicht von dieser Welt sein konnte, während einzelne Tropfen aus ihrem nassen Haar auf seine Wangen fielen.

Als Schepsenure aufwachte, war es bereits später Vormittag. Die Sonne brannte mit fast schon sommerlicher Kraft auf sein Gesicht. Er schirmte die Augen ab und versuchte aufzustehen. Er kam aus einem derart tiefen Traum, dass er Schwierigkeiten hatte, in die Realität zurückzufinden. Schließlich setzte er sich auf dem Diwan auf und rieb sich mit beiden Händen den Schlaf aus den Augen. Und als er sich nach Menefer umsah, stellte er fest, dass niemand da war. Nur die Stille umgab ihn.

Er stieg die Stufen zum Fluss hinab und sprang ins Wasser.

Eine Zeit lang tauchte er unter und versuchte, sich ein Bild von dem zu machen, was ihm widerfahren war, während er die Ereignisse der letzten Nacht wie im Traum Revue passieren ließ. Schließlich stieg er ans Ufer und legte sich in die Sonne. Er fühlte sich so entspannt und sorglos wie im ganzen Leben nicht. Das göttliche Geschöpf hatte ihn von allen seinen Sorgen erlöst. Es war, als wäre er wieder geboren, und das stimmte ihn glücklich.

Nachdem sein Körper in der Sonne getrocknet war, zog er sich an und sah sich ein wenig um. Die allgegenwärtige Stille wurde nur gelegentlich vom Rauschen des nahen Wassers unterbrochen. Das ganze Haus schien unbewohnt zu sein.

Schepsenure verließ den Ort genauso, wie er gekommen war. Wie am Abend zuvor standen alle Türen offen, doch dieses Mal ließ sich keine einzige Katze blicken, um ihn zu verabschieden.

Nemenhat und Nubet hatten soeben ihren ersten Streit hinter sich. Es war um ihr zukünftiges Heim gegangen, das sie nach der Hochzeit beziehen sollten. Nemenhat hatte sich ein Haus angesehen, das in der Nähe des alten Palastes von Merenptah lag und von einem schönen Garten umgeben war. Durchaus ein idyllisches Plätzchen, doch Nubet gefiel es nicht.

Sie weigerte sich, ihr Viertel zu verlassen, mit der Begründung, dass sie gar nicht daran dachte, ihre Patienten im Stich zu lassen, nur weil sie heiratete.

»Meine Nachbarn brauchen mich jeden Tag. Für viele bin ich sogar die einzige Hilfe. Wenn ich so weit wegziehe, werde ich sie nicht mehr behandeln können.«

»Aber wir haben doch immer von so einem Haus geträumt. Von der Terrasse aus blickt man auf den Nil, und am Nachmittag weht eine frische Brise aus dem Norden. Es hat so viele Zimmer, dass wir uns keine Gedanken darüber machen müssen, wenn wir Kinder haben werden. Und der Garten ist herrlich, er hat sogar einen Teich.«

»Und wenn es der Palast des Pharaos wäre, ich will dieses Haus nicht. Du musst verstehen, dass ich hier eine Aufgabe habe, die niemand übernehmen wird, wenn ich weggehe.«

»Denk noch einmal darüber nach, Nubet. So eine Gelegenheit bekommen wir nicht wieder. Es ist schwer, eine vernünftige Bleibe zu finden.«

»Da gibt es nichts, worüber ich nachdenken muss. Du musst begreifen, dass unser Leben nicht nur uns gehört. Diese Menschen hier brauchen mich, Nemenhat.«

Sie verstrickten sich in eine endlose Diskussion. Er warf ihr vor, ihn nicht zu lieben, weil sie sich weigerte umzuziehen, und die Bedürfnisse der anderen vor die ihrer eigenen Familie zu stellen, und fragte sie, wie es erst werden solle, wenn sie Kinder bekämen …

Der Streit hatte ein paar Tage gedauert, doch anschließend hatten sie sich wieder versöhnt, weil sie viel zu verliebt waren. Nemenhat gab nach und kam zu dem Schluss, dass es wohl das Beste wäre, wenn sie ihr künftiges Heim aussuchte.

Es gab anderes, was ihm größere Sorgen bereitete. Erneut waren sämtliche Lagerräume des Unternehmens durchsucht worden, wobei die Behörden genauso rücksichtslos vorgegangen waren wie beim ersten Mal. Wieder konnten die Schreiber keine Unregelmäßigkeiten entdecken, trotzdem hätte die Warnung nicht eindeutiger ausfallen können.

Hiram ließ mit äußerster Vorsicht seine Beziehungen spielen und stellte eigene Nachforschungen an. Er konnte in Erfahrung bringen, dass keine offizielle Anzeige gegen ihn vorlag. Alles deutete darauf hin, dass es einzig das Werk des Obersten Leiters der Hafenbehörde war, mit der Hiram bislang eigentlich immer sehr gut ausgekommen war. Es musste jemand anderes dahinter stecken, der eigene, verborgene Interessen verfolgte. Doch alle seine Bemühungen, mehr herauszufinden, scheiterten. Niemand wollte etwas wissen.

Nemenhat war über die Vorkommnisse sehr beunruhigt und ging nun mit äußerster Vorsicht ans Werk. Er ahnte, dass es um die Beutestücke aus dem Grab ging, doch nachdem sein Vater ihm versichert hatte, dass er mit Anch auf dem Fest nur wenige Worte gewechselt hatte, war er unsicher geworden. Er beschloss, vorerst Hiram nichts über ihre alten Geschäftsbeziehungen zu dem Schreiber zu erzählen, nicht ehe er beweisen konnte, dass tatsächlich Anch dahinter steckte.

Als wäre das alles nicht schon ärgerlich genug, gab es etwas, das noch schwerer auf seinem Gewissen lastete: seine dunkle Vergangenheit. Niemals hatte sich Nemenhat träumen lassen, dass sie ihn eines Tages einholen würde. Doch so war es. Die bevorstehende Heirat mit Nubet hatte seine Ängste nur noch verstärkt. Nicht auszudenken, was passieren würde, wenn sie erfuhr, dass ihr zukünftiger Mann früher Gräber geschändet hatte. Nicht einmal ihre Liebe würde ihn retten. Er hatte entschieden, seine Vergangenheit vor ihr zu verbergen, weil er endgültig mit ihr gebrochen hatte. Trotzdem wusste er im Inneren, dass er sie betrog, wenn er ihr diese Sünde verschwieg. Er fühlte sich unwohl in seiner Haut und war häufig schlecht gelaunt, doch er hatte einen Entschluss gefasst, und den würde er nicht mehr revidieren. Lieber wollte er seine Sünden mit ins Grab nehmen. Es schien zumindest eine Anzahlung auf die Strafe zu sein, welche die Götter ihm eines Tages auferlegen würden.

Ungeachtet dieser Sorgen aber strahlte Nemenhat vor Freude, wenn er an die Perspektiven dachte, die ihm das Leben eröffnet hatte. Nubet zu heiraten und eine Familie mit ihr zu gründen war alles, was er sich in diesem Augenblick wünschte, und zugleich war er fest davon überzeugt, dass ihre Liebe alle Probleme lösen würde.

Zudem verschaffte ihm die Arbeit bei Hiram eine ungeahnte Genugtuung. Dank Hiram war er aus dem Schattendasein seines früheren Lebens getreten und hatte sich Kenntnisse angeeignet, die er sonst niemals hätte erlangen können. Das erfüllte ihn mit Stolz.

Jeden Tag ging er seinen Pflichten so gewissenhaft nach, als handelte es sich um sein eigenes Unternehmen, doch sobald es dunkel wurde, verabschiedete er sich von Hiram und eilte zu seiner Braut.

Meistens war sie dabei, irgendeine Mixtur zuzubereiten oder einen Nachbarn zu behandeln, der mit dem einen oder anderen Zipperlein zu ihr gekommen war. Die meisten Menschen litten an Darminfektionen, und Nemenhat staunte, als er erfuhr, wie viele ihrer Stammkunden von Parasiten befallen waren.

Nemenhat versuchte, sie so rasch wie möglich von ihrer Arbeit loszureißen, dann machten sie Spaziergänge, schmiedeten wie alle Verliebten Pläne für die Zukunft und gelobten sich ewige Treue, fest davon überzeugt, dass ihr Glück ewig halten würde.

Eines Nachmittags lief Nemenhat Min über den Weg. Es war keine zufällige Begegnung, Min hatte bereits eine Zeit lang auf ihn gewartet und ließ es ihn auch wissen.

Nemenhat hatte ihn schon lange nicht mehr gesehen, obwohl er über sein Treiben durch Nubet und Seneb im Bilde war. Sein zukünftiger Schwiegervater klagte mehr und mehr über Mins mangelnde Disziplin und die Tatsache, dass er so gut wie keinen Einfluss mehr auf ihn hatte.

»Dieser Mann hat alle erdenklichen Laster«, pflegte er zu sagen, wenn der Wein ihm die Zunge lockerte.

Obwohl er zuweilen übertrieb, hatte er nicht Unrecht. Der nubische Koloss war in der ganzen Stadt als trunksüchtiger Weiberheld bekannt.

Wenn Min, wie so oft, erst im Morgengrauen von seinen nächtlichen Eskapaden nach Hause kam, hielt Seneb ihm eine Standpauke. Manchmal drohte er sogar ernsthaft, ihn in Ketten zu legen, damit er seinen Lastern, die der Alte dann widerwillig aufzählte, nicht mehr nachgehen konnte. Gewöhnlich ließ Min die

Tiraden über sich ergehen, starrte ihn mit zerknirschter Miene und großen Augen an und sagte kein Wort. Am Schluss aber verzog er den Mund zu einem breiten Grinsen, das Seneb unweigerlich entwaffnete, da er wusste, dass hinter dem zügellosen Wüstling ein herzensguter Mensch steckte. Min liebte sie mehr als alles auf der Welt, und er war sicher, dass er bereit wäre, sogar sein Leben zu opfern, für ihn ebenso wie für seine Tochter, die er grenzenlos verehrte. Zudem nahm er seine Arbeit mittlerweile sehr ernst und war ihm eine unverzichtbare Hilfe bei der Einbalsamierung, was nicht immer so gewesen war.

Zum Glück waren die Zeiten, in denen er während der Arbeit ständig ein Auge auf ihn haben musste, vorbei. Wie damals, als Min zwei Mumien verwechselt hatte, sodass die Familien die falsche ausgehändigt bekamen, oder als er einen Sarg bestellt hatte, der für den Verstorbenen viel zu klein gewesen war. Daraufhin hatte Min dem Toten kurzerhand die Beine gebrochen und ihn, so gut es ging, in den zu kurzen Sarg gestopft. Natürlich war es nichts Außergewöhnliches, sogar im Haus des Lebens kam so etwas vor, doch Seneb war solche Schlamperei höchst zuwider.

»Und warum wartest du schon so lange auf mich?«, sagte Nemenhat. »Nicht dass ich mich nicht freuen würde, dich zu sehen, aber es ist eine Überraschung.«

»Ich freue mich auch«, erwiderte Min und sah ihn an wie ein großer Bruder, der es gewohnt ist, den Ton anzugeben.

»Ich bin gerade auf dem Weg zu euch«, erklärte Nemenhat, der den Kopf heben musste, um ihn anzusehen.

Der Nubier nickte, und so setzten sie ihren Weg gemeinsam fort.

Eine Weile gingen sie schweigend nebeneinanderher. Nemenhat beobachtete Min neugierig aus den Augenwinkeln. Er reichte dem Koloss gerade bis zu den muskulösen Schultern, sodass er sich neben ihm vorkam wie ein Zwerg.

Min nahm einen tüchtigen Schluck aus einer kleinen Amphore, die er stets bei sich führte. Nemenhat beobachtete, wie sich sein Adamsapfel beim Schlucken auf und ab bewegte und ihm der Schweiß über den kahl rasierten Schädel lief.

Als er merkte, wie Nemenhat ihn beobachtete, sah er ihn herablassend an.

»Gut für die Potenz, verstehst du?«, erklärte er.

»Ach wirklich? Ich wusste nicht, dass du damit Probleme hast«, lachte Nemenhat.

»Habe ich auch nicht«, erwiderte Min verstimmt. »Ich bin nur etwas ausgelaugt.«

Nemenhat prustete los.

»Du lachst nur, weil du keine Ahnung von den Bedürfnissen eines Mannes hast«, stichelte Min.

Doch Nemenhat gefiel es, wenn Min in diesem Ton mit ihm redete.

»Wenn man einen solchen Verschleiß hat wie ich, muss man vorsichtig sein«, protzte der Riese.

»Warum denn?«

»Ihr jungen Leute habt wirklich keine Ahnung vom Leben. In deinem Alter war ich schon viel weiter. Weißt du nicht, dass die Quelle des Lebens plötzlich versiegen kann?«

»Du meinst dein *mu*?«

»Na, was denn sonst?«

»Komm schon, Min, jeder weiß, dass das Sperma aus den Knochen kommt.«

»Da irrst du dich aber gewaltig.«

Nemenhat zog eine erstaunte Grimasse.

»Ihr Ägypter meint, ihr wüsstet alles, aber da seid ihr auf dem Holzweg. In dem Dorf, aus dem ich stamme, kann dir jedes kleine Kind sagen, dass das *mu* aus den Hoden kommt.«

Nemenhat warf ihm einen verdutzten Blick zu.

»Wenn du einmal zulässt, dass die Quelle versiegt, bist du ein Mann ohne Samen.«

»Wie ich sehe, brauchst du dir darüber keine Sorgen zu machen.«

»Allerdings«, antwortete Min.

»Und nur dank dieser Amphore, die du ständig bei dir hast. Sag mir wenigstens, was drin ist.«

»Kann ich nicht«, antwortete er und warf ihm einen überheblichen Blick zu. »Es ist eine magische Mixtur und daher auch geheim. Nubet hat sie mir verschrieben.«

»So, so. Nubet hat sie dir verschrieben.«

»So ist es. Übrigens wollte ich mit dir über sie reden.«

Nemenhat sah ihn überrascht an.

»Wie ich gehört habe, wollt ihr heiraten.«

»Das stimmt.«

»Nun ja, ich wollte dir sagen, dass Nubet für mich mehr als nur eine Schwester ist. Sie ist eine Schwester, auf die ich immer aufpassen werde. Niemals werde ich zulassen, dass ihr jemand wehtut, sie hat nur Gutes verdient. Und wenn du sie heiratest, wache ich darüber, dass du deinen Pflichten nachkommst. Dass du ihr ein guter Ehemann bist und ihr jeden Wunsch von den Augen abliest, zum Beispiel.«

»Was das angeht, lieber Freund, kann ich dich beruhigen. Ich selbst werde als Erster darauf achten, meinen Verpflichtungen nachzukommen. Nichts auf der Welt ist mir wichtiger, als dass Nubet glücklich wird. Und dafür werde ich alles tun, was in meiner Macht steht, das kannst du mir glauben.«

»Dann hoffe ich, dass es dir gelingt und du dich so um sie kümmerst, wie sie es verdient.«

»Nicht einmal eine Prinzessin wird es besser haben.«

»Nun übertreib nicht gleich. Ich wäre schon zufrieden, wenn du dich ihr gegenüber wie ein richtiger Mann verhältst.«

Nemenhat runzelte die Stirn.

»Willst du damit sagen, dass ich nicht in der Lage sein könnte, sie zu befriedigen?«

Jetzt war es Min, der laut lachen musste.

»Du gefällst mir, Nemenhat. Du warst mir immer sympathisch«, erklärte Min und nahm einen weiteren Schluck aus seiner Amphore. »Ich kann nur hoffen, dass ihr bald Kinder bekommt.«

»Nun, meine Quelle ist bestimmt nicht versiegt«, entgegnete Nemenhat.

Min lachte.

»In Wahrheit hast du verdammt viel Glück, obwohl du dir dessen wahrscheinlich gar nicht bewusst bist. Vielleicht macht es auch nichts, wenn ich dir verrate, was in meiner Amphore ist, du wirst es sowieso bald erfahren«, sagte er verschmitzt.

Nemenhat lächelte stumm.

»Der Trunk besteht aus den Blättern einer Weide, frischer Raute und etwas Wein, aber die genauen Mengen kann ich dir nicht sagen. Ich vertraue auf deine Verschwiegenheit, jetzt, da wir sozusagen Brüder sind.«

Drei Jahre nach dem Sieg über die Westvölker erreichte eine neue, höchst beunruhigende Nachricht das Niltal. Gerüchte über seltsame Völker, die aus allen Gegenden des Großen Grünen kamen und fest entschlossen waren, die zivilisierte Welt zu unterjochen.

Im elften Jahrhundert vor Christus brach unter den verschiedensten Stämmen des Mittelmeerraumes eine Völkerwanderung aus, die die Landkarte der damaligen Welt auf den Kopf stellen sollte.

Diesmal handelte es sich nicht um vorrückende Heere, sondern um ganze Völker mit Frauen, Kindern und ihrem gesamten Vieh, die in Kleinasien einfielen und wie eine unaufhaltsame Horde alles niedermachten, was ihnen im Weg stand. Bei ihrem Vormarsch vernichteten sie Kulturen, die seit undenklichen Zeiten in diesem Gebiet ansässig gewesen waren. Ihr Ziel war der Inbegriff eines Gelobten Landes: Ägypten, wo angeblich alles im Überfluss vorhanden war.

Ramses III. befand sich in seinem achten Regierungsjahr, als er die Besorgnis erregenden Nachrichten vernahm. Sie waren so ernst, dass er kaum glauben konnte, was er hörte. Bedeutende und mächtige Reiche wie das der Hethiter, uralte Feinde des ägyptischen Volkes und hervorragende Krieger, waren angeblich von der Bildfläche verschwunden. Leider erwiesen sich die Gerüchte als wahr. Die Eindringlinge waren wie eine riesige Menschenwelle über Hatti hinweggerollt und hatten alles dem Erdboden gleichgemacht. Nichts war vom Reich der Hethiter übrig geblieben.

Ramses' Kundschafter meldeten, dass sich diese gewaltige Menschenmasse mittlerweile über Kleinasien auf Kanaan zubewegte und ihr Ziel offenbar das Land von Kemet war.

Und wieder einmal fegte der Sturm des Krieges durch ganz Ägypten wie ein Unheil verkündender Bote. Die Göttin Sachmet hörte in den Tempeln den göttlichen Herolden zu, die ihr Bericht erstatteten. Ihr Zorn wuchs ins Unermessliche und verwandelte sie in eine blutrünstige Gottheit, ein Ungeheuer. Sie würde das ganze Heer Ägyptens mobilisieren und es mit ihrer unaussprechlichen Wut beflügeln, damit es der Bedrohung ein Ende machte. Die Horde von bunt zusammengewürfelten Stämmen, die von den Ägyptern Seevölker genannt wurden und aus allen Ecken des Mittelmeerraumes kamen, musste vernichtet werden, weil sie fest entschlossen waren, das Land der Götter zu erobern.

In diesem Klima zunehmender Spannungen feierten Nubet und Nemenhat ihre Hochzeit. Zu diesem glücklichsten Tag im Leben hatten sie ihre Familien, Freunde und alle Nachbarn eingeladen. Keiner wollte sich die Gelegenheit mitzufeiern entgehen lassen. Die Hochzeit fand im neuen Haus des Paares statt, das Nubet unweit vom Anwesen ihres Vaters gekauft hatte. Ein kleiner Garten gehörte dazu, in dem zwei Sykomoren wuchsen. Die heiligen Bäume hatten den Ausschlag gegeben. »Ein gutes Omen«, hatte Seneb erklärt.

Nemenhat hatte keine Einwände gehabt. Das neue Haus war geräumig. Zwar ließ es sich nicht mit dem seiner Wahl vergleichen, doch schien es für ein Paar, das hoffte, sein Glück zu finden, durchaus angemessen.

Der Vater der Braut konnte nicht verbergen, wie zufrieden er war, als er Unmengen von Glückwünschen entgegennahm. Auch Schepsenure freute sich über die Verbindung seines Sohnes mit der jungen Frau. Er hielt es für sehr wichtig, dass Nemenhat endgültig mit seiner Vergangenheit brach, und was gab es Besseres, als zu heiraten und eine Familie zu gründen, um dieses Ziel zu erreichen? In ihren Kindern würde sich sein Blut mit dem seines Freundes vermischen, allein diese Vorstellung trieb ihm Tränen der Rührung in die Augen. Nicht einmal Hiram, der selbstverständlich zur Hochzeit eingeladen worden war, verbarg seine Freude. Er, der ewige Junggeselle, kannte nichts Schöneres als Hochzeiten, obwohl ihm selbst nicht klar war, ob aus Neugier oder aus einer verborgenen inneren Sehnsucht heraus, die nie befriedigt worden war.

Es war eine fröhliche Feier, bei der die Gäste nach Herzenslust aßen und tranken. Nemenhat hatte die köstlichsten Leckereien bestellt, die man sich vorstellen kann. Nicht einmal im Haus eines Würdenträgers hätte man besser speisen können.

Eine prächtig herausgeputzte Nubet nahm fröhlich die Glückwünsche und den Segen ihrer Nachbarn entgegen.

Dann ergriff der Bräutigam in Anwesenheit der Zeugen die Hand seiner zukünftigen Frau, und beide traten unter dem Jubel und dem stürmischen Beifall der Gäste über die Schwelle ihres neuen Heimes. Dort machten sie sich selbst das schönste Geschenk.* In ihrer Vereinigung lag das Versprechen, dass es eine

* Im alten Ägypten gab es keine spezielle Liturgie für die Hochzeit. Es genügte, wenn sich das Paar vor Zeugen die Ehe versprach, zusammen das Haus betrat und den Geschlechtsakt vollzog.

Verbindung auf ewig war. Anschließend gesellten sie sich wieder zu den übrigen Gästen und feierten mit ihnen weiter. Bis in die frühen Morgenstunden hallte die laute Musik durch das ganze Viertel, dessen Bewohner sich von ganzem Herzen mit ihnen freuten.

Als sich die Musiker im Morgengrauen zurückzogen und die Gäste gegangen waren, blieb nur eine Gestalt einsam und verlassen im Garten des Hauses zurück. Es war Min, der zum tausendsten Mal auf die Neuvermählten trank und ihnen seinen ewigen Schutz gelobte.

Nach jener denkwürdigen ersten Nacht in Menefers Haus besuchte Schepsenure sie fast einen Monat lang regelmäßig. Ihr Bild hatte sich derart heftig in seinem Bewusstsein festgesetzt, dass sie zu einer Obsession geworden war, die er nicht mehr aus seinem Herzen verbannen konnte. In den wenigen wachen Augenblicken war Schepsenure bewusst, dass er zum Sklaven seiner eigenen Leidenschaft geworden war, doch das war ihm einerlei. Eine sanfte Berührung ihrer Hand oder ein einfacher Kuss genügte, um ihn völlig zu entwaffnen. Dass sein Sohn geheiratet hatte, steigerte seine Sehnsucht nach Menefer nur noch mehr. War es, weil Nemenhat ihn nicht mehr brauchte, lag es daran, dass er eine Droge gefunden hatte, die tausendmal stärker war als der stärkste Wein, dass er ihr nicht widerstehen konnte, oder war es eine Mischung aus beidem?

Die Abhängigkeit von dieser Frau hatte ein höchst beunruhigendes Ausmaß erreicht. Er hatte das Gefühl, nie genug von ihr zu bekommen. Selbst wenn sich ihre herrlichen Beine um ihn schlangen und er vor Lust verging, spürte er, dass seine Sehnsucht unbefriedigt blieb. Mit jeder Nacht, die er bei ihr verbrachte, wuchs diese unerfüllte Begierde, und so stürzte er sich immer wieder von neuem in die Spirale seiner frenetischen Leidenschaft, bis er in ihren Armen erschöpft zusammenbrach.

Aber jedes Mal, wenn er erwachte, empfand er dasselbe Gefühl der Einsamkeit und Leere und das Bedürfnis, sie erneut zu erobern.

Menefer schien all dies zu durchschauen. Sie selbst führte ihn immer wieder geschickt an den Rand des Abgrundes, und je mehr er das Gleichgewicht verlor, desto größer war ihre Lust.

Während dieser Zeit suchte Schepsenure des Öfteren das Versteck in Saqqara auf. Sobald es dunkel wurde, streifte er unter dem aufmerksamen Funkeln unzähliger Sterne durch die Wüste. Wie immer achtete er peinlich darauf, dass sie die einzigen Zeugen seiner nächtlichen Umtriebe blieben. Er holte sich das, was er für nötig hielt, und kehrte mit seiner Beute nach Hause zurück.

Wenn er ihr die Schmuckstücke überreichte, würdigte Menefer sie keines Blickes. Sie nickte und befahl einem ihrer Sklaven, sie mitzunehmen. Nie machte sie eine Bemerkung zu den Kostbarkeiten, und ihm war es recht so. Er war bereit, ihr ein ganzes Grab zu Füßen zu legen, Hauptsache, er durfte für den Rest seines Lebens ihre Liebkosungen genießen.

Doch seine Ungeduld nahm von Tag zu Tag zu und ließ ihn immer unvorsichtiger werden. Eines Tages machte er sich schon vor Sonnenuntergang auf den Weg in die Nekropole, um noch in derselben Nacht mit neuen Geschenken zu seiner Geliebten zurückkehren zu können.

Er hielt die gleichen Vorsichtsmaßnahmen wie immer ein und nahm lange Umwege in Kauf, bis er die Wüste schließlich erreichte. Als er zu seinem Versteck gelangte, sah er sich sorgfältig um und vergewisserte sich, dass ihm niemand gefolgt war. Die Sonne stand noch am Horizont, sodass er alles in seiner Umgebung deutlich erkennen konnte. Offensichtlich war er ganz allein.

Er setzte sich in den Schatten, den die fast zerstörte Pyramide von Sechemchet zu dieser späten Tageszeit spendete, und beschloss, dort auf die Nacht zu warten.

Während er noch dasaß und beobachtete, wie ihr Schatten immer länger wurde, hörte er plötzlich ein Geräusch. Es war kaum wahrnehmbar. Sofort spannte sich sein Körper an, und er schärfte seine Sinne. Lange horchte er auf das kleinste Geräusch in der Totenstadt, die er so gut kannte. Doch nichts war zu hören. Er stand auf, ging um das Bauwerk herum und suchte nach einem Eindringling, der sich hierher verirrt hatte. Außer ihm selbst verbarg sich anscheinend niemand in der Dunkelheit, die sich allmählich über die Wüste senkte. Trotzdem sagte er sich, dass er lieber nach Hause gehen sollte, doch dann tauchte wie von Zauberhand Menefer vor seinem geistigen Auge auf, so lebendig, dass sie ihm wie aus Fleisch und Blut erschien. Schepsenure schloss die Augen und streckte die Hand nach ihr aus. Als er sie wieder öffnete, konnte er der Versuchung nicht widerstehen.

Unter keinen Umständen war er gewillt, in dieser Nacht auf sie zu verzichten. Er würde sich die Taschen voll stopfen und zu ihr eilen, um die tausend Freuden zu genießen, die nur sie ihm geben konnte.

Er horchte noch einmal. Nichts.

Wahrscheinlich war es eine Kobra, die ihr Nest verlassen hat, um auf die Jagd zu gehen, dachte er und redete sich ein, dass er allein war.

Unverzüglich machte er sich daran, die Öffnung des Verstecks freizuschaufeln. Anschließend nahm er mit, was ihm gerade zwischen die Finger kam, schüttete den Eingang wieder zu und verwischte seine Spuren, bevor er sich auf den Heimweg machte. In diesem Augenblick lief es ihm kalt über den Rücken, und er hatte das deutliche Gefühl, nicht allein zu sein. Er ging in die Hocke und versuchte, durch die Dunkelheit zu spähen, die sich über den Ort gelegt hatte. Doch er sah nicht einmal die Hand vor Augen. So schnell er konnte, verließ er den Ort, wobei er das Gefühl hatte, als versänken seine Füße im Sand und als hinderten unsichtbare Hände ihn daran, schneller zu gehen.

In der Nähe heulte ein Schakal. Bei der Vorstellung, dass es Upuaut war, der Wächter der Nekropole, der ihn wegen der vielen Schändungen anklagte, die er in seinem Reich begangen hatte, bekam er eine Gänsehaut.

Überstürzt flüchtete er aus Saqqara und ging über die Hauptstraße zurück, die nach Memphis führte. Er wollte so rasch wie möglich das Haus seiner Geliebten aufsuchen.

Von der Totenstadt aus verfolgten ihn die Augen der Nacht wie eine verlorene Seele, die schließlich von der Dunkelheit verschluckt wurde.

Noch in derselben Nacht eilte er zu Menefers Haus wie ein Wüstenbewohner in den Schutz einer Oase. Für ihn war diese Frau mehr als eine Zuflucht, nur dort fand seine Seele Ruhe, wenn auch nur für ein paar Stunden. Wenn er zwischen ihren schönen Brüsten lag, vergaß er alles, sogar, dass seine Willenskraft nur noch in seiner Erinnerung existierte. Wenig war von dem selbstsicheren Mann geblieben, der sich jahrelang in verstaubten Totenstädten herumgetrieben und sich nur von seinem Verstand hatte leiten lassen.

Wieder liebte er sie bis zur Erschöpfung, und wieder verspürte er dieses seltsame Gefühl der Leere, das sich jedes Mal seines ganzen Körpers bemächtigte.

Die drei Männer unterhielten sich angeregt im Pavillon des Gartens. Die erdrückende Hitze war der Brise des späten Nachmittags gewichen und die Glut des Tages fast vergessen. Neben dem Pavillon gab ein kleiner, von Seerosen bedeckter Teich einen Vorgeschmack auf die Frische, die der bevorstehende Sonnenuntergang ankündigte.

Der Gastgeber Irsu saß in einem gepolsterten Sessel, streckte seine knochigen Beine aus und bewegte die Zehen, als forderte er sie auf, endlich wach zu werden und die schöne Stunde zu genießen.

Wie üblich, wenn er gute Laune hatte, machte er eine spöttische Bemerkung nach der anderen.

Neben ihm saß Anch und erfreute sich ebenfalls an dem prächtigen Garten. Er sog die Düfte ein und versuchte, sie zu identifizieren. Auch er war bester Laune, obwohl er im Gegensatz zu seinem Freund nicht dazu neigte, seine Freude so offen zu zeigen.

Der Dritte im Bunde war ein hagerer Mann, der einen ungeselligen Eindruck machte und sich darauf beschränkte, hin und wieder stumm den Kopf zu schütteln oder vor sich hin zu nicken. Ansonsten war er die Einsilbigkeit in Person. Er hieß Seherutaui* und war ein bekannter Richter, der wegen seiner Strenge äußerst gefürchtet war. Er hatte seit langem enge Beziehungen zu Anch, die auf beiderseitigen obskuren Interessen beruhten. Er besaß beste Verbindungen zu den höchsten Stellen in der Verwaltung, da seine Familie seit Generationen wichtige Ämter bekleidet hatte. Sein Großvater war lange Zeit *heqa niut*, Gouverneur von Memphis, gewesen und hatte ein Netz von einflussreichen Beziehungen gesponnen, aus dem später seine Nachfahren Nutzen zu ziehen wussten.

Seherutaui war vom Hohen Gerichtshof Unterägyptens, der seinen Sitz in Heliopolis** hatte, mit der lokalen Gerichtsbarkeit in Memphis beauftragt worden.

Er war, wie gesagt, gnadenlos in seinen Urteilen und rühmte sich damit, derjenige zu sein, der die meisten Ohren und Nasen in Memphis hatte abschneiden lassen.

Die drei Männer hatten sich an diesem Nachmittag versam-

* Das war der Horusname des Pharaos Antef I. und bedeutet »der den Beiden Ländern Frieden bringt«.

** In der Zeit des Neuen Reiches gab es in Ägypten zwei Hohe Gerichtshöfe. Einer hatte seinen Sitz in Theben und war für Oberägypten zuständig, der andere in Heliopolis war für Unterägypten zuständig. Der Wesir persönlich beaufsichtigte beide. Daneben gab es lokale Gerichte, in denen Beamte mit der Leitung von Streitfällen beauftragt wurden.

melt, um eine Angelegenheit zu besprechen, die sie direkt betraf und dringend einer Lösung bedurfte.

»Ich warte immer noch auf das Mädchen, das du mir versprochen hast«, sagte Irsu vorwurfsvoll.

»Du kannst einem ganz schön auf die Nerven gehen, wenn du dir einmal etwas in den Kopf gesetzt hast«, entgegnete Anch und winkte gereizt ab.

»Du weißt doch, dass Geduld nicht gerade zu meinen Tugenden gehört.«

»Und Mäßigung erst recht nicht.«

Irsu lachte laut auf.

»Darin muss ich dir Recht geben. Ich werde das Leben in vollen Zügen genießen, so lange ich kann.«

Anch lächelte.

»Ich will deine Gewohnheiten nicht verändern. Aber was die Frau angeht, so wirst du dich noch gedulden müssen. Wenigstens ein paar Tage.«

»Habe ich richtig gehört?«, gab Irsu zurück und führte die Hand zum Ohr, als wollte er es genauer hören. »Hast du Tage gesagt?«

»So ist es. Vielleicht schneller, als du glaubst. Sagen wir, es wird mein Geschenk sein, wenn die Angelegenheit bereinigt ist. Die Falle ist gestellt, sobald die Beute hineintappt, schnappt sie zu.«

»Du versetzt mich immer wieder in Erstaunen, Anch, aber auf dich ist nun mal Verlass. Seherutaui sollte wirklich in Erwägung ziehen, deine Dienste in Anspruch zu nehmen«, fuhr er in seiner spöttischen Art fort.

Der Richter warf ihm einen seiner charakteristischen scharfen Blicke zu und überging die Bemerkung.

»Ich muss zugeben, dass dir für deine Entschlossenheit, dem Ganzen ein schnelles Ende zu bereiten, Lob gebührt«, fuhr der Syrer fort.

»Es wäre nicht gerecht, wenn ich die Lorbeeren allein einheimse, obwohl ich der Baumeister dieses Plans war. Schließlich hattest du die Idee mit dem Lockvogel.«

Irsu lächelte zurückhaltend.

»Nun, letztendlich hat sich alles so entwickelt, wie wir es vorausgeplant hatten. Er ist unvorsichtig geworden und hat einen Fehler begangen.«

»Hatte ich dir nicht gesagt, dass genau das passieren würde?«, sagte Irsu lachend. »Diese Frau verdreht jedem den Kopf. Manchmal frage ich mich, ob sie nicht vielleicht doch von einer anderen Welt ist.«

Der Schreiber warf ihm einen geheimnisvollen Blick zu und sagte:

»Jedenfalls wissen wir jetzt, wo er seine Beute versteckt hält.«

Irsu sah ihn überrascht an.

»Er ist schlauer, als wir gedacht haben«, fuhr der Schreiber fort. »Er hatte sie jahrelang genau vor unserer Nase vergraben. Wir wären nie von selbst darauf gekommen, wenn er uns nicht hingeführt hätte. Aber als es vor ein paar Nächten einem meiner Männer gelang, ihm heimlich zu folgen, war es so weit.«

»Und wo steckt sie?«, wollte Irsu wissen.

»In einem unscheinbaren Brunnen neben dem Grabmal von Sechemchet. Ihr würdet staunen, wenn ihr sehen könntet, welche Unmengen von Juwelen und Gold er dort versteckt hat.«

Es folgte ein kurzes Schweigen, dann fuhr Anch fort:

»Der Kerl hatte dort nicht nur seinen Anteil an der Beute aus den Priestergräbern vergraben, sondern auch noch unzählige Beutestücke aus alten Raubzügen in Iti-taui. In diesem Brunnen liegt ein beträchtliches Vermögen, das endlich in die richtigen Hände übergehen sollte.«

»Ein Ausgestoßener der Gesellschaft, der zu so viel Reichtum gelangt, das ist Gotteslästerung!«, rief Seherutaui empört, der jetzt zum ersten Mal den Mund aufmachte.

»Ein Schatz, der seinem rechtmäßigen Besitzer zurückgegeben

werden sollte, dem göttlichen Ptah-Tempel, der ihn gut zu verwenden wissen wird.«

Irsu grinste hämisch.

»Selbstverständlich«, fuhr Anch fort, ohne die Fratze zu beachten, »wird der Tempel sich für die unschätzbare Hilfe zweier Vornehmer, wie ihr es seid, erkenntlich zeigen. Ihr sollt überaus großzügig entlohnt werden.«

»Wie großzügig?«, fragte Irsu interessiert.

»Ihr werdet jedenfalls keinen Grund zur Klage haben«, entgegnete Anch kühl.

»Und wann soll es losgehen?«

»Es ist alles vorbereitet. Noch heute Nacht werden wir den Kerl festnehmen. Seherutaui wird sich unverzüglich darum kümmern, nicht wahr?«, erklärte Anch.

»Ich werde ihn mir höchstpersönlich vorknöpfen«, nickte der Richter.

»Aber vergiss nicht, dass er nicht allzu viel preisgeben darf.«

»Darum brauchst du dir keine Sorgen zu machen. Er wird keine Möglichkeit erhalten, Dritte hineinzuziehen«, erklärte Seherutaui mit eisiger Stimme.

»Und was soll aus dem Jungen werden?«, wollte Irsu wissen.

»Ha! Auch für ihn ist gesorgt. Er wird sich noch wundern.«

»Du hast wirklich an alles gedacht.«

»Es wird vollkommen legal über die Bühne gehen«, fuhr der Schreiber fort und warf Seherutaui einen Blick zu. »Morgen in aller Frühe werden wir eine weitere Razzia bei Hiram machen, und zufälligerweise wird ein Beamter ein Schmuckstück finden, das den Phönizier belastet. Er wird uns Rechenschaft ablegen müssen. Unser verehrter Richter wird sich dann seiner annehmen, und zwar mit aller gebührenden Härte. Dafür ist er bekannt. Wir werden Hirams Unternehmen schließen und seinen gesamten Besitz beschlagnahmen. Er selbst kommt vor Gericht. Man könnte sagen, es ist ein zusätzliches kleines Geschenk für dich,

Irsu. Du bist einen Konkurrenten los und kannst deine Monopolstellung nach Belieben ausbauen. Morgen um diese Zeit bist du noch reicher als jetzt.«

»Hiram hat beste Beziehungen zu Leuten, die dem Wesir nahe stehen, und könnte …«

»Er wird keine Zeit haben, auch nur einen Finger zu rühren«, unterbrach ihn Anch. »Er hat keine Chance.«

»Verstehe«, sagte Irsu und warf seinem Freund einen schlauen Blick zu.

»Und was dich angeht, Seherutaui, du wirst dich vor allen Vornehmen von Memphis damit brüsten können, diese verruchte Bande zur Strecke gebracht zu haben. Der Ptah-Tempel wird so stolz auf dich sein, dass er vorschlagen wird, dich zum Mitglied des Hohen Gerichtshofes von Heliopolis zu ernennen. Du wirst direkt dem Wesir unterstehen.«

Irsu klatschte in die Hände.

»Möge mir deine Freundschaft auf ewig erhalten bleiben, Anch. Ich werde dir jedenfalls immer ergeben sein«, lachte er.

»Das will ich auch hoffen, denn um solche ehrgeizigen Ziele zu erreichen, brauchen wir deine tatkräftige Unterstützung«, antwortete Anch und warf ihm einen ziemlich kühlen Blick zu. »Vergiss nicht, wer das Spiel einmal angefangen hat, muss es auch zu Ende spielen.«

Nach dieser Erklärung standen Anch und Seherutaui auf und bedankten sich für die Gastfreundschaft des Syrers. Es würde nicht lange dauern, bis die Sonne unterging, und beide hatten an diesem Abend noch einiges vor.

Hiram lief fieberhaft von einer Ecke seines Kontors in die andere und stopfte alle möglichen Gegenstände und Dokumente in große Taschen. So eilig hatte er es, dass überall Papyri und Schriftstücke herumlagen, die er selbst auf den Boden geworfen hatte. Gelegentlich lief er ans Fenster und warf einen Blick auf die Straße hinunter. Dann fuhr er wieder fort, die Regale und Schubladen zu durchwühlen.

Plötzlich ging die Tür auf, und Nemenhat trat ein. Hiram blickte nur kurz auf und setzte dann seine hektische Betriebsamkeit fort.

»Was ist denn hier los?«, fragte Nemenhat, als er das wilde Durcheinander sah.

»Scheint ganz so, als hätten sich die Götter gegen uns verschworen«, antwortete Hiram, ohne sich unterbrechen zu lassen. »Wir schweben in höchster Gefahr.«

»Gefahr? Verstehe ich nicht. Vielleicht solltest du dich kurz beruhigen und mir erklären, was hier vorgeht.«

»Beruhigen? Mein Junge, die Sache ist so ernst, dass ich keine einzige Sekunde verlieren darf, und du solltest dasselbe tun. Ich habe so oft im Leben Schiffbruch erlitten, dass ich genau weiß, wann man das Schiff verlassen muss. Und ich sage dir, unseres ist kurz davor zu sinken.«

»Du willst dein Unternehmen im Stich lassen?«

»Wir beide, mein Junge«, erklärte Hiram und hielt plötzlich inne. »Ich weiß nicht, warum ich nicht längst dahinter gekommen bin. Aber die Überheblichkeit kann den Verstand des klügsten Mannes benebeln. Manchmal glauben wir, eine Macht zu besitzen, die uns immun gegen alle Gefahren in unserer Umgebung macht, aber dem ist nicht so. Hochmut kommt vor dem Fall.«

Nemenhat lehnte sich an die Wand, verschränkte die Arme und sah ihn fragend an.

»Erinnerst du dich, dass ich wegen der wiederholten Durchsuchungen Nachforschungen anstellen wollte?«, fragte Hiram und wandte sich wieder seinen Dokumenten zu.

»Ja.«

»Nun, sie waren erfolgreich, und ich kann dir versichern, dass wir die Angelegenheit nicht auf die leichte Schulter nehmen dürfen.«

»Du kennst viele einflussreiche Leute, Hiram. Ich glaube kaum, dass der Oberste Hafenschreiber dich zwingen könnte, dein Unternehmen aufzugeben.«

»Der Oberste Hafenschreiber? Dass ich nicht lache! Du hast keine Ahnung. Der würde es niemals wagen, sich mit mir anzulegen. Er beschränkt sich darauf, sein Siegel unter einen Befehl zu setzen, weiter nichts. Es steckt jemand ganz anderes dahinter.«

»Ich nehme an, du weißt, wer.«

»Selbstverständlich weiß ich, wer«, antwortete Hiram und hielt inne, um Nemenhat einen Blick zuzuwerfen. »Es ist der Ptah-Tempel. Ein gewisser Anch hält die Fäden in der Hand.«

»Anch?«

»Ja, kennst du ihn etwa?«

Nemenhat konnte seine Überraschung nicht verheimlichen. Sein Gesicht erblasste.

»Ja, ich kenne ihn. Besser, du setzt dich, ich muss dir etwas erzählen.«

Nun beichtete Nemenhat, was er sich zuvor nicht getraut hatte, Hiram zu sagen. Wie sein Vater den Schreiber in einer Schenke von Iti-taui kennen gelernt hatte und dieser mehr oder weniger direkt ihr Leben beeinflusst hatte. Er erzählte ihm auch von ihrer damaligen Lage, die der Schreiber eiskalt ausgenutzt hatte. Als er zu Ende gesprochen hatte, funkelten Hirams Augen vor Wut.

»Ich weiß, ich hätte dir das alles längst sagen müssen, aber die Sache war so unglaublich heikel. Und wir hatten seit langem mit diesem Leben gebrochen«, versuchte Nemenhat, sich zu rechtfertigen.

»Heikel, sagst du?«, erwiderte Hiram, der seinen Zorn kaum bändigen konnte. »Jetzt ist sie allerdings mehr als heikel, sie ist aussichtslos. Wenn du mir reinen Wein eingeschenkt hättest, wäre es niemals so weit gekommen. Wir hätten Vorkehrungen treffen können und wären jetzt auf der sicheren Seite. Doch dazu bleibt keine Zeit mehr. Sie werden uns anklagen, mit Schmuckstücken gehandelt zu haben, die aus den Gräbern stammen. Und du weißt ja selbst, was das bedeutet.«

In der darauf folgenden Stille blickten sich die beiden Männer an.

»Ich hätte mich niemals auf ein solches Spiel einlassen sollen«, schimpfte Hiram.

Nemenhat senkte zerknirscht den Kopf.

»Sie haben klammheimlich alles vorbereitet«, fuhr Hiram fort. »Sie haben nämlich gar kein Interesse daran, die Sache an die große Glocke zu hängen. Sie sind hinter der Beute her, und erst danach werden sie sich um uns kümmern. Oder meinst du, sie werden dir die Möglichkeit geben zu erzählen, wie es war? Bis ins kleinste Detail haben sie alles geplant. Weißt du, wer die Anklage führen wird?«

»Nein.«

»Kein Geringerer als Seherutaui. Hast du schon einmal von ihm gehört?«

Nemenhat schüttelte den Kopf.

»Nun, in einschlägigen Kreisen ist er als ›der Schlächter‹ bekannt. Keiner hat so viele Ohren und Nasen abschneiden lassen wie er. Du solltest langsam aufwachen, sonst wirst du noch beides loswerden.«

»Was willst du tun?«

»Ich verlasse Memphis so schnell wie möglich. Heute Nacht läuft ein Schiff nach Byblos aus, und ich werde an Bord sein. Hier gibt es nichts mehr zu retten.«

Erschüttert sank Nemenhat auf einen Schemel.

Hiram warf ihm einen Blick von der Seite zu und setzte sich neben ihn.

»Hör zu«, sagte er und legte ihm die Hand auf die Schulter. »Manchmal handeln wir mit den besten Vorsätzen, und trotzdem gerät alles außer Kontrolle. Das Schicksal ist so wankelmütig, dass die kleinste Entscheidung alles verändern kann. Lass dich nicht unterkriegen. Wir müssen uns dem Unausweichlichen stellen, um später neu anfangen zu können. Dank dieser finsteren Geschichte haben wir uns kennen gelernt, und ich kann dir aufrichtig sagen, dass ich es nicht bereue. Ich habe dich in mein Herz geschlossen und liebe dich wie den Sohn, den ich niemals hatte.«

Nemenhat sah Hiram an. Seine Augen schwammen in Tränen, als er ihn wie seinen eigenen Vater umarmte.

»Du musst sofort etwas unternehmen«, erklärte Hiram. »Deine gesamte Familie ist in höchster Gefahr. Geh nach Hause, pack das Nötigste zusammen, und bring alle her, wenn es sein muss, mit Gewalt. Ich warte auf euch an Bord der *Cabires* drüben am Pier. Ich habe für alles gesorgt. Der Kapitän wird uns noch heute Nacht aus Memphis hinausschmuggeln.«

Nemenhat stand auf, wie betäubt von dem, was ihm Hiram gesagt hatte. Als Erstes dachte er an seine Frau und seinen Vater. Sein Vater … schwebte in höchster Gefahr. Er musste sofort zu ihm, ehe es zu spät war.

»Verlier keine Zeit, Nemenhat, ich warte auf euch, aber wenn ihr bis zum Morgengrauen nicht gekommen seid, müssen wir ohne euch auslaufen.«

»Danke, Hiram«, sagte Nemenhat, der gegen seine Tränen ankämpfte, und umarmte ihn erneut.

Nie wieder würde es ihm so schwer fallen, sich aus einer Umarmung zu lösen. Er fühlte, wie sein Herz von unkontrollierbaren Gefühlen erdrückt wurde, und so klammerte er sich an den Mann, der seinem erbärmlichen Dasein einen Sinn gegeben hatte.

Als er sich endlich losriss, konnte er ihm nicht in die Augen sehen. Sein Mund brachte kein Wort mehr heraus, als hätte er die Sprache verloren. Die Kraft reichte gerade noch, um ihm den Rücken zuzukehren und überstürzt den Raum zu verlassen.

Er trat aus dem Kontor und ging schnellen Schrittes an den

Bergen von Waren vorbei, die sich auf den Docks stapelten und darauf warteten, verschifft zu werden. An diesem Nachmittag herrschte reger Betrieb im Hafen. Überall sah man schweißgebadete Männer, die in der drückenden Hitze ihrer Arbeit nachgingen. Aus allen Richtungen eilten Gruppen von Soldaten zu der Garnison, die außerhalb der Stadt lag. Auch der Fluss wimmelte von unzähligen Schiffen, die Truppen aus dem Süden herantransportierten. Es hing die gleiche Unruhe in der Luft, wie sie Nemenhat knapp drei Jahre zuvor unmittelbar vor dem Angriff der Westvölker erlebt hatte.

Ägypten rüstete erneut zum Krieg, aber seltsamerweise ließen die Ereignisse, die sich anbahnten, Nemenhat dieses Mal vollkommen kalt. Nach dem, was er gerade von Hiram erfahren hatte, vergaß er alles andere ringsum. Seine einzige Sorge galt der Gefahr, in der sich die seinen befanden.

Während er die Gasse zum Haus seines Vaters hinauflief, versuchte er, Ordnung in seine Gedanken zu bringen. Er wusste nicht, welche Folgen die Angelegenheit hätte, aber er konnte sich lebhaft vorstellen, dass sie kein gutes Ende nehmen würde.

Wie würde Nubet reagieren, wenn sie erfuhr, dass er ein gemeiner Grabräuber gewesen war? Besser, er dachte nicht daran. Schwere Gewissensbisse plagten Nemenhat, weil er ihr seine schändliche Vergangenheit niemals gebeichtet hatte.

Aber so schrecklich dieses Problem auch sein mochte, es war nicht mit dem zu vergleichen, was seinem Vater blühte. Anch würde seine Häscher so schnell wie möglich auf Schepsenure hetzen, davon war er überzeugt, und er hatte auch nicht den geringsten Zweifel, mit welchem Ziel. Wenn er ihnen nicht zuvorkam, war sein Vater ein toter Mann. Der Schreiber würde Schepsenure niemals die Gelegenheit geben, ihn zu belasten.

Bei diesem Gedanken lief es ihm eiskalt über den Rücken. Was, wenn sie seinen Vater bereits abgeholt hatten? Er beschleunigte seine Schritte, doch die überfüllten Straßen hinderten ihn, so schnell vorwärts zu kommen, wie er wollte. Die Soldateska bahnte sich einen Weg durch die Gassen und ging nicht gerade zimperlich vor, während die Menschen sie mit ängstlichen Blicken verfolgten und unablässig über die neue Bedrohung tuschelten, der das Reich entgegensah.

Als Nemenhat endlich das Haus seines Vaters erreichte, wurden die Schatten allmählich länger. Er stürzte ins Haus und rief laut Schepsenures Namen, bekam jedoch keine Antwort. Von Angst geschüttelt merkte er, wie sich ihm der Magen umdrehte. Er rief erneut und ging dabei von Zimmer zu Zimmer, vergebens. Schließlich vergrub er den Kopf in den Händen und seufzte verzweifelt.

Ich muss ihn finden, egal wie, dachte er.

Als er auf dem Weg zur Haustür durch den Flur kam, hörte er das Geräusch nackter Füße hinter sich. Er wandte sich um, konnte aber nur noch erkennen, wie ein Unbekannter einen dicken Knüppel hob und ihn damit auf den Kopf schlug. Es war, als bräche die Dunkelheit, die Re Nacht für Nacht mit seiner Barke durchsegelte, plötzlich über ihn herein. Für den Bruchteil einer Sekunde bekam er noch mit, was mit ihm geschah, ehe er in ein tiefes schwarzes Loch stürzte. Wie ein schwerer Sack plumpste er zu Boden, und das Blut, das aus seinem Kopf schoss, ergoss sich über den Lehmboden und färbte ihn merkwürdig dunkel.

An diesem Tag war Schepsenure bereits gegen Mittag aus dem Haus gegangen. Den ganzen Morgen hatte er wie ein Besessener an Menefer gedacht. Schließlich konnte er nicht mehr auf den Sonnenuntergang warten. Er hatte sie seit zwei Nächten nicht gesehen, jetzt hielt er es nicht länger aus. Er war wie verhext. Sein *ba* schien erst dann Ruhe zu finden, wenn er sich die ganze Nacht in ihren Armen verlor.

Er nahm den üblichen Weg, ohne die vielen Soldaten zu

beachten, die durch die Gassen eilten. Er gehörte nicht mehr dieser Welt an. Seine Welt war Menefer, alles andere interessierte ihn herzlich wenig, wenn überhaupt.

Wie üblich verspürte er eine Sehnsucht, die ihn von innen verzehrte. Er wusste, dass sie erst nachließ, wenn er am frühen Morgen einschlief, nachdem er sich an ihrem Körper gesättigt hatte.

Menefer! Nicht einmal der beste thebanische Mohn war so berauschend wie sie.

Schließlich ließ er die Häuser der Stadt hinter sich und bog in den schmalen Feldweg ein, der über die kleine Brücke führte. Je näher er dem Haus seiner Geliebten kam, desto schneller schlug sein Herz. Aber war das wirklich Liebe? Seltsamerweise hatte er noch nie darüber nachgedacht. Lag das vielleicht daran, dass sie sich in eine Sucht verwandelt hatte?

Die Sonne ging gerade unter, als er das Tor erreichte. Es war wie immer angelehnt, und er schob es auf.

Im Garten erwartete ihn die übliche Stille, aber dieses Mal entdeckte er weder eine Katze noch einen der Bediensteten. Alles war von dieser geheimnisvollen Einsamkeit durchdrungen, die das Haus umgab. Sie war Schepsenure nicht geheuer. Keine Stimme, kein Geräusch, nicht einmal die sanfte Brise, die aus dem Norden kam und durch die Wedel der *dum-dum*-Palmen rauschte. Schepsenure sah hinauf zu ihren Wipfeln.* Irgendwie kam ihm das seltsam vor. Trotzdem ging er den Pfad entlang weiter auf das Haus zu, entschlossen, keine Minute länger zu warten, bis er in Menefers Armen lag.

Die Tür des Hauses quietschte übertrieben laut in den Angeln, als er sie aufschob. Er blieb kurz stehen und stutzte. Er konnte sich nicht erinnern, dass sie früher so laut gequietscht hatte.

* Es handelt sich um für Ägypten typische Palmen, die bis zu dreißig Meter hoch werden können.

Noch mehr war er von der Dunkelheit überrascht, die im Haus herrschte. Er öffnete ein Fenster neben der Tür und konnte nur noch staunen, als er sah, dass der ganze Raum leer war. Nicht ein einziges Möbelstück, nicht einmal die Räucherpfannen, die sonst immer brannten. Nichts. Er durchquerte den Raum und sah sich ungläubig um, als wäre er unversehens in einen Traum geraten.

Er ging durch den Innenhof und trat in den angrenzenden Saal, dessen Türen auf die Terrasse hinausführten und immer offen gestanden hatten. Auch sie waren nun geschlossen. Um ihn herum war tiefe Dunkelheit, und jetzt nahm er einen eigenartigen Geruch wahr, den er von den Gräbern her kannte. Hastig öffnete er die beiden Türen, die zur Terrasse führten, und als das Licht der tief stehenden Sonne hereinfiel, stockte ihm das Herz.

Auch dieser Saal war vollkommen leer. Das ganze Haus machte den Eindruck, als sei es seit langem unbewohnt. Alles war von einer dicken Staubschicht überzogen. Er sah auf den Boden und konnte seine frischen Fußspuren im Staub erkennen. Es war unbegreiflich, wenn er daran dachte, dass nur zwei Nächte vergangen waren, seit er das letzte Mal hier gewesen war.

Er lief auf die Terrasse hinaus und rief laut nach Menefer. Doch auch die Terrasse, der Schauplatz ihrer zügellosen Leidenschaft, war leer.

Immer wieder rief Schepsenure ihren Namen, bis er erschöpft zusammenbrach und an seinem eigenen Schluchzen erstickte. Alles um ihn herum begann sich zu drehen, und Menefers Name hallte von den Mauern des Hauses wider wie ein Echo von unzähligen spöttischen Stimmen. Sein Kopf füllte sich mit ihrem Gelächter, obwohl er sich mit beiden Händen die Ohren zuhielt. Er stürzte zu Boden und blieb dort zusammengekauert liegen, während er wie von einem bösen Geist besessen immer wieder den Namen dieser Frau rief.

Unmöglich zu sagen, wie lange er so verharrte, bis er einen ersten klaren Gedanken fassen konnte. Als er sich endlich aufraffte und aufstand, war es tiefe Nacht.

Mühsam schleppte er sich zu der Treppe, die zum Fluss führte und die sie noch vor wenigen Nächten hinaufgelaufen waren, während das heilige Wasser des Nils von ihren nackten Körpern tropfte. Er setzte sich niedergeschlagen auf eine Stufe und blickte auf das dunkle Wasser des Flusses, das an ihm vorbeifloss.

Wie ist das möglich?, fragte er sich immer wieder und schüttelte ungläubig den Kopf. War das alles nur ein Albtraum gewesen, aus dem er jetzt erwachte?

Er drehte sich um und betrachtete die dunkle Silhouette des Hauses vor dem Nachthimmel. Die zuvor so ordentlich beschnittenen Hecken wuchsen nun wild. Alles vermittelte den Eindruck, als sei dieses Gebäude seit Urzeiten verlassen. Doch das war unmöglich, er selbst hatte ganze Nächte hier verbracht.

Es konnte nur Magie sein, eine andere Erklärung fand er nicht.

Beschämt legte er den Kopf auf die Knie und verfluchte mit unverständlichen Worten seine eigene Dummheit.

Die Frau hatte ihn verhext, und er hatte sich ihr widerstandslos ergeben, wohl wissend, dass sie ihm niemals ganz gehören würde.

»Kein Mann wird mich jemals ganz besitzen«, hatte sie bei ihrer ersten Begegnung erklärt.

Er hatte das Glück bei jemandem gesucht, der es ihm nicht geben konnte. Menefer gab nichts, sie nahm nur. Und er hatte es nicht einsehen wollen und sich das Gegenteil eingeredet.

Das Geräusch schwerer Schritte riss ihn aus seinen wirren Gedanken. Zuerst dachte er, dass sie zu der unglaublichen Fata Morgana gehörten, die er gerade erlebte, doch dann hörte er, wie sie immer näher kamen.

Er drehte sich auf den Stufen um und sah die Fackeln bewaffneter Männer, die geradewegs auf ihn zukamen.

In diesem Augenblick kehrte die Vernunft, die ihn ein Leben lang begleitet hatte, schlagartig zurück. Wie Schuppen fiel es ihm von den Augen. Alles war eine Farce gewesen, und er war in eine heimtückische Falle getappt.

Blitzschnell sprang er auf und rannte die Stufen hinunter, um in den Fluss zu springen. An den Ufern könnte er sich leicht im Schilf verstecken. Doch in letzter Sekunde, gerade als seine Füße das Wasser berührten, tauchten aus der Dunkelheit zwei Hände auf und hielten ihn mit eiserner Gewalt fest.

Schepsenure versuchte, sich loszureißen. Er wusste, dass es um Leben und Tod ging. Mit einer übermenschlichen Anstrengung gelang es ihm schließlich, den Mann, der ihn gepackt hatte, zu Boden zu werfen. Man hörte, wie beide Körper auf die Stufen fielen. Der Angreifer stöhnte vor Schmerz, als er aufschlug, und ließ los. Schepsenure erhob sich und wollte gerade in das rettende Wasser springen, das keinen Meter entfernt war.

In diesem Moment sah er aus den Augenwinkeln eine Fackel über seinem Kopf. Dann spürte er einen Schlag im Gesicht wie von einer eisernen Faust. Vollkommene Stille breitete sich aus, und die Welt verdunkelte sich.

Das Erste, was Schepsenure sah, als er die Augen wieder aufschlug, war der schwache Lichtstrahl, der durch das winzige Oberlicht drang und die Zelle kaum erhellte. Nachdem sich seine Augen an die Dunkelheit gewöhnt hatten, erkannte er, dass er sich in einer vollkommen leeren Kammer befand und allein war.

Er versuchte, sich aufzurichten, und spürte einen unerträglichen Schmerz. Instinktiv hob er seine Hand an die Nase, doch als er sie berührte, steigerten sich die Schmerzen ins Unermessliche, sodass er beinahe das Bewusstsein verlor. Er sank zurück auf den harten Kalksteinboden und versuchte, den Kopf so wenig wie möglich zu bewegen, um die Schmerzen besser aushalten zu können. Er blickte zu dem kleinen Fenster empor, durch das spärliches Sonnenlicht fiel, und versuchte, seine Gedanken zu ordnen. Wo war er? Und wie lange war er bereits hier?

Sofort fiel ihm der Kampf auf den Stufen vor Menefers Haus ein und wie ihn eine eiserne Faust mitten ins Gesicht getroffen hatte. Das Resultat war deutlich zu spüren. Seine Nase schmerzte, als hätte man sie ihm gebrochen. Doch die Erinnerung an etwas anderes war noch schmerzlicher als der Schlag.

Nemenhat! Sein Sohn war in Todesgefahr. Er musste ihn warnen, aber wie? Das Gefühl, dass dieses Mal alles verloren war, überwältigte ihn. Er saß in der Falle. Und nur, weil er so dumm gewesen war. Wo hatte er die Vorsicht gelassen, die ihn immer ausgezeichnet hatte? Nur einen Monat lang hatte er sie ignoriert, und das war die Folge!

Am Ende war Anch schlauer gewesen als er und hatte das Spiel gewonnen. Dieses Spiel, das vor so vielen Jahren in der Schenke von Iti-taui begonnen hatte und auf das er sich niemals hätte einlassen dürfen.

In seinem Gesicht spiegelte sich Resignation. Es war, wie es war, alles Klagen half nicht mehr. Er würde dem Tod mit der Würde begegnen, die ihm im Leben verwehrt geblieben war. Doch dann dachte er wieder an seinen Sohn und wurde von Gewissensbissen geplagt. Nemenhat war erst zweiundzwanzig Jahre alt, sein Weg durfte so nicht enden. Er hatte alles Erdenkliche unternommen, damit er nicht das Leben eines Ausgestoßenen führen musste, so wie sein Vater und sein Großvater vor ihm.

Die Ausgestoßenen säen auf den Äckern, die sie bestellen, immer weiteres Elend. Sie ziehen das Unglück an wie der Honig die Fliegen, murmelte er verbittert, als er an all das Leid dachte, das sein Vater und dessen Vater ihren Familien zugefügt hatten.

Er stöhnte vor Verzweiflung, als er an die Strafe dachte, die für ein so schändliches Verbrechen verhängt wurde. Hatte man seinen Großvater nicht vor seinen eigenen Augen hingerichtet, als er noch ein Kind war? Er fürchtete den Tod nicht, aber sein Sohn … Er musste ihn warnen!

In diesem Augenblick riss ihn das Kreischen des Riegels aus

seinen Gedanken. Mehrere Männer mit Fackeln betraten die Zelle und kamen auf ihn zu.

»Sieht ganz so aus, als wäre er wieder zu sich gekommen«, sagte einer, nachdem er die Fackel auf ihn gerichtet hatte.

»Dann sollten wir keine Zeit verlieren. Steh auf, du Hundesohn! Der Richter wartet schon.«

Schepsenure richtete sich auf und spürte erneut den schrecklichen Schmerz in der Nase. Die Wärter packten ihn an den Armen und zwangen ihn zu gehen.

Sie stolperten durch einen langen dunklen Gang, der nur von den Fackeln der Wärter erhellt wurde, und stiegen dann eine schmale Treppe zu einer Terrasse hinauf, auf die nun die Sonne niederbrannte. Schepsenure versuchte instinktiv die Augen abzuschirmen, doch die Hände, die ihn festhielten, waren wie Eisenketten.

Die Wärter lachten bei seinem Versuch.

»Ungeziefer wie du fühlt sich in der Dunkelheit der Kerker wohler, nicht wahr?«, spottete einer der Männer.

Die anderen lachten und schüttelten ihn brutal.

»Mach dir keine Sorgen. Du kommst schneller wieder zurück in das dunkle Loch, als du dir vorstellen kannst«, sagte ein anderer verächtlich.

Die Männer lachten noch lauter.

»Pssst! Seid endlich ruhig«, sagte einer der Häscher, offensichtlich der Ranghöchste. »Der Richter wartet, und wie ihr wisst, mag er keine Scherze.«

So war es. Seherutaui saß auf einem prächtigen Klappstuhl und war sichtlich ungeduldig. Er hatte den ganzen Morgen darauf gewartet, dass Schepsenure wieder zu sich kam, und von Stunde zu Stunde war sein Missmut gewachsen. Er musste diesen Fall so schnell wie möglich abschließen, sonst bestand die Gefahr, dass er kompliziert wurde.

Schepsenure wurde eines der schrecklichsten Verbrechen bezichtigt, deren man sich in Ägypten schuldig machen konnte, und allein der Wesir war berechtigt, über Fälle von Grabräuberei zu richten.

Als oberster Vertreter der Justiz von Memphis musste Seherutaui den Angeklagten vernehmen und ein Verfahren einleiten, das schließlich vor den Hohen Gerichtshof in Heliopolis kam, wo der Wesir das Sagen hatte und das Urteil sprach.

Seherutauis Macht war begrenzt, doch er besaß einen gewissen Spielraum, um die Angelegenheit in eine Richtung zu lenken, die seinen Interessen entsprach. Tatsache war, dass die Untersuchung nicht, wie in den meisten Fällen üblich, vom Staat eingeleitet worden war, sondern vom Ptah-Tempel, einer relativ unabhängigen Instanz. Es handelte sich also um eine private Anklage, von der weder der Staat noch der Wesir bislang etwas erfahren hatten.

Sicher war der Richter verpflichtet, in einem derartigen Fall die höchsten Stellen der Justiz zu informieren, doch es würde eine Weile dauern, bis die schwerfällige ägyptische Bürokratie das Verfahren vor den Hohen Gerichtshof brachte.

Seherutaui würde zwar peinlich genau darauf achten, dass das Verfahren ordnungsgemäß bis zur höchsten Gerichtsinstanz gelangte, doch gleichzeitig sicherstellen, dass der Angeklagte selbst gar nicht erst so weit kam. Um dies zu erreichen, gab ihm das Gesetz mehrere Möglichkeiten, vor allem während des Verhörs.

Sie schleppten Schepsenure vor den Richter. Der erste Eindruck, den dieser auf ihn machte, war der eines hageren Mannes mittleren Alters mit gelber Haut, einem verbitterten Gesicht und eiskalten, ausdruckslosen Augen. Ein unangenehmer Anblick.

Schepsenure spürte, wie dieser Mann ihn während einer langen Zeit des Schweigens mit seinem forschenden Blick durchbohrte.

»Bist du Schepsenure?«, fragte der Richter schließlich. Seine Stimme war genauso unangenehm wie sein Äußeres.

Der Handwerker sah ihm ins Gesicht und antwortete nicht.

»Na schön, wir wissen, dass du Schepsenure bist«, erklärte der Richter und verzog das Gesicht vor Ekel. »Und wir wissen auch, welchen Geschäften du dich widmest. Sie sind äußerst lukrativ und verstoßen gegen die Grundregeln unseres Volkes. Es gibt nichts Heiligeres als das verbriefte Recht auf ein sicheres Dasein im Jenseits, und du hast dieses Recht verletzt, indem du den Toten alles genommen hast, was sie für ihr Leben im Jenseits benötigen.«

Schepsenure schwieg und blickte auf einen Schreiber, der auf dem Boden neben dem Richter hockte und alles festhielt, was dieser sagte.

»Grabräuberei ist ein schweres Verbrechen, das mit dem Tod bestraft wird. Das wusstest du!«

Schepsenure antwortete nicht.

»Ich sehe schon. Du willst mit deinem Schweigen deine Verachtung für dieses Gericht zum Ausdruck bringen. Du kannst von Glück sagen, dass in diesem speziellen Fall der Wesir über dich zu richten hat, sonst würde ich dir persönlich die Ohren abschneiden.«

Schepsenure zuckte nicht einmal mit der Wimper.

»Danach würde ich dir die Nase abschneiden lassen, und wenn du dann immer noch nicht den Mund aufmachen wolltest, käme die Zunge dran, denn offensichtlich brauchst du sie kaum. Doch den Respekt, den ich für dich nicht habe, schulde ich dem Wesir, und ich will nicht, dass du verstümmelt vor ihn trittst.«

Sie musterten sich eine Weile schweigend.

»Nun, ich werde dir sagen, was wir machen«, fuhr der Richter ungerührt fort. »Der Schreiber wird dir ein Geständnis vorlegen, in dem du dich aller Verbrechen, die dir vorgeworfen werden, für schuldig bekennst, und du wirst es unterschreiben … und da du nicht schreiben kannst, wirst du ein Kreuz machen, und der Schreiber kann anschließend für dich unterzeichnen. Das erspart uns eine Menge Zeit. Hast du verstanden?«

Schepsenure warf ihm einen verächtlichen Blick zu und antwortete immer noch nicht.

»Tja, scheinbar haben wir es hier mit einem ziemlich hartgesottenen Burschen zu tun, was? Solche Kerle gefallen mir«, fuhr er fort und wandte sich zu einigen Gestalten um, die hinter ihm standen.

»Das sind die Beamten, die den Fall untersucht haben«, erklärte er dann an Schepsenure gewandt. »Sie sind dir schon länger auf die Schliche gekommen und haben einen lückenlosen Bericht über jeden deiner Schritte verfasst. Die Beweise sind derart erdrückend, dass niemand mit einem Funken von Verstand deine Schuld in Zweifel ziehen könnte. In diesem Bericht wird mehr als deutlich, dass du ein hinterhältiger Grabräuber bist. Zweifellos wäre es diesem Gericht eine Hilfe, wenn du uns deine Komplizen nennen würdest. Soweit wir wissen, ist einer davon ein gewisser Nemenhat …«

Als Schepsenure den Namen hörte, entrang sich seiner Brust ein verzweifelter Schmerzensschrei.

»Lasst ihn in Frieden! Er hat nichts mit der Sache zu tun!«, rief er und versuchte, sich loszureißen.

Seherutaui musterte ihn spöttisch.

»Scheint ganz so, als hätte der Name deine Zunge gelockert. Du musst ihn also ganz gut kennen«, erklärte der Richter.

»Der Junge hat nichts damit zu tun«, wiederholte Schepsenure verzweifelt. »Er hat nichts verbrochen.«

»Ich würde dir ja gern glauben, aber unsere Nachforschungen sprechen eine andere Sprache«, entgegnete Seherutaui und schnippte mit dem Finger, um einem seiner Gehilfen ein Zeichen zu geben.

Daraufhin reichte ihm der Mann einen Papyrus, den sein Vorgesetzter gemächlich aufrollte.

»Mal sehen«, erklärte er mit einer Stimme, die bar jeglichen Gefühls war. »Den Untersuchungen zufolge hat dieser Nemenhat einen Teil der Beute verkauft und somit die Bedeutung, die diese heiligen Gegenstände für uns haben, geschändet. Man stelle sich vor, ein heiliger Skarabäus in den Händen eines kypriotischen Gastwirts! Unglaublich!«

»Er ist unschuldig! Mein Sohn bekleidet eine ehrbare Stellung in Hirams Handelsniederlassung«, rief Schepsenure wütend.

»Dein Sohn? Ach ja, das hätte ich ja fast vergessen. Deine Haltung ist verständlich. Welcher Vater würde seinen Sohn nicht decken wollen? Aber die Beweislage ist erdrückend. Wie soll ich dir da glauben?«

Schepsenure versuchte erneut, sich aus dem Griff der Männer zu befreien.

»Einige Stücke, die er verkauft hat, stammen aus derselben Grabanlage wie die Teile, die du gestern Abend bei dir hattest. Du wirst verstehen, dass so viele Zufälle gar nicht möglich sind, vor allem, da wir es mit Gegenständen zu tun haben, die fast fünfzehnhundert Jahre alt sind. Er ist genauso schuldig wie du und wird dafür zur Rechenschaft gezogen werden.«

Schepsenure stöhnte vor Verzweiflung.

Der Richter lachte. »Komm endlich zur Vernunft und unterschreib dein Geständnis. Dann hast du es hinter dir.«

»Ich werde doch nicht meinen eigenen Sohn belasten«, rief Schepsenure außer sich vor Wut. »Ich helfe dir bestimmt nicht, ihn zu verhaften.«

»Das musst du auch gar nicht«, antwortete der Richter genüsslich. »Wir haben ihn längst.«

Schepsenure spürte, wie ihm das Blut in den Kopf stieg und ihm den Verstand raubte. Das Stöhnen steigerte sich zu einem wütenden Schrei. Wie ein wildes Tier wand er sich in dem Versuch, sich loszureißen.

»Du solltest mit uns zusammenarbeiten, Schepsenure. Sei vernünftig. Dein Sohn und dieser Hiram sind deine Komplizen.«

»Hiram ist ein ehrenwerter und einflussreicher Kaufmann dieser Stadt. Niemand wird dir abnehmen, dass er mit Grabesbeute handelt«, erwiderte Schepsenure.

»Ehrenwert? Er ist nur viel schlauer als ihr. Noch gestern Abend hat er sich abgesetzt. Wahrscheinlich ist er an Bord eines Schiffes, das in Richtung Großer Grüner unterwegs ist.«

Schepsenure senkte niedergeschlagen den Kopf.

»Unterschreib dein Geständnis, und alles ist vorbei.«

»Ich habe nichts zu gestehen«, erklärte Schepsenure, hob den Kopf und warf dem Richter einen Blick voll unterdrückter Wut zu. »Und auf keinen Fall werde ich meinen eigenen Sohn belasten.«

»Ich wusste, dass du das sagen würdest«, meinte Seherutaui unerschütterlich. »Gib dich keinen falschen Hoffnungen hin, ich verfüge über die geeigneten Mittel, um dich zum Sprechen zu bringen. Es ist alles bereits vorbereitet.«

Er gab den Wärtern ein Zeichen, und diese schleiften Schepsenure von der Terrasse weg.

»Ich verfluche dich. Deine Nachkommen seien auf ewig verflucht«, hörte man den Gefangenen rufen, als er abgeführt wurde.

Seherutaui wandte sich gleichgültig an den Schreiber neben ihm.

»Eine ordentliche Bastonade bringt ihn bestimmt zur Vernunft«, meinte er sarkastisch.

Als Schepsenure den ersten Stockschlag spürte, wurde ihm klar, dass er sterben würde. Der Hieb war derart brutal, dass ihm die Luft wegblieb und er das Gefühl hatte, man hätte ihm das Rückgrat gebrochen. Der zweite Schlag traf die Beine, sodass er das Gleichgewicht verlor und auf den kalten Boden des Kerkers schlug. Unverzüglich folgte eine Flut von Schlägen, ausgeführt mit einer Wucht, zu der nicht einmal Sachmet fähig gewesen wäre. Schepsenure konnte nur noch schützend die Arme vor den Kopf heben.

Nach ein paar Minuten, die ihm wie eine Ewigkeit vorkamen, hörten die Schläge auf. In der dumpfen Atmosphäre des Kerkers vermischten sich seine Schmerzensschreie mit dem lauten Keuchen seiner Peiniger, die sich von der Anstrengung erholten.

Er sah, wie man ihm einen Papyrus und ein Schreibrohr zuschob, die er im spärlichen und gespenstischen Licht der Zelle kaum sehen konnte, und hörte die näselnde Stimme des Schreibers, der ihn aufforderte zu unterzeichnen.

»Unterschreib hier.«

Voller Verachtung wandte er den Kopf zur Seite, und dann spürte er, wie es wieder Schläge hagelte, dieses Mal auf seine Füße.

Instinktiv versuchte er, sie zu schützen, doch dann spürte er einen Schlag auf dem Kopf und riss die Hände wieder schützend nach oben, während er vor Schmerzen brüllte.

Als die Schläge nachließen, hatte Schepsenure fast kein Gefühl mehr in den Füßen. Sie bewegten sich wie von allein, ohne sein Zutun, in einer Art Zittern, das er nicht kontrollieren konnte. So viele gebrochene Knochen musste er haben, dass er sich auf dem Boden liegend nicht mehr umdrehen konnte. Die Kraft reichte nur noch zum Atmen, und jedes Mal, wenn er Luft holte, waren die stechenden Schmerzen in der Lunge so stark, dass er beinahe in Ohnmacht fiel.

Er schmeckte eine schleimige Flüssigkeit im Mund und spuckte Blut aus. Er musste husten, und die Schmerzen wurden unerträglich.

Seine trüben Augen glaubten, schon wieder den Papyrus und die Feder zu sehen; seine Ohren hörten die Stimme des Schreibers.

»Es ist lediglich eine Formalität. Unterschreib.«

Die Augen fielen ihm zu, während er versuchte, sich auf das Atmen zu konzentrieren.

Und noch einmal schien Sachmet selbst ihre berüchtigte, unbarmherzige Wut an ihm auszulassen. War das die Rache dafür, dass er das Grab der Diener ihres göttlichen Gemahls Ptah geschändet hatte?

Doch während die Stockschläge seine Knochen zertrümmerten, dachte er, dass diese Namen ihm noch immer nichts bedeuteten. Die Bastonade war nicht Sachmets Zorn, sondern Anchs Rache. Was für ein schreckliches Ende doch sein unheilvolles Leben jetzt nahm.

Plötzlich sah er das Bild von Nemenhat vor sich, und sein Herz wurde schwer. Was würde mit ihm geschehen? Stand ihm dasselbe Schicksal bevor?

In einem lichten Augenblick meinte er sicher zu sein, dass Anch es nicht wagen würde, ihn zu beseitigen, und man ihn zur Strafe wahrscheinlich in die Minen im Sinai deportieren würde. Doch diese Hoffnung war nicht von langer Dauer. Bald darauf war er davon überzeugt, dass Anch tun würde, was er wollte. Sein Schmerz steigerte sich. Sein Sohn, das Kostbarste, was er hatte …

Er fiel in einen tranceähnlichen Zustand, in dem er die Schläge nicht mehr spürte. Es war ein angenehmer, einladender Zustand. Schepsenure fühlte, wie eine unsägliche Last von seinen Schultern fiel und ein merkwürdiges Wohlgefühl sich in ihm ausbreitete. Er sah sein ganzes Leben im Land von Kemet Revue passieren. Kemet, dieses von den Göttern auserwählte Schwarze Land. Bald wüsste er, ob sie ihn zur Rechenschaft ziehen würden.

Er sah seinen alten Freund Seneb, den ehrlichsten Menschen, der ihm im Leben begegnet war. Allein seine Freundschaft war es wert gewesen zu leben. Schade, dass er am Ende alles zerstört hatte. Vielleicht hatte der alte Einbalsamierer Recht gehabt, wenn er behauptete, dass alles schon geschrieben steht und die Götter die Fäden unseres Schicksals in ihren unsichtbaren Fingern halten.

Er sah Menefer, die schönste Frau, die seine Augen jemals gesehen hatten. Sie spielte eine entscheidende Rolle in diesem Drama, doch er empfand keinen Groll gegen sie. Menefer hatte ihm die glücklichsten Augenblicke seines Lebens geschenkt, auch wenn sie nur von kurzer Dauer gewesen waren und sie ihn schließlich in die Falle gelockt hatte. Es war ihm egal. Nicht jeder auf der Welt bekam die Möglichkeit, eine Göttin zu lieben.

Ein Stockschlag traf seinen Kopf. Er fühlte ihn nicht, doch plötzlich sah er ein strahlendes Licht. Das reinste Licht, das er jemals gesehen hatte. Und in diesem Licht kam eine Gestalt auf ihn zu, die so hell leuchtete wie ein Stern am dunklen Himmel.

Schepsenure ging auf sie zu, und als er vor ihr stand, erkannte er Heriamon, die Frau, die er vor langer Zeit verloren hatte. Sie strahlte so rein und jung, wie er sie kennen gelernt hatte. Sie blieben voreinander stehen, und sie reichte ihm die Hand. Als Schepsenure sie ergriff, spürte er, wie die Berührung ihn von allem Leid erlöste und mit Glückseligkeit erfüllte. Hand in Hand gingen sie auf das Licht zu und verloren sich schließlich darin.

Man karrte Schepsenures leblosen Körper in die Nekropole von Saqqara und warf ihn in den Sand, den umherstreifenden Schakalen zum Fraß, die nicht lange bräuchten, um ihn zu entdecken.

Der Schreiber unterschrieb das Geständnis; es spielte ohnehin keine Rolle, da Schepsenure nicht hatte schreiben können.

Nemenhats Kopf dröhnte vor Schmerzen, ihm war schwindelig, sein halbes Gesicht war mit Blut verkrustet. Er hockte im großen Innenhof, die Arme um die Knie geschlungen, und wartete in der langen Schlange darauf, dass der *sesch neferu*, der Soldatenschreiber, der für die Rekrutierungen zuständig war, seine Personalien aufnahm und ihn einer Einheit im Heer zuteilte.

Er war in einen bodenlosen Abgrund gestürzt; seine Verwirrung war so groß, dass er keinen klaren Gedanken mehr fassen konnte.

Über Nacht hatte sich sein ganzes Dasein in ein Chaos verwandelt. Er wusste nicht, was aus seinem Vater, seiner Frau und deren Vater geworden war. Es war, als hätte seine Welt mit einem Mal aufgehört zu existieren. Er erinnerte sich nur noch daran, wie er nach seinem Vater gesucht und ihm jemand einen Schlag auf den Kopf versetzt hatte. Den Schmerzen nach zu urteilen, hätte es auch der Tritt eines Lastesels gewesen sein können.

Als er aufwachte, hatte er sich im Innenhof der Garnison von Memphis mit hunderten von anderen Männern befunden, die wie er zwangsrekrutiert worden waren. Den ganzen Morgen saßen sie in der sengenden Sonne, wo nur ihre eigenen Körper Schatten spendeten.

Doch das endlose Warten verschaffte ihm die nötige Zeit, um sich seiner Lage bewusst zu werden und darüber nachzudenken, was ihm bevorstand.

»Wir sitzen ganz schön in der Patsche, mein Freund«, erklärte der Mann, der hinter ihm saß. »Die meisten von uns werden der Division des Seth zugeteilt, wo wir an vorderster Front kämpfen müssen. Wir sind verdammt.«

Nemenhat warf ihm einen Blick von der Seite zu und schwieg.

»Wir gelten als das übelste Gesindel von ganz Ägypten«, fuhr der Mann fort. »Und das werden sie gnadenlos verheizen.«

Dann beugte sich der Mann vor und flüsterte ihm vertraulich ins Ohr:

»Ich weiß es aus sicherer Quelle, mein Junge. Wir werden der Seth-Division zugeteilt, der Speerspitze des Heeres.«

Nemenhat, der den seltsamen Fremden zunächst nicht beachtet hatte, wurde hellhörig.

»Woher weißt du das?«, fragte er leise.

»Sagte ich doch. Aus erster Hand«, erklärte der Fremde großspurig. »Der größte Teil dieser Division besteht aus den schlimmsten Verbrechern des Landes. Sie sind alle meine Brüder.«

Nemenhat wollte ihm antworten, als er sah, wie sich ein Soldat mit einer der gefürchteten Peitschen aus geflochtenen Palmwedeln näherte.

»Ruhe, ihr Hundesöhne!«, brüllte er. »Oder ich ziehe euch das Fell über die Ohren.«

Den restlichen Nachmittag beobachtete Nemenhat, wie sich die Schlange schweigsam vorwärts schob, und als die Sonne gerade unterging, kam er endlich an die Reihe.

Der Rekrutenschreiber saß unter dem einzigen Sonnenschutz weit und breit und notierte emsig ihre Namen und die der Einheiten, zu denen die Männer abkommandiert wurden. Zwei Sklaven fächelten ihm Luft zu, in dem vergeblichen Versuch, die unerträgliche Hitze zu lindern. Zumindest vertrieben sie die lästigen Fliegen.

»Name?«, fragte der Soldatenschreiber müde, ohne von seinem Papyrus aufzublicken.

Nemenhat antwortete nicht.

Der Beamte sah ihn gereizt an.

»Sollen sich lieber die beiden dort drüben um dich kümmern?«, fragte er und zeigte mit dem Daumen auf zwei Soldaten, die Wache schoben. »Wegen der übrigen Rekruten brauchst du dich nicht zu schämen«, fuhr er fort und deutete mit dem Kopf auf die anderen Männer. »Ihr gehört alle zum selben Abschaum. Also!«

»Ich heiße Nemenhat.« Seine Stimme war voller Verachtung.

»Nemenhat«, wiederholte der Schreiber und notierte seinen Namen. »Ah, ja! Hier haben wir einen kleinen Eintrag über dich. Du hast es anscheinend faustdick hinter den Ohren. Einer von der übelsten Sorte. Na gut, dann stecken wir dich zu deinesgleichen, in die Division des Seth. Da wirst du dich wie zu Hause fühlen.«

Die Division des Seth, auch unter dem Namen »Mächtige Bögen« bekannt, gehörte zur Speerspitze des pharaonischen Heeres. Im Gegensatz zu den drei anderen Divisionen, die die Streitmacht bildeten, bestand diese hauptsächlich aus ägyptischen Fußtruppen. In Kriegszeiten wurden Massenerhebungen durchgeführt, und auch verurteilte Verbrecher erhielten die Möglichkeit, sich zu rehabilitieren, indem sie an vorderster Front für den Gottkönig kämpften. In solchen Zeiten war jeder Arm, der eine Waffe tragen konnte, willkommen, sodass den Verurteilten die Todesstrafe oder die Zwangsarbeit in den Steinbrüchen im Allgemeinen erlassen wurde, wenn sie sich dem Heer anschlossen. Und viele zogen einen Tod auf dem Schlachtfeld den unmenschlichen Lebensbedingungen in den Minen im Sinai vor.

Infolgedessen galt die Division des Seth als die schlagkräftigste der vier Divisionen. Die Soldaten, die sich im Kampf besonders auszeichneten, wurden hoch geehrt und erhielten für ihre Kriegsverdienste vom Pharao persönlich Ländereien, auf denen sie sich später mit ihren Familien niederlassen konnten.

Diese Einheit griff stets als erste in das Kampfgeschehen ein, sodass sie auch die größten Verluste zu beklagen hatte. Doch die Soldaten, die unter der Standarte des Gottes Seth kämpften, waren stolz darauf, wie auch auf die Grausamkeit, die sie während der Schlacht an den Tag legten. Dieser Division gehörte unter anderem die Einheit der Kehek an, libysche Söldner, die für ihre grenzenlose Brutalität und Kampfkraft berühmt waren und von allen gefürchtet wurden.

Das war, grob gesagt, Nemenhats neue Heimat, die sich von allem unterschied, was er bislang gekannt hatte. Angesichts dieser Aussichten erschien die Beteuerung des Rekrutenschreibers, er werde sich hier wie zu Hause fühlen, als bitterer Hohn.

Man bereitete ihnen einen rauen Empfang. Für die Kriegsveteranen, die so genannten *menefit*, gab es kein größeres Vergnügen, als die neuen Rekruten mit einem Spießrutenlaufen zu begrüßen.

Eine ganze Reihe von Rekrutenschreibern notierten ihre Namen und teilten ihnen die Waffen aus. Ein Speer, ein rechteckiges, mit Fell verkleidetes Holzschild, das oben abgerundet war, und das berühmte *herpe*, ein Krummschwert.

Nemenhat wurde zusammen mit anderen Rekruten einem aus fünfzig Mann bestehenden Zug* zugeteilt, dessen Anführer, der »Große der Fünfzig«, sie noch am selben Morgen mit der Ausbildung beginnen ließ.

Bereits am Nachmittag war Nemenhat überzeugt, dass sein Ende unmittelbar bevorstand, da er im Umgang mit den Waffen jedes Geschick vermissen ließ. Die Götter schienen ihm kein langes Leben als Krieger vergönnt zu haben. Zumindest aber kehrte sein angeborener Scharfsinn zurück und erlaubte ihm, seine Lage mit einem kühlen Kopf zu analysieren. Er wusste nichts über den Verbleib seiner Familie. Sein Vater konnte genauso gut leben wie tot sein, und seine Frau … Es fiel ihm nicht schwer, sich vorzustellen, wie verzweifelt sie sein musste, vor allem, weil sie keine Ahnung von den Hintergründen hatte. Mit jeder Stunde, die er in der Garnison verbrachte, wuchs seine Überzeugung, dass es keinen Ausweg gab und er sich den Widrigkeiten, in die er geraten war, stellen musste. Das Überleben verwandelte sich in eine wahre Zwangsvorstellung; er musste überleben, vor allem ihretwegen.

Die Soldaten gingen an Bord kleiner, wenig stabiler Lastbarken und verließen Memphis in Richtung Pi-Ramesse, jener Hauptstadt, die von Sethos I. und Ramses II. errichtet worden war. Hier residierten die Ramessidenherrscher während des größten Teils des Jahres. Die Stadt lag am Ostufer des Nildeltas, am »Wasser des Re«, und war das eigentliche Hauptquartier des pharaonischen Heeres. Dort waren auch die Einheiten der könig-

* Jede der vier Divisionen bestand aus fünftausend Mann und wurde von einem General befehligt. Die Divisionen waren in zwanzig Einheiten von jeweils zweihundertfünfzig Mann unterteilt, denen ein Standartenführer vorstand. Jede dieser Kompanien aus zweihundertfünfzig Mann setzte sich wiederum aus fünf Zügen zu je fünfzig Mann zusammen.

lichen Streitwagen stationiert, die Elitetruppen des Pharaos, und die riesigen königlichen Stallungen, in denen eine Unzahl von Knechten sich täglich um die fast fünfhundert Pferde kümmerte. Direkt daneben erhob sich Ramses' Palast, und etwas weiter entfernt standen die kleineren Paläste seiner Feldherren. In den angrenzenden Gebäuden waren Waffenlager und Magazine untergebracht. Eine für den Krieg erdachte Stadt, die der große Sethos I. errichtet hatte, um aus ihrer strategischen Lage Kapital zu schlagen, denn von Pi-Ramesse aus ließ sich ein Großteil des Deltas kontrollieren. Vor allem aber konnte man von hier aus allen Invasionsheeren entgegentreten, die aus dem Nahen Osten kamen.

Die Flotte legte an einem Nachmittag, während eines gewaltigen Sturms, im Hafen von Pi-Ramesse an. Blitze fuhren im Zickzack über den dunklen Himmel, ehe sie irgendwo in der Nähe einschlugen. Dann bahnte sich das unheimliche, markerschütternde Krachen des Donners seinen Weg durch die schwarzen Wolken.

»Das ist Seth, der uns in seinem Reich willkommen heißt«, sagte jemand an Deck.

Die Soldaten waren so verängstigt, dass keiner antwortete.

Nemenhat hatte noch nie ein solches Gewitter erlebt. Der Himmel ergoss seine ganze Wut über Mensch und Tier, und die Blitze gingen wie Peitschenhiebe auf das Land nieder. Dann setzte ein Platzregen aus dicken Tropfen ein, der mit unbarmherziger Härte auf sie niederprasselte, sodass die Männer sich auf den Boden kauerten und schützend die Hände über die Köpfe hoben. Der Wind fegte über das Deck und riss alles mit, was sich ihm in den Weg stellte.

Das Klagen der Unglücklichen, die an Deck zusammengepfercht waren, ging in dem sintflutartigen Regen unter, den die meisten als schlechtes Omen für den bevorstehenden Feldzug ansahen.

Als das Gewitter schließlich weiterzog und der Regen einem

wolkenlosen Himmel wich, gingen die Männer, vor Kälte am ganzen Leib zitternd und mit klappernden Zähnen, im Hafen von Pi-Ramesse von Bord.

In dieser Nacht schlief Nemenhat dicht neben dem Lagerfeuer unter einem sternenübersäten Himmel, doch erst als der Morgen graute, wurde ihm wieder warm.

Das gesamte Heer des Pharaos war in der Stadt zusammengezogen worden. Vier Divisionen, insgesamt zwanzigtausend Mann, und zahlreiche Hilfstruppen standen bereit, um sich der größten Bedrohung zu stellen, die das Land seit dem Überfall der Hyksos vor tausend Jahren erlebt hatte. So groß war die Gefahr, dass sogar die Division des Re, auch »die Vielarmige« genannt, das Land von Kusch im Süden Ägyptens verlassen hatte, wo sie normalerweise stationiert war. Sie sollte sich den restlichen Truppen anschließen, die gegen den Eindringling ziehen würden, gegen einen Feind, über den die schrecklichsten Gerüchte im Umlauf waren. Wie üblich wurden sie von den eigenen ägyptischen Soldaten noch aufgebauscht.

»Es heißt, dass von den Stämmen, die Kanaan bewohnten, nichts übrig geblieben ist«, raunte man sich zu, als wäre es ein Staatsgeheimnis. »Sie haben bei ihrem Vormarsch alles niedergemacht.«

»Sind es viele?«, fragte jemand an einem der vielen Lagerfeuer.

»So viele wie die Sandkörner in der Wüste«, antwortete ein anderer, der offensichtlich gut informiert war.

»Mögen die Götter uns beistehen.«

»Wenn wir sie nicht aufhalten«, fuhr der Eingeweihte fort, »werden sie in Kürze in unseren Häusern wohnen und mit unseren Frauen schlafen.«

Daraufhin sahen sich alle niedergeschlagen an und senkten schweigend die Köpfe.

Nemenhat beobachtete die Szene abwesend und sagte kaum ein Wort. Er kämpfte weniger gegen das, was sich vor ihnen zusammenbraute, als gegen das, was er hinter sich gelassen hatte. Ständig musste er an die Menschen denken, die er liebte, und jedes Mal verfiel er in größere Mutlosigkeit. Dass er nicht wusste, was aus ihnen geworden war, deprimierte ihn viel mehr als der bevorstehende Überfall der Seevölker, die ihn eigentlich nichts angingen. Er war von seinem Volk zu einem Verbrecher abgestempelt worden. In erster Linie hatte er also mit ihm eine Rechnung zu begleichen. All das führte dazu, dass er morgens während der Ausbildung im Schwertkampf keine allzu große Begeisterung aufbringen konnte.

»So wirst du nicht einmal den ersten Tag überleben«, ermahnte ihn sein Vorgesetzter verächtlich.

Nemenhat schwieg beharrlich, starrte auf den Horizont und zerbrach sich den Kopf darüber, wie er aus diesem Abenteuer mit dem Leben davonkommen könnte.

Eines Tages, kurz bevor sie zu dem eigentlichen Feldzug aufbrachen, erhielt Nemenhat unerwarteten Besuch.

Ein Offizier, dessen Rangabzeichen ihn als Mitglied der *kenitnesu* auswies, der berühmten ägyptischen Eliteeinheit, kam während des Exerzierens auf Nemenhat und seine Kameraden zu.

Nemenhats Vorgesetzter, der »Große der Fünfzig«, eilte ihm entgegen und bezeugte ihm seinen Respekt, denn der Offizier, den er vor sich hatte, gehörte den »Tapferen des Königs« an.

Sie unterhielten sich eine Weile. Schließlich deutete der Offizier in Nemenhats Richtung. Dieser war gerade dabei, mit dem Schild die Angriffe seines Gegners, so gut es ging, zu parieren, sodass er den Offizier nicht bemerkte, bis dieser mit autoritärer Stimme rief:

»Haltet ein!«

Sofort ließen die beiden Soldaten vom Kampf ab. Nemenhat wandte sich in die Richtung, aus der die Stimme gekommen war. Er hätte sie unter tausenden wiedererkannt.

»Kasekemut!«, rief er zögernd.

Der Offizier schickte den anderen Soldaten mit einer Handbewegung fort.

»Da staunst du, was?«, sagte Kasekemut in dem spöttischen Tonfall, der Nemenhat so vertraut war.

Dieser sah ihn an, ohne ein Wort zu sagen.

»Das Heer ist groß«, fuhr Kasekemut fort. »Aber es ist auch wie eine weitläufige Familie, die sich für ihre neuen Kinder interessiert.«

»Ich erinnere mich noch, wie du mir ins Gesicht gespuckt hast. Ich glaube nicht, dass dir viel an mir liegt«, entgegnete Nemenhat.

»Du irrst. Ich habe sofort erfahren, dass du eingezogen worden bist, und nur meine vielen Verpflichtungen haben mich davon abgehalten, dich eher aufzusuchen.«

»Ich bin trotzdem überrascht. Ich hatte nicht das Gefühl, als wolltest du mich je wiedersehen.«

»Daran hat sich nichts geändert. Ich bin aus einem anderen Grund hier«, erklärte Kasekemut boshaft grinsend.

»Verstehe. Du willst deinen Rang dazu nutzen, mir das Leben schwer zu machen.«

Kasekemuts Gesicht nahm nun ernstere Züge an.

»Du irrst schon wieder. Ich hoffe, dass wir uns niemals wiedersehen, aber eines hätte ich doch gern gewusst.«

»Und zwar?«

»Nun, zuerst traute ich meinen Ohren nicht, schließlich kann man sogar in der eigenen Familie nicht allen Gerüchten glauben. Aber dann versicherte mir der Rekrutenschreiber, dass es sich in deinem speziellen Fall keineswegs um ein Gerücht handelt. Er behauptete, du wärst wegen Grabräuberei verurteilt worden.«

»Der Schreiber hat dir nur die halbe Wahrheit erzählt, Kasekemut. Ich bin nicht rechtsgültig verurteilt worden, denn soweit ich weiß, gehört zu einer Verurteilung auch ein Verfahren, und mir hat man niemals einen Prozess gemacht. Ich bekam einen Schlag auf den Kopf und wachte in der Garnison auf. Wer weiß, vielleicht war es sogar Sachmet, die mir den Schlag mit ihrem Stab verpasste, um mich für den Kampf gegen die Invasoren zu rekrutieren.«

»Ich habe etwas anderes gehört. Für den, der dich kennt und weiß, wie du lügst, klingen deine Worte hohl und leer. Ganz Memphis weiß nun über die schändlichen Verbrechen Bescheid, die ihr begangen habt. Wer hätte das gedacht, dass der gute Schepsenure und sein Sohn die Gräber in der Nekropole ausplündern!« Der Spott war nicht zu überhören.

Als Nemenhat den Namen seines Vaters hörte, begann sein Herz zu rasen.

»Du weißt nichts über meinen Vater, also erwähne nie wieder seinen Namen«, warnte Nemenhat ihn aufgebracht.

»Sieh einer an!«, lachte Kasekemut laut. »Dieses Mal will ich deine Worte überhört haben, aber ich rate dir, das Schicksal nicht herauszufordern. Oder hast du immer noch nicht begriffen, wo du bist?«, fragte er verächtlich. »Ich muss dir wohl nicht erklären, dass ich als hoher Offizier das Recht habe, deinen Vater so oft zu erwähnen, wie es mir passt. Und ich könnte dich anschließend auspeitschen lassen, bis du keinen Fetzen Haut mehr auf dem Rücken hast. Wenn ich mir vorstelle, dass ich einmal dein Freund war! Du bist ein Verbrecher der übelsten Sorte. Oder willst du das bestreiten?«

Nemenhat warf ihm einen eisigen Blick zu und schwieg beharrlich.

»Dein Schweigen spricht Bände«, fuhr Kasekemut fort und musterte ihn wütend. »Du wirst hier deine Strafe verbüßen, während du auf den Prozess wartest, den man dir angeblich verweigert hat, nur wird dieses Mal Osiris persönlich über dich richten.«

»Willst du mich töten?«

»Ich bin ein Offizier im Heer des Pharaos«, erwiderte Kasekemut erbost. »Ich werde mir die Hände nicht an einem gemeinen Grabräuber schmutzig machen. Dein Schicksal ist längst besiegelt. Wie ich sehe, bist du nicht besonders geschickt mit dem

Schwert, schade, denn du wirst an vorderster Linie in die Schlacht marschieren.«

»Ich bin davon überzeugt, dass du persönlich dafür sorgen wirst«, gab Nemenhat ungerührt zurück.

Beide sahen sich einen Augenblick lang an.

»Leb wohl, Nemenhat«, sagte Kasekemut. Es klang, als spuckte er aus. »Wenn ich das nächste Mal deinen Namen sehe, wird er auf der Liste der Gefallenen stehen.«

Schließlich setzte sich eines Tages in aller Frühe das Heer des Pharaos in Bewegung. Vier Divisionen Fußtruppen, zehn Streitwagenverbände, zahlreiche Hilfstruppen und ein langer Tross von Ochsenkarren, mit denen die Vorräte transportiert wurden, verließen Pi-Ramesse, um sich einem Feind zu stellen, der die Landkarte der bekannten Welt radikal verändert hatte.

Ramses III., der große lebende Horus, zog gegen ein Bündnis von Völkern zu Felde, das wie eine verheerende Heuschreckenplage über den gesamten Nahen Osten hergefallen war.

Die Kundschafter des Pharaos hatten ihm einen ungeschminkten, detaillierten Bericht über die tatsächliche Lage geliefert. Eine riesige Welle von Völkern aus den verschiedensten Gegenden rollte auf sie zu, im Bestreben, die einzige zivilisierte Kultur zu vernichten, die es noch auf der Welt gab.

Die Lage war mehr als ernst, denn die Invasoren hatten so legendäre Reiche wie das der Hethiter einfach überrollt. Der Fall von Hatti hatte den Pharao verblüfft, denn die Hethiter galten seit jeher als mächtiger Feind, der über ein gefürchtetes Heer verfügte. Anfangs wollte der Pharao den Berichten nicht glauben, doch dann erwiesen sie sich als zutreffend. Das Hethiterreich existierte nicht mehr. Die Streitmacht der *schekelesch** hatte es

* Die Schekelesch stammten aus Sagalassos in Kleinasien und könnten Vorfahren der Siculer sein, denen Sizilien seinen Namen verdankt.

überrannt, Kypros eingenommen und war bis zum fernen Ugarit vorgestoßen.

Ramses erfuhr bald, dass sich dem Heer der *schekelesch* weitere Stämme angeschlossen hatten. Die *dainiuna,** die *peleset,*** die *scherdenu,**** die *iliuna,***** die *lukka****** und die *turscha,******* die über Kleinasien gekommen waren und das ägyptische Reich bedrohten. Eine gewaltige Streitmacht, die Arzawa, Kypros und Karkemesch erobert hatte und jetzt von ihrem Lager in Amurru bis Kanaan vorgestoßen war, um weiter auf das fruchtbare Schwarze Land zuzumarschieren.

Ramses III. hatte als Berufssoldat den Ernst der Lage sofort erfasst und das Land auf eine kriegerische Auseinandersetzung vorbereitet, noch ehe die Gerüchte sein Volk erreichten.

Der Pharao hatte zudem Berichte von einer gewaltigen Flotte erhalten, die das feindliche Heer an der Meeresküste entlang begleitete und sich anschickte, im Delta zu landen. Vermutlich wollte sie dann den Nil stromaufwärts fahren und die am Fluss gelegenen Städte erobern. Angesichts der Bedrohung versammelte Ramses III. seine gesamte Flotte in Per-Nefer, damit sie sofort auslaufen konnte, wenn er den Befehl dazu gab.

Es war eine gut organisierte Invasion, der sich Ramses III. mit aller Entschlossenheit entgegenstellen musste. Zuerst nahm er sich die Horden vor, die von Kleinasien auf das Schwarze Land vor-

* Die Dainiuna sind die Danaer, die aus Argolis in Griechenland stammten.

** Die Peleset, die wohl aus Kreta stammten, siedelten sich in Kanaan an und wurden zu Philistern.

*** Die Scherdenu dienten zum Teil auch als Söldner im ägyptischen Heer und gaben später der Insel Sardinien ihren Namen, wohin sie auswanderten.

**** Die Iliuna kamen aus Ionien.

***** Die Lukka sind die Lykier, ein Volk aus Kleinasien.

****** Die Turscha kamen wahrscheinlich von der Insel Lemmos, sie sind die Vorfahren der Tyrsener, der Etrusker.

rückten. Sie stellten die größte Bedrohung dar. Sie musste er schlagen, ehe er sich anschließend der Verteidigung des Deltas widmete und mit seinen Schiffen die mächtige Flotte der Feinde angriff.

Wenn die Informationen, die der Pharao besaß, zutrafen, blieb ihm gerade noch Zeit genug, um beide Feldzüge durchführen zu können. Doch damit sein Plan aufging, musste das Heer, das an diesem Morgen von Pi-Ramesse aufbrach, dem Feind, der sich irgendwo im Land von Kanaan befand, in einem Gewaltmarsch entgegeneilen. Es war eine übermenschliche Anstrengung, von der auch der Pharao selbst nicht verschont blieb.

In Siebenerreihen marschierten die Soldaten mit ihrer gesamten Ausrüstung auf dem Rücken los. Ihre Waffen, eine Decke und ein Wasserschlauch waren alles, was sie benötigten. Das Heer wurde von der Division des Amun mit den Standarten des Gottes angeführt, mit dem Pharao an der Spitze. Dann folgte die Division des Seth, des »Herrn des Sturmes« und Schutzpatrons der treuen Soldaten. Nach ihr kamen die Streitwagenverbände und die beiden anderen Divisionen, jene des Re und des Ptah. Den Tross bildeten die Hilfstruppen und die Ochsenkarren mit der Verpflegung für die Truppen.

Sie nahmen den Horusweg, die alte Straße, die über die Landenge von Suez führte und später parallel zur Küste von Palästina verlief. Diese Route wurde seit Menschengedenken benutzt und verband das ägyptische Reich mit seinen Nachbarn im Osten.

Mit der Last auf dem Rücken marschierten sie den ganzen Tag. Ihre Füße versanken im sandigen Boden, ihr Blick war stumpf auf den Rücken des Vordermannes geheftet.

Nemenhat erinnerte sich an die berühmten Berufssatiren, darunter auch eine über das Leid der Soldaten, die Seneb manchmal rezitiert hatte.

»Komm, ich erzähle dir von den Leiden des Soldaten ... Schon als Kind wurde er in der Kaserne eingeschlossen, in Syrien schlug man ihn windelweich, er musste beladen wie ein Esel durchs Gebirge marschieren und fauliges Wasser trinken, er traf auf den Feind, der ihn erschreckte, und wenn er schließlich nach Haus zurückkehrte, war er durchlöchert wie wurmstichiges Holz ...«

Wie Recht doch der alte Einbalsamierer hatte, und wie treffend die Verse sind, die er uns vortrug, dachte Nemenhat jetzt.

Des Nachts lag er erschöpft am Lagerfeuer, hüllte sich in seine stinkende Decke und starrte zum grenzenlosen und sternenübersäten Himmel empor. Er rang der übermächtigen Müdigkeit, die ihm die Lider zudrückte, einen Augenblick ab und dachte an seine Familie. Nubet, seiner süßen Nubet, galt sein letzter Gedanke, ehe der Schlaf ihn überwältigte.

Sie verließen Unterägypten auf einer Straße, die sich nördlich der Bitteren Seen* mit dem Horusweg kreuzte. An den letzten Grenzbefestigungen wurde das Heer des Pharaos noch mit so viel Proviant versorgt wie möglich, ehe die Truppen in die Sinaiwüste vorstießen, in dieses gottverlassene Gebiet, in dem sie nur auf sich allein gestellt waren. Von nun an wurde die Verpflegung der Soldaten rationiert, vor allem das Trinkwasser, das im Sinai genauso viel wert war wie das Gold seiner Minen.

Wie unberechenbar das Schicksal des Menschen sein kann! Es hängt von rein zufälligen Ereignissen ab, obwohl manche Leute im Zufall nichts anderes sehen als eine Laune der Götter. Möglich, dass dies auch auf jenen Tag zutraf, als Nemenhat mit seinen Kameraden im Schatten eines improvisierten Sonnendaches vor der sengenden Mittagssonne Schutz suchte. Zufällig hatten sich an diesem Tag auch die Bogenschützen diese Stelle ausgesucht, um ihre täglichen Schießübungen abzuhalten. Dieser Truppenverband, der so alt war wie das ägyptische Heer, bestand aus stol-

* Eine Reihe von Seen im Norden des Golfs von Suez, durch die heute der gleichnamige Kanal fließt.

zen Nubiern, die es sich nicht nehmen ließen, mit ihren Fähigkeiten vor allen anderen Truppenteilen zu prahlen. Obwohl das Heer seit dem Morgengrauen ohne Pause marschiert war und sie ihre Bögen und die Köcher mit den Pfeilen die ganze Zeit auf den Schultern getragen hatten, nutzten diese Krieger die heißesten Stunden des Tages, in denen sich das übrige Heer ausruhte, um zu üben. Demonstrativ trotzten sie der sengenden Wüstensonne, die die Luft ringsum in den glühenden Atem tausender Backöfen verwandelte.

Die überheblichen Nubier warfen den im Schatten liegenden Soldaten verächtliche Blicke zu und schossen gleichmütig mit ihren Pfeilen auf die fernen Zielscheiben. Die Sonne spiegelte sich auf ihren schweißgebadeten schwarzen Körpern und brachte ihre muskulösen Konturen noch mehr als sonst zum Ausdruck.

Fast ohne zu zielen, trafen sie jedes Mal ins Schwarze und spielten sich anschließend vor den anderen auf.

Die Fußtruppen verfolgten von ihren schattigen Plätzen aus missmutig das arrogante Schauspiel und machten keinen Hehl aus ihrer Gereiztheit, woraufhin sich einer der Bogenschützen umdrehte und rief:

»Betet lieber zu Month, dass er während der Schlacht meinen Arm lenken möge, sonst beißt ihr als Erste ins Gras.«

Die Soldaten protestierten lauthals, während die Nubier spöttisch lachten.

»Du hast ganz Recht, wir können von Glück reden, wenn wir von euren Geschossen verschont werden«, entgegnete ein Soldat, worauf seine Kameraden in schallendes Gelächter ausbrachen.

Ein nubischer Bogenschütze warf der Truppe einen vernichtenden Blick zu und spuckte aus. Dann schoss er, ohne den Blick von ihnen abzuwenden, mit hochmütiger Geste seinen Pfeil ab.

Doch dieses Mal traf er nicht ins Schwarze, und die Anwesenden lachten ihn aus.

»Kameraden, er hat Recht. Wir sollten lieber zu Month beten, sonst sind unsere Tage gezählt«, rief ein Soldat, und wieder brachen alle in spöttisches Gelächter aus.

Nemenhat lag auf den Ellbogen gestützt im Schatten und beobachtete das Schauspiel. Die Sticheleien zwischen den Einheiten ließen ihn kalt, aber die Bögen, die die Nubier benutzten, machten ihn neugierig. Sie waren doppelt geschwungen und etwas größer als der, den er benutzt hatte. Er verspürte große Lust, sie einmal auszuprobieren.

»Ihr seid doch nur Schlachtvieh!«, hörte er einen Bogenschützen rufen. »Ich sollte euretwegen keinen Pfeil vergeuden.«

Die Soldaten machten sich über ihn lustig.

»Das wäre das Beste, was ihr machen könnt, dann wären wir wenigstens sicher, dass ihr uns nicht in den Hintern trefft!«

Wieder schallendes Gelächter von Seiten der Fußtruppen.

Der Nubier schoss und verfehlte erneut das Ziel.

»Möge uns Sachmet beistehen, Brüder!«, rief einer der Soldaten. »Von heute an werden wir unsere Schilde wohl oder übel auf dem Rücken tragen müssen.«

Das spöttische Gejohle und die höhnischen Rufe nahmen derart überhand, dass die Bogenschützen nervös wurden und wiederholt die Zielscheiben verfehlten.

»Oje, oje«, spotteten die Soldaten. »Lasst uns lieber ein paar Bögen da, damit wir selber üben können.«

»Ja, gib mir mal deinen Bogen, dann zeig ich dir, wie man ins Schwarze trifft!«

Das tosende Gelächter verwandelte sich in offenen Tumult, sodass der Offizier, der die Bogenschützen befehligte, sich gezwungen sah einzuschreiten.

»Ihr elenden Hunde habt eine ziemlich lockere Zunge!«, schrie er, um sich inmitten des Lärms Gehör zu verschaffen. »Zügelt sie lieber, sonst seid ihr sie los, noch ehe es Nacht wird.«

Der Rummel legte sich nach und nach, bis endlich Stille einkehrte.

»Ihr seid der Abschaum des Landes«, fuhr der hoch gewachsene, sehnige Nubier fort. »Verbrecher, die es nicht verdienen, hier zu sein. Dankt dem Pharao, mögen die Götter ihm Leben, Heil und Gesundheit schenken. Er hat euch das Leben gewährt und die Gelegenheit verschafft, ihm zu Ehren in den Kampf zu ziehen. Er hat euch eine letzte Chance gegeben, die ihr gar nicht verdient.«

Jetzt war die Stille vollkommen.

»Wie könnt ihr es wagen, über eine Eliteeinheit wie diese zu spotten, die sich seit tausenden von Jahren verdient gemacht hat? Dankt den Göttern, ihr Gesindel! Diese Männer ebnen euch den Weg, sonst würdet ihr einfach vom Feind abgeschlachtet werden. In ihren Armen ist Month lebendig. Ihr dagegen könntet nicht mal einen Esel auf eine Entfernung von zwanzig Ellen treffen.«

Niemand antwortete, bis plötzlich einer der Soldaten es wagte, die Stimme zu erheben.

»Dreihundert Ellen kämen der Sache vielleicht näher.«

Der Offizier wirbelte herum.

»Möge Ammit mein Herz verschlingen, wenn ich den Kerl nicht auspeitschen lasse. Wer war das, der so zu sprechen wagt?«

»Ich«, antwortete Nemenhat und erhob sich.

»Die Sonne hat euch wohl allen das Hirn aufgeweicht. Wie heißt du?«

»Nemenhat. Und ich sagte dreihundert Ellen, weil wir als Kinder in unserem Viertel aus dieser Entfernung geschossen haben.«

Die Soldaten lachten erneut, und der Offizier trat auf Nemenhat zu.

»Ich muss zugeben, dass du mich verblüffst. Ich hätte nie gedacht, dass es so viel Dummheit auf einem Haufen geben kann.«

»Deine Bogenschützen sind nicht schlecht, aber so gut, wie du glaubst, sind sie nun auch wieder nicht.«

»Kannst du es vielleicht besser?«, fragte der Offizier herausfordernd.

»Käme auf einen Versuch an«, entgegnete Nemenhat knapp.

Der Offizier trat bis auf eine Handbreit an ihn heran und blickte ihm fest in die Augen.

»Also gut«, sagte er gelassen. »Offensichtlich haben wir es hier mit einem Kunstschützen zu tun oder mit einem Verrückten. Da du aber allem Anschein nach darauf brennst, ausgepeitscht zu werden, will ich dir sagen, was wir machen. Ich werde dir erlauben, einen Schuss abzugeben, und wenn du nicht ins Schwarze triffst, werde ich dir eigenhändig die Haut vom Körper peitschen.«

»Einverstanden«, antwortete Nemenhat.

Der Offizier sah ihn ungläubig an.

»Bist du sicher?«

Nemenhat nickte.

»Na schön«, sagte der Offizier und bedeutete ihm mit einem Nicken, ihm zu folgen. »Worauf willst du schießen?«

»Auf dieselben Zielscheiben wie deine Männer.«

Aja, so hieß der Offizier, lächelte.

»Du hast zwei Versuche.«

»Drei«, entgegnete Nemenhat. »Ich bitte dich um drei Versuche, weil ich noch nie mit einem Bogen geschossen habe, wie ihr sie benutzt.«

Aja ging wortlos zu der Stelle, an der sich seine Männer versammelt hatten. Die einfachen Fußtruppen waren in Jubelschreie ausgebrochen und rieben sich angesichts des Schauspiels, das ihnen geboten wurde, begeistert die Hände.

»Gut«, sagte Aja schließlich und blieb an der Linie stehen. »Ich erlaube dir drei Versuche, aber du weißt, was dir blüht, wenn du daneben schießt.«

Auf sein Zeichen hin reichte einer seiner Männer Nemenhat seinen Bogen. Er war etwas schwerer als der, den er früher benutzt hatte. Nemenhat wog die Waffe einen Augenblick lang in der Hand und blickte auf die Zielscheibe, einen kleinen Holzpfosten in einer Entfernung von etwa hundert Metern. Dann nahm er den ersten Pfeil und hob den Bogen ganz langsam an. Er spannte und schoss den Pfeil unter dem Jubel der Soldaten ab.

Zehn Ellen vor der Zielscheibe fiel er in den Sand, woraufhin einige Bogenschützen verächtlich grinsten.

Nemenhat wog erneut den Bogen in der Hand und blickte auf die Zielscheibe.

»Los, Nemenhat! Du schaffst es!«, hörte er seine Kameraden rufen.

Er bat um einen weiteren Pfeil und hob den Bogen erneut ganz langsam an. Dieses Mal hielt er ihn etwas länger gespannt, ehe er den Pfeil losließ, der mit einem unheimlichen Zischen die Zielscheibe an der Seite streifte und sich in der Ferne verlor.

Seine Kameraden feuerten ihn erneut an, um ihm Mut zu machen.

Nemenhat bat um einen neuen Pfeil.

»Das ist der letzte!«, warnte ihn Aja.

Nemenhat zuckte nicht mit der Wimper. Er hob den Bogen erneut, spannte und zielte auf den Pfosten, während er den Atem anhielt. Als er schließlich losließ, schoss der Pfeil mit rasender Geschwindigkeit davon, und kurz darauf hörte man, wie er ins Holz krachte.

»Er hat tatsächlich getroffen«, rief einer der Bogenschützen.

»Er hat getroffen!«, jubelten auch die übrigen Soldaten.

Aja winkte Nemenhat zu sich, und beide gingen mit einigen anderen Bogenschützen zu dem Pfahl. Dort rief einer der Schützen ungläubig:

»Seht nur, er hat das Holz fast ganz durchschlagen!«

Aja vergewisserte sich. Der Pfeil hatte mitten ins Schwarze getroffen und war zwei Handbreit tief in das Holz eingedrungen. Dann sah er Nemenhat an, der die ganze Szene gleichmütig beobachtete, und lächelte.

»Willkommen bei den *pite nesu*, den königlichen Bogenschützen«, sagte er schließlich und klopfte ihm anerkennend auf die Schulter.

So stieg Nemenhat vom gemeinen Fußsoldaten, der bei der ersten bewaffneten Auseinandersetzung den sicheren Tod gefunden hätte, zu einem königlichen Bogenschützen auf. Noch in derselben Nacht gab er dem Soldatenschreiber seine alten Waffen zurück und erhielt die seiner neuen Bestimmung. Von nun an sollte sich sein Leben im Heer verändern.

Jetzt gehörte er einer Einheit an, die sich in der tausendjährigen Geschichte Ägyptens bei unzähligen Gelegenheiten mit Ruhm ausgezeichnet hatte. Nemenhat spürte förmlich, wie jeder seiner neuen Kriegsgefährten diesen Stolz ausstrahlte. Es war für ihn ein völlig neues Gefühl, das er aber nicht teilen konnte. Er war nicht stolz darauf, mit ihnen in den Krieg zu ziehen. Sein Kampf war ein anderer, und den musste er allein ausfechten.

Wenn Nemenhat aus seiner neuen Lage irgendeinen Nutzen ziehen konnte, dann nur den, dass ihm bewusst wurde, welches Geschenk die Götter, wo immer sie sein mochten, ihm gemacht hatten. Sie hatten ihm einen neuen Horizont eröffnet, sodass er wieder Hoffnung schöpfen konnte. Nemenhat wusste nur allzu gut, wie sparsam die Götter von Kemet für gewöhnlich ihre Geschenke verteilten und wie wichtig es war, dass er diese Großzügigkeit auch nutzte. Bei ihnen wusste man nie, woran man war, sie konnten sich von einem Augenblick auf den anderen von grausamen Hundesöhnen in echte Wohltäter verwandeln.

Nemenhat nahm seine neue Bestimmung sehr ernst und gab sich alle erdenkliche Mühe, seinen Kameraden ein Vorbild zu sein. Es war keine leichte Aufgabe, da die Truppen der Bogenschützen seit Menschengedenken in ihrer Mehrzahl aus Nubiern bestanden, die wenig geneigt waren, Fremde in ihren Reihen aufzunehmen.

Doch Nemenhat war mit einer Gabe zur Welt gekommen, die

ihm der Kriegsgott Month persönlich in die Wiege gelegt haben musste. Nur wenige Menschen besaßen sie, und Nemenhat gehörte zweifellos dazu. Es gab kaum jemanden, der wie er praktisch über alle Eigenschaften verfügte, die notwendig sind, um ein guter Bogenschütze zu werden: einen unerschütterlich ruhigen Puls, extrem scharfe Augen, die sogar Ziele sahen, die andere gar nicht mehr erkannten, und obendrein eine solche Treffsicherheit, dass man das Gefühl hatte, es sei die einfachste Sache der Welt, wenn man ihn mit Pfeil und Bogen hantieren sah. Mit solchen Fähigkeiten ausgestattet musste er das Herz jedes Nubiers erobern. Nach wenigen Tagen sprachen alle mit höchstem Respekt von ihm. Doch das war nicht alles, denn Nemenhat besaß noch etwas, das sonst niemand hatte und das ihn tatsächlich einzigartig machte, eine gewaltige Kraft in den Armen. Nur ein Auserwählter konnte die Pfeile mit einer solchen Wucht abschießen wie er. Seit Amenhotep II., der vor zweihundert Jahren gelebt hatte, erinnerte sich niemand an ein solches Phänomen. Wie der sportliche Pharao damals hatte auch Nemenhat als Junge auf dicke Kupferplatten geschossen und diese durchbohrt.

»Ich habe noch nie jemanden so schießen sehen!«, rief Aja begeistert und klopfte ihm auf die Schulter. »Dich können uns nur die Götter geschickt haben. Das ist ein klares Zeichen. Sie sind mit uns.«

Dann lächelte Nemenhat und bedankte sich höflich für die Komplimente, die er von allen Seiten erhielt, fest entschlossen, das Beste aus der Situation zu machen. Jetzt hegte er berechtigte Hoffnungen, dieses Abenteuer, das finstere Mächte sich für ihn ausgedacht hatten, mit heiler Haut zu überstehen.

Bald hatte er sich in der kleinen Welt des pharaonischen Heerlagers einen Namen gemacht, und jedes Mal, wenn er mit seinen Kameraden die täglichen Schießübungen absolvierte, kamen auch viele Fußsoldaten, um das Schauspiel zu beobachten.

Re musste diesen Ausgestoßenen der Gesellschaft mit seinen

göttlichen Sonnenstrahlen gesegnet haben. Wie sonst waren alle diese Zufälle zu erklären?

Obwohl es für einen gläubigen Ägypter nichts anderes war als ein weiterer Beweis für die Allmacht des Sonnengottes, musste sich sogar der ungläubige Nemenhat diese Frage stellen.

Eines Nachmittags, als sich die Truppen nach einem strapaziösen Tagesmarsch zur Ruhe begaben, bekam er unerwarteten Besuch. Er lag mit aufgestütztem Ellbogen auf seiner Decke und beobachtete gedankenverloren, wie einige Männer sich daranmachten, das Lagerfeuer anzuzünden, als einer der Streitwagen des Pharaos an ihm vorbeiraste und wenige Meter weiter vor einer Gruppe aus Offizieren stehen blieb. Nemenhat sah, wie sie sich eine Weile unterhielten und einer der Offiziere in seine Richtung zeigte. Der Wagenlenker machte kehrt und kam langsam auf ihn zu.

»Bist du Nemenhat, von dem man sich erzählt, er sei die Wiedergeburt des Aacheperure*?«, hörte er den Wagenlenker rufen, der königliche Tracht trug.

Überrascht von so hohem Besuch, sprang er augenblicklich auf, doch konnte er nur den ersten Teil der Frage beantworten, da er den Namen Aacheperure noch nie im Leben gehört hatte.

»Vielleicht haben dich die Götter geschickt, um mein Problem zu lösen«, fuhr der Wagenlenker fort. »Und wenn es so ist, werden sie großen Dank ernten.«

Nemenhat beobachtete ihn zurückhaltend, obwohl er im Innern eine große Neugier für den Mann empfand. Seine Sprache wirkte ein wenig gekünstelt, aber sein Tonfall war energisch. Er war es gewohnt, Befehle zu erteilen, und das mit einer Natürlichkeit, die ihm angeboren schien.

Als Nemenhat starr wie eine Statue vor ihm stand, zeigte er mit seiner Peitsche auf den Korb des Streitwagens.

* Thronname, unter dem Amenhotep II. herrschte.

»Steig auf. Ich möchte mich selbst davon überzeugen, ehe die Sonne untergeht.«

Nemenhat konnte seine Überraschung nicht verbergen und dachte einen Augenblick nach.

»Weißt du nicht, wer ich bin?«, fragte der Fremde, als er sein Zögern bemerkte.

»Nein«, gestand Nemenhat.

»Prinz Pareherwenemef. Hol deinen Bogen und steig auf. Ab jetzt wirst du mein Bogenschütze sein.«

Als er diesen Namen hörte, war Nemenhat noch mehr verwirrt. Er hatte von ihm gehört, aber er hätte nie gedacht, dass er ihm jemals begegnen würde. Prinz Pareherwenemef war Sohn von Ramses III. und seiner Hauptgemahlin Isis; er stand in der Thronfolge der Beiden Länder an zweiter Stelle, nach seinem Bruder Amunherchepeschef, und war Vorsteher der Großen Königlichen Stallungen von Ramses III. Außerdem befehligte er eine Streitwagenkompanie des Königs. Er hatte sich einen Namen als mutiger Draufgänger gemacht, verachtete die Gefahr und war stets unter denen, die die erste Angriffswelle führten. In Memphis, wo er die meiste Zeit des Jahres residierte, war er als unverbesserlicher Weiberheld bekannt. Seine ausschweifenden Eskapaden waren aus dem gesellschaftlichen Leben von Memphis nicht mehr wegzudenken. Keine Abendgesellschaft, auf der er sich nicht blicken ließ, kein Würdenträger, der ihn nicht dazu bewegen wollte, auf seinem Fest zu erscheinen.

Doch Pareherwenemef nahm nur die Einladungen an, von denen er sich wirkliches Vergnügen erhoffte. Nichts war ihm verhasster als die gewöhnlichen gesellschaftlichen Gelage, die seiner Meinung nach nur dazu dienten, Intrigen zu schmieden, mit dem Ziel, irgendwelche Posten in der Verwaltung zu ergattern. Sogar der Hofstaat widerte ihn an, weshalb er weit von ihm entfernt in Memphis wohnte. Die Politik und die Intrigen bei Hof ließen ihn vollkommen kalt. Er war ein Mann der Tat, der sein Leben genoss und keine Ambitionen hatte, irgendwann einmal Pharao zu werden. Darin unterschied er sich von seinen Brüdern, die im Hintergrund eifrig um die Gunst ihres Vaters buhlten und auf das kleinste Zeichen einer Bevorzugung hofften, die ihre Zukunft im Palast erhellen mochte.

Als Vorsteher der Königlichen Stallungen von Ramses III. erfüllte er gewissenhaft seine Pflichten und war stets bereit, die Interessen von Ägypten zu verteidigen, ohne dass es einer Aufforderung bedurft hätte. Ramses III., der seine Söhne sehr gut kannte, liebte ihn über alles und verzieh ihm seine Abneigung gegen den Hof, da er wusste, dass er zu ehrlich war, um sich dort wohl zu fühlen. Der Sohn wiederum empfand großen Respekt für seinen Vater und befolgte jeden Befehl bedingungslos. Selbst als der Pharao seinen Bruder Sethherchepeschef, der nur Vierter in der Thronfolge war, zum Obersten Pferdevorsteher des Königs ernannte, war er nicht etwa gekränkt. Im Gegenteil, er war der Erste, der ihm unter dem zufriedenen Blick seines Vaters vor allen anderen Heerführern gratulierte.

Doch nicht alles an diesem Prinzen war tugendhaft. Mit fast dreißig Jahren besaß Pareherwenemef eine dunkle Seite, die er nicht zu kontrollieren vermochte. Er kannte kein Maß und wusste nie, wann auf einem Fest der Augenblick gekommen war, sich zurückzuziehen. So kam es gelegentlich vor, dass man ihn nach einer ausschweifenden Nacht völlig betrunken nach Hause tragen musste.

Das also war der Pareherwenemef, der Nemenhat von seinem Streitwagen aus nachdrücklich aufforderte, ihn auf ein neues Abenteuer zu begleiten.

Erneut zeigte er mit herrischer Geste auf den Wagen, worauf Nemenhat mit einem Schlag aus seiner Betäubung erwachte. Hastig griff er nach seinem Bogen und sprang auf den Streitwagen. Und kaum stand er in dem Korb, da raste der Wagen schon los wie von tausend Pferden gezogen.

»Halt dich fest, sonst fliegst du mir bei der ersten Unebenheit aus dem Korb«, hörte er den Prinzen rufen.

Nemenhat gehorchte und versuchte, sich an die ungewohnte Bewegung des Wagens zu gewöhnen. Es dauerte nicht lange, und er konnte einigermaßen das Gleichgewicht halten.

»Sicher fährst du zum ersten Mal in einem solchen Wagen, wie?«, hörte er den Prinzen fragen.

»So ist es, mein Prinz.«

»Du wirst dich schnell daran gewöhnen. Du musst nur auf den heftigen Ruck am Anfang achten, wenn die Pferde anziehen.«

Mittlerweile fuhr der Streitwagen über die öde Steppe der Sinaiwüste, weitab vom ägyptischen Heerlager. Die Steine sprangen unter dem Druck der sechsspeichigen Räder nach allen Seiten weg. Nemenhat hielt nun mit Leichtigkeit das Gleichgewicht auf dem Wagen und erfreute sich an seiner Geschwindigkeit. Es war ein völlig neues Erlebnis. Der Wind peitschte ihm ins Gesicht und verschaffte ihm das Gefühl grenzenloser Freiheit. Er sog ihn tief in seine Lungen ein und spürte, wie sie sich mit Leben füllten.

»Man muss die Beschaffenheit des Schlachtfeldes genau kennen«, erklärte der Wagenlenker. »Nur so können wir später das Beste aus unseren Streitwagen herausholen.«

Nemenhat antwortete nicht. Er beobachtete verstohlen den Prinzen, der sich scheinbar nur auf das Lenken des Wagens konzentrierte. Nach einer Weile zog er die Zügel straff, und die Pferde bremsten ab, bis der Wagen zum Stehen kam.

»Mir wurde berichtet, dass du ein exzellenter Schütze bist. Das wollen wir nun überprüfen. Siehst du das kaputte alte Rad dort drüben im Sand?«

»Ja.«

»Das sind die Reste des Heeres von Usermaatre-Setepenre, der hier vor hundert Jahren gegen die Hethiter zu Felde zog. Er vernichtete sie bei Kadesch … Nun, so steht es zumindest in den

Annalen. Aber wir wissen ja, dass Ramses II. es mit der Wahrheit nicht immer so ganz genau nahm, nicht wahr?«

Die ungezwungene Art des Prinzen gefiel Nemenhat. Er fand ihn auf Anhieb sympathisch.

»Ich möchte, dass du drei Pfeile abschießt, so schnell du kannst, und sie zu platzieren versuchst.«

»Wo soll ich sie platzieren?«

Pareherwenemef sah ihn belustigt an.

»Ah, du bist ein Kunstschütze, wie ich sehe. Nun, wenn du dir das zutraust, dann triff mir die Radnabe.«

Nemenhat sah ihn an, griff nach seinem Bogen und zog drei Pfeile aus seinem Köcher. Dann blickte er auf die ferne Zielscheibe und wieder auf den Prinzen.

»Wann immer du willst«, sagte dieser und forderte ihn mit einer Handbewegung auf zu beginnen.

Nemenhat nahm den Bogen in die Hand, in der er auch die beiden anderen Pfeile hielt, spannte und schoss den ersten Pfeil ab, unverzüglich gefolgt vom zweiten und dann dem dritten.

Pareherwenemef beobachtete ihn schweigend.

»Schnell bist du ja, aber nun wollen wir sehen, ob du auch getroffen hast.«

Er trieb die Pferde an, und sie näherten sich in leichtem Galopp der Stelle, wo das Rad im Sand lag.

»Bei Reschef*!«, rief er, als er aus dem Wagen sprang. »Du hast mit allen drei Pfeilen genau in die Radnabe getroffen.«

Dann fuhr er sich über das Kinn und dachte einen Augenblick schweigend nach.

»Jetzt versuchen wir es vom fahrenden Wagen aus«, erklärte er plötzlich und sprang auf. »Du wirst sehen, dass es etwas anderes ist, von einem schnell fahrenden Streitwagen aus zu schießen.

* Kanaanitischer Gott, der in der Mitte der 18. Dynastie in Ägypten Einzug fand und als Kriegsgott für den Schutz der Wagenlenker verantwortlich war.

Manchmal bleibst du in der Luft hängen, wenn du gerade schießt. Ich zeige es dir mal.«

Damit trieb er seine Pferde zum Galopp an und schlang sich die Zügel um die Hüften. Dann griff er nach seinem Bogen und ein paar Pfeilen.

Nemenhat beobachtete ihn aufmerksam. Der Bogen bestand aus den Hörnern einer Oryxantilope, die von einem Holzstück in der Mitte zusammengehalten wurden. Er wirkte sehr robust. Pareherwenemef spannte und schoss seine drei Pfeile ab, während der Wagen holpernd über den steinigen Boden raste. Als sie anschließend hingingen, konnte Nemenhat sehen, dass alle drei Geschosse ins Schwarze getroffen hatten, wenn auch ziemlich weit auseinander.

»Wie du siehst, ist es gar nicht leicht, von einem fahrenden Wagen aus zu treffen. Jetzt bist du dran.«

Und wieder trieb der Prinz seine Pferde an, und Nemenhat schoss im rechten Augenblick seine Pfeile ab, obwohl sein Körper wild hin und her geschleudert wurde, sobald er sich nicht mehr festhalten konnte.

»Nicht schlecht«, sagte der Prinz, als sie sich die Zielscheibe erneut ansahen. »Du hast zwar nicht in die Mitte getroffen, aber deine Pfeile stecken dicht beieinander. Mit etwas Übung wirst du deine Treffsicherheit schnell verbessern«, sagte er lächelnd. »Das zumindest hoffe ich, denn mein Leben wird in deinen Händen liegen.«

Als der Prinz in das königliche Lager einfuhr, war es bereits dunkel. Dort befanden sich die Zelte des Königs und seiner Heerführer, die am Feldzug teilnahmen. Über den großen Zelten wehten die Fahnen und Standarten der unterschiedlichen Kommandostellen, und um sie herum herrschte großes Getümmel.

Nemenhat wusste nicht, was er dort sollte, und keiner schien bereit zu sein, es ihm zu erklären, als wäre es völlig klar, worin seine neue Aufgabe bestand.

Die Insignien am Eingang, die den Gott Reschef darstellten, versetzten ihn in Staunen. Der Gott sah wie ein Kanaaniter aus, trug aber statt der Uräus-Schlange eine Gazelle auf der Stirn und dazu den traditionellen ägyptischen *nemes**. Doch das fand man nur seltsam, wenn man nicht an das Leben im Heerlager gewöhnt war, denn dieselbe Gestalt stand vor fast allen Eingängen zu den Zelten der hohen Offiziere. Reschef war der Schutzgott der Wagenlenker, ihn beteten sie an, und ihn baten sie um Schutz und Kraft für die bevorstehende Schlacht.

Ägypten muss sich ganz schön verändert haben, dachte Nemenhat, wenn ein kanaanitischer Gott eine so hohe Stellung erlangen kann. Als gäbe es in Ägypten nicht genug Götter! Sogar die heidnische Liebes- und Kriegsgöttin Astarte war im Heerlager vertreten. Wie er später erfuhr, war sie für den Schutz der Ausrüstung der königlichen Pferde zuständig. Unglaublich!

»Gib ihnen gut zu fressen und zu trinken, sie haben es sich redlich verdient«, rief der Prinz einem Knecht zu, nachdem er aus seinem Streitwagen gesprungen war.

Dann ging er auf seine Pferde zu, schmiegte seinen Kopf an ihren Hals und redete ihnen gut zu.

»Sie heißen Seth und Month«, erklärte er an Nemenhat gewandt. »Beide haben das Herz eines Kriegers, wie die Götter, die ihnen ihre Namen gaben. Sie können jeden meiner Gedanken lesen.«

Schließlich forderte er Nemenhat mit einem Klaps auf den Rücken auf, in das Zelt einzutreten.

Nemenhat zögerte einen Augenblick.

»Willst du die Nacht etwa unter freiem Himmel verbringen?«

Der verwirrte Nemenhat wusste nicht, was er antworten sollte.

* Königliche Kopfbedeckung, ein gestreiftes Stoffstück, welches das Gesicht einrahmte; es fiel in zwei Streifen zu beiden Seiten des Kopfes herab und wurde im Nacken zu einem Zopf zusammengebunden.

»Oder hast du vor, Geb* nachzueifern und hier auf Nut zu warten?«, sagte er und lachte laut. »Solange du in meinen Diensten stehst, wirst du gemäß deinem Rang untergebracht«, fuhr er fort. »Und von meinen Soldaten schläft keiner unter freiem Himmel.«

»Bringt mir Wein für meine ausgetrocknete Kehle!«, rief der Prinz, warf seinen Helm auf den mit Teppichen ausgelegten Boden und zog seinen Brustharnisch aus. »Ach ja, ab morgen wirst du auch einen brauchen«, erklärte er und zeigte darauf. »Wenn du an meiner Seite kämpfen willst, musst du entsprechend gerüstet sein.«

Nemenhat nickte respektvoll.

»Du bist nicht gerade ein Mann von vielen Worten, was?«, fuhr Pareherwenemef fort und tauchte den Kopf in ein Becken mit Wasser. »Den ganzen Tag hast du kaum ein Wort gesagt. Fürchtest du dich etwa?«

»Keineswegs«, antwortete Nemenhat gelassen. »Ich weiß nur nicht, wie mir geschieht.«

»Nun, das ist leicht erklärt«, entgegnete der Prinz, während er sich abtrocknete. »Die Götter haben beschlossen, dass du mich begleiten sollst.«

Nemenhat sah ihn verwirrt an.

»Gestern ist mein Bogenschütze Rehire während einer Übung gestürzt und hat sich den Arm gebrochen. Es ist nichts Ernstes, aber er wird mindestens einen Monat brauchen, ehe er ihn wieder bewegen kann. Stell dir vor, einen Monat! Wir stehen kurz vor der Schlacht, und ich muss ihn ersetzen. Da hat mir jemand von dir erzählt. Deshalb bist du hier. Es wird nicht leicht sein, den guten Rehire zu ersetzen, er konnte nicht nur mit Pfeil und Bogen umgehen, er beherrschte auch die Lanze und das Wurfholz.«

* Geb wurde von seiner Gemahlin Nut auf Befehl von Re getrennt. Er stellte Schu, die Luft, zwischen sie, damit sie sich nie wieder vereinen konnten. Daher wurde Geb auf dem Boden liegend mit erigiertem Geschlecht dargestellt, der versucht, sich mit Nut, dem Himmelsgewölbe, zu paaren.

»Ich auch, mein Prinz.«

»Wirklich? Dann sollte ich den Göttern danken, dass sie mich in diesem schweren Augenblick nicht im Stich gelassen haben«, seufzte er und reichte Nemenhat einen Becher mit Wein.

Während dieser nur einen kleinen Schluck nahm, stürzte der Prinz seinen Becher in einem Zug hinunter.

»Ah!«, rief er, wischte sich den Mund ab und schenkte sich nach. »Magst du keinen Wein?«, fragte er, als er sah, wie Nemenhat seinen Becher wieder abstellte.

»Dein Wein ist vorzüglich, mein Prinz, aber wenn es dir nichts ausmacht, hätte ich lieber etwas Wasser. Ich möchte meinen Blick nicht trüben.«

Der Prinz lachte. »Du hast vortreffliche Augen, daran gibt es keinen Zweifel. Und so sollen sie auch bleiben. Von ihnen hängt unser Erfolg ab. Hast du Hunger?«

»Seit fast einem Monat, mein Prinz.«

Pareherwenemef lachte laut.

»Wirklich?«, rief er und konnte sich kaum vor Lachen halten. »Lass mich raten. Wässrige Linsen mit Zwiebeln, die in letzter Zeit voller Kornkäfer und Maden sind, stimmt's?«

»Stimmt genau, Hoheit.«

»Jetzt lass den Prinzen oder die Hoheit mal aus dem Spiel. Wenn wir allein sind, kannst du mich bei meinem Namen rufen. Protokolle sind mir zuwider.«

»Wie du befiehlst.«

»Magst du junge Tauben?«

»Ich habe sie nur einmal probiert, und da waren sie zäh wie Leder.«

Der Prinz brach erneut in Gelächter aus.

»Wahrscheinlich hat man dir einen kleinen Geier vorgesetzt. Meine Tauben sind zart und köstlich. Du musst sie probieren.«

So genehmigten sich Pareherwenemef und Nemenhat ein fürstliches Abendessen. Der junge Bogenschütze entspannte sich zusehends und konnte sogar mehrmals mit dem Prinzen lachen. Trotzdem kam ihm alles in dieser Nacht vollkommen unwirklich vor.

»Sag mal«, fragte der Prinz plötzlich. »Wie bist du eigentlich bei den nubischen *pite nesu* gelandet? Erzähl, ich will alles über dich wissen.«

Nemenhat zuckte innerlich zusammen und dachte kurz nach. Dann erfand er eine Geschichte. Seine Familie gehöre zu den vielen, die auf den Feldern der Tempel arbeiteten, und er sei im Zuge der Erhebung rekrutiert worden.

»Ja, es sind schwierige Zeiten, und bei der Verteidigung des Vaterlandes wird jeder Arm gebraucht. Aber wenn wir Erfolg haben, wird mein Vater, der Gottkönig, dich reich belohnen.«

Dann streckte er sich und gähnte.

»Heute Nacht bin ich ein wenig müde. Ich will mich jetzt zurückziehen. Ich rate dir, dasselbe zu tun, denn morgen werden wir noch vor Sonnenaufgang mit dem Streitwagen unterwegs sein. Wir werden den ganzen Tag üben müssen, die Zeit ist knapp und der Feind nicht weit. Wir müssen gut vorbereitet sein. Du kannst gleich neben dem Eingang schlafen.«

So verbrachten Nemenhat und der Prinz den ganzen nächsten Tag im Streitwagen. Sie schossen mit Pfeil und Bogen, warfen die Lanze und das Wurfholz. Sie übten alle Manöver, die der Streitwagen während der Schlacht ausführen würde, bis Nemenhat unter Beweis gestellt hatte, dass er mit sämtlichen unberechenbaren Bewegungen des Wagens vertraut war. Einmal mehr unterstrich er seine Treffsicherheit in allen drei Waffengattungen unter dem Jubel eines begeisterten Pareherwenemef, der seine Aufgabe sehr ernst nahm. Nemenhat staunte über die Geschicklichkeit, mit der er die Pferde führte. Der Prinz band sich die Zügel um die Hüften und schoss seine Pfeile ab, während er gleichzeitig den Pferden eigenartige Worte zurief, die sie tatsächlich zu verstehen schienen. Sie taten immer genau das, was der Prinz von ihnen verlangte. Nemenhat kam es vor wie Zauberei.

»Sie können meine Gedanken lesen«, rief Pareherwenemef fröhlich. »Glaub mir, sie wissen ganz genau, was ich von ihnen will.«

Als sie am späten Nachmittag ins Lager zurückkehrten, konnte Nemenhat kaum aus dem Wagen steigen. Er hatte solche Schmerzen in den Knochen, dass er befürchtete, es nicht einmal mehr bis zum Zelt zu schaffen.

»Er besitzt Users Kraft und Sepeds* Geschicklichkeit«, rief der Prinz begeistert. »Er trifft stets ins Schwarze, und das auf die unmöglichsten Entfernungen.«

Die anderen Wagenlenker kamen auf Nemenhat zu und gratulierten ihm.

»Unser Vater Amun hat ihn uns geschickt. Es ist ein eindeutiges Zeichen des Verborgenen!«

Derweil kletterte Nemenhat mühsam aus dem Wagen, ohne verbergen zu können, wie schwer seinem geschundenen Körper jeder Schritt fiel.

Die Anwesenden mussten lachen.

»Seid nicht so schadenfroh«, warnte der Prinz. »Und sorgt dafür, dass mein Vater nichts von seinen Fähigkeiten erfährt, sonst macht er ihn mir noch abspenstig.«

In dieser Nacht bekam Nemenhat keinen Bissen herunter, selbst das Kauen bereitete ihm Mühe. Er ließ sich auf seine Schilfmatte fallen und schlief so fest, dass er sich kein einziges Mal herumgewälzt hatte, als man ihn am frühen Morgen weckte.

In den kommenden Tagen gewöhnte sich Nemenhat allmählich an die Bewegungen des Streitwagens. Er lernte, Pfeil und Bogen in voller Fahrt ruhig zu halten und seine Geschosse so abzu-

* Der Gott Re besaß vierzehn *ka*, eines davon war User, »mit dem Leben versehen«, das andere Seped, »die Geschicklichkeit«.

feuern, als stünde das Gefährt still. Sogar die Pferde schienen ihn zu akzeptieren, denn sie scheuten kein einziges Mal.

Jetzt hatte der Prinz keinen Zweifel mehr daran, dass er über den besten Begleiter verfügte, den er sich wünschen konnte, und hörte nicht auf, ihn vor allen anderen über den grünen Klee zu loben.

Nemenhat empfand eine große Zuneigung für Pareherwenemef, der stets um sein Wohl besorgt war. In wenigen Tagen entstand zwischen den beiden eine Beziehung, die keineswegs der eines Prinzen zu seinem Lakaien entsprach. In dem kleinen, von zwei feurigen Pferden gezogenen Streitwagen spielte die Herkunft keine Rolle, denn das Leben des Prinzen hing zu einem großen Teil von dem Geschick ab, mit dem er ihn beschützen oder seine Feinde töten konnte. Beide zusammen bildeten eine Einheit, die entweder siegreich war oder gnadenlos unterging.

Pareherwenemef besser kennen zu lernen war nicht schwer, denn der Prinz gab sich ganz ungezwungen.

Er war zwar älter als Nemenhat, aber körperlich in bester Verfassung, da er ein leidenschaftlicher Sportler und Jäger war und das Leben unter freiem Himmel liebte. Er ahmte seinen großen königlichen Vorfahren nach, den Pharao Thutmosis IV., und fuhr mit seinem Streitwagen in die Wüste, um Löwen zu jagen. Das aber tat er nicht etwa, um dem Hof zu imponieren, sondern weil es zu seiner draufgängerischen Natur gehörte und er sich an solchen körperlichen Aktivitäten berauschte.

Doch Pareherwenemef machte auch keinen Hehl aus seiner maßlosen Leidenschaft für den Alkohol, insbesondere den *schedeh*, einen Tropfen, der den stärksten Mann umhauen konnte. Nicht selten fand Nemenhat seinen Prinzen nach einer durchzechten Nacht im Morgengrauen über den Tisch gebeugt, den Kopf auf den Armen ruhend. Wenn er aber kurz darauf aufrecht in seinem Streitwagen stand, merkte man ihm keine Spur mehr von den Ausschweifungen der Nacht an.

Die liebenswürdige Freundschaft, mit der Pareherwenemef ihn jeden Tag bedachte, machte Nemenhat zusehends zu schaffen. Wenn er sah, wie offenherzig der Prinz zu ihm war, bekam er ein schlechtes Gewissen, weil er nicht ehrlich zu ihm gewesen war. Das schreckliche Geheimnis, das ihn ein Leben lang begleiten sollte, hatte den Menschen, die ihm an nächsten gewesen waren, nur Leid zugefügt, und wie es aussah, würde es so weitergehen, vielleicht sogar bis in alle Ewigkeit seiner Seele.

Eines Nachts, nachdem sie einen weiteren harten Tagesmarsch hinter sich gebracht hatten, beschloss Nemenhat, dem Prinzen reinen Wein einzuschenken, um ihm damit seine Loyalität zu bekunden.

Pareherwenemef war anfangs ein wenig erstaunt, aber als Nemenhat hartnäckig darauf bestand, fand er sich bereit, seiner Geschichte von Anfang bis Ende aufmerksam zuzuhören. Als Nemenhat fertig war, konnte er dem Prinzen nicht in die Augen sehen, so beschämt war er, und dann brach die Verzweiflung, die in seinem tiefsten Inneren verborgen gewesen war, so ungehemmt zutage wie gelegentlich die Nilschwelle über das Land.

Der Prinz hörte ihm mit dem Becher in der Hand verblüfft zu. Es war bei weitem die aufregendste Geschichte, die er jemals gehört hatte. Er war fasziniert.

»Verzeih mir, mein Prinz, dass ich dich belogen habe. Ich bin deines Erbarmens nicht würdig, aber ich mache mir große Sorgen um das Schicksal meiner Frau und meines Vaters.«

»Was für eine Geschichte!«, rief der Prinz begeistert. »Da ist dein Vater aber in schöne Kreise hineingeraten ... ausgerechnet Anch.«

»Kennst du ihn?«

»Selbstverständlich kenne ich ihn. Er ist einer der größten Kriecher in Memphis. Wusstest du, dass er Obermeister des Handwerks werden will?«

»Wirklich?«

Pareherwenemef nickte und führte den Becher zum Mund.

»Wenn ich es dir sage«, antwortete er und schnalzte mit der Zunge. »Und um das zu erreichen, würde er seinen eigenen Sohn verkaufen. Er pflegt beste Verbindungen zu den Vornehmen von Memphis. Ich selbst bin nie zu einem seiner Feste gegangen. Er muss ein ganz gerissener Hund sein, denn für jemanden mit einer solch finsteren Herkunft ist es alles andere als leicht, an die Ämter zu kommen, die er bekleidet, und in der Gesellschaft so rasant aufzusteigen.«

»Verstehe.«

»Da wäre ich mir nicht so sicher, mein Freund. Du hast keine Ahnung, was für Menschen in der Verwaltung die Fäden ziehen. Intrigante, skrupellose Beamte, die ihren finsteren Geschäften und Machenschaften nachgehen. Alle, die ein hohes Amt anstreben, gehören irgendeiner Adelsfamilie an, deren Vorfahren Wesire, Gaufürsten, königliche Baumeister oder Ptah weiß was waren. Und sie alle üben Tag für Tag gemeinsam die Macht in diesem Land aus. Ich sage dir, sie sind eine richtige Plage.«

»Weiß denn der Gott nicht darüber Bescheid?«

»Und ob«, antwortete Pareherwenemef und nahm einen weiteren Schluck. »Aber glaub mir, dem Pharao sind Hände und Füße gebunden. Es wäre ein vergebliches Unterfangen, die Korruption in diesem Land beseitigen zu wollen. Die Zeiten, in denen der König im Land Kemet unbegrenzte Macht besaß, sind längst vorbei.«

»Er ist doch ein großer Krieger. Sein Heer würde ihm gehorchen. Er könnte …«

»Er könnte nicht mehr tun, als er bereits tut, glaub mir. Wahrscheinlich wird er der letzte große Pharao in der Geschichte unseres Volkes sein.«

»Ich verstehe das nicht. Er verkörpert doch die Macht.«

»Die Macht?«, lachte Pareherwenemef laut. »Du hast wirklich keine Ahnung von der politischen Realität unseres Landes. Mein

Vater ist mächtig, ja, sonst wäre er nicht der Pharao. Aber die wirkliche Macht liegt nicht mehr beim König, sondern in den Tempeln. Sie sind übermächtig, und mein Vater weiß es. Deshalb unterhält er gute Beziehungen zu der Priesterkaste.«

»Ich kann nicht glauben, dass der Pharao sich dem Klerus beugt.«

»Es geht nicht darum, dass er sich ihnen beugt, sondern darum, dass er ihre Interessen respektiert. Wusstest du, dass der größte Teil unseres Landes dem Amun-Tempel gehört? Die Macht der Priester hat sich in Jahrhunderten entwickelt, und mein Vater kann ihr nichts entgegenstellen.«

Nemenhat machte eine ungläubige Geste.

»Vor vielen Jahrhunderten gab es einen Pharao, der ihren Einfluss beenden wollte«, erklärte der Prinz, als er Nemenhats Gesichtsausdruck sah. »Er war ein besonders mystischer Pharao. Er erhob den Kult von Aton zur Staatsreligion und brach mit der Allmacht der Amun-Priesterschaft. Er verlegte sogar die Hauptstadt nach Amarna, um sich dem Einfluss der Amun-Priester zu entziehen. Doch alles war umsonst. Die Priester von Karnak taten alles, um ihn loszuwerden. Und als der Pharao Echnaton starb, floss das Blut seiner Anhänger über die Böden der Tempel. Sie wurden unbarmherzig verfolgt, und wenig später wurde der Amun-Kult wieder zur Staatsreligion erhoben. Seitdem haben die Amun-Priester immer mehr Macht an sich gerissen und sind immer reicher geworden. Hör zu, jetzt, da die Schlacht unmittelbar bevorsteht, brauchst du nur einmal ins Zelt meines Vaters zu gehen, und du wirst sehen, wie viele seiner Priester um ihn herumschwirren. Ohne ein einziges Wort zu sagen, werden sie ihn daran erinnern, dass er die Kriegsbeute großzügig unter der Priesterschaft zu verteilen hat.«

»Das ist aber ein düsteres Bild, das du da zeichnest.«

»Nicht düsterer als das vor einem Jahrhundert. Wie gesagt, mein Vater unterhält gute Beziehungen zur Priesterkaste, er mischt sich nicht in ihre Angelegenheiten ein, und dafür segnen sie ihn. Schließlich braucht ihn das Reich, damit das Gleichgewicht, das die Urgötter dem Schwarzen Land gaben, erhalten bleibt.«

Nemenhat nickte zum Zeichen, dass er verstanden hatte.

»Ich hätte nie gedacht, dass es für den Pharao so schwierig sein könnte, seine Macht zu erhalten.«

»So ist es aber. Die schwarze Wolke der Beamten, von der ich dir vorhin erzählte, ist alles andere als eine Hilfe. Tja, Nemenhat, ich kann nur hoffen, dass mein älterer Bruder noch lange lebt, sodass mir der Thron erspart bleibt. Glaub mir, ich habe nicht die geringste Lust, ein solches Opfer bringen zu müssen.«

Es folgte ein kurzes Schweigen. Der Prinz schenkte sich Wein nach.

»Vielleicht sollten wir uns heute Nacht etwas amüsieren«, sagte er plötzlich, an Nemenhat gewandt. »Wenn du willst, besorge ich dir eine Frau.«

Nemenhat sah den Prinzen an. Dessen Augen glänzten erwartungsvoll.

»Ich danke dir für diese Ehre, mein Prinz, aber ehrlich gesagt ist mir nicht danach. Ich würde nur gern wissen, was aus meiner Familie geworden ist. Aus meiner Frau … Es gibt keine Nacht, in der ich nicht an sie denken muss.«

»Liebst du sie?«

»Ich hätte nie gedacht, wie sehr.«

»Und sie dich?«

»Ganz sicher.«

»Du hast Glück im Unglück. Wie heißt deine Frau? Ist sie schön?«

»Sie heißt Nubet, und für mich gibt es keine Schönere auf der Welt.«

»Nubet … ein schöner Name. Ich bin sicher, dass sie genauso hübsch ist, wie du sagst. Nun gut, mein Freund«, fuhr er fort und klopfte ihm auf die Schulter. »Du bist mir wirklich sympathisch, ich mag dich. Es ist das erste Mal, dass ich einen Grabräuber kennen lerne. Und wenn ich ganz ehrlich sein soll, finde ich es sogar richtig, dass du diesen elenden Parasiten das wegnimmst, was sie ihr ganzes Leben lang gehortet haben.«

»Aber es ist eine Sünde, die gegen alles verstößt, was diesem Land heilig ist.«

»Ganz richtig. Die schlimmste Sünde, die man begehen kann. Aber ich habe nun einmal eine Schwäche für Sünder«, entgegnete der Prinz grinsend.

Er stand auf, streckte und reckte sich und grunzte zufrieden.

»Ich lasse dich jetzt allein, da ich nicht gedenke, heute Nacht auf mein Vergnügen zu verzichten. Ruh dich aus, und denk nicht über etwas nach, das du ohnehin nicht ändern kannst. Sobald ich Zeit finde, werde ich mich um dein Problem kümmern.«

In den nächsten Tagen legte das Heer noch größere Gewaltmärsche zurück als sonst. Die Krieger des Pharaos ließen die steinige Wüste des Sinai hinter sich und drangen ins fruchtbare Tal von Kanaan ein. Die Späher schwärmten in alle Richtungen aus, um das Terrain auszukundschaften und nach dem Feind zu suchen. Jeder wusste, dass er sich ganz in der Nähe befinden musste. Die hartgesottenen Veteranen spürten, dass die bewaffnete Auseinandersetzung unmittelbar bevorstand, und machten sich einen Spaß daraus, die schrecklichsten Gerüchte zu verbreiten. Sie entbehrten zwar jeglicher Grundlage, schüchterten die unerfahrenen Rekruten jedoch ein und machten die anderen nervös. Abends trafen die *pehereru*, berittene Boten, mit den letzten Nachrichten im Hauptlager des Pharaos ein, um kurz darauf mit neuen Befehlen in alle Richtungen auszuschwärmen. Es waren die einzigen berittenen Krieger im ägyptischen Heer, in dem es keine Reiterei, sondern nur die Streitwagenverbände gab.

Ramses blieb nicht mehr sehr viel Zeit, denn er wusste, dass die feindliche Flotte bereits vor der Küste des Deltas lag. Er musste das Heer der Invasoren so schnell wie möglich ausfindig machen, wenn er rechtzeitig ins Nildelta zurückkehren wollte, um es vor der drohenden Invasion vom Meer her verteidigen zu können. Der Pharao war deshalb nervös und gereizter als sonst. Wenn er es nicht rechtzeitig ins Delta zurückschaffte, wären die Gewaltmärsche, die er seinem Heer zugemutet hatte, umsonst gewesen.

»Mein Vater ist wirklich unerträglich«, beklagte sich Pareherwenemef, während er es sich auf einigen Polsterkissen bequem machte. »Im Moment ist er wütend, weil sich der Feind in Luft aufgelöst hat. Und wenn ein Gottkönig sich aufregt, geht man ihm besser aus dem Weg.«

»Die Soldaten glauben, dass der Feind nicht mehr weit weg sein kann.«

»Schon möglich. Aber die einfachen Fußtruppen können natürlich nicht wissen, dass wir zwei verschiedene Schlachten schlagen müssen, wenn wir den Krieg gewinnen wollen. Der Pharao hat alles auf eine Karte gesetzt, und jetzt ist es zu spät, um den Plan noch zu ändern.«

Nemenhat nickte wortlos.

»Verflucht! Es ist immer dasselbe«, fuhr der Prinz fort. »Wenn man es am wenigsten erwartet, kommt der Herold und teilt einem mit, dass man sofort zum Kriegsrat kommen muss, weil die Schlacht unmittelbar bevorsteht.«

»Wie wird denn die Schlachtordnung aussehen?«

»Das wird mein Vater in letzter Sekunde entscheiden. Er ist ein hervorragender Stratege, das kann ich dir versichern. Sobald der Feind ausfindig gemacht worden ist, werden die Kundschafter ausschwärmen, um sein Heer auszuspähen. Anschließend wird er unser Heer so aufstellen, wie es ihm am besten erscheint.«

»Nimmt er auch selbst an der Schlacht teil?«

»Na, und ob! Manchmal macht er es uns schier unmöglich,

ihm zu folgen, und dann können wir ihn kaum richtig beschützen. Er kämpft wie ein Löwe. Nicht ohne Grund nennt man ihn den ›Starken Stier, reich an Siegen‹. Obwohl er sich dieses Mal vielleicht etwas zurückhalten wird. Das Schicksal des ganzen Reiches hängt von seiner Person ab. Er muss auf jeden Fall am Leben bleiben, um anschließend unser Land am Delta zu verteidigen.«

Nemenhat nickte wieder, zum Zeichen, dass er verstanden hatte.

»Ach, ich hatte ganz vergessen, dass es deine erste Schlacht ist. Sobald ich die Pferde antreibe, wirst du deine Nervosität verlieren.«

»Ich bin nicht deshalb nervös«, entgegnete Nemenhat gelassen. »Ich habe keine Angst vor dem Kampf.«

»Mit Recht. Die anderen sollten Angst vor dir haben«, sagte der Prinz laut lachend. »Aber ich weiß, dass dir noch etwas anderes auf dem Herzen liegt.«

Nemenhat blickte auf, und sein Ausdruck veränderte sich. Einen Augenblick sahen sie sich nur an.

»Erinnerst du dich an das Gespräch, das wir vor ein paar Tagen geführt haben? Ich versprach dir, dass ich mich nach dem Schicksal deiner Familie erkundigen würde«, erklärte Pareherwenemef und stand auf, um zwei Becher Wein einzuschenken.

»Ja, ich erinnere mich«, antwortete Nemenhat und merkte, wie sich sein Magen verkrampfte.

»Hier, nimm«, sagte der Prinz und reichte ihm einen Becher.

»Du weißt doch, dass ich nicht trinke«, entgegnete Nemenhat und nahm den Becher an.

»Heute werden wir gemeinsam trinken«, fuhr Pareherwenemef fort und wich seinem Blick aus. »Wir sind fern der Heimat, und was morgen sein wird, kann ich dir nicht sagen. Aber ich weiß, was passiert ist.«

Nemenhat warf ihm einen ängstlichen, fast flehentlichen Blick zu, während er versuchte, den Inhalt seines Bechers nicht zu verschütten.

Pareherwenemef nahm einen langen, kräftigen Schluck, ehe er fortfuhr.

»Es tut mir sehr Leid, aber dein Vater ist tot.«

Nemenhat spürte, wie ihm am ganzen Körper kalter Schweiß ausbrach. Er wurde blass, erstarrte zu einem Stein, in seinen Augen war keine Spur von Leben mehr.

Der Prinz trat zu ihm und griff nach seiner Hand, während er ihm gleichzeitig den Becher an die Lippen führte.

»Aber deine Frau lebt, den Göttern sei Dank. Hier, trink, es wird dir gut tun.«

Nemenhat zeigte keine Regung. Nur die Hartnäckigkeit des Prinzen brachte ihn schließlich dazu, kurz die Augen aufzuschlagen und mechanisch den Mund zu öffnen, um zu trinken.

»Es tut mir Leid, dass ich dir diese traurige Nachricht überbringen muss. Ich wünschte, die Angelegenheit wäre anders ausgegangen, aber wie es aussieht, seid ihr Opfer einer hinterhältigen Verschwörung geworden.«

Nemenhat hob langsam den Kopf und sah den Prinzen an, während er versuchte, die Tragweite dessen, was er gerade gehört hatte, zu begreifen.

»Anch hatte ein so engmaschiges Netz um euch gestrickt, dass es kein Entkommen mehr gab.«

Nemenhat sah ihn entgeistert an und presste beide Hände gegen den Kopf, als wollte er einen Funken von Verstand aus ihm herausquetschen.

»Eine Verschwörung«, murmelte er schließlich mit verlorenem Blick. »Ich habe meinen Vater immer wieder ermahnt, dass er vorsichtig sein soll, aber …«

»Ihr hättet euch nur mit einer Flucht aus Ägypten retten können«, fiel ihm der Prinz ins Wort. »Jetzt hilft kein Jammern mehr, wenn ihr sie gar nicht erst in Erwägung gezogen habt.«

Nemenhat senkte den Blick und raufte sich die Haare.

»Soll das heißen, dass nicht nur Anch daran beteiligt war?«, fragte er und hob erneut den Blick.

»Um seinen Plan in die Tat umzusetzen, brauchte er Komplizen«, antwortete Pareherwenemef und verschränkte die Arme.

»Und du kennst sie?«

Pareherwenemef nickte.

»Hast du jemals von Seherutaui gehört?«

»Nein, niemals.«

Der Prinz lächelte auf seltsame Art.

»Er ist eine der finstersten Gestalten von Memphis. Richter Seherutaui ist berüchtigt für seine Vorliebe, Angeklagten Ohren und Nasen abzuschneiden. Du kannst von Glück sagen, dass du deine behalten hast.«

Nemenhat griff sich instinktiv an den Kopf.

»Er ist das beste Beispiel dafür, wie man heutzutage zu höchsten Ämtern gelangt, wenn man nur skrupellos genug ist. Er ist ein durch und durch widerlicher Mensch, allein sein Gesicht stößt einen ab. Es ist so ausdruckslos, als trüge er stets eine Maske. Vollkommen gefühllos. Würde ist für ihn nur eine leere Worthülse, er ist unmoralisch bis ins Mark. Stell dir vor, er scheut nicht einmal davor zurück, seine Frau für seine Karrierezwecke einzuspannen!«

Nemenhat sah ihn fragend an.

»Ja, Nitokris, sie ist wunderschön und hat praktisch mit jedem hohen Würdenträger von Memphis angebändelt. Seherutaui drängt sie dazu, mit allen ins Bett zu gehen, die ihm behilflich sein können, eine weitere Stufe der Karriereleiter emporzusteigen. Und da sie offensichtlich nicht abgeneigt ist, hat der Richter es bis ganz oben geschafft.«

Pareherwenemef trank seinen Becher in einem Zug aus und stand auf, um sich nachzuschenken.

»Der Kerl ist grausam, aber das scheint bei gehörnten Ehemännern oft der Fall zu sein«, sagte der Prinz nachdenklich, während er seinen Becher füllte. »Er war die ausführende Gewalt in diesem Drama«, fuhr er fort. »Er will unbedingt an den Hohen Gerichtshof von Unterägypten berufen werden, und wenn Anch im Ptah-Tempel zum Obermeister des Handwerks aufsteigt, dann wird er ihn bestimmt für dieses Amt vorschlagen. Vergiss nicht, wie viel Macht der Hohepriester des Ptah in Unterägypten hat.«

»Glaubst du, dass Anch das schaffen kann?«

»Nun, es würde mich nicht wundern, wenn ich mir ansehe, was geschehen ist. Jedenfalls scheint Seherutaui ganz davon überzeugt zu sein. Ich weiß nicht, wer seine Hintermänner sind, aber den einen oder anderen glaube ich zu kennen.«

Nemenhat hörte ihm beunruhigt zu.

»Zuallererst fällt mir ein gewisser Irsu ein, der reichste Mann in ganz Memphis. Die beiden sind eng befreundet, und der unersättliche Irsu ist nur auf seinen Vorteil bedacht. Im Handumdrehen hat er sich das Geschäft deines phönizischen Freundes unter den Nagel gerissen.«

Nemenhat wurde rot vor Zorn.

»Hundesöhne!«, sagte er zähneknirschend.

»Stimmt. Wie gesagt, dieser Irsu ist der wohlhabendste Mann in Memphis, und Reichtum und Macht sind stets Verbündete. Irsu könnte Anch jedes Amt besorgen, das er sich wünscht.«

»Mögen die Götter sie verdammen!«, fluchte Nemenhat wütend. »Hiram ist ein guter Mensch. Ich kann dir versichern, dass er vollkommen unschuldig ist, mein Prinz.«

»Zu spät. Sie haben den Fall bereits zu ihren Gunsten entschieden.«

Nemenhat verbarg den Kopf in den Händen.

»So viel Grausamkeit ist unfassbar«, sagte er schließlich verzweifelt. »Könnte es nicht doch ein Irrtum sein?«

Pareherwenemef lächelte bitter.

»Nein, es ist kein Irrtum. Ich weiß es aus einer verlässlichen

Quelle. Die Straßen von Memphis haben Augen und Ohren. Verstehst du jetzt, dass es kein Entkommen für euch gab?«

Plötzlich sah Nemenhat die Gestalt seines Vaters vor sich. Sie war so lebendig, dass ihm die Tränen in die Augen stiegen.

»Warum haben sie dann nicht auch mich getötet?«

»Anch hätte nicht sämtliche Straßen in Memphis mit Leichen pflastern können. Das ganze Verfahren war im hohen Maße illegal; das wissen sie zur Genüge. Die Sache hätte dem Wesir vorgelegt werden müssen. Bei Grabräuberei darf nur er über den Beschuldigten urteilen. Aber wie du dir denken kannst, musste genau das verhindert werden, sonst wären sie selbst in den Fall verwickelt worden. Dein Vater durfte nicht lebend vor den Hohen Gerichtshof treten.«

»Und deshalb töteten sie ihn ...«

»Sie müssen ihn während des Verhörs getötet haben, nachdem er sein Geständnis unterschrieben hatte.«

»Mein Vater konnte weder lesen noch schreiben.«

»Das ist egal. In diesem Fall unterschreibt ein Schreiber für ihn.«

Nemenhat spürte, wie das Blut in seinen Schläfen pochte, als galoppierte die gesamte Wagenstreitmacht des Königs durch seinen Schädel.

»Da sie dich nicht ebenfalls töten konnten, haben sie dafür gesorgt, dass du wenigstens von der Bildfläche verschwindest. Der nahende Krieg kam ihnen wie gerufen. Sie steckten dich zusammen mit den anderen Verbrechern ins Heer, mit der ausdrücklichen Anweisung, dich an vorderster Front kämpfen zu lassen.«

»Das verstehe ich nicht. Und wenn ich den Krieg überlebt hätte?«

»Ich glaube, dass du immer noch nicht begriffen hast«, erklärte der Prinz, während sein Finger am Becher auf und ab strich. »Für dich hätte es kein Überleben gegeben. Es war dein Todesurteil.«

»Trotzdem besteht immer die Möglichkeit, mit dem Leben davonzukommen. Es sei denn ...«

Pareherwenemef sah ihn an und nickte.

»Genau. Es wäre ein Leichtes gewesen, einen oder mehrere Häscher zu finden, die sich um dich kümmern. Im Getümmel der Schlacht, im Kampf Mann gegen Mann hätte dir jeder ein Schwert in den Rücken stoßen können, ohne dass es aufgefallen wäre.«

Nemenhat richtete sich ängstlich auf.

»Dann bin ich ja so gut wie tot.«

»Jedenfalls sehe ich keine Möglichkeit herauszufinden, wer von den zwanzigtausend Soldaten meines Vaters dazu auserkoren wurde, dich umzubringen. Derjenige oder diejenigen werden aber wahrscheinlich bis zur letzten Minute warten. Es könnte ja sein, dass der Feind ihnen die Arbeit abnimmt.«

Nemenhat lehnte sich zurück und versuchte, sich zu beruhigen.

»Solange du bei mir bist, hast du nichts zu befürchten«, beruhigte ihn Pareherwenemef. »Bestimmt hat Anch niemals mit dieser Entwicklung gerechnet.«

»Ein mörderischer Plan«, sagte Nemenhat bei sich.

»Der zu einem verruchten Menschen wie Anch passt. Aber wie ich dir eben schon erklärte, sie verkörpern nicht das ägyptische Gesetz. Der ganze Vorgang verstößt gegen geltendes Recht, da der Wesir dafür zuständig gewesen wäre. Offensichtlich sind sie sich ihrer Sache sehr sicher. Hirams Enteignung verletzt ebenfalls geltende Gesetze. Wenn der Phönizier für schuldig befunden worden wäre und der Staat ihn enteignet hätte, dann dürften nur mein Vater, der Pharao, oder der Wesir in seinem Namen über seine Güter verfügen. Sie könnten sie an jemand anderen vergeben, wenn sie das gewollt hätten, oder auch das Unternehmen für immer schließen.«

»Dann war die Enteignung illegal«, sagte Nemenhat.

»Völlig illegal. Keine Ahnung, wie Irsu das angestellt hat, aber wie wir wissen, verfügt er über ein dichtes Netz von Gönnern. Jeder Vornehme in Memphis schuldet ihm irgendeinen Gefallen. Er weiß genau, welche Fäden er ziehen muss, um seinen Interessen Geltung zu verschaffen.«

»Dann könnte man doch die Sache vor den Wesir bringen, damit er etwas unternimmt«, erklärte Nemenhat hoffnungsvoll.

»Das würde ich dir nicht raten. Du bist ein Niemand, und deine Bitte würde den *tjati* niemals erreichen. Erstens hätte es keinen Zweck, und zweitens würdest du es nicht überleben.«

»Dann bin ich verloren.«

»Ich fürchte, dass die Sache nicht besonders gut aussieht. Du musst daher sehr vorsichtig sein. Vergiss nicht, Anch glaubt, dass er dich niemals wiedersehen wird«, sagte Pareherwenemef und warf ihm einen schlauen Blick zu.

Nemenhat rieb sich das Kinn und sah den Prinzen an. Er dachte darüber nach, was ihm Pareherwenemef gesagt hatte, und kam zu dem Ergebnis, dass er Recht hatte. Sie waren tatsächlich Opfer einer heimtückischen Verschwörung geworden.

»So viel Aufwand für einen einfachen Handwerker wie meinen Vater«, sagte er leise.

Der schreckliche Kummer wich allmählich seinem angeborenen analytischen Verstand, und gleichzeitig veränderte sich auch sein Ausdruck. Jetzt waren seine Augen eiskalt.

»Wenigstens ist Nubet am Leben«, erklärte er ausdruckslos.

»Schon ihretwegen musst auch du überleben«, versuchte der Prinz, ihn aufzumuntern.

»Ihretwegen?«, erwiderte Nemenhat. »Für sie, die ein so reines Herz hat, bin ich eine Schande. Ich hätte ehrlich zu ihr sein sollen, aber ich habe mich nicht getraut.«

»Quäle dich nicht damit. Wenn sie dich liebt, wird sie dir verzeihen.«

Eine Zeit lang presste Nemenhat in Gedanken versunken die

Hände zusammen, ehe er sich einen Ruck gab und wieder zu sich kam.

»Verzeih mir, mein Prinz, aber ich brauche die Einsamkeit der Nacht, um mit mir ins Reine zu kommen.«

Nemenhat verbrachte die Nacht im Freien. In eine Decke gehüllt betrachtete er Nuts sternenübersäten Körper, während er an seinen Vater dachte und sich Vorwürfe machte, dass er in den letzten Monaten dessen Schritte nicht besser überwacht hatte. Die Tatsache, dass er ihn niemals wiedersehen würde, versetzte ihn in eine seltsam wehmütige Stimmung. Es war ein Gefühl, das er in dieser Weise noch nie erlebt hatte und das ihn in eine unbeschreibliche Schwermut stürzte. Als die Tränen wieder trockneten und er erneut klar sehen konnte, schweifte sein Blick über den Himmel von Kanaan. So viele Sterne! Vielleicht war einer davon Schepsenure. Vielleicht hatte Osiris sich seiner erbarmt. Vielleicht hatten die großen Götter des Totengerichts, die in der Halle der beiden Gerechtigkeiten* mit ihren *was*-Zeptern** in der Hand saßen, sich für ihn verwendet. Wer weiß, vielleicht hatte Anubis mit ihm Mitleid gehabt und beim Eichen die Waage zu seinen Gunsten manipuliert, nachdem Schai, das Schicksal, ihm erzählt hatte, dass der Verstorbene alles andere als ein leichtes Leben gehabt hatte. Nur das hätte Schepsenure retten können, denn der unbestechliche Thot wachte aufmerksam über das Wiegen des Herzens.

Als Nemenhat jetzt daran dachte, wie unheilvoll das Leben sein konnte, empfand er Osiris' Totengericht mit dem Wiegen des Herzens, das seit Menschengedenken in Ägypten herrschte, als die letzte Ungerechtigkeit, die sein Vater über sich ergehen lassen musste.

Dann stellte er sich vor, dass das Verfahren vielleicht doch ganz

* In der Halle der beiden Gerechtigkeiten tagt Osiris' Totengericht. Hier versammeln sich die wichtigsten Götter, und hier werden die Herzen gewogen.

** Das *was*-Zepter symbolisierte die Macht.

anders ablief und das Herz seines Vaters nach dem bewertet wurde, was dieser aus Liebe zu seinem Sohn hatte tun müssen. Möglich, dass dann Schepsenures Güte zum Vorschein kam, denn Nemenhat konnte sich nicht erinnern, dass sein Vater jemals irgendwem Unrecht getan hätte.

Wenn die Seelen der Menschen tatsächlich in Gestalt von Sternen am Himmelsgewölbe leuchteten, dann war er überzeugt, dass auch sein Vater darunter war und nun von dort oben über ihn wachte, so wie er es ein Leben lang auf der Erde getan hatte.

Als das erste fahle Licht am östlichen Horizont den nahenden Morgen ankündigte, hatte Nemenhat so viel geweint, wie sein Herz zuließ. Nun wusste er, was er zu tun hatte.

Es kam genau so, wie der Prinz vorausgesagt hatte. Eines Nachmittags erschien ein Herold in seinem Zelt und erklärte, dass der Pharao ihn sofort zu sehen wünschte. Wie Nemenhat später erfuhr, hatten die Kundschafter des Königs das feindliche Heer entdeckt. Es befand sich nur einen Zweitagesmarsch vom Hauptlager entfernt. Ein Bote hatte sein Pferd fast zu Tode geschunden, um dem Pharao die Nachricht so schnell wie möglich zu überbringen.

Noch in derselben Nacht zog der Pharao unter strengster Geheimhaltung an der Spitze einer kleinen Eliteeinheit los, um sich den Feind aus der Nähe anzusehen und die Strategie der Schlacht vorzubereiten. Nach einem Gewaltmarsch konnte er am Abend des nächsten Tages mit eigenen Augen sehen, dass der Feind sein Lager hinter einigen Hügeln aufgeschlagen hatte. Der Pharao war entsetzt. Was da in das fruchtbare Land von Retenu* hineinströmte, war kein gewöhnliches Heer, sondern ein Verbund aus unzähligen Stämmen und ganzen Völkern, die ihr gesamtes Hab und Gut mit sich führten. Es waren so viele Menschen, dass Ramses sie nur mit den schrecklichen Heuschreckenplagen ver-

* Ägyptische Bezeichnung für Kanaan.

gleichen konnte, die laut alter Überlieferung gelegentlich über das Niltal herfielen.

Der Pharao war davon überzeugt, dass kein Stein auf dem anderen bliebe und die ägyptische Kultur auf ewig verloren wäre, wenn es ihnen gelänge, bis zum Land von Kemet vorzustoßen.

Es war eine regelrechte Völkerwanderung, bestehend aus Kriegern, Weibern, Kindern, Herden und Zugtieren. Tjehenu neben Peleset. Peleset neben Scherdenu und diese neben Danaern. Ein Verbund unzähliger Stämme, die aus Gegenden kamen, von denen der Pharao nicht einmal gehört hatte. Eine hungrige Meute, die auf dem Weg zu ihrem endgültigen Ziel alles kahl fraß.

Er beobachtete, wie abertausende von Nomaden ihr Lager aufbauten, und als die Schatten der Nacht über das Land fielen, konnte er in der Dunkelheit unzählige Lagerfeuer sehen, die an einen riesigen Schwarm von Leuchtkäfern erinnerten.

Noch in derselben Nacht kehrte Ramses in sein Hauptlager zurück, fest entschlossen, Nutzen aus diesen Erkenntnissen zu ziehen. Er hatte bereits eine klare Vorstellung davon, was er tun musste. Ägypten stand vor der größten Bedrohung seiner Geschichte in Gestalt eines endlosen Stroms von Habenichtsen.

O Götter, die ihr Ägypten auserwähltet, um Weisheit und Leben zu schaffen, wo es keines gab, rettet uns vor dieser Plage, dachte der Pharao, während sich ihm das Haar sträubte bei dem Gedanken, was aus seinem Land würde, wenn diese Horde darüber herfiel.

Er musste den Vormarsch aufhalten, egal, was es kostete, und dazu war es unbedingt nötig, das richtige Terrain für die Schlacht auszusuchen. Ramses hatte sich selbst davon überzeugen können, wie langsam und ungeordnet das Heer des Feindes vorwärts kam. Dies verschaffte ihm genügend Zeit, um seine Truppen an einer geeigneten Stelle zu formieren und die Strategie zu entwerfen, die er während der Schlacht anwenden würde.

Kaum hatte der Pharao sein Hauptlager erreicht, führte er das gesamte Heer in die Nähe der feindlichen Truppen und schlug das neue Lager an einem Ort auf, wo es genügend Wasser gab und die Soldaten sich ausruhen konnten. Dann rief er seine Feldherren zusammen und besprach die Einzelheiten seines Schlachtplans mit ihnen. Er würde kein Zögern und kein Zaudern tolerieren, warnte er, alles sei so auszuführen, wie man es von einem Berufsheer erwarten durfte.

Am nächsten Morgen stand Nemenhat in aller Frühe neben Pareherwenemef auf dem Streitwagen und lauschte der Kriegsrede des Gottkönigs.

Niemals hätte er sich träumen lassen, dass er eines Tages nur wenige Meter entfernt vom »Herrscher über die Beiden Länder« stehen und seiner Ansprache inmitten einer absoluten Stille lauschen würde. Doch es war so, Nemenhat stand mit allen anderen Streitwagen in einer Reihe und ließ sich kein Wort des Gottes entgehen. Er konnte sehen, wie dieser rechts von ihm aufrecht in seinem goldenen Streitwagen stand und versuchte, seine Kraft und Entschlossenheit auf seine Krieger zu übertragen. Die Gestalt, deren Umrisse sich scharf gegen das Morgenrot am östlichen Horizont abzeichneten, erschien ihm übermächtig. Und das lag nicht am Glanz seines eng anliegenden Brustharnischs oder an den prächtigen Armbändern aus Lapislazuli, die mit der königlichen Kartusche geschmückt waren, nicht einmal an der Aura, die Chepri seiner Person verlieh, nein, das alles war es nicht. Ramses' Herrlichkeit kam aus ihm selbst.

Er war von einer imposanten Gestalt, die alle überragte, und hielt das Haupt mit der mächtigen Stirn stets aufrecht. Seine mit schwarzem *khol* geschminkten Augen nahmen alles wahr, was die anderen übersahen. Sie kannten sämtliche Geheimnisse und verborgenen Mysterien, die seit Menschengedenken in den Tempeln gehütet wurden und zu denen nur wenige Auserwählte Zugang hatten. Dieser Blick, der die Seele seines Volkes so gut kannte, schweifte nun über seine Truppen und flößte ihnen Vertrauen und Sicherheit ein. Die Wiedergeburt des Horus war unter ihnen, um sie zum Sieg zu führen, und es gab nicht einen Soldaten, der daran gezweifelt hätte.

Nemenhat, der von seiner privilegierten Stellung aus alles hören konnte, was der Pharao sagte, spürte die Anziehungskraft, die von ihm ausging, hätte sie jedoch nicht beschreiben können. Er wusste nicht zu sagen, ob es seine Worte, sein Tonfall, die prächtige Erscheinung, das würdevolle Auftreten oder die dunklen, stechenden Augen waren, die einem das Gefühl vermittelten, weit weg von der normalen Welt zu sein. Nemenhat wusste auf all diese Fragen keine Antwort. Vielleicht war es eine Mischung aus allem oder nur die Offenbarung seiner göttlichen Natur. Die Ausstrahlungskraft des Pharaos schlug sie alle in seinen Bann, mit der Macht eines Wesens, das ihnen von den Göttern gesandt worden war.

Als sich Nemenhat für einen Augenblick dem Zauber seiner Worte entziehen konnte, warf er einen verstohlenen Blick auf das längliche, zerfurchte Gesicht mit der Adlernase. Er hatte schmale Lippen, und wenn er sprach, bleckte er die tadellosen Zähne. Sein Gesicht war nicht besonders fein geschnitten, aber es besaß eine unbestreitbare Kraft, der man sich nicht entziehen konnte. Sein ganzer Körper strahlte das Gefühl von Macht aus, und das nicht etwa, weil Ramses ein muskulöser Mann war. Im Gegenteil, er war eher schlank, aber drahtig, ohne eine Spur von Fett. Auf seinen Armen traten die Adern hervor – ein Mann, der vor Energie strotzte.

Nemenhat konnte nicht umhin, den Prinzen mit ihm zu vergleichen. Wie viel hatte er von seinem Vater geerbt? Doch diese Frage konnte er nicht beantworten. Was wusste er schon von dem Gott? Pareherwenemef war genauso hoch gewachsen und drahtig wie sein Vater und hatte offenbar auch die gleichen Augen, aber er war ein attraktiver Mann, und sein Antlitz wies kaum Ähnlichkeit mit dem zerfurchten Gesicht seines Vaters auf.

Er hörte, wie der Pharao seine Stimme erhob, und konzentrierte sich wieder auf dessen Worte.

»Ihr sollt wissen, dass unser Vater Amun, der Verborgene, meine Bitte erhört hat, denn er weiß, dass Ägyptens Schicksal heute mehr denn je von den engen Banden zwischen uns und unseren Göttern abhängt. Einzig mit einer gemeinsamen Anstrengung können wir unser Land vor einer Bedrohung schützen, wie wir sie seit der Invasion der Hirtenvölker nicht mehr erlebt haben. Damals brachen Jahrhunderte des Elends und der Finsternis für Ägypten an. Ich aber versichere euch, dass das, was damals geschah, nichts ist im Vergleich zu dem, was uns jetzt blüht. Vor euch steht die größte und barbarischste Horde, die es seit Menschengedenken gegeben hat. Wie eine schlimme Plage hat sie alles auf ihrem Weg niedergewalzt, sogar das mächtige Reich von Hatti.«

Der Pharao hielt inne und ließ den Blick über seine Truppen schweifen.

»Jetzt marschieren sie auf das zivilisierte Land zu, das uns die Götter vor tausenden von Jahren schenkten. Sie sind wie eine Heuschreckenplage. Sie werden unsere Felder kahl fressen, sich unserer Frauen und Kinder bemächtigen und alles, was das Wesen unseres Volkes ausmacht, vernichten. Es wäre die größte Schande und ein Verrat an den Göttern, wenn wir dieses großzügige Geschenk, das sie uns vor undenklicher Zeit gemacht haben, nicht bis zum letzten Blutstropfen verteidigten. Ich sage euch, dass unser Vater Amun uns in diesem kritischen Augenblick nicht im Stich lassen wird. Er hat uns seinen Sohn Month, diesen starken Arm und unvergleichlichen Kriegsgott, geschickt, damit er jedem von euch während der Schlacht zur Seite steht. Fürchtet euch nicht, denn er wird euch Kraft geben. Vergesst niemals, dass Sachmets Zorn groß ist. Sie durchstreift das Land von Kanaan auf der Suche nach diesem Gesindel, das sich im Namen der Seevölker vorgenommen hat, die Landkarte der Welt zu verändern, die

die Götter in ihrer grenzenlosen Weisheit erstellten. Ihr könnt sicher sein, dass die Göttin Tod und Verderben über sie bringen wird, sobald sie sie findet.«

Bei diesen Worten brachen die Soldaten in Jubelschreie aus und schlugen begeistert mit den Waffen gegen ihre Schilde.

Der Gott hob die Hand. Nachdem die Truppen wieder in ehrfürchtiges Schweigen verfallen waren, setzte er seine Ansprache mit energischer Stimme fort. Genau in diesem Augenblick hatte Nemenhat das seltsame Gefühl, dass er beobachtet wurde. Er sah sich unauffällig um und entdeckte die *kenit nesu*, die Elitetruppe, die direkt neben den Streitwagenkompanien stand. Unter den Kriegern entdeckte er Userhet, der die Standarte hielt, und direkt hinter ihm stand Kasekemut und starrte ihn an.

Nemenhat spürte den eiskalten Blick seines einstigen Freundes, aber er hielt ihm stand. Einen Augenblick lang musterten sich die beiden Männer, bis Nemenhat zu erkennen meinte, dass ein verächtliches Lächeln über Kasekemuts Gesicht huschte. Nemenhat blinzelte, und dann fiel ihm auf, dass Aker, der Mann aus Kusch, neben Kasekemut stand und ihn ebenfalls finster lächelnd anstarrte. Sein Gesicht wirkte brutal. Plötzlich musste Nemenhat daran denken, was der Prinz ihm gesagt hatte. Ein Schatten des Misstrauens legte sich über sein Gesicht. Er hatte nicht daran gedacht, dass er sich auch vor ihnen in Acht nehmen musste.

»Atum, der du alles Leben aus dem Urhügel geschaffen hast, hilf uns, es zu erhalten zu deinen Ehren«, hörte er Ramses rufen, als er wieder zu sich kam.

Erneut brachen bei den Worten des Pharaos die Truppen in ohrenbetäubendes Jubelgeschrei aus, schlugen die Waffen gegen die Schilde und riefen Schlachtrufe wie: »Göttlicher Horus, führe uns zum Sieg!«, oder: »Sohn des Re, starker Stier, der Sieg wird dein sein!«

Der Pharao gab seinem Sohn Sethherchepeschef, den er zum königlichen Pferdevorsteher ernannt hatte, das Zeichen zum

Aufbruch. Sodann setzte er sich an die Spitze der Streitwagen und führte seine Truppen in die Schlacht.

Ramses hatte das Schlachtfeld sehr sorgfältig ausgesucht. Es war eine weite flache Ebene, bekannt unter dem Namen Dyahi, auf der seine Streitwagenverbände genügend Raum hatten, um ihr ganzes verheerendes Potenzial zu entfalten, ohne Gefahr zu laufen, dass der Angriff irgendwann ins Stocken geriet. Im Süden der Ebene erhoben sich einige Hügel, hinter denen der Pharao seine Divisionen versteckte, um sie nach Bedarf in die Schlacht werfen zu können. Die Division des Re würde wie üblich in der Reserve bleiben. Die *pehereru*, die berittenen Boten, brächten die Befehle des Pharaos zu den Einheiten, damit diese dann gemäß seinen Anweisungen koordiniert angriffen.

Der Feind war über die Nähe des ägyptischen Heeres informiert, da es einen Tag zuvor zu mehreren unbedeutenden Scharmützeln mit dessen Vorhut gekommen war. Trotzdem marschierten die Invasoren nun selbstbewusst in die Ebene ein, im Vertrauen auf ihre Kampfkraft und Überzahl. Sie waren auch nicht sonderlich beunruhigt, als sie auf den Hügeln die ersten Streitwagen des Pharaos sichteten, und setzten ihren Vormarsch unbeeindruckt fort.

Als Pareherwenemef an der Spitze seiner Einheit den Hang hinunterfuhr, um seine Stellung zur Rechten seines Vaters einzunehmen, bekam Nemenhat die Feinde Ägyptens zum ersten Mal zu Gesicht. Er sollte diesen Anblick nie wieder vergessen. Wie konnte man eine derartige Menschenmasse über Steppen, Berge und Täler führen? Es waren so viele, dass er nur noch staunte. Es waren nicht nur Soldaten, sondern ganze Völker: Männer, Greise, Frauen und Kinder. Sie waren mit all ihrer Habe auf klapprigen, morschen Holzkarren, die von ausgemergelten Ochsen oder halb verhungerten Eseln gezogen wurden, auf der Flucht vor Gott weiß welcher schrecklichen Vergangenheit und auf der Suche nach dem Gelobten Land. Tausende und abertausende von Menschen quälten sich durch die Ebene, eingehüllt in eine Staubwolke, die ihrer Verzweiflung auch noch unsägliches Leid hinzufügte.

Nachdem sich die Kompanien der Streitwagen auf der flachen Ebene formiert hatten, kamen die nubischen Bogenschützen aus den Hügeln hervor und bezogen hinter ihnen Stellung. Nemenhat beobachtete, wie die endlose Menschenmasse vor ihnen plötzlich zum Stehen kam und ein gewisser Aufruhr entstand. Offensichtlich hatten sie erkannt, dass der Pharao ihnen nicht erlauben würde, auch nur einen Fuß auf ägyptisches Territorium zu setzen, und nun formierten sich ihre Krieger zur Schlacht, die sie allein aufgrund ihrer Überzahl für sich entscheiden zu können glaubten. Hatten sie nicht das mächtige Reich der stolzen Hethiter zerstört? Das war nicht einmal den Ägyptern gelungen. Was konnten ihnen ein paar Streitwagen anhaben? Gar nichts. Nicht einmal, wenn Ramses hundert Divisionen gegen sie schickte, würden sie sich davon abhalten lassen, ins Land des Nils vorzustoßen. Dort wollten sie sich mit ihren Frauen und Kindern niederlassen, ungeachtet der Menschen, die bereits dort lebten. Sie würden sich entweder dort ansiedeln oder bei dem Versuch untergehen.

Die vielen Stämme, aus denen sich die riesige Völkerwanderung zusammensetzte, besaßen keine gemeinsame Schlachtordnung. Sie formierten sich so, wie sie bislang sämtliche Völker in Kleinasien überrannt hatten: Jeder Stamm kämpfte für sich. Seltsamerweise kämpften viele Angehörige der so genannten Seevölker auch als Söldner im Heer des Pharaos. Nun verlangte man von ihnen, dass sie gegen ihre eigenen Leute vorgingen wie in einem Bruderkrieg.

Bruder gegen Bruder, dachten diese Völker und wollten nicht glauben, dass es jemals so weit käme.

Doch das war ein gewaltiger Irrtum, denn die alten Bande bedeuteten den Söldnern, die in einer neuen Heimat Wurzeln geschlagen hatten, so gut wie nichts mehr.

Der Pharao hatte an diese fremden Söldner üppige Ländereien vergeben und sich auf diese Weise in Friedenszeiten ihrer Loyalität versichert. Diese Truppen hatten ihre Frauen und Kinder an den Ufern des Nils zurückgelassen. Sie fühlten sich schon längst als Ägypter und hatten mit den Horden von Habenichtsen, die sich nun anschickten, ihr Land zu erobern, nichts mehr gemein, obwohl sie mit ihnen blutsverwandt waren. Sie würden sie genauso entschlossen bekämpfen wie ein Heer aus dem Amenti.

Nemenhat sollte sich bis ans Ende seiner Tage daran erinnern, wie Ramses sein Zepter hob und sich der Himmel über Kanaan plötzlich verdunkelte.

Eine schwarze Wolke, abertausende von Geschossen, die von den mächtigen Bögen der nubischen Divisionen abgefeuert wurden, gingen wie ein verheerender Sturm über die Seevölker nieder. Unaufhörlich prasselten die Pfeile auf die Menschenmasse inmitten der Ebene nieder. Die Nubier nahmen sogar die hinteren Reihen des feindlichen Heeres unter Beschuss, dessen Soldaten alle Mühe hatten, sich mit ihren kleinen Schilden zu schützen.

Inmitten dieses zischenden Pfeilhagels hob der Pharao erneut sein Zepter, und dann setzten sich die Streitwagen in Bewegung. Nemenhat beobachtete erstaunt, dass der Pharao sich selbst an die Spitze setzte und den Angriff anführte. Neben seinem goldenen Wagen liefen in langsamem Trott Sachmet und Nefertem, seine beiden nach den Göttern benannten Löwen.

Kurz vor den feindlichen Linien hob der Pharao mit entschlossener Geste erneut das Zepter, worauf das Erste Große Gespann Seiner Majestät, das auch »Geliebte des Amun« genannt wurde, geradewegs auf die Mitte des feindlichen Heeres zugaloppierte. Nemenhat hörte zu seiner Rechten das Furcht erregende Brüllen der Löwen, das vom ohrenbetäubenden Donnern der Streitwagen noch übertönt wurde. Währenddessen prasselten die Pfeile der nubischen Schützen weiter auf die feindlichen Truppen nieder und schützten so den Vormarsch der Streitwagen. Nemenhat sah, wie sich Pareherwenemef die Zügel um die Lenden schlang, nach seinem Bogen aus den Hörnern einer Oryxantilope griff und das verabredete Zeichen gab. In rascher Folge schoss Nemenhat seine Pfeile ab so wie die übrigen Schützen in den benachbarten Streitwagen auch. Als sie dann auf die erste Reihe der feindlichen Truppen trafen, griff er nach seinem Schild und bot dem Prinzen Deckung für seinen Angriff.

Wie ein Messer fuhren die Streitwagen des Pharaos durch die feindlichen Linien. Unaufhaltsam preschten sie vor und machten alles, was ihnen im Weg stand, nieder. Dann wichen sie zur Seite aus, kehrten in einem lang gezogenen Bogen um und wiederholten den Angriff. Nemenhat spürte, wie ihre Körper gegen die Seiten des Wagens schleuderten, während er, so gut es ging, dem Prinzen Schutz mit dem Schild bot. Dieser jagte den Wagen unter lautem Kriegsgeschrei, das Nemenhat nicht verstand, in wildem Zickzack durch die feindlichen Truppen, wobei die Pferde alles niedertrampelten, was sich ihnen entgegenstellte.

Als sich die Streitwagen des Pharaos nach der letzten Angriffswelle zurückzogen, folgten ihnen die Divisionen des Seth und des Amun. Sie stießen auf ein Schlachtfeld vor, das bereits mit Leichen und Verwundeten übersät war. Die nubischen Bogenschützen hatten die Truppen der Eindringlinge schon so stark dezimiert, dass die feindlichen Linien schon durchlässig geworden waren und die Nachhut in der Falle saß. So stießen die Fußtruppen des Pharaos nur noch auf einen unkoordinierten und geschwächten Widerstand.

Wie üblich schritten die Eliteverbände der *kenit nesu* vorneweg. Userhet, Kasekemut und Aker stürzten sich mit gnadenloser Entschlossenheit auf die Eindringlinge. Von seinem privilegierten Standpunkt im Streitwagen aus wurde Nemenhat Zeuge der unvorstellbarsten Grausamkeit, zu der Menschen fähig sind. Tausende von Leibern versuchten sich in einem nicht enden wollenden Kampf auf Leben und Tod einen Weg zu bahnen. Kaum hatte man einen Feind erschlagen, folgte bereits der nächste. Keuchen, Hecheln, Schmerz- und Todesschreie … das waren die gespenstischen Akkorde, die das Kriegsorchester an jenem Tag auf den Feldern der Dyahi-Ebene spielte. Diese Eindrücke würden ihn nie wieder loslassen.

Es war mehr als deutlich, dass Ramses die Schlacht für sich entschieden hatte, fraglich blieb jedoch, ob die ägyptischen Truppen noch genügend Kraft aufbringen konnten, um die vielen Überlebenden zu töten. Jedenfalls gingen sie im Kampf Mann gegen Mann erbarmungslos gegen einen Feind vor, der mit seiner erbitterten Gegenwehr unter Beweis stellte, dass er lieber sterben würde, als wieder in das ferne Land zurückzukehren, aus dem er gekommen war.

Die Söldner der Scherdenu waren an ihren typischen Helmen mit zwei Hörnern in Form eines Halbmondes und einer Scheibe zu erkennen. Sie schlachteten ihre eigenen Brüder ab, Menschen, die aus demselben Land stammten wie sie selbst, was sie aber seit langer Zeit aus ihrem Gedächtnis verdrängt hatten.

Als Wind aufkam und für einen Augenblick die dichte Staubwolke, die die streitenden Leiber einhüllte, vertrieb, erkannte Nemenhat ganz deutlich Kasekemut. Wie von Sinnen stach er mit seinem Krummschwert auf die Körper der Menschen ein und walzte jeden, der sich ihm in den Weg stellte, mit seinem Schild nieder. Neben ihm sprang Aker, der Mann aus Kusch, geschickt wie eine Raubkatze hin und her und streckte seine Gegner mit gezielten Hieben zu Boden. Jedes Mal, wenn ihn jemand von hinten angriff, fuhr er blitzschnell wie ein Leopard herum und kam ihm zuvor. Als er diese Menschen sah, die wie Tiere aufeinander einschlugen, erschien es ihm als das schrecklichste Schauspiel, das man sich nur vorstellen kann. Was er sah, war die Perfektion in der Kunst des Tötens. Wie konnte es sein, dass die Götter Menschen geschaffen hatten, die zu so etwas fähig waren?

Er beobachtete, wie Kasekemut gegen einen Koloss von Mann kämpfte, der einen mit Federbusch geschmückten Helm trug, als ein anderer Krieger ihn von hinten mit seiner Keule traf. Kasekemut stürzte benommen zu Boden und verlor dabei seinen Schild. Er sah, wie der hoch gewachsene Philister das Schwert über den Kopf hob, um seinem früheren Freund den Todesstoß zu versetzen. Ganz deutlich erkannte er den hasserfüllten Blick des Kriegers, ehe er zuschlug. Im selben Moment griff Nemenhat, ohne zu zögern, nach Pfeil und Bogen und zielte auf den Feind.

Das riesige Schwert raste bereits auf den wehrlosen Mann am Boden zu, als ein stechender Schmerz die Brust des Philisters durchzog. Das Schwert entglitt auf unerklärliche Weise mitten im Fall seinen Händen. Ungläubig blickte er auf seinen ledernen Brustharnisch, dort, wo der Pfeil im Herz steckte. Dann sah er noch einmal auf und entdeckte Nemenhat, der den Bogen immer noch in der Hand hielt. Der seltsame Ausdruck des Fremden gab ihm zu verstehen, dass ihm wenigstens klar war, wer ihm den Tod geschickt hatte. Dann sackte er zusammen.

Kasekemut erhob sich taumelnd, griff nach seinen Waffen und schüttelte sich, um wieder einen klaren Kopf zu bekommen. Als er den toten Philister mit einem Pfeil in der Brust sah, blickte er sich hastig um. Sein Blick fiel auf den Streitwagen des Prinzen, in dem Nemenhat stand und ihn beobachtete. Als ihm bewusst wurde, dass Nemenhat ihm das Leben gerettet hatte, schlug seine anfängliche Dankbarkeit mit einem Mal in grenzenlosen Zorn um. Jetzt schuldete er diesem Verräter auch noch sein Leben! Rasend schlug er nun auf alles ein, was sich bewegte, bis Nemenhat ihn schließlich im Getümmel aus den Augen verlor.

Es war bereits Mittag, als Ramses entschied, seine restlichen beiden Divisionen in die Schlacht zu schicken. Sie sollten in die Flanken eines verwirrten Feindes vorstoßen, dem seine zahlenmäßige Überlegenheit wenig genutzt hatte. Die frischen Divisionen des Ptah und des Re sollten das Hauptheer ablösen, das sich blitzschnell zurückzog und den Weg für eine erneute Angriffswelle der ramessidischen Streitwagenverbände frei machte. Gleichzeitig erteilte der Pharao den libyschen Söldnern der Kehek, die es kaum erwarten konnten, in das Kampfgeschehen einzugreifen, den Befehl, sich bereitzuhalten und in die feindlichen Linien vorzustoßen, sobald sich die Streitwagen zurückgezogen hatten. Nach Ramses' Willen sollten diese Einheiten das Werk vollenden. Es war eine Aufgabe, für die sie besser geeignet waren als alle anderen. Immerhin hatten sie aufgrund ihrer Tapferkeit und Grausamkeit im Heer den Spitznamen »die Schlächter« erhalten.

Ein letztes Mal schickte der Pharao an diesem Tag seine Streitwagenverbände gegen den Feind in der Ebene von Dyahi ins Feld. An der Spitze sein eigenes stolzes Zweiergespann, die »Geliebten des Amun«, deren ruhmvolle Namen für die Nachwelt in Stein gemeißelt werden sollten.*

Die fast völlig aufgeriebenen Truppen des Feindes konnten dieser erneuten Angriffswelle nicht standhalten und kämpften nur noch um das nackte Überleben. Die Schlacht war verloren. Doch in ihrer Verzweiflung warfen sich die Seevölker mit allem, was sie noch hatten, den Ägyptern entgegen. Mitten im Schlachtgetümmel traf das Geschoss eines scherdenischen Steineschleuderers den Prinzen Pareherwenemef am Kopf.

Nemenhat hörte das unverwechselbare Geräusch, als der Stein gegen den metallenen Helm schlug, und sah, wie der Prinz im Wagen zusammenbrach. Der Junge hielt ihn rasch fest, damit er nicht aus dem Wagenkasten geschleudert wurde, während sie über die am Boden liegenden Leichen rollten. Dann löste er die

* Ramses baute später seinen »Millionenjahrtempel« in Medinet-Habu, auf dessen Wänden die Namen dieser Pferde eingemeißelt sind.

Zügel von den Hüften des Prinzen, schob ihn zwischen sich und den vorderen Teil des Streitwagens und griff nach den Zügeln, um ihn aus der Gefahrenzone zu bringen.

Welches Ausmaß an Überheblichkeit muss ein Mensch besitzen, um seinesgleichen zu verachten und zu unvorstellbarer Grausamkeit fähig zu sein? Denn wie sonst ließe sich erklären, was sich jetzt in der Ebene von Dyahi abspielte?

Nemenhat hatte noch nie einen Streitwagen gelenkt, und er verstand auch nichts von Pferden. Doch sobald seine unsicheren Hände die Zügel ergriffen, schienen die edlen Tiere zu begreifen. Seth und Month spürten, dass etwas Seltsames im Gange war. Die Befehle, die ihnen die Zügel vermittelten, waren so widersprüchlich, dass sie ihnen nicht folgen konnten. Die Stimme ihres Herrn, die sie verstanden und liebten, war den ängstlichen Rufen eines Fremden gewichen, der erst seit kurzem zu ihnen gehörte und gar nicht fähig war, einen Streitwagen zu lenken.

Die Tiere ignorierten alle Befehle, schlugen einen scharfen Bogen und rollten über Tote und Verwundete hinweg auf das offene Feld zu. Wie es ihnen gelang, sich einen Weg durch die Massen von Soldaten zu bahnen, sollte Nemenhat niemals erfahren. Er hatte alle Hände voll damit zu tun, die Zügel festzuhalten und den Prinzen und sich selbst mit seinem Schild gegen alle möglichen Geschosse zu schützen. Month und Seth aber wussten genau, was zu tun war. Sie ließen das Gemetzel der Schlacht hinter sich, preschten frei wie der Wind über das offene Feld und kamen erst zum Stehen, als sie hinter den ägyptischen Linien in Sicherheit waren.

Kaum hatten die Pferde ihren Schwindel erregenden Galopp beendet, nahmen sich herbeigeeilte Ärzte des verwundeten Prinzen an und trugen ihn, ohnmächtig und mit blutüberströmtem Gesicht, in sein Zelt.

Hier war die Schlacht auf der Dyahi-Ebene für Nemenhat zu Ende. Er wich nicht von der Seite des Prinzen, als ihm der Leibarzt des Pharaos die klaffende Kopfwunde verband. Erst spät in der Nacht erwachte Pareherwenemef aus seiner Bewusstlosigkeit. Doch vielleicht war es besser so, denn auf diese Weise musste Nemenhat das grausame Ende der Schlacht nicht miterleben.

Es war das Gesetz des Krieges. Der Unterlegene konnte nur so viel Gnade erwarten, wie es der Sieger für sich und die seinen für opportun hielt. Wären sie selbst besiegt worden, wäre es ihnen genauso ergangen. Zwar war Ramses keineswegs unbarmherzig, doch auch er konnte die unausbleiblichen Folgen eines Sieges nicht verhindern.

Als die Sonne im Westen unterging, war die Ebene mit abertausenden von Leichen übersät. Überall hörte man das Schreien und Stöhnen der Verwundeten, während die Soldatenschreiber akribisch Buch über die Verluste führten. Um die gefallenen Feinde zu zählen, hackten die Soldaten den Toten die Hände ab und stapelten sie zu großen Haufen. Die Soldatenschreiber zählten sie und notierten die Namen der Krieger, die sie getötet hatten, damit der Pharao sie später bei der Vergabe von Ländereien oder Auszeichnungen, die sich nach der Anzahl der getöteten Feinde richtete, berücksichtigen konnte.

Es war zweifellos eine makabre Praxis, um tote Feinde zu zählen, doch sie war seit Anbeginn der Geschichte des ägyptischen Heeres fester Brauch, eine zuverlässige und sogar einigermaßen anständige Methode, verglichen mit dem, was andere Völker machten. Bei den libyschen Söldnern zum Beispiel war es Brauch, die Feinde zu entmannen und ihre Geschlechtsteile auf einen Haufen zu werfen, um sie dann mit Spott und Hohn zu überziehen, bis die Schreiber sie zu Ende gezählt hatten.

Als sich schließlich die Nacht über das Land von Kanaan senkte, lagen auf der Ebene von Dyahi Berge von abgehackten Händen und Geschlechtsteilen zwischen langen Reihen von Gefangenen, deren Hände auf dem Rücken gefesselt waren. So weit das Auge reichte, endlose Schlangen von Männern, Frauen und Kindern, die mit einem langen Seil um den Hals aneinander gefesselt waren. Die Soldatenschreiber gaben sich alle Mühe, die Toten wie auch die Überlebenden zu zählen. Die Beamten der Tempel rieben sich bereits die Hände angesichts der reichen Kriegsbeute. Greise, Frauen, Kinder, ganze Familien mit all ihrem Besitz fielen an jenem Abend den Siegern in die Hand. Tausende von Karren, die von Ochsen oder Eseln gezogen wurden, Ziegen und Schweine, einfach alles würde in den kommenden Tagen den Besitzer wechseln.

Wenn eine Priesterschaft auf reiche Beute hoffen konnte, dann war es die des Gottes Amun. Seine Schatzkammern wurden auf Geheiß des Pharaos bis zum Bersten gefüllt. Der Gottkönig sprach den Priestern von Karnak mehr als die Hälfte der gesamten Kriegsbeute aus der Schlacht zu. Das Vieh, alle Werkzeuge und Güter und eine unvorstellbare Menge an Männern und Frauen wurden dem Tempel des »Verborgenen« unterstellt, Letztere als Sklaven. An diesem Tag zementierte Ramses endgültig die Vormachtstellung der Amun-Priester.

Auch die übrigen Tempel gingen nicht leer aus, doch ihr Anteil an der Beute konnte sich nicht mit dem des thebanischen Tempels messen. Die gerissenen Schreiber des Tempels nutzten ihren grenzenlosen Einfluss, um sich das Beste auszusuchen. Die stärksten Tiere, die jüngsten Frauen und die kräftigsten Männer …

Der Pharao war begeistert von diesem überwältigenden Sieg, der dem des Großen Ramses vor hundert Jahren bei Kadesch in nichts nachstand. Sein Triumph war so groß, dass er Milde walten und seine Feinde nur mit einem Brandzeichen markieren ließ, bevor sie in seinen Besitz übergingen. In seiner grenzenlosen Güte bot er den tapfersten Soldaten sogar an, sie in sein Heer aufzunehmen, wo sie als Gleiche unter Gleichen behandelt wurden. Es erübrigt sich, darauf hinzuweisen, dass alle vor dem Pharao niederfielen und ihn dafür priesen, dass er ihnen das Leben schenkte und sie als neue Kinder in seine Familie aufnahm. »Er lebe, sei heil und gesund!«, riefen die Besiegten.

Ramses opferte zahllose Ochsen zu Ehren der Götter, die Ägypten beschützten, damit seine Truppen den Sieg mit einem großen Gelage gebührend feiern konnten.

Nach der endgültigen Vernichtung der barbarischen Horden, die die zivilisierte Welt bedroht hatten, feierten die Soldaten in jener Nacht ein riesiges Freudenfest im ägyptischen Lager.

Von seinem Zelt aus hörte Nemenhat die Gesänge und das Lachen der betrunkenen Soldaten, die sich an den Speisen, die der Pharao geschickt hatte, satt gegessen hatten. Ochsenfleisch! Davon konnten sie sonst nur träumen; jetzt aßen sie bis zum Umfallen.

»Leben, Heil und Gesundheit dem Pharao, dem Allmächtigen, geboren von Re, dem Herrscher der Welt!«, hörte er sie immer wieder rufen.

Nemenhat musste an die vielen armen Menschen denken, die an diesem Tag ihre Freiheit verloren hatten und nun irgendwo aneinander gefesselt im Lager hockten und zu Tode geängstigt ihr ungewisses Schicksal erwarteten. Jeder würde darüber grübeln, was ihm bevorstand, obwohl er es sich denken konnte. Jedes Mal, wenn die Wachsoldaten, von deren Gnade ihr Leben abhing, ihre Runden drehten, würden die Männer ihre Frauen umarmen und diese ihre Töchter, um sich Mut zu machen.

Doch er wusste auch, dass diese verängstigten Frauen, die sich aneinander klammerten, sobald sie einen Soldaten sahen, nichts zu befürchten hatten. Ramses' Heer war in dieser Hinsicht vorbildlich; kein einziger Soldat würde es wagen, sich an ihnen zu vergreifen. Wenn der Gott von Misshandlungen erfuhr, zog er die Schuldigen zur Verantwortung, die dann mit den schlimmsten Strafen zu rechnen hatten. Nichts wäre dem Pharao widerwärtiger gewesen, als an der Spitze eines Heeres von Vergewaltigern zu stehen. Als die Götter Ägypten mit ihrer Weisheit erleuchteten, hatten sie höchsten Respekt vor der Frau gefordert, und alle Ägypter lernten dies von Kindesbeinen an.

Pareherwenemef trug einen Verband um den Kopf. Es war ein Umschlag mit einer Salbe aus Fett, Honig, zerstampftem Johannisbrot, gekochtem Getreide und Olivenöl, den der Leibarzt des Pharaos ihm verschrieben hatte, um die Blutung zu stillen und die Wunde so schnell wie möglich zu heilen. Der Prinz litt zudem an heftigen Kopfschmerzen, die er mit einer reichlichen Menge an Wein lindern wollte.

»In meinem Schädel toben alle Dämonen der Unterwelt!«, jammerte er und zeigte auf seinen Kopf.

»Du solltest auf den Arzt hören und den Beruhigungssaft trinken, den er dir verschrieben hat«, erklärte Nemenhat seufzend.

»Bist du von Sinnen?«, erwiderte der Prinz und sah ihn mit großen Augen an. »*Sepen** würde ich nicht einmal anrühren, wenn mein Vater es mir befehlen würde.«

»So schlimm kann es ja wohl nicht sein.«

»Du hast ja keine Ahnung«, rief Pareherwenemef und verzog das Gesicht vor Schmerz. »Ein einziges Mal habe ich diesen thebanischen Mohn probiert und war danach tagelang benebelt. Ich habe mich noch nie so schlecht gefühlt.«

»Na ja, aber der Wein wird dir auch nicht helfen.«

»Wieso nicht? Du wirst gleich sehen, wie selig ich einschlafe. Glaub mir, diese Ärzte lassen keine Gelegenheit aus, um einen zu quälen. Ich spreche aus Erfahrung.«

Nemenhat setzte sich lächelnd neben ihn.

»Wenn du dich jetzt betrinkst, hast du morgen noch mehr Kopfschmerzen.«

»Das wollen wir erst mal sehen. Ich kenne mich mit solchen Kopfverletzungen bestens aus. Nach einem Schlag produziert

* Name des thebanischen Klatschmohns, aus dem man das beste Opium von Ägypten gewann.

der Kopf mehr Schleim als sonst, und deshalb schmerzt er. Der Wein ist das beste Heilmittel dagegen, vor allem dieser hier, der aus den Weinbergen stammt, die meinem Vater im Delta gehören.«

Nemenhat nickte lächelnd.

»Und woher hast du diese Weisheit?«

»Von Hapu, einem alten Krieger, der an der Seite meines Großvaters kämpfte, des göttlichen Sethnacht. Er wurde mehrere Male am Kopf getroffen und kannte sich mit solchen Wunden aus.«

»Verstehe.«

»Da wir gerade von Sethnacht sprechen ... habe ich dir jemals von meinem Großvater erzählt?«, fragte der Prinz, während er sich den Verband abnahm und prüfte, ob die Wunde noch blutete.

»Nein, noch nie.«

»Er war der mutigste Mann, den ich je kannte«, sagte er ehrfürchtig, während er sich den Umschlag wieder umband. »Das waren noch echte Männer, verstehst du? So wie du heute.« Er hielt inne und trank bedächtig. »Ohne dich hätte der Pharao jetzt einen Sohn weniger. Er sollte dir dankbar sein.«

»Er sollte sich lieber bei deinen Pferden Seth und Month bedanken. Sie waren es nämlich, die uns alle beide gerettet haben.«

»Ich weiß, ich weiß«, räumte Pareherwenemef ein und nahm noch einen Schluck. »Weißt du was? Ich liebe sie mehr als die meisten Menschen, die ich kenne, sogar mehr als einige meiner unausstehlichen Brüder.«

»Du hättest sehen müssen, wie sich deine edlen Tiere einen Weg durch das Schlachtgetümmel bahnten, um uns in Sicherheit zu bringen, mein Prinz.«

»Ja, es muss sehr beeindruckend gewesen sein. Schade, dass ich es nicht erleben durfte. Hattest du Angst?«

»Ehrlich gesagt, nein. Ich war so besorgt, dass du mir nicht vom Wagen fällst, dass ich nicht einmal daran dachte, wie nah wir dem Tod waren. Erst als wir aus der Gefahrenzone herauskamen, wurde mir bewusst, was alles hätte passieren können. Aber ich muss zugeben, dann haben mir die Knie geschlottert.«

»Ja, das kenne ich nur allzu gut. Dagegen kann man nichts tun.«

»Das Zittern ging erst vorbei, als die Ärzte mir sagten, dass dein Herz noch schlug.«

Pareherwenemef hielt einen Augenblick inne. Dann sagte er:

»Ich hoffe, dass ich mich eines Tages für alles, was du für mich getan hast, revanchieren kann. Ich weiß, dass du wenig von Pferden verstehst und dass sie es waren, die uns retteten. Aber du hast mich beschützt, als ich bewusstlos am Boden des Streitwagens lag. Du allein inmitten eines Meeres von blutrünstigen Kriegern, die es darauf angelegt hatten, uns zu vernichten. Sogar der Pharao ist voller Bewunderung für das, was du getan hast. Vielleicht ist dies der Moment, in dem du dein Glück wiedergewinnst.«

Nemenhat blickte ihn ernst an.

»Was meinst du?«

»Nun, das wirst du bald sehen«, erklärte der Prinz. »Du hast einen ägyptischen Prinzen vor dem sicheren Tod bewahrt. Ich werde dir ein Leben lang dankbar sein.«

»Deine Worte ehren mich ...«

»Trotzdem genügen sie nicht. Du musstest das Leid und die Ungerechtigkeit ertragen, die Ägypten deiner Familie antat. Jetzt wird es Zeit, dass du auch die andere Seite von Ägypten kennen lernst, jene, die dir fremd blieb, die voll von Weisheit, Güte, Überfluss und Gerechtigkeit ist und unser Land groß machte. Größer als jedes andere Land der Erde! All das existiert, glaub mir, auch wenn du es nie erleben durftest. Mein Vater ist der Inbegriff dessen, was in unserem Land von Kemet gut ist. Sein Herz ist gütig wie kein anderes. Ich selbst werde ihn darum bitten, dass er dir deine Wünsche erfüllen soll.«

Nemenhat sah den Prinzen überrascht an.

»Du brauchst mich nicht so anzustarren«, sagte der, während er zum Weinbecher griff. »Heute sind dir die Götter hold, also nutze die Gelegenheit. Glaub mir, es kommt nicht oft vor, dass sie sich von ihrer gütigen Seite zeigen. Also geh, und amüsiere dich beim Fest. Ich werde mich schlafen legen, bevor mir der Kopf vor lauter Schleim platzt.«

Die sternenfunkelnde Nacht war stummer Zeuge des Jubels im Heerlager der Ägypter. Unzählige prasselnde Lagerfeuer verwandelten die dunkle Ebene von Kanaan in eine eigenartig glühende Landschaft. Um sie herum saßen die Soldaten und erzählten von tausendundeiner Heldentat, die sie während der grausamen Schlacht begangen hatten. Manche verbanden neben dem Feuer ihre Wunden und freuten sich, mit dem Leben davongekommen zu sein. Viele hatten schreckliche Verstümmelungen davongetragen, aber ihr Leben retten können. Das höchste Gut, das man besitzen kann, und sie hatten noch eine Ewigkeit vor sich, in der sie ihren Nachfahren erzählen würden, was in jener großen Schlacht passiert war.

Sie hatten nach Herzenslust gegessen und getrunken, und nun lagen die meisten mit vollem Bauch träge neben den Flammen und warteten auf den erholsamen Schlaf, den sie sich redlich verdient hatten.

Nemenhat schlenderte gedankenverloren zwischen den vielen Lagerfeuern hin und her und genoss auf seine Art den Sieg. Die Fröhlichkeit, die sich in den Gesängen, dem Scherzen und Lachen der Krieger ausdrückte, war ansteckend. Auch er freute sich, allerdings weniger über den Sieg, den sie errungen hatten, sondern weil der Krieg offensichtlich vorbei war und nun die Hoffnung bestand, bald wieder nach Hause zurückkehren zu können. Bei diesem Gedanken wurde er traurig und noch trauriger, wenn er an Nubet dachte.

Seine Frau war der einzige geliebte Mensch, der ihm in Ägypten blieb, und seine einzige Hoffnung auf eine glückliche Zukunft. Aber über seinem Herzen schwebten dunkle Schatten, die er nicht abschütteln konnte. Ängste, die ihn zermürbten und schwer wie Granit auf seinem Gewissen lasteten. Wenn Nubet diese Schatten nicht vertreiben konnte, würden sie sein ganzes Leben verdüstern.

»Heil dem Königsretter!«, hörte er plötzlich jemanden rufen.

»Ein neuer Held ist geboren, ehren wir ihn!«, erscholl eine andere Stimme.

Nemenhat drehte sich um und erblickte im Schein des Feuers die Silhouette eines Menschen, der ihm bekannt vorkam. Er hatte eine kleine Amphore in der Hand und neigte den Kopf leicht zur Seite, während er ihn anstarrte. Es war Kasekemut.

»Ich trinke auf dich!«, rief er, nahm einen langen Schluck und wischte sich mit dem Handrücken den Mund ab. Dann stolperte er und hätte um ein Haar das Gleichgewicht verloren. »Wer weiß, vielleicht wird dein Name auf Befehl des Pharaos in Stein gemeißelt werden. Dann wärst du unsterblich.«

Nemenhat schwieg.

»Stellt euch vor!«, fuhr Kasekemut fort und fuchtelte mit den Armen. »Ein reuiger Verbrecher, dessen Name verewigt wird!«

Nemenhat fand das nicht besonders lustig, doch als er weitergehen wollte, stellte sich ihm Kasekemut in den Weg.

»Meinst du etwa, ich wüsste nicht, was ich sage, nur weil ich betrunken bin?«, meinte er herausfordernd und schob sein Gesicht ganz dicht an das seine heran. »Ja, ich bin betrunken, aber du bist ein reuiger Hund!«

»Ich habe nichts zu bereuen.«

»Hört euch das an!«, rief Kasekemut an die Gruppe von Männern gerichtet, die mit ihm um das Feuer gesessen hatten. »Wenn Männer zu Helden werden, verwandeln sie sich in Halbgötter, und dann sehen sie alles anders.«

»Du bist betrunken, Kasekemut«, erwiderte Nemenhat und wollte weitergehen.

»Ich habe auf den Sieg des Pharaos getrunken!«, entgegnete Kasekemut, der seinen Zorn nicht mehr verbergen konnte.

»Was willst du eigentlich von mir?«, fragte Nemenhat unbehaglich.

»Was ich will? Wenn mich etwas auf die Palme bringt, dann diese Heuchelei. Du hast den Prinzen nur gerettet, um deine Vergangenheit als mieser Grabräuber von Schuld zu befreien. Aber was soll man schon von einem Kerl erwarten, dem man seine Braut anvertraut, der sie schändet und dann versucht, sich rein zu waschen, indem er einem das Leben rettet.«

Kasekemut stampfte heftig auf den Boden, und Nemenhat sah, wie sein Gesicht vor Zorn rot anlief.

»Ich schulde ihm mein Leben!«, rief er, ohne seine Wut zurückhalten zu können. »Ich schulde diesem Hundesohn mein Leben! Die Götter hätten mich härter nicht bestrafen können.«

»Die Wut macht dich blind, Kasekemut. Ich habe Kadesch niemals geschändet, auch wenn du mir nicht glaubst.«

»Nimm ihren Namen nie wieder in den Mund! Ich habe dich gewarnt, sonst bringe ich dich um, hörst du?«

»Vielleicht planst du ja genau das«, entgegnete Nemenhat eisig.

Kasekemut sah ihm ins Gesicht und wandte sich anschließend mit einem eigentümlichen Lächeln seinem Kameraden zu. Aker, der direkt neben dem Lagerfeuer hockte, lächelte geheimnisvoll zurück.

»Sag mir, Kasekemut. Hättest du mich selbst getötet, oder hättest du einen deiner Handlanger damit beauftragt?«

»Das wirst du nie erfahren«, antwortete er verächtlich.

»Aber du weißt es. Und was gedenkst du jetzt zu tun? Wirst du Aker beauftragen, mich hinterrücks zu ermorden? Oder handelt ihr vielleicht im Auftrag eines Dritten?«

Kasekemut verzog das Gesicht, als er das hörte, und warf dem Mann aus Kusch einen Blick zu. Doch Aker schwieg.

»Heute Nacht trennen sich unsere Wege für immer, Kasekemut. Du kannst sicher sein, dass ich nicht den Rest meines Lebens in Todesangst verbringen werde. Tu, was du tun musst. Du schuldest mir nichts, denn das, was heute in Dyahi geschah, war das Beste, was ich je im Leben vollbracht habe. Ich hoffe, dich niemals wiederzusehen.«

Damit wandte er ihm den Rücken zu und ging seines Weges.

Kasekemut sah, von unendlicher Wut, aber auch von eigenartigen Gewissensbissen über seinen feigen Mordanschlag zerfressen, wie sein einstiger Freund in der Dunkelheit jenseits der Lagerfeuer verschwand. Sie sollten sich nie wieder begegnen.

Der Pharao hatte keine Zeit, um den Sieg mit seinen Truppen zu feiern, da er sein Heer sofort verließ.

Er hatte die Bedrohung, die die gewaltige Menschenmasse für sein Land darstellte, abgewandt, einen glorreichen Sieg errungen und reiche Kriegsbeute gemacht. Doch seine Aufgabe war noch nicht beendet, da eine mächtige Flotte bereitstand, um in die Deltamündung einzufallen und das Land von Kemet zu plündern.

Während er mit einer kleinen Eliteeinheit zum Delta zurückeilte, erhielt er jeden Tag von seinen berittenen Boten Berichte über die Lage. Offensichtlich war mit seinem überwältigenden Sieg in der Dyahi-Ebene die Gefahr einer Invasion für sein Land noch keineswegs gebannt. Einmal mehr hatte sich Ägypten vor dem ewigen Neid der fremden Länder, der diese seit Menschengedenken antrieb, gerettet, doch das hieß nicht, dass das Land nun in Sicherheit war. Die feindlichen Flottenverbände waren zwar nicht in der Lage, das Land zu erobern, aber sie konnten mindestens bis zum ersten Katarakt vordringen und alle Städte plündern, die auf ihrem Weg lagen. Sie würden wichtige Metropolen wie Heliopolis, Memphis, Abydos und Theben in Schutt und Asche legen. Orte, die nicht nur unermesslich reich, sondern auch Sitz eines tausendjährigen Wissens und vieler Kenntnisse waren, die den seelenlosen Barbaren unter keinen Umständen in die Hände fallen durften. Die Schiffe, die sich anschickten, bis ins Herz von Ägypten vorzustoßen, wurden von den ruchlosesten Seeräubern des Großen Grünen befehligt. Blutrünstige Kerle, die sämtliche Küsten des Mittelmeeres geplündert und sich mit dem Landheer der Habenichtse zusammengetan hatten, um die Grenzen der Welt zu verändern.

Der Pharao stieß zu seiner Flotte, die in den »Gewässern des Re«, der pelusischen Nilmündung, an einem strategisch günstigen Ort auf ihn wartete. Nur die Streitwagen und die nubischen Bogenschützen begleiteten ihn; das Hauptheer sollte mit den Gefangenen nachkommen.

Es war eine beschwerliche Reise, bei der Ramses erneut seinen Sachverstand und seine Umsichtigkeit unter Beweis stellen konnte.

Das königliche Geleit machte nur so lange Halt, wie es notwendig war, um sich auszuruhen, und brach jeden Morgen auf, noch ehe die Sonne am Horizont aufging.

Pareherwenemef, der sich von seiner Verletzung erholt hatte, brummte den ganzen Tag vor sich hin.

»Wir sind wie die *medjai*, die Verbrecher durch die Wüste jagen«, beklagte er sich eines Nachts in seinem Zelt bei Nemenhat.

»Die *medjai* sind harte Burschen«, entgegnete Nemenhat. »Das ist doch keine Beleidigung.«

»Pah, wenn wir so weitermachen, werden wir noch wie die *medjai* das Brot in den Dünen backen.«

»Wie?«

»Ja, sie legen den Teig in den heißen Sand, und es bäckt sich von allein. Wusstest du das nicht?«

»Nein. Ich hatte nur einmal mit den *medjai* zu tun, und das war ziemlich beeindruckend. Ich erinnere mich, dass sie einen Affen dabeihatten.«

»Einen Pavian. Aber die meisten haben Hunde. Ja, harte Burschen, da hast du Recht.«

»Das war mein Eindruck«, erklärte Nemenhat und dachte zurück an jenen Morgen in der Oase.

»Sie können jede Spur in der Wüste lesen und wagen sich überallhin. Ganz schön mutig sind sie, und sie halten es tagelang ohne einen Tropfen Wasser aus. Mein Vater ist sehr stolz auf sie. Er sagt, er würde über die ganze Welt herrschen, wenn alle seine Soldaten so wären wie sie.«

»Wozu will er denn über die ganze Welt herrschen?«

»Ach, du weißt schon. Zum Ruhme Ägyptens!«, lachte der Prinz und machte es sich auf den Kissen bequem. »Ich dagegen kann mir unsere Soldaten nicht in der Fremde vorstellen. Ich glaube, dass kein Volk so ungern fern der Heimat ist wie die Ägypter.«*

Nemenhat lächelte, ohne zu antworten.

»Morgen um diese Zeit werden wir bereits bei unserer Flotte sein, und dann kann ich endlich auf meinem Schiff ausschlafen. Das habe ich auch bitter nötig, glaub mir. Mir tun alle Knochen weh. Ich fürchte, ich werde allmählich alt.«

Nemenhat lachte laut, worauf der Prinz ihn belustigt ansah.

»Lach nicht. Ich werde bald dreißig, dann bin ich ein Greis, und jeder wird mich mit ›altehrwürdiger Prinz‹ anreden müssen.«

Jetzt lachten beide.

»Weißt du was?«, fuhr Pareherwenemef fort. »Wenn dieser Krieg zu Ende ist, werde ich kein einziges Fest auslassen, das in Memphis gefeiert wird. Bevor ich richtig alt werde, will ich es noch einmal wissen. Ich hoffe, dass du mich begleitest.«

Nemenhats Gesichtsausdruck wurde wehmütig.

»Verstehe, verstehe«, erklärte der Prinz, als er es bemerkte. »Du bist ein treuer und rücksichtsvoller Ehemann. Manchmal

* Tatsächlich ließen die Ägypter sich einen Bart stehen, als Zeichen der Trauer, wenn sie sich außerhalb ihres Landes befanden.

vergesse ich, dass nicht jeder so ein Wüstling ist wie ich. Außerdem hast du bestimmt eine Menge zu erledigen, wenn du heimkommst ... Aber hast du darüber nachgedacht, was ich dir in Dyahi sagte?«

»Was meinst du?«

»Was wir in der Nacht in meinem Zelt besprachen. Ich versprach dir, dass mein Vater dir jeden Wunsch erfüllen würde.«

»Ja, ich erinnere mich, aber ich glaube nicht, dass es notwendig ...«

»Darüber hast nicht du zu entscheiden«, fiel ihm Pareherwenemef ins Wort. »Mein Vater ist ganz hingerissen von dir. Er liebt nichts mehr als Heldengeschichten. Er ist über alles im Bilde und hat mir versichert, dass er noch nie jemanden gesehen hat, der so vortrefflich mit Pfeil und Bogen umgehen kann wie du.«

»Wirklich?«, fragte Nemenhat, der seine Überraschung nicht verheimlichen konnte.

»Wenn ich es dir sage! Auch mich hat der Pharao überrascht. Offensichtlich weiß er über alles, was um ihn herum geschieht, bestens Bescheid.«

»Dann wird er auch wissen, wer ich bin«, murmelte Nemenhat besorgt.

»Gewiss. Aber nicht von mir. Neulich Abend war er so gut gelaunt, dass er sogar Witze über dich gerissen hat, allerdings nicht ohne zugleich den Ernst der Angelegenheit zu betonen.«

Nemenhat wusste nicht, was er darauf antworten sollte.

»Ich kann dir versichern, dass du ihm gefällst«, fuhr der Prinz fort. »Und er hat mir zugesagt, dass er dir alles gewähren wird, worum du ihn bittest.«

»Alles?«

»Was du möchtest. Der Gott hält immer Wort. Du kannst ihn also bitten, worum du willst.«

Nemenhat lehnte sich nachdenklich zurück und sah ihn an. Zwar hatte er dessen Versprechen von neulich nicht vergessen, aber auch nicht weiter daran gedacht. Er hätte nur um eins bitten können, und das konnte ihm nicht einmal der Gott gewähren. Niemand könnte ihm seinen Vater wiedergeben, nicht einmal Osiris persönlich hätte sich auf diese Bitte eingelassen. Das wäre sein größter Wunsch gewesen, aber es war nur ein Traum.

Er schloss die Lider und sagte mit heiserer Stimme:

»Du sagst, dass der Pharao mir einen Wunsch erfüllen würde?«

Pareherwenemef nickte wortlos.

»In dem Fall wünsche ich mir, dass Hiram sein Unternehmen zurückbekommt und von jeglicher Schuld freigesprochen wird.«

»Und für dich bittest du um nichts?«, fragte der Prinz überrascht.

»Dieser Mann half mir, und meine Sünde befleckte ihn auf schändlichste Art. Ihn zu rehabilitieren bedeutet, der Gerechtigkeit Genüge zu tun. Und ich wäre glücklich.«

»Ich werde es dem Pharao übermitteln, aber ich weiß jetzt schon, dass er sich wundern wird.«

»Wenn er mir den Wunsch erfüllt, würde er mir eine große Gnade erweisen.«

»Ich verstehe. Aber sicherlich wirst du auch Pläne für deine Zukunft haben, wenn all dies vorbei ist.«

»Wenn ich nur wüsste, welches Schicksal mir bevorsteht! Jedenfalls wünsche ich mir, zu meiner Frau zurückzukehren. Vielleicht hast du Recht, und sie verzeiht mir. Letztendlich werden die Götter über mich zu richten haben.«

»Vielleicht weißt du schon bald mehr.«

Ramses hatte seine Kriegsstrategie bis ins kleinste Detail sorgfältig geplant. Er wusste genau, wo sich die feindliche Flotte befand, die Ägypten überfallen wollte, und dass er sich ihr auf offener See nicht stellen konnte. Die Ägypter hatten eine Abneigung gegen das Meer, das sie für den Hort des Bösen hielten. Sie besaßen keine hochseetauglichen Schiffe, geschweige denn eine für die offene See geeignete Kriegsflotte. Daher war Ramses zu dem Schluss gekommen, dass er den Feind in die Flussmündung eindringen lassen und ihn erst dann angreifen würde. Das Delta war hierfür ideal, ein Labyrinth aus Kanälen, von weiten Sumpfgebieten umgeben, in denen die großen Kriegsschiffe des Feindes kaum manövrieren könnten. Er nutzte die dichte Vegetation in dem Terrain, um seine Flotte zu verbergen, und stellte seinem Gegner so eine geniale Falle.

An einem frühen Morgen setzte sich die gesamte ägyptische Seestreitmacht aus kleinen wendigen Binnenschiffen in Bewegung. Auf der Suche nach einem Feind, der sich in unmittelbarer Nähe befinden musste, segelte der Pharao in Begleitung hochrangiger Feldherren mit seinem königlichen Schlachtschiff an der Spitze seiner Flotte flussabwärts, bis sie zu einem natürlichen See an der östlichen Nilmündung gelangten, der von dichter Vegetation umgeben war. Dort versteckte er seine Kriegsschiffe, Galeeren und Lastkähne in den zahllosen Kanälen, die sich durch das Gebiet zogen, ehe sie sich später an der Flussmündung wieder zu einem großen Strom vereinten. Die Bogenschützen ließ er an den Ufern aufstellen, wo sie sich im Dickicht verstecken konnten, und dann legte er sich auf die Lauer.

Ohne auf Widerstand zu stoßen, segelten die feindlichen Schiffe an der östlichen Nilmündung in den Fluss hinein. Von einem günstigen Nordwind angetrieben, hatten sie keine Mühe, stromaufwärts zu fahren und sich in einer Reihe zu formieren, die so lang war, dass sie sich am Horizont verlor. Hunderte von Kriegsschiffen drangen ins Land der Pharaonen ein, im Vertrauen auf ihre eigene Stärke, ohne Angst vor den Menschen oder Göttern, die hier lebten.

Ramses verfolgte das Geschehen aufmerksam und ließ sie bis zu der Stelle vorrücken, wo er sie angreifen wollte.

Eines Morgens in aller Frühe, als die Vorhut der feindlichen Flotte die Stelle erreichte, wo sich der Fluss zu einem natürlichen

See verbreiterte, wurde sie von einzelnen ägyptischen Booten angegriffen.

Die Invasoren, die vor Übermut strotzten und es kaum erwarten konnten, in die Schlacht zu ziehen, verständigten sich rasch und verfolgten die ägyptischen Schiffe flussaufwärts.

Doch die wendigen ägyptischen Boote, die eigens für den Verkehr auf dem Fluss gebaut waren, wichen den schweren, unbeweglichen Schiffen der Feinde geschickt aus und hielten sicheren Abstand. Begierig auf die erste große Kriegsbeute fuhren sämtliche Schiffe der Invasoren nach und nach in den See ein.

Als Ramses sah, dass sich die gesamte feindliche Flotte dort versammelt hatte, gab er das verabredete Zeichen, und seine ausgeklügelte Falle schnappte zu.

Als die Vorhut der feindlichen Kriegsschiffe die prekäre Lage erkannte, war es bereits zu spät. Dort, wo der See sich wieder zu einem Fluss verengte, stieß sie plötzlich auf eine Mauer aus Barken, die ihren Vormarsch aufhalten sollte. Es waren leichte Boote, und die Kriegsschiffe der Feinde hatten keine Mühe, sie mit ihren mächtigen Rammspornen zu durchbrechen. Sie hatten die erste Hürde kaum genommen, da stießen sie auf die nächste Wand von Barken, die ihnen den Durchgang erneut versperrte. Die erfahrenen, von vielen Entbehrungen auf hoher See abgebrühten Männer grinsten nur, als sie die leichten Boote sahen, die sich ihnen erneut in den Weg stellten, und beschlossen in ihrer Überheblichkeit und Verachtung für die Binnenschifffahrt, sie ein weiteres Mal zu rammen.

Doch genau darauf hatte der Pharao gesetzt. Als sich die ersten Schiffe näherten, gab er seinen Bogenschützen am Ufer das Zeichen. Plötzlich ging ein Hagel brennender Pfeile, die den Himmel rot färbten, auf die im Wasser treibende Wand von Barken nieder. Sie waren randvoll mit Öl beladen und verwandelten sich in dem Augenblick, als die ersten feindlichen Schiffe sie rammten, in lodernde Fackeln.

Im Nu sprangen die Flammen auf die Schiffe der Invasoren über und breiteten sich in Windeseile aus. Als der Rest der Flotte sah, was sich vor ihren Augen abspielte, holten die Seeleute hastig die Segel ein und versuchten, mithilfe der günstigen Gegenströmung des Flusses ihre Schiffe aufzuhalten, ehe sie in das Inferno hineintrieben. In diesem Augenblick tauchten unzählige mit Öl beladene Barken, die lichterloh brannten, zwischen den dichten Papyrushainen in den Kanälen auf und versperrten der feindlichen Flotte, die nun in dem ausgedehnten Flussarm gefangen war, den Rückzug.

Als die Kapitäne der Vorhut das Dilemma erkannten, versuchten sie, auf ihre mächtigen Rammsporne vertrauend, trotzdem durch die brennende Barkenwand zu stoßen, aber damit erzeugten sie nur einen gewaltigen Stau, der sich nicht mehr auflösen ließ und über dem der Himmel unentwegt Feuer zu speien schien. Da der Raum immer enger wurde und das Manövrieren der großen Kriegsschiffe praktisch unmöglich machte, trieben diese nun dicht gedrängt in der Strömung des Nils und konnten nichts tun, um der Falle, in die sie geraten waren, zu entkommen.

Nemenhat stand an jenem Tag neben Pareherwenemef am Ufer und wurde Zeuge eines der größten Gemetzel der ägyptischen Geschichte.

Hunderte von Barken und kleinen Schiffen, die bis zum Rand mit Öl beladen waren, trieben wie Fackeln auf die feindliche Flotte zu, die ohnmächtig mit ansehen musste, wie ihre Schiffe in Flammen aufgingen, während sie sich weder vorwärts noch rückwärts bewegen konnten.

Von den Ufern aus zielten die Bogenschützen seelenruhig auf einen Matrosen nach dem anderen, die an diesem Tag praktisch wehrlos waren und zu tausenden den Tod fanden.

Als die Schiffe Feuer fingen, sprangen viele von ihnen ins Wasser und versuchten, das rettende Ufer zu erreichen, um sich wenigstens an Land verteidigen zu können. Diejenigen, die es schafften, ans Ufer zu schwimmen, wurden dort von den Pfeilen eines unsichtbaren Feindes niedergestreckt, der im dichten Sumpfgras versteckt war. Diejenigen, denen es nicht gelang, erwartete ein noch grausameres Ende. Die vielen Körper, die im Fluss trieben, lockten Scharen von gefräßigen Krokodilen an, die alles verschlangen, was sich im Wasser bewegte.

»Das beste Opfer, das mein Vater dem Gott Sobek hätte darbringen können«, lautete der knappe Kommentar des Prinzen.

Als das Durcheinander seinen Höhepunkt überschritten hatte und die Feuersbrunst nachließ, hielt der Pharao den Augenblick für gekommen, um seine Flotte in die Schlacht zu schicken. Mit einem Mal tauchten ringsum auf den unzähligen Kanälen die wendigen Kriegsschiffe des Königs in geschlossener Schlachtreihe auf und griffen die wenigen noch intakt verbliebenen Schiffe der Feinde an.

In ihrem verzweifelten Todeskampf gelang es einigen, am Ufer anzulegen, um wenigstens einen ehrenvollen Tod im Kampf Mann gegen Mann zu finden. Doch es war lediglich ein letztes sinnloses Aufbäumen. Als die Nacht sich über das Land senkte, sah man nur noch brennende Schiffe, die langsam untergingen, und tausende von Leichen, die im Wasser trieben oder von den Krokodilen zerfleischt wurden.

So endete die Irrfahrt jener fremden Völker. Ramses III. hatte sie ausgelöscht.

Wie alle Bogenschützen nahm auch Nemenhat an jenem Tag an dem Massaker an der Nilmündung teil, doch er war für den Rest seines Lebens niemals stolz darauf. Für ihn war die Schlacht leichter gewesen als eine Schießübung im Palmenhain vor Memphis an einem Sommerabend. Trotzdem gab er sich Mühe, mit jedem Pfeil den sofortigen Tod zu bringen, damit die Männer, wenn sie anschließend von den Krokodilen in Stücke gerissen wurden, wenigstens nicht mehr leiden mussten.

Ramses wollte keine Gefangenen mehr machen, er hatte bereits viel zu viele mit denen aus Dyahi. Wie seine sämtlichen Vorfahren hasste auch er das Meer und empfand keinerlei Sympathie für die Männer, die es befuhren. Es gab nichts, was ihn hätte veranlassen können, Erbarmen mit diesen Völkern zu zeigen, von denen sein Land auch keines hätte erwarten können.

Als die Truppen des Pharaos das sumpfige Gelände verließen, war von den Kriegern, die vom Meer gekommen waren, keine Spur mehr übrig. Nur der Sieg, den Ramses eindrucksvoll auf den Wänden seines Totentempels in Medinet-Habu in Stein meißeln ließ, erinnerte später die Nachwelt daran, dass der lebende Horus die barbarische Gefahr im Keim erstickt hatte.

In dieser Nacht, im achten Regierungsjahr des Pharaos Ramses III., ging der Feldzug gegen die Seevölker zu Ende. Es war ein überwältigender Sieg gewesen, und im Heerlager der Ägypter herrschte ein unbeschreiblicher Jubel. An diesem Tag hatte der Gottkönig den Höhepunkt seiner Macht erreicht und mit den großen Kriegspharaonen gleichgezogen. Sein Name würde nun in einem Atemzug mit dem der großen Könige genannt werden, Thutmosis III., Ramses II. und er ... Jetzt würde er neben diesen Göttern sitzen, wenn er eines Tages in das Ialu-Gefilde einzog. Ewiger Ruhm für den letzten großen Pharao von Ägypten.

Wie alle war auch Pareherwenemef in bester Stimmung. Vor allem wegen der Aussicht, bald wieder nach Hause zurückkehren zu können. Der Prinz war es leid geworden, jede Nacht in seinem Zelt zu schlafen und tagsüber mit stoischer Miene Gewaltmärsche hinter sich zu bringen. Er sehnte sich nach den Annehmlichkeiten in seinem Palast in Memphis, nach dem frischen Wasser seiner Teiche, dem süßen Duft des Gartens, der alles durchdrang, und vor allem nach den ausschweifenden Festen und seinen nächtlichen Eskapaden. Er dachte an seine zahlreichen Verehrerinnen und rieb sich die Hände angesichts der Hoffnung, in Memphis bald wieder die Nächte durchfeiern zu können.

Pareherwenemef hatte immer so gelebt, wie es ihm beliebte.

Und das nicht, weil er es sich als Prinz leisten konnte, sondern vielmehr, weil ihn alles anzog, was sich nicht mit dem Leben vereinbaren ließ, das man von einem möglichen Thronanwärter erwartete. Es war undenkbar, dass der zweite Thronfolger weder verheiratet war noch Kinder hatte. Der Prinz aber war immer noch ledig, und das in einem Alter, in dem seine Brüder bereits Großväter waren. Das zügellose Leben, das er führte, hatte zwar auch seine Nachteile, doch die nahm er in Kauf.

»Heute Nacht wirst du einen Becher oder zwei nicht abschlagen können«, sagte der Prinz, während er einschenkte. »Dieser großartige Sieg muss begossen werden.«

Nemenhat lächelte und hob seinen Becher.

»Auf meinen ehrwürdigen Vater, der heute allen gezeigt hat, dass er der König unter den Königen ist«, rief Pareherwenemef.

Sie tranken ihre Becher in einem Zug aus und stellten sie anschließend auf den Tisch.

»Ah, köstlich! Es gibt nichts Besseres für meinen Gaumen. Und jetzt erzähl mir, was du vorhast, Nemenhat.«

Nemenhat zuckte die Achseln.

»Ich weiß es nicht. Ich nehme an, dass der Pharao jetzt, da der Krieg zu Ende ist, seine Truppen entlässt. Aber ich weiß nicht, wie meine Situation vor dem Gesetz ist.«

»Wie ich dir schon erklärt habe, hat der Staat offiziell keine Anklage gegen dich erhoben, auch wenn du Gegenstand eines Ermittlungsverfahrens gewesen bist, das nicht gerade unparteiisch war, um es einmal milde auszudrücken.«

»Was bedeutet das?«

»Vergiss nicht, dass der Pharao hingerissen war, als ich ihm deine Geschichte erzählte. Und nicht gerade erfreut, als er von dem Komplott erfuhr. Aber ich sagte dir auch, dass er persönlich nicht in den Fall eingreifen möchte. Es ist eine heikle Angelegenheit, bei der so viele Unregelmäßigkeiten vorgekommen sind, dass er befürchtet, das gesamte Rechtssystem könnte in Verruf kommen, wenn er den Wesir mit einer Untersuchung beauftragt. Mein Vater ist fest entschlossen, die Korruption im Staat zu bekämpfen, aber das braucht viel Zeit und Geduld. Sogar er muss vorsichtig vorgehen.«

»Wenn es so ist«, stotterte Nemenhat ratlos, »dann sag mir, welches Schicksal mich erwartet.«

»Genau deswegen wollte ich mit dir sprechen. Ich habe dir einen Vorschlag zu machen und würde mich freuen, wenn du darüber nachdenkst.«

Nemenhat nickte.

»Rehire, mein früherer Begleiter, erholt sich zwar langsam von seinem Sturz, aber das Alter ist unbarmherzig. Er ist schon zu alt für derartige Strapazen. Er war ein großer Krieger und hat sich einen ruhigen Lebensabend mit seiner Familie redlich verdient. Mein Vater hat ihn sehr gern und wird ihm einen *setjat** des fruchtbarsten Bodens schenken, wo er seine letzten Jahre in Frieden verbringen kann. Wenn du willst, könntest du seine Stelle einnehmen. Du und die deinen, ihr könntet ein sicheres Leben führen.«

Nemenhat schüttelte den Kopf.

»Du erweist mir eine große Ehre mit deinem Angebot, aber du weißt, wie wenig mir das Leben im Heer gefällt. Nur eine Kette von Zufällen hat dafür gesorgt, dass sich unsere beiden Wege kreuzten.«

»Wie auch immer. Lass dir Zeit, und denk darüber nach. Du musst dich nicht sofort entscheiden.«

»Ich will so bald wie möglich nach meiner Familie suchen oder dem, was von ihr übrig ist. Es gibt einiges, um das ich mich kümmern muss«, sagte er und warf dem Prinzen einen vieldeutigen Blick zu.

* Das *setjat* war ein Flächenmaß, das die Griechen später *arura* nannten; es betrug 2.700 Quadratmeter.

Der schien zu verstehen.

»Bevor ich es vergesse«, sagte er und schnippte mit den Fingern. »Ich habe noch etwas für dich.«

Er ging zu einer kleinen Truhe und entnahm ihr eine Papyrusrolle. »Hier, nimm«, erklärte er und reichte ihm den Papyrus. »Der Pharao hält immer Wort.«

Nemenhat sah ihn überrascht an und streckte dann schüchtern die Hand aus.

»Na los, nimm. Du selbst hast darum gebeten. Das ist der Erlass, dass Hiram alles, was er in Ägypten besaß, unverzüglich zurückerstattet wird. Er ist vom Pharao höchstpersönlich unterzeichnet und trägt sein Siegel. Erkennst du es wieder?«

Nemenhat sah zu, wie der Prinz den Papyrus aufrollte und ihm die königliche Kartusche zeigte.

»Danke!«, antwortete er und strahlte über das ganze Gesicht. »Das ist das schönste Geschenk, das du mir machen konntest. Es ist mehr wert als alle Schätze der Welt. Der Gott hat diesem Mann wirklich zu seinem Recht verholfen. Ich kann dir gar nicht sagen, wie sehr ich mich darüber freue.«

»Das musst du auch nicht. Trinken wir darauf«, erklärte der Prinz und füllte ihre Becher.

Noch nie hatte Nemenhat der Wein so gut geschmeckt.

Pareherwenemef trank seinen Becher aus und sagte: »Ich habe noch etwas für dich.«

»Ich höre.«

»Die Bitte, die du an meinen Vater gerichtet hast, hat mich, ehrlich gesagt, verdutzt. Auch er war erstaunt, dass du um nichts für dich gebeten hast. Heutzutage ist es eine Seltenheit, Menschen wie dich zu finden. Dass du den Pharao um einen Gefallen für einen Freund bittest, obwohl dir selbst so viel Unglück widerfahren ist, adelt dich. Deshalb hat mir der Gott befohlen, dir das zukommen zu lassen, was ich für richtig halte.«

Nemenhat sah ihn verwirrt an.

»Ich habe beschlossen, dir zu helfen, damit du deine Probleme zu Hause lösen kannst.«

Nemenhats Gesicht spiegelte Neugier.

»Ich habe da einen Plan, dem du natürlich zustimmen müsstest.«

Nemenhat sah erwartungsvoll auf.

»Was immer du möchtest, mein Prinz. Ich werde alles tun, worum du mich bittest.«

»Der Plan ist ganz einfach«, fuhr Pareherwenemef fort. »Unter den wenigen Toten, die wir zu beklagen haben, wird auch dein Name sein.«

»Mein Name? Verstehe ich nicht.«

»Doch! Als die Schreiber die gefallenen Soldaten registrierten, haben sie auch deinen Namen auf die Liste gesetzt. Ich selbst habe dafür gesorgt, und wie du dir denken kannst, hat der Soldatenschreiber mein Wort nicht in Zweifel gezogen. Du bist also offiziell tot.«

Nemenhat rollte mit den Augen und verstand, was das bedeutete.

Schon am nächsten Morgen würde die Liste im ganzen Reich veröffentlicht werden. Morgen gäbe es Nemenhat nicht mehr.

»Dann wird mein Name …«

»Du musst deinen Namen vergessen, zumindest für eine Weile. Du wirst den Namen eines Soldaten annehmen, der tatsächlich starb.«

»Wie hieß er?«

»Dedi.«

»Dedi?«

»Ich weiß, nicht gerade ein schöner Name, dein früherer gefiel mir auch besser, aber der Tote hieß nun mal so, daran lässt sich nichts ändern. Aber warte mal, wenn ich mich nicht sehr irre, gab es einen großen Krieger namens Dedi. Er kämpfte tatsächlich im Heer von Thutmosis III.«

»Dedi«, murmelte Nemenhat wenig überzeugt.

»Tut mir Leid, mein Freund, aber es war gar nicht leicht, dir eine neue Identität zu verschaffen. Es musste ein Soldat sein, auf den niemand wartet … Und als sich die Gelegenheit bot, habe ich einfach zugegriffen. Von nun an wirst du Dedi heißen. Natürlich nur, wenn du einverstanden bist.«

Nemenhat sah ihn voller Dankbarkeit an.

»Ich bin einverstanden.«

»Na wunderbar. Es ist alles vorbereitet. Noch heute Nacht wirst du an Bord einer Lastbarke nach Memphis aufbrechen. Sei vorsichtig, und vergiss nicht, dass du ein toter Mann bist und niemand dich sehen darf. Das wird dein Unternehmen erheblich erleichtern.«

Nemenhat nickte wortlos.

»Ich will gar nicht wissen, wie du dein Problem zu lösen gedenkst, ich gebe dir nur den guten Rat, danach Memphis für lange Zeit zu verlassen. Geht in ein anderes Land oder zieht in den Süden von Ägypten. In Theben werdet ihr in Sicherheit sein, lass dich dort nieder und verhalte dich unauffällig. Wenn du mich brauchst, geh zu meinem Palast dort und sprich mit Cheruf, meinem Haushofmeister. Zeig ihm das hier«, sagte er und reichte ihm ein Armband aus Malachit mit einer seltsamen Gravur. »Er weiß schon, was er dann zu tun hat.«

Nemenhat schloss die Hand um das Armband und hatte das Gefühl, als bräche ihm vor Rührung das Herz.

»Niemals hätte ich mit solch einem Geschenk gerechnet«, gestand er.

»Das ist kein Geschenk. Dasselbe hätte ich für jeden meiner Brüder getan. Du hast gezeigt, was wahre Freundschaft heißt und wie groß dein Herz ist.«

Nemenhat ging auf den Prinzen zu, und sie umarmten sich fest.

»Wir haben nicht viel Zeit«, erklärte Pareherwenemef, als sie sich trennten.

»Wohin ich auch gehe, mein Prinz, mein Herz wird bei dir sein«, sagte Nemenhat tief bewegt. »Ich werde dich nie vergessen.«

Der Prinz spürte einen Kloß im Hals und gab sich Mühe, seine Tränen zu unterdrücken.

»Vergiss nicht, was ich dir angeboten habe. Ich hoffe, dich eines Tages wiederzusehen. Aber jetzt musst du aufbrechen.«

Als die kleine Barke an der Mole im memphitischen Hafen anlegte, ging die Sonne gerade unter. Wie üblich um diese Zeit machten sich die Hafenarbeiter auf den Weg nach Hause. Die Nachricht vom glorreichen Sieg des Pharaos hatte sich längst herumgesprochen, und an Land war die Freude der Menschen nicht zu übersehen. Als er endlich memphitischen Boden unter den Füßen spürte und seine wiedergewonnene Freiheit genoss, atmete er erleichtert auf. Oder war es eine ganz neue Freiheit? An diesem Abend fühlte sich Nemenhat jedenfalls freier als jemals zuvor. Er hatte zwar keine Vergangenheit mehr, aber dafür eine Zukunft, und das gab ihm ein Gefühl, als sei er soeben wiedergeboren worden.

»Stimmt, ich bin ja jetzt Dedi«, sagte er sich verschmitzt.

Er mischte sich unter das Gesindel, das sich um diese Uhrzeit im Hafen herumtrieb, und wartete auf den Anbruch der Nacht. Er wollte das Risiko vermeiden, auf dem Nachhauseweg erkannt zu werden. Schließlich warf er sich ein langes Leinentuch über und wanderte durch die vertrauten Gassen, die tausend wehmütige Erinnerungen in ihm weckten. Ohne es zu merken, führten ihn seine Schritte zu dem Haus, wo er so viele Jahre mit seinem Vater verbracht hatte. Eine unheimliche Stille lag in der Luft, keine einzige Spur deutete darauf hin, dass noch vor nicht allzu langer Zeit jemand hier gelebt hatte.

Dann tauchte plötzlich, ohne dass er es gewollt hätte, das Bild seines Vaters auf. Überall konnte Nemenhat ihn sehen, auf der

Straße, im Haus ... in seinem Herzen. Welcher Schmerz! Er biss die Zähne zusammen und stürzte hastig aus dem Haus. Nein, er würde sich nicht von seinem Kummer und seiner Sehnsucht überwältigen lassen, die ihn auf Schritt und Tritt verfolgten. Er ging schneller und flüchtete durch die menschenverlassenen Gassen vor der unsäglichen Trauer, an der er zu ersticken drohte.

Als er zu seinem Haus kam, war es bereits tiefe Nacht. Die Gasse war zu dieser Stunde wie üblich menschenleer, und die vollkommene Stille, die das ganze Viertel einhüllte, wurde nur gelegentlich vom fernen Bellen eines streunenden Hundes unterbrochen.

Ohne dass ihn jemand sah, pirschte er sich bis vor die Tür und blieb eine Zeit lang davor stehen. Mit heftig pochendem Herzen horchte er auf Geräusche. Nichts. Einen kurzen Augenblick überkam ihn eine finstere Ahnung. Vielleicht ist niemand zu Hause, dachte er. Panik erfasste ihn.

Was, wenn der Prinz sich geirrt hatte und Nubet ...

Doch dann verwarf er den Gedanken sofort wieder. Es gab nur einen Weg, sich zu vergewissern.

Er blickte sich erneut um, und als er sicher war, dass niemand ihn beobachtete, klopfte er leise an die Tür.

Das Geräusch hallte laut in seinen Ohren wider. Er zuckte zusammen und befürchtete, die Nachbarn könnten aufwachen und erbost aus dem Fenster blicken, um zu sehen, wer um diese Zeit die Nachtruhe störte. Doch alles blieb still, keine Tür öffnete sich, nicht einmal seine eigene. Nemenhat klopfte erneut, dieses Mal heftiger, und dann drückte er gegen die Tür. Vielleicht war sie ja nicht verriegelt. Doch vergeblich, die Tür war fest verschlossen, also hämmerte er noch lauter dagegen.

Nach einer Weile glaubte er, etwas im Innern des Hauses zu hören. Er lauschte und vernahm dann leise Schritte, die auf die Haustür zukamen. Sie wurden immer lauter, bis eine verschlafene, vertraute Stimme rief:

»Wer ist da?«

»Ich bin's«, flüsterte Nemenhat.

»Wer?«

»Ich, Nemenhat. Mach die Tür auf, bevor das ganze Viertel aufwacht.«

»Nemenhat? Unmöglich«, antwortete die Stimme skeptisch.

»Wenn ich es dir sage. Mach endlich auf, sonst muss ich die Tür eintreten.«

Er hörte Hände, die den Riegel zurückschoben. Dann ging die Tür einen Spaltbreit auf, und jemand streckte den Kopf hinaus. Es war Min.

»Bei allen Seelen des Amenti, Min!«, rief Nemenhat. »Willst du mich jetzt reinlassen oder nicht?«

Mins ungläubige Augen glänzten im Schein der Öllampe.

»Nemenhat!«, rief er und öffnete die Tür.

Nemenhat drückte sanft gegen die Tür, um ihm zu helfen, und betrat das Haus.

»Heilige Hathor! Das kann doch nicht wahr sein!«, rief Min und sah ihn mit Augen an, die so groß wie Teller waren. »Bist du ein Geist?«

»Lass den Unsinn!«, fuhr Nemenhat ihn an. »Ich bin weder ein Geist noch sonst irgendeine Erscheinung. Sei nicht albern.«

»Das ist doch nicht möglich, wir glaubten, du wärst ...«

»Nun, ich bin hier. Aber sag mir, wo ist Nubet? Und Seneb?«, fragte er sehnsüchtig.

»Seneb ist tot«, erklärte Min und senkte den Blick.

»Tot?«

In diesem Augenblick hörte er leise Schritte und nahm den Schein einer Öllampe wahr.

»Was ist los, Min? Wer ist da?«

Doch als er die Stimme hörte, hüpfte ihm das Herz. Es war Nubet.

»Aber ...« Mehr brachte sie nicht heraus, als sie ihn erkannte.

Dann konnte sie einen Schrei nicht unterdrücken und fuhr gleich darauf mit der Hand zum Mund.

»Bist du es wirklich, Nemenhat? Du lebst?«

Kaum hatte sie das gesagt, wurde ihr schwarz vor Augen, die Beine knickten ein, und sie fiel ohnmächtig auf den Steinboden.

Als sie wieder zu sich kam, sah sie als Erstes Nemenhats Gesicht vor sich. Sie hatte das Gefühl, als wäre sie wieder in einem der Albträume gelandet, die sie seit Monaten quälten. Darin überhäufte Nemenhat sie mit Küssen und Zärtlichkeiten, und sie wähnte sich im Ialu-Gefilde. Doch wenn sie aufwachte, lag sie ganz allein in dem Bett, das sie nur so kurz mit ihm hatte teilen können. Es war eine schreckliche Aussicht, dass sie ihn vielleicht niemals wiedersähe. Jedes Mal, wenn sie daran dachte, war Nubet erneut in einen Abgrund der Verzweiflung gestürzt.

An einem einzigen Tag hatte sie Vater und Ehemann verloren und war in eine trostlose, dunkle Welt versunken, auf die sie nicht vorbereitet gewesen war. Sie hatte ihr ein vollkommen anderes Gesicht vom Leben eröffnet als das, was sie bislang gekannt hatte. Jetzt irrte sie durch einen schwarzen Sumpf und wusste nicht, wie sie ihrem Leben, das ihr nicht im Geringsten noch etwas bedeutete, einen Sinn geben sollte. Den ganzen Tag verbrachte sie zu Hause und traute sich aus Angst vor den Vorwürfen der Nachbarn, die sie einst so geliebt hatten, nicht mehr auf die Straße hinaus.

Die Nachricht, dass Nemenhat und seine Sippe gemeine Grabräuber gewesen waren, hatte sich wie ein Lauffeuer im ganzen Viertel verbreitet. Die Nachbarn, die Nubet früher förmlich auf Händen getragen hatten, begegneten ihr nun auf der Straße mit Verachtung und nicht selten sogar mit offener Feindschaft. Die selbstlose Hilfe, die sie von Nubet erhalten hatten, zählte nichts. Ihre alten Patienten kamen nicht mehr zu ihr. Nur Min, der treue Gefährte ihres Vaters, hielt bedingungslos zu ihr und kümmerte sich um sie, so gut er konnte.

Als sie nun sah, wie sich Nemenhat über sie beugte und ihre

Hand hielt, blinzelte sie ungläubig mit den Augen, aus Angst, es könnte wieder ein Albtraum sein.

Nemenhat betrachtete sie zärtlich. Er sah, in welch schrecklichem Zustand sich seine Frau befand, und das Herz wurde ihm schwer. Ihre wunderschönen Augen waren nur noch ein Schatten ihres früheren Glanzes. Eingefallen und von schwarzen Ringen gezeichnet spiegelten sie das ganze schreckliche Leid wider, das Nubet hatte durchmachen müssen.

»Nubet? Ich bin's, Nemenhat«, sagte er leise. »Ich bin gekommen, um für immer bei dir zu bleiben.«

»Nemenhat!«, sagte sie kraftlos. »Träume ich?«

»Nein, du träumst nicht, Liebste. Ich bin zurückgekommen, du brauchst keine Angst mehr zu haben.«

Sie versuchte, sich ein wenig aufzurichten, und streckte ihm die Arme entgegen. Nemenhat beugte sich zu ihr hinunter und spürte, wie die kraftlosen Arme sich um seinen Hals schlangen. Und dann verschmolzen sie in einer Umarmung, in der ihre Körper sich alles sagten, was notwendig war, ohne dass sie ein einziges Wort hätten sprechen müssen.

»Ich habe bereits alle meine Tränen vergossen«, brach sie die Stille.

»Es tut mir so Leid, Nubet. Unendlich Leid. Ich weiß, dass ich der Grund für deinen Kummer bin. Ich hätte mir nie vorstellen können, dass du das unschuldige Opfer meiner schändlichen Vergangenheit wirst.«

»Das unschuldige Opfer«, wiederholte sie murmelnd.

»Ich liebe dich, Nubet. Du bist das Kostbarste, was ich habe …«

»Unsere Väter sind beide tot«, schnitt sie ihm das Wort ab.

»Ich weiß«, antwortete er und spürte, wie ihm die Tränen über die Wangen flossen.

»Aber warum, Nemenhat? Was haben wir getan?«

Nemenhat brachte kein Wort heraus und drückte sie fester an sich.

»Mein Vater war ein gerechter Mann, der dich wie seinen eigenen Sohn liebte.«

»Es war alles meine Schuld«, gestand Nemenhat schließlich, nachdem er sich einen Ruck gegeben hatte. »Ich bin an allem schuld. Ich hätte dir von meiner Vergangenheit erzählen müssen, bevor ich dich heiratete, aber ich habe mich nicht getraut. Ich dachte, du würdest mich sofort abweisen. Ich habe nur an mich gedacht, Nubet. Verzeih mir.«

»Ich habe jede Nacht bei unserer Mutter Isis für dich gebetet, egal, wo du warst. Sie kann Wunder vollbringen. Hat sie ihren Gemahl Osiris nicht zum Leben erweckt? Isis wacht über uns, und sie hat mein Flehen schließlich erhört«, erklärte sie, als wäre sie kurz davor, in Trance zu fallen.

Nemenhat spürte, wie Nubets Arme erschlafften und sich von seinem Hals lösten. Vorsichtig legte er sie wieder auf das Bett zurück.

»Besser, du lässt sie ruhen«, hörte er Min hinter sich sagen. »Sie muss sich erst von dem Schock deiner Rückkehr erholen.«

Nemenhat nickte und deckte sie zu. Dann folgte er Min in den nur von Kerzen spärlich beleuchteten Nebenraum.

»Willst du einen Schluck Wein?«, fragte Min, während er ihm eine Amphore reichte.

Nemenhat nickte und ließ sich auf einem Stapel Kissen nieder.

»Das ist der Wein, den uns dein Vater immer brachte, weißt du noch? Leider ist nicht mehr viel davon übrig«, erklärte er und schenkte ihm einen Becher ein.

Nemenhat trank ihn in einem Zug aus und reichte ihn Min zurück, damit er ihn erneut füllte.

»Sieht mir ganz so aus, als hättest du deine Liebe zum Wein entdeckt«, erklärte Min auf seine schelmische Art.

Nemenhat achtete nicht auf die Bemerkung. Er führte den Becher erneut zum Mund und trank.

»Und jetzt erzähl, was passiert ist«, sagte er schroff.

»Dasselbe sollte ich vielleicht lieber dich fragen. Wer hätte gedacht, dass ihr Grabräuber seid!«, gab Min spöttisch zurück.

»Du hast Recht, mein Freund. Ich bin dir eine Erklärung schuldig, damit du wenigstens verstehst, wie es so weit kommen konnte.«

Nemenhat erzählte Min von seiner Kindheit und seiner dunklen Vergangenheit, als er mit seinem Vater davon lebte, Gräber auszurauben. Er erzählte ihm von den geschäftlichen Beziehungen zu Anch und den verheerenden Folgen, die sie schließlich für alle hatten. Der riesige schwarze Mann hörte erstaunt, wie Anch sie gezwungen hatte, die Gräber von Saqqara zu plündern, sagte aber kein Wort. Am Ende sah er Nemenhat verwirrt an.

»Ja, mein Vater hatte genug Schätze. Mehrere Generationen von uns hätten davon leben können. Er hatte es gar nicht mehr nötig, Gräber auszurauben, aber genau das wurde ihm zum Verhängnis.«

»Und wo ist das Gold geblieben?«

Nemenhat zog eine Grimasse.

»Das gehört nun alles Anch. Du kannst mir glauben, das Ganze war ein Komplott. Wir sind auf schändlichste Art aufs Kreuz gelegt worden.«

»Und da gibt es keinen Zweifel?«

»Nein. Prinz Pareherwenemef hat es mir höchstpersönlich versichert.«

»Prinz Pareherwenemef? Kennst du ihn etwa?«

»Wir sind Freunde. Dass ich heute Nacht hier bei euch bin, habe ich nur ihm zu verdanken.«

Min sah ihn fragend an.

»Ich habe im Krieg an seiner Seite gekämpft.«

»Du meinst, im Krieg gegen die Seevölker?«

»Ja. Heute Abend bin ich im Hafen von Memphis eingetroffen, nachdem wir in der Deltamündung die letzte Schlacht geschlagen haben.«

Min, der ungläubig zugehört hatte, trank seinen Becher aus und schenkte sich erneut Wein ein.

»Später werde ich dir die Einzelheiten erzählen. Aber jetzt musst du mir berichten, was hier geschah.«

»Es war, als hätten sich sämtliche Dämonen gegen uns verschworen«, erklärte Min. »Als wären sie aus der Unterwelt aufgetaucht, um Verderben über das Haus zu bringen.«

»Lass die Dämonen aus dem Spiel und erzähl mir lieber, was geschah«, unterbrach ihn Nemenhat ungeduldig.

»In der Nacht, als du verschwunden bist, haben wir kein Auge zugetan. Wir waren um dich besorgt, weil du sonst immer so zuverlässig bist. Als uns Nubet mitten in der Nacht berichtete, dass du nicht nach Hause gekommen warst, versuchten wir, sie zu beruhigen, aber bald hatte sie uns mit ihrer Angst angesteckt. Ich ging also zu deinem Vater, um zu fragen, ob er wüsste, wo du sein könntest. Aber die Tür war fest verriegelt, und als ich klopfte, machte niemand auf. Das kam mir seltsam vor, doch dann dachte ich mir, dass ihr vielleicht in einer Schenke wärt. Glaub mir, in dieser Nacht habe ich sämtliche Wirtshäuser von Memphis abgeklappert, vergebens natürlich. Am nächsten Tag haben wir euch überall in der Stadt gesucht, und als wir sahen, dass Hirams Kontor geschlossen worden war, begannen wir, uns ernsthaft Sorgen zu machen. Die Tür zu Hirams Haus war versiegelt, und als wir klopften, warfen uns die Nachbarn böse Blicke zu. Wir kehrten zum Haus deines Vaters zurück und brachen die Tür auf. Im Innern herrschte vollkommene Stille, aber alle Möbel waren umgeworfen, als hätte dort ein erbitterter Kampf stattgefunden.«

Min hielt kurz inne. »Wir gingen zurück zu Nubet, in der Hoffnung, du wärst mittlerweile aufgetaucht. Jetzt wussten wir, dass euch beiden etwas Schreckliches zugestoßen sein musste. Am nächsten Morgen brach Seneb in aller Frühe auf, fest entschlossen herauszufinden, wo ihr abgeblieben wart. Er fragte überall in der Stadt nach euch, aber es war, als wäret ihr vom Erdboden verschluckt worden. Am Abend war Nubet nur noch ein Häufchen Elend, und niemand konnte ihr die Verzweiflung ausreden oder sie aufmuntern. Am nächsten Tag traf Seneb einen alten Freund, der als Schreiber im Gericht arbeitete und dem er vor langer Zeit einen großen Gefallen getan hatte, als sein Vater gestorben war. Seneb hatte sich um die Einbalsamierung gekümmert und nichts dafür verlangt. Jetzt erzählte ihm Seneb, was geschehen war. Der Schreiber rieb sich das Kinn, versprach aber, sich kundig zu machen und uns zu benachrichtigen, sobald er etwas herausgefunden hatte. Noch am selben Nachmittag erschien er vollkommen aufgelöst in Senebs Haus und berichtete, dass dein Vater der Grabräuberei angeklagt sei und vom Richter vernommen würde. Und was dich betraf, so wusste niemand, wo du stecktest. Du kannst dir ja vorstellen, was für ein Gesicht der alte Einbalsamierer gemacht hat, als er davon erfuhr. Er schwor bei Osiris, dass es nicht wahr sein konnte. Dass eine solche Anschuldigung ein riesiger Irrtum sein musste.«

Bei diesen Worten senkte Nemenhat beschämt den Blick.

»Nun, angesichts der ungeheuren Vorwürfe beschlossen wir, zum Gericht zu gehen und für deinen Vater auszusagen. Dort wollte angeblich niemand von dem Vorfall wissen. Aber du kennst ja Seneb. Er ließ sich nicht beirren und rief alle göttlichen und menschlichen Kräfte an. Er drohte sogar, sich an den Ptah-Tempel zu wenden, wo er noch Freunde besaß, die genügend Einfluss hatten, um den ganzen Betrug auffliegen zu lassen. Angesichts seiner Drohungen führte uns der Gerichtsschreiber in einen kühlen Saal und versprach, sich um den Fall zu kümmern. Das Ganze stank zum Himmel, wenn du mich fragst. Die Schreiber kamen und gingen, und jedes Mal sahen sie uns verstohlen von der Seite an und tuschelten untereinander. Ich erzählte Seneb lieber nichts davon. Schließlich tauchte kurz vor Sonnenuntergang der Schreiber mit jemandem auf, der sich als Gerichtsinspektor ausgab.

›Seid ihr die Leute, die nach einem gewissen Schepsenure fragen?‹, erklärte er arrogant. Seneb drehte sich nur um und sah ihn stumm an.

›Was verbindet euch mit ihm?‹, fragte er verächtlich.

›Freundschaft‹, antwortete Seneb knapp.

›Sonst nichts? Seid ihr nicht vielleicht seine Komplizen …?‹

Doch Seneb ließ ihn gar nicht erst ausreden«, erklärte Min und hielt einen Moment inne. »Sein Gesicht wurde rot vor Zorn, und dann bekam er einen Wutanfall, wie ich es noch nie bei ihm erlebt hatte. Wirklich, Nemenhat, es war zum Fürchten. Sogar der Beamte war von seiner Reaktion überrascht.

›Glaubst du etwa, du hättest es mit einem dieser Analphabeten zu tun, mit denen du sonst verkehrst?‹, schrie er ihn an. ›Bei mir wirst du auf Granit beißen, Inspektor, ich verstehe von Ägypten und seinen Göttern so viel wie du in zehn Leben nicht! Ich kenne die Rechte, die mir zustehen, und die Maat in der Halle der zwei Wahrheiten ist mir mit Feuer ins Herz gebrannt. Mein Schutzgott ist der göttliche Thot*, ebenso wie der deine, ein Weiser unter den Weisen. Nach seinen Gesetzen lebe ich, so wie man es mir im Haus des Lebens beibrachte, lange bevor du geboren warst.‹

›Der Mann, nach dem du dich erkundigt hast, ist ein Verbrecher der übelsten Sorte‹, behauptete der Inspektor steif.

›Verbrecher? Welches Verbrechen soll er denn begangen haben?‹

›Das schlimmste, das es bei uns gibt. Die Plünderung von Gräbern.‹

›Das ist eine ungeheuerliche Anschuldigung, die ich nicht glauben kann. Einzig und allein der Wesir hat darüber zu entscheiden.‹

›Ich glaube nicht, dass ich den *tjati* deswegen behelligen werde‹, antwortete der Beamte und betrachtete beiläufig seine Fingernägel.

* Thot war der Schutzgott für das Haus des Lebens und die Richter.

›Ich höre wohl nicht recht! Das hat mit Behelligen nichts zu tun, es ist seine Pflicht.‹

›Der Untersuchungsrichter ist nicht dieser Meinung.‹

Senebs Gesicht lief erneut rot an.

›Das verstößt gegen die Gesetze‹, rief er laut.

›Wenn du glaubst, dass gegen Gesetze verstoßen wurde, dann leg doch Einspruch beim Richter ein‹, sagte der Beamte hämisch grinsend.

›Worauf du dich verlassen kannst‹, rief Seneb, während er spürte, wie das Blut in seinen Schläfen pochte.

›Nun, ich kann dir sagen, dass es nicht viel bringen wird.‹

Senebs Augen funkelten vor Wut.

›Was soll das heißen?‹

›Dass ein Unglück passiert ist. Bei einem der routinemäßigen Verhöre ist dieser Schepsenure gestolpert und mit dem Kopf unglücklich auf den Boden geschlagen. Leider ist er dabei ums Leben gekommen.‹«

Min hielt einen Augenblick inne und fuhr dann fort: »Daraufhin verlor Seneb die Nerven und stürzte sich auf den Schreiber. Ich musste ihn festhalten, um Schlimmeres zu verhüten. Es kam zu einem Handgemenge, und sämtliche Schreiber eilten herbei, um wieder Ordnung zu schaffen, während Seneb sie als Verbrecher, Mörder und was weiß ich noch beschimpfte.

›Werft sie raus!‹, rief der Beamte wütend. ›Auf die Straße mit diesen elenden Hunden, sonst klage ich sie noch der Komplizenschaft an!‹

Daraufhin beförderten uns einige der Soldaten, die sonst Wache schieben, unsanft auf die Straße.

›Wenn ihr euren Freund besuchen wollt, dann sucht in Saqqara. Dort haben sie seine Leiche hingeschmissen, so wie man es mit Verbrechern macht. Wenn ihr Glück habt, findet ihr noch ein paar Knochen, die die Aasfresser übrig gelassen haben‹, rief der Beamte und lachte laut. Dann verschwand er im Gang.«

Nemenhat raufte sich die Haare und schüttelte traurig den Kopf. Dann sah er seinen Freund an und machte ihm ein Zeichen fortzufahren.

»Als wir den Körper deines Vaters in der Nähe der so genannten Stufenpyramide im Sand fanden, war es bereits Nacht. Wir hatten Mühe, ihn wieder zu erkennen. Die Kerle hatten ihm das Gesicht zertrümmert. Aber wir haben die Leiche genau untersucht, es gab keinen Zweifel, es war Schepsenure. Ich sah, wie Seneb sich über seinen Körper beugte, seinen Kopf in die Hände nahm und weinte. Dann gab er mir ein Zeichen, damit ich ihm half, den Körper mit nach Hause zu nehmen, um ihn ordnungsgemäß herzurichten.«

Nemenhat beobachtete Min mit tränenverschleierten Augen.

»In diesem Augenblick hörten wir lautes Brüllen«, fuhr Min fort, »und sahen, wie einige Männer auf uns zugelaufen kamen. Es waren *medjai.* Wie Hyänen stürzten sie sich auf uns und ließen uns keine Gelegenheit zu reagieren. Ich sah noch, wie einer der Männer Seneb mit seinem Knüppel auf den Kopf schlug, und dann spürte ich selbst einen harten Schlag. Mir wurde schwarz vor Augen. Ich weiß nicht, wie lange ich bewusstlos war, bis ich wieder zu mir kam. Zuerst spürte ich nur ein sanftes Kneifen im Bein. Doch dann folgte ein unerträglicher Schmerz. In diesem Augenblick schlug ich die Augen auf und wurde Zeuge des grausigsten Schauspiels, das man sich vorstellen kann. Schakale, Nemenhat! Überall Schakale, ein ganzes Rudel, das sich über die Leichen von Seneb und deinem Vater hermachte. Glaub mir, einen Augenblick dachte ich, ich wäre mitten in einem schrecklichen Albtraum. Ich sah dem Tier, das mir ins Bein biss und mich dabei anstarrte, in die Augen. Es versenkte die scharfen Zähne derart brutal in mein Fleisch, dass ich aufschrie, so laut ich konnte. Das muss die Bestie erschreckt haben, denn sie ließ mein Bein los. Ich sprang auf, packte den Schakal am Nacken und schleuderte ihn mit aller Macht zu Boden. Die anderen Tiere des Rudels unterbrachen ihre Fressorgie und sahen mich verdutzt an. In diesem Augenblick packte mich blinde Wut. Ich wurde selbst zur Bestie, Nemenhat! Ich schleuderte das tote Tier zu meinen Füßen in die Meute, die mich mit blutverschmierten Schnauzen anknurrte. Dann stürzte ich mich auf sie. Einer der Schakale verbiss sich in meiner Wade, aber ich konnte mich losreißen und verpasste ihm einen solchen Tritt, dass ich ihm die Eingeweide zertrümmert haben muss, denn er jaulte fürchterlich. Der Rest des Rudels zog sich daraufhin zurück. Dann lief ich auf die beiden Leichen zu, die im Sand lagen …«

Min hielt inne und sah seinen Freund bekümmert an.

»Sie hatten ihre Eingeweide gefressen, Nemenhat«, sagte er mit erstickter Stimme. »Hätte man sich für einen gerechten Mann wie Seneb ein schrecklicheres Ende ausdenken können, als ihn den Schakalen zum Fraß vorzuwerfen?«

Nemenhat ballte die Hände zur Faust, um nicht vor Schmerz zu schreien.

»Ich habe das, was von ihren zerfleischten Körpern noch übrig geblieben war, dorthin geschleppt, wo Seneb die Leichen einbalsamierte. In jener Nacht erhellte der Vollmond die ganze Wüste von Saqqara, aber ich begegnete keinem einzigen Wächter mehr. Die *medjai* hielten uns für tot, aber sie hatten nicht mit meinem harten afrikanischen Schädel gerechnet, den kriegt man nicht mit einem einzigen Keulenschlag kaputt. Als ich die Totenstadt verließ, hörte man noch das traurige Heulen der Schakale. Sie beklagten, dass sie ihr Festmahl nicht hatten beenden können.«

»Und dann?«, fragte Nemenhat leise.

»Ich habe getan, was ich konnte. Zugegeben, es war nicht viel, da ihre Leichen vollkommen zerfetzt waren. Ich brach ihnen das Siebbein und zog ihnen das Gehirn, das einzige Organ, das sie noch hatten, mit einem Eisenhaken durch die Nasenlöcher heraus. Dann wusch ich sie mit Palmwein und legte ihre verstümmelten Körper sechsunddreißig Tage in ein Natronbad. Du kannst dir ja denken, dass ich nicht in der Lage war, ihnen die vorgeschriebenen Salbungen und Rituale zu verabreichen, aber ich versichere dir, dass ich ihre Körper anschließend in das beste Leinentuch aus Sais eingewickelt habe, so wie ich es so oft bei Seneb beobachtet hatte. Schließlich habe ich über ihren Herzen einen Skarabäus in das Tuch gesteckt. Als ich damit fertig war, hat sich Nubet um das Ritual der Mundöffnung* gekümmert und die entsprechenden Passagen aus der Liturgie rezitiert, die sie von ihrem Vater gelernt hatte. Mehr konnten wir nicht für sie tun.«

»Verstehe. Und wo habt ihr sie begraben?«

»Ich bin tagelang unauffällig durch die Nekropole gewandert und habe versucht, eine abgelegene Stelle zu finden, die nicht bewacht wurde. Schließlich habe ich sie auf der südlichen Seite von Saqqara beerdigt, die menschenleer ist. Da kommt niemand hin, und ich hielt es für eine geeignete Stelle. Eines Nachts lud ich die mumifizierten Leichen auf den Esel, deckte sie ordentlich zu und ging dorthin. Auf dem Weg begegnete ich keiner Seele und konnte sie in aller Ruhe bestatten. Sie liegen direkt neben den Ruinen einer der wenigen Pyramiden dort.«

»Welcher?«, fragte Nemenhat neugierig.

»Ich wählte die erste Pyramide, auf die ich stieß. In der Gegend treibt sich zwar niemand herum, aber ich wollte mich nicht länger als nötig dort aufhalten. Nubet sagte mir, dass sie einem Gott gehört, der vor tausend Jahren geherrscht hat. Ich meine, sie hätte den Namen Merire erwähnt, er war Pharao in der 6. Dynastie, in der alten Zeit.«

Nemenhat nickte, als er sich daran erinnerte, wie nah die Pyramide am Grab von Sanacht war.

»Weißt du, welche Stelle ich meine?«

* Dieses Ritual hatte zum Ziel, dem Verstorbenen den Gebrauch des Mundes und der Augen zu ermöglichen und ihm die Fähigkeiten wiederzugeben, die er während des Lebens gehabt hatte.

»Ja.«

Um ein Haar hätte Min eine spöttische Bemerkung gemacht, doch er besann sich eines Besseren.

»Du hast einen guten Ort ausgesucht, Min. Dort wird das Gute des Pharaos auf sie übergehen.«

»Das meinte Nubet auch.«

Nemenhat sah Min mit aller Dankbarkeit an, zu der er fähig war.

»Du hast mehr getan, als jeder andere Mensch in der Situation hätte tun können. Ich bin beschämt, denn ich müsste dir nicht nur danken, sondern dich auch um Verzeihung bitten. Mir ist alles aus der Hand geglitten, wie das Wasser des Nils.«

»Quäle dich nicht länger. Was geschehen ist, kann man nicht mehr ändern. Seneb und dein Vater sind tot, du aber lebst und bist in Sicherheit. Die Götter haben über eure Strafe entschieden und sich dir gegenüber in gewisser Weise barmherzig gezeigt.«

Nemenhat runzelte die Stirn.

»Das Ganze ist nur das Werk von ein paar gerissenen Gaunern«, widersprach er, »nicht das der Götter.«

»Hör gut zu«, entgegnete Min. »Nubet ist sehr mitgenommen. Sie hat tagelang geweint, und nichts, was ich sagte, konnte sie trösten. Das gesamte Viertel ist über das Geschehene auf dem Laufenden. Uns schlägt nur Verachtung entgegen. Bislang habe ich es geschafft, dass es uns an nichts mangelt, aber bald werden wir nicht einen Deben mehr haben.«

»Das ist kein Problem«, antwortete Nemenhat mit einem abwesenden Blick. »Das Einzige, was für mich zählt, ist ihre Liebe. Wenn ich sie verliere, bin ich am Ende.«

»Mach dir deswegen keine Sorgen«, beruhigte ihn Min und trat zu ihm. »Sie liebt dich, deshalb leidet sie. Ihre Tränen galten nicht nur ihrem toten Vater, sie weinte auch um dich, weil sie Angst hatte, du wärst tot. Du musst Geduld mit ihr haben und ihr die ganze Wahrheit erzählen. Du weißt besser als ich, dass du sie irgendwie betrogen hast. Vergiss nie, dass ihr Herz ebenso gütig ist wie das von Seneb.«

In den kommenden Tagen ließ Nemenhat seine Frau nicht aus den Augen. Er tröstete sie und versuchte, ihre fast erloschene Zuversicht wieder zum Leben zu erwecken. Besorgt beobachtete er, wie sie jedes Mal, wenn ihr bewusst wurde, dass ihre Welt aus den Fugen geraten war, in tiefe Mutlosigkeit verfiel. Ihre Vorstellung von Gerechtigkeit und Ordnung, vom Menschen und sogar von den Göttern hatte eine Wandlung durchgemacht, die sie selbst nicht begreifen konnte.

Eines Morgens, als es ihr scheinbar besser ging, erzählte er ihr die ganze Geschichte. Alles, was er ihr aus Angst, sie verlieren zu können, verschwiegen hatte.

Sie hörte ihm aufmerksam zu, ohne ihn ein einziges Mal zu unterbrechen, und sah, wie er litt, als er ihr die aussichtslose Lage erklärte, in der er sich befunden hatte.

»Das Ganze gehörte längst einer fernen Vergangenheit an, die nichts mehr mit uns beiden zu tun hatte«, versicherte er. »Seit wir nach Memphis kamen, haben wir versucht, ein ordentliches Leben zu führen. Leider waren wir nicht mehr Herr über unser eigenes Schicksal.«

Er erzählte ihr alles, was dann passiert war. Die Falle, die man ihnen gestellt hatte, und deren fatale Folgen.

»Ich hätte so viel Niedertracht niemals für möglich gehalten«, murmelte Nubet und senkte den Blick.

»Ja, es ist schwer zu begreifen. Leider sind die Herzen vieler Menschen vergiftet.«

Es folgte ein langes Schweigen. Nemenhat nahm ihre Hände und sah sie ängstlich an.

»Wir sind alle Opfer unglücklicher Umstände geworden, deshalb müssen wir aufpassen, dass wir unsere Verletzungen nicht noch größer machen, als sie bereits sind. Ich liebe dich, Nubet, und ich flehe dich an, verzeih mir, ich tat es nur, um dich nicht zu verlieren.«

Sie warf ihm einen derart zärtlichen Blick zu, dass er plötzlich einen Kloß im Hals hatte. Dann umarmte sie ihn mit aller Liebe, zu der sie fähig war.

»Du bist mein Leben«, flüsterte sie ihm ins Ohr. »Isis' Magie hat dich mir zurückgegeben, und ich werde dich nie wieder loslassen.«

Sie küssten sich leidenschaftlich und ließen sich von ihren Gefühlen mitreißen. Es war, als spürten sie, wie eine längst verlorene Hoffnung zu neuem Leben erwachte.

Als sie sich endlich voneinander lösten, sah er sie liebevoll an und sagte leise:

»Wir werden nie wieder auseinander gehen, ich verspreche es dir.«

An diesem Abend saßen die drei schon etwas unbeschwerter nach dem Essen an der Feuerstelle. Nemenhat erzählte ihnen von seinen Abenteuern im Heer des Pharaos und was er im Krieg gegen die fernen Seevölker alles erlebt hatte.

Min hörte den Beschreibungen von den Schlachten aufmerksam zu und riss wie üblich die Augen auf, wenn ihn etwas besonders stark beeindruckte.

»Dann warst du in unmittelbarer Nähe des Pharaos?«, fragte er bewundernd.

»So nah, wie ich dir jetzt bin!«

»Und wie ist er? Die Leute sagen, dass sein Körper ein Licht ausstrahlt, so rein, dass es einen blendet.«

Nemenhat lächelte.

»Er strahlt nicht mehr als du. Glaub mir, er ist ein Mensch wie du und ich; sein Gesicht ist voller Sorgenfalten. Ich jedenfalls möchte nicht mit ihm tauschen.«

Min konnte das nicht verstehen und machte ein verwirrtes Gesicht.

»Wie auch immer. Ich werde jeden Tag auf ihn trinken«, fuhr Nemenhat fort und hob seinen Becher. »Sein Edelmut ist wahrlich der eines Gottes.«

»Obwohl du dich für den Rest deines Lebens Dedi nennen musst«, warf Nubet ein. »Was für ein schrecklicher Name!«

»Er hat mich wieder zu euch geführt. Wer weiß, vielleicht trinke ich auch auf ihn.«

Min lachte laut.

»Bei Seth, du scheinst dich an den Wein gewöhnt zu haben. Dieser Prinz Pareherwenemef hat ganze Arbeit geleistet.«

»Er hat mir viele kluge Ratschläge erteilt, aber vor allem hat er mir gewünscht, dass ich alles tun möchte, um deine Liebe zu erhalten«, erklärte Nemenhat und warf seiner Frau einen Blick zu.

Nubet war überrascht.

»Du hast dem Prinzen von mir erzählt?«

»Jede Nacht haben wir von dir gesprochen, und dann sagte er immer, dass er mich beneidet. Er fand deinen Namen wunderschön.«

Nubet errötete.

»In der Stadt hat er den Ruf eines Weiberhelden«, mischte sich Min in das Gespräch ein.

»Er ist ein Edelmann, und ich werde ihn immer in meinem Herzen tragen. Ich hoffe, dass ich ihn eines Tages wiedersehe.«

Nubet hielt sich die Hand vor den Mund, weil sie gähnen musste, und verabschiedete sich kurz darauf, um schlafen zu gehen.

»Bleib nicht mehr allzu lange auf, Nemenhat«, sagte sie leise, als sie sich zurückzog.

»Was wollt ihr nun unternehmen?«, wollte Min wissen, als sie allein waren.

»Wir müssen Memphis verlassen. Hier sind wir nicht mehr sicher. Doch vorher habe ich noch etwas zu erledigen. Wirst du mir dabei helfen?«

Min hob eine Augenbraue.

»Nichts lieber als das. Was soll ich tun?«

»Ich will dir meinen Plan erklären.«

Der *khamsin*, »Wind der fünfzig Tage«, wie er von den alten Ägyptern genannt wurde, wehte schon seit Wochen mit unverminderter Stärke. Aus dem Südwesten kommend führte er die ganze Hitze der Wüste mit sich und verbreitete sie während der Pharmuti-Monate unbarmherzig über das Land von Kemet. Während dieser Zeit, im Februar und März, wurde Ägypten von den unablässigen Sandstürmen, die über das Land zogen, vollkommen verhüllt. Niemand entging dem Zorn des brennenden Windes, der aus der tiefen *descheret** kam, nicht einmal der Nil, dessen Ufer von einer dichten Sandschicht bedeckt wurden.

Wie in einer Fata Morgana verwandelte sich Memphis in eine Geisterstadt, deren Bewohner, die früher die Gassen bevölkert hatten, nun ziellos umherirrenden Seelen glichen oder simplen Schatten, die durch den dichten orangefarbenen Staub spukten.

Die Ägypter kannten dieses Phänomen, das so alt war wie ihr Land. Während der zwei Monate, in denen der Wind blies, richteten sie sich, so gut es ging, darauf ein. Tagsüber mieden sie die Straßen, da er in dieser Zeit am stärksten war, und gingen nur aus dem Haus, wenn es sich nicht vermeiden ließ.

Das Leben in der Stadt kam fast zum Erliegen, da die meisten Menschen sich in ihre vier Wände zurückzogen und Fenster und Türen verbarrikadierten, um Schutz vor dem feinen Staub zu suchen. Doch der drang durch die kleinsten Ritzen und erinnerte sie daran, wie ohnmächtig der Mensch angesichts von Naturgewalten ist. Erst wenn mit dem Frühling »Amuns frischer Atem«, der kühle Nordwind, einsetzte, wurden sie von dieser Pein erlöst.

* Das war die Bezeichnung der Ägypter für die Wüste und bedeutete so viel wie »rote Erde«.

Dann tauchte die Stadt unter den Sanddünen wieder auf, und ihre Bewohner beeilten sich, sie ganz zu befreien.

Kurz vor Sonnenuntergang bahnten sich Nemenhat und Min einen Weg durch die glühend heißen, dunklen Straßen von Memphis. Von Kopf bis Fuß in lange Tuniken aus Leinen gehüllt, kämpften sie Schritt für Schritt gegen den schrecklichen Wind an. Die Kleider klebten an ihren Körpern und verliehen ihnen ein schemenhaftes Aussehen. Die Sicht war eingeschränkt; es grenzte an ein Wunder, dass die Männer sich in dem wirren Durcheinander der Gassen nicht verirrten. Gelegentlich blieben sie stehen und vergewisserten sich, dass ihnen niemand folgte. Doch die Straßen waren wie leer gefegt, und ihr einziger Begleiter war das unaufhörliche Heulen des Windes.

Als sie den nördlichen Teil der Stadt erreichten, senkte sich die Nacht über die düstere Staubwolke, die Memphis einhüllte. Sie hockten sich in den Schutz einer kleinen Mauer und warteten. Sobald es ganz dunkel war, legte sich der Wind allmählich, und der Sandsturm kam zum Erliegen. Die Luft wurde klarer, sodass sie ihre Umgebung besser erkennen konnten.

Nemenhat rieb sich den Sand aus den Augen. Sie brannten, und er schloss sie fest, damit kein Staub eindringen konnte. Als er sie nach einer Weile wieder aufschlug und sich umsah, grinste er zufrieden. Sie befanden sich direkt gegenüber von Seherutauis Haus.

Eine lange Zeit, die ihnen vorkam wie eine Ewigkeit, hockten Nemenhat und Min so still und bewegungslos wie eine steinerne Sphinx neben der Mauer.

Als der Wind abflaute, gingen in den benachbarten Häusern die Fenster auf, und die beiden sahen ein schwaches Licht hinter den halb geschlossenen Fensterläden im großen Schlafzimmer des Richters.

Nemenhat hatte nächtelang unauffällig das Haus beobachtet und sich ein genaues Bild von den Gewohnheiten seiner Bewohner verschafft. Der Richter war ein Mann mit festen Gepflogenheiten. Jeden Abend zündete er um die gleiche Zeit die Lampe in seinem Schlafzimmer an und machte sie dann nach einer Weile wieder aus. Seine Gemahlin Nitokris hingegen führte ein vollkommen anderes Leben. Sie schliefen nicht im selben Raum, wie die meisten Eheleute aus der ägyptischen Oberschicht.

Wie in den Nächten zuvor erlosch das Licht kurz darauf wieder, und alle Fenster waren dunkel. Die beiden Freunde warteten noch eine Weile, bis die letzten Stimmen der Diener verstummt waren und vollkommene Stille sich über das Haus gesenkt hatte.

Jetzt standen sie vorsichtig auf und schlichen sich bis zu der kleinen Mauer aus Ziegelsteinen, die das Haus umgab. Ein letztes Mal sahen sie sich um und vergewisserten sich, dass niemand sie beobachtete, dann kletterten sie über die Mauer.

Wie zwei flüchtige Schatten huschten sie im Schutz der Dunkelheit durch den Garten. Als sie am Haus angelangt waren, ging Min in die Hocke und ließ Nemenhat auf seine Schultern steigen. Anschließend richtete er sich wieder auf, sodass Nemenhat die Balustrade des Balkons erreichen konnte. Ehe er weiterkletterte, beugte er sich noch einmal hinab und griff nach dem kleinen Beutel, den Min ihm reichte, bevor er sich geschickt über die Balustrade schwang.

Die Balkontür war nur angelehnt. Er trat in den Raum und blieb stehen, um seine Augen an die Dunkelheit zu gewöhnen. In der absoluten Stille hörte er den gleichmäßigen Atem des schlafenden Seherutaui. Vorsichtig ging er weiter, um nicht irgendwo anzustoßen; das Geräusch hätte ihn verraten können. Schließlich stand er neben dem Bett, in dem der Richter schlief.

Am Fußende hob er einen Zipfel des feinen Lakens aus Leinen und öffnete darunter vorsichtig den kleinen Beutel, ohne ihn loszulassen. Er fühlte, wie die weichen Körper, begierig nach der neuen Freiheit, durch die Öffnung glitten und ins Innere des Bettes krochen. Nemenhat ließ das Laken wieder fallen und ging denselben Weg, den er gekommen war, vorsichtig wieder zurück.

Unten warteten die kräftigen Schultern des ungeduldigen Min auf ihn. Ohne ein Wort zu wechseln, durchquerten sie den Garten, kletterten über die Mauer und verloren sich in der Dunkelheit.

Sie brauchten mehr als eine halbe Stunde, um zu Irsus Haus zu gelangen. Der Wind hatte sich gelegt, und die Sicht war merklich besser, aber noch immer hing eine feine Staubwolke über Memphis.

»Spätestens im Morgengrauen ist der verfluchte Wind wieder da«, sagte Min knapp.

Nemenhat antwortete nicht. Sie hatten sich hinter dem dicken Stamm einer Palme an der Straßenseite versteckt. Von dort aus versuchte er, ins Haus des Syrers zu spähen, konnte aber durch den Schleier aus Sand nur verwischte Umrisse erkennen.

»Wir müssen über die Mauer klettern und näher an das Haus herankommen. Von hier kann man nichts erkennen«, brummte Nemenhat.

Min nickte, und beide schlichen sich bis an die Mauer heran. Kurz darauf huschten sie durch den großen Garten, der Irsus Haus umgab, und gingen um einen Teich voller Seerosen herum. In einigem Abstand zur dunklen Masse des Hauses versteckten sie sich hinter einem Hennastrauch und legten sich auf die Lauer. Die schwüle Luft tauchte die Umgebung in eine seltsame Stille. Kein einziges Geräusch war zu hören. Die Zeit verstrich, und dann ging in einem der Zimmer im oberen Stockwerk ein Licht an. Kurz danach öffneten sich die Vorhänge, und eine groteske Gestalt tauchte auf der Veranda auf. Sie beugte sich einen Augenblick über die Brüstung, dann wandte sie sich um und ging müden Schrittes wieder ins Haus zurück. Es war Irsu.

Irsu hatte seit einiger Zeit Probleme mit seiner Potenz. Anfangs hatte er ihnen keine allzu große Aufmerksamkeit geschenkt, sie auf übertriebenen Weinkonsum und seine ständige

Trunkenheit zurückgeführt. Doch ein Mann wie er, der den fleischlichen Gelüsten so zugeneigt war, musste schließlich etwas unternehmen, also hatte er beschlossen, ein paar Monate lang keinen Alkohol mehr zu trinken. Doch das Resultat fiel nicht so aus, wie er sich erhofft hatte, und so suchte er eine andere Erklärung für das lästige Problem.

Nach langer Überlegung war er zu dem Schluss gekommen, dass er sein gesamtes weibliches Personal im Haus austauschen musste. Wenn die Weiber ihm keine Lust mehr bereiten konnten, hatten sie auch keinen Wert mehr für ihn. Er hatte sie satt, und seine Libido würde es ihm sicher danken.

Er füllte sein Haus mit den hübschesten jungen Mädchen, die in ganz Memphis aufzutreiben waren. Ein wohlhabender Mann wie er konnte es sich leisten, Sklavinnen aus aller Welt zu kaufen. Nach und nach verwandelte er sein Haus in einen exotischen Harem, wie ihn nicht einmal der Pharao besaß. Doch das Problem blieb.

Fast eine Stunde lang hatte das junge nubische Mädchen versucht, ihm eine Erektion zu verschaffen. Sie stammte aus einem Dorf im Süden von Nubien an der Grenze zum fernen Kusch und besaß einen so traumhaften Körper, wie ihn Irsu noch nie im Leben gesehen hatte. Ihre Haut war so weich, dass bereits eine leichte Berührung genügte, um das schlaffste männliche Glied zum Leben zu erwecken. Zudem hatte sie das Gesicht einer Göttin, das Irsu stundenlang betrachten konnte. Ihre riesigen Augen erinnerten an eine Gazelle, und jedes Mal, wenn er ihren Mund sah, verlor er fast den Verstand. Er liebte es, ihr zuzusehen, wenn sie aufrecht und erhobenen Hauptes im Haus hin und her ging. Ihre dunkle Haut, typisch für die Stämme aus dem tiefen Süden, machte sie noch schlanker, als sie bereits war, und in der Sonne schimmerte sie wie Ebenholz.

Doch als das Mädchen jetzt sein kraftloses Geschlecht massierte, sah Irsu sich von einer Katastrophe heimgesucht. Angestrengt versuchte er, sich auf die herrlichen Brüste zu konzentrieren, die er liebkoste. Sanft drückte er ihren Kopf hinab, damit sie die Eichel in den Mund nahm, doch alles war vergeblich. Das Mädchen tat ihr Bestes, um seinen Penis zu beleben, doch es half nichts.

Irsu verfiel in Panik. Wenn nicht einmal eine Göttin wie sie in der Lage war, eine Reaktion bei ihm auszulösen, bestand wohl keine Hoffnung mehr für ihn.

Er stieß die Kleine brutal zur Seite und grunzte frustriert. Dann schickte er sie wütend weg. Als sie verschwunden war, schenkte er sich einen Becher Wein ein und trank ihn in einem Zug aus. Eine Weile blieb er reglos auf der Bettkante sitzen und starrte vor sich hin. Er blickte auf sein schlaffes Glied hinab, fummelte vergeblich daran herum und stand schließlich mit einem gereizten Stöhnen auf, um im angrenzenden Raum zu verschwinden, der ihm als Toilette diente.

Nemenhat hatte neben der Tür zur Veranda gehockt und von seinem Versteck aus die ganze Szene beobachtet. Kein Detail der Szene, die sich im Schlafzimmer abgespielt hatte, war seinem kalten, ausdruckslosen Blick entgangen. Als er sah, wie Irsu das Mädchen wegschickte und in den angrenzenden Raum trat, hielt er den Augenblick für gekommen, auf den er so lange gewartet hatte.

Auf Zehenspitzen schlich er ins Schlafzimmer und trat an den kleinen Tisch neben dem Bett. Dort hielt er inne und lauschte aufmerksam. Im Zimmer nebenan hörte er Irsu in den Nachttopf urinieren. Nemenhat nahm ein kleines Gefäß aus der Tasche seiner Tunika, schüttete den Inhalt in den fast leeren Weinbecher und verrührte ihn kräftig. Erneut spitzte er die Ohren und hörte, wie Irsu aufhörte zu pinkeln und laut furzte.

Rasch eilte Nemenhat auf Zehenspitzen aus dem Zimmer und versteckte sich wieder auf der Terrasse. Von dort beobachtete er, wie Irsu das Schlafzimmer betrat und sich nachdenklich auf das

Bett setzte. Er kratzte sich den Kopf und stand wieder auf, um den Becher zu holen, der auf dem kleinen Tisch stand. Er führte ihn zum Mund und trank ihn in einem Zug leer. Wahrscheinlich reichte ihm der Inhalt nicht, denn er zog eine Grimasse, griff nach der Amphore und schenkte sich nach. Diesmal trank er mit offensichtlichem Genuss und stellte den leeren Becher zufrieden auf den kleinen Tisch. Dann legte er sich hin, gähnte laut und machte die Lampe aus.

Als Nemenhat sich in den Garten hinabließ und auf dem Boden aufkam, huschte ein grausames Lächeln über seine Lippen. Min sah ihn einen Augenblick an, dann machten sie sich beide auf den Weg.

Anchs Gesicht war von Schmerz verzerrt. Die Sandstürme machten ihm schwer zu schaffen, da er von Kind auf Probleme mit den Atemwegen gehabt hatte. Jetzt wurde jeder Atemzug zu einer Qual. Der feine Staub in der Luft verstopfte ihm die Bronchien, sodass er das Gefühl hatte zu ersticken.

Er öffnete die Fensterläden, um frische Luft hereinzulassen, jetzt, da der Wind sich gelegt hatte. Die Luft war immer noch staubig, aber das Wetter schien sich beruhigt zu haben, und so beschloss er, die Fenster halb offen zu lassen.

Seit mehreren Nächten hatte er kein Auge zutun können. Als er sich jetzt ins Bett legte, fiel er augenblicklich in einen tiefen Schlaf, ungewöhnlich für einen Mann, der sonst beim kleinsten Geräusch aufwachte. Wahrscheinlich war die Erschöpfung nach den vergangenen schlaflosen Nächten stärker als seine Natur. Doch er wurde von einem seltsamen Albtraum geplagt, voller zusammenhangloser Bilder, die keinen Sinn ergaben. Er spürte, wie Menschen im Zimmer hin und her gingen, hörte das leise Murmeln fremder Stimmen und sah sogar ein Licht. Es war der schwache Schein einer Kerze, die eigenartig verwischte Schatten an die Wand warf.

Im Zimmer war jemand, der seinen Traum und seine sanften, regelmäßigen Atemzüge überwachte. Eine unerklärliche Erscheinung, die er ganz nah spürte.

Plötzlich wurde das Licht heller. Im Traum kniff er die geblendeten Augen zusammen. Er schirmte sie sogar mit dem Handrücken ab. Dann hörte er eine fremde Stimme, die ihm etwas ins Ohr murmelte.

Im Traum richtete er sich auf und wollte schon fragen, was los war, bekam jedoch kein einziges Wort heraus. Schließlich zog sich das Licht langsam zurück und verharrte dann neben einem der Eindringlinge, dessen Gesicht es erhellte. Es gehörte jemandem, den er kannte und an den er sich gut erinnerte, aber das konnte nicht sein. Oder vielleicht doch?

Plötzlich brach der Traum abrupt ab, und das Gesicht wurde genauso Wirklichkeit wie alles andere, das ihn umgab.

Anch rieb sich nervös die Augen und musterte den Eindringling erneut. Im selben Augenblick erstickte er einen überraschten Schrei.

»Du!«, stotterte er verwirrt.

Das Gesicht grinste unheilvoll und nickte.

»Aber … das ist doch nicht möglich. Du bist doch tot!«, sagte er, dieses Mal etwas lauter.

Augenblicklich spürte er den Druck einer riesigen Hand auf dem Mund und die Klinge eines scharfen Dolches unter dem Kinn.

»Wenn du laut wirst, schneide ich dir die Kehle durch«, flüsterte ihm jemand ins Ohr.

Mit zitternden Händen versuchte er zu signalisieren, dass er schweigen würde.

Der Fremde lächelte wieder, dann nickte er, und die Hand, die ihm den Mund zuhielt, zog sich zurück.

»Das muss ein Traum sein! Ja, ganz bestimmt!«, sagte der Schreiber mit leiser, brüchiger Stimme.

»Manchmal ist es schwer, zwischen Traum und Wirklichkeit zu unterscheiden, was, Anch?«

Anch schluckte und versuchte, sich zu dem Mann umzudrehen, der ihm den Dolch unter das Kinn hielt.

»Wag es nicht!«, hörte er eine Stimme mit dem typischen Akzent der Leute aus dem Süden. »Was du an der Kehle spürst, ist kein Spielzeug.«

»Das kann nicht wahr sein«, entgegnete Anch ungläubig. »Du bist tot. Du bist in der Schlacht gefallen, jeder weiß das.«

»Das ist richtig. Nemenhat ist tot. Er ist zum Ruhme Ägyptens im Kampf gefallen. Und heute Nacht kommt sein Geist zu dir, um eine offene Rechnung zu begleichen.«

Anch versuchte, sich zu bewegen, und spürte erneut den Druck der Klinge an seiner Kehle.

»Und das soll ich glauben?«, erwiderte er in seinem wiedergewonnenen listigen Tonfall.

»Was du glaubst, ist mir egal. Deine Verbrechen sind so abscheulich, deine Bosheit so grenzenlos, dass selbst Osiris entsetzt war und mir erlaubt hat, dir einen Besuch abzustatten.«

»Ich weiß, ich habe Dinge getan, die ich nicht hätte tun sollen. Dinge, die gegen die heiligen Gesetze der Götter verstoßen, aber alles lässt sich regeln, Nemenhat«, erklärte Anch nach kurzer Überlegung. »Ich bin ein reicher Mann und bereit, mein Vermögen mit dir zu teilen, als Entschädigung für das, was ich dir angetan habe.«

Nemenhat lächelte sanft.

»Du vergisst, dass uns Geistern Reichtum nichts bedeutet, Anch.«

»Was willst du dann? Was hast du vor?«, fragte Anch erschrocken.

»Das habe ich dir bereits gesagt. Osiris schickt mich, um dich zu holen. Die Halle der zwei Wahrheiten wartet auf dich.«

»Du willst mich hier in meinem eigenen Schlafzimmer töten?«, rief der Schreiber entsetzt und spürte erneut den Druck der scharfen Klinge an seiner Kehle.

»Dazu wäre ein Geist wie ich gar nicht imstande. Aber keine Angst, Ammit, die alles Verschlingende, wird sich darum kümmern. Dein Herz ist so schwer von Sünden, dass man es nicht einmal mehr zu wiegen braucht.«

Anch versuchte, sich aufzubäumen und zu schreien, doch im selben Augenblick legte sich Mins Hand erneut auf seinen Mund.

»Keine Angst«, flüsterte Nemenhat und trat zu ihm. »Wir alle müssen früher oder später da durch. Und vergiss nicht, dass wir es unseren uralten Traditionen entsprechend tun sollten.«

Anch starrte ihn mit weit aufgerissenen Augen an, während ihm der Schweiß von seinem kahl geschorenen Kopf über das Gesicht strömte.

»Trink das«, erklärte Nemenhat und reichte ihm eine kleine Phiole aus Alabaster. »Keine Angst, es ist kein Gift. Hätten wir dich töten wollen, so hätte dir Min längst die Kehle durchgeschnitten.«

Min lockerte seinen Griff, da der Schreiber plötzlich Schwierigkeiten hatte zu atmen.

»Los, mach schon«, befahl Nemenhat und hielt ihm die Phiole an den Mund.

Anch stöhnte und warf verzweifelt den Kopf hin und her.

»Trink!«, befahl Nemenhat barsch, während Min die Klinge an die Kehle des Schreibers drückte.

»Schon gut, schon gut«, sagte Anch und streckte die Hand nach der Phiole aus.

»Nein, ich flöße es dir ein«, raunte Nemenhat und zwang ihn, den Inhalt auszutrinken.

Anch spürte, wie die bittere Flüssigkeit durch seine Kehle rann und einen unangenehmen Nachgeschmack hinterließ.

»Was war das? Was habt ihr mir gegeben?«, fragte er zu Tode erschrocken.

»Keine Angst. Nur ein Schlafmittel. Eine Mixtur, die meine Frau aus den Blättern der Lotusblume herstellt. Ein starkes Rauschmittel, verstehst du? Es wird dich vorbereiten.«

»Worauf vorbereiten?«

»Auf einen Besuch bei meinem Vater.«

Im Morgengrauen wurde das Haus von Seherutaui von einem entsetzlichen Schrei erschüttert. Die anschließenden Hilferufe kamen aus den Gemächern des Richters. Die Dienerschaft eilte mit Schlagstöcken bewaffnet herbei, in dem Glauben, Diebe wären ins Haus eingedrungen. Da die Rufe schauerlich klangen, stürmten sie mit erhobenen Knüppeln in das Schlafzimmer ihres Herrn, doch war weit und breit kein Dieb zu sehen.

Sie zündeten die Lampen an und sahen, wie Seherutaui auf einem Stuhl in der Ecke saß und mit beiden Händen einen seiner Oberschenkel umklammerte.

»Ich sterbe, helft mir! Ich bin so gut wie tot!«, klagte er hysterisch.

Die Diener eilten ihm zu Hilfe. Dann entdeckten sie die beiden kleinen Schlangen, die sich träge unter den Laken zusammengerollt hatten.

»Hornvipern!«, rief einer der Diener, der sie an der gelblichen Färbung und den typischen Mustern auf dem Rücken erkannte.

»Ihr Biss ist tödlich!«, sagte ein anderer. »Sie sind sehr giftig.«

Als der Richter das hörte, verstummten seine Schreie, und er wurde leichenblass. Die Diener sahen sich ratlos an.

Dann beförderte einer von ihnen die Schlangen mit seinem Stock auf den Boden und schlug auf sie ein, bis sie tot waren.

»Helft mir doch!«, rief Seherutaui. »Seht ihr nicht, dass sie mich gebissen haben?«

Die Diener halfen ihm, sich wieder auf das Bett zu legen. Anschließend untersuchte ihn jemand.

»Sie haben ihn mehrmals in den Schenkel gebissen, direkt unter der Leiste«, erklärte er schließlich mit einer gewissen Kennermiene.

»Das weiß ich längst, du Dummkopf«, brüllte ihn der Richter an, der immer noch nicht fassen konnte, was geschehen war. »Holt einen Arzt! Den besten in ganz Memphis!«

Nach kurzem Zögern lief einer der Diener aus dem Zimmer, gerade als die Herrin eintreten wollte.

»Darf man erfahren, was dieser Krach zu bedeuten hat?«, rief sie aufgebracht und richtete sich das zerzauste Haar.

Die Anwesenden starrten sie entsetzt an, unfähig, die richtigen Worte zu finden, um ihr zu erklären, was passiert war.

»Verflucht!«, schrie Seherutaui. »Ich bin von Schlangen gebissen worden. So helft mir doch endlich!«

Nitokris zuckte zusammen und sah ihn ernst an.

»Von Schlangen gebissen?«, entgegnete sie auf ihre typisch herablassende Art. »Unmöglich.«

»Doch, Herrin, es waren zwei Vipern«, mischte sich ein Diener ein und hob die beiden Schlangen vom Boden auf.

»Heilige Isis!«, rief Nitokris und schlug sich die Hände vor die Brust. »Aber das bedeutet …«

»Diese Schlangen sind sehr giftig, Herrin«, unterbrach sie ein anderer Diener.

Der Richter verfolgte ungläubig die Szene, während ihm bewusst wurde, wie wenig die Anwesenden auf sein Leben gaben. Diese Menschen zeigten nicht das geringste Mitgefühl für ihn.

»Betet darum, dass ich das überlebe!«, fuhr er sie an. »Sonst stehe ich von den Toten auf und schneide euch höchstpersönlich die Ohren ab!«

Sie schnürten ihm ein Leinentuch um das Bein, das bis zum Eintreffen des Arztes als Aderpresse dienen sollte.

»Die Bisse sind zu nah an der Leiste. Der Knebel wird das Gift nicht aufhalten können«, sagte einer der Diener, während er beobachtete, wie sie die Aderpresse anlegten.

»Schafft mir diesen Hundesohn aus den Augen!«, schrie der Richter wütend. »Raus mit ihm, oder ich schneide ihm auf der Stelle beide Ohren ab!«

Allmählich begriff Nitokris die möglichen Folgen. Ihr Gesicht verzerrte sich vor Anspannung.

»Was fällt dir ein! Du kannst doch jetzt nicht einfach sterben!«, schrie sie ihn vollkommen außer sich an. »Gerade jetzt, da du an den Hohen Gerichtshof von Heliopolis berufen werden sollst, willst du sterben? Was werden die Leute in Memphis sagen! Ein Richter, der sich kurz vor seiner Berufung ans höchste Gericht des Landes von einer Viper beißen lässt? Du machst mich zum Gespött der ganzen Stadt. Man wird jahrelang über nichts anderes reden und Witze reißen. Das kannst du mir nicht antun.«

Der Richter verfolgte alles mit offenem Mund, als hielte er es für einen Albtraum. Er sah sich in dem Raum um, wo ihn alle anstarrten, als wären sie noch ratloser als er selbst. Es konnte nicht sein, und doch ...

Ein leichter Krampf riss ihn aus seinen Gedanken. Das Gift zeigte erste Wirkung. Der Richter verspürte Schmerz. In wenigen Stunden würde er bereits tot sein.

Als der Arzt schließlich eintraf, war nichts mehr zu machen. Nach stundenlangen qualvollen Schmerzen verlor Seherutaui am späten Nachmittag das Bewusstsein und starb, noch ehe die Sonne unterging.

Am späten Vormittag wurden die Diener von Irsu unruhig. Es war seltsam, dass er um diese Zeit immer noch schlief, doch sie wagten nicht, ihn zu stören, aus Furcht vor einer Strafe. Je später es wurde, umso mehr wuchs ihre Besorgnis, dass ihm etwas zugestoßen sein könnte. Schließlich versammelten sie sich vor seinem Schlafzimmer und horchten an der Tür auf das Schnarchen ihres Herrn, doch es war nichts zu hören.

Im Zimmer schien es totenstill zu sein. Schließlich fassten sie sich ein Herz und öffneten die Tür. Durch die offenen Vorhänge der Tür, die auf die Terrasse führte, drangen ein blendendes Licht und feiner Wüstenstaub, den der erneut einsetzende Wind hochgewirbelt hatte.

Irsu lag friedlich ausgestreckt mit offenem Mund im Bett. Die Diener schützten ihre Gesichter, so gut es ging, vor dem Sand und schlossen hastig die Fensterläden des Schlafzimmers. Dann versuchten sie, ihren Herrn zu wecken. Zuerst zaghaft, dann etwas heftiger, vergebens. Schließlich nahmen sie all ihren Mut zusammen, und als sie seinen Körper rüttelten, merkten sie, dass er kalt und leblos war. Ihr Herr war tot.

Sein Leibarzt war nicht besonders überrascht. Seit Jahren hatte er seinen Patienten vor den Folgen des ausschweifenden Lebens gewarnt, das dieser führte. Doch Irsu hatte seine Ratschläge stets verächtlich zur Seite gefegt und ihm entgegengehalten, dass er das Leben genießen werde, so lange er könne.

Das hat er nun davon, dachte der Arzt bei sich, während er ihn untersuchte.

Die Leiche wies keinerlei Anzeichen von Gewalteinwirkung auf. Er fand weder Spuren von Erbrochenem noch von jener giftigen Flüssigkeit, die Nubet zubereitet hatte. Er tastete die Leber ab. Sie war geschwollen. Dann entdeckte er die Amphore auf dem kleinen Tisch. Er roch daran, steckte einen Finger in die Flüssigkeit und probierte. Der Wein war ausgezeichnet. Zumindest war Irsu so gestorben, wie er es sich gewünscht hatte.

Auch bei Anch herrschte an diesem Morgen großer Aufruhr. Niemand konnte sich erklären, was geschehen war. Der Schreiber war wie vom Erdboden verschluckt.

Im ganzen Haus konnten die Diener keine Spur von ihm entdecken.

Erst als sie in sein Schlafzimmer traten und die weit geöffnete Terrassentür sahen, wurden sie stutzig. Der heiße Südwind blähte die flatternden Vorhänge auf und wehte feine Sandwirbel in den Raum.

Niemand konnte sich erklären, was in dieser Nacht geschehen war, denn Anchs Leiche wurde niemals gefunden. Und nicht wenige meinten, dass der Wüstenwind ihn verschlungen habe – als Opfer, um Seths Zorn zu besänftigen.

Den ganzen Morgen hatten Min und Nemenhat an dem Ort gearbeitet, wo Seneb früher die Verstorbenen einbalsamiert hatte. Wie von Min vorhergesagt, war der Wind im Morgengrauen wieder aufgefrischt, und dann hatte er sie mit seinem eintönigen Heulen den ganzen Tag über begleitet.

Nemenhat beobachtete, wie gewissenhaft Min bei seiner Arbeit vorging. Er führte die Zeremonie mit einer derartigen Reinlichkeit und Genauigkeit durch, dass der unwissende Nemenhat nur noch staunen konnte und sich lediglich darauf beschränkte, die Anweisungen, die er von Min bekam, peinlich genau zu befolgen und seinem Freund bewundernd zuzuschauen.

Öle, Harze, Palmwein, Salben und meterweise Leinen in unterschiedlichsten Qualitäten. Alles lag sorgfältig vorbereitet da.

Nemenhat musste die Geschicklichkeit seines Freundes loben.

»Das ist gar nichts im Vergleich mit der Sorgfalt, die Seneb an den Tag legte. Ich kann dir versichern, dass ich niemanden kenne, der bei der Arbeit so gewissenhaft vorging wie Seneb. Er wusste genau, wo er den Einschnitt machen musste, wie viel Natron ins Bad kommt oder wie man die Eingeweide unversehrt aus dem Körper holt … Ein himmelweiter Unterschied zu den Stümpern, die diesen Beruf heutzutage ausüben und dir die Eingeweide Stück für Stück rausziehen. Banausen!«, schimpfte Min und spuckte aus. »Du hättest sehen sollen, wie er einem Verstorbenen das Gehirn aus der Nase zog. Was für eine Präzision! Und mit einer Selbstverständlichkeit, die nicht im Geringsten von Eitelkeit getrübt war. Er war ein wahrhaft würdiger Vertreter seines Berufes.«

»Der würdigste, den ich je gesehen habe«, pflichtete Nemenhat seinem Freund bei, während er ihm zur Hand ging.

»Kein Wunder, dass er manchmal auch etwas über das Ziel hinausschoss. Sein Respekt vor der Gerechtigkeit erreichte zuweilen ein Ausmaß, das andere, die nicht über dieselben Kenntnisse verfügten wie er, nicht verstanden. Zu mir aber war er wie der Vater, den ich nie hatte. Und alles, was ich weiß, brachte er mir bei.«

»Ja, er war ein weiser Mann.«

Min nickte und kämpfte gegen die Tränen an.

»Er hat uns zwar verlassen, aber wir werden ihn in unseren Herzen behalten. Egal, wo er jetzt ist, er wäre froh, wenn wir zusammenblieben wie eine Familie. Du bist unser Bruder, Min, und du wirst immer an unserer Seite sein. Das wäre bestimmt Senebs letzter Wille gewesen.«

Min sah Nemenhat an wie ein großes Kind. Seine Augen strahlten eine Unschuld aus, die man sich bei einem Mann seiner Größe kaum vorstellen konnte. Schließlich schnäuzte er sich laut, denn er war näher am Wasser gebaut als die empfindlichste Matrone von Memphis.

Sie balsamierten den bewusstlosen Anch mit größter Sorgfalt ein, natürlich ohne ihm irgendein Organ zu entnehmen, denn das hätte seinen sofortigen Tod bedeutet.

Min wollte ihm unbedingt einen Einlauf verpassen, um wenigstens den Darm zu reinigen, doch Nemenhat erklärte, das sei gar nicht Sinn der Übung. Also begnügte sich Min damit, den Körper mit Palmwein zu waschen, bevor er ihn mit Ölen und Harzen salbte und anschließend in Leinentücher wickelte.

Er verwendete Leinen geringer Qualität, da sie das gute aus Sais nicht an einen solchen Hundesohn verschwenden wollten. Trotzdem brauchte er mehr als fünfzig Meter von dem kostbaren Stoff, wenn er seine Arbeit halbwegs zufrieden stellend erledigen wollte.

Mitten in dem Ritual kam Anch wieder zu sich. Seine untere

Körperhälfte war bereits eingewickelt, und weil er sie nicht bewegen konnte, richtete er sich ein Stückchen auf, um zu sehen, was geschah. Da er aber immer noch von dem Schlafmittel benommen war, begriff er nichts und starrte nur verwirrt auf die Leinentücher, die seinen Körper von der Hüfte abwärts bedeckten.

Nemenhat lächelte ihm zu. Dann führte er eine Phiole, die etwas größer war als die vorige, zu seinem Mund.

Der Schreiber sah Nemenhat an, während er darum kämpfte, die Augenlider offen zu halten. Er spürte, wie eine Hand ihm half, den Mund zu öffnen, und schmeckte erneut die bittere Flüssigkeit, die durch seine Kehle rann. Kurz darauf verlor er wieder das Bewusstsein.

Als Min sein Werk vollendet hatte, wäre niemand mehr auf die Idee gekommen, dass sich der Schreiber Anch unter den Leinentüchern verbarg. Sein Körper war gänzlich von dem meterlangen Leinen verhüllt, als handelte es sich tatsächlich um eine Leiche. Mit einem kleinen Unterschied. Min hatte ihm zwei Löcher für die Augen gelassen und zwei weitere für die Nase, damit der Schreiber sehen und atmen konnte.

In jener Nacht ließ der Wind nicht nach, im Gegenteil, er nahm an Stärke zu. Zwei Männer schleppten sich, zum Schutz gegen die Wut der Naturgewalten tief gebeugt, vorwärts und zogen einen kleinen Esel hinter sich her. Auf dem Rücken des Tieres schwankte ein dicker sandgepeitschter Ballen von einer Seite auf die andere. Wie drei gespenstische Gestalten, die direkt aus dem finsteren Amenti kamen, wanderten sie die alte, menschenverlassene Straße entlang, denn kein Sterblicher hätte es in einer derartigen Nacht gewagt, das Haus zu verlassen.

Sie folgten dem staubigen Weg, den sie so gut kannten, bis sie zu dem Aufweg kamen, den Unas vor tausend Jahren hatte bauen lassen, um zu seiner Pyramide hinaufzugelangen. Nemenhat erkannte sie in der Ferne trotz des Schleiers aus Sand und deutete mit dem Kopf in die Richtung, die sie einschlagen mussten. Dann bogen sie in die Nekropole ein.

Die beiden Freunde sollten nie wieder vergessen, wie sie in jener Nacht inmitten eines wütenden Sandsturms Saqqara durchquerten, bis sie den Süden der Totenstadt erreicht hatten.

Mit jedem Schritt, den sie taten, hatten sie das Gefühl, eine weitere Hürde auf einem Weg genommen zu haben, der geradewegs in den Wahnsinn führte. Nur Verrückte konnten in einer derartigen Nacht durch die Wüste irren, denn keiner, der auch nur halbwegs bei Verstand war, wäre jemals auf den Gedanken gekommen. Sogar der Esel erwies sich als klüger. Nach einer Weile kam er von einem Augenblick auf den anderen zu dem Schluss, dass das Ganze eine Riesendummheit sei, und weigerte sich weiterzugehen. Doch die beiden Männer hatten sich fest vorgenommen, jedem Sturm, der sich ihnen in den Weg stellte, zu trotzen und ihr Werk zu Ende zu führen. Ihre Entschlossenheit war stärker als ihre Vernunft, denn sie wurde von einer uralten, mächtigen Kraft angetrieben: der Rache.

Bis zu den Knöcheln im Sand einsinkend zerrten sie das arme Tier hinter sich her, während der gespenstische Wind ihnen um die Ohren pfiff. Wäre einer von ihnen stehen geblieben, hätte er das Heulen der unzähligen Toten vernehmen können, die aus den Gräbern unter ihren Füßen riefen.

Wie Nemenhat inmitten des Sandsturms die Stelle finden konnte, blieb ein Rätsel. Vielleicht lag es daran, dass er zu einem untrennbaren Teil der Nekropole geworden war. Er las in dem riesigen Sandmeer ringsum wie in einem offenen Buch.

Min staunte nicht schlecht, als sie den Ort wiederfanden, wo er Seneb und Schepsenure bestattet hatte. Er hatte die ganze Zeit über geschwiegen, während er versuchte, die genaue Stelle wieder zu erkennen, denn die Überreste der Pyramide von Pepi I. konnte man in der Staubwolke höchstens erahnen. Nemenhat zeigte selbstsicher in die Richtung, wo die Pyramide sein musste, und Min folgte seinen Anweisungen. Kurz darauf fanden sie die Stelle.

Eine Zeit lang grub Min im Sand, während Nemenhat versuchte, ihn, so gut er konnte, vor dem peitschenden Wind zu schützen. Der feine Sand floss immer wieder in das Loch zurück wie ein unerschöpflicher Strom, den die Wüste nährte. Doch Min ließ sich nicht beirren und schaufelte unermüdlich weiter, fest davon überzeugt, dass er die Leichen dort vergraben hatte.

Schließlich stieß er mit seinem Spaten auf einen der Körper, und dann kamen im Sand allmählich die Mumien seiner alten Freunde zum Vorschein.

Nervös und hektisch half Nemenhat ihm, sie ganz freizulegen. Dann sah er seinen Freund an, und Min deutete mit dem Kopf auf die Leiche seines Vaters. Nemenhat kniete nieder und hob den in ewiges Leinen gewickelten Körper an seine Brust. Jetzt endlich ließ er dem Durcheinander von Gefühlen, die sich seit Monaten in ihm aufgestaut hatten, freien Lauf.

Min hörte, wie die herzzerreißenden Klageschreie seines Freundes das Heulen des Windes inmitten des Sandsturms übertönten. Nach einigen Minuten trat er zu ihm, versuchte, ihm zu erklären, dass sie nicht länger bleiben konnten, und half ihm aufzustehen. Nemenhat wischte sich mit dem Handrücken die Kruste aus Tränen und Sand von den Augen. Dann stand er auf, überwältigt von seiner Wut, und half dem Schwarzen, die Leichen auf den Esel zu heben.

Wieder setzte sich der makabre Zug mit schweren Schritten und gesenkten Häuptern in Bewegung. Das Grab von Sanacht lag in unmittelbarer Nähe, direkt neben der Pyramide von Merenre, aber plötzlich hatte Nemenhat zum ersten Mal das Gefühl, als verließen ihn seine Kräfte. Die Begegnung mit den Überresten seines toten Vaters hatte mächtige Gefühle in ihm geweckt, die man kaum erklären konnte. Mit jedem Schritt, den er tat, drohte die Erinnerung an fast ein ganzes Leben an seiner Seite ihm das Herz zu zerreißen. Er konnte kaum schlucken, während ihm tausend Gedanken durch den Kopf jagten. Er wusste nicht, wie er sich beherrschen sollte. Dann spürte er Mins riesige Hand, die ihn aufmunternd am Arm packte und schüttelte, damit er wieder zu sich fand. Im selben Augenblick tauchte wie von Zauberhand die Ruine der Pyramide von Merenre vor ihnen auf.

Die Grabstätte des Pharaos war nicht sehr groß, vielleicht wegen seiner kurzen, nur fünf Jahre währenden Regierungszeit. Die tausendjährigen Steine lagen überall verstreut, sodass das Monument als solches kaum noch zu erkennen war. Nemenhat ging rechts um die Pyramide herum auf das felsige Gelände direkt daneben zu. Er blieb stehen, drehte sich einige Male nach allen Seiten um und setzte dann seinen Gang fort. Nach wenigen Metern blieb er erneut stehen und bedeutete Min, näher zu kommen. Beide Männer bückten sich und begannen, mit ihren Spaten ein Loch in den Sand zu graben.

Als sie die Stelle endlich freigeschaufelt hatten, kamen die Bretter zum Vorschein, mit denen Nemenhat den kleinen Brunnen zugedeckt hatte. Hastig wurden sie entfernt, und dann beschloss Nemenhat, dass Min mit den Seilen neben dem Esel auf ihn warten sollte, um ihm später die Leichen herablassen zu können.

Nemenhat verschwand in dem dunklen Loch und spürte sofort Erleichterung, als der Wind plötzlich aufhörte. Er zündete seine Öllampe an und vergewisserte sich, dass alles noch genauso war, wie er es ein Jahr zuvor hinterlassen hatte. Dann gab er Min mit der Lampe ein Zeichen, worauf dieser die ans Seil gebundenen Mumien eine nach der anderen durch den Schacht hinabließ. Sobald Senebs Leiche unten angekommen war, hob Nemenhat sie sich auf die Schulter und trug sie vorsichtig durch die niedrige Tür ins Innere des Grabes. Als er sich dort wieder aufrichtete, die Lampe hochhielt und von einer Seite zur anderen schwenkte, hatte er dasselbe Gefühl wie damals, als er das Grab entdeckt hatte. Wieder sah er den langen Gang vor sich, der mit den prächtigen Basreliefs geschmückt war und ihn so tief berührt hatte.

Niemals habe ich schönere gesehen, dachte er, ohne den Blick abwenden zu können.

Doch rasch kehrte er in die Realität zurück und konzentrierte sich auf das, was ihn hierher geführt hatte, während er mit dem Körper des Einbalsamierers über der Schulter weiterging.

Er trug ihn am ersten Raum vorbei durch den Gang, bis er zu dem zweiten gelangte, wo der Gang nach rechts abbog und in der Opferkapelle von Sanacht endete. Hier bettete Nemenhat Senebs Leiche sanft auf den Boden. Auf der Wand neben ihm führte ein Priester die Reinigungsrituale an einem Toten aus.

»Hier bist du richtig«, sagte er leise und legte vorsichtig die Hand auf Senebs Herz.

Dann kehrte er zurück, um den Körper seines Vaters zu holen, und trug ihn in denselben Raum. Ursprünglich hatte er sie an verschiedenen Stellen unterbringen wollen, doch nun besann er sich eines Besseren und entschied, dass die beiden Freunde im ewigen Leben zusammenbleiben sollten.

Er verabschiedete sich mit einer innigen Umarmung von seinem toten Vater und fühlte einen unsäglichen Schmerz. Doch als er sich erhob und auf die Wandmalereien blickte, die vor Leben strotzten, kam er zu dem Schluss, dass es ein guter Ort war, um in Ewigkeit zu ruhen.

Viel besser als jeder andere, den ihr hättet haben können, dachte er. Hier werdet ihr euren Frieden finden.

Er nahm den Skarabäus aus Karneol, den er damals aus dem Grab gestohlen hatte, und setzte ihn sanft auf den Boden, in die Welt, in die er gehörte und die er niemals hätte verlassen dürfen.

Schließlich überwand Nemenhat seine Trauer und verließ die kleine unterirdische Kapelle für immer. Entschieden ging er den

Gang zurück bis zum Eingang, warf sich den dritten Körper über die Schulter und ging ein letztes Mal zurück.

Für Anch hatte er sich die kleine Halle ausgesucht, deren Decke von zwei Säulen getragen wurde und die rechts neben der ersten Kammer lag. In diesem Raum, der als Lager diente, hatte man Essensvorräte und allerlei Utensilien untergebracht, die für das Leben im Jenseits gebraucht wurden.

Als Nemenhat Anchs Mumie auf den Boden legte und anschließend die Öllampe auf sein Gesicht richtete, bekam er einen solchen Schreck, dass sie ihm fast aus der Hand gefallen wäre. Aus den Löchern, die Min offen gelassen hatte, als er den Körper in die Leinentücher wickelte, starrten ihn Anchs angsterfüllte Augen an.

Die Wirkung des Schlaftrunkes hatte nachgelassen, der Schreiber kam allmählich wieder zu sich. Verzweifelt versuchte er, die Lippen zu bewegen, aber seine Gesichtsmuskeln wollten ihm nicht gehorchen, sodass er Nemenhat nur anstarren konnte.

»Deine Reise geht dem Ende zu«, erklärte Nemenhat mit eisiger Stimme.

Der Schreiber konnte nur mit den Wimpern zucken.

»Erinnerst du dich? Ich sagte dir, ich würde dich vor Osiris' Totengericht bringen.«

Anch versuchte vergeblich, sich in seiner Rüstung aus Leinen zu bewegen.

»Maat hat sofort das Böse in deinem Herzen erkannt. Es war schwerer als ihre Feder.«

Jetzt gab Anch die ersten unzusammenhängenden Geräusche durch den Stoff hindurch von sich.

»Du wurdest für schuldig befunden. Doch Osiris war der Meinung, dass es nicht genügt, wenn Ammit deine Seele verschlingt. Er befahl mir, dich in dieses einsame und verlassene Grab zu bringen und dich für immer hier zu bestatten.«

Der Schreiber gab einen Schrei von sich, der durch das dichte

Leinen gedämpft wurde und eigenartig verzerrt klang. Nemenhat beugte sich langsam über ihn und sah ihm in die Augen, die ihn durch die kleinen Löcher flehentlich anstarrten, als wollten sie tausendmal um Verzeihung bitten. Doch Nemenhat würde sie ihm nicht gewähren, weder in diesem noch in einem anderen Leben.

»Jetzt erhältst du deine verdiente Strafe«, sagte Nemenhat und richtete sich auf. »Hier wirst du eine ganze Ewigkeit Zeit haben, deine Taten zu bereuen.«

Als der Schreiber sah, wie Nemenhat ihm den Rücken zuwandte, wie er verschwand und in der Kammer, in der er lag, nichts zurückließ als eine Finsternis, die ihn nun nie wieder verlassen würde, brach er in ein verzweifeltes Heulen aus, das jedoch von den vielen Metern Leinentüchern, in die er gewickelt war, mitleidlos erstickt wurde.

Während Nemenhat durch den Gang zurückging, wurde das verzerrte Geschrei immer leiser. Es gehörte einer Vergangenheit an, die er für immer hinter sich ließ. Er wollte nie wieder zurückblicken. Ein letztes Mal bückte er sich durch die niedrige Tür der Mastaba und zog fest an dem Seil, das locker vom Brunnenrand herabhing. Bevor er hinaufkletterte, sah er ein letztes Mal auf den Eingang, der in die alte Mastaba führte, dann stieg er endgültig zu der Welt empor, in der Min ihn ungeduldig erwartete.

Wieder heulte der Wind in ihren Ohren, während sie das Loch mit Sand zuschütteten. Mit jedem Spatenstich brachte der Wind das schwermütige Klagen ruheloser Seelen, die in jener Nacht durch Saqqara spukten. Wesen, die bis in alle Ewigkeit dazu verdammt waren, ziellos umherzuirren, weil sie ihre Namen verloren hatten.*

Als sie mit der Arbeit fertig waren, blickte sich Nemenhat ge-

* Seinen Namen zu verlieren war für die alten Ägypter gleichbedeutend damit, nie existiert zu haben. In diesem Fall fanden ihre Seelen niemals ewigen Frieden.

wissenhaft um. Niemand käme auf die Idee, dass sich unter dem Ozean aus Sand zu seinen Füßen ein alter Brunnen verbarg.

Plötzlich peitschte ein atemraubender Windstoß ihnen mitten ins Gesicht. Es war der Atem von Seth, Herrscher der Wüste und göttlicher Zeuge ihrer Rache.

Sie verließen den Ort und verloren sich in dem Schleier aus Staub, den der Wind der fünfzig Tage aufwirbelte. Um sie herum tobte die Wüste. Sie hätten schwören können, dass sie zwischen dem lauten Heulen des Windes Anchs unheimliche Klageschreie aus seinem Grab vernahmen.

Am Himmel stand ein majestätischer Vollmond und betrachtete sich in dem Fluss wie in einem seltsamen Spiegel aus Licht. Sein Abglanz tanzte auf den sanften Wellen des Nils. Die Umrisse der Palmenhaine hoben sich scharf von seinen Ufern ab und zeichneten geheimnisvolle Figuren. Ganz Ägypten war von diesem Fluss erfüllt, er war überall. In ihm entsprangen das Leben und der Tod, vereint in einem seltsamen Bund, an den sich das Volk gewöhnt hatte. Die fruchtbare Erde verwandelte sich innerhalb weniger Ellen in eine unwirtliche Wüste, als ständige Mahnung, wie nah Leben und Tod beieinander lagen – das Mysterium aller Mysterien.

Vielleicht beobachtete Nemenhat aus diesem Grund so überwältigt die verspielten Schatten, die sich am Ufer abzeichneten und eine exotische Kulisse schufen, mit der sich der Nil umgab. Dann wurde er sich des Geruchs bewusst, der alles zu durchdringen schien. Eine Mischung von tausend Essenzen, die zu einem einzigen Duft verschmolzen, diesem unvergleichlichen Duft, dessen Name Ägypten war.

Nemenhat konnte die Stille um sich herum förmlich fühlen, die lediglich von dem leisen Rauschen unter dem Kiel des Bootes und einer leichten Brise unterbrochen wurde. Sie wehte aus dem Norden und besaß kaum genügend Kraft, um das Segel aufzublähen und sie stromaufwärts zu treiben. Dem Zauber dieses Augenblicks konnte nicht einmal er sich entziehen.

Er blickte sich um. Offensichtlich war er der Einzige, der noch wach war. Nubet hatte sich neben ihm zusammengerollt und schlief. Ihr Atem war genauso ruhig wie sein Geist. Etwas weiter weg lag Min auf dem Bauch, vielleicht in einen Traum vertieft, der ihn wieder in seine Kindheit und sein fernes Dorf zurückführte. Die wenigen anderen Passagiere, die ebenfalls an Bord des kleinen Schiffes waren, schlummerten, in ihre Decken gehüllt, still und reglos auf dem Deck. Am Heck stand der Steuermann und hielt die Pinne fest in der Hand, den Blick wachsam auf den Fluss gerichtet. Er kannte ihn gut und wusste um die Gefahren, die er barg, verborgene Untiefen oder plötzlich auftauchende Stromschnellen.

Das Schiff war eines der vielen, die zwischen Memphis und Theben verkehrten. Kleine Boote, die alle Arten von Waren transportierten und auch die wenigen Passagiere an Bord nahmen, die bereit waren, den überteuerten Preis für die Fahrt zu bezahlen.

Bei diesen Gedanken warf Nemenhat unwillkürlich einen Blick auf die Tasche neben ihm, in der sich sein ganzes Hab und Gut befand. Als er sie sah, streckte er sich mit einem zufriedenen Seufzer auf dem Deck aus und verschränkte die Hände im Nacken, um den majestätischen Himmel über Ägypten zu bewundern. Myriaden von Sternen funkelten am unendlichen Firmament. Unterschiedlich große Lichtpunkte, die zuweilen seltsame geometrische Muster bildeten. Sein Blick schweifte ziellos über das weite Himmelsgewölbe, das Nuts Bauch darstellte. Und wie immer leuchtete die Göttin in aller Pracht.

Zufällig blieb sein Blick an zwei winzigen Sternen hängen, die zaghaft glänzten. Ob es die Seelen derjenigen waren, die erst vor kurzem das Totengericht des gütigen Osiris passiert hatten?

Es war unausweichlich, dass er in ihnen die Seelen seiner Angehörigen sah, und deshalb betrachtete er sie jetzt genauer. Sie standen so nah beisammen, dass sie vielleicht tatsächlich sein Vater und Seneb waren, die ihn mit ihrem sanften Licht von oben segneten.

Die ungewisse Zukunft, die ihm bevorstand, wich plötzlich einem hoffnungsvollen Weg, den seine geliebte Nubet und er Hand in Hand beschreiten würden, ohne sich jemals wieder zu trennen. Auf sie wartete Theben, die Stadt, in der sich die Allmacht des Gottes Amun konzentrierte und in deren Umgebung zahlreiche Pharaonen ihre letzte Heimstatt hatten errichten lassen. Dort, wo sie niemand kannte, konnten sie ein neues Leben beginnen, denn die Rechnung mit den Göttern hielt er für beglichen.

Nubet regte sich, leise murmelnd. Nemenhat sah sie von Zärtlichkeit überwältigt an und strich ihr über das schwarze Haar. Sie war das kostbarste Juwel, das er jemals gefunden hatte, kostbarer als das eines Pharaos. Und jetzt, da sie sein Kind in sich trug, umso mehr. Sie war davon überzeugt, dass es ein Junge würde, und hatte bereits einen Namen ausgesucht. Er sollte Hotep heißen, was so viel bedeutete wie Hoffnung. In ihm lag ihre Zuversicht, nachdem sie so viel Unglück hatten erleiden müssen. Hotep! Ihm gefiel der Name. Er würde ihre Herzen erfreuen, bis sie vor Glück überquollen, so wie Jahr für Jahr der Nil über seine Ufer trat.

Nemenhat sah sehnsüchtig zum Himmel empor, und als er die beiden Sterne wiederfand, glaubte er, in ihrem schwachen Funkeln die Gesichter Schepsenures und Senebs zu erkennen, die ihm zulächelten.

Nachwort

Ramses III. war der letzte große Pharao Ägyptens. Während seiner über dreißigjährigen Regierungszeit versuchte er mit allen Mitteln, das marode Staatsgebilde vor dem Einsturz zu bewahren. Trotzdem gelang es ihm nicht, die wachsende Macht des Amun-Tempels einzudämmen. Im Gegenteil, indem er nach seinem überragenden Sieg über die Seevölker den größten Teil der Kriegsbeute dem Amun-Tempel zukommen ließ, trug er nur noch mehr dazu bei, die Macht seiner Priesterschaft zu mehren.

Der Glanz seiner Herrschaft erwies sich als Fata Morgana und verblasste mit seinem Tod. Im hohen Alter wurde er Opfer einer Haremsverschwörung, die von Tiy, einer seiner Nebenfrauen, angezettelt wurde, um ihren Sohn Pentaweret auf den Thron zu heben. Die Verschwörung, an der auch zahlreiche hohe Würdenträger und Beamte beteiligt waren, flog auf. Doch es blieb ungeklärt, ob sie Erfolg gehabt hatte oder der Pharao während des Prozesses starb, den man den Verschwörern machte.

Jedenfalls erlosch das Blendwerk mit seinem Tode, und während der einundachtzig Jahre, die folgten, wurde Ägypten von insgesamt acht Pharaonen regiert, bis Ramses XI., der letzte König der 20. Dynastie, verstarb und Herihor, ein Hohepriester des Amun-Kultes, auf den Thron gelangte. Nach einem jahrhundertelangen Machtkampf hatte der Klerus des Amun schließlich die Macht an sich gerissen.

Prinz Pareherwenemef wurde nie Pharao. Wie drei andere seiner Brüder überlebte er den erhabenen Vater nicht. Erst der fünfte Sohn des Pharaos wurde als Ramses IV. gekrönt.

Kasekemut wurde während des grausamen Feldzuges, den Ramses III. im elften Jahr seiner Herrschaft gegen die libyschen Völker unternahm, zum Standartenträger des Heeres befördert. Der junge Krieger hatte eine viel versprechende Zukunft vor sich, und nicht wenige waren überzeugt, dass er es bald zum Heerführer bringen würde. Doch während einer Strafexpedition an der Ostgrenze des Reiches spaltete ihm die Keule eines syrischen Soldaten den Schädel, und er starb auf der Stelle. Er hinterließ eine Frau und drei Kinder, die seinen Tod bitterlich beweinten. Der Gott vergaß sie nicht und schenkte ihnen ein kleines Stück Land, das sie bebauen konnten. Doch die Witwe hielt dies nicht für ausreichend, um ein würdiges Leben zu führen, und kehrte zu ihrer Mutter nach Memphis zurück.

Heret nahm sie auf und wartete, bis die Zeit der Trauer vorüber war. Obwohl Kadesch immer noch attraktiv war, hatte sie ein Alter erreicht, in dem ihre Schönheit allmählich verwelkte. Ihre Mutter ließ all ihre Schläue und ihr Geschick spielen und besorgte ihr einen neuen Verehrer. Es war niemand anderes als der Kaufmann Siamun, der damals vergeblich um sie gebuhlt hatte und ledig geblieben war. Dieses Mal verschmähte Kadesch den reichen Kaufmann nicht, denn er bedeutete Sicherheit für sie und ihre Kinder. Und so bekam Heret schließlich doch noch ihren Willen, wer hätte das gedacht!

Der Phönizier Hiram erhielt Nemenhats gute Nachricht und kehrte nach Memphis zurück, um seine Handelsniederlassung neu zu eröffnen. Er beschloss, zu expandieren und eine Filiale in Theben zu errichten, einem strategisch günstig gelegenen Handelsort für den wachsenden Warenverkehr mit dem afrikanischen Kontinent. Nemenhat übernahm die Leitung der Niederlassung, die in kürzester Zeit aufblühte. Im hohen Alter, als er den nahen Tod spürte, beschloss Hiram, dass die Zeit gekommen sei, in seine Geburtsstadt Byblos zurückzukehren, um dort seinen Lebensabend zu verbringen. Seinen gesamten Besitz in Ägypten überließ er Nemenhat, bei ihm wäre er besser aufgehoben als bei jedem Sohn, den er hätte haben können. Nemenhat wurde von den Göttern reich beschenkt und führte ein glückliches Leben. Seine Frau Nubet schenkte ihm drei Kinder, frönte wieder ihrer alten Leidenschaft und half den Nachbarn mit dem einen oder anderen Heilmittel. Als Nubet im hohen Alter vor Osiris' Totengericht treten musste, folgte ihr Nemenhat wenig später, dieses Mal unter dem Namen Dedi. Der treue Min blieb ein Leben lang an ihrer Seite. Er heiratete nicht, weil er behauptete, er sei nicht der Mann, der sich mit einer Frau begnügen könne. Doch die Wahrheit war, dass er Nubet und Nemenhat so sehr liebte, dass er keinen Augenblick ohne sie hätte sein wollen. Sein Platz war an ihrer Seite, und stets würde er sie beschützen, um die Erinnerung an Seneb wach zu halten.

Weitere tausend Jahre gingen über die Grabanlage von Sanacht hinweg und überließen sie erneut dem Vergessen. Die Wüste bemächtigte sich ihrer mit gewohnter Unerbittlichkeit, der Sand verwehte alles.

Sanachts Grab wurde niemals gefunden.

Bibliographie

Anmerkung des Autors: Zugunsten des Leseflusses wurde darauf verzichtet, in den Fußnoten die jeweiligen Quellen anzugeben, aus denen Zitate, Fachausdrücke oder Bedeutungen stammen. Die folgende Bibliographie soll helfen, eventuelle durch diese Auslassung entstandene Lücken zu schließen.

Andrews, Carol: *Amulets of Ancient Egypt*, British Museum Press, 1994, Second University of Texas Press, 1998

Baines, J. und Malek, J.: *Egipto, dioses, templos y faraones*, Folio, Barcelona 1992

Barret, C.: *Dioses y diosas de Egipto. Mitología y religión del Antiguo Egipto*, EDAF, Madrid 1994

Blázquez, J. M., Martínez-Pinna, J., Presedo, F., López Melero, R. und Alvar, J.: *Historia de Oriente Antiguo*, Cátedra, Madrid 1992

Bresciani, Edda: *An den Ufern des Nils, Alltagsleben zur Zeit der Pharaonen*, Theiss, Konrad, Stuttgart 2002

Brier, Bob: *Zauber und Magie im alten Ägypten: Geheimes Wissen und Totenkult im Pharaonenreich*, Ullstein, München 1991

Ders.: *Momias de Egipto, las claves de un arte antiguo y secreto*, Edhasa, Barcelona 1996

Bunson, M.: *A Dictionary of Ancient Egypt*, Oxford University Press, 1991

Castel Elisa: *Diccionario de Mitología Egipcia*, Alderabán Ediciones, Madrid 1995

Dies.: *Egipto, Signos y Símbolos de lo Sagrado*, Alderabán Ediciones, Madrid 1999
Dies.: *Los sacerdotes en el Antiguo Egipto*, Alderabán Ediciones, Madrid 1998
Cimmino, F.: *Vida cotidiana de los egipcios*, EDAF, Madrid 1991
Clayton, Peter A.: *Crónica de los faraones*, Destino, Barcelona 1996
De Rachewiltz, B.: *Los antiguos egipcios*, Plaza y Janés, Barcelona 1987
Donadonni, S. u. a.: *El hombre egipcio*, Alianza Editorial, Madrid 1991
Du Portal, F. E.: *Los símbolos de los egipcios*, Obelisco, Barcelona 1987
Edwards, J. E. S.: *Die ägyptischen Pyramiden*, Harrassowitz Verlag, Wiesbaden 1967
Eggebrecht, Arne (Hrsg.): *Das alte Reich*, Philipp von Zabern, Mainz 1986
Gardiner, A.: *Egyptian Grammar*, Griffith Institute Ashmolean Museum, Oxford 1988
Grimal, N.: *Historia del Antiguo Egipto*, AKAL, Madrid 1996
Harris, G.: *Dioses y faraones de la mitología egipcia*, Anaya, Madrid 1988
Hart, G.: *A Dictionary of Egyptian Gods and Goddesses*, Routledge & Kegan Paul Inc., London 1990
Husson, G. und Valbelle, D.: *Instituciones de Egipto*, Cátedra, Madrid 1998
Ikram, S. und Dodson, A.: *The Mummy in Ancient Egypt*, Thames and Hudson Ltd., London 1998
Kemp, B. J.: *El Antiguo Egipto, anatomía de una civilización*, Crítica, Barcelona 1992
KMT: *A Modern Journal of Ancient Egypt*, volume 12, no. 4, Winter 2001/2002, KMT Communications Inc., USA
Lamy, J.: *Misterios egipcios*, Debate, Madrid 1989

Lehner, Mark: *Geheimnis der Pyramiden*, Orbis, München 1999
Lurker, Manfred: *Lexikon der Götter und Symbole der alten Ägypter*, Scherz, Bern, München, Wien 1987
Manniche, Lise: *An Ancient Egyptian Herbal*, British Museum Press 1989. Third University of Texas Press, Austin 1999
Meeks, D. und Favard-Meeks, C.: *La vida cotidiana de los dioses egipcios*, Temas de hoy, Madrid 1994
Montet, Pierre: *Ägypten: Leben u. Kultur in der Ramses-Zeit.* Neu hrsg. von Rudolf Scheer, Reclam, Stuttgart 1978
Morel, H. V. und Moral, J. D.: *Diccionario de Mitología Egipcia y de Medio Oriente*, Kier S. A., Buenos Aires 1987
Peden, A. J.: *The Reign of Ramses IV.*, Aris & Phillips Ltd., Warminster GB 1994
Rachet, Guy: *Lexikon des alten Ägyptens*, Wissenschaftliche Buchgesellschaft, Darmstadt 1999
Reeves, Nicholas/Wilkinson, Richard H.: *Das Tal der Könige. Geheimnisvolles Totenreich der Pharaonen*, Weltbild, Augsburg 2000
Serrano Delgado, J. M.: *Textos para la Historia Antigua de Egipto*, Catédra, Madrid 1993
Siliotti, Alberto: *Ägyptische Pyramiden. Monumente für die Ewigkeit*, Karl Müller Verlag, Erlangen 1994
Strouhal, Eugen: *Ägypten zur Pharaonenzeit. Alltag und gesellschaftliches Leben*, Ernst Wasmuth, Tübingen, Berlin 1994
Trello, F.: »Las guerras des Ramsés III.«, Boletín de la Asociación Española de Egiptología (BAEDE), Madrid 2000
Trigger, B. G., Kemp, B. J., O'Connor, D. und Lloyd, A. B.: *Historia del Antiguo Egipto*, Crítica, Barcelona 1995
Wilkinson, R. H.: *Cómo leer el arte egipcio. Guía de jeroglíficos del Antiguo Egipto*, Crítica, Barcelona 1995
Wilson, J. A.: *La cultura egipcia*, F. C. E., Madrid 1988

Anmerkung des Autors

Könige, Adlige, große Krieger, Staatsmänner, Götter ... Wenn wir einen historischen Roman lesen, wird die Handlung hauptsächlich von solchen Personen getragen. Das ist nichts Neues, schon in den frühesten Anfängen unserer Zivilisation wurden ihre Taten in Heldenepen besungen und unsterblich gemacht.

Daher stoßen wir nur selten auf Romane dieser Gattung, in denen die Hauptfiguren den untersten Schichten der jeweiligen Zeit angehören. Dies ist bei Werken, deren Handlung im alten Ägypten spielt, nicht anders. Der Leser ist Geschichten von Pharaonen gewohnt, die über das Land herrschten, oder von Adligen, die dort lebten. Selten erfährt er etwas über das Leben des einfachen Volkes und der niedrigeren Gesellschaftsschichten.

Ohne Herodot nacheifern zu wollen, veranlasste mich gerade dieser Umstand, mein Buch zu schreiben und Helden zu wählen, die in jener Zeit unter den schlechtesten Bedingungen lebten, die man sich vorstellen kann: als Ausgestoßene unter Ausgestoßenen.

Dies ist die Geschichte des Grabräubers Schepsenure, Sohn und Enkel von Grabräubern, und seinem Sohn Nemenhat, stolzer Spross einer Sippe, deren Schicksal im Ägypten des Neuen Reichs ganz andere Wege nahm als jene, die wir kennen. Aus Not und um zu überleben, widmeten sie sich dem schlimmsten Verbrechen, das im Land der Pharaonen begangen werden konnte: der Grabräuberei.

Obwohl das Buch versucht, das Leben und die Bräuche des einfachen Volkes im alten Ägypten so getreu wie möglich wiederzugeben, will es keineswegs eine historische Abhandlung sein. Daher werden viele Termini so geschrieben, wie die alten Ägypter sie aussprachen, und auf jeder Seite in Fußnoten erklärt.

Die vorliegende Geschichte ist fiktiv, nicht jedoch der Rahmen, in dem sie sich entwickelt – die ersten Jahre unter der Herrschaft des Pharaos Ramses III.

Auch die meisten Protagonisten der Handlung sind frei erfunden, im Gegensatz zu den historischen Persönlichkeiten, die wirklich gelebt haben. Ramses III. herrschte damals über Ägypten. Sein Sohn, Prinz Pareherwenemef, war ein treuer Diener seines Vaters und nahm als Wagenlenker an dessen Kriegen teil, genau so, wie es in dem vorliegenden Werk geschildert wird.

Die historischen Ereignisse, in die unsere Geschichte eingewoben ist, entsprechen historischen Fakten und wurden vom Autor, so weit es in seiner Macht stand, exakt wiedergegeben.

Wie bereits erklärt, sind die Hauptpersonen dieser Geschichte frei erfunden, das gilt allerdings nicht für ihre Namen. Die meisten sind real und gehörten irgendwann irgendwem in der überlieferten Geschichte der ägyptischen Zivilisation.

Im Übrigen nahm ich mir die Freiheit, für manche Frauen in diesem Buch die Namen bekannter Königinnen, Fürstinnen oder … Göttinnen zu verwenden.

Antonio Cabanas Hurtado
Madrid, November 2002